天津博物館藏

直報

伍

天津古籍出版社

光緒二十一年十二月

直報

光緒二十一年十二月初一日　第三百零四號
西歷一千八百九十六年正月十五日　禮拜三

啓者現因海口結凍輪舶俱停輪前紙未到報紙改用洋粉連俟明春冰泮輪船抵津仍用前紙特此謹白　本館謹啓

寃案輿評

語云人間私語天聞若雷暗室虧心神目如電此謂人世可欺天神終不可欺也抑知欺之一念乃愚者之詐謀以手掩人之目旋以手掩已之耳揜之愈密著之愈顯揜之時即著詐之時揜之處即著詐之處譬之墨魚俗名烏賊以其出沒詭譎也詭譎何似其出入恐爲人見輒以墨從水爲驟變而黑如杜詩所謂波漂菰米沉雲黑者烏賊藉是以掩已形以掩人目令人莫辨取此魚者即以其墨水覘之而知其必在此決無可逃也小人欺人亦如是如是傳云小人閒居爲不善無所不至見君子而後厭然又云人之視己如見其肺肝然此非故彰君子之智實以力狀小人之愚而千古卒莫破其惑者誠以小人之無不愚也小人之姦盜邪淫無所不至其心總不外財色兩端其爲財多明目張胆爭於刀錐畏人見猶不畏人知其爲色則踰牆鑽穴遁入幽暗畏人見更無不畏人知者且其事一男一女兩兩相投二人同心孰肯外洩乃不外洩而人無不知者何也誠無不形天下事大抵如斯矣前報論家務難斷爲京師小民王永善聲寃耳寃之者誰其胞姊二人也婦女出頭妄控必有主唆之人王悅亭實爲禍首王悅亭者何即燈籠王四也前因繼妻王王氏之同父妹童王氏謀覇王永善房產將王永善驅逐致善無處棲身倒斃於路等情茲更訪悉王永善屢受伊姐王王氏童王氏欺淩曾經院鄰某某恐受人命訟累預先據情呈控並聲明若將房契斷給王王氏童王氏領回王永善必被驅逐恐自倒斃之虞奈王悅亭已轉託沈雲龍牛俊臣暨俞姓賄託陳敬恭指揮不究問情事即將契據當堂斷給童王氏王王氏領回二人居然覇產到手果將王永善逐出倒斃於路其二姊竟不顧往認屍骸人心毒何毒至此可嘆也刻下五城司坊訟案類多先行賄託以曲就直若無情賄者雖滿腹含冤礙難伸雪王永善受淩之由本館因事關中冓家醜難言故存忠厚而都中人士紛紛談論謂本館受賄致未登其被冤之中豈知本館報以直名素本直言爲義向不貪贓如某甲架訟之案以朱提欵門相見直拒以止談風月不染絲毫鄙誠可質屋漏而於王永善一案仍不免謗言載道者實以于士氏童士氏係同胞姊妹王悅亭以爲息察無嫌時或止享其中情節外人不知而知知之亦付諸牆談之言不可以道即其視十永善爲眼中釘肉中刺現經倒斃仍不認屍亦可略知其概都城居人無不切齒痛恨然敢怒而不敢言者皆以王悅亭有松竹之同仁堂勢力情託是以相率箝口耳然於王函託之輩只知王悅亭之優孟衣冠不識王悅亭之種種情弊俗言不知者不作非倘有心知其事而仍爲王託者則有心黨惡陽律雖免陰律難逃今王永善既魂赴枉死城中恐森羅殿又添一裝公案若輩又將修何經懺作何功果以力贖前愆耶

吏部文章

○小京官通政司經歷趙鵬舉順天歲道　湖北臨法武昌道郭承舉湖南監　知州陝西隴州董瀛直隸供事　知

嘉江西會昌蔡琛閩建　陝西城固江衡江蘇　山東堂邑金林正藍俱甲　河南鄢陵王錫侯山東　山東鄆城龔義孫浙江　湖陽馬丙炎河南俱監　山東平原壽恩榮浙江附　齊東宮耀月山西甲　安徽歙縣易華俊湖南俊秀　四川樂山朱子春湖北甲附磨　江西贛州李文沼四川監　巡檢浙江開化張昌山東監　典史安徽桐城文宏甚四川監○教授湖北荊州羅良弼黄州中　正論直隸藁鹿王楫定州稟磁州杜庭榮澤州　山西榆次劉子浚平陽江西高安歐陽倬贛州　湖北黄岡馬勿臣武昌　廣東東莞葉世楨惠州　廣西賀縣吳吉謙柳州　四川茂州童紹瓚潼川　貴州定番彭壽賢遵義俱舉　訓導直隸竹唐劉□經館州開原王樾天津安徽霍山汪樂恩廣德　山東邱縣苗琦登州　山西臨縣溫亮珠太原　河南蘭儀劉鵬懷慶　福建霞洋劉崇翊福州　廣東鎮平區逢恩廣州　四川安岳鄔杰綿州成都包崇祐敘州俱舉直隸南樂楊毓楨遵化拔　河南項城劉廷珍懷慶　廣東陽山區孟麟肇慶廣西永福縣秉濬南寧俱拔　廣東開建梁廷瑄高州歲　復論安徽舒城蘇錫岱寧國優寧國余型滁州　陝西鄠縣孫步青西安　福建大田丁菁福州泰寧孫汝翼漳州俱舉　山東定陶王子龍東昌　山西孟縣成桂森太原　江西浮梁彭用霖寧都　廣東遂溪劉夢梅廣州　四川納溪王策勳成都俱稟　河南宜陽李廷元開封拔　陝西西鄉張兆疇興安拔　廣西興安居尊德思恩拔　復訓江蘇丹徒江山助淮安歲　河南新鄉劉鴻德衛州杞縣趙壽金彰德　陝西渭南張景圯乾州俱稟

教會醫藥　○去歲中日之役遼東一帶干戈遍地不獨百姓慘罹兵革即兩軍之死亡傷病幾於不可數計刻幸和局告成所有泰西紅十字教會中之力行善舉者因憫生靈塗炭故特多購藥料前往交兵處所救濟受傷軍士日本政行中人函感該會之德事平後已由日皇分擇寶星以旌其功我中國不在萬國公法之列該會中人愛莫能助又不忍恝視爰出鉅貲倩前奉委辦奉天前敵醫局總醫官同知銜候選知縣金明府大廷攜帶該會藥箱十二隻計值銀三千餘兩之多送至前敵醫治傷兵全活甚夥現由金明府稟情稟陳東征糧臺胡芸楣廉訪乞其就近在京面稟督辦軍務處王大臣准給獎札以懷遠人多聞該會中之首事者爲駐滬奥國領事暨總查中國洋面塔燈洋婦安得生二員當可同邀曠典矣

憲批類誌　○欽差大臣兼署北洋通商事務直隸總督部堂王　示據文生王鼎元等稟係天津縣人批仰水利局會同天津道核明案卷查勘形勢妥細籌議具覆核奪此批○又示具呈民人王步雲等係獻縣人批仰天津道飭委署縣胡令良駒查卷秉公核辦具報該書差等如查有舞弊詐贓情事照例究懲勿貸粘單抄存○欽命二品銜直隸分巡天津河間兵備道李　示據監生高壽昌稟批案已批縣訊究何得狡執呈瀆仰候縣訊核斷毋准率瀆提審仰天津縣查照飭抄存違式飭○又示據天津縣文童王化棟等稟　批案已批府訊斷胆敢屢次呈瀆此次呈內具詞親訊實屬刁健可惡仰天津府先行提案懲處一面將所控案情查訊明確核斷具報呈單抄存○又示據大梁莊等村民杜保玉等稟　批該二村本年准止歉收三分例無撫恤銀兩毋庸希冀瀆仰天津縣查照詞抄存

舊鎮將臨　○前鎮憲吳掄峯軍門在津多年今歲調任大名茲聞軍門由大名起程來津麾下舊弁等已借西門外育黎堂茶座並借河北大胡同口成泰板廠作爲行台云一二日即抵津郡矣

軍憲來津　○調任福州將軍裕大帥已由奉天軍次代進關由火車來津茶座設在車站以吳楚公所爲行台云

路透電報　○老金山之隸英國屬部者電致英總督大臣云貴大臣辦事甚結實各屬皆願相助○按此電令人不解相助者何事或要助英將檀地歸英耶○英國駐華公使一缺與延已簡派馬東阿前往馬君向在阿非尼喀爾爲總領事兼欽差大臣

軍門示牌　○直隸提督中軍參府劉　牌示現奉　提憲文行署紫荊關參將玉祥飭調河屯協副將本任其卸署河屯協副將汪盛元仍帶左翼練軍馬隊又調署宣化鎮城守營都司李仁元署𩀱山永協左營都司其現署該營都司儘先副將吳麟祥署宣化城守營都司之缺

案應歸案　○河西務民人諸葛辰之父諸葛清蘭被武弁李得新毆傷身死一案辰即具控但不知李爲何屬應轉曾紀前報茲

文訪悉李平日自稱經歷不免有藉勢妄行之事及至闖禍已出命案李尙隱匿畏罪尤不敢言係何屬下惟案關人命經有司確切查明李係河西務分府屬轄是以備文移提方始歸案訊究藉勢欺人者每以勢爲護符殊不知職官不法較庶民罪應加等以其知法犯法也如李得新者藉勢滋事法網莫逃欺人適以自欺乎

不無撞騙 ○欽派督練新建陸軍袁觀察諭禁撞騙略云前委本軍員弁等爲外行招募馬步各兵不肯在津濫收營勇一名已經在案本督辦近風聞有在津賦閒員弁冒充本軍募兵招搖撞騙實屬胆大妄爲目無法紀亟宜諭禁嚴拿倘有容留居住及勾串作弊者一經查出即一併拿從重治罪云云

仍有逃兇 ○道憲前因巡查河工飭差拿獲聚衆持械拒傷事主之盜犯王平安馬小元二名於審實取具供招稟明制憲批飭就地正法業於十三日綁付西門外梟首仍解至犯事地方示衆茲悉此案據盜犯供稱尙有夥賊蔡林等是以仍須嚴緝逸賊云

器堪假用 ○某甲者在東門外開設烟館爲生年來頗有積蓄前月身故昨日爲發引之期竟以全副執事綠轎綠旱提盤爐爲靈前導引無異一品大員儀制與前月京師某扛頭之喪儀相埒夜郎自大俗使然歟纓路盤纓又孰謂名與器之不可假人耶

名不虛傳 ○地方官在任時有惠政及民去之日民留其靴記以碑於公堂上懸匾額銘去思也曩時寥寥罕覯今則無任無之亦人情之好勝也軍興以來營勇頌其上以牌匾旗傘鼓吹恭送觀者塞途焉上月二十八日爲楊君芝坪誕期君蘇人司事於津海關局綿之人感其德爲製匾一方額曰寬以待人製萬民傘一柄額曰正大光明於是日鼓吹喧闐衣冠楚楚恭送楊君之門門前高搭蓆棚懸燈結彩盛矣哉

驅盜以聲 ○滄州某甲者武夫也心純孝一母一妻無恒業屢患貧不得已投入軍營習洋鎗朝夕揣摩同伍者多笑其愚甲曰既食厚祿自當奮力強爲因其專也槍法較他人甚精旋因遣歸里雖合家團聚仍衣食維艱適鄰村富家屢遭賊竊約賊即行服落因悉甲歸自軍營精練槍法且必胆壯延入家贍以衣食甲受知遇之感盡心看事日久賊竟絕跡說者謂甲每日於庄外演練洋槍眞能百發百中遐邇均知賊匪諒聞風遠竄乎小盜驅之以聲其斯之謂歟

商局章程 ○上海招商承買各省船廠機器等局一事事體重大富由部中行文至閩邊潤民制軍備摺奏請出洋招商承買須先派員給發木質關防俾得出洋隨地招辦以冀有成當事中制軍刊就木印招商關防字樣遴派福建候補道延少山觀察授以機宜乘輪出洋十月二十二日已抵粵東所有出洋經費隨時滙劃想新加坡伸光檳榔嶼及新舊金山各華商定能聞風興起焉

鐵路勘估 ○署江督張香帥奉 旨准造鐵路屢登前報近又委知州汪刺史喬年查勘鐵路事宜會同比商馬戴兩君細爲察視以便舉辦又經蘇撫趙展如中丞派委查勘中丞着同知吳司馬嶺赴江北查辦鋪遞遠近并驛站里數圖冊又派汪大令廸文查江甯揚州海門通州一帶鋪遞又派孫明府查江南一帶鋪遞均須按段記里繪圖訂冊并明河道橋梁以便稽核現均辦理清楚回省禀覆矣○又創築鐵路業奉 上諭事在必行江督張香帥爵辦以來已定議由比利時國商人承手包造其路由上海吳淞口起築至蘇州省城再由蘇州接至鎭江然後由鎭江接至金陵其向南支路分接至武林三竺間者則由蘇州繞路分出造至浙江邊界則由浙撫接造以抵杭垣其所需工費若干及沿途橋梁幾許何處可設中站香帥已發護照着該商人馬悅戴維禮兩人先行首途由甯至鎭一路勘估明白記載繪圖貼說禀覆核奪想開工在指顧間矣

天津　中西大藥房
零躉批發格外公道

頂厚藍白柳條絨布　每疋長四丈餘闊尺八足重三斤半售洋一元七角原箱批發格外公道

頂上旭日麒麟老牌啤酒　每箱大瓶四打計洋十二元零打照算如買十箱以上價更從廉

櫻田正老牌啤酒　每箱洋九元半每打二元五

紅蓮老牌品海紙烟　叶牌每盒一元　六品海一元八毫批公道

各種頂嘜呂宋烟卷　到有十餘牌號之多每箱百枝價洋二元至一元每百枝兩元零打照算批折更廉者

鍍金化銀洋碱　薄片洋碱每瓶九角厚片

硝鹽强水　七角五硝强每瓶六角鹽强五角化學純硝强每瓶七角五試銀小瓶

五度高礦强水

六　硝强洋三角

計藥水提金化銀需用浩繁本房自運名老廠之貨業經數載近有貪利外行販售次貨祇圖價賤僧魚目之混本號之貨向管使用價亦照舊每百磅計洋四元

賜顧者請至鍋店街中西大藥房不誤

本號自製廣莊花生清油味極馨香色尤皎潔燃燈光亮逾淬無比四遠馳名已歷年所正號在紫竹林北首創設開市鋪內

諸尊賜顧價值相宜　光緒二十一年十一月吉日　恒昌厚告白

新到香楠二十塊如欲購者請到怡和洋行面議

實窮貨（昔召公虎曰民之有口猶土之有山川也財用於是乎出猶其原隰衍沃也衣食於是乎生口之宣言也政令於是乎興行善而備敗所以阜財用衣食者也夫民慮之於心而宣之於口胡可壅也又曰防民之口甚於防川川壅而潰傷人必多民亦如之故泰西各國競立報館亦猶爲川者決之使導爲民者宣之使言耳古有輶軒今有採訪亦猶例也古者婦老無子爲採詩爲其年老而事多無子而私心絶欺今之採訪亦必有識無私者爲之斯堪勝任否則肆意言妄安當也今春我國諸大臣議設近年以來泰西各國所出之報本年五月北京售漏報内刊機密事指傳佈天下實屬議聽朝政是以嚴密稽查備禁洩露機密要件隨時拿治罪今派北京售直報人陳午清轉致各報館京師勍事售報之人務須開具名姓籍貫年歲住址另取鋪保圖章投赴陳午清處復門加具甘結禀明該管地面衙門存案以備稽核倘有不遵者許陳午清扭禀從嚴究辦不貸

十二月初一日銀錢行情

天津九七大錢

銀盤三千六百五十文

洋元一千九百文

紫竹林九大錢

銀盤二千六百九十文

洋元一千九百三十文

發售石印書籍

本局向在上海今分設天津針市街同豐棧內承蒙賜顧其價格外從廉太平御覽　歷代賦彙　史學叢書　新疆識略　蓮魄叢書　小題三萬選三希堂法帖　墨池堂法帖　其餘各種新出閒書尺牘圖畫　詩賦文策均不細載畧舉數種是也

積山書局省記啓

浙杭　元吉永號

本號自置抄羅綢緞新樣洋綢花素洋布川廣夏貨各種雅扇南貨頭油俱全祇爲近時錢市漲落不同故將各貨減價開設估衣舖中間路北凡仕商賜顧者無任歡迎

直報

光緒二十一年十二月初二日　　第三百零五號
西歷一千八百九十六年正月十六日　　禮拜四

啓者現因海口結凍輪俱停輪前紙未到報紙改用洋粉連俟明春冰泮輪船紙到津仍用前紙特此謹白　本館謹啓

上諭恭錄

上諭依克唐阿奏參弁不守營規請旨懲辦等語雲騎尉景海任聽馬兵杳雲臨私行出營勾通土匪聯變為待撤詐臟不向攔阻實屬庸懦無能景海着即先行革職永不敘用以肅軍紀該部知道欽此　上諭陶模奏綏來縣客回謀變拿獲首要多名正法請將出力官紳及陣亡武弁分別獎䘏一摺本年九月間新疆綏來縣逆回托葛等在城內放火起事經該縣分派兵役捕拿當將首逆托葛安起澄格厖先後拏捕餘匪拿獲正法地方如常安謐辦理尚為迅速從九銜馬丙章著以州吏目歸部選缺即選藍翎把總吳啓山著免補把總以千總補用監生凌福緯著以巡檢歸部不論雙單月選缺即選附生趙寅卿著以縣丞歸部不論雙單月儘先前選用候補都司曹昌睿著免補都司以遊擊留於新疆補用並加參將銜陣亡把總王崑山著交部從優議䘏餘著照所議辦理該部知道欽此

善葬說

上古無風水之說自中古周公營洛卜于澗水東瀍水西又卜于澗水西瀍水東此卜陽宅而定其中非為其求福也至陰地砂水之環抱向背則概無聞焉且由今思之知富日周公必不講也夫以公為千古承先啓後之聖人為嗣王孺子卜其陽宅斷無不為乃祖王季卜其陰宅者而王季之墓為水所齧更未聞卜何吉地以遷陵寢亦卒無害其子之卜世三十卜年七百與其孫之秉旄仗鉞一戎衣而定天下也乃交之曠仲尼悼之倘非問於聊曼父之母則聖人抱痛終身無日可慰及其葬也馬鬣封之未嘗取乎砂水以為助也而孔子及身而俎豆馨香萬世奉以為師表生平刪詩定禮贊周易修春秋述古信古大率以人事為詳而天文畧焉地理則絕口不談自郭璞著葬經厥後衍其傳者遂汗牛充棟信之者沾沾言之者鑿鑿甚以古聖先賢帝王宰相之墓皆為追圖綴說以附會之愈講愈精窮乎大地之中究乎天地之外一似人間禍福修短之數悉於一葬操左券神乎技矣而論者又謂吉人自得吉地不可強求其說較為有理俗傳宋康節出遊見一地極贊其佳謂葬此後必大昌語為地鄰某富室所聞因專意購為佳城地主以祖產不肯輕售鄰設陰謀強佔之訟於官官索兩造文契地主以遠年祖產失契對鄰偽造有契有憑地主固知其無憑也鄰力請掘地以驗果得碣鐫弓口四至為鄰祖遺地地主以是不得直鄰得地大事種植佳樹成林望之葱蔚數年康節復過其處而贊之士人聞言而嘆曰此言乃禍所由來也康節驚問人以實告康節援筆銘其樹曰此地不發是無地理此地若發是無天理掉背而去翌日天大雷電以風木盡拔地陷為坎遂廢之故諺曰陰地不如心地好有以也而惑其說者大抵富室為多貧人為少貧者有子之喪無力安葬苟得戚友麥舟之助卜牛眠以妥先靈於願已足何

敢多求富者財愈多心愈貪無厭之求絶無盡算雖其祖宗艱難創造焦勞已死之枯骨亦不肯令處曠閒浪擲地下於無用於是[illegible]帛餌祿功名顯扮非丕志滿而獨於百年之後此身已無能爲力而於子孫繼起之思有厚望焉爰卽此一息之存爲後世無窮之想於是聘名下師裹百日糧行萬里路積之數年或數十年或尚不能遇一吉壤遇之矣或其地係世族恒產老農先疇百計鑽營不能到手到手矣然術師或彼此獻疑彼此爭功習惑其主甚至求葬未得而現存之費白千萬一擲百萬一擲者計爲延師覓地置產修營種種開銷不知已耗去幾許葬之後安未必遂佳葬之不安則又須舍舊圖新曠累時日致使祖宗之柩累世浮厝不及入土而家已替矣語云富遷墳俗情也然往往家講卜葬而家忽起及講卜葬而家遂敗者不可一一屈指此種風氣中土最信南北皆然而泰西不信也大抵泰西事事求之以實故專力於人爲中土事事託之於虛故喜神夫詐術古言善葬者不昌以其心多妄想也靜閱滬報載琴城之某有祖塋一區在廣北山麓地僅數弓四面皆路如勾股弦然內中祇容一塚係黃祖父母委蛻之所於咸豐季年卜葬其時黃家甚寒未及一稔卽遭兵燹黃隨其父若母遠徙他方逮亂平而歸父子經營貿易日漸順遂近且隆隆然不止中人之產矣不料去年秋黃之父及母相繼逝世黃於冬間卜得新阡勉著名堪輿家往勘幷視祖塋風水某堪輿以祖塋爲四絶地力勸黃某移徙黃信之遂於今春擇吉將祖父母遺蛻遷至新阡主穴龜雙棺甫起見其下有白龜各十餘頭蹣跚一見風日卽殭而不動堪輿知係吉穴立命將棺放下重封馬鬣不復遷動不意事後甫閱二日黃長次二子卽因病告斃其妻若媳與孫等亦相繼染病而卒黃自此謀爲一切所如輒左遠遜從前之順適人皆以爲祖塋洩氣所致吁天道好還不有廢也何以有興興廢之間毫無把握所可恃者人事耳故聖賢之功惟盡人事以聽天命彼君子之知命亦知其爲不可知而已矣

乃懲實政　○京師前此拐案迭出男女小孩被拐者不知凡幾更有匪徒肆行偷竊民間被竊報失者日有所聞現經步軍統領番役拿獲多名盡法懲辦匪類稍知斂跡烏副金吾復於十一月二十五日夜深人靜時乘輿親督巡查不稍疏懈並飭各段官廳一併認眞巡訪毋使窩藏匪類遺害閭閻近來安靖逾恒亦可見官斯土者果能除暴安良斯爲愛民之實政也

聿煥新猷　○順天府宛平縣知縣張肇鐘因案撤委所遺員缺前任固安縣知縣范春棠明府思本署理定於十一月二十五日丑時上任示仰闔署書差捕班人等至期一體謁見所有一切詞訟卷宗經張明府於二十五日飭差傳集人証於是夜二更高坐皇堂親身提訊共計四十餘案移交新任范明府訊辦矣

幸有援兵　○京師地面各街巷錢店林立每遇銀價跌落錢店卽有擁擠關閉之虞入冬以來銀價每兩京平松江銀可易制錢兩吊五百文富十大個錢十三吊七百文二路原串錢十五吊五百文近日開放八旗兵丁恩賞銀兩鹽錢行經紀陡將銀盤跌落每兩松江銀祇易十二吊五百文東直門內北新橋廣源號錢店因票存虧欠甚多以致十一月二十七日赴鹽錢店持票無錢者多錢不應手遂擁擠不堪幸經某糧店向前呼喚有持票者卽向我糧店點錢可也得此一路援兵始行保護得免擠閉誠大幸哉

那堪生別　○世一兩般淒絶事無非死別與生離孰兩以衡生離尤甚於死別其難捨難離眞有不堪以言狀者昨聞有京東遼陽難婦因歲荒兵燹携子兩人長七歲次五歲跋涉來京擬投[illegible]廠善堂苟延殘喘詎以額滿見遺他鄉落魄舉目無親迫不得已在宣武門外南橫街地方插標賣子適有某弁抱鄧攸之戚邂逅之議定身價十千願作螟蛉兩已議妥詎當交易之時其母子兄弟抱頭大哭堅不釋手痛不欲生某弁惻然立毀前議贈以京蚨四十千使回故里於是母子三人轉悲爲喜崩角以謝勳事人述畢不覺爲之酸鼻安得楊枝甘露洒遍大千救無限衆生苦惱耶噫

[illegible]手[illegible]扣　○本埠某善士托某善社代辦小孩棉衣出貲百餘吊爲孩提禦寒計也不料某善社買舊絮舊布爲衣從中取利名爲禦寒實莫能禦未知某善士亦知之否

轉眼便偷　○水梯子迤東朱某者舌耕爲業昨於初更前合家人聚食一室賊乘隙開北門之鎖將箱內衣袄四件幷錫器一[illegible]一併偷去家人食畢見北房門扇大開燭之知被竊現報驗處經甲局勘驗矣

克甘來津 ○克甘者外洋女醫士也不憚重洋之險涉數萬里渡海國波濤來中華施醫施藥專治婦孩每禮拜內一三五等日自兩點鐘起至四點鐘止過時不候無論貧富人等不取分文現寓鎮署前福音堂內洵好善有誠矣

何苦拚命 ○日前西關劉姓絡之劉洛用木棍傷斃曾某經管局設即日拿獲兇手送縣嚴刑審訊供出急殺字樣閱此案已詳各志矣

虎咥同險 ○天氣和煖河道雖凍不堅屢淹人命名紀前報□午北門外茶店口西某關渡口兩岸頭各用木板一塊防消凌水也中間履冰習以爲常有鄉某父子用小車推磚□過渡口父在南岸看磚子推空車履冰行至中間人車忽陷杳無蹤影其父望河大慟無法可施觀者亦徒爲咋舌頓足立視而已冰之陷人險於虎尾□顧同赤儒而玩之何哉

馬跑堪虞 ○南門外柴車後拾柴者俯拾即是男女小孩爲多詳某幼孩正俯拾時背後某營勇騎馬突來將小孩右腿踢傷有骨折之處看街人等即將騎馬人揪住聲稱送該營營中懲治云

鬬於紅橋 ○本埠凡腳行車把以及食力之人一語不合卽行鬬毆風俗相沿殊屬可惡茲大紅橋腳行詹鳳山韓起升馬央奎不知因何與樊大樊二樊三互相兇毆致將方彈壓不服飛磚武營立將兩造拿獲連杠子三根一并送縣懲辦

劫及赤子 ○閘口西周家坑某姓小兒年八九歲手執錢帖四吊巷左鄰米局換錢竟被無賴搶去小兒哭喊無賴已不知逃往何方又某甲晚間乘坐洋車正急馳間背後一人將甲手中烟袋並頭戴之帽一併搶去及令車停住尋物人已竄入曲巷夜晚行路者務當格外留神也

不顧而唾 ○昨西門外三元店前有男女二人相打年皆約將而立經行路解勸詢問女以手指男曰不怕大家見笑彼是我不成丈夫之夫好吃懶作欲着我不力而食以供爾之耳語畢不顧而唾聞者皆哂而晉(?)男力勸回家後不知若何究竟矣

相繼成擒 ○先春園居住之龐四素無賴流也昨在西門外海會寺賽閣聚賭適值夜河北汎俞把戎巡至該處聞聲進捕當將局頭龐四並同賭之張立成張福亭翟得三番元慶李大陳二于二等七名一併拿獲送交縣案查同賭之犯或係生意中夥計或係小本營生並有稍具體面之人但如此犯法聚賭聲名俱裂矣本地賭風誠屬不少惟營管者勤惰不一故或能緝或不能緝抑或賄縱不緝耳豈知賭爲盜媒除賭卽係除盜汎弁尤當加意者也

輿論有因 ○城北東于莊韓永貴永慶永祥兄弟三人設雜貨舖爲生其實藉此出帖網利及有持帖取錢者卽百般支延昨有該莊王陳氏之子王奎兆持帖取錢韓不但不給其兄弟三人卽將王奎兆肆意揩毆幸經人勸解該氏聞子被人打傷情實難甘卽携子赴該管西沽汎鳴冤當卽率兵前往將永慶永祥抓獲送縣訊辦永貴聞風逃逸以此出帖並不付錢顯然行同誆騙況又恃兄弟羣衆肆意行兇惡更甚矣據禀所述若此是否另有別情如果屬實法難宥也姑錄之以待續訪

棍風素悍 ○閩粤會館西土棍林二持刀與陶二札傷當經該管地方報案除陶自行赴縣請驗其林二卽被汎官抓獲送交有司按西北城角一帶土棍甚衆曩昔拿獲混混羅仲義曾經正法梟首懸至數處示衆近來該處土棍滋事尋衅案經拿獲數案今又有刀傷之事兪見該處土棍之風既多且悍若不從重懲辦殊不足以儆效尤耳

天津 中西大藥房

零躉批發格外公道

頂厚囍白柳條絨布
頂上旭日麒麟老牌啤酒
櫻田正老牌啤酒
紅葉老牌品海紙烟
各種佰[illegible]呂宋烟卷
鍍金化銀洋碱
硝鹽强水
五度高磺强水
六

每疋長四丈[illegible]闊尺八足重三斤半售洋一元七角原箱批發格外公道
每箱六瓶四打計洋十二元零打照算如買十箱以上價更從廉
每箱洋九元半每打二元五
廿牌每盒一元六品海一元八躉批公道
到有十餘牌號之多每箱白枝價洋二元至一元百枝者兩元零打照算批折更廉
薄片洋碱每瓶九角厚片七角五硝强每瓶六角鹽强五角化學純硝[illegible]純鹽强每瓶七角五試銀小瓶硝强洋三角

此藥水提金化銀需用浩繁本號房自運驍名老礮之貨業經[illegible]數載近有貪利外行販售次貨祇圖價廉售魚目之混本號之貨向管使用價亦照舊每百磅計洋四元賜顧者請至鍋店街中西大藥房不誤

貴[illegible]勞貸 ○昔召公虎曰民之有口猶土之有山川也財用於是乎出猶其有原隰衍沃也衣食於是乎生口之宣言也政令於是乎興行善而備敗所以阜財用衣食者也夫民慮之於心而宣之於口胡可壅也又曰防民之口甚於防川川壅而潰傷人必多民亦如之故泰西各國競立報館亦猶為川者決之使導為民者宣之使言耳古有輶軒今有採[illegible]亦其例也聞古者婦老無子令其採詩為其年老而更事多無子而私心絕歟今之採訪亦必有識無私者為之斯堪勝任否則肆意言[illegible]妄當也今奉我 國家大憲[illegible]核近年以來泰西各國所出之報本年五月北京所售滬報內刊機密奏摺傳佈天下實屬識聽 朝政是以[illegible]密稽查備再有洩露機密要件者隨時訪拿治罪今派北京售直報人陳午清轉致各報館京師訪事售報人務須開具名姓籍貫年歲住址另取[illegible]保圖章投赴陳午清處復行加具甘結稟報該管地面衙門存案以備稽查倘有不遵者許陳午清扭學從[illegible]究辦不貸

本館京報局處在宣武門外[illegible]坑路東[illegible]昌會館內陳午清先生代辦如門[illegible]者請至陳處可也 本館謹啓

浙杭 元吉泰號

本號自置[illegible]新[illegible]洋縐花素洋布川[illegible]夏[illegible][illegible]摺[illegible]廣南[illegible][illegible]油俱全祇為近時[illegible]市[illegible][illegible]不同故而各貨減價[illegible][illegible]估衣街中間路北凡 仕商[illegible][illegible]

本齋所售天臯齊太[illegible]宗伯水道提綱一書近因津郡添設水利[illegible]局此書於前月售罄而來購者踵繼本齋自得竭力搜求覓出學[illegible]初印之書數[illegible]又學治一得編明刑管見錄數部二種合為一部牧令奉為南針者又仁和陳雲莊太守選訂國朝舉業正軌數[illegible]智學[illegible]者皆奉為鴛針以上各書為津邑[illegible]沅青觀察守[illegible]日所刻官[illegible]經濟文章有用之書[illegible]當年初印各書無多與[illegible]上[illegible]刻者迥然不同一看便知此書之精美矣 又石印由津至[illegible]構[illegible]鐵路圖 文[illegible][illegible]謹啓

十二月初二日[illegible]津行情
[illegible]
[illegible]二千六百五十文
[illegible]元一千九百文
[illegible]行[illegible]
[illegible]二千六百九十文
[illegible]一千九百三十文

直報

光緒二十一年十二月初三日 第三百零六號
西歷一千八百九十六年正月十七日 禮拜五

上諭恭錄　借材宜畀全權論　左翼咨行　親身捕捉
惡同路虎　殃及池魚　將觀天顏　庶觧地面
身穩心安　頭破血出　政府保障　匪慣抓街
賊快於刀　人盲於井　戲終無益　騙情紀詳
言歸不歸　入險出險　日兵去遼　金門形勢
水雷巨費　告白照錄　京報照錄

昨者現因津口結凍各船俱停輪前紙未到報紙改用洋粉連俟明春冰泮輪船抵津仍用前紙特此謹白　本館謹啓

上諭恭錄

上諭喀什噶爾提督著張俊補授欽此　上諭湖南岳常澧道員缺著陳璚補授欽此　上諭董福祥著補授甘肅提督仍著總統甘軍所有前敵將領均歸節制各營中如有捏報勝仗侵冒勇糧者即執法嚴懲以中軍律欽此　上諭崧蕃奏查明已革臬司岑毓寶被劾各案內各員分別懲儆等語在籍廣東候補道李光翰干預公事人言嘖嘖著即行革職副將馬桂芳帶兵丁致斃人命著交部議處該員業經前赴山東聽候差遣仍著李秉衡隨時察看補用將劉銳恒迹近貪緣頗滋物議著撤去防營差使交崧蕃嚴行查看餘著照所議辦理該部知道欽此

借材宜畀全權論

偉原

軍國所以爲大計者誠以國必能軍國乃可以爲國耳環五大洲皆海也海疆大啓以來國之雄於海疆者推英國之軍號爲巨擘英欲以中國爲友邦願中國創設海軍練成勁旅峙於東陸以爲英之東道因准中國學生至英水師中習練兵事十數年前中國創辦海軍曾向英廷借材董率其海部以爲將琅威理應聘琅英水師俊材也秉心忠正諳習風濤抵中國後不辭勞怨悉心將學教授華員夫行軍秘要凡以平日習練即以爲大敵當前因天乘地審時度勢以冀得盡法盡力實事求是否則衆焉不齊譁焉不戒臨事何能紛紛者爲敵必隨時隨處使皆如心習指臂之不期而然方可爲有律之師不致習爲故事惟琅之練事無論嚴寒酷暑夜霧風潮必親督率諸船操演對敵臨不以身屬英人稍分畛域以致左右兩翼劉林等人恨其勞苦涉險心滋不悅非一朝夕矣平時浸潤之譖蔓菲之言不知凡幾適巡閱外洋丁提督因公赴粵者琅軍門在船停泊香港例應仍懸提督旗乃劉林不遵下督旗而懸鎮旗琅軍門大爲消色事雖細微於觀瞻實有未便因而琅軍門不得不灰心辭職事聞英廷亦檄令琅即日回國而總理海軍者信譖已深竟聽其自去嗟乎中國海軍自此休矣迨後琅君所立海軍章程日毀一日總理者雖有所聞事亦莫可如何去年海軍之陷殆由於此然而南洋各船仍在也奇在僻處不出一戰識者知其難既脆薄又無將材器械不足決不能大海觀兵耳者數月南洋張大臣擬整頓此軍仍請琅軍門來華琅君婉辭不就其有鑒於前此之事不肯再蹈覆轍歟不但此也庸譏以琅君之故中國開罪於英廷海部繼後中國再向英廷商請借員必不肯借即再索學生赴英水師習練英亦必不肯允也即現在中國之教習英官皆召回國蓋欲天下皆知英廷之意初非不助中國乃中國不知自振今已移助中之心轉而東向矣昔琅君在軍時兵官不敢離船以其號令極嚴不知何時出隊督率極勤故也若非如此練法無論費銀幾何難識幾何皆爲虛擲再參以不識海軍之華官妄使意氣外洋名將如何肯來即來不予以督辦全權徒受薪俸招之使來揮之使去華官道好惡

為他邦開眼人所齒冷矣中邦借洋員所辦之件三十年來祇一海關稅務事事結實幾歷風波脚根總穩中國借款歸項悉顧[illegible]加五加十亦難設措也總之華政不必用借洋人然非華人學到洋人地步卒難洋人不得前十七年總稅司上總署章程擬辦海軍事務總署須給各督撫推恐衆或不諧然即目前而論二十年內尙不能照此章辦理二十年外恐欲照辦亦無及矣吁可畏哉

左翼咨行　○左翼前鋒統領崇爲咨行事照得　禁廷重地理宜潔淨以昭嚴肅所有　內廷值班官兵各項蘇拉茶役人等各於所司之地務須打掃乾淨不得任意堆積爐灰穢土並將牆壁肆行塗抹種種一切均有干功令統領奉　命值年蒞事前經禁令重申嚴行誥誡相應咨行景運門轉行右翼前鋒營八旗護軍營飭知　內廷各項值班官兵於附近地段芟除乾淨以昭嚴肅除派委員章京不時巡察外倘再有前項情事或經該章京稟知抑或被本統領覺察定將該值班官兵從重嚴懲決不寬貸懍之愼之

親身捕捉　○私燬國寶改鑄錢文向干例禁近年以來京師各街巷行使二路原串當十錢內仍攙和私鑄沙板錢甚多可惡也頃聞十一月二十六日崇文門外四塊玉地方居住[illegible]家經南營鮑都戎訪聞有私鑄銅錢情事親身督率兵丁前往該處拏獲私鑄之犯四名並起獲風箱火剪錢模器械等物解案嚴訊　切供詞容俟訊後續佈

惡同路虎　○慨自人心不古機詐環生要以財色二字爲人生一大陷穽歷觀往古[illegible]驗斯言見財起意因姦謀命者指不勝屈也而某人懵懂自蹈陷穽暈不省悟可慨也京師前門外橋迤西牛農壇根居住鄭四者無業流民也十一月二十一日黃昏時有京東鄉民張某夫婦二人來都覓親無着行至鄭四門首正念棲身無所經鄭四夫婦瞥見當即鉤引將張某夫婦二人讓進房內留食留宿鄭著見張妻頗係村婦頗有姿色故也至夜便起淫心强欲姦佔張妻喊嚷與夫蹤亦罵鄭四將張某縛以蔴繩剝去衣褲赤條條一絲不掛張口中喊嚷不止比經巡夜兵丁聞知趕即由房落院將鄭四等一併獲案解交步軍統領衙門咨送刑部[illegible]安徽司審辦噫輦轂下竟有此惡棍橫行諒有斟斷之實定不容若輩逃出法律也

殃及池魚　○邇日天氣值隆冬風高物燥偶一疏失即有不戒于火之虞十一月二十六日夜間前安定門內條兒胡同某姓家突兆焚如登時燎之方揚不可撲滅蓋時正夜深人多熟睡火會來遲致鄰右某成衣局亦遭池魚之禍該局擬做各活計均付諸[illegible]亦壁一燒計價約値百數十金目下各衣主咸欲責其賠償似此小本營生遽予賠償試何容易將有對天嘆奈何矣

龔觀天顏　○調任[illegible]州將軍[illegible]大帥由奉省來津已登前報聞大帥刻駐行旌即當入覲矣

庶除地面　○津門估衣街生意極繁藏奸最易因鋪商均享愿生事一切忍之匪愈肆矣日前五段守望分局拏獲小綹一名姜起太據供係河東孫庄人曾在河東行竊馬快均與熟識曾竊過永成棉袍一件晋源益馬褂一件文盛套褲一雙云云該犯身邊帶有當票三十餘張並認隨便竊取當錢花用只存當票在身當經總局發縣責枷又日前五段分局委員查夜拏獲慣賊一名李二來當送總局發縣審訊聞已供認多案不諱似此認眞緝捕宵小庶知斂迹乎

身穩心安　○雲字營馬隊每歷冬分駐各緊要處所巡緝盜賊茲探悉所駐各緊處計自天津西沽起第一段小王庄王秦庄蒲口北倉漢口老米店楊村小頓邱蔡村大爲庄大王庄大張庄河西務小沙河安平大柳樹馬頭淀庄海子灣至張家灣共二十段每段勇丁十名或六七名不等其護送行旅一切頗爲勤愼可爲行旅福也

頭破血出　○初一日三鼓法界外之客店內住一妓女名紅桂係楊芝坪交好因搶風口角旋即稱干比戈幸經和事老說和從手頃有冷眼人特來告白敘述甚詳俟交貲後再登衆覽

政符保障　○南運河西岸各村屢年被水民不能聊生惟本年督[illegible]巡捕廳黑參戎雇工數十人將運河堤岸一律修補各園菜蔬穫慶秋成村民不忘德政恭送萬民傘一柄額曰咸歌善政云

匪慣抓街　○本埠近來街市間每有不法之徒搶奪物件以鮮見案未聞嚴緝匪徒即不免胆熾茲聞某媼香售賣針線等物昨赴河東某富家賣物天將黃昏遂雇洋車還家行至糧店街過十字路口數步忽由後面赶來一人將車上包袱搶去媼驚得口噤難言及

嘆住車夫同視己不知賊往何路而跑矣云包袱內等物約值錢千餘釋本錢搶去無可奈何惟有涕零呼嗚而已按本郡雖地面寥闃而搶物者每在街市可見胆大已極該管者若再視為尋常不緝則若輩心胆更熾矣

賊快於刀 ○西門外八段局勇捕等拿獲胡一一犯已紀前報該犯即劉玉山又名小胡鷄最為快且慣用刀傷捕據西路捕役等僉稱此賊專竊西路一帶上月在十七段犯案拿獲中途扎傷巡勇脫逃又於十九日被馬快任得善之夥拿獲中途扎傷該役手腕脫逃似此慣賊恐別案尚多俟守望總局審訊明如何核辦再為續登

人盲於井 ○失足落水澤國之常陸路鮮聞者以陸路縱有池塘井面大路園少曲徑亦必有可辨之形失足落水於陸路是亦盲人也已矣昨某畫舖某甲赴楊柳青畫店取貨路經河岸失足落井該行人以腰帶援出以井面蒲蓋土封畏其或因凍而坍水泉為塌來春不適於用也如此之類其井非盲幾盲設非盲人入之者鮮何也徑之為徑以人踐踏而露竟故謂徑豈有目而猶不辨露否乎

戲終無益 ○河東西方菴後么姓澡塘生意頗旺奈該塘人等多好嬉戲適有海下人來塘沐浴畢穿衣衣俱被人頂去並有眼鏡鐲褡等物錢衡內尚有當票數張該塘初不認償現經衆人理論伊方允從戲無益三字真可奉為戒也

騙情紀詳 ○昨外郵某甲窮途被騙略紀前報茲訪悉中在寧闊道署南一帶求乞突遇本地某乙言爾如此壯年何致作此下流我與爾謀一吃飯處好否甲急呼大爺感恩不盡乙曰但無棉襖難以任事遂誘至某烟館中甲原穿新舊小棉襖二件棉褲單褲各一條將新棉襖棉褲脫下乙代將棉褲賣與該處舊貨攤得錢六百文乙給甲吃飯用去二百下剩之錢連棉襖拿去言與代買棉袍即從此遁去甲候不見始悉被騙沿街號哭至晚欲行投河經人解阻似此誘騙異鄉窮困之人狠毒何甚若不拿獲重懲何以儆此奸徒也合據所述據實再錄

言歸不歸 ○昨聞于家廠某姓之妹年二十許歸寧日滿乘洋車回婿家被拉車人拐去昨其母家婿家四處詢問竟無確耗可怪也肆俗小家婦女往往不用親丁跟隨致有意外之變亦自誤也

入險出險 ○河東老龍頭向有鐵路公司設義渡船隻以渡行人往來稱便現在該渡口上下離凍尚冰薄無力時虞塌陷昨有甲乙二人各担蔗筐兩個在渡口以下踏冰過河岸上急喊其回而二人已陷幸離岸不遠衆人奮力牽挽乃出險登岸衣服濕透凍不可禁爰赴澡塘溫暖之

日兵去遼 ○東洋西字報載東京來電云刻下遼東之日兵皆將退出大約於華歷十一月初五日可盡退矣聞駐紮遼東內地之日兵退至沿海處其空地即由華官收管駐紮海城及鳳凰城兩處之日兵于華歷十月初八至十二數日中向錦州西退該兩處亦即由華官收管聞議還旅順之期定于十一月二十九日

金門形勢 ○茲聞德國水師提督曾經有言謂廈門附近之金門不合為水師貯煤之區因當衝風時波浪甚大各戰船不能用杉板傳遞消息也

水雷巨費 ○西字報云歐洲各國製造水雷卒皆不惜鉅費其中有名歪奚水雷者其功力無堅不破無物不摧每具價值二千金磅雖值如許之多而一炸之後亦不堪用計自一千八百七十四年以來英國試驗此項水雷共有一百具之譜本年德皇戚廉閱操時亦經演放遺失五具足見西國講求武備不惜重資以期藝臻純熟也

浙杭 元吉永琥

本號自置[illegible]綢緞[illegible]
洋縐花素洋布川[illegible]夏布
[illegible]雅局南貨頭油俱全
祇爲[illegible]時錢市[illegible]不同
故兩各貨減價[illegible]估衣
街中間路北凡[illegible]仕商賜
[illegible]

本齋所售天臺齊次風宗伯水道提綱一書近因津郡添設永利[illegible]局此書於前月售[illegible]而來購者踵繼本齋自得竭力搜求負出[illegible]初印之書數部又學治一得編明刑[illegible]見[illegible]數部二種合爲一部牧令奉爲南針[illegible]又仁和陳雲莊太守選訂國朝舉業正軌數部習舉業者皆奉爲鴛針以上各書爲津邑[illegible]觀察守[illegible]所刻實皆經濟文章有用之書[illegible]覓得當年初印各書無多與滬上翻刻[illegible]迥然不同一看便知此書之精美矣 又石印由津至[illegible]鐵路圖 文美齋[illegible]

十二月初三日[illegible]
[illegible]
[illegible]二千[illegible]四十七文
[illegible]一千[illegible]八[illegible]七十
[illegible]
[illegible]二千[illegible]八十七文
[illegible]一千九百二十文

天津 中西大藥房
零躉批發格外公道

頂原蕾白柳條絨布
頂上旭日麒麟老牌啤酒
櫻田正老牌啤酒
紅蕾老牌品海紙烟
各種頂[illegible]呂宋烟卷
鍍金化銀洋鹼 硝鹽强水
五度高[illegible]强水
六

每疋長四丈[illegible]闊尺八足重三斤半售洋一元七角原箱批發格外公道

每箱[illegible]打計洋十二元零打照算如買十箱以上價更從廉

每箱洋九元半每打二元五叶牌每盒一元六品海一元八[illegible]批公道

到有十餘牌號之多每箱百枝價洋二元至一元每百枝者兩元零打照算批折更廉

薄片洋鹼每瓶九角厚十七角五硝强每瓶六角鹽强五角化學純硝[illegible]純鹽强每瓶七角五[illegible]試銀小瓶硝强洋三角

此藥水提金化銀需用浩繁本藥房自運[illegible]名老廠之貨業[illegible]數近有貪利外行販售[illegible]貨祇圖[illegible]價攙售魚目之混本號之貨包管使用價亦照舊每百磅計洋四元

賜顧者請至鍋店街中西大藥房不誤

實無旁貸 ○昔召公虎曰民之有口猶土之有山川也財用於是乎出猶其有原隰衍沃也衣食於是乎生口之宣言也政令於是乎行善敗於是乎備敗所以阜財用衣食者也夫民慮之於心而宣之於口胡可壅也又曰防民之口甚於防川川壅而潰傷人必多民亦如之故泰西各國競立報館亦猶爲川者決之使導爲民者宣之使言耳古者輶軒[illegible]今報館亦其例也聞古者婦老無子令其采詩爲其老而更事多無子而私心絕歟今之採訪亦必有識無私者爲之斯堪勝任否則肆意言妄妄當也今泰我 國諸大憲鑒於近年以來泰西各國所出之報本年五月北京所售滬報內刊機密奏摺傳佈天下貽屬議聽 朝政是以嚴密稽查倘再有洩露機密要件者嚴時訪拿治罪今派北京售直報人陳午清轉致各報館京師訪事售報人務須開具姓名籍貫年歲住址另取鋪保圖章投赴陳午清處復加具甘結稟報該管地面衙門存案以備稽察從有不遵者許陳午清扭稟從重究辦不貸

本館[illegible]售[illegible]處在宣武門外[illegible]路東[illegible]會館內陳午清先生代辦如何願者請至該處可也 本館謹啓

直報

光緒二十一年十二月初四日　第三百零七號
西歷一千八百九十六年正月十八日　禮拜六

啓者現因津口結凍業俱停輪前紙未到報紙改用洋粉連俟明春冰泮輪舶抵津仍用前紙特此謹白　本館謹啓

上諭恭錄

上諭浙江杭州府知府員缺緊要著該撫於通省知府內揀員調補所遺員缺著洪思亮補授欽此　會廂黃旗漢軍副都統著榮和補授欽此　上諭御史連陞奏捐納保歸本班人員選補未能劃一請在部投供人員弊端甚多請飭同班先行識認再爲出具互結各摺片著吏部議奏欽此

論行善之難

甚矣善之難行也難爲在一在心一在力一在術何嘗乎在心也修寺造塔念佛燒香是非眞善何也凡求神佛者其心無他專爲自己所福自己遂私自己贖非起見將入廟時私心憧憧往來五內或孳孳或慄慄無一念可以告人特於智盡能縮之餘意惟神佛可以默佑低首喃喃神知己知此外更無一人可使與知其虔誠備辦之供奉無論若何豐隆愈盛愈非神佛斷不享且非禮之祭而顧甘心以不知費盡多少奸謀巧計攫奪竊取之資財竟拱手以獻之不言不動之神佛此種心腸幾乎解人難索而無難解也斷之以不善如雨雪見晛而消矣不然移其香花供養之資盡以贍廟外眼前之乞丐效佛家祇樹園故事即以仁慈清白之心對諸神佛神佛未嘗不許爲同調其不懇以此之心易彼之心者其私心竊計禍福之權當爲輝煌金碧土偶木偶之神佛操之斷不能爲毀肌膚斷肢體顛連疾痛心識恩怨眼分黑白啼飢號寒之活活乞丐操之也然則修寺造塔念佛燒香之心一味勢力烏得爲善善莫善於濟貧能識濟貧心可取矣然猶恐力有不足也夫善本隨意布施無分大小論語有曰已欲立而立人己欲達而達人博施濟衆堯舜猶病苟能取譬近在一身舉念即是何需乎力然而孝弟慈雖爲三事實爲一心世未有不孝而能弟者即未有不孝弟而能慈者亦未有不能爲一家之慈父母而能爲衆人之慈父母者世之四民各執其業貧富緩急各有其時斯世多通商惠工之政故工商類有餘財至始而秉耒繼而橫經往往不足者多有餘者少即以八口之家而論仰宜事俯宜畜費盡周章其學優而登仕也一縣幾人其力穡而有秋也逢年幾稔通以十計而祿在其中者十之一餒在其中者十有八九焉不能濟己焉能濟人舍己爲人聖賢不取書故云既富方穀也然則濟人利物非豐於財有大力者不能否則雖有善念可謂仁人不能以成善舉矣顧有其心有其力未能立善術以行之則心與力亦同爲虛擲孟子曰雖有仁心仁聞而民不被其澤又曰是乃仁術孔子曰可謂仁之方也已是爲善又不可以不學無術也雖然術亦難言之矣自古救荒無善策非必如蘇氏厚施奪公家之恩市私家之惠其病國實爲大弊也即如後世之義倉義社名爲便民富民則畏其累恨不能以一日除貧民或竊其偏恨無法以清其弊前賢屢議無煩贅言近年都門及各省改設善堂善社既不籌私行其德又不致有累官緒可謂盡美盡善矣然都門善堂本館已屢識其失滬津善堂之弊新聞報內原委已詳津埠善堂善社之善否本館前報亦復闕焉陳之者意在一昭懲一示勸而獨於河東延生社

壽雖爲首一則津人士猶嘖有煩言以爲本館懷偏袒之私不知本館以遲成事不說遂事不諫之例謹書數語聊當矇瞍之箴非敢以越俎借爵也惟是善社既屬公舉自當公入公出案每去白每屆收錢若干用錢若干撥舊管新收開除實在一一條列令人一目了然如改舊章亦必豫有明示計以向年施饘人工火費用錢若干改放紅籤計錢若干五日一放社內之人曠日持久食用工費若干一次放完可省食用工費若干此種細目均須明白粘示自無人議其後否則司事者既蒙不白之寃舉人者且受朦朧之過兩旁觀冷眼人翻得以持其短長而是非之可惜也至爲善之術新聞報載善局章程甚爲妥便盍仿而斟酌行之

禧通行啓　本行向在外洋開辦有年馳名中外現於天津設立分行出售專發機器銅鐵鋼鉛等貨並能包辦各項緊要工程如中國修理船塢砲臺建造鐵軌鐵橋創設機器局及電報德律風紡織絨布磨麵打米軋油製糖造紙染色各織或定購鐵甲鋼甲魚雷減雷快砲戰艦挖泥船及大小商輪行營砲臺一切均可承辦無不價係合宜工料堅緻至於細碎物件名目繁多不及登載本行另有出售各貨物單如蒙 賞商賜顧卽請移玉至紫竹林法租界禧通行面議可也

掌儀知照 ○總管內務府大臣爲知照事掌儀司案呈查光緒二十一年十二月二十九日除夕 皇上升保和殿筵宴應行預備菓品餑餑桌九十九張奶酒五十瓶除咨由光祿寺等衙門分行預備外相應知照管宴大臣領侍衛內大臣查照可也

將軍面 聖 ○裕將軍向院署拜會辭行初四日早九點鐘起程赴京練軍出路隊鼓樂如儀茶座 聖安棚均設在玉皇廟

脫陽命案 ○京師前門外王皮胡同德勝妓寮內有某嫖客身死赴中城司報案當經沈倅如指揮帶領吏仵相驗將據仵作喝報驗得已死男子約年五十餘歲面色微青十指甲青色兩乳肚腹脊背脊膂俱發黃色委係無傷因陽脫身死比時因傳屍弟當場相驗見兄屍身青色恐有服毒情事懇求代爲伸寃復經沈倅如指揮詳報城憲批仰會同東西南北四城指揮相驗塡格詳報咨送刑部按律懲辦以重人命云

在理殯儀 ○京師近年以來除儒釋道三教之外又有所謂在理者不吸煙不飲酒其師非年高望重不克當也茲聞永定門內聖佑寺在理公所胡叟年登耄耋溘然長逝十一月二十六日爲發引之期其門弟子情殷執紼者多至千餘人一律素服脫冠露頂招搖過市殯儀之盛與熱鬧亦可見一斑矣

東報照錄 ○前在馬關議約參贊西員德尼森頗著勳勞現在政府除優給薪水外酬以洋銀一萬元○水師中將阿利奇現在辦任候簡恐係因搜捕達利司商船耽擱行期也○前聘德國武備教習美克利戰時照例歸去日皇以其訓練之功追念前勞御筆函致德皇道謝略謂本國軍務得以獲勝皆該教習平日教練有方除優予超等寶星以酬勞勩合再專函以達感忱云○據德國新聞云俄國戶部大臣威德現擬交替大約因在法借銀事與德有不對之處耳

西電譯登 ○英國特於船廠定造快船十艘愈快愈好 阿非利加總督大臣羅德司已遄回英國○暹羅地方法國向英所索之地英已全數讓給 檀佛拉哩所獲英兵已送至界外交英官照例辦理

銘軍調回 ○銘軍馬隊三營駐紮軍糧城於本月初三日仍調回徐州本鎮矣

轅批彙錄 ○欽命二品銜長蘆都轉鹽運使司鹽運使李 示據商人李常階本名李石樵稟 批此案前經章庫大使查覆時即聲明該租欵兩造帳目已飭令仍向原中或另煩友人秉公核議茲原中雖據稱已經物故豈無友人可邀議耶惟狀欵轇轕自以早行歸結爲是候仍委章庫大使會同網總傳集租業兩造迅將帳目算清勿任延宕滋訟此批○欽命頭品頂戴督辦津蘆鐵路工程總局廣西按察使司按察使加十級紀錄二十次胡 示據職員劉秉銳劉汝霖劉成龍劉汝賢等稟批據稟鐵路插標之處有礙該職等祖塋等情當經飭令勘路委員前往查勘頃據委員面稟該職等祖塋均在丈數以外即靠北一塚離鐵路丈許亦無關礙該職等皆讀書明理既知此舉爲 國家切要之圖各紳體時艱應候丈量劃界況本司辦事向來曲體人情鐵路經由之處遇有民間廬墓無不設法避讓若實係無可對越曾經出示諭知該家自行遷移仍酌給遷費該職等務當開導鄉愚能避則避毋得先自懷疑驚擾致于未便切切

粹示○督辦直隸籌賑總局　示據北運河西岸馬廠等三村首事五品職銜孫芹等禀　批禀悉查該村本年秋禾被水前據天津府縣勸辦撫收四分例不應賑復經照會查放義賑經紳往勘亦據覆稱查看該三村災情並不甚重不須賑撫所請應毋庸議仰即遵照毋瀆此批

巡緝周密　○督憲王制軍政務雖繁擘畫極詳因直屬素稱瘠苦之區且連年頻遭水患兼以軍務敉平遣軍散勇仍難保不無逗遛滋生事端是以查有大股巨鎮即派隊前往巡緝並以河西務一帶爲京津要路仕宦商賈經斯途者絡繹不絕既須護衛行旅尤須綏輯閭閻其北路雖有雲字營馬隊分撥駐巡惟綿亘二百餘里深恐難以周詳因即飭派督帶督轅護衛親軍馬隊營副戎翰同帶護衛馬隊三十名駐紮河西務寗川巡緝於是北路頗稱安謐居者行者無不感德無既矣

掄選勤能　○本郡設立保甲局以城內外之十八堡改爲十八段每段必須董事經理經前邑侯王大令詳請憲撥紳士侯元善邀同公正董士承辦其事該紳在總局綜理十餘年頗稱得力本年七月因病逝世現在保甲需人然必須端正勤能者接充方可無負斯事也

南泊將稟　○東門內設立水利總局議賑直省水災已紀前報茲聞南泊村民聲稱不日各紳等赴督轅乞救矣

西村施衣　○西門外延生社各處給票施饍已紀前報茲又遣司事甲乙二人各負大小棉衣數十件赴東南城根一帶巡查如孤獨鰥寡無告者赤身條條即付棉衣一套當此天氣嚴寒此舉功德無量矣

元之又元　○煉藥爲膏雖膏藥布售以醫症諺謂呼爲食月餅象膏藥形也津郡之藥是膏惟蘇氏爲最以其著手成春亦無與抗也今春靜邑諸生曉農元君赴都路出於津出其膏以濟人舉蘇膏之不能醫者得元膏而病除元誠元哉又有文安李生於威海陣前足傷於砲去一骨歸津西醫院養傷傷即痊特雙拐以行西醫無奈其患處用銅軸軋其腿以達足踝呼曰起棄爾杖患頓失行且速事爲大家共見豈不元之又元乎

易而不易　○娼寮妓館持刀鬧命者時時不絕倚門生意誠亦大不易爲也昨河北腰窩地方舉鳳妓館有某營勇兩名不知因何事欲用武舉鳳逃出門外勇即在靴桶拔出刀來擬以洩忿幸有街鄰勸解營中見勸將兩勇帶回營中想必按軍律懲辦矣倘遲片時定又多一命案也

困於逆子　○某姓者以生意爲業頗有積蓄僅有一子某甲幼性躁行同無賴年逾弱冠已授室以其財之有餘也厭家雞而愛野鶩其父母溺愛之甲益縱性任其時所爲每向父母索錢立須得付遲則非罵即毆其父因氣忿已成癱症甲竟將其母逐出母不已自歸外家以餬口甲之妻雖屆冬尤著單衣並日而食猶不飽甲將其父財產之據盜入己囊終日在小班唱寮等處優遊尋歡揮金如土自以爲花中太歲色中餓鬼並不顧其父與妻飢寒待死且母求食偷生此尚得爲人乎而甲尤結朋友自鳴信義究未知其絕食於父逐棄其母勒逼乃要其信義何在雖律縱莫能免陰譴豈可逃哉本報拭目以觀其後

殺於庸醫　○關河北大王廟某米舖舖掌因得內傷外感之症燒冷異常即在該舖對面之某店請一方脈先生調治一藥而臥床不起次早斃矣該舖人擬將先生扭控其鄰人出爲勸者審其能解否耶夫藥能生人藥能殺人未達不敢嘗誠重之也大聖人衛生有經斷不肯以如金如玉之躬付諸庸醫之一殺爲庸醫者不識望聞問切僅以湯頭數劑強病就方草菅人命縱幸免正其罪又烏能令死者之復生也故爲孝子者不可以不知醫有以夫

夜明誌異　○粵省邇日淒風苦雨天氣嚴寒至上月十五日光緒某年會館中裝燈溫手油亦凝結如鐵嚴寒暑針降至四十餘度最奇者二十五晚約八點鐘餘某坊一帶居民忽見天際放大光明儼如白晝瞬息即止當時有人謂空中隱隱有雷聲故又疑爲閃電所致然仰視晴空則雷電無聲也於是議論紛紛如疑吉疑凶正不知主何朕兆猶憶本秋時夜有恒星不見夜放光明識者知爲釋迦牟尼降世今茲此事多疑或者天又降一異人繼釋迦世而扶諸正措一世於磐石之安亦未可知故特現此大地光明以爲之先兆也

天津中西大藥房

零躉批發格外公道

頂厚藍白柳條絨布
頂上旭日麒麟老牌啤酒
櫻田正老牌啤酒
紅葉老牌品海紙烟
各種頂號呂宋烟卷
鍍金化銀洋碱硝鹽强水
五六度高礦强水

每疋長四丈餘闊尺八足重三斤半售洋一元七角原箱批發格外公道
每箱六瓶四打計洋十二元零打照算如買十箱以上價更從廉
每箱洋九元半每打二元五
吋牌每盒一元六品海一元八釐批公道
到有十餘牌號之多每箱百枝價洋二元至一元一百枝者兩元零打照算批折更廉
薄片洋碱每瓶九角厚片七角五硝强每瓶六角鹽强五角化學純硝强純硝强每瓶七角五試銀小瓶硝强洋三角
此藥水提金化銀需用浩繁本藥房自運驗名老廠之貨業經數載近有貪利外行販售次貨祇圖價挽魚目之混本號之貨包管使用價亦照舊每百磅計洋四元
賜顧者請至鍋店街中西大藥房不誤

〇昔召公虎曰民之有口猶土之有山川也財用於是乎出猶其有原隰衍沃也衣食於是乎生口之宣言也政令於是乎興行善而備敗所以阜財用衣食者也夫民慮之於心而宣之於口胡可壅也又曰防民之口甚於防川川壅而潰傷人必多民亦如之故泰西各國競立報館亦猶爲川者決之使導爲民者宣之使言耳古有輶軒今有採訪亦具例也聞古者婦老無子令其採詩爲其年老而更事多無子而私心絕歟今之採訪亦必有識無私者爲之斯堪勝任否則肆意言奚妄當也今奉我　國家大臣諭按近年以來泰西各國所出之報本年五月北京所售滬報內刊機密奏摺傳佈天下實屬識聽　朝政是以嚴密稽查倘再有洩露機密要件者嚴時訪拿治罪今派北京售直報人陳午清轉致各報館京師設舉售報人務須開具名姓籍貫年歲住址另取鋪保圖章投赴陳午清處復加具甘結稟報該管地面衙門存案以備稽查倘有不遵者許陳午清扭學從嚴究辦不貸

本館京都售報處在宣武門外香爐營頭條東首路南陳午清先生代辦如蒙賜顧者請至陳處可也　本館謹啟

杭浙元吉永號

本號自置[illegible]綢緞新樣洋縐花素洋布川貨夏貨[illegible]籍雜扇南貨[illegible]油俱全祇爲近時綢布[illegible]不同故將各貨減價[illegible]估衣街中間路北凡仕商賜顧者[illegible]

本齋所售天學齊天風宗伯水道提綱一書近因學部添設水利總局此書於前月售罄而來購者踵至本齋自得竭力搜求覓出學部初印之書數部又學治一得編明刑管見錄數部二種合爲一部牧令奉爲南針又仁和顧雲莊太守選訂國朝學業正軌數部習舉業者皆奉爲舊針以上各書爲津邑[illegible]觀察守[illegible]所刻實皆經濟文章有用之書[illegible]當年初印各書無多與滬上翻刻者迥然不同一看便知此書之精美矣　又石印由津至[illegible]鐵路圖　文興齋謹啟

十二月初四日銀價行情
天津九七六錢
銀盤二千六百三十四文
洋元一千八百八十文
咸價錢九六錢
紋銀二千六百七十四文
洋元一千九百一十文

直報

光緒二十一年十二月初六日　第三百零八號
西歷一千八百九十六年正月二十日　禮拜一

啓者現因海口結凍輪船俱停輪前紙未到報紙改用洋粉連俟明春冰泮輪船抵津仍用前紙特此謹白　本館謹啓

上諭恭錄

上諭前因　菩陀峪　萬年吉地有應修工程特派徐桐敬信前往恭勘並命奕劻榮祿敬謹承修茲據奕劻等奏稱詳細查看　金券內並無滲漏情形惟　明樓方城等工兼有榛莽脫御碑石酥裂之處請派王大臣會同原估大臣等再行查勘等語　寶山壽藏規制崇隆殿宇城垣觀瞻所係理應隨時修整以爲　萬年鞏固之基著派載瀠李鴻藻會同原估大臣徐桐敬信承修大臣奕劻榮祿恭詣　菩陀峪再行逐細　勘驗如何增築地基挑換木石繪圖貼說詳細具奏其各敬謹從事不准稍有遷就欽此　硃筆調馮杭補授吏科掌印給事中欽此　硃筆胡俊章署理山西道欽此　上諭廣東布政使著張人駿補授魁元著補授廣東按察使欽此　上諭許振禕著調補廣東巡撫河東河道總督著劉樹堂暫行兼署欽此　上諭給事中桂年等奏拿獲結夥持械搶劫首要各犯請交部審辦一摺所有拿獲之劉二王小辮馬三陳升楊二王二馮八孫進寶馮振宗即馮五等九名着交刑部嚴行審訊按律懲辦未獲之馮七仍飭屬緝務獲究辦原拿此案之官紳員弁等著俟刑部定案時聲明請旨該衙門知道欽此　上諭廣東督糧道員缺著延祉補授欽此　上諭本日吏部帶領引見之刑部員外郎兼襲一等侯爵曾廣鑾著加恩以五品京堂候補欽此　上諭御史王鵬運奏盜竊磁庫案內要犯崇古山房鋪夥樊姓攜贓遠颺迄今未獲外間傳說該鋪爲總管內務府大臣立山所開樊姓蹤跡與所買庫磁運販何處該大臣不容不知請飭指拿到案以成信讞等語著立山明白回奏欽此　上諭張之洞奏記名提督蕭鎮江統帶滬防三營缺額甚多且自向各營提取公費情弊督帶滬防右營遊擊劉祖賢委充營官缺額尤多蕭鎮江若僅以都司降補殊屬寬縱記名提督蕭鎮江遊擊劉祖賢均著即行革職以儆效尤兵部知道欽此　上諭步軍統領衙門奏拿獲結夥持械威嚇事主搶劫盜犯請交部審辦一摺所有拿獲之鄧傻子即鄧國勝趙七即趙光張四即張全小劉即劉緒富王庫兒即王得祿二吉子即吉伏等六名著交刑部嚴行審訊按律懲辦未獲之張三狗小楊即楊拴等犯仍飭屬緝務獲究辦原拿此案之員弁等著俟刑部定案時聲明請旨另片奏拿獲持械　擄掠搶擄婦女賊犯韓文華等請一併交部等語韓文華即小韓小徐即徐幅兒得子即得祿趙王有得即王黑小兒王四張煥兒李二等七名口著交刑部審明辦理未獲之邸和一名仍飭屬緝拿務獲究辦該衙門知道欽此

論商賈之偷

諺云廚子不偷五穀不收又云鼠子盜不窮乞丐討不窮皆是如兵燹饑荒之餘人皆饑餓愁苦偶睹街市中有醉漢彳亍橫行以爲昇平人瑞意耳然君子無所苟苟者偷也禮言君子莊敬日強小人安肆日偷凡偷之事皆起於一念之苟一念苟則念念皆苟事事皆偷所偷

非僅簞食豆羹也蓋其處心積慮念在茲釋在茲明言在茲允出在茲矣如此之流生意中最忌生意中最多鉅商中此輩尤多洋人少此弊病華人則不堪指數此華人之風氣所以日薄也至華人之於華人亦罔不以偷為能且自鳴其得意似畏人其故何哉凡木之顛必其本實先撥也而後枝葉從之所謂人必自侮而後人侮之家必自毀而後人毀國必自伐而後人伐理必至勢固然也鉅商中之多偷竊者如華人之欺洋人以本地欺外來如旅舍之間以主欺客以衆欺寡實則洋商之本大利長小有損傷直以為如人之於鼠於乞所耗無多不足介意除此之外他如華人之於華人概以舖家股份買賣此瞞彼彼瞞此舖掌先偷於內而後舖夥乃偷於外否則少東人背老東人嫖賭游蕩私債重重畏其父兄聞知於是暗結舖夥為知心自盜自財以償私債為之夥者遂趁火燒魚無所不至始則少東實為不知繼則佯為不知終則明知亦無可如何蓋其弊之種根也深開端也漸釀禍也多甚非一人一日之所可挽回也京師前門外大柵欄某大洋貨布店舖夥某日前在其連號某大洋貨布店時乘間偷竊綢緞令其族弟開設成衣局不料均被其族弟侵吞逃遁中自知悖入悖出無可如何故敢怒而不敢言嗣經舖東查知即行辭出旋赴其某連號某大洋貨舖上工惟日無幾即設烟粉計牽引舖主某乙乘間同赴烟花巷在某妓寮留連忘返舖夥某甲並為東人某乙出資五百金購一小星藏於施家胡同為安樂窩某甲因居間往來其中不堪過問事亦無須過問該伙某甲遂在店中獨掌威權上下其手肆行偷竊綢緞等物竟將創立應手之舖伙盡行辭退所有伙連勾竊之輩全行重用以備彼此遮護刻下小齊家胡同一帶烟館均為窩藏之所都人共知共見而某甲仍佯作好人掩耳盜鈴儼若一切無聞昨十一月二十九日黃昏時忽然該店內人聲喧嚷致大柵欄地方闔巷中觀者如堵聞悉為已散舖伙某丙因某甲時常竊物被丙瞥見是以視丙為眼中之釘尋衅將丙辭出丙怨氣難消乃於是夜尋某甲將其妄為種種各情和盤托出某自知所為悖理竟面如土色啞無一言惟其東人某乙代為出氣云此並非為某甲而來實向此洋貨店尋衅耳彼此大鬧復經某某丙即將某甲與東道之安樂窩不可告人之情由合盤托出經舖伙某丁出為調停始行息喙似此鉅商任意妄為觀者無不噴飯傳為笑柄可惜也並聞該號尚有別樣漏稅弊竇現已敗露吁如此大舖竟以如此細故受累乃知聖賢謹小慎微之道不可一旦而忽之也

務通行啓　○本行向在外洋開辦有年馳名中外現於天津設立分行出售專裝機器銅鐵鋼鉛等貨並能包辦各項緊要工程如中國修理船隻砲臺建造鐵軌鐵橋創設機器局及電報德律風紡織絨布磨麵打米軋油製糖造紙染色各廠或定購鐵中鋼中魚雷滅雷快船戰艦挖泥船及大小商輪行營砲臺一切均可承辦無不價值合宜工料堅緻至於細碎物件名目繁多不及登載本行另有出售各貨物單如蒙　賞商賜顧即請移玉至紫竹林法租界務通行面議可也

蓟門雪報　○津華二十九日雪降寸餘可以潤枯可以殺虫可以彌疫已紀前報茲接京信知十一月二十九日　皇上仍親詣　大高殿拈香仍派濂貝勒瀅貝勒澍貝勒潤貝勒同於是日分詣　時應宮　昭顯廟　宣仁廟　凝和廟等處拈香祈禱皆降祥霙以慰三農之望是夕果上天同雲雨雪儼類撒鹽錯落墮地又如走盤之珠入夜則門疑玉龍紛飛鱗甲達旦猶未休也晨起積厚二寸許惟此番寒氣逼人較去臘有加無已居人皆圍爐炙飲不敢向山公背上瑟縮尋詩矣

潞水風聲　○某幼童三河縣人年甫十歲隨母過活膝下依依頗能得母之歡心母亦視之如掌上珠懷中璧跬步不離焉一日童出外檢柴日夕歸來見柴扉未掩母已不知所之童哀痛欲絕四下尋覓訪有端倪知母被匪人搶拐安置某處童即赴縣鳴冤適三河縣某大令交卸在邇雖准詞而未究詰童情急乞食來通親赴東路廳上控謝新庵司馬研訊之下童歷訴失母情由言之鑿鑿司馬姑准詞飭差將幼童先行看管候備文至三河縣將人証卷宗調齊再行徹底根究論此案其中有無別情外人無從臆度惟幼童年在髫齡一念之不忍竟敢歷控官署為母伸冤即此以觀殆亦未可限量者歟

道憲閱操　○本郡十八段練甲局每段由守望總局撥勇四名以為緝盜拿賭之用每逢一六兩日在總局關錢必操演一次令其嫻熟器械茲本月初五日守望總局李少雲太守在南門外廣仁堂後關操道憲李觀察于初六日閱操云云

慣賊解地　○昨西門外局役在大胡同口拿獲慣賊胡二一名局員恐有別案即送守望總局懲辦已紀前報茲聞　二到局李

太守既責後即仿辦回本地矣毋乃招怨

○本埠設立水會原爲救災起見每年春秋兩季攏會以爲添補傢具之用率由舊章由來已久近聞有某會首攏會又添搭桌一次分外求財郡城內外各街舖戶每舖勢賫五百文如不去搭桌者照帖赴舖要錢刻下怨聲載道物議沸騰其亦自知其非也否

畏否有心　○各行凡以寶叟無欺者爲正經生意否則行同欺騙不足以語正人也昨日城內某首飾舖有某公館僕婦欠首飾錢兩吊餘文日前主人給錢令其歸還賬誤以二十吊文之票付該錢局僕婦目不識丁不知也該局卻照常收入並未言錢數多少日晚該公館與僕婦算賬知誤持錢票情事遣僕婦赴舖要帖核對該舖一味不認聲稱當官理論云云噫此係錢局有心乎無心乎

離則不祥　○郡城內王姓者養房爲生頗稱小康兄弟四人只生一子如掌上珠自少至壯任其嫖賭無所不爲目下家道敗落欲其改行做人詐因教之不從驅諸門外該子似有瘋顛情狀語無倫次聲稱赴衙控告應人之教子宜早爲是諺云教婦初來教子嬰孩良言也否則至於責善則離離則不祥矣

教必以正　○前邑侯蕭太守在天津縣任內時凡淫書淫畫將各板盡行焚燬一概禁止爲整頓風俗計也茲聞楊柳青附近各村書局有淫書私賣情事於世俗人心大有關係凡有未開知識少年子弟由此敗壞者最多若不嚴行查禁任其陽遵暗違風俗何由而正是在當其職者

鎮署將騰　○兩江督憲劉峴帥於前月十二日自津起節赴京　陛見旋奉　命仍回原任峴帥復請假三個月回湖南原籍掃墓滿再行赴任茲蒙俞允所有部下護衛親軍馬步各營由天津行轅均已陸續拔隊起程尚有隨轅差官等約於初旬均行起程茲聞峴帥由都從陸路榮歸即不復臨天津鎮署將一律騰清矣

遊戎各調　○直隸提督聶軍門總統防軍三十營朝夕講求操防一切不遺餘力且海防行營事務殷繁兼以武毅各軍更須隨時督練政務尤鉅現以天津鎮標右營遊擊馬遊戎廷襄誠實勤慎堪爲防營差委爰調歸防所遺右營遊擊員缺委花翎補用遊擊馬遊戎祖興署理聞馬遊戎廷襄奉到札飭遵即交卸到防稟謁軍門聽候差委似此精選誠實之員定於軍務大獲裨益而馬遊戎感軍門知遇之隆當尤不辭勞瘁奮力趨公也　聞馬祖興游戎已到磚河接印任事矣

終同一死　○北門外閩粵會館西土棍林二刀傷陶二當經驗明將林二獲案押候陶傷如何再行訊辦等情已紀前報茲悉林二即林永勝陶二即陶永勝陶二現因傷重身死林將須議抵持刀尋鬪者尚其鑒諸

幸未兩傷　○長蘆鹽務各商向於秋後將標項解津以備納課茲聞西河某鹽店商伙某姓自恃膽量過人尤素習練洋槍因雇車一輛自己押送鏢銀千餘兩行至青靜交界處所忽遇步賊二人攔住車輛某急執槍在手尚未發擊詎賊出不意掀某下車將槍奪去威嚇某只得將鏢銀一小捆約在二三百兩獻出該賊得銀向西逸去某幸整塊之鏢未經搶去急令車夫加鞭速馳始獲脫賊或非慣家故不知其有鏢銀耳茲據傳述如斯未知果否容訪實再登

朱錦翁近治練軍統領何莘齋軍門並諸當道顯宦及婦幼喉瘟痘產均慶回春

不白之冤　天下事不外情理二字事在情理之中一人獨議足以排倒衆人事在情理之外萬口紛爭不能屈服一人況乎關涉國家洩露朝政與夫公私利害之間是非屈伸之地均有絕大出入顧可以任人之爲所欲爲各安緘默並無人敢出一言與辨者當亦局中所深恥旁觀所不平矣夫中外通商迄今已數十年各節事務西人視之甚明而華人如處暗室西人計之甚遠而華人但顧目前西人之心力甚齊而華人則最易渙散西人之謀慮甚周而華人均不思變通即按泰西競設各報館之意實緣百年內各國所出新法有各教養者多故先發報章俾人周知擇善而從及延訂各華士事人無非採其可驚可喜可愕可嗔與異新聞爲一法一戒是以有聞必錄野鄙俗以別華惡耳至譏議　朝政中西均干法律茲以五月初間滬報馬函寄來同文館朱乙尊轉來仇師伊之信所云京都非別處可比

凡內廷典禮國家[illegible]政一切公牘文件章奏條目繁[illegible]
再多採新聞多則奮下云云以致朱仇不識輕重將前任兵部
尚書孫萊山大司馬[illegible]多款 皇上留中不發之機密要
件私行抄出妄自漏洩亦係主筆人及經理人不慎之處某任意
妄爲未及爾於西人所致豈非失於情理二字乎迫事後刊佈
中外以致胡秀珊遭訟累數月胡曾函求館設法答救離館
館不但置於腦後竟函稱已將其友函覆胡秀珊所云訟累全
屬子虛嗣覆以不白之冤誰白訟累係珊自己設法挽友解釋
一切酬謝已費一百五十六金並非行賄之訟費乃邀友飯帳
車資及事畢致謝餽物之需致函館報費洋銀一百十二元
其虧短帳自今春所開之帳經胡秀珊屢次函催並未清開細
帳忽於十月十九日寄來一函並細帳一紙竟稱八月分開過
細帳並十月帳內祇收伊洋餘無收帳然自二月十三日起至
九月止共寄過洋銀三十四元尚未收帳今已停寄報紙截止
訪事新聞屢向上海老闆與信局保家追索報欵實出情理之
外是以閱報諸公無不代嘆胡某冤情更覺難伸爲此諸公大
爲不平更囑登報分剖胡某冤抑之字林滬報館將胡秀珊所
墊之欵一百五十六金劃清所欠報欵其餘之欵應找若干滙
寄來都庶不負同舟共濟之義云耳

閱報人來稿

天津 中西大藥房

零躉批發格外公道

頂厚藍白柳條絨布
頂上旭日麒麟老牌啤酒
櫻田正老牌啤酒
紅錫老牌品海紙烟
各種頂陳呂宋烟卷
鎂金化鐵洋碱 硝鹽强水
五六度高橘强水

每疋長四丈餘闊尺八足重三斤半售洋一元七角原箱批發格外公道
每箱大瓶四打計洋十二元零打照算如買十箱以上價更從廉
每箱洋九元半每打二元五
廿牌每盒一元六品海一元八躉批公道
到有十餘牌號之多每箱百枝價洋二元至一元 百枝書兩元零打照算批折更廉
薄片洋碱每瓶九角導片七角五硝强每瓶六角鹽强五角化學純硝强純鹽强每瓶七角五鉞鑛小瓶硝强洋三角
藥水機金化學需用浩繁本號自運驗名老藥之貨藥數有近有貪利外行販售次貨祇圖[illegible]價兇售魚目之混冒號之貨包管使用價亦照舊每百磅計洋四元
賜顧者請至鍋店街中西大藥房不誤

浙杭 元吉永號

本號自置[illegible]羅綢緞[illegible]新樣
洋縐花素洋布川廣夏貨
隨[illegible]雜屬南貨頭油俱全
款爲趁時鐵市擺落不同
故減各貨減價開設估衣
街中間路北凡 仕商賜
顧者[illegible]特[illegible]佈達

德陞齋靴鞋鋪

本號專做[illegible]靴
新樣京式名鞋及緞
花坤鞋一應俱全價
廉物美 賜顧者請
認明本店招牌庶不
致誤本鋪開設在天
津府北門外鍋店街
集義棧對過便是

十二月初六日銀洋行情
天津九七大錢
紋銀二千六百三十四
洋元一[illegible]八[illegible]八十
[illegible]竹錢九六錢
[illegible]盤二千六百七十四
洋元一千九百一十文

直報

光緒二十一年十二月初七日　第三百零九號
西曆一千八百九十六年正月二十一日　禮拜二

啓者現因海口結凍俱停輪前紙未到報紙改用洋粉連俟明春冰泮輪船抵津仍用前紙特此謹白　本館謹啓

上諭恭錄

太常寺題十二月二十八日歲暮先期告祭　太廟奉　旨後殿遣魁斌中殿遣壽靜行禮欽此　又題歲暮祫祭　太廟奉　旨朕親詣行禮東廡著錫光西廡著德壽各分獻欽此　又題十二月二十八日　祭太歲壇奉　旨遣魁斌行禮兩廡遣[illegible]貴賢各分獻欽此　硃筆圈鴻機補翰林院侍讀學士陳兆文補授翰林院侍講學士欽此　上諭步軍統領衙門奏遵保獲盜出力員弁懇恩獎勵一摺著該部議奏欽此　上諭步軍統領衙門奏拿獲結夥持械嚇禁事主搶劫盜犯請交部審辦一摺所有拿獲之徐二傍仔即徐傍代子又名徐小白楊三即楊長幅尹二即尹囤兒等三犯著交刑部嚴行審訊按律懲辦未獲之孫池張二禿兒王八等仍飭嚴緝務獲究辦至原拿此案之出力員弁著俟刑部定案時聲明請旨該衙門知道欽此　旨通政使司經歷著趙鶴舉補授湖北鹽法分守武昌道著郭承舉補授陝西隴州知州著董瀛補授陝西城固縣知縣著江衡補授山東費邑縣知縣著金林補授安徽歙縣知縣著易華良補授四川樂山縣知縣著朱子春補授河南鄢陵縣知縣著王錫侯補授山東齊東縣知縣著宮耀月補授江西會昌縣知縣著蔡琛補授理藩院筆帖式著文俊補授廩生[illegible]熹永年俱著以侍衛用錫瀾著以[illegible]員用烏里雅蘇臺辦理內閣事務章京著繼榮去擬補內閣中書陳本仁李文鼐國志俱准其補授截取國子監學正高凌雲內閣中書陳作本俱照例用補保直隸獨石口同知潘青照著開缺以知府儘先即補鹽交軍機處存記保舉甘肅候補知府張大鏞直隸沿河候補知縣趙熙文山東候補知縣陳璟俱照例用卓異前直隸大順廣道羅錦文著准其卓異加　級仍註冊候升卓異倖蒲湖北江夏縣知縣諸可權著回任准其卓異加一級仍註冊候升簽盜官山西稷山縣知縣蔣斯著准其加一級欽此

審不厭詳　○河北李王氏被扎身死一案茲訪悉勘驗情形合亟錄登以李王氏被害無人知曉因次早有水夫楊二者担水與譚氏家送水至大門處瞥見即推開步入見過道有包袱六個心中駭異及行至上房見譚氏女僕[illegible]二均被扎死甚爲大驚因知氏夫宦弟李長齡家距此不遠楊飛即報信李立即奔至通知地方一同報案當經邑尊親臨相驗見院中包袱六個兩屋中陳設一切及房產文契等一概並無缺失查驗譚氏之傷係被割刺而死雖兇器無獲無從比認何傷但其傷重踩乃狠心最毒之人下手顯係切齒仇害抑係粧點仇害難以意度當經訊及李長齡有無仇隙之人其平素何人來往李供以至親人等均極和睦並無仇人惟族姪李四素不安分常行告貸錢[illegible]欲行承繼等事屢有口角相爭等語邑侯聽又查看各屋門簾均行揭開其暗間炕上有紙牌撒滿其血跡由屋至過道均有遂即飭仵將三屍詳細驗明填格飭李棺殮即時將李四傳案然此事關人命倘情節稍有未合愼無以草菅從事也至如何訊供容再續登

案關嚴密　○十二月初一日步軍統領衙門欽奉[illegible]旨寄交拿人犯聶心泉辟八杜四王錫榮等八名當經崇文南營將聶心泉辟八杜四等三名拿獲解交步軍統領衙門管押至所犯何案因事關嚴密未得訪悉俟供訊明再行續佈並聞聶心泉充當南城書吏週事招搖辟八係充當官花匠承造　內廷需用烟火之差杜四爲南城大舖總甲杜順即杜奎素日均非安分之徒茲皆被獲案訊辦而王錫榮等則已聞風遠颺現飭番役上緊嚴拿務獲究辦云

犯供確詳　○十二月初一日前門外板章胡同德盛當內有一人手持首飾一件赴當典質該朝奉因見其人面貌甚兇恐有賊嫌其人口出不遜即由懷內取出首飾一捆均已傷折詢其件數若干答以不知當即盤詰經中城練勇瞥見形跡可疑暗約勇丁十數名即將該犯獲住解往給孤寺中城練勇局哨弁嚴刑詰訊知該犯爲王小辮供出結夥持械搶劫之劉二馬三陳陞楊二王二馮八孫進寶馮振宗鄭錄五等九名當即派役前往天橋同春樓茶社花枝胡同士娼妓寮內將該犯等拿獲供認結夥搶劫不諱旋即錄供詳城奏送刑部審辦矣輦轂之下盜風肆起雖經屢有獲案正法若輩仍怒不畏死實不可解

代僕負荆　○十二月初一日順天府尹恭循例詣　文廟行香天尚未曉正齊班行禮時有寓在該廟某教讀之廚司因內急爲不能忍亟披衣起掠衆書班中趨過爲在場彈壓弁兵大聲呵止衆兵譁聲一鬨聲達衆書之耳各回顧始悉細事仍行禮如儀而退惟廚司已爲衆兵役扭住欲送有司懲其衝班之罪後某學究代爲負荆始不予深究而釋之然該廚司已驚駭欲絕矣

縱火劫掠　○日前崇文門內東四牌樓某烟店失愼延燒牌樓並燒斃三人及連日失愼之家紀不勝紀十二月初一日朝陽門內南小街地方某宦宅三更時不戒於火當經鳴鑼驚救該管地面兵丁齊集前往撲救時見由火焰中竄出攜物三人即行鎖拿隨將火撲救熄計燒燬房屋十餘間訊據該犯供認種火搶劫各情詳解步軍統領衙門咨送刑部按律懲辦至日前失愼之處未悉是否該犯種火尚未訊明俟訪再錄

路透電報　○現在緬越之湄江英法已將界務分清湄東歸法國管理湄西歸英國管理猶巴米爾英俄之分同一故轍

西報微言　○現在法新聞紙言英法之誼甚敦大約恐英有事於南阿非利加不欲法之另有所袒也○又云前數月爲越南交界法使詣總署立約畫諾英使聞知至總署阻之並云此約若定我即下旗言歸法使不顧語總署云彼必不下旗我必畫押於是約乃定而英旂果終未下○又檀佛拉璦總統電報有云永不允地方歸英轄若英必要其地必須用力雖大小懸殊難以爲敵而檀之璦長故借畀專電致賀大伸扶弱抑強之義於天下現英報皆言忍氣多年今始得發舒如英之忍天下尚有何事不忍哉無怪有狠羊飲澗之喻也

迭帥入覲　○調任福州將軍裕大帥昨由火車來津初四日早九點鐘大帥起程北上入覲已登前報是日郡城親兵練軍等營馬步各隊護送行裝聞須送至楊村始各回營云

爲夫受傷　○現聞傳言城東單牌樓迤西某家有楊德潤者貨郎也素以販賣洋布貨物爲業昨欲赴津辦貨在該舖內易銀七十餘兩伊恐夜間有失因存寄他處夜四更時果有多賊砸門入室揪楊之髮持刀押頸索要銀兩楊云銀存舖中未在屋內楊妻情急因知賊忌大喊救人賊以刀將婦面刺傷數處未聞性命如何曾否報案俟　再報

宜肅軍政　○自上年軍興以來大兵經過津郡未免藉端滋事書不勝書遣散之後雖偶有一二逗遛然無勢可藉向不敢公然橫行不料駐守兵勇竟藐法生事悍不知懼可慮也昨晚有某營勇聚集十人赴侯家後喬顯朝同泰清小班尋歡不知因何樂極生憤即行摔砸該班司事茶壺者向前攔阻已被毆打後復經人勸解該兵等聲言失去番佛數十尊刻即勒令賠償該班知其藉端嚇詐堅不肯允該兵等大展雄威齊言非打不可遂肆意滋鬧該管地方恐釀巨禍分投飛報此時守望局存城汛並縣署八班頭役俱到將該兵等全行獲住送至縣署聞邑侯以素便刑訊即將該兵等分交各班管押候詳請上憲再行辦理茲將該兵花名訪悉合亟錄出計楊得勝趙福勝彭安生吳德祥胡恩元祁大寶同山汪漢章楊玉琨樊霖等十名按營規極重例禁極嚴而該兵等竟聚集十人滋生事端雖擾害小班娼寮不足爲意然以逞性肇端恐傷性命豈不釀成巨禍所望該管者亟爲加意乎

不僅縱媒　○揚郡行鎮民人宋亓和在董四水舖賭輪錢文求董作爲欠帳董不聽亢遂找至宋家將器俱椎毁宋妻憤不欲生立即赴該管武官控告營經汎官率兵將董四及宋亓和並同賭之宋得董洛陳玉張黑子一併拿獲送交有司訊辦按該鎮賭風甚熾今董既設局招賭尤敢以索要賭帳竟行摔砸殊爲太横該管者若不嚴行查禁恐地面從此不靖不僅爲盜媒已也

固安不安　○山東德平縣李雲荃在京貿易其表兄萬石安病故該門李將萬之靈柩及其家眷雇車數輛護送回籍行至固安縣石家務村南遇土賊七八人各持洋鎗單刀攔住去路李胆落魂飛只得束手以旁任賊搶刧銀錢衣服並祭樽等物携之而逸李即赴文武衙門報案勘驗後先將靈柩暫口護送回籍靜候緝拿此前月初間事也惟迄今賊賊一無所獲李以表兄既亡又遭意外之事甚屬難堪逢人輒道其事按固安縣界素稱靜謐兩近來亦常患賊盜何犯法者如是之多也因據所聞合亟錄登

可信不信　○有鑲千李崔氏與其子聘定王某之女爲媳王因家貧將女作爲李家童養媳昨王女服阿芙蓉膏畢命經地方報案相驗已紀前報兹有謂李崔氏凌虐童媳係屬另有別故道路傳聞未知信否容訪再報

心無妨小　○本月初四日晚八點鐘時侯家後四和軒茶上海班內由廚房起火燒毁廚房一間幸鄰各水會速到即時撲滅今歲入冬以來祖龍未過肆其虐天之佑之亦人之慎之歟

維持圜法　○揚城采訪友人云市上制錢缺少以致錢價日增小民暗受虧無不痛心蹙額沈太守關懷民瘼特出示曉諭云民間貿易以錢爲本　國寶流通原無阻禁乃訪聞揚郡近有一種市儈專將現錢販至外境銷售以致制錢缺少錢價增昂每紋銀一兩僅易制錢一千三百餘文洋錢每圓僅九百餘文現向錢鋪外運不知伊於胡底似此奸儈牟利未便習焉不察致困民生除飭江甘兩縣會商錢業董事赶即定以限制整頓行規毋再任意低昂外合亟出示曉諭爲此示仰闔郡商民及錢業中人知悉此後毋再將大貲現錢專載船裝販運出外倘敢不遵一經查見定即扣留並根追由何家出售　併提案懲戒錢價亦不得肆意再漲差保等役如敢藉端索詐並許扭禀定即加等懲辦又杭城每届冬令錢價短少每洋價換千文甚至縮至九百八九十文其中攙和小錢不一而足實爲剋扣窮民之大患杭府陳六笙太守訪聞現在市儈非常貪利刻下過抑錢價以致小民生計益窘立即出示禁止無如錢價短縮實由錢缺之所致未知出示後能遵照平價否耳

好善樂施　○天津工程總局代收山東義賑所有諸善士樂助銀錢洋元已陸續登報兹又有第十五起銘軍馬隊副中營文案處助銀四兩　銀錢所助銀一兩　巡捕楊陳各助銀一兩　稍帶中營中前右後哨官什長並差官文案共助銀十四兩　銘軍馬隊前營前中左右後哨官什長並幫辦巡查共助銀十七兩　銘軍馬隊後營中後左右哨官什長並幫辦巡查文案共助銀十五兩　又寶源亨豪德堂各助津錢四吊文　廣昇號德春號同盛號福泰和亨和號各助津錢一吊文但此次被災甚廣杯水車薪依然無濟尤望樂善諸君大發慈悲慨然解囊大聲疾呼代爲勸募庶幾集腋成裘源源接濟俾百萬災黎拯登斯岸感得重生則本局心香一瓣謹代災民百叩且爲善獲福彼蒼定有厚報焉

代鳴不平　○茲因滬報五月間妄登　內廷機密刊佈中外售滬報人胡秀珊受不白之冤珊乃設法挽友解釋與間酬應酒飯車錢及事畢致謝禮物等項共用銀一百五十六金致虧欠報款一百十二元零由是停止報紙截止　本新聞報情與報諸公以珊冤情難伸是以一切應酬各款諸公曾代爲措辦始將滬報館所惹之禍結局爰囑散登籲務賠石達窮民之例以分剖胡泉之冤期無負泰西設館之義業經刊列各報今據胡秀珊又云初售滬報時係覓上海老翁與信局立有保單現在滬報館要向保家催歸報款數次預先通知速要繳楚約再遲延定致有不便之事復經胡秀珊向諸公措款歸償所虧報款是以諸公同云先行墊款息事係視秀珊人頗忠直兩袖清風故大家極力拯救不然售滬報等人如此虧累兩滬報主筆及各司事務之人豈能獨立即過之地今諸公會議轉致上海滬報館遽將現訂北京售報人名姓籍貫住址詳細開列憑照　該館取具舖保圖章投赴售直報人陳午清加具甘結存案以便稽核所有胡秀珊所欠報款俱歸諸公代還不必再向保家催討云云本館因闢平泰西設館之義登此告白不取分文　同人公啓

天津
中西大藥房
零躉批發格外公道

頂盾藍白嗶嘰絨布
頂上麒麟旭日老牌啤酒
櫻田正老牌啤酒
紅菫老牌品海紙烟
各種頂陳呂宋烟卷
鍍金化銀洋鹼　硝鹽強水
五度高礦強水
六
賜顧者請至鍋店街中西大藥房不誤

每疋長四丈餘闊尺八足重三斤半售洋一元七角原箱批發格外公道
每箱大瓶四打計洋十二元零打照算如買十箱以上價更從廉
每箱洋九元半每打二元五
叶牌每盒一元　六品海一元　八甍批公道
到有十餘牌號之多每箱百枚價洋二元至一元　百枚者兩元零打照算批折更廉
蔴片洋鹼每瓶九角　厚片七角五角　硝強每瓶六角　鹽強五角　化學純硝強每瓶七角　純硝強每瓶七角　五號試銀小瓶　硝強洋三角
此藥水提金化銀需用浩繁本藥房自運英國名老廠之貨業經數載近有貪利外行販售次貨祇圖價賤售魚目之混本號之貨包管使用價亦照舊每百磅計洋四元

代售諸葛武侯心書　十三律射百猿　經風雨占驗　威大將軍
曾紀澤出使日記　中日戰守始末記　三家圖門
醫學醇粹義　增補珍珠囊雷公炮製藥性賦
法律八大本　錦套繡像十本紅樓夢　海上見聞錄　海上酒
地球天夢理　片情　內城校正新刻　孩兒笑話
西湖圖代唱白蛇傳　花間楹聯　電報總編　小幅英雄傳
湘子九度文公　新上英工商章程　大買尺牘　尺牘
合璧詳計尺牘新里　經驗急救方　校正玉堂字彙　津
錢五百　紀年抄為校正英語集　元　小曼詩　飛
影閣畫譜　點石齋畫譜　士庶購取每日午後直至中後繳
另有候諸　不能出售除書者未登報書籍購取一空明卷
可有各書籍均部無多先覩為快
天津府署西三聖菴西直報分處內紫氣堂啓

告白

敬啓者今有外國正月彩票出售　貴客官商如欲買者請至紫竹林英租界恒豐泰面議可也特此佈聞
天津恒豐泰飯店謹啓

告白

敬啓者本行新到上等外國火腿鹹猪肉餅乾十錦罐醬等物出售貨真價廉格外公道如　仕臣紳商賜顧者請至紫竹林招商局下恒豐泰內購買可也
特此佈聞
祁羅佛謹啓

浙杭元吉永棧

本棧自置綢緞湖縐紗羅洋縐花素洋布川廣夏貨顧繡綢緞貨頭油傢全新爲近時鋪市樣不同故爾各貨減價開設估衣街中間路北凡　仕商賜顧者無不格外公道

本　所售天臺齊次風宗伯水道提綱一書近因津郡添設水利總局此書於前月售罄而來購者踵繼本齋自得竭力搜求首出學部初印之書數部又學治一得編明刑管見錄數部二種合爲一部牧令奉爲針又仁和陳宏莊太守選訂國朝學業正軌數部皆舉業者皆奉爲鴛針以上各書爲津邑前沅曾觀察守金郡日所刻實皆經濟文章有用之書本齋覓得當年初印各書無多與滬上翻刻者迥然不同一看便知此書之精美矣　又石印由津至蘆溝橋鐵路圖　文美齋謹啓

十二月初七日錢洋行情
天津九七大錢
銀盤二千六百三十四文
洋元一千八百八十文
紫竹林九六錢
銀盤二千六百七十四文
洋元一千九百一十文

直報

光緒二十一年十二月初八日 第三百零十號
西歷一千八百九十六年正月二十二日 禮拜三

啓者現因海口結凍輪俱停輪前紙未到續紙改用洋粉連俟明春冰泮輪船抵津仍用前紙特此謹白　本館謹啓

上諭恭錄

上諭步軍統領着醇書署理欽此

平治道途議

上古鮮食後聖易之以樹藝上古穴居後聖易之以宮室甚矣莫民之居國家謀民之食最重也厥後治化漸進昌明至周大備故各設以專官傳曰司空以時平治道路歲十一月徒杠成十二月輿梁成民未病涉詩曰周道如砥其直如矢君子所履小人所視蓋以爲王道正直蕩蕩平平之喻而道途之平平蕩蕩何待言哉春秋傳以道途弗治嘆陳政之衰非謂政之本即在於是要以政之所見端而最著者也聞嘗入人之鄙鄙其里桑麻竹樹榆柳交加蹊徑之間介然成路不問而知其人民殷富風俗純美也入其家見其庭除之際內外整潔知家政之井井有條自無不毛騰於槽人歎於室也古者天子巡狩入侯疆首以土地田野之闢不闢治不治爲行慶行讓之據蓋以政事之治否其實在昭然共著者莫先於此其大較也後世中土創建都邑莫不本諸井田以爲治溝洫畎澮以納於川所以洩積潦以蕩滌邪穢者其制誠至周至備矣而又恐街市之地溝太多或不便於行且人煙稠密難得隙地之多如許因於溝面用方石幕其上下無碍於洩水上無碍於行人且溝面之石類大且厚欲其堅而能久也自古在昔先民有作其爲萬萬年計者誠欲其一勞而永無不逸也嗚呼此古人之用意過當而流弊之所以無窮也夫法不足以治天下恃法以爲治猶棄人而用犬雖猛何爲廢人和而專求地利未聞封疆可以域民山谿可以固國者將大比小焉往不然乎且夫政貴因時器久不用則蠹政久不修則廢故書以屢省乃戒古聖用意之遠豈非屬盾所可識也且就目前所共知共見者徵之津郡城內以鼓樓爲中東西朔南分爲四街四街皆向有地溝溝面幕以巨石鼓樓迤東以石橋胡同口爲地溝口門鼓樓迤北以沈家柵欄爲地溝口門原爲伏秋兩集積潦恐碍行人故令水由此入溝以便宣洩凡修理街道時理宜一律疏通使無壅塞且可免穢氣勳蒸傳染時疫立法誠盡善矣無如工程太鉅重修費或不貲復格以官場條例名爲守土及膺其任或三四年或一二年或不及週年幾同五日京兆勢不能不視官爲傳舍事之巨且要者或未及爲何暇及此其紳士又自以爲各掃門前雪干公事彼此各相推委凡公事皆無人主何況工程故街巷中工程凡宜隨時修葺者官紳皆議不到此任意蹧蹋者則比比皆是也自與外洋通商以來租界之道途砌以碎石隆中低外外皆有溝雨集則隨降隨消無少停滯華界亦仿爲之設工程局專司其事經始之時與洋相似繼修之候與洋迥殊洋之路時時補修隨壞即可以隨補華之路修則通修無所謂補也然而華之路旋修而旋壞洋之路一修而不壞

者其工料之實與不實監督之認眞與不認眞何須過問至城內四街爲方石所砌似不能仿租界碎石當隨時修補而戒堆積亦何嘗不可仿行乎猶憶今歲疫癘大作時華界居民傳染幾遍租界內此症則寥寥罕聞民之豔羨租界者或以爲如仙凡之隔同此境土何懸殊之一至於斯也是可以思其故矣

萬年工程 ○欽奉 上諭前因菩陀峪 萬年吉地有應修工程派徐桐敬信前往恭勘並命奕劻榮祿敬謹承修茲據奕劻等奏稱詳細查勘金券內雖無滲漏情形惟明樓方城等工間有椽望脫卸磚石酥裂之處請派王大臣會同原估大臣等再行查勘等語寶山爲藏規制崇隆殿宇城垣觀瞻所繫理應隨時修整以爲 萬年鞏固之基著添派載漪李鴻藻會同原估大臣徐桐敬信承修大臣奕劻榮祿恭詣 菩陀峪再行逐細覆勘應如何增築地基挑換木石繪圖貼說詳晰具奏其各敬愼從事不准稍有遷就欽此已見邸抄茲聞濟貝勒等均定於十二月初六日會同恭詣 菩陀峪復行逐細履勘繪圖貼說專摺覆 命

八日供奉 ○十二月初八日爲雍和宮熬粥之期經 內務府奏請 欽派熬粥大臣謨貝子於是日監視熬粥所需雜色米豆菓栗菓料等物均由雍和宮喇嘛番僧購辦煮粥裝盛木桶上舁龍布令蘇拉內侍抬赴 內廷呈進 皇太后 皇上 皇后妃宮娥需用以崇典制

旅威近耗 ○聞之旅順來人言及該處日兵計日可全退出由烟移駐之嵩武軍三哨已分紮該處及大連灣地方一俟毅軍到齊再議撤回○近得威海信息日來日兵續到者不少該處附近村莊密若繁星華洋雜處不無多事烟台官場聞之亟派委員前往住紮督理華民似此各有統屬庶幾中外相安可無齟齬矣

督學試期 ○順天學政徐大宗師會灃前按臨天津河間兩府及深州均已試畢通州現已試竣定於臘月初四日回京俟明春再出都考試北路三屬云

醫乘嗣音 ○吹簫入市托鉢沿門往往有末路英雄於茲潛跡而不可輕量其人也京師宣武門外教場胡同日前有一丐人年約强壯身材魁梧額高目突聲大且雄人或以殘肴餘羹賜之則不拘多寡狠吞虎嚥一掃而空有時入肆飲酒細長鯨吸川汩汩有聲好事者代償其所飲之資則一言致謝狀甚倨傲今臘初旬風雪交加而身披敝袍面無寒色大有鐵丐吳六奇之概有見其以日鈞石獅手舉而走者是以居民爭相饋送皆存結納之心而該丐若恐露其眞跡遂亦于某宵遁去後不知所終焉

倚闌別調 ○各部院衙署重地向經司務廳値班仵宿司務及當月滿漢司員晝夜稽查嚴禁閑雜人等往來出入倘有皂役不行攔阻即行懲辦此乃率由舊章也頃聞吏部署內大堂後身稿庫石柵欄上有一男子自縊身死當經司務廳於十二月初三日禀明兩堂劄廣廷指揮帶領吏仵相驗塡格詳報聞恐已死男子張某貿易爲生與某役葛某相識素在漢檔房棲身不知因何尋此短見當經司務廳將某傳訊咨送刑部審辦至其中有無別情俟訪明再錄

北洋示批 ○欽差北洋通商大臣直隸總督部堂王 示據文童岳淸藻呈係天津縣人 批前已批飭確究豈能任令私和一面情詞殊難憑信仰天津縣迅速集案訊明擬議詳辦粘單抄存○又示據武生杜文波等係河間縣人 批該村本年秋禾勘不成歉豈能請賑爾等毋得飾瀆

學海領獎 ○欽命二品銜長蘆都轉鹽運使司鹽運使李 爲榜示事照得本司考取學海堂舉貢生童等第姓名並獎賞銀數開列於後須至榜者 計開 內課舉貢生員十名 劉秋濤 楊鳥藻 王春瀛 姜擇善 傅世光 王德純 陳恩榮 胡家祺 李鳴鶴 劉寶源 第一名獎銀五兩 二名三名各獎銀四兩 四名至六名各獎銀三兩 七名至十名各獎銀二兩五錢 外課舉貢生員十二名 吳瑞庭 陳秉鑑 陳鴻齡 魏恩錫 魏震 徐維域 高文駿 黃耀庚 鄭炳勛 王文琴 葉保沂 一名獎銀二兩 二名至五名各獎銀一兩五錢 六名至十名各獎銀一兩 餘各獎銀七錢 附課舉貢生員三十二名 郭峻城等一名至八名各獎銀六錢 九名至十名各獎銀五錢 餘無獎 內課童八名 劉曾廉 陳自正 任其弼 龐耀宗 辛善培 黃傳

季恩元　王國瓚　一名獎銀三兩　二名三名各獎銀二兩五錢　四名至六名各獎銀二兩　餘各獎銀一兩五錢　外課童十名王望齡等　一名獎銀一兩二錢　二名至六名各獎銀一兩　七名至十名各獎銀八錢　附課童二十名　周學蓀等　一名至五名各獎銀四錢　六名至十名各獎銀三錢　餘無獎

誘拐可恨　○武清縣李某者其妻在海下某富家傭工昨日李販賣小猪來津行至河北落馬湖見一娼頗類其妻不敢冒認同居後愈思愈疑因向同鄉述及且言此地奸人頗多或恐果是何不乘今晚爾我同往作爲嫖客自必見真李允即同往進見果然非虛妻即欲逃歸李抓住斯時龜奴等疑係攪鬧者勢將爲武幸李之同鄉出爲攔阻言明其由龜欲控告全無應聲人矣蓋李妻由九月間被海下土棍王小辮誘拐至津賣娼王見事不妥業已潛逃氏乃自行賣身作此皮肉生意並無領家也爲是李見無爲首龜鴇亦只得將妻領出其同鄉急勸李刻無停留趕即還家恐出有搶刦情事按落馬湖娼窰極多其中誘拐者亦屬不少滋事釀禍無日無之該管者亟宜趕逐耳

慈孝堪欽　○業舌耕王某者夫婦年四旬時以膝下猶虛在育嬰堂抱養一女年已及笄秀外慧中性至孝王夫婦愛如掌珠尤不肯輕以許人王自今春時常患病女親侍湯藥備盡孝道歷請數醫不能奏功女憂極不寢不食立願每夜在院中焚香叩禱將已月餘而王疾竟漸漸痊愈以是鄰里相傳莫不稱讚按王以抱養之女視如親生而女果能以童稚之誠潛獲神佑以心感心人天不隔其信然歟彼世之以姑虐養媳以後母毒前女者其心向得爲人乎夫親生子女之孝與其親生父母之慈慈孝均不足爲異若王夫婦之與養女其慈孝乃可稱耳特書之以誌

以告無知　○河北水師營每屆冬令操演甚勤無知子弟人等每遇操演時有搶拾砲子情事惟砲子値錢有限倘遇炸子性命堪虞以人命較之果孰輕而孰重有子弟者宜亟止之也

不沒眞善　○本埠西門外延生社施饍百日日前有無名氏等赴本社施紅粮者或一石二石三石不等懇乞代施等情該善士出門後該社司事即將無名氏助糧數目謄寫紅單懸掛門首矣

深恐其死　○翁姑凌虐子媳因此斃命者不一而足誠惡習也茲聞城外西村某姓子娶妻年十餘歲貌甚平常某子惡之其父母因溺愛其子不惜錢財任其子外交某婦儼如伉儷昨夜某子赴家將其妻無故毆打聲如鬼號同院某媼驚醒恐釀巨禍聲稱如再毆打定要鳴官云云噫此媳將來恐難逃性命也該管者亦有術以救之否

相需以生　○本郡人烟稠密貧苦者十有八九當此隆寒無衣無褐深堪憫惻昨貧婦數十人身穿單衣戰戰兢兢同赴道轅叩求棉衣想觀察關心民瘼諒必恩出格外也

肅章戒途　○一交冬令向由各防營按設堆卡保護行旅今已照例舉行西自登州東至寧海一帶二百餘里仍由嵩武軍派隊督長途來往頗覺安靜

奉　旨旋滬　○總辦江南製造局前署上海道劉康侯觀察由京蒞滬旋即由滬赴金陵茲據局場中人云江蘇製造軍器局仍歸南洋大臣張香帥督同辦理十月十八日已奉　旨飭遵觀察將於日內旋滬矣

好善樂施　○天津工程總局代收山東義賑所有諸善士樂助銀錢洋元已陸續照登報牘茲又自第十六起武毅左軍中營管官暨五哨哨官什長親兵共助銀六十七兩二錢　武毅左軍前營左哨哨官什長親兵共助銀五十九兩六錢　武毅左軍左營官暨五哨哨官什長親兵共助銀六十兩八錢　武毅右軍右營營官暨五哨哨官什長親兵共助銀六十二兩五錢　武毅左軍後營營官暨五哨哨官什長親兵共助銀六十五兩二錢　武毅中軍左營營官暨五哨哨官什長親兵共助銀五十三兩五錢　武毅中軍中營營官暨五哨哨官什長親兵共助銀五十八兩五錢　武毅中軍前營營官暨五哨哨官什長親兵共助銀五十三兩五錢但該處被災甚慘尤望樂善諸君大發慈悲慨然捐助以便集成鉅款藉救災區庶幾登斯民於衽席則本局心香一瓣謹代災黎九頓首而祝之焉

天津 中西大藥房

零躉批發格外公道

頂厚藍白柳條絨布 每疋長四丈餘闊尺八足重三斤半售洋一元七角原箱批發格外公道

頂上旭日麒麟老牌啤酒 每箱大瓶四打計洋十二元零打照算如買十箱以上價更從廉

櫻田正老牌啤酒 每箱洋九元半每打二元五

紅葉老牌品海紙烟 每盒一元六品海一元八毫批公道

各種頂嘜呂宋烟卷 到有十餘牌號之多每箱百枝價洋二元至一元一百枝者兩元零打照算批折更廉

鍍金化銀洋鹼 硝鹽 强水 薄片洋鹼每瓶九角厚片七角五硝强每瓶大角鹽强五角化學純硝强純鹽强每瓶七角五 試銀小瓶 硝强洋三角

五 六 度高礦强水

此藥水提金化銀需用浩繁本房自運驗名老廠之貨業經[illegible]數載近有貪利外行販售大貨祇圖價[illegible]售魚目之混本號之貨包管使用價亦照舊每百磅計洋四元

賜顧者請至鍋店街中西大藥房不誤

浙杭元吉永號

本號自置[illegible]綢緞[illegible]洋貨花素洋布川廣夏貨[illegible]雅廣南貨[illegible]油俱全[illegible]為近時[illegible]市[illegible]不同故兩各貨減價開設估衣街中間路北凡仕商賜顧者[illegible]

本所售天臺齊次風宗伯水道提綱一書近因津郡添設水利總局此書於前月售罄而來購者踵繼本齋自得竭力搜求[illegible]出[illegible]郡初印之書數部又學治一得編明刑管見錄數部二種合為一部牧令奉為南針[illegible]又仁和陳害莊太守選訂國朝舉業正軌數部習舉業者皆奉為鴛針以上各書為津邑[illegible]沅齋觀察守[illegible]時日所刻實皆經濟文章有用之書本齋覓得當年初印各書無多與遲上[illegible]刻者迴然不同一看便知此書之精美矣 又石印由津至[illegible]構[illegible]鐵路圖 文[illegible] 謹啓

十二月初八日銀洋行情

天津九七大錢

[illegible]銀二千六百三十四文

洋元一千八百八十文

[illegible]竹林九大錢

[illegible]銀二千六百七十四文

洋元一千九百一十文

由早道[illegible]續寄津字林滬報 新聞報 代[illegible]申報[illegible]處在手 諸君[illegible]遠各報本館早寄費多出若干洋資亦不能[illegible]閱者 諸君多增[illegible]資[illegible]當門市而已特此 佈達

天津府署西三聖菴西直報分處內[illegible]啓

本館京城售報處在宣武門外[illegible]家坑路東海昌會館內陳午清先生代辦如[illegible]閱者請至陳處可也 本館[illegible]啓

朱鈍翁近治練軍統領何莘畬軍門並諸富道顯宦及婦幼喉瘟[illegible]產均[illegible]回春

告白

敬啓者本行新到上等外國火腿鹹猪肉餅乾十錦[illegible]醬等物出售貨真價廉格外公道如仕宦紳[illegible]賜顧者請至紫竹林招商局下恒豐泰內購辦可也 特此佈聞

祁羅佛謹啓

昨者現因海口結凍俱停輪前紙未到報紙改用洋粉運俟明春冰泮輪船抵津仍用前紙特此謹白　本館謹啓

直報

光緒二十一年十二月初九日　第三百十一號
西曆一千八百九十六年正月二十三日　禮拜四

上諭恭錄

硃筆崇寬補授國子監祭酒欽此　台灣鐸着加恩賞給頭等侍衛在大門上行走欽此　上諭御史曹榕奏倉務積弊太深宜就成例稍加變通請將盤倉限期明定章程各摺片着倉場衙門妥議具奏欽此

巧姻緣記

世事悠悠人生惘惘以爲無憑而恍若有憑以爲可據而究何足據誰爲爲之誰令致之孰主宰是孰推行是不得已則以其可着力者名之曰人以其不可着力者名之曰天凡事類然故自强知命之士皆以盡人事以待天命爲準蓋以其可以致力者任之己而以其不可致力者付之天舉生平終始所遭之順逆來而受無所貪亦無所拂往往突出意外而無尤於人喜出望外而無傲於物世或見君子之妻子好合如鼓瑟琴兄弟翕而家室宜也輙艷其命之過人抑知所謂命者不可知所謂人者則固無所不盡也諺曰天將予人以福先故以禍試之要看你能救天將予人以大福先以小禍試之要看你能受儒家之所謂先試即佛氏之所謂因緣也瓜因瓜生豆因豆生未有豆而生瓜瓜因生豆者無識者必强求之則無事不謬況婚姻乎婚姻結締之緣俗習不以門戶相當爲論縱其或有差等要以富與富爲緣貴與貴爲緣抑或富與貴爲緣貧與賤爲緣倘富貴貧賤兩相懸執柯者即無從與議洎乎合卺而後或此富而終貧彼貴而終賤遂付諸天實爲之人莫如何初未有議婚之始貧與富迥別貴與賤迥大異且以富貴之女竟下嫁於貧賤者有之則必有所缺陷而抱憾終身焉乃有以賤女而適貴人富女而適寒士有所憾而卒無所憾者此又天之巧爲安排而人幾無從擬議者矣茲聞番禺沙灣鄉人言某中者殷戶也多蓄婢女分爲上中下三等上等侍役中者灑掃下者司爨無相無倫及笄即爲擇配枯臣菀則聽其所集有女一人如掌珠已受鏡臺於某氏嫁有日矣忽亡去尋覓無蹤富翁以月娥私奔墻茨不堪言洩而親迎在即計無所出乃於上等婢內擇端好者作爲育女以李代桃而婿不知也及既婿家婿悅之琴瑟甚篤久之人或以事洩於婿婿嗟婿雖其岳婿以逃女已難爲完璧即追回亦非嘉耦不如使婢學夫人未必其不堪髮鬚也翁聞其言舒重婿嫁後復厚製奩妝補送之世俗遂稱爲奇緣然此猶人事之所能爲而非人事之所不能爲者緣尙奇而未奇也京師東華門外北池子有某富室者生一女年十四跌傷左足長於行醫醫千般終成跛疾而蓮鈎一瓣纖細如指體態婀娜堪稱閨秀惟豪族名門多下達無與論婚寒賤之家則又俯仰難就已逾笄歲猶待聘海棠有陳氏子者本士族家中落既冠未結絲蘿寓室在友坐見之風度翩翩吐屬嫻雅遂有陳平之契託友媒合明言女偏廢許以締姻後願助讀書膏火娶時奩物外另贈五百金陳氏子以女雖一足如躄然花貌雪膚自饒丰致況又以多金佐讀無內顧憂計良得也遂委禽納采日富室答以小金錁十錠昨於月之初三日迎娶奩物所值千餘金並將許贈之數作履庭封禮女性閑靜陳益喜得賢內助不以跛嫌適於友家見周某善說五科能

料治病因詢以跛可治否周言証有淺深視乃可決陳氏子延周至家令女出見周審視畢曰此足筋攣縮幸骨節未傷請爲君試
遂在其家設壇作法置淨水繭瓶步罡持斬孽蘸水書符足 ; 如是者數日女足內筋覺微舒漸可扶人幾步近則婷婷嫋嫋百媚娑生見
者莫不驚異焉夫女生長綺羅姿致纖麗倘葬是疾何至爲窮措大妻耶女之跛足其天之所以成此好因緣乎紅絲之繫洵非人力所能
爲也

鯉向郵傳　○每居封凍後京外來往公文書信皆由旱班遞寄自天津至清江浦爲一路至烟臺又爲一路其至清江者由瓜州
渡江在鎮江附輪赴滬其至烟臺者則天津而德州而齊河而歷城青萊一帶直抵烟臺交輪轉遞歷年照章辦理今冬郵政局書信館所
寄信件之第三班已於十二月初六日到京以後即當陸續遞行聯絡無間此亦仕商諸君之所不可不知者也故識之

禽猶姑惡　○京師崇文門外南興隆街延壽菴優婆塞乙小關若也一師一徒賴衆檀越供養香積廚頗不菲薄日前老道姑與
小道姑驟怒金剛之目彼此勃谿聲達菴外繼將其徒綁手綁足吊於鐘架用細竹條打之鄰鄰聚觀山門幾爲擠破共詢其故老道姑曰
我半生心血集得紋銀十餘兩存儲箱內不謂竟爲該賤貨竊其姊來菴竊取而去其徒亦哭訴于鐘架之上曰我今年十七歲上春始出
家來時攜拜師錢四十串今師惜飯費屢欲逐我苦無主名故藉口失銀以遂被計其實並未失銀也街鄰咸爲切齒欲逐其師蓋該道姑
領徒不知凡幾先受其拜師錢後則誣以他事須其財盡逐與人其故智也此次陡觸衆怒師知狡計不行登時將徒釋綁遍叩投鄰而罷
吁既出家矣而貪嗔念尚不肯一刻放開其心眞叵測哉

不啻天淵　○士農工商謂之四民考工有記貨殖列傳古無等差後世崇本抑末之說興工商幾不能與士農並列謬矣泰西恃
四民同重之道以立國國無不富強者保護工商之法尤能無微不至遠適異國近列市廛莫不各適其適中國不獨不加保護復抑勒剝
削之何幸不幸之相懸殊也山海關鐵路自客歲兵燹停工李觀察與商人訂購木石等料貨到發給領銀票據迄今年餘尚未得銀有明
姓王姓者因債迫將已票折價售人已屬不得已之極思而同時領票之人疑其獨得驪珠無理取鬧現已成訟噫以視我西國之商不啻
天淵之別矣

路透電語　○阿非利加西黑人地方有名金海岸者海岸屬英內有小國名阿上梯者國主與金海岸英官有不洽之處事甚機
密外人不得清楚英官令阿主允准若不允即令赴英自訴旋有英兵千餘人至阿京事已允定究不知其底蘊

照批彙記　○欽命二品銜長蘆鹽運使司鹽運使李　示據稟生李廷鈺稟　批此案前經章庫大使暨綱總查明稟請臨
鹽交卸督催該生欠借之款可否即着筆據書中見並無遺漏該生當面証明至傢俱一項應由接辦之焦姓給價亦與該紳臨無涉稟經李運司
批准銷案該生何得誘爲不知耶迫乃稟司處恐另有轇轕情事曾札飭章庫大使並諭該綱總查飭處結茲據稟生
自宜靜候又何得更生曉瀆耶姑候札催章庫大使暨同綱總會明從覓自無轇轕之事迅即處結以免纏訟此批○又示商人李承宗稟
批此案前已明晰批示茲據稟各情候再諭催綱總迅速查覆飭奪俾免纏訟此批○府正堂示　出使紅帖　久干不禁　前有違犯
業經拿問　枷責遊街　懲戒地棍　鬧熱人多　莫過肆鄰　外行者舖　尤宜謹慎　諭誡爾等　守法安分　倘敢不遵　立拘
嚴訊　有犯必懲　莫謂已甚

保護教堂　○泰西美以美會現在郡城西門內設立教堂並開講日期已紀前報茲督憲王制軍曉諭附近居民約云泰西教堂
無非勸人爲善其奉教者大抵皆係中國之人總以居民相安爲要萬勿滋生事端倘有不法滋生事端者即行嚴拿從重治罪決不寬貸
云

共篤寅衷　○大名鎮吳編峯軍門日前來津晉謁河北成太板徹以作行台已登前報初四日本郡各營統領等招集菊部假館
北門外針市街西王公館內音樽暢叙以篤寅衷

聿中甲令　○本郡十八段巡勇每年臘月間道憲閱操一次以中大典數年以來已成舊例道憲李觀察於本月初六日仍在廣

仁堂西操場校閱是日府憲沈太守邑侯王直刺守望總局李太守蘊守望兩分局員弁十八段各局員等分排鴛班巡勇等操練各陣外並操雜技等件聞道憲賞津錢三百吊文操技藝者另外加賞一時觀者如堵牆

幾成懸案　○吳橋縣徐家口村監生蘇賡清赴縣呈報伊祖母蘇郝氏與其叔父蘇瑞曾同居上房忽於夜間被賊撬開大門撥開屋門將其祖母並叔父屋中衣服首飾等物竊去攜贓而逸請勘驗緝當經文武會勘被竊屬實立即飭捕嚴緝贓賊務獲惟迄今多日尚未弋獲耳

是乃忍人　○督署前河沿向有木板坡橋既利過渡尤利汲水督署大廚房担水夫有名傻子者肩筲在板橋汲水詎因滴水成冰腳滑落河時猶手握兩筲其處咫尺即是渡船該渡夫竟袖手傍觀彼時兩岸之人均呼快救渡夫始終不動適該橋夫急覓小船一隻尋鈎杆二把撐船趕到一鈎僅隔一尺未能抓住再鈎則落河者力竭手鬆筲浮屍沉既未能救其生亦未能獲其屍觀者之人無不切齒痛恨於渡夫之見死不救也

富商團拜　○本埠城廂內外各當舖約有四十餘家每屆臘月初八日各當掌櫃衣冠楚楚同赴北門外當行公所團拜一日以聯同商之好今又屆期聞在當行公所招集蓮陞台菊部音樽暢叙云

幼女炸傷　○本埠南門外炮店林立附近幼女多以此為生涯每撮炮信一百根可得錢二十文有某幼女正撮信時詎炭火炸開燃及炮信未能急避將右手轟傷幸無碍命已送北洋醫院調治矣

强姦斃命　○河東某煤灰店舖掌某甲領得商人資本開立生意日與商人相聚習染性成最好南風僱有小僕幼童貌頗俊俏某甲頓起淫心誘幼僕不肯允從某甲硬向強姦僕羞愧難當服毒自盡現經僕家長赴縣控告將來如何訊斷及某甲之姓名為誰容再訪實續登

回氛漸靖　○西夏回氛近日傳來消息日有可冀漸次削平不致蔓延滋患矣合亟錄登以當露布

遼東撤兵　○遼東一帶為根本重地經各國仗義執言日人允仍歸中國現該處來電悉日兵已於本月初十日一律撤回本國從此一片乾淨土又得重覩天日矣不禁為該處父老歡欣鼓舞云

推廣輪船　○浙友函言輪船之設浙省改歸官辦之後現有紳士王君同伯之哲嗣擬出資購買小輪一艘稟明撫憲開往蘇杭裝帶貨物藉以推廣利源兼可招徠商客云

停止分發　○浙省奏停分發已紀前報茲悉撫署接到部文之後現已定於本月初一日為始本省人員驗看一體停止外省續到人員以本月十五日停止驗看從此彈冠思出者又不得不待時而動矣

振興商務　○蘇垣商務局房屋已於青暘地馬頭鳩工庀材一律興造以現未竣工暫借賓興局開辦在局諸公均振刷精神竭力經營前日總董陸鳳石大司成親至滬上購辦紡紗繅絲諸機器并已派回關所定有四百餘輛之多做工婦女亦已有人包攬其大略章程總局則一設蘇垣一設上海一設金陵如有商人願設分廠准其投具的保來局承領官本銀十萬兩至局設何處聽從商便惟具領官款一條內有須覓殷實錢莊與肆二十家出具保結之語一時富賈巨商僉嫌多累故多觀望不前云

好善樂施　○天津工程總局代收山東義賑所有諸善士樂助義錢洋元已陸續照登報牘茲又有第十六起武毅左軍中營營官並五哨哨官什長親兵共助銀六十七兩二錢　武毅左軍前營五哨哨官什長親兵共助銀五十九兩六錢　武毅左軍左營營官並五哨哨官什長親兵共助銀六十兩八錢　武毅左軍右營營官並五哨哨官什長親兵共助銀六十二兩五錢　武毅左軍後營營官並五哨哨官什長親兵共助銀六十五兩二錢　武毅中軍左營營官並五哨哨官什長親兵共助銀五十三兩五錢　武毅中軍中營營官並五哨哨官什長親兵共助銀五十八兩五錢　武毅中軍前營營官並五哨哨官什長親兵共助銀五十三兩五錢但願東省被災甚重尤望樂善諸君大發慈悲慨然捐助以便集有成數彙解災區庶幾登斯民於衽席則本局心香一瓣謹代災黎九頓首而祝之焉

天津中西大藥房

零躉批發格外公道

頂厚藍白柳條絨布
頂上旭日麒麟老牌啤酒
櫻田正老牌啤酒
紅葉老牌品海紙烟
各種頂釀呂宋烟卷
鍍金化銀洋鹼
硝鹽強水
五六度高礦強水

每疋長四丈餘闊尺八足重三斤半售洋一元七角原箱批發格外公道
每箱大瓶四打計洋十二元零打照算如買十箱以上價更從廉
每箱洋九元半每打二元五
叶牌每盒一元六品海 元八躉批公道
到有十餘牌號之多每箱百枝價洋二元至一元一百枝者兩元零打照算批折更廉
薄片洋鹼每瓶九角厚片七角五硝強每瓶六角鹽強五角化學純硝鹽純強每瓶七角五試銀小瓶硝強洋三角
林藥水提金化銀需用浩繁本藥房自運總名老廠之貨業經數載近有貪利外行販售次貨祇圖價挽魚目之混本號之貨向曾使用價亦照舊每百磅計洋四元
賜顧者請至鍋店街中西大藥房不誤

代售諸葛武侯心書十三律附白猿經風雨占圖　戚大將軍寶紀　劉帥地學法西法測繪　劉帥大事記　大小本公車上書　安危大計疏　八賢手札　中日戰守始末記　醫門法律　三家醫案　醫醇賸義　連十本青樓夢　大雙蝴蝶傳　夢裡一片情　孩兒說笑話　花間楹聯　校正京刻本　湘子九度文公　海上見聞錄　海上花列傳　海上酒地花天　巾幗英雄傳　改正玉堂字彙　小曼齋畫報　飛影閣畫報　點石齋畫報　大商賈尺牘　尺牘探新　合璧尺牘　算法大成全圖　尺牘新里編　均無多　士商購者先覩爲快每日午後直至申後皆靜候購時無暇不能出售

天津府署西三聖菴內直報分處內紫氣堂啓

告白

敬啓者本行新到上等外國火腿鹹猪肉餅乾十錦糖醬等物出售貨眞價廉格外公道如　仕宦紳商賜顧者請至紫竹林招商局下恒豐泰內購辦可也
特此佈　聞
祁羅佛謹啓

浙杭 元吉永號

本號自置[illegible]綢緞紗羅洋瓣花素洋布川廣夏貨顧繡雅扇京貨頭油俱全祇爲近時錢市[illegible]落不同故而各貨減價開設估衣街中間路北凡　仕商賜顧者[illegible]

本　所售天臺齊次風宗伯水道提綱一書近因津郡添設水利總局此書於前月售罄而來購者踵繼本齋自得竭力搜求自出舊郡初印之書數部又李治一得編明刑管見錄數部二種台爲　郡牧令奉爲南針至又仁和陳志莊太守選訂　國朝舉業正軌數部習舉業者皆奉爲鶩針以上各書爲津邑希沆齊觀察守[illegible]郡日所刻實皆經濟文章有用之書未易覓得當年初印各書無多與滬上翻刻者迥然不同一看便知此書之精美矣　又石印由津至京鐵路圖　文興[illegible]啓

十二月初九日銀錢行情

大錢九七六錢

銀盤二千六百三十四文

洋元一千八百八十文

竹林九六錢

銀盤二千六百七十四文

洋元一千九百一十文

直報

光緒二十一年十二月初十日 第三百十二號
西歷一千八百九十六年正月二十四日 禮拜五

啓者現因海口結凍各輪俱停輪前紙未到報紙改用洋粉連俟明春冰泮輪船抵津仍用前紙特此謹白 本館謹啓

錢穀隅語

儒者動云天下一家中國一人謂之一家則宜修睦謂之一人則宜自強修睦莫先於事事講信自強莫要於事事自主更張過壞祖宗之法因循又必失當務之急明決簡易雖踉蹡護罵而無害於輿吝惜猜疑雖蓋世拔山而無救於敗曠觀史册綜覽華洋未嘗不耿耿於古今拘文牽格之儒之誤人家國也夫以天下之重政務殷繁其情深遠大者不敢以草茅疏逖肅鄙陋劣之識妄參末議竊即其粗淺近小氓庶日用所需者據管窺而蠡測之自古平天下之政在人聚天下之人惟財有財則胥匡以生無財則立視其死惟錢與穀其首務矣夫錢穀之在民間猶血脉之在人身也商賈之在民間猶人身之以氣運血脈也氣不充則血不周氣不行則血不流一處不充則人病一刻不行則戕生毖將強壯之肢體充盈之膚革皆廢棄速朽穢惡而不堪少近矣浸假欲此身之強健也而力禁其氣之外出藉其散而固存以爲守約束之壅遏之則氣之有餘者必起癰疽不足者必成療瘵拘於法以治生人意爲美人之生未有不速人之死者也穀之爲物人種之天熟之耕耘收穫任之人風雨露雷待諸天庶徵不時則歲功不成而民饑天災流行國家代爲人謀雖自強人事無如天何也於是有救荒之政設義倉爲平糶平糴之舉義倉之弊昔賢已歷指其失無煩贅絮至平糶平糴非不可以濟燃眉然而官糴則患難遍沾官糴則穀轉運而他適若禁其出境則必匿而不肯現即聞某地登穀奉文特往採買官買則其處之穀價必貴商買則其之穀價雖貴仍賤商買之後穀價尚未必陡漲官買之後穀價之漲俄頃倍蓰者何也蓋之買也東買而西賣見利必急爲出脫以便再運二次縱俗情居奇價愈增而愈勸其貨此皆有餘財之奸商猾賈十八中不過二三而隨行買賣者無不利於速售售者多則市價必平市價一平所謂奸商猾賈者恐價再跌亦必爭爲出售斷不能積死貨而不思變易則後到之商便可買前商之穀故穀雖展轉出售未必遽空諸所有況因前此市價之增而遠方之穀其來會正未艾也

此稿未完

江道校册 ○部庫領項造册嚴對現經都察院咨稱凡各部院領過三庫銀緞顏料等項務於十二月初十日以前造具細數總册暨原稿咨送都察院交江南道按數察核呈堂於年底彙題以重庫款

江督榮程 ○兩江總督劉峴帥於十二月初二日請訓擇於初六日由京裝束起程乘輿自旱路赴甯接篆任事是日諸鉅公前往餞行者車馬塞途誠謂榮行盛舉矣

花匠被誣 ○日前恭奉廷寄交拿人犯薛八一名業經飭差嚴拿解交步軍統領衙門管押等情已列前報茲聞薛八向充內廷承差花匠承做御用花盒果樹各種花炮技藝現節届新年正在趕做花炮之際不料繳局匠之吏振青訛頭李四蘇大蘇二意圖謀霸揑詞私賣硝磺賄買某某指料薛八是以欽奉密旨嚴拿收禁吏振青訛頭李四蘇大蘇二自謂勝算甫操詎料已被薛八探知前情

書行和盤托出諒必澈底根究矣至如何訊究俟訪再登

欲書遽卒 ○今夏時疫流行醫治不及即作長睡之客者不勝枚舉乃現屆隆冬瘟疫復生竟有稍染微痾數刻間亦即長睡焉者莫不駭異京師前門外大始興胡同居住賀振之者農曹部書也於十一月二十八日晚更時稍覺疲倦不以爲意迨至次晨已刻溘然逝矣今十二月初七日爲發引之期觀者莫不嘖嘖嘆賀某之死如此其速誠爲咄咄怪事也

一蹶不起 ○月之初五日東直門外關廂地方正當車馬紛紜肩挑盈塞間有年逾七旬之叟出其途衣冠儒雅步履安閒情似踽步以當者行人以其龍鍾也相讓奉避不敢趨急走讓叟亦深恐以縮縮之足有礙行人意欲循墻而走聲稱諸君先走偶一退讓稍不隄防詎被滑傾跌一命嗚呼噫似此遲遲而不得其死人皆爲歎惜不置云

三尺難寬 ○人情好門打降之事久不屑污我筆墨惟選混星門諸佑屋宇每遭蹂躪不得不大書特書庶爲有司風聞俾除地痞而安士住耳月之初五日前門外皮條營混混訛頭李者素以訛詐爲生與宋七結有宿嫌因而各糾醜類數十人干比戈互相械門洶洶聲勢既令居戶鷄犬皆驚而揭瓦拋磚人家又遭塗炭想琴堂三尺定不能恕若輩稍寬矣

西報譯錄 ○上海英文報云去年中國因軍務向華洋借款係國家待債創舉亟宜信實以冀將來免向外洋籌借近聞頭批還銀居期南洋張大臣欲將應還之銀勸華商勿收留作紡紗局之用按外國之例若專爲一事借銀定期還債至期必須照章付還即有利益之事需辦亦必使還後再爲勸籌臨還說此無益蓋外人以信爲本苟一失信以後事必難辦也外洋近因中國按期還債聲名甚好是以借款較易若華商亦同此義又何必向外洋借貸耶英國國債利銀止二釐五息甚輕少至今人願受二釐五之息不願受五釐之息人信之也然則信顧可失乎哉

北門鎖鑰 ○昔閩壯武昆季創立盛軍慘淡經營蔚爲中興事業中外皆震是軍之名去歲平壤之失皆葉主帥未戰先逃致此軍挫衂而分統之聶功廷軍門呂道生孫子颺兩鎮所部依然鼎立有撼山易撼岳家軍難之概且聶孫呂三帥平素撫循士卒儼如子弟當全軍敗挫之餘力扼要區艱難百戰至今盛軍之名仍照人耳目噫亦云盛矣茲聞兩鎮軍現暫調蘆臺防要公惜與兩公無一面之緣無從聆其戰績然聞此軍有駐榆關之說然則海北門之鎖鑰矣

恃役挺殺 ○有徐奎同弟徐老在河東關汎大道開柴廠營生又有李運田同弟李老毆其子李來子在關汎開澡堂亦在大道開柴廠初六日早來柴車一輛徐李二處爭欲截卸入廠始口角繼而武李來子衣裳扯破事已經人和解因來子母舅滕三滕係縣役頭知伊甥來子吃虧憤率其子三人持械由城裡赴河東將徐老腕上打傷又將徐奎腦後打傷立時面如土色鼻孔流血二日後因傷身死初九日縣委廳在河東鴿子集驗尸不知兇手如何懲辦容訪再錄

進香失女 ○本月初八日河北窯窪大悲院關廟之進香侶雜沓有婦進香帶幼女一名年十餘歲在廟內遺失至晚尚無蹤影初九日早該婦遣親屬復向窯窪帮尋找不識能珠還否也

會將有期 ○廟場賽會本干例禁然輿情所向風俗亦未易移也本埠自富商以及各行生意一經賽會生意格外活動雖有小費甘心樂從河北大寺廟每屆正月十五日爲 關聖帝君出巡之期去歲因海疆有事未敢舉行茲和議已成民氣將復昨聞該廟會首等將諏吉會茶矣

情或未允 ○凡婚姻土地錢債之事親屬不宜作中恐訟累不易質証傷親情也茲聞城外某孀婦自置草房一所今富於伊親某甲爲業當價五百吊文作中者即其表兄當產者亦其表兄 表兄與兩造之事因未平允聞孀婦已赴琴堂理論矣然歟否歟

○昨有張朝瑞者以徐寅子拐去物件若干赴縣控告案邑侯以所拐物件多係婦女首飾其中恐有別情飭家便備案然歟否歟

似耶非耶 ○十月十五日夜河北毗盧室旁李姓一家三命慶紀前報茲聞附近居民聲稱該李姓棺材尚未定釘浮寄小藥王

衢前大道邊其處每夜人靜時有鬼號哭左右人家無不畏怯行人由此經過者甚寥寥矣弔古戰場文云往往鬼哭天陰則聞理或然歟

勘路述聞 ○南洋大臣張香帥奏辦鐵路派員勘路一節茲悉沈笛伊太守督同洋弁錫樂巴並洋匠人等已從吳淞唯亭一路丈量至蘇之婁門聞將由婁門而至葑門由葑門而至盤門由盤門而至胥門再由盤門接枝而至杭州由閶門一直而至鎮江金陵云云惟現未丈量停當抑或改道亦未可知俟有確聞容再續誌

因材器使 ○金陵水師學堂經南洋大臣張香帥於上月親蒞校閱其已得保舉各生頗有成效可觀大帥色為之喜旋以北洋無守口之船王夔帥咨調寰泰南瑞鏡清開濟四艘赴往旅順煙臺等處駐紮香帥遂札飭駕駛畢業學生黃仲則烏孝緒顏鑑泉艾曾恪賴道行周兆瑞盛文植程鏡甚姜廷材陳漢章以及現在江陰砲臺之周邦正汪元祜林建章林繼絵吳忠實甘建璈沈鑑方等偕上舉各兵輪并請洋教習信君森前往訓練以備大用大約冬底臘初可以起椗矣至管輪一等姚念先王雲濤二等顧斐章石彬浩三等董起鹹吳佩章鄭太昇朱葵忠王輝如黃國華吳濟如黃錦堃林朝豐等現在放假期內故此次均未與焉又聞香帥札諭桂觀察嵩慶招添駕駛管輪學生各四十名並設陸師學堂于水師之左招學生一百名以三品銜道員錢觀察德培總理其事已由沈太守敦和勘地起造從此水師陸師並行不悖吾於諸生有厚望焉

不准軒輊 ○湖北省所造銀圓前經署兩江總督張香帥奏明奉 旨通行在案鎮江駐防營兵月放餉需皆金陵解到上月寄勝萃軍所領月餉均係新式銀圓各勇皆需用錢紛紛持至城外各小錢舖兌換各小錢舖以此項銀圓向未通行勒令貶價計方錢每元止兌九百三十五文較洋銀少十文復搭以大白光板十餘文統錢每元兌九百五六十文攙和小錢砂殼各勇受虧不小彼此未免齟齬事為總理萃軍營務處蔡太守聞知立飭會同丹徒縣宗大令出示曉諭其文曰照得湖北銀元前奉兩江督部堂張核發營餉飭令行使當即示諭各莊舖一律行使並令錢業公所開列市價不准短價抑勒在案現在訪聞兵勇在城內外小莊舖兌換銀元往往以錢價不一互相爭論實屬非是茲經本營務處商定嗣後營中以銀元易錢責成晉源鎮源等大錢莊十五家輪替由營官給往照市價兌換免致勇丁藉口合行出示曉諭為此仰該莊舖等知悉自示之後爾等務將銀元查照洋銀一體通用不准故意軒輊每日市價由公所開單呈送本營務處並知照各營官持赴十五家錢莊輪替兌換以歸簡便而免紛擾其各凜遵毋違

講解西學 ○香帥督楚之初以武漢為中國腹心要地水陸通衢而華洋已形雜處將來愈聚愈多我之底蘊彼能知之彼之底蘊我不能知以故每遇交涉事件上而國家下而商賈未有不讓其獨占便宜者大者姑不具論小而財利盡若春蠶食葉日見消亡故於鄂渚建造自強學堂內設算化方言商務四科以育人材俾備異時之用實人臣以人事主之盛意也惟是按月課試已經三載前富道大憲講求洋務之意與時俱進現經鐵政局總辦蔡觀察延聘某西人於初九日在自強學堂開門講演偷有願聞其論者每人號金三百文聞是日西人首論光學其所謂光學者設一布幔將人物城郭一切等象畫置幔上以顯微鏡照之西人復為指陳其理其時聽講者多賢介輩如某某憲 公子亦言與焉此乃開講之始想日後尚須講陳他學俟訪再錄

撈獲官銅 ○漢陽晴川閣江面前日有水猫子多人代某船在鐵廠碼頭江底撈取沉錨無意中撈獲淨銅數塊上鑄有嘉慶十三年字樣知係官物且水底有銅不少當即稟明鐵政局總辦蔡觀察驗明移知漢陽縣署現經薛誠伯明府飭差彈壓嚴禁私撈一面督同該水猫等加緊搜取務須盡數起出按昔年雲貴貢銅悉由四川運鄂轉陸北上此項銅斤自係覆舟所失然核其年歲泥沙沉壓者八十餘年該水猫等尚能於江心撈出厥技可云精矣

渝城洋務 ○四川訪事人言日人刻下擬在渝城興設碼頭川省洋務局向在成綿龍茂道署內茲改設於督署東轅門旁水陸地方蓋因川省洋務漸繁且重慶洋關每月有稟報督院各務可以隨傳隨見也

暫駐東新 ○中國駐紮日本之欽差使所駐神戶長崎橫濱函館各領事官早於東歷十月下旬照會日本外務大臣請憑承認政府以該事云募令俟來春元旦觀賀畢然後分往履任若此則必於開印後發公當在東歷之三月初旬矣

天津 中西大藥房

零躉批發格外公道

頂厚藍白柳條絨布　每疋長四丈餘闊尺八足重三斤半售洋一元七角原箱批發格外公道

頂上旭日麒麟老牌啤酒　每箱大瓶四打計洋十二元零打照算如買十箱以上價更從廉

櫻田正老牌啤酒　每箱洋九元半每打二元五

紅葉老牌品海紙烟　什牌每盒一元六品海一元八躉批公道

各種頂陳呂宋烟卷　到有十餘牌號之多每箱百枝價洋二元至一元二百枝者兩元零打照算批折更廉

鍍金化銀洋碱硝鹽強水　每片洋碱每瓶九角厚片七角五硝強每瓶六角鹽強五角化學純硝純鹽強每瓶七角五試驗小瓶硝強洋三角

五六度高礦強水　比藥水提金化銀需用浩繁本藥房自運驗名老廠之貨業經數載近有貪利外行販售次貨祇圖賺價攙售魚目之混本號之貨向曾使用價亦照舊每百磅計洋四元

賜顧者請至鍋店街中西大藥房不誤

好善樂施　〇天津工程總局代收山東義賑所有諸善士樂助賑錢洋元已陸續照登報牘茲又自第十六起武毅左軍中營營官暨五哨哨官什長親兵共助銀六十七兩二錢　武毅右軍前營營官暨五哨哨官什長親兵共助銀五十九兩六錢　武毅左軍左營營官暨五哨哨官什長親兵共助銀六十兩八錢　武毅右軍右營營官暨五哨哨官什長親兵共助銀六十二兩五錢　武毅右軍後營營官暨五哨哨官什長親兵共助銀六十五兩二錢　武毅中軍左營營官暨五哨哨官什長親兵共助銀五十三兩五錢　武毅中軍中營營官暨五哨哨官什長親兵共助銀五十八兩五錢　武毅中軍前營營官暨五哨哨官什長親兵共助銀五十三兩五錢但該處饑災甚時尤望樂善諸君大發慈悲慨然捐助以便集少成數彙解災區庶幾哀斯民於衽席則本局心香一瓣謹代災黎九頓首而祝之焉

本館錢塘沂治練軍統領何莘耕軍門暨諸當道顯宦及婦幼喉症痧疹均蒙回春

本館寓在宣武門外纓子坑路東海昌會館內隔午後兌代辦如蒙顧者請至該處可也　本館謹啓

浙杭元吉永號

本號自置綢緞縐紗洋綢花素洋布川廣雜貨零頭雜碼南貨頭油傢生祇爲遵時蘇杭商辦不同故爾各貨減價發估衣街中間路北凡仕商賜顧者無任欣悅之至

本齋所售天臺齊次風宗伯水道提綱一書近因津郡添設水利總局此書於前月售罄而來購者踵繼本齋自得竭力搜求覓出學耶初印之書數部又學治一得編明刑管見錄數部二種合爲一部牧令奉爲寶針又仁和陳雲莊太守選訂國朝舉業正軌數部習舉業者皆奉爲鴛針以上各書爲津邑余沅甫觀察守盧部日所刻實皆經濟文章有用之書本齋覓得當年初印各書無多與滬上翻刻者迥然不同一看便知此書之精美矣　又石印由津至蘆溝橋鐵路圖　文美齋謹啓

十二月初十日銀洋行情

天津九七大錢

銀盤二千六百一十九文

洋元一千八　七十文

老竹林九六錢

紋銀二千六百五十九文

洋錢一千九百文

直報

光緒二十一年十二月十一日　第三百十三號
西曆一千八百九十六年正月二十五日　禮拜六

啓者現因津口結凍輪船俱停輪前紙未到報紙改用洋粉邊俟明春冰泮輪船抵津仍用前紙特此謹白　本館謹啓

上諭恭錄

上諭楊昌濬奏請將失守蘭城之游擊革職隨營效力等語本年七月間回匪攻犯安蘭城游擊范子湘未能先與以致蘭城失守范子湘著即行革職不准留營餘著照所議辦理該部知道欽此　上諭張之洞奏總兵因病呈請開缺據情代奏一摺福建河州鎮總兵王得勝著准其開缺欽此

錢穀偶語　錄前稿

糴穀者既謂某處客多穀少冀求善價以其穀不遠千里接踵而來糶穀者又聞某處客少穀多利其得買以其錢不遠千里聯尾而至爲之官者熟觀四方所缺出資買賣以首倡其行如屈工然視此事工多人少則增其價爲招徠視此事工少人多則減其價爲裁汰要以令工人之可以存身無負於人無廢乃事足矣糴糶之事當亦同情而不必廣此處穀少者將其行店存貨官封禁之以備此處之用而不使外出利彼處錢多者將其行店存貨官封禁之以備賣糶之物而不許他賣而後乃可以平糶平糴也且官之糴也既挑駁其成色復抑勒其價值不顧賣者之資本若何運脚若何任其虧傷賠累左右含冤吾之糶也既限其升斗之多寡復阻於水陸之隔閡不問買者之人口幾許道里幾許任其艱難跋涉曠廢工夫其不便處難以盡述況經手吏隸不盡廉潔官與介介難保隸之無或耽耽又況隸之無不耽耽者故凡官司所講之糧石色無不低不潮無不有攙揉糠粃沙水之弊官不能辨亦不及辨其勢然也至輪挽經紀之費浮開冒報出入升斗之侵銷剝蝕猶其明焉者也藉封禁以訛詐行店藉車船以騷擾地方藉押運以夾帶私販上虧國課下奪市廛法外之弊尤爲意想不及無所不有無惑乎商民之不願與官司交涉也若弛其禁聽　自買自賣則其弊皆無矣且運赴災傷之區彼自爲利而前原不待官司之驅策爲之官者復於沿途留意保護之體恤之不令其少有留難以視售於他處韻稍有所潤商賈所爭止此毫厘即蔭刀錐之利自無不爭先恐後生意盛則穀多多則糴糶不平自平矣今歲所行平糶之政法己不爲不善惟視奉法者之認眞與不認眞耳至於錢之爲物鑄之以銅純任人而不任天雖採銅於山山產即地產地產即天產然天不愛道地不愛寶洪荒既闢以後其採銅以作貨者自古迄今無歲無之銅產不聞或竭其鼓鑄以成也苟準所制厚薄之中等以爲式亦卽堅不可破既不等穀飛爲蠶又不等穀爲食消錢者泉也如泉之流竭彼注此縱偶有分文折耗如泉之涓滴偶溢無損於流　過此贏彼絀此絀彼贏遠近川換千萬里外可通前後授受千百年間可逮斷不致以銅質之物消歸無有乃自周秦而後漢唐宋之制錢今尚僅見周秦之制多出僞爲　此稿未完

硃批彙錄　○府尹奏胡　示諭民人金玉齡案　批據稟爾胞兄金玉廷上年八月在大東溝船接仗陣亡請賞發郵銀等情

水尹皇飭查底册核對相符應准照案著予郵當京平銀一百兩以示體卹著即取具妥實舖商保結送台以憑核發此批○津道鹽試示據六品軍功靳恩榮等稟　批前經本道督同委員集訊關與王恩重彩本生理係屬空言即使實有其事本銀不過八百餘金又無住舖經理之人以八厘□剩合算每年應分者亦不過百金況無帳紙隻字為能為據豈斷王恩重按年幫助原係從寬辦理乃不知感復飾詞狡賴實屬刁健今限爾三日自行熟思如肯遵斷即行到案具結倘再執迷不悟定當以所控虛誣銷案毋貽後悔此批○又示職員王恩重稟　批已於靳恩榮稟　批示中飭着即查照帳單附

直隸牌示　○曲陽縣王華清飭赴本任所遺南宮縣缺以博野縣盛世文調署遞遺博野縣缺以現署曲陽縣王葆琛調署部選新河縣張石阜城縣王伯鶴均飭赴新任又獲鹿石口撫民同知唐榕森丁憂遺缺委試用同知金厚生署理委署通州理事通判臚麟現有要差不克赴任改委即用知縣岳齡署理又通判通流閘閘官王恩綬病故遺缺以分缺間簽巡檢周學醴署理又南岸同知孫鍾祥開缺以道員用遺缺詳請以新海防北河先儘班先補用同知施愷康補

安得蕭弁　○前有客船行至靜海縣屬被賊四人冒稱兵差上船搶劫經客人蕭弁某捉獲一賊並奪洋槍等情已紀報端茲悉該船戶業經報案據稱船戶王鳳起係靜海縣城廂北街人以駁船為生由天津攬儎客人駛回夜行四更時分至沙窩村東岸忽來四賊持刀將船夫攔住持刀嚇令將船傍岸其二賊上船搶劫當有客人蕭邦彥捉住一賊名李清臣並奪獲洋槍一桿快哉蕭弁安得行人盡如蕭弁選賊匪捉乎計蕭被賊搶去錢搭一個內有錢帖二紙洋錢二元餘賊逃逸當經文武勘驗畢押解獲賊回署訊究尚未知如何供認也訪再登

竟有幺魔　○河東幺家老店現住營官皮大人跟隨親兵八名不知何時將大人衣箱撬開院內次早方知體面錢數衣物不貲一件其失去元寶四定計二百餘兩已報東汛勘驗門窗概無形跡不知賊人由何入室俟訪再錄

吉祥施粥　○河北窪窰大悲院於本月初八日為吉祥道場河東大佛寺河南玉皇閣歷年同此盛舉各處住家施粥者無數此日不論窮富多討此粥者

靜安路香　○日前侯家后上海小舖廚房因火烹油致釁焚如附近水會聞時撲滅由靜安局會首等某係信鑼即行傳鑼及衆火會到此並無火廠地方既受賞勸該會首等亦情願受罰赴東門外慈孑胡同內圖津公地呈供一桌罰跪炷香云

一面承當　○津埠登時役挺殺一孽李子母舅關伊甥時虧身率己子三人持械將該甥奎腦受打傷隔日因傷身死已經相驗將李子帶案今聞河東關汛李家漢堂將堅箱家具等件均已移存旁處餘坐尸首成殮畢今日由河東鴿子集抬進李家漢堂內具孝運出之弟李老闆在縣署受刑坐板凳拷訊云

二屍無着　○昨河北督署拒木水夫落河斃命已紀前報日前罹水手人將該尸撈獲伊母痛哭情殊可慘又有由小鹽店坐冰牀行至鐵橋白水邊冰滑行駛不及留住撐者　人坐者一人瞬即行入水晶宮去日前水手僅撈得担水桶一尸其餘二尸尚未撈得

可信不信　○昨晚道路傳言鐵道上有一童年十八歲因與某甲口角潛服阿芙蓉膏自盡未知確否姑以自聞必錄登之

有因無因　○文興樓山東飯館之舖掌與甲某於侯家后某娼有舊該飯館之夥計某姓者亦與此娼知交更如鼓娼之意舖掌得知與該夥計有口角該夥計身死無掌月棺成殮與屍親送信昨屍親來到知此情形即赴天津縣控告經縣委開棺驗屍不知如何驗訊訪明再報

子安逝乎　○河東某姓者一子年十九歲命稱三門共守此子昨日不知被何人拐去亦不知係自己失迷現倩多人晝夜尋找

客何為者　○侯家后翠香堂有客六七人在該娼窰取樂不知因何得罪客等大怒將桌上煤油燈碎在地下一時煤油將別物引燒直向窗前燒來幸多人即時撲滅搾碰之人口稱係某署門政衣著皆係綠綿伊係冒充抑係實是容訪再報

西學將興　○杭州采訪友人云錢塘汪穰卿太史康年前在梓與同志者議就因案發封之普慈寺建設中西學塾嗣因南洋

大臣張香帥電移前往事遂中止刻下陸孝廉懋勛高孝廉爾義丁孝廉立中及時下各名流復賃屋某處公請教習某君授以歐西諸學特不知果有人焉願入塾肄習否也

盛京遼陽州大高嶺五峯觀碑記

蓋聞天下非常之事必待非常之人而非常之人始能成非常之功甲午之歲東軍入寇蠶我屬國侵我郡縣芟夷我農工虔劉我邊陲間罪之師屢次失利沿海城隘俱爲日有日之先鋒名富康三造者尤屬猛悍銳不可當由鳳城率大股賊三千餘人意欲涉細河踰高嶺直擣襄平目視陪都斯時四境烽煙生民塗炭一聞鼓角草木皆兵幸有盛軍呂孫總統大人私相議曰如此勁敵非謀勇兼備者不可攖其鋒因命督帶盛字右軍左營總鎮郭公印學海號雲濤者安徽合肥人也率領洋槍隊五百名駐紮五峯嶺適當兵衝十月十九日東軍蜂擁而來遍野旌旗山川變色登高一望士皆膽寒郭公因誓於衆曰大丈夫以身事國何嘗之有哉戰而勝功則同書於史冊戰而不勝敗則同死於疆場以馬革裹尸還誠千載一時之快事也衆皆拜服各授一計分兵十餘處倚山埋伏自率死士百餘名奮勇陷陣自辰至午詐爲退怯且戰且走誘至其間伏兵齊起子彈如雨山谷應聲富康三造猝不及防子貫其胸登時殞命敵人無主蜂賊亂竄其鎗礮跌傷自相踐踏而死者不可勝數從此退距鳳城不敢正伺高嶺遼瀋以東山嶺以西不知幾千萬戶其能各保身家性命者皆郭公之力也凡我旗民人等無論城市鎮均蒙保衛同沾再造之恩永免蹂躪之慘則公之德被生民者遠矣因勒之於石以垂不朽焉又從而歌之曰雲山蒼蒼河水洋洋郭公之德山高水長　同時勁勇出力營員哨官姓名開列於後

大清光緒二十一年巧月中旬闔會公立

遼陽東南摩天嶺闔會人等　丁永貴　劉士有　丁永成　丁永利　劉成章　解文明　程開　丁永寶　董希亮　楊萬興
杜成義　張德　鄒永　陳仁　丁永海　魏永發　董朝寬　于盛　丁廣臣　丁永德　丁永富　丁廣金　劉希濟
丁邱　王春發　華中清　華中秀　陳慶　王芳平　丁廣慶　李才　董希才　丁富恩　王富　王貴　宮中科
宋振東　蔡得福　隋得法　王發　隋仲　隋增　于有　程貴　楊富山　國殿魁　李殿英　姜魁英　林桂一
丁永財　李平　王材　李長元　王殿發　王述昌　住持道禰王至守　石工解成江　公立

光緒二十一年十一月　　日抄錄

湘撫課試　○新任陳右銘中丞到湘以來勵精圖治於察吏一道尤爲認眞凡陋劣之輩冠蓋車馬倍形擁擠並倡爾因公稟謁者亦無不體到隨見民瘼吏治當不患再有隔閡矣○上月二十八日陳右銘中丞考試課吏館大班題目六事以聚爲本論小班題目一介之士苟留心於物必有所濟論○上月二十六日陳右銘中丞考試嶽麓城南求忠三書院嶽麓題毋意毋必毋固毋我賦得月滿蓋階杵滿城得城字城南題故君子以人治人改而止賦得岳陽樓　望君山得樓字求忠四尊賢爲大詩題與城南同

浙藩儒吏　○杭省喧傳說新任藩憲龍仁陔方伯到任後講求吏治不憚勤勞署中辦公書吏不准擅自出入於內班總門首設立號簿如有進出概須登簿以便稽考其接見屬員論公事必詳細詢問以察其人能否并聞有考吏之舉蓋以捐納廣開品流甚雜無論同通州縣職分較尊者固宜學問優長即佐貳閒曹自分猷佐治之職非文理通順不勝其任尤須當堂命題面試或論或判文必己出以杜槍代俾懷才者不致屈抑而尊鳴伏獵無從濫竽吏治之興可拭目俟之矣

洋價又跌　○杭地洋價向較他處稍昂蓋因市上之錢每多攙和私鑄所致平時每元易錢有一千零五六十文之多上月初驟減至一千零二十文至月半後僅換九百七八十文府憲陳六舟太守深知民隱出示嚴禁密遣訪聞杭地市儈每屆冬令輒將錢價高擡大爲貧民之患雖洋價時有漲落亦不得過爲低昂每元至少以一千文爲限不得再行短縮倘敢不遵立提重究特諭自示之後洋元漸增至一千零五文至一十後又縮去五文近自十七日起祇換得九百九十文豈制錢果缺竟不能稍增耶抑惟利是圖而敢藐視憲諭耶錢市之壞是不可不嚴懲整頓矣

天津中西大藥房

零躉批發格外公道

頂厚藍白柳條絨布
頂上旭日麒麟老牌啤酒
櫻田正老牌啤酒
紅葉老牌品海紙烟
各種頂蔴呂宋烟卷
鍍金化銀洋礆 硝鹽强水
五六度高礦强水

每疋長四丈[illegible]闊尺八足重三斤半售洋一元七角原箱批發格外公道
每箱八瓶四打計洋[illegible]二元零打照算如買十箱以上價更從廉
每箱洋九元半每打二元[illegible]
叶牌每盒一元六品海[illegible]元八覺批公道
到有十餘牌號之多每箱白枝價洋二元至一元[illegible]百枝者兩元零打照算批折更廉
每片洋礆每瓶九角[illegible]七角五硝强每瓶[illegible]角[illegible]强五角化學純硝强每瓶七角[illegible]純[illegible]强每瓶七角五[illegible]硝强洋三角[illegible]小瓶
此藥水提金化銀需用浩繁[illegible]房自運[illegible]名老[illegible]之貨業[illegible]數[illegible]近有貪利外行販售次貨祇圖[illegible]價[illegible]魚目之混本號之貨[illegible]使用價亦照舊每百磅計洋四元
賜顧者請至鍋店街中西大藥房不誤

白告

本齋所售天台齊次風宗伯水道提綱一書近因津郡添設水利總局此書於前月售[illegible]而來購者踵[illegible]又學[illegible]竭力搜求覓出[illegible]郡初印之書數部又學治[illegible]得編明刑管見錄數部二種合爲一部牧令奉爲[illegible]針[illegible]又仁和陳雲莊太守選訂 國朝舉業正軌[illegible]習舉業者皆奉爲[illegible]針[illegible]各書爲津邑徐沅青觀察守[illegible]郡日所刻實皆經濟文章有用之書[illegible]得當[illegible]初印各書無多與邇上翻刻者迥然不同一看便知此書之[illegible]美矣 又石印出津全[illegible]購[illegible]

文[illegible]齋[illegible]啓

參純[illegible]近治練[illegible]統領何[illegible]門[illegible]諸當道[illegible]及婦幼[illegible]瘟[illegible]回春

本館京[illegible]在宣武門外[illegible]家坑路東[illegible]昌會館內[illegible]津[illegible]先生代[illegible]顧者[illegible]處可也

本館[illegible]啓

浙杭元吉永號

本號自置[illegible]新[illegible]洋[illegible]花素洋布川廣[illegible]貨[illegible]雅[illegible]貨[illegible]油[illegible]全[illegible]爲近時[illegible]市[illegible]落不[illegible]故[illegible]各貨減價[illegible]估衣街中[illegible]北凡 仕商賜[illegible]

德陞齋靴鞋鋪

本齋[illegible]京式名[illegible]花[illegible]一[illegible]全[illegible]物美 [illegible]顧者[illegible]本店[illegible]致[illegible]本[illegible]設在天津[illegible]北門外[illegible]店[illegible]

十二月十一日[illegible]行[illegible]
[illegible]九七六[illegible]
[illegible]二千六百一十文
[illegible]元一千八百七十文
[illegible]元[illegible]
[illegible]二十六[illegible]五[illegible]
[illegible]一千九[illegible]

直報

光緒二十一年十二月十三日 第三百十四號
西曆一千八百九十六年正月二十七日 禮拜一

啓者現因海口結凍輪船俱停輪前紙未到輪紙改用洋粉連俟明春冰泮輪船抵津仍用前紙特此謹白 本館謹啓

上諭恭錄

上諭董福祥奏遵旨查明被參各員據實直陳一摺補用副將王正塑管帶凉州練軍駐守積石關拋棄餉械旋經移紮白塔寺團目康達在西寧川被圍坐視不救記名提督洮岷協副將署河州鎮總兵李良穆駐紮白塔寺迭經董福祥咨商楊昌濬飭令進兵合圍該副將一味遷延直至河州圍解始行赴任王正塑李良穆均着即行革職寧夏鎮總兵牛師韓治軍漫無紀律所過騷擾督帶統軍馬隊楊寶林前在陝口失利牛師韓楊寶林均着交部議處牛師韓現在移紮平戎如始終不能得力即着董福祥嚴參懲辦副將朱祥與餘據查無藐法違抗情事毋庸置議該部知道欽此 旨巡視南城事務着易俊去欽此

錢穀隅語 錄前稿

漢唐之錢見於今日者如半兩五銖貞觀開元之類之數者又以開元爲最多其制仿之唐武德四年及乾封元年改鑄乾封泉寶錢以一當舊錢之十興元年又行二銖錢肅宗又鑄乾元重寶錢又鑄乾元重輪錢一當五十制屢易法愈弊錢益少後五代時無所爲制用唐錢而已宋初鑄宋元通寶太宗時始以紀元之年號鑄錢爲太平通寶 化又爲 化元寶作眞行草三體成文自是而後每改元必更鑄開寶三年令雅州鑄鐵錢入川十當銅錢之一故川陝福建銅鐵錢並行後以西北用兵乃鑄當十錢王安石罷銅禁一時奸民消錢爲器而錢荒改爲折二錢今其錢猶或偶見徽宗以虜用鐵錢爲兵乃以夾錫爲之熙甯背以鐵質難運乃置潞州交子務南宋改爲會子以楮爲錢錢益少矣元仍宋名爲鈔明洪武置寶源局鑄大中通寶與歷代所鑄並行又鑄洪武通寶當十當五當三當二式若小錢凡五等嘉靖間鑄嘉靖通寶依洪武式而奸人之做式盜鑄者不免焉 國初之制其銅散佳其式極大且重爲前古歷代錢式所未曾有蓋以 聖王在上萬物作覩中產之礦採之無窮滙貫之銅源源相繼物阜財豐一切私銷私鑄之風不禁自息謚歟盛哉嘉道以來錢制少易然猶未甚缺也咸豐初粵匪肇亂軍務聿興錢忽大缺收鑄當字錢銅與鐵鉛並用而錢益缺私鑄益夥剿其窩誅其犯者不堪枚舉矣而其風終不可絕亦可知民不能盡以情理喻亦不能盡以法律繩也自中外通商以來外洋所來之銅及華地所採之銅較之疇昔有贏無絀官局所鑄須行天下者初無少梗而今日銅錢之缺日甚一日市商銀錢之價積不能平讒或有壅滯之處使然夫火車輪船南北販運速於傳命之置郵無論中土即外洋亦無不流通之處以中土而論如湖北漢口鎭爲五省通衢其鎭之大且長百有餘里生意之繁幾無隙地其生意尤以往來發販爲多則銀錢川換之處視他處偏於一隅偶或壅滯者迥不可同日而語而其錢價之漲先於浙江則兩湖皆貴[illegible]

川之錢亦缺自無容過問滬上爲中外商賈雲集之所銀錢漲落之消息更爲近水樓台南北多視以爲準而滬上之錢價亦日昂[illegible]謂江浙之錢因購赴烟台牛庄天津等處是以浙江市面錢爲之虧虧於南自宮溢於北何以烟台牛庄天津等處錢亦皆不足用也入論東省自去年兵燹歲荒室皆懸磬流離轉徙輕去其鄉多所棄置夫因荒而徙斷未會擲錢不顧者因兵而徙亦未必盡擲錢不顧也何況夫以東省兵災非尋常流寇之去來無定令人猝不及防也況士農工之家有存錢亦幾人其所存又富有幾許其大宗之錢概以存諸商賈者爲多　此稿未完

[illegible]廕場期　○十二月初八日爲考試漢廕生之期經吏部奏請　欽派考試漢廕生大臣崑筱峰中堂王雲舫少冢宰李宓園少司寇傳集三品以上大員子弟於是日晨赴貢院點名散卷候題構思靜作交卷彌封呈閱俟十一日拆封分列等第再請　恩分別文武擢用云

宗師陛見　○順天學政徐東甫大宗師於十二月初八日來京　陛見暫駐東華門外北池子某官宅以備赴　內廷召見較近每日乘輿往謁諸鉅公以及往答者頗有應接不暇之勢車輪盈門榮哉盛哉

查抄書局　○京師前門外後孫公園地方前經某太史等會議創設強學書局所刊之事皆係外國事宜名曰中外紀聞自十月開辦以來銷路甚廣忽於十二月初七日下午四點鐘經步軍統領衙門派委營汛弁兵擁入局內將一切鉛字所訂報本一併查抄封禁並將該局內司事人等一併解案訊辦聞恐由某官道指糾未息如何訊究俟訪明再錄聞創設報館之京官遣丁將傢俱等物搬運一空至夕尚未運畢諒必難再復售矣

殺越國門　○山左人孟某由籍雇車來京行至右安門外距城僅十餘里之潘家廟地方突遇暴客十餘人各持槍械攔路肆刦計失贓約百餘金並砍傷車夫田姓一人當經該處總甲飛報營坊即刻帶捕詣勘驗得田姓傷勢甚重嚴飭差捕認真緝拿鴻飛冥冥未知何日得以破案以近畿重地盜風如是猖獗甚矣天荊地棘行路多難載告僕夫尚其慎之又慎哉

察院更署　○欽命巡視南城察院楊侍御晨現在一年差竣業經報滿所遺員缺經都察院委派河南道監察御史易侍御俊署理俟帶領引　見後再行實授云

聚衆拒兵　○京師自入冬以來城廂內外搶刦之案層見疊出雖經營汛哨弁拿獲盜犯多名押解步軍統領衙門奏交刑部按律審辦而匪徒不畏法者仍復時有所聞十二月初七日三鼓時阜成門內錦什坊街一帶又有匪黨聚衆持械欲向舖戶搶刦該管地面步軍校兵丁聞知赶卽向前追捕無如兵丁人數寡寥轉被盜黨圍擊砍傷兵名盜黨嘯呼而散旋卽稟報提督嚴飭各營汛五城司坊一體嚴拿以正國法而靖閭閻

壽國壽民　○前康熙八旬萬壽各州縣耆民准其道旁祝嘏去歲　皇太后六旬萬壽詔各州縣耆民在七十歲以上身體康健者仍照前例准其赴都道旁祝嘏等因本年已由內閣抄出凡祝嘏耆民均　恩賞九品職銜現經禮部註冊行文聞附近處耆民天津二名靜海一名云

疑非疑是　○日前西營門內青龍廟前有用布勒死死尸一具已登前報茲因道路傳聞有移尸之說未知確否姑照有聞必錄登之

梟首示衆　○軍律森嚴犯卽正法典[illegible]故也茲聞海下某營某中不知因何事故昨在營前梟首示衆至因何犯律俟訪實情形再爲續登

鼠賊送官　○昨早北門外鈴鐺閣西某段更夫拿獲竊賊一名年約二十餘歲竊有臘台等件報更夫等即將賊贓一併交局訊問矣

鏡不易圓　○本埠有某甲者一妻　子貧不能度要其氏聲稱赴母家求財帶其子同往謂婿可在家靜候一二日便可言旋遂

乘洋車赴河北地方而去其壻某甲在家候至五六日尚無音信甲情急自赴岳家探詢岳家皆不知情倩人遍覓亦無蹤跡未識能破鏡重圓否也

燈堪保險　○煤油性極暴烈人所共知惟因油價既省火光且亮遂不以險爲意殊不思水能熄火煤油遇水則其火更熾每有以煤油失愼仍以水制竟致火燄愈張爲楚人一炬者可嘆也津俗凡點洋燈者至睡時將燈捻從螺絲抽下壓於罐火之銅泡內候再用亮時只須向螺絲捻上火即提起無煩重點最爲簡便於是家家如斯竟不知其燈之銅筒乃白礬汗成壓火入筒愈久筒即愈熱汗必開燈捻大者油即易火油多則其火愈大勢必延燒他物其凡半夜或五更失愼者半皆由此奈人多好懶最喜簡便是以明知其險仍不爲意近聞洋貨舖售燈竟創有保險說燈價加倍保其必不暴烈失事云云夫以煤油失愼立時屋宇皆灰何能再查果否係由洋燈之煤油起火而洋貨舖既多且將遂生出新生意遂未必其盡無情毋恃而無恐倘必恃其可以保險而一切漫不加意則失愼之災恐又因此而益甚也總之愼與不愼在人而不在燈彼昔之無洋燈煤油時其失愼者罪又奚屬耶尚愼旃哉

局員仍舊　○浙江海運滬局暨津通各局員差均已委定聞今年圖海運差使者實繁有徒荐書亦絡繹不絕大憲頗難擇任因查照首屆成案辦理各員恐仍其舊既可以資熟手又以免各員之希冀也

計吏緩期　○浙省今年例須舉行大計鉅典現署藩臬仲芳方伯以新任龍方伯將次來浙諸事均候龍方伯到浙履任後酌度辦理據官場中人云浙省本屆大計須緩至明年三月方可舉辦

絲廠將竣　○杭州武林門外繅絲廠現得落成共計大小廠屋約七八十間四面墻垣皆高峙半空工料亦均堅固聞廠主係山陰人已於日前與各工匠頭訂定年內一律完工以備明年佈置一切器具

盛京遼陽州大高嶺五峯觀碑記

蓋聞天下非常之事必待非常之人而非常之人始能成非常之功甲午之歲東軍入寇憑我屬國侵我郡縣芟夷我農工虔劉我邊陲間罪之師屢次失利沿海城隘俱爲日有日之先鋒名富康三造者尤屬猛悍銳不可當至鳳城率大股賊三千餘人意欲涉細河踰高嶺直搗襄平目視陪都斯時四境烽煙生民塗炭一聞鼓角草木皆兵幸有盛軍　呂孫總統大人私相議曰如此勁敵非謀勇兼備者不可攖其鋒因命督帶盛字右軍左營總鎮　郭公印學海號雲濤者安徽合肥人也率領洋槍隊五百名駐紮五峯嶺適當其衝十月十九日東軍蜂擁而來遍野旌旗山川變色登高一望士皆膽寒　郭公因誓於衆曰大丈夫以身事國何懼之有哉戰而勝功則同書於史册戰而不勝敗則同死於疆場以馬革裹尸還誠千載一時之快事也衆皆拜服各授一計分兵十餘處借山理伏自率死士百餘名奮勇陷陣自辰至午詐爲退怯且戰且走誘至其間伏兵齊起子彈如雨山谷應聲富康三造猝不及防子貫其胸登時殞命敵人無主餘賊亂竄其鎗斃跌傷自相踐踏而死者不可勝數從此退距鳳城不敢正伺高嶺遼瀋以東山關以西不知幾千萬戶其能各保身家性命者皆　郭公之力也凡我旗民人等無論鄉城市鎮均蒙保衛同沾再造之恩永免蹂躪之慘則　公之德被生民者遠矣因勒之於石以垂不朽焉又從而歌之曰雲山蒼蒼河水洋洋郭公之德山高水長　同時勁勇出力會員哨官

大清光緒二十一年巧月中旬闔會公立　姓名開列於後

遼陽東南摩天嶺闔會人等　丁永貴　劉士有　丁永成　丁永利　劉成章　解文明　程開　丁永寶　董希亮　楊萬興
杜成義　張德　鄒永　陳仁　丁永海　魏永發　董朝寬　于盛　丁廣臣　丁永德　丁永富　丁廣金　劉希清
丁邱　王春發　華中清　華中秀　陳璽　王芳平　丁廣盛　李才　董希才　丁富恩　王富　王貴　宮中科
宋振東　蔡得福　隋得法　王發　隋仲　隋增　于自　程貫　楊富山　國殿魁　李殿英　姜魁英　林桂一
丁永財　李平　王材　李長元　王殿發　王述昌　住持道親王至守　石工解成江　公立

光緒二十一年十一月　日抄錄

天津
中西大藥房
零躉批發格外公道

頂厚藍白柳條絨布
頂上旭日老牌啤酒　麒麟老牌啤酒
櫻田正老牌啤酒
紅葉老牌品海紙烟
各種頂陳呂宋烟卷
鍍金化銀洋碱　硝鹽强水
五度高礦强水　六

每疋長四丈〇闊尺八足重三斤半售洋一元七角原箱批發格外公道
每箱大瓶四打計洋十二元零打照算如買十箱以上價更從廉
每箱洋九元半每打二元五
叶牌每盒一元六品海　元八甍批公道
到有十餘牌號之多每箱百枝價洋二元至一元百枝者兩元零打照算批折更廉
薄片洋碱每瓶九角厚个七角五角五硝强每瓶七角鹽强五角化學純硝强純鹽强每瓶七角五試銀小瓶硝强洋三角
此藥水提金化銀需用浩繁本藥房自運馳名老廠之貨業經數載近有貪利外行販售大貨祇圖嚐價攙售魚目之混本號之貨包管使用價亦照舊每百磅計洋四元
賜顧者請至鍋店街中西大藥房不誤

好善樂施　〇天津工程總局代收山東義賑所有諸善士樂助賑錢洋元已經陸續照登報端茲又自第十七起天津鎮[illegible]兵[illegible]隊雲字馬隊營大沽協鎮六營水雷營保定後營共助湘平銀二百兩又芮輔廷助洋十元[illegible]維和孫煜軒各助洋二元丁福廷助錢三吊滌塵子宜滋生胡樹屏程竹坡玉盛長各助錢一吊楊孝侯劉輔臣周香雲張翰臣王艮齋程崎廷張輔臣義升泰長興號同心德四合號維新成恒瑞成號于亨李彙春王小亭宋性三張性廷楊正禧土輔廷王輔丗德記孟蓮坡徐春田張仁甫各助錢一吊陳竹坡陳小蓼宋桂堂趙蓮舫[illegible]紫三林仙舟[illegible]翁趙益三任[illegible]馬傑卿郭少廷潘竹軒趙[illegible]義李心源宋局生李蔭卿劉潤生胡漁田范琴舟胡印堂章幼[illegible]詹雲郵李蘭元[illegible]茂林倪子彬徐勛三胡溥洲杜華廷張聘卿王祝三各助錢五百文韓少亭助錢二百五十文但該處被災甚重尤望樂善諸君大發慈悲慨然解囊庶幾集腋成裘源源接濟登斯民於袵席則本局心香一瓣謹代災黎九頓首而祝之焉

本館京報[illegible]在宣武門外[illegible]家坑路東壽昌會館內陳午橋先生代辦如蒙閱者[illegible]至該處可也　本館謹啓

浙杭　元吉永號

本號自置[illegible]紗[illegible]洋[illegible]花素洋布川廣夏貨閩[illegible]雅扇南貨頭油俱全祇爲近時價市漲落不同故兩各貨減價[illegible]估衣街中間路北凡仕商賜顧者[illegible]

本齋所售天臺齊次風宗伯水道提綱一書近因津郡添設水利總局此書於前月售罄而來購者踵繼本齋自得竭力搜求覓出原板初印之書數部又學治一得編明刑管見錄數部二種合爲一部牧令奉爲南針者又仁和陳雲莊太守選訂國朝舉業正軌數部習舉業者皆奉爲鴛針以上各書爲津邑余沅甫觀察守郡日所刻實皆經濟文章有用之書本齋覓得當年初印各書無多與滬上翻刻者迥然不同看者知此書之精美矣　又石印由津至蘇搆橋鐵路圖　文典齋謹啓

十二月十三日銀錢行情
天津九七六銀
[illegible]二千五百九十五文
洋元一千八百五十文
竹林九六銀
[illegible]二千六百二十五文
洋元一千八百八十文

直報

光緒二十一年十二月十四日　禮拜二　第三百十五號
西曆一千八百九十六年正月二十八日

啓者現因海口結凍郵便停輪前紙未到輪紙改用洋紛遞俟明春冰泮輪船郵遞仍用前紙特此謹白　本館謹啓

上諭恭錄

硃筆張百熙轉補翰林院侍讀華金壽補授翰林院侍講欽此　硃筆興祥陞授補授太常寺卿欽此　上諭前因京師入冬以來得雪稀少迭次親詣　大高殿拈香祈禱　時應宮等處拈香虔申祈禱現在仍未渥沾祥霙倍深寅惕允宜再申虔禱本月十四日朕仍親詣　大高殿拈香　時應宮著派貝勒載瀅　昭顯廟著派貝勒載瀾　宣仁廟著派貝勒載澍　凝和廟著派貝子奕謨同於是日分詣拈香欽此　上諭陝西河州鎮總兵員缺著何建威補授欽此　上諭戶部奏遵議崇光所交左翼監督盈餘銀兩一摺所交盈餘銀二千二百二十九兩著交廣儲司餘依議欽此　上諭戶部奏遵議剛毅所交右翼監督盈餘銀兩一摺所交盈餘銀五千五百五十兩著交廣儲司餘依議欽此　上諭御史齊蘭奏蒙古御史缺分壅滯請量爲變通一摺著吏部議奏欽此

錢荒隅語　續前稿

商賈於私錢視爲性命每當風鶴遙傳時其重貲早已挈而他適所存留供支應者不過敷衍挪展支持門面至於萬不得已而棄如敝屣者或百分之一十分之一耳然猶或委之井畔諸地兵燹以後已不得取人即取之若夫永閉置而不一出世萬分中或僅一見然而地大人衆貿易必多綜而計之亦不菲此誠錢缺之一宗而猶非其大者也其大者莫甚於私銷私鑄乃歷朝以來之通患非第我朝惟然也私鑄私銷之律極重犯之者必繯首而民不懼者誠以小民謀生計拙遂忍須臾之死甘犯重典而不顧其他徼倖獲利倍蓰轉深無厭之求乃避十章而爲錢況私銷私鑄之戶累萬盈千羅佉者幾人私銷私鑄之時頻年累日被獲者幾見是一本萬利之券可以操諸必然九死一生之條聊以付之僅見且其事無甚器具可證本不易抄其事無所害於鄉鄰雖肯代捉而一倡衆效遂如蔓不可圖目前市廛用私錢而若輩之賣也獲利豐自前市漸用私錢而若輩之買也獲利愈橫　買一賣一鑄一銷其錢既夾以鉛砂愈毀愈耗折無算銅錢之短此爲最漏卮之大者矣又況銅器諸作往往取古錢之銅美質重者鎔以爲器而購採之其買者銅也則以錢易器計錢之分兩輕重而器價等其買好錢也則計錢之什伯而加以二三之小數在民家以好錢買物與市錢價無低昂以好錢易市錢先得利息若干數故民喜賣錢在深買者毀錢爲器一錢可獲數錢之利故商利買錢夫以錢易錢以錢制錢既變而爲器以錢易錢制錢復變而爲私一禁私錢則又須銷毀循環無端終須耗折云胡不短禁之固不易禁誅之亦不勝誅治之太急則奸人告訐差役藉勢嚇詐擾患民將騷然不安矣又疑爲操切猶憶雍正間曾禁銅器令民間之銅盆煙袋各項器具定期送官酌給價值愈期不繳輒陷於罪商民咨嗟嗣以言者不息而弛其禁而私毀之弊復滋滋焉咸豐初亦有銅禁民間所用銅器計重不得逾若干斤然其事不能認真認真禁之則措其物者必轉售而他徙是反驅之短也故爲銅缺之計治其標則莫如用鈔暫濟一時之急治其本則莫如采礦以開不涸之源礦開則事多人盡得以謀生

無聞一自少府民迫至銅錢一充定錢制使輕重得宜或仿開元五銖等式令民之欲私鑄者毀一錢不得一錢之利則私鑄者絕喻市不斷私錢再通以楚省所鑄新式小洋錢則公私既可兩便歟

告示照登　○欽命巡視北城察院達林　為出示曉諭嚴禁事奉　都察院劄開准軍機大臣字寄光緒廿一年十二月初七日奉　上諭御史楊崇伊奏京官創設強學書院植黨營私請　旨嚴禁一摺據稱自東洋起事熱中者流急於自見遇事生風往往逞章具奏惑亂聽聞時局艱難遂致甚　于夫多事之際諸臣謀猷入告必期有益軍國若於目前局勢未能了了僅憑報館橫議逞其鋒亦復於事何補況報館之毀譽定自賄賂之有無任意抑揚憑空結撰豈可信以為真乃近來各館諸臣自命留心時事竟敢呼朋引類於後松筠庵公元債屋創立強學書院專門販賣書籍並抄錄各館新聞刊印中外紀聞按日銷售計此二宗所入每月千金以外猶復緒口公費函索各省文武大員以致毀譽為要挾故辦未久集款已及二萬口談忠義心熏利欲莫此為甚且目前以毀譽要人斂費他日將以公費分毀譽流弊所極勢必以書生私議干　朝廷黜陟之權樹黨援而分門戶其弊皆基於此相應請　旨嚴禁查明創立之人分別示懲以為沽名罔利者戒等因欽此本城有地方之責除奉　諭查明創立之人奏送刑部審明按例懲辦外一面先行封禁一面出示曉諭倘有無知市猾勾引不肖京員私售所禁各項書籍許即鎖拿扭稟司坊詳城嚴辦決不姑寬各宜凜遵毋違特示　光緒廿一年十二月初十日

鐵路興辦　○鐵路一事頃據辦理鐵路老總官傳現由天津至蘆溝橋創修鐵路共需地價銀七十萬兩招募夫役測量地畝現已量至京南狼泛地方每日另雇人夫八名與測量夫役開發錢文頗有應接不暇之勢聞充老總者一主一僕每日領制錢一千八百文以作飯食之費似此辛勤諒俟工竣必富優獎矣

典定章　○典當若遭回祿居民所質之物如已被焚向有定章按其原質之價照數償賠此通例也日前朝陽門外恒興當鋪失慎每日赴櫃典贖取物件者絡繹不絕皆因賠償不清紛紛滋鬧有徐某者曾當手鐲因係文禮非原物不可今被焚燒是以情急欲以性命相拚當經和事人解釋另行從豐賠還始得息事並聞因贖取物件之人每每多費唇舌昨經鋪主赴東城坊稟請彈壓諒不難懸掛後無敢再有滋事者矣

德皇萬壽　○中臘月十三日即西歷正月二十七日為大德國大皇帝壽誕之期各與國領事署中高扯國旗河干各兵輪齊懸五色旗幟同相慶賀德國兵隊自辰至午排隊稱慶德國領事官署晚間張燈結彩邀請本國各官商筵宴司艮德君主席首樂喧闐觥籌交錯上日升月恒之頌作岡陵松柏之歌官商兵士莫不喜氣洋洋祝皇帝之萬壽焉

聞諸道路　○本郡城東何家庄劉姓者每日擔首飾入昨日在該庄東大橋邊為人刺死傳言係下午歸家適大風迷眼徘徊間突來遊匪數人奪其首飾箱子及錢袋等物劉拚命相爭遂用刀將劉刺死然劉已身死兇已遠颺事孰見之語孰聞之者

置之河干　○河東小關之河畔有男屍一具頸上蘇繩縛束或云此人姓周素賣烤焦包為生不知因何殞命移尸至此業經稟縣俟驗後訪明再錄

孽由自作　○兵凶器也營匪地也居其地恃其器不殺於人則殺人勢也機也其律令極嚴勿少犯犯則殺無赦其帥也亦報載梟首示眾一則茲悉所梟者王某年二十許為皮縣人營中下浣由家小站尋兄巡街委員某見其背負行李腰橫一對木拐即向盤詰王某出語撞犯某委遽用馬棒打王王一腳踢某倒地某隨帶三四人齊撲王王俱打退時巡兵愈聚愈眾始共擒王扭稟某統領令下按軍法立斷示眾王之兄為小站某營哨長因弟罪犯插耳箭遊營後王之父母俱來站將子尸領去未知如何了結

死竟模糊　○人世茫茫風倒舵生不知其所以生死不知其所以死甚至一快戕生夭無如人何人亦無如人何也履冰之險與虎尾同其不致陘者幸耳而人故甘之甚矣其喜行險徼倖也一人如此人人之前車覆後車即踏拚取一時之快莫知其然而然不轉瞬間此生休矣如此者莫速於履冰前報登二屍無着一則今悉其詳乃由北河來一冰床一客乘之一人撐之至小關店窖冰新凍薄凌上坐客冰床遽陷見其入不見其出撐者抖手而去慶生還焉第不識坐客何人撐冰床者抑係何人耳

白衣僧淫　○河東白衣巷後趙君喜土娼寮也昨白衣巷僧某入寮與某營勇相値不知因何口角將該僧毆傷被河東汎一併收拾去有鄰人說和不知能了結否

綠林女寇　○某氏婦曹在津傭工前日坐拖槎還鄉至距家不遠處冰道不通因携包袱獨自行走忽遇甲乙二婦攔住以刀槍威嚇將氏上下衣服盡行剝去氏自維待死焉已轉瞬來一二路者類跑信人見氏駭問知悉被搶追見賊婦在前不遠與人暗掛脫下付氏暫遮身體遂飛步追至向賊婦言爾汝同是坤道富貴體面其包袱汝可拿去其衣服可以歸還乙婦揮手擲衣於地曰既汝講情任汝將去其人俯拾之際詎甲婦開放洋槍槍人斃命該氏眼見其人爲氏殞命不覺大痛旋有某營馬勇三人巡緝至此見氏即問氏詳述一切馬勇大怒立即飛騎追赶將二婦獲住搜獲其人出洋槍一桿令將衣服與氏穿好一併押解來津聞失事處在韓家樹一帶似此婦女持槍搶刦以女刦女誰以女刦男殊屬罕見姑據訪處來人所述姑照錄之容訪再報

好善樂施　○天津工程總局代收山東義賑所有諸善士樂助賑錢洋元已經陸續照登報端茲又有第十七起天津鎮臺親兵宛字馬隊營大沽協前六營水雷營保定後營共助湘平銀二百兩又芮輔廷助洋十元劉維和孫煥軒各助洋二元丁弼臣助錢三吊滌塵子宣滋生胡樹屏程竹坡玉盛長各助錢二吊楊孝侯劉輔臣張香雲張翰臣王艮三程靖廷張輔臣義升泰長興號同心德四合號維新成恆瑞祥晉裕成高子亨李彙春王小亭宋桂三張桂廷楊正禧王輔廷王輔卿德記孟蓮坡徐春田張仁甫各助錢一吊錄竹坡陳小夢宋桂堂郝蓮舫張紫三林仙舟劉翁趙益三任錦堂馬傑卿郭少廷劉竹軒趙發義李心源宋局生李蔭卿劉潤生胡潤田范琴舟胡印堂章幼卿詹雲郵李鼐元饒茂林倪子彬徐新三胡瀛洲杜華廷張聘卿王祝三各助錢五百文韓少亭助錢二百五十文但願應被災甚廣尤望樂善諸君大發慈悲慨然解囊庶幾集腋成裘源源接濟登斯民於衽席則本局心香一瓣謹代災黎九頓首而祝之焉

盛京遼陽州大高嶺五峯觀碑記

蓋聞天下非常之事必待非常之人而非常之人始能成非常之功甲午之歲東軍入寇擾我屬國侵我郡縣芟夷我農工虔劉我邊陲問罪之師屢次失利沿海城隘俱爲日有日之先鋒名富康三造者尤屬猛悍銳不可當屯鳳城率大股賊三千餘人意欲涉細河踰高嶺直撲襄平目覩陷都斯時四境烽煙生民塗炭一聞鼓角草木皆兵幸有盛軍　呂孫總統大人私相議曰如此勁敵非謀勇兼備者不可攖其鋒因命督帶盛字右軍左營總鎮　郭公印學海號雲濤者安徽合肥人也率領洋槍隊五百名駐紮五峯嶺適當其衝十月十九日東軍蜂擁而來遍野旌旗山川變色登高一望士皆膽寒　郭公因誓於衆曰大丈夫以身事國何懼之有哉戰而勝功則同書於史冊戰而不勝敗則同死於疆場以馬革裹尸還誠千載一時之快事也衆皆拜服各授一計分兵十餘處借山理伏自率死士百餘名奮勇陷陣自辰至午詐爲退怯且戰且走誘至其間伏兵齊起子彈如雨山谷應聲富康三造猝不及防子貫其胸登時殞命敵人無主餘賊亂竄其傷斃跌傷自相踐踏而死者不可勝數從此退距鳳城不敢正伺高嶺遼瀋以東山關以西不知幾千萬戶其能各保身家性命者皆　郭公之力也凡我旗民人等無論鄉城市鎮均蒙保衛同沾再造之恩永免蹂躪之慘則　公之德被生民者遠矣因勒之於石以垂不朽焉又從而歌之曰雲山蒼蒼河水洋洋郭公之德山高水長　同時勁勇出力營員哨官

大清光緒二十一年巧月中旬闔會公立　姓名開列於後

遼陽東南摩天嶺闔會人等　丁永貫　劉士有　丁永成　丁永利　劉成章　解文明　程開　丁永寶　董希亮　楊萬興
杜成義　張德　鄒永　陳仁　丁永海　魏永發　董朝寬　王盛　丁廣臣　丁永德　丁永常　丁廣金　劉希清
丁邱　王春發　華中清　華中秀　陳麗　王芳平　丁隨祿　李才　董希才　丁富恩　王富　王貫　宮中科
宋振東　蔡得福　隋得法　王發　隋仲　隋增　王有　程貫　楊富山　國殿魁　李殿英　姜魁英　林桂一
丁永財　李平　王材　李長元　王殿發　王述昌　住持道衲王至守　石工解成江　公立

光緒二十一年十一月　日抄錄

天津中西大藥房

零躉批發格外公道

頂厚藍白柳條絨布
頂上旭日麒麟老牌啤酒
櫻田正老牌啤酒
紅葉老牌品海紙烟
各種頂陳呂宋烟卷
鍍金化銀洋鹼 硝鹽強水
五六度高礦強水

每正長四丈餘闊尺八足重三斤半售洋一元七角原箱批發格外公道
每箱大概四打計洋十二元零打照算如買十箱以上價更從廉
每箱洋九元半每打二元五
叶牌每盒一元六品海一元八毫批公道
到有十餘牌號之多每箱自枝價洋二元至一元二百枝者兩元零打照算批折更廉
薄片洋鹼每瓶九角厚片七角五硝強每瓶六角鹽強五角化學純硝強純鹽強每瓶七角五試銀小瓶硝強洋三角

此藥水提金化銀需用浩繁本藥房自運馳名老廠之貨業經數載近有食利外行販售夾貨誑圖矇價攙售魚目之混本號之貨包管使用價亦照舊每百磅計洋四元賜顧者請至鍋店街中西大藥房不誤

啟者本棧坐落竹林北先農壇傍出租 仕商有願租堆存貨物者地方寬闊軒敞 移玉本棧帳房面議可也
天德貨棧謹啟

白告

本 所售天臺齊次風宗伯水道提綱一書迥出尋常添設水利總局此書於前月售 而來購者踵繼本齋自得竭力搜求頁出畿輔初印之書數部又學治一得編明刑管見錄數部二種合為一部牧令奉為南針者又仁和陳寶莊太守選訂 國朝舉業正軌數部習舉業者皆奉為指針以上各書為津邑徐沅吉觀察守畿輔日所刻實皆經濟文章有用之書本齋頁得當年初印各書無多與滬上翻刻者迥然不同一看便知此書之精美矣 又石印由津至蘆溝橋鐵路圖
文美齋謹啟

本號新到近治練軍統領何莘翁軍門暨諸當道顯宦及婦幼喉痧痘疹均奏回春

浙杭元吉永號

本號自置綢緞縐紗新樣洋綢花素洋布川廣夏貨蘇廣雜貨頭油俱全茲因近時錢市漲落不同故將各貨減價開設估衣街中間路北凡 仕商賜顧者無不格外克己

江南桂蘭齋茶食店

本齋精製拾錦南糖真素供果嘉湖糕點紹興薄脆八寶京糕異味糕點各種茶食外帶行匣新添拾錦元宵寧層糕江米蒸南北點心無有不精緻細做
開設天津天后宮
南坐西朝東便是

十二月十四日錢盤行情
英洋九七六錢
銀盤二千五百八十文
洋元一千八百四十文
又竹銀九六錢
紋銀二千六百二十文
洋元一千八百七十文

直報

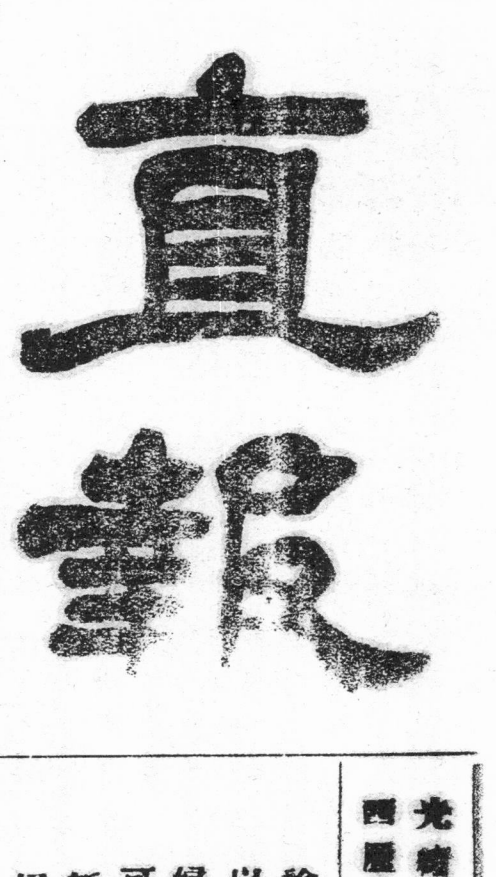

光緒二十一年十二月十五日　第三百十六號
西曆一千八百九十六年正月二十九日　禮拜三

啓者現因海口結凍輪船俱停輪前紙未到轉瞬改用洋粉連俟明春冰泮輪船抵津仍用前紙特此謹白　本館謹啓

論爲善宜保令名

京師各處設善堂者以善士心存濟世而又不敢奪　國家之惠以私行其德於是鳴之於官以濟貧病孤寡之善舉也善堂之有董事所以主持堂務勸募捐資經理出入有下情之未能上達者則藉董事以通之所管者皆堂中之事堂以外無涉也爲堂董者大都地方紳衿或係公同保舉或由官派諭諭不宜莫不以公正自矢好善自誠也而其中之品類亦頗不齊爲有借善堂之名私收捐款妄立名目以圖自肥者有細個中人分拆不勻互相攻訐者有外人妄生覬覦砌詞攻訐者即有物議沸騰衆口僉同猶自弛然不覺者然此猶係作弊於堂中者也下此則尤有甚者一爲善堂董事居然自列於搢紳與有司官分庭抗禮藉此招搖撞騙外人因見其時時出入公門與官往來以爲官之於彼必言聽而計從於是有賄託者有情求者懇其由官下情轉達上聽而彼亦肆口大言自謂相公厚我故作態度造言語以聳人觀聽而大售其奸於以視包攬詞訟者託公事爲尋常日行之事其關撞木鐘者十之八九其混淆黑白顛倒是非誠不啻爲善堂之蠹也京師前門外大柵欄同仁堂樂家善士在打磨廠創設普善堂　廠頒年故　以濟窮黎馳名久矣以其業大事多習豐履厚富室平遠不期驕而自近於驕善舉路遙不期懈而自鄰于懈善人不能自理其處爰委其門丁閻茂齋即閻世盛王文鐸即王月亭以董理爲之二人者藉少公子之聲威遂與官途交往遇事包攬以事情託者接踵於門因此致滋物議近因該　廠有　夫俞某見一婦年約花信係自東鄉間婦人因夫故無依每日持瓢赴廠領　賑因爲餬口經俞巧言苟合誘婦賣至明關夜合土娼寮作皮肉生涯現以婦之夫弟訪查下落赴營控於南城內坊經陳子承少尉將該婦發交官媒管押候婦之胞弟來京再行領回似此善堂司事之舉誠恐大壞風俗現又經閻茂齋王月亭轉託不必深究自爲掩耳盜鈴之計然都城早已人人共知豈不髮指噫善堂中豈可容若輩任意妄行乎爲富道者亟宜嚴密稽查大加整頓立法除弊則以後之領　賑婦女自皆獲福非淺矣事關陰騭尚其加之意乎

附錄吃粥者說

節近立春天氣晴和清晨散步街頭將以流覽景物也行至前門外東月墻左近見肩相摩踵相接也就而察之有老者幼者羸者弱者鳩形鵠面者蓋嗟太息疾首蹙額攜筐挈隊而行筐中或盛粥一甌米數合問其何來則以深溝粥廠對問何戚戚則曰施　以濟飢黎誠地方之大善士也京師城內外各廠尤能一秉至公羣沾恩澤朝陽閣托跡於此有年矣每屆隆冬無所得食端藉此以延殘喘或就食或攜歸從未嘗有分文之費衆所共見共聞也不意自去年十二月除夕日梁家園　廠施散饘鬻鬨傳之下衆皆突來驟不暇待致擠斃男婦大小共三十八名之多草草殮埋該司事於放　時漫不加謹視人命如兒戲已列諸報今十二月初八日前門

外打磨廠普善堂　廠內聞有某善士散錢此語一傳聞者沓來插足無地且讀善舉司事空有善舉之名實則仍日借此包攬一互相賄託於　廠事絕不經意遂不認眞稽查以致擠斃婦人一口當即稟報相驗備棺殮理今仍以人命爲草芥一選放　時日憑擠擠我輩又皆氣力不支尋領一勺直須掙命不領則又眼睜睜坐以待斃苦哉苦哉言之貌甚慼故錄其語以冀當道者風聞設法整頓再種一番福德所願九頓首爲疲癃請命者也

大快人心　○男女苟合事涉猥褻本館恆置而不論以其壞風俗喪廉恥故不屑汚我毛錐也至若強姦婦女甘犯刑章卒之法網難逃快人心意則無妨振筆直書矣京師阜成門外八里莊某農夫之婦薄有姿色鄰右無賴某甲目逆送之稱美豔者非伊朝夕前於十一月十二日夜聞乘農夫外出無賴竟敢從牖下穴隙相從爲強姦計婦當時效鄰女投梭力拒之不料反激其色膽突出利刃將婦殺傷輾轉殞命聞現已由阜成汛值日差役將該淫兇從人叢獲住刑求不事一鞫而服蓋當屍屬控告時尙不知兇手誰何而該犯且敢溷入衙署中作壁上觀實由差等查其言動貌訪其平日行爲故登時拏獲也亦足徵天網恢恢疏而不漏矣俟該犯照章科罪後如該婦者烈性可嘉有關風化之源必荷　天章之寵矣

詳查丁口　○滿洲蒙古八旗佐領圍山達防禦校等故後妻子別無贍養者例有寡婦恤餉每月六七兩至三四兩不等或有祗食半餉者此項人數或死或子已食俸每年例由戶部行文各旂佐領詳查丁口年貌何時守節夫係何項官員戶部具有摺文再行核辦現辦俸餉檔案處已造具清文呈堂擬定於十二月初間散放寡餉按冊核算共計九千五百三十六名口云

黨同伐異　○京師火會聞大小不下三十餘家有事皆歸公所詳議蓋公所爲某某等五大家主持其政不敢不聽約束也現在彰儀門內同仁水會日前不候鑼聲五大家正擬議罰演戲不料該會不遵約束腦後置之遂經五大家等公同具稟請琴堂嚴禁以爲效尤者戒該會雖紛紛議論終恐無如彼何也

以衆暴寡　○菜市汛兵丁二十餘人前往京北樹村各莊地方緝拿要犯行抵該處拿獲一人押解將返詎鄉人以該兵丁等未帶官帽且非奉有官票指爲誣良又疑其假冒營兵紛紛囉唣竭力攔阻登時鳴鑼聚衆鄉民聞聲齊出各持器械與兵丁爲難互相毆打約有一時之久致傷營兵九名該鄉民親赴中營衙門投報戮傷內稟兵丁某某等驗辦孰是孰非孰曲孰直諒經琴堂傳訊後皂白自分是否有無別情弊非局外所能懸揣者

嚴整冬防　○時屆隆冬逼近城闉尙虞宵小出沒況荒郊曠野更不免伏莽潛蹤乎今經步軍統領衙門大金吾榮仲芝椿中堂思患預防除飭飭左右兩翼暨五營各汛將弁兵丁各隊分撥畿近至京一帶大道分段巡查以防伏莽外並飭令鮑統戎撥派兵丁往要衝地方駐紮巡防以衛行人而弭盜賊嚴定章程以杳賞罰從嚴之慎重冬防可謂不遺餘力矣

改期恐見　○每月初二十六兩日爲都察院傳令五城司坊各官恭堂謁見之期現屆封篆在邇所有十二月十六日應行恭堂各員均改於初八日午刻赴院恭見毋得違悞

廉仍須扣　○自去歲軍興籌餉曾經部議復令各省核議當時各省詳議定將文武大小官員養廉核扣三成以濟軍需藥糧遵照嗣經制軍王夔帥垂憐微末員弁寒苦奏請免扣己蒙　俞允現在戶部以善後事宜需款尤鉅兼之西路軍務尙未肅清用款尤多是以復議將文武官員養廉再核扣一年以濟要需茲已行文各省遵照矣

婦悍自戕　○河東鹽運西胡同丁某作小經營爲生其妻年五旬所生三子長次二子爲庖丁均完婚矣姑媳相和三子亦作小買賣次子服役在京侍某宮府下次子媳某氏係西頭娘家年二十餘許現由京來子前日夜睡至三更外邊有呼氏聲次日三更又呼氏快走驚醒畏怯天明氏言于姑謂此事不解其意姑以其妄故置之十四日早次子媳用廚刀剡菜不知何故自刎咽喉刀落鏘然聲聞于姑姑進屋遽將媳抱于懷鮮血噴姑滿面立請蘇先生調治來到氏已氣絕矣姑赴衙投案聞十五日驗尸俟訪再報

鼠不畏人　○傳曰夫鼠晝伏而夜動不穴於寢廟畏人故也故凡穿窬之盜爲鼠竊以其無不畏人也知乃有公然答話公然傷

主必然搶物而猶復名為竊者如景州屬李四窰村農家沈邢與者前月夜間被賊越牆入院沈聞聲喊捕賊反拒傷威嚇竊去衣服首飾多件啓門而遁遂以竊成案按該賊雖由房入院得贓實由門而出既已威嚇拒傷則非尋常偷竊可比沈已報知文武衙門會勘究未知能緝獲否也

鴻歸安宅　○西沽粥廠由十一月間已將吃粥男女貧民陸續遣散始散畢其貧民約係順天武清東安一帶之人多因現在賑局派員赴該處賑濟故即著各回本處候賑

更謀寢處　○西門外濟急粥廠吃粥貧民所住之店六十二家濟生社助善每店發給羊毛氈數十條俾貧民寢以禦寒食之衣之謀其善復謀其夜德無既矣

可救烟霞　○河東水梯子迤東袁姓者開設米鋪為業生意頗盛不料其子與媳夫妻反目媳吞烟灰八九錢奄奄待斃舉家驚惶到處尋覓良藥良方適在白某處尋得柿漆數水灌服即將毒氣頓解居然更生矣人詢白某此水從何得來據言由杭州至親寄來云夫杭非絕域遠在江鄉果有此水寄語白親無妨羅源而來以活病人之非命也豈不佳哉

戒預示期　○津郡南門外海光寺津中之古剎也每年二月十九日開廟　香火極盛聞明年於正月十五日祝延為壽即日傳戒求戒者預赴該寺客堂書寫名號以便掛單云

戲偏起釁　○本月十一日閘口某戲園招同泰和班演劇生意頗盛月前不知因何事故與河北某營勇丁等起釁兩造邀集數十人各持器械以期洩忿正交手時幸該管局段查知飭勇將兩造人等拿獲聞此案已送縣懲辦矣

勸路確聞　○沈笛伊太守勸路至蘇一節已誌昨報茲悉其躬赴樂巴以繞道甚盤道里較遠乃改由婁門而至齊門由齊門而至閶門從此一枝望北出滸墅關而至鎮江金陵一枝繞西而至杭州云若詳細情形容俟訪明續錄

新洋到蘇　○蘇垣邇來運到湖北新鑄龍洋元一面書光緒元寶足庫平銀七錢二分字樣一面繪有團龍圓以西字錄亦明亮足色較之鷹洋有過之無不及惟市上向未通用聞有人持以換錢每元照兌價須減錢四五十文雖鬧頭巷口貼有張制軍煌煌示諭乃各錢鋪竟視若弁髦豈市儈書流果不畏官法乎

米珠致慨　○漢臬訪事人來函云湘中閉糴市價陡高閭閻貧民致多枵腹邇日蕪湖客等操此業者聞風趨至籍攬利權惜所到無多霎時間轉御一空以故漢上諸米店仍復壟斷居奇價盤仍不少跌不知何時可以稍紓民困也

議興鐵路　○神戶西報言東京之臺灣商務會現議科本一千萬元承辦臺灣西境火車鐵路該路長約二百六十咪聽該會議請日廷協助以成此巨工云或曰日本不過藉爾彈丸二十里經營本國中東路縱橫已有數千里今臺灣甫經到手其國人即以此事為要圖乃中國堂堂大邦而鐵路之興反瞠乎在後現雖有意經營仍未聞有大力者能肩此重任殊堪浩嘆

建設藥局　○日本自撫有臺澎以來經營一切不遺餘力現又議在基隆及澎湖兩處建設火藥局以資供給之需又為日本戰船以臺澎海道深淺未得詳悉是以現下分途測量云

好善樂施　○天津工程總局代收山東義賑所有諸善士樂助賑錢洋元已經陸續照登報端茲又自第十七起大沽鎮盧親兵砲隊雲字馬隊營大沽協並六營水雷營保定後營共助湘平銀二百兩又芮輔廷助洋十元鄭維和孫煥軒各助洋二元丁彌矩助錢三吊滌塵子宣滋生胡樹屏程竹坡玉盛長各助錢二吊楊孝侯鄭輔臣南香雲張翰臣王艮程靖廷張輔臣義升泰長與號同心德四合號維新成恆瑞祥晉豐成禹子亨李彙春王小亭宋桂三張桂楊正祥王輔臣王輔臣德記孟蓮坡徐春田張仁甫各助錢一吊劉竹坡陳小夢宋桂堂赫蓮舫張紫三林仙舟劉二爺趙益三任鈐馬傑卿郭少廷潘竹軒趙義李心源宋局生李蔭卿劉潤生蘭樵田范琴舟胡印堂章幼卿詹雲郵李熏元魏茂林倪子彬徐勳三韓澧洲杜華廷張聘卿王祝三各助錢五白文韓少亭助錢二百五十文但數雖微究甚可嘉尤望樂善諸君大發慈悲慨然解囊庶幾集腋成裘源源接濟置斯民於衽席則本局心香一瓣謹代災黎九頓首而祝之焉

天津 中西大藥房

零躉批發格外公道

頂原藍白柳條絨布　每疋長四丈餘闊尺八足重三斤半售洋一元七角原箱批發格外公道

頂上旭日 麒麟老牌啤酒　每箱大瓶四打計洋十二元零打照算如買十箱以上價更從廉

櫻田正老牌啤酒　每箱洋九元半每打二元五

紅葉老牌品海紙烟　叶牌每盒一元六品海一元八毫批公道

各種頂嘜呂宋烟卷　到有十餘牌號之多每箱白枝價洋二元至一元二百枝者兩元零打照算批折更廉

鏤金化銀洋鹹 硝鹽強水　薄片洋鹹每瓶九角厚片七角五硝強每瓶六角鹽強五角化學純硝淨純鹽強每瓶七角五試銀小瓶硝強洋三角

五度 六度高礦強水

此藥水提金化銀需用浩繁本藥房自運驗名老廠之貨藥料數近有貪利外行販售次貨祗圖價賤僅魚目之混本號之貨包管使用價亦照舊每百磅計洋四元

賜顧者請至鍋店街中西大藥房不誤

啓者本棧坐落紫竹林北先農壇傍出租　仕商有願租堆存貨物者地方寬闊乾淨　移玉本棧帳房面議可也

天德福棧謹白

白告

本　所售天臺齊次風宗伯水道提綱一書近因津郡添設水利總局此書於前月售　而來購者踵趾本齋自得竭力搜求覓出原郡初印之書數部又學治一得編明刑管見錄數部二種合爲一部牧令奉爲南針者又仁和陳雲莊太守選訂　國朝舉業正軌數部習舉業者皆奉爲鴛針以上各書爲津邑徐沅青觀察守津郡日所刻實皆經濟文章有用之書本齋覓得當年初印各書無多與滬上翻刻者迥然不同一看便知此書之精美矣　又石印由津至鐵構橋鐵路圖

文[illegible]　齋書

本館京城售報處在宣武門外鐵家坑路東萬昌會館內錄午齋先生代辦如蒙　賜顧者請至該處可也

本館　謹啓

浙杭 元吉永號

本號自置[illegible]

洋縐花素洋布川廣夏貨

顧繡雅扇南貨頭油俱全

茲爲近時錢市澀落不同

故爾各貨減價謹設估衣

街中間路北凡　仕商賜

顧者無二價特此佈達

江南

桂蘭齋茶食店

本齋精製拾錦南糖眞素供果髙糊糕點紹興薄脆八寶京糕異味糕點各種茶食外帶行匣新添拾錦元宵蜜層糕江米糕南北點心無有不精製細做

開設天津天后宮南坐西向東便是

十二月十五日錢盤行情

天津九七大錢

銀盤二千五百五十文

洋元一千八百二十文

紫竹林九大錢

銀盤二千五百九十文

洋元一千八百五十文

直報

光緒二十一年十二月十六日
西曆一千八百九十六年正月三十日
第三百十七號
禮拜四

上諭恭錄　革弊芻言　牌匯佚緒　鏡不易圓
柳鎖漫講　琵琶別抱　學海簽單　津道論叢
大煞風景　人瑞天生　公議洋價　好善樂施
告白一　京報照錄

啓者現因津口結凍輪船俱停輪前報未到轉報改用洋粉連候明春冰泮輪船抵津仍用前報特此謹白　本館謹啓

上諭恭錄

太常寺題元旦日祭　太廟後殿奉　旨遣載勛行禮欽此　又題正月初六日祭　祈穀壇奉　旨朕親詣行禮欽此　又題正月初九日孟春時享　太廟奉　旨朕親詣行禮後殿遣魁斌行禮東廡遣鍾秀西廡遣立瑞各分獻欽此　又題正月初九日祭　太歲壇奉　旨遣溥靜行禮兩廡遣豐福徐承煜各分獻欽此　上諭胡聘之奏已故同知虧短銀兩請革職查抄等語已故山西朔平府同知景斌虧短任內地租各款銀兩迭經勒限嚴催該家屬迄未完繳實屬玩延已故朔平府同知景斌著即行革職該撫即提集經手丁書人等究明是侵是挪照例辦理將該革員歷過任所寓所暨財先行查抄其原籍產著正白旗滿洲都統一併查抄備抵以重庫款該部知道欽此　旨蔭生閏侍着以侍衛用內閣侍讀學士員缺着明啟補授刑科給事中員缺着楊晨補授內閣侍讀員缺着佑補授擬補內閣中書鄭葆琛獨錫光俱准其補授年滿熱河都統司員刑部候補主事張登瀛着選缺即補擬補山海關副都統衙門筆帖式吉順着准其補授欽此

革弊芻言

物敗於蟲人死於病理勢必然弊之於事何獨不然然人知蟲之當除病之當醫獨至於弊而不能革何哉且不惟不能革或反以爲可安可樂而爭趨焉及一旦決裂事敗而身亦隨之抑何見之不早也弊之當革者多矣何堪枚舉第就目前而論則以軍餉爲急務之急去歲中東搆釁亂朝鮮突平壤旅威牛莊等處諸要隘相繼淪沒沿海一帶幾無完區又復北窺遼瀋南犯台澎　國家徵調遍天下　命將出師迄無成算說者曰兵不精也兵宜練將不勇也將宜選餉不足也餉宜加皆是也皆非也弊烏在弊在不能以虛心求實事得士卒之心以作士卒之氣耳三代以後戰爭攻取之事多矣國無論大小勢無論強弱從未有臨財廉取與義絕甘分少能得人之死力而不能成功者即古自刻薄寡恩不恤士卒而能成功者也李牧爲趙將軍市之租皆用饗士故能盡其智謀西拒强秦趙幾霸魏尚爲雲中守五日一椎牛享軍吏舍人匈奴遠遁不敢近雲中邊唐有汾陽宋有忠武勳名威望真人千古所僅見其運籌決策所向無前仰之者直以爲若風雲之變幻鬼神之出沒若可知若不可知者然考其御軍之要則不外善撫循同甘苦如身之使臂臂之使指進退攻守若左右手之相顧相需不待召而無不如意大敵當前非第不能摧我抑且不敢撼我其曠昔信義非特洽於士卒抑且孚於敵虜即回紇之於汾陽俱稱我公命人之於忠武皆呼岳爺彼其所以致此者豈徒恃乎兵精械利哉若論兵械今之高出唐宋非止尋常萬萬也今之械其火器如時式之快槍快砲固爲亘古所未有即以今之兵而論有總統有統領有管帶類皆數年或十數年所料合甄拔四海之精銳非一朝一方

之所可得而又加以歷年之嘗試夫豈有差然而從甄拔得者固不乏人而其從情賄來者亦復不少如總統之於統領也不問[illegible]以
賄饋之於管帶也不問勇怯必以賄而統領管帶之供億逢迎非取給於兵餉更有何術故名爲月餉或四十日一關或五十日一關[illegible]
計一年十二餉多不過得關八九少則僅得六七既關矣又號衣扣錢若干包頭扣錢若干輾轉剝削不至敲骨吸髓而不止噫此一弊也
一軍之勝敗決焉即一國之安危繫焉矣試觀都邑之間富人佃田築室傭工者動至數十百人暴身於炎天烈日之中胼胝於荊棘塗泥
之地汗流浹背而不休者何爲乎蓋取值耳使用其力而不予其值即予矣而復靳其半吾知傭者必荷鋤負耒而去不顧尚肯爭先恐後
盡心竭力乎此猶事之小者也士人服古入官深明大義固宜公爾忘私國爾忘家矣然內而宰相尚書九卿諸部曹外而督撫司道下及
州縣佐貳必體其事之繁簡視其職之尊卑予以俸祿養廉以爲仰事俯畜之資必使內顧無憂而復可專心以治人効死以事上借使犬
馬畜之草芥視之其肯能鞠躬盡瘁亡身殉國乎

此稿未完

[illegible] ○欽命巡視街道察院鄭侍御思賀一年差竣今經都察院委派陝西道監察御史陳侍御其璋署理俟都察院補爲
題補俟帶領引　見再行實授云

鏡不易圓 ○京師爲首善之區設有五城司坊大宛兩縣原爲民間政平訟理而設刻下風氣日變無論情理曲直往往未經投
告之先或兩造尚未傳集之候務須請託並許其賄賂體後再三赴案候訊倘有理曲即可就直若不將情賄先行立見以直就曲甚致官
當堂實訊威嚇強令具結完案似此含冤莫伸焉能折服民心也其包攬詞訟之輩與貪婪之官不顧聲名勾串合謀表裏爲姦上下其手
受賄者謂之開門過贓者謂之拉縴然未有官與涉訟之輩一同酒酌當面行賄者實罕聞也京師宣武門土地廟上斜街中州鄉祠居住
刑部榮部郎光係河南駐防旗人日前女嫗宗高氏懷抱少公子在門前遊耍突被混混暈頭李四將少公子風帽搶去因帽上有八仙壽
星等物也當即遣人追趕至東北園暈頭李四家內始知宗高氏之女姜宗氏被暈頭李四拐去追經宗高氏捉獲李四詎被暈頭李四喝
聚女兵將宗高氏毆打一面將姜宗氏隱藏不現嗣經榮部郎遣抱告宋運科赴北城控告當經差傳初次將暈頭李四所養妓女陳張氏
傳案上堂供認鄰居因並非案中之人當即取保復經帶領宋運科二次指傳又將暈頭李四之妻李王氏傳案供稱係張王氏與暈頭李
四素不相識又因並非正犯亦經取保嗣經　頭李四見勢不佳即攜妻同所養妓女數人乘車逃赴通州不料被原差金祿之兄金德有
見李覓與金椒扭控稱金德搶刦婦女投赴通州某刺史案下控告訊時金德供稱李四現在北城被控有案渠名　頭李四携帶家眷逃
遁茲係被我撞遇渠供小的搶刦婦女乃係控詞等情懇求備文將一干人証解送北城歸案訊辦當於十二月初三日解送到案即經王
少尉夢湛將　頭李四重責四十板派役看守於次日即有棉花五條胡同居住之邵翼臣轉託王少尉先將　頭李四取保是夕邀請王
少尉赴前門外觀音寺福興居同座酒酌並請邵翼臣許其賄賂四十金照付等情經城憲訪聞王少尉聲名狼藉批送北城司陳敬菴指
揮訊辦而邵翼臣乃與陳敬菴指揮朝夕以四君子會作樂之契交時常賄託訟案者故於堂訊時並不認眞追詰事勢至此諒宗高氏之
女姜宗氏斷難破鏡重圓矣

枷鎖漫開 ○京師前門外大柵欄同樂軒茶園有同春班開戲演劇座上觀者幾有千餘人無不連聲喝彩於是往觀者日衆甚
至看樓上下均無寸隙餘地時有某宦公子亦在樓下仰觀偶不小心遺失青緞錢搭褳一個內有小銀表一個東四牌樓寶興錢店銀票
二張計銀二十兩當向該戲園討以至互相揪毆當經該戲園卯頭楊某緝獲綹賊李三遞交中城司追究將所失銀表銀票一併交出
給領解城將綹賊李三枷號一個月每日派差彈押示衆以爲綹竊者戒

琵琶別抱 ○泰西婚禮有二說焉一係父母代主一爲自主二者皆必男女互相體察心投意合然後告知父母親戚至主婚所
立誓婚配蓋恐兒終隙末中道仳離也且彼此既心心相印配爲夫婦凡容貌家資一無所怨法實至善似較中國有霄壤之別客言京師
阜城門八里莊地方孫某娶陶氏女爲妻女憎夫貌醜常住母家與鄰人馮三有私今冬孫某聞知其事深以爲恥不願要仍住母家命車
往接詎馮三與同黨匪類多人在伊妻母家盤踞見孫某入室儼若仇敵喝令孫某速即退婚各擇佳耦孫始未允馮嗾衆攢毆孫見勢不

誠恐遭不測乃詐寫其休書印以手模釋印赶驅逃歸馮三幸宿願已償於十二月初三日與陳氏明結鳳鸞之好永享鐘鼓之樂孫某逃歸後即於初六日以馮三霸妻逼兒並步軍統領衙門控告又不得直悔喪萬狀竟有九死一生之勢亦惟怨實命不猶而已據友人所述若此世之較此奇異者當更僕難數苟能如西法婚配當無此項事故矣

學海獎單　○欽命二品銜長蘆鹽運使司鹽運使李　為榜示事照得本司考取學海堂師課舉貢生童經古試卷等次并獎賞銀數開列於後須至榜者　計開內課舉貢生員十名　傅世光　陳文炳　陳恩榮　楊鳳藻　陳自平　魏　震　劉秋濤　胡家祺　李鶴鳴　董　煥　第一名獎銀五兩　二名三名各獎銀四兩　四名五名各獎銀三兩　餘各獎銀二兩五錢　外課舉貢生員十八名　盧秉銓等　一名獎銀二兩　二名至八名各獎銀一兩五錢　九名至十二名各獎銀一兩　餘各獎銀　錢　附課舉貢生員三十二名　劉鍾霖等　一名至五名各獎銀六錢　六名至十名各獎銀五錢　餘無獎　內課童　名　宋桔年　董恩嘉　杜金銘　王國瑾　王蓮洲　辛書培　王崇齡　一名獎銀三兩　二名三名各獎銀　兩五錢　四名至六名各獎銀二兩　餘各獎銀一兩五錢　外　童十二名　周學恭等　一名獎銀一兩五錢　二名至六名各獎銀一兩　餘各獎銀　錢　附　童十九名　張文治等　一名至五名各獎銀四錢　六名至十名各獎銀三錢　餘無獎

津道諭飭　○欽命二品銜分巡天津河間兵備道李　為諭飭事照得賑務本屬重件每年應賑各州縣先由籌賑局派員會同地方官勘明災歉輕重其成災五分以上者酌量給賑其成災未及五分者即不應賑所放銀數錢數極貧次貧大口小口皆須聲明呈卜呈報戶部奏核非比常賑可以隨時增減查爾等雙口村成災三分即在不應賑之例何得縱令婦女等來轅滋鬧倘不安分回家定拘傳該村男丁從嚴懲辦決不寬貸切切特示

大煞風景　○有女同車參執子手詩詠之詩刺之耳刺之者何刺淫奔也至於挾妓飲酒效巫峽之重遊或鋪歌席於綠滕或泊妓船於紅藕我作長老爾作參禪與夫後車仍載胡琴女者指不勝屈固名士風流之雅趣也若夫木蘭沙業織女遇雨天不殺以良緣打雉驚鴛人不成其佳會則青衫掃興翠黛生愁以為大煞風景矣然猶非大煞風景之新譜也海河沿紫竹林者津門之繁區鶯花之藏春塢也地毗外洋各租界界內之禁極嚴司之者為四道犯禁則置諸捕房無貴賤一也昨午後有某貴介兩公子携小班妖姬二人乘快車至紫竹林同宴機門外下車公子各手携一人遨遊街市為法國四道瞥見以其不知自愛男女四人一併拉赴捕房將公子輕裘剝落與與人髮辮牢結以示羞辱經公子再三哀懇始驅之相將而去吁此尋歡之別調也貴介何人容訪再登

人瑞天生　○某甲者外縣人攜妻來津就食其妻懷孕賃屋閘口西於　日臨蓐一產三男當經該段守望局員聞悉憐其貧苦賞給津蚨四千並由地方報縣聞賞錢三千文夫四乳八子僅獲見於古書一產三男幸並生於斯世　熙廷人瑞　朝野增光例當報案僕與賞給惟甲實貧苦異常又某善堂給與衣服錢文得以饘粥但甲者可謂生兒獲福矣但未悉其姓氏容訪貫耳訪確再錄

公議洋價　○杭垣各絲行中洋價往年自新絲開盤定價之後不再變動各料戶以及機業發給薪水等均照此核算今年因大市洋價短小異常如不更換則絲行耗折太甚是以各行集議向時洋牌每元作一千零八十文今作一千零二十文惟各料戶工作不免受無形之損姑錄之以見制錢短缺之貽害實深云

好善樂施　○天津工程總局代收山東義賑所有諸善士樂助錢洋元已經陸續照登報端茲又自第十八起河南氏助洋十元樂善堂韓助錢六吊尚義堂喬子馨松隱堂觀心主人各助錢四吊杜翰臣古香書屋韓劉益如心怡主有心無力主人思怙堂各助錢二吊東海杞人韓石臣多壽堂韓受福堂韓王子和李鐵孫壽仁軒王吕元東興號同興成洋貨號韓蔭甫恒和號各助錢一吊南陽氏敦樸堂韓忠厚堂　萃泰烟煤局存厚堂力不足主人最樂為善人积德堂韓佐廷東興蠟局湧盛藥局公順帽店存善堂韓存厚堂韓寬自心無力人平心堂韓壽金堂韓無力道人各助錢五百文但魯屬被災甚重尤望樂善諸君大發慈悲慨然捐助庶幾集腋成裘源源接濟則本局心香一瓣雖代家黎九頓首而祝之焉

天津 中西大藥房

零躉批發格外公道

頂厚藍白柳條絨布 每疋長四丈餘闊尺八足重三斤半售洋一元七角原箱批價格外公道

頂上旭日麒麟老牌啤酒 櫻田正老牌啤酒 每箱大瓶四打計洋十二元零打照算如買十箱以上價更從廉

紅葉老牌品海紙烟 每箱洋九元半每打二元五叶牌每盒一元六品海一元八覺批公道

各種頂陳呂宋烟卷 到有十餘牌號之多每箱白枝價洋二元至一元二百枝者兩元零打照算批折更廉

鍍金化銀洋鹼 硝鹽强水 薄片洋礦每瓶九角厚片七角五硝强每瓶六角鹽强五角化學純硝强純鹽强每瓶七角五試驗小瓶硝强洋三角

五六度高礦强水 比藥水提金化銀需用浩繁本號房自運馳名老廠之貨藥數較近有貪利外行販售次貨祇圖爛價搀售魚目之混本號之貨包管使用價亦照舊每百磅計洋四元

賜顧者請至鍋店街中西大藥房不誤

啓者本棧坐落紫竹林北先農壇傍出租 仕商有願租堆積貨物者地方寬闊幽靜 移玉本棧帳房面議可也

天德福棧謹啓

白告

本 所售天臺齊大風宗伯水道提綱一書近因津郡添設水利總局此書於前月售罄而來購者踵繼本齋自得竭力搜求覓出舊郡初印之書數部又畢治一得編明刑管見錄數部二種合爲一部牧令率爲南針者又仁和陳雲莊太守選訂 國朝舉業正軌數部習舉業者皆奉爲鴛針以上各書爲津邑餘沅齋觀察守津郡日所刻實皆經濟文章有用之書本齋覓得當年初印各書無多與滬上翻刻者迥然不同一看便知此書之精美矣 又石印由津至盧溝橋鐵路圖

文奐 謹啓

朱純嘏近治練軍統領何莘耋軍門並諸富道題官及婦幼咳瘟疫產均蠲回春

浙杭 元吉永號

本號自置[illegible]新貨 拜辦花素洋布用[illegible]夏貨 應時雅[illegible]貨頭油俱全 祇爲近時錢市[illegible]不同 故所各貨減價開設估衣街中間路北凡 仕商賜顧者[illegible]

江南

桂蘭齋茶食店

本齋精製拾錦[illegible]糖眞素供果[illegible]湖糕點紹興薄脆八寶京糕異味糕點各種茶食外帶行匣新添拾錦元宵蜜層糕江米[illegible]北點心無有不精製細做

開設天津天后宮南坐西向東便是

十二月十六日銀錢行情

天津[illegible]七六錢

銀盤二千五百五十文

洋元一千八百二十文

紫竹林九六錢

銀盤二千五百九十文

洋元一千八百五十文

直報

光緒二十一年十二月十七日　第三百十八號
西曆一千八百九十六年正月三十一日　禮拜五

啓者現因海口結凍輪船俱停輪前報未到榦報改用洋粉連俟明春冰泮輪船抵津仍用前紙特此謹白　本館謹啓

上諭恭錄

旨額勒春着病尚未痊懇請開缺一摺科布多幫辦大臣額勒春着准其開缺回旗欽此

革弊芻言　續前稿

且中興以來置兵用勇以兵之技不練餉不充知其無能爲役也故特選精而招募之惟所募者率皆鄉里牧豎之民何知忠君何知報國所恃善爲撫卹則操縱駕馭就我範圍否則十崩瓦解鬨然四散矣且不逞徵者又皆無賴匪徒借軍營爲淵藪恣其淫暴之慾壑一經臨敵不戰自潰又復乘勢刦掠甚至肆擄掠婦女帶以魁扣之故不敢約束約束之亦必不從諺云敵人如梳土匪如篦官兵如剃所過之區幾毛俱盡無感乎兵燹之際民不畏賊而畏兵不恨賊而恨兵也然此非兵之過也將兵者之過也將將者之過也故兵不患不精患在兵精而將不能用將不患不勇患在將勇而兵不爲用餉不患不足患在餉足而足於將仍不足於兵然則如之何而可也曰必痛革其弊而後可夫弊者病也人既病則精神不定氣血不和耳目手足皆不自主醫者識其病之所在而或專攻伐或用針砭根株既絕加以補劑則病除而元氣可復今之病在貪貪病之劇者也能使人昏能使人狂能使人顛倒錯亂身敗名裂國破家亡而不恤苟不攻伐而針砭之徒沾沾於練兵選將加餉之補劑吾未見病之可愈也故曰病去而身可強弊革而事可理當今之務莫急於此至於一切章程宜改者改之餉既掌於糧臺自當以糧台爲主凡領關餉之糧臺派委誠樸可靠之員親臨各營按名給發營官不得假手侵吞 朝廷復遣御史不時巡視如有前項情弊據實糾參加等治罪統帥不敎徇情自無積弊斷斷變化是在當事者神而明之矣我 朝定鼎之初武功最盛定鼎之後平伊犂定回部平金川偏師而指勢如拉朽摧枯豈昔日獨强而今日獨弱哉有由然矣恭讀我 朝實錄 太祖於薩爾滸之戰爾時草昧開基藍縷地之里未盈數千兵之衆弗滿數萬惟是 父子君臣同心合力師直爲壯尙大之能用能破勝國二十萬之衆 高宗純皇帝平大小金川記有云兩金川小寇地不逾五百里人不滿三萬衆而費帑至七千萬又云我將軍阿桂立志堅定決機明敏兩副將軍及參贊領隊諸臣同心合力各軍士敵愾奮勇凡經大小數百餘戰而後成功視平伊犂定回部費力轉不啻倍蓰設非 天恩助順衆志成城則金川未易言滅而 國威或致少損矣每繹 聖言得參機沕未嘗不太息於離心離德之罔不敗同心合力之罔不與也又如咸同之間髮捻交訌蹂躪十三省淪陷數百城不數年內以次蕩平當日統兵大臣若曾文正左文襄胡文忠彭剛直類皆潔己秉公不名一錢凡在行間皆如赤子之依母諸公仙逝如摧大樹蔭喝俱倀倀無之撫膺疇昔無不涕零搔首當年猶堪臆記嗚乎於此可知成敗之由即可得革弊之方矣

仍祈祥霙　○欽奉　上諭前因京師入冬以來得雪稀少迭次親詣　大高殿拈香並派貝勒載濂等分詣　時應宮等拈香虔申祈禱現在仍未渥沾祥霙倍深寅盼允宜再申虔禱本月十四日朕仍親詣　大高殿拈香　時應宮著派貝勒載瀅　昭顯廟著派貝勒載澍　宣武廟著派貝勒載潤　凝和廟著派貝子奕謨同於是日分詣拈香欽此已見邸報茲聞內務府會同禮部傳集喇嘛番僧叢林戒僧於是日辰刻赴　大高殿設壇唪經祈禱普降祥霙以慰三農之望云

迭遭回祿　○日前崇文門內東四牌樓某烟店失慎燒斃三人嗣聞西四牌樓某切麪舖不戒於火及朝陽門內南小街某宦宅亦遭回祿經獲乘火搶刦之犯三名業經步軍統領衙門拿獲解案訊辦不料十二月十一日三更時西直門內南小街某住戶不戒於火當經各水會暨官廳兵丁前往齊力撲救至天曙時火炎斂跡計燒燬房屋二十餘椽訊問起火緣由住戶皆稱不知幸未延燒隣佑誠謂幸哉

嚴拿重究　○日前後孫公園經某宦創設强學書院購取各處報紙摘錄新聞刊印中外紀聞按戶銷售甚廣昨經楊侍御奏請嚴禁復經都察院劄交北城查封並出示曉諭查明創立之人奏送刑部審明按例懲辦一面先行封禁倘有無知市獪勾引不肖京員私售所禁各項書籍許即鎖拿解城嚴辦等情已列前報茲悉所貼曉諭係十二月初十日黏　强學書院門首及玻璃廠一帶地方觀者如堵並有數人携管抄錄者甚多至十一日清晨所　告示均經扯毀況有煌煌　聖諭竟敢以泥汚其字跡實屬胆大妄為業經城憲訪聞嚴拿扯毀之人從重究辦矣

雖怒難言　○前門外有一種無賴之徒名為小綹亦稱小李日挾其妙手空空之術散布于輦轂闤闠有神出鬼沒之奇令人不可思議者至內城則尚不數數覯焉詎日來城內見有若輩蹤跡竊茨眼鏡各物每日不知其若干起而茗肆茶園之地座上客之錢囊表袋亦漸能不翼而飛雖在大庭廣衆中而探囊之技與胠篋之謀皆非常敏捷蓋初不知何時來與何時去也是又都人士之隱患矣然或者謂京師人烟稠密夙好多事此輩殊未易試其伎倆以其不似日下人之望之生畏敢怒不敢言云云然乎否乎姑拭目俟之

請賑不成　○督辦直隷籌賑總局司道　示據韓家樹等民楊富與等稟　批據稟已悉查該村本年秋禾被水前經天津府縣勸辦撫收僅止三分例不應賑復詢據查放義賑經紳亦稱察看該村災情並不甚重今冬足可支持不須賑撫所請應毋庸議仰即遵照毋瀆此批

禁錢外出　○欽命二品銜直隷分巡天津河間兵備道李　欽命二品頂戴代理天津新鈔兩關北洋行營翼長辦理直隷通商事務兼管海防兵備道黃　為出示嚴禁事照得天津市面現錢本少現值封河來源益加短絀錢價日益昂貴商民交困周轉為難若再有各處奸商壟斷漁利向各錢舖擠取現錢裝運出境恐各錢舖難免荒閉之虞於市面大有關係本年三月間曾據錢商振泰李等聯名稟經本關道示禁現錢出境有案當此錢價日昂銀價日跌自應照案禁止以平市價而蘇民困除詳明　北洋大臣直隷總督部堂王查核並咨會厘捐總局轉飭各卡一體認真嚴查如有現錢出境即行扣留送究外合行出示嚴禁為此示仰各商販人等一體知悉自示之後毋得搬運現錢出境倘敢故違定行拿辦不貸惟現錢既禁出境街面周轉交易各錢舖兌換銀兩不得仍前任意跌價圖利病民亦不得囤積現錢故使街面錢根短絀遂其壟斷之私各宜凜遵毋違特示

指何可剪　○南城根某甲者其子八齡聘定閘口西紅橋某乙之女年十歲某乙之妻旋即去世乙即將女送至甲家為童養媳奈甲妻既悍且惡時常凌虐昨日竟將女之脚剪去四指女死而復生經其母舅聞知立即喊冤控告當將甲妻傳案訊究據供脚指係天寒凍亂委廳飭驗實係剪去四指委廳大怒立將甲妻罰責管押尚不知如何懲辦俟訪再續

首禍以刀　○邑侯王直刺自蒞任以來首以維持風化為急因知混混為害甚鉅凡有所獲即行嚴懲居民莫不稱頌無如俄匪作惡積習已深實乃怙不畏法也昨盧家莊又有棍匪打降刀剁二人抬赴縣署請驗未知兇首已否獲案河東冰窖前亦有混混馮霜者力大強橫自製大刀一柄每滋事以刀為械於是綽號為大刀馮霜近因貧寒覓恃惡肆意訛索如有不遂即揑詞妄控聞現在誣控之案

己屬不少雖未盡確然輿論非出無因果其屬實則強橫壓害居民殊有關于風化爲得賢有司盡法重懲以靖地方耶

情豈無因　○郡民高起太者赴縣呈控以其女買高氏嫁本夫勾串洛歪吳價賣等情邑侯批以情節支離姑候差傳查管地方查明稟覆

悔何可及　○昨早有某處轎車一輛路經東門內北馬道該車夫言有要差疾鞭其騾騾奮力疾馳道滑騾跌兩肚破腸出斃矣蓋因奮力則氣急氣急則腹肚皆充盈而不可少觸觸則必破而溢也人物一理故凡人疾行時勿遽飲茶水酒漿醉飽後勿疾馳挈重負府盛怒之下勿遽刑責師長盛怒之下勿笞弟子父母盛怒之下勿杖兒女懼其氣之過而後悔難追也古云講養怒中氣防其過及其時也惟官亦然彼興高采烈御駿足如龍而復才快馬加鞭者其失事奚啻指數耶

是誠竊盜　（本郡楊玉亭者家小康昨夜三更時被妙手空空兒撬入室將衣服首飾等件偷竊一空醒時賊已遠颺昨具稟赴縣呈報矣

實不相干　○昨晚河東西胡同丁家二子媳用刀自抹身死一案於十五日經某委廉帶領官媒相驗畢追訊伊姑藉供時常直未凌虐亦未口舌實是無故自行兒死迨得伊母某氏傳訊其母稱女亦知姑媳相和並無復言惟於女之衣衾俱要綢綿成殮按照誦經出殯而已其母某氏已具結完案惟看驗尸聞人甚多擁擠委靡與十玻璃碎破亦獲五人每人掌頰十數或有爲之解嘲者曰此適君等除穢耳嘻可謂善於說辭矣

肥綠增價　（柳堰肥綠自秋徂冬逐漸增貴皆因鄉間存貨稀少各鄉戶存肥綠者莫不居奇抬價兼且綢緞客貨消場活動是以肥綠售價每兩增至二百八十餘文諸薑戶之多備用貨者均得善價而沽利市三倍惟艮山門各鄉莊綠行謀欲下鄉收貨既多一番水腳彼鄉民又不肯輕易貶價是以獲利甚難云

轉顧面面　○寧郡錢業二十三家買空賣空時有所聞經地方紳董稟請當道嚴禁府尊程太守恐假手於人致滋弊混往往自行關時稽考以整市面即利息亦不准居奇訂以三角五分爲率庶他業周轉不致吃虧錢業亦有所準則於是各錢莊咸頌太守之明察秋毫並感恩不置云

商務利民　（近日有人在寧波江北岸大街開設東洋軋花紡紗機器店每日僱用婦女等入店做工不下數百人自茶棧停歇後小民婦孺生計日蹙今有此創舉當不患餬口無資矣

好善樂施　○天津工程總局代收山東義賑所有諸善士樂助錢洋元已經陸續照登報端茲又有第十八起河南氏助洋十元樂善堂韓助錢六吊尚義堂喬子馨楊隱堂觀心主人各助錢四吊杜翰臣古香書屋韓劉益　心怡堂有心無力主人思怙堂各助錢二吊東海杞人韓石臣多壽堂韓受福堂韓王子和李鐵孫薄仁軒王呂元東興號同興成洋貨舖韓蔭童恒和號各助錢　吊南陽氏致祺堂　忠厚堂　萃泰烟煤局存厚堂力不足主人最榮爲善人厚德堂韓佐臣東興蠟局湧盛菓局公順帽店存善堂韓存厚堂韓眞有心無力人平心堂韓壽金堂韓無力道人各助錢五百文但被處被災甚喫尤望樂善諸君大發慈悲慨然捐助庶幾集腋成裘源源接濟則本局心香一瓣藉代家黎九頓首而祝之焉

天津 中西大藥房

零躉批發格外公道

頂厚藍白柳條絨布　每疋長四丈餘闊尺八足重三斤半售洋一元七角原箱批發格外公道

頂上旭日麒麟老牌啤酒　每箱大瓶四打計洋十二元零打照算如買十箱以上價更從廉

櫻田正老牌啤酒　每箱洋九元半每打二元五

紅葉老牌品海紙烟　叶牌每盒一元六品海一元八釐批公道

各種頂陳呂宋烟卷　到有十餘牌號之多每箱白枝價洋二元至一元二百枝者兩元零打照算批折更廉

鍍金化銀洋鹼 硝鹽強水　薄片洋鹼每瓶九角厚片七角五硝強每瓶六角鹽強五角化學純硝強每瓶七角五純鹽強每瓶七角五試銀小瓶硝強洋三角

五六度高礦強水　世藥水提金化銀需用浩繁本藥房自運馳名老廠之貨業經數載近有食利外行販售大貨祇圖價挽魚目之混本號之貨包管價亦照舊每百磅計洋四元

賜顧者請至鍋店街中西大藥房不誤

啓者本棧坐落紫竹林北先農壇傍出租　仕商有願租堆存貨物者地方寬闊郵請　移玉本棧帳房面議可也

天德福棧謹白

告白

本　所售天臺齊次風宗伯水道提綱一書近因津郡添設水利總局此書於前月售　而來購者踵繼本齋自得竭力搜求覓出豐郡初印之書數部又學治一得編明刑管見錄數部二種合爲一部牧令奉爲南針者又仁和陳寄莊太守選訂　國朝舉業正軌數部習舉業者皆奉爲鴛針以上各書爲津邑僻沅者觀京守豐潤日所刻實皆經濟文章有用之書本齋曾得當年初印各書無多與滬上翻刻者迥然不同一看便知此書之精美矣　又石印由津至盧溝橋鐵路圖

文美齋謹啓

本館京報皆歸處在宣武門外儀象坑路東南昌會館內陳午樵先生代辦如有願看者請至該處可也

本館謹啓

浙杭 元吉永號

本號自置紗羅綢緞浙杭洋縐花素洋布川廣夏貨顧繡雅原南貨頭油俱全祇爲近時錢市漲落不同故而各貨減價開設估衣街中間路北凡　仕商賜顧者無不俟得價值從廉

江南 桂蘭齋茶食店

本齋精製拾錦南糖眞素供果嘉湖糕點紹興薄脆八寶京糕異味糕點各種茶食外帶行匣新添拾錦元宵蜜層糕江米糕南北點心無有不精製細做

開設天津天后宮南坐西向東便是

十二月十六日銀洋行情

天津九七六錢
銀盤二千五百五十文
洋元一千八百二十文
紫竹林九六錢
銀盤二千五百九十文
洋元一千八百五十文

直報

光緒二十一年十二月十八日　第三百十九號
西歷一千八百九十六年二月初一日　禮拜六

本館現已另造樓房另購機器鉛字鉛模自行開辦惟今年封河較早購到者僅三號五號鉛字所有字模及四號鉛字已經運來適沽口封凍不得進口須俟開河時到埠今卽用三號五號兩樣排印報紙字跡畢清較之模糊者不啻天壤想　閱報諸君定蒙賞鑒俟四號字運到後再當一律排印　本館謹啓

上諭恭錄

旨淮安關監督仍著文紳接管欽此　旨達新著賞給副都統銜作爲科布多幫辦大臣照例馳驛前往欽此　旨光祿寺少卿員缺著成章補授刑科給事中員缺著炳濤補授保送直隸州刑部主事德存著交部記名以直隸州知州用俸滿中城兵馬司正指揮沈塘著照例升用保舉廣西候補道任玉森著照例用湖北候補同知直隸州知州諸可權北河先儘班前補用同知張愷康俱照例用卓異俸滿河南信陽州知州升補淅川廳同知耆齡著准其升補回任於知州任內卓異加一級升補陝西鎮安縣知縣林　著准其升補擬補山東官台塲鹽大使李毓林著照例用卓異陝西咸甯縣知縣焦雲龍著准其卓異加一級仍註册回任候升欽此又廣西候補道任玉森奏　旨著以道員儘先補用並交軍機處記名請旨簡放欽此

論報館宜多設

偉臣

九萬里世界千百兆人民無地不通有政卽國古少成例日闢新機此歐墨兩州新聞報紙之流通勢所不容已者也毋報一紙用鉛字數十萬個印紙數十萬張不脛而走徧於寰宇卽婦孺走卒亦手一編蓋西國無不讀書識字之人年至成童卽以斯爲明目達聰之本故用是亟亟也顧報又何自始乎始於亞州中國之京鈔合日下紀聞辰垣紀略而變通其格有日出一紙者曰日報有二三日一出者有七日旬日一出者又有半月一月一出者各具體例各述所聞要以務盡人事期自新以日進於強爲當務之急日知其所亡月無忘其所能其學斅於是其政正以是而已其日報所載者體類編年逐日掇拾凡天時之雨暘吏治之得失民風之隆替穀米之豐歉貨幣金銀錢鈔之漲落以及可喜可愕之事隨採隨錄非雜也繫於日者然也其七日旬日半月一月一出者則意在紀事連編累牘裝訂成書如水利鐵路船政農功海防陸營上自

天文下至地理一切光學化學重學與夫製器等學各以其類爲之圖說且叙且議務窮源竟委以詳其去來非贅也意恐不揣本而齊末紀事之體然也大抵誌雨暘爲授人時使執政者得豫爲救荒濟時之備誌貨幣爲興商務使執政者思豫防居奇遏糴之奸誌吏治民風喜愕之端爲示勸懲使執政者知急引法戒從違之鑒遠如天文地理之高深近如水利鐵路農功之切要外而海防陸營之戰守內而君臣上下之咨儆所謂爲川者宣之使導爲民者宣之使言於以破門戶之見除黨錮之私焉他如醫藥以濟民之死器械以利人之用苟得一生新見地之奇巧必登之報以公諸人而不自私降至賽馬擊球行圍出獵音樂戲文兒童笑話亦各有一報以備開民智而快人心士農工商各有所取嗚乎盛矣雖然報紙若是之多言雖殊而皆有一定之規莫敢或渝其規在尊制度禁誣衊其或淆是非捏無虛者有一於此許人控告按律罰金重究不貸計歐墨二州報紙之設不過二百餘年耳百年以前尙寥寥無幾迨法國大亂之日因軍務緊要不憚煩費各處開辦報紙以廣見聞而備抵禦鼓士氣而激同仇報日多銷日暢而其時之貪官污吏偶被指摘不便於巳動則查禁主筆之士雖甚恐懼而禁者自禁開者仍開防民之口無異防川固不間於中外也延至今日英法美諸大邦報紙巳成不可缺少之端每値議院闔門大經大法必先登報亦有國家歲以鉅貲助其經費者惟嚴定誣人之律派官稽察不得妄造虛誣荡言亂聽若事皆實在卽君相之過亦不妨大書特書以示規諫德國於近五十年中報紙亦日益加多蓋自一千八百四十八年起德奧兩國明定章程除謗君上污官長揭人陰私誣人反叛外餘若證據昭彰不雜一毫私心則官不得禁　此稿未完

孝治天下　○內廷　奉先殿向於歲暮恭懸　太祖高皇帝　孝慈高皇后　太宗文皇帝　孝端文皇后　孝莊文皇后　世祖章皇帝　孝康章皇后　聖祖仁皇帝　孝誠仁皇后　孝昭仁皇后　孝懿仁皇后　孝恭仁皇后　世宗憲皇帝　孝敬憲皇后　孝聖憲皇后　高宗純皇帝　孝儀純皇后　仁宗睿皇帝　孝淑睿皇后　孝和睿皇后　宣宗成皇帝　孝穆成皇后　孝愼成皇后　孝全成皇后　孝靜成皇后　文宗顯皇帝　孝德顯皇后　孝貞顯皇后　穆宗毅皇帝　孝哲毅皇后　聖容經　內務府奏派懸收大臣於除夕恭詣　奉先殿敬謹懸掛並伺候恭收　聖容　皇上隨於正月初一日丑正詣前行禮以重大典而寄孝思焉

誣害良民　○諺云賊咬一口入骨三分京師近來風俗之壞日甚一日闆營坊捕差獲有賊盜卽串通令其誣攀平民俗爲拉故事如有畏訟者卽以孔方兄息事迨至送交刑部將所獲賊盜收禁時衙巷另有一種貌似人形心同獸類之輩與□所頭卽禁卒相識如向某□挾嫌亦卽串通彎害問□不識其情卽行拘拿到案屈受刑訊非向禁卒並所禁之犯以鉅欵解釋不得爬供饒放百般設計以爲陷害士農工商無不被累其受害情形令人聞知莫不切齒誠都人之隱憂也賢有司亦知之否

封印有期　○每年封印自督署以下封至捕廳開印自捕廳以上開至督署向例也本年擇于十二月十九日午時封印明年正月十九日辰時開印

安旅有道　○保定爲省會之區歷冬向派練軍等營嚴查奸匪巡緝盜賊今歲地面甚爲安謐以練軍馬隊等營屯紮城廂既已重複何若分防因此保陽營務處各憲會議由各營內抽撥隊伍駐撥天津並省城要隘護衛行旅以安閭閻稟奉　制憲批准務須實力巡緝勿稍疏懈似此各憲籌辦冬防可謂周而且密矣

天其玉我　○本月初四五六等日邑侯在城隍廟設壇祈禱雪澤已紀前報昨雖雨雪尙恐郊原未能沾潤茲復擬于十六七八等日復在城隍廟設壇祈禱仍照例禁止屠沽天果憐民飢苦沛降祥霙固遠勝於雨金雨玉也

夜似金吾　○津道憲李觀察到任以來興利除弊在在認眞於冬防尤費苦心不遺餘力除勸民製辦頂燈外昨於十六日夜一點鐘時親自查夜當此嚴寒不避風雪王事勤苦與今之大金吾同一認眞躬親稽查矣

眞是無告　○靜海縣民人婦婦某攜子女各一至津求活奈來遲未能入廠食粥遂住小店終日上街乞討迨昨日婦忽患病其子女乞討女年十四五手攜一籃出店而去至晚未歸又候一天婦倚閭不見知事不妥又痛又悔悔以不當令女乞討於是帶病向各處嘆喚今數日無信是否迷路抑係被拐難以懸揣現在凡患難婦女以望賑不得陸續來津者尙復不少詎料來遲即不能入廠食粥惟有沿街乞食竟至三更以後尙有婦女叫化彼其爲求生而來至此則不死於飢即死於凍況異鄉婦女流落街巷即不免奸匪乘間誘拐等事大非所宜況無告之寡婦孤兒耶安得該管者速設良法善爲保全耶噫

假冒有差　○今冬驅逐游勇不使一夫逗遛而名爲候事在外招搖者猶復不免日前有王某冒充某營採買在外招搖聞此犯在河北錦衣衛橋地方經該營拿獲當此雷厲風行定必按法究辦矣

人並羊亡　○河間縣秦啞叭者以牧羊爲生茲赶羣羊在城上村牧放詎來賊人殺秦身死將羊隻刦去遂經地方查悉立即報案嚴緝跟蹤拿獲賊人金二並起獲羊隻尙未知是否眞爲正賊但似此殺搶殊乃兇惡至極茲據該處來人所述爰即錄登

情殷雀躍　○府屬靜海一邑患水者約九十餘村自十五六年間屢次成災數年以來其苦尤甚幸籌賑總局憲每年摘放春撫冬賑以濟災黎茲聞本月十二日爲放振之期聞大口一吊小口五百各村民等想已均霑實惠矣

有盜輙募　○東光縣徐官莊田家吏萬齡者頗小康詎賊匪覦其有於上月夜間越墻而入吏聞知賊捕賊已破門入室即行拒捕刦去衣服多件並棉花等物攜而逃逸報經文武官長會驗立即飭捕赶緊嚴緝惟是近來盜案每有拒傷性命者殊屬胆大惡極若不嚴拿重懲何以安良民耶

無計藏春　○取士以書學究每斥元人無謂不知國家開科取士原將以覘人品心術不獨爲其場中之文詩一藝也若以藝論文藝也詩藝也惡在非爲國求賢之一道哉稗史傳元之取畫工令亦須命題題有爲萬綠叢中紅一點者其元作則畫以樓觀滄海日一碧萬頃中獨見紅日一輪高出雲木其奎作則畫以羅敷採桑攜籃持竿躋一果攀女桑蒼翠中一撥弓鞋紅如捻就鵲香燕脂雨卷相校奎之着手成春自不如元之包涵萬有故凡人有所作即偶一遊戲一理亦可見全豹焉至淫書淫畫肆意橫陳已同嚼蠟其汙褻之狀最足啓愚蠢邪心故例禁綦嚴而善丹青者特以賣弄手藝以招利市津埠竟有畫二美人手握金鉤鞦如雪腿指若春葱半腿睡鞋如擣紅蓮一　彼此相猥如花欲語懸其圖於天后宮門首爲該丹青之招牌按該處爲婦女進香必由之區男婦行人往來如織莫不爭兄以觀殊屬不雅而該丹青自爲網利毫無忌憚覬覦例禁其人品心術可想焉尙其知以爲惡而隱之勿以爲善而揚之也可

來稿照登　○昨登强姦斃命一則實係傳聞之誤茲特更正以彰公道緣河東某姓舊僕黃大盛大沽人來自癸巳年因其夯在鐵路工作跌傷身死其姪憫其孤苦無依爲請公司撫恤其家外復將其子收養充役雖其人蠢劣無能恐貽爲德不卒之譏故不濾加斥逐詎於冬月二十九日夜間患病次早身故當經地方馮天尺並僕婦黃楊氏僕伯黃大求主給費備棺收殮回沽埋葬已歸多日詎有著名土棍黃洛即黃如林附葬移棺唆同僕之母伯于臘月初六日復將棺木移津糾人打開藉尸訛詐經某姓控縣飭差彈壓當將黃楊氏黃大帶案黃洛與原差左春浦交好私縱逃匿左春浦因某姓之兄開設煤炭店架串黃楊氏等捏詞圖姦希圖訛詐某姓之兄而左春浦私索錢文了事因其未允即架串尸親呈請開棺檢驗具有反坐甘結初八日經縣署林委員親臨開棺逐細檢驗刑仵當場喝報委係自染陰寒病死並無傷痕衆所共見共聞當具領屍甘結人犯帶案訊辦至拖棍黃洛阻葬移棺唆揑命案在先纂役左春浦架訟詐贓開棺驗尸在後　王縣主明鏡高懸奸謀悉露當將美保及健訟之屍伯等各予痛責除暴安良民情大快來墓之歌定於此案卜之

東沽傳語　○東沽有南馬者橫行鄉里無惡不爲其子馬五年力方强尤爲兇狡四隣久已側目畏如蛇蝎而魚肉駁船公司中所用東沽人尤甚無辦逼令各駁船艘長每人每月給洋十元又向拖帶小輪之船主大車每人索洋五十元少違其意即加毆辱人人忍氣莫敢誰何近幸東沽汎官稔知其惡將馬五緝獲行將詳縣究治伊父業已聞風遠颺想　王大令志安良懦明鏡高懸自必從重懲處從此東沽永免伊父子濟空訛詐之患誠地方之福也

光緒二十一年十二月十五日京報照錄

宮門抄　上諭恭錄前報○十二月十五日理藩院　鑾儀衛　光祿寺　正白旗值日　無引見　倫貝子由　東陵回京請　安　裕德果勒敏各謝專操大臣　恩　意公祥普各請假十日　孫家鼐請假五日　召見軍機

○○署理兩江總督湖廣總督臣張之洞江蘇巡撫臣趙舒翹跪　奏爲江蘇省盜風日甚請將盜刼等犯援照湖北定章就地正法以戢盜風而安民生恭摺具陳仰祈聖鑒事竊臣等欽奉　寄諭因蘇浙交界盜風日甚飭令臣等會籌協緝嚴懲之法當經欽遵咨電蘇商籌辦嚴飭各州縣防營嚴行查拿並因統帶太湖水師等營提督李新燕生擁多營於緝梟捕盜毫無整頓經臣張之洞奏參革職飭令各營官認眞巡緝在案查江蘇盜刼之案向以徐州等屬爲最多大江以南各府盜重案尙少近年以來蘇浙接壤之區匪梟盜匪散勇客民亦復勾結橫行糾集大夥執持洋槍殺傷事主拒殺營兵出沒無忌爲害地方距省數十里之外即時有搶刼之案今欲遏兇鋒肅清盜藪固非實力緝捕不爲功而尤以嚴懲速辦始足令其聲畏而不敢逞溯查光緒十三年前撫臣崧駿會奏准將淮徐海三屬凡强盜殺人放火有千例載各項並窩盜火器拒殺事主及執持火器傷人例應斬梟之犯均即先行處決十七年本任督臣劉坤一覆經奏准江甯江蘇各府州縣盜案均照淮徐海章程一律辦理惟原奏僅指斬梟盜犯而言其餘例干斬決情節較重之犯仍係照例擬題竊思此等盜犯罪雖未至斬梟贓證足憑本爲法無可貸若曠日稽誅事過境遷殊無以發當時之覲聽竊地方之人心且此輩夥黨衆多解省審轉長途既有疏脫之虞而匪黨日久思逞監內擠捨反獄刼囚在在可慮如安東等縣盜犯反獄脫逃足爲與詐查各省戀辦盜犯大率皆照近年奏定新章獨江蘇一省何多拘於舊例周折迂緩拖累繁多以致兇匪徒不知儆畏商民受害日深查前湖廣督臣　宗□於光緒九年

奏定湖北辦理盜案章程於部章指明土匪馬賊會匪遊勇情罪重大等項之外如有執持刀械火槍强劫者聚衆至五人以上者夥衆搶劫至二三次者糾夥拒捕傷人或致傷事主者入城行劫及連劫數家者刀痞强劫財物者以上數項案內首從各犯及强盜窩戶造意分贜者並平空搶奪良家婦女已成者均行就地正法曾經咨明江蘇有案近日盜風甚於湖北而平空搶奪良家婦女之案亦復不少應即援引照辦擬請嗣後江蘇省盜案除例應斬梟之犯前督臣已有奏定章程仍應查照辦理外其斬決情重盜犯並平空搶奪良家婦女已成之犯均照湖北奏定章程辦理飭令各該州縣於獲犯訊明後據實錄供稟報臣等批飭解歸該管道府督同覆訊或派員前往會審果係兇暴衆著贜證確鑿罪無可疑即行錄供稟候督撫批飭就地正法三個月彙案 奏報一次庶匪徒咸知儆戒地方可冀稍平以期仰副 朝廷除暴安良之至意所有江蘇省盜刼等犯請援照湖北定章就地正法以期迅速而昭炯戒緣由臣等謹合詞恭摺具陳伏乞
皇上聖鑒 訓示謹 奏奉
硃批刑部知道欽此

天津 中西大藥房
零躉批發格外公道

頂厚藍白柳條絨布 每疋長四丈餘闊尺八足重三斤半售洋一元七角原箱批發格外公道

頂上旭日麒麟老牌啤酒 每箱大瓶四打計洋十二元零打照算如買十箱以上價更從廉

櫻田正老牌啤酒 每箱洋九元半每打二元五

紅葉老牌品海紙烟 叶牌每盒一元六品海一元八躉批公道到有十餘牌號之多每箱百枝價洋二元至一元二百枝者兩元零打照算批折更廉

各種頂陳呂宋烟卷

度金化銀洋礬硝鹽强水 薄片洋礬每瓶九角厚片七角五硝强每瓶六角鹽强五角化學純硝强純鹽强每瓶七角五試銀小瓶硝强洋三角

六度高礦强水 此藥水提金化銀需用浩繁本藥房自運馳名老廠之貨業經數載近有貪利外行販售次貨祇圖爛價兜售魚目之混本號之貨包管使用價亦照舊每百磅計洋四元

賜顧者請至鍋店街中西大藥房不誤

啓者本棧坐落紫竹林北先農壇傍出租 仕商有願租堆存貨物者地方寬闊即請 移玉本棧帳房面議可也
天德福棧謹啓

江南 桂蘭齋茶食店

本齋精製拾錦南糖真素供果嘉湖羔點紹興薄翠八寶京羔巽味羔點各種茶食外帶行匣新添拾錦元宵蜜厮羔江米羔南北點心無有不精製細做
開設天津天后宮南坐西向東便是

失物告白

啟者本月十六日晚遺失馬蹄式金表墜一個又圓式金表墜一個倘將此物送回本行必當酬謝决不食言
世昌洋行謹啟

告白

本館京都售報處在宣武門外繩家坑路東海昌會館內陳午清先生代辦如賜顧者請至陳處可也
本館帳房啟

浙杭元吉永號

本莊自置紗羅綢緞新様洋辮花素洋布川廣夏貨團摺雅扇南貨頭油俱全祇爲近時錢市漲落不同故而各貨減價開設估衣街中間路北凡 仕商賜顧者無悞特此佈達

德陞齋靴鞋舖

本齋專做滿漢朝靴新様京式名鞋及鑲花坤鞋一應俱全價廉物美賜顧者請認明本店招牌庶不致悞本舖開設在天津府北門外鍋店街集義棧對過便是

十二月十八日 銀洋行情

天津九七六錢
銀盤二千五百五十文
洋元一千八百二十文
紫竹林九六錢
銀盤二千五百九十文
洋元一千八百五十文

直報

光緒二十一年十二月二十日　第三百二十號
西歷一千八百九十六年二月初三日　禮拜一

上諭恭錄

上諭大理寺奏請簡員署理卿缺一摺大理寺卿著徐承煜兼署欽此　上諭楊昌濬奏查明帶兵各員叅欵據實覆陳一摺除王正坤李真穆業經降旨革職外補用副將陳宗蕃當軍務倥　之時不知檢束先顧大私著卽行革職以肅戎行該部知道欽此

論報館宜多設　續前稿

偉臣

華歷雍正間布魯斯國尚係日耳曼列國之一其時國王非得利第二以鄰邦互相窺伺搖盪邊疆東禦俄而西戰法賦役煩重國之報館發議譏之謂其窮兵勞民刊印報紙高懸國門王出見其處萬頭攢動肩爲摩足爲企領爲引猶若目力不及者王愕顧近臣使問故近臣不知所答王問愈急不得已實以譏王之窮兵失政對王曰是讜論也政之失與不失久之自見惡可與吾民以口舌辯惡可令吾民敢怒而不敢言又惡可令吾民之引領企足若了於目若不了於目而懷疑不解也其速將報紙妥移於下與人平視俾得爽目而快心復告其臣曰天下事分隔則情不通不通則各有所疑疑則心二君臣士民一心一德猶懼不濟各懷二心其尚可以爲國乎上下分離人心將去私倖者再多爲設計以留之嚴其法竣其刑監謗以防民之口不知口可防而心不可繫非若牛馬之可以縶維也吾何敢禁人之議我後哉時臣民之聞王言者哄傳遍國無不服王之明並日月量括宇宙也而德之基以大及至畢士馬賢相當國時德始建一統之基事皆創舉畢相每建一議報館不免違言畢忌之伺察極嚴有違言卽將主筆者置於獄是以比時常有一人冒爲報館主筆任監獄之囚各館資之金以贍其家口官故知之無如何也今畢相歸田矣謀國之忠久而益見當時詛詈之人已息喙不言而宗依畢相之報乃有五六家代爲喉舌矣惟俄羅斯國之報則異是其報政官主之禁忌甚繁每出一報惟官法是遵反是則封禁雖有數處爲王公大臣所開禁令少寬而亦不

得與英法德美各報章同年而語夫英法德美諸報如倫敦巴黎紐約華盛敦柏林等處都會之區每處大小報館約數百家一鄉一邑亦百十家不等僻壤窮鄉無一處無報者最著名之報如泰晤士格羅尼亞格裏布拏赫拉得等皆在英美諸國每日印三十萬紙每紙數十萬字銷行徧地球皆以先覩為快該館每年獲利數十萬兩卽告白一項日入數千兩萬兩之譜統而計之合地球報館之貲本約千餘兆金獲利固豐費用亦鉅凡通都大邑皆設訪事主筆之人其人必聰明正直胆識俱優者方稱是選其給薪水公費必皆充足可以養其身安其心而裕其酬應如有軍務隨軍探訪人貲更加倍其他或著一新論有益國計民生建一新法有裨人世日用投諸館一經登報卽酬以重貲且事由電傳電費更巨為時未久中國傳電至泰晤士費至五千金雖報電與電局另有合同比他電資少省然為數已不菲矣且夫東洋之興也勃焉說者以為得報紙之力者居多蓋日本君臣自維新以來數十年中甚恐民智卑狹民氣之不振也以報章能以新民故縱令多開報館雖政府與議院有不合處不得不施禁令而旋封旋開終須耐心觀聽俾各抒讜論各獻奇謀誠集思廣益之道也當中日失和時日本鄉僻荒村亦傳凱奏用能人心鼓舞敵愾同仇且知西洋報力之宏優待隨軍觀戰之士每見左袒之電卽不收電資是以西國先知東事聳人聽聞豈非近事之彰明最著者乎中國報館極少不過滄海一滴太倉一粟耳且不明報之體例未為國家抒一難解一紛徒事塗澤取悅官場耳目奚足貴哉夫讀書之人足不出戶要知天下大勢今與古異非多看新報不足以擴心胸而增識見經商者將本求利要知貨物盈虛非看新報不足以資居積而通流轉工藝之徒規圓矩方非看新報不足以知機器而增變化進而至於朝廷政府凡與國之交涉敵人之情形非看新報不足以覘虛實而資因應且報果實事求是內而杜奸吏之貪私聯民心之愛戴外而示政教之嚴肅動與國之觀瞻所尤要者苟有與國無理誅求貪得無厭明登報紙宣示周知旣可動士民公憤之心且可化強敵陰私之念再加以鐵路通行報紙銷行更遠吾知不必式蛙怒而民氣百倍矣前二十五年德法之役法無故欺德歷歷在報四千萬人之氣一忿法國為墟非其明效歟又何懼哉本館之設尤粒米之糠粃蹄涔之涓滴無補於事惟本此忠愛之心為正已正人之道作報之嚆矢他日或聞風興起各處開張報館厚國本而備艱虞是則區區之意也夫

鵠立失度　○古者霜降而冬裘具又言孟冬之月天子始裘然有以虎豹為裘者有以狐羊為裘者我　朝體制特重貂裘非三品以上者不得服所以昭異數也惟旗籍侍衛則一體服用以肅駿奔而重鵷班也此服上好者價值千金至下者亦需七八十金故每至月轉一陽鮮不拮据萬狀有某侍衛者家原閥閱不乏重裘性喜徵逐往往詠貂裘夜走燕脂坡之句徑由妓館趨赴　禁城一日追歡甚洽竟學李青蓮脫千金裘沽換美酒以為家笥正多取攜良便也不料　大內傳有要差急急趨往則忘取貂褂竟致誤公降級夫服以章身聖賢所重齋明盛服人君所以修身羔羊素絲人臣所以昭度也春秋傳曰服之不衷身之災也燕處且然況鵠立者乎某侍衛以嬉

誤公其中不敬其外不恭其被毆也宜矣

蜂擁奚爲　○地痞之爲物隨處都有惟京師爲尤甚尤橫凡包娼聚賭者刧路打降無惡不作然從未聞名爲獨霸一方以黃裝自居者竟爲荏弱士子所壓服而彌首帖耳不敢聲張是誠異聞也已十二月初九日前門外小李紗帽胡同永和妓寮一排九一排小兩羅鍋爲某公子甲乙二人所眷纏頭之費一擲百萬畧無顧惜破獨霸大保吉巷光棍傅六黃裝偵知其事思有以魚肉之糾集多人潛俟兩公子入內卽蜂擁而進擬作綑縛勢冀滿壑慾詎兩公子貌似文弱而武藝高強覩此情形當門直立該匪見勢不佳卽思退避被公子雙手捉住一人喝人捆赴送交坊署詳城按律懲辦矣

遇仇懷刃　○土城有某混混在路與仇遇嗜其後行至郊外用刀將該仇某甲腿上大筋砍斷該管地方已赴縣呈報矣如何核辦訪明再登

竊盜燃槍　○獻縣屬陳家坟村居住陳麟兆者家資富有捐有職銜詎被賊人潛生暗貸之心於前月夜間竟由房下院撥門入室竊去衣服首飾等物而陳覺聞喊捕該賊已携贓欲逸因恐追緝卽放洋槍示威陳以該賊等雖曰偷竊公然鬨放洋槍殊屬胆大藐法遂卽分赴文武衙門報案已蒙勘驗未知能弋獲否也

剝衣抵償　○本埠賭風至臘正兩月尤甚骰子局現有數處昨聞某骰局賭博之沈某輸至十餘吊文除收現錢外下短若干該局卽將沈衣剝盡作抵沈爻已赴該管局段送逆矣

解驂而逸　○孫文學者乘車行至吳橋縣馬家莊庄東忽被賊攔住搶去騾馬而逸孫赴文武衙門報案雖蒙會同勘驗其贓賊尚未拿獲耳

東洋官報　○頃閱東洋西文官報曰皇於華歷十一月十三日大開議院親臨宣示上下兩院臣工畢集聽宣茲特譯錄於後報云按平時日皇於十點半鐘出宮是日十一點少十分到院上院督理及幫辦諸臣迎入燕息之所片時召見御前大臣各部院大臣議院人員皆在大堂伺候上院人皆著號衣下院人皆著黑衣以昭敬慎文武大官各國公使及華使署嗜員皆在樓上觀聽並有台灣人之從日軍者在內恩沾恩典俱各肅靜無譁日皇逾五分鐘時自右邊登堂各大臣相隨日皇升寶座上下兩院人皆鞠躬皇頷之卽入座總管大臣伊藤君在寶座下之左升座進繕冊日皇接冊於手口宣於衆曰朕甚嘉爾文武大臣議院大臣我國黎庶上下一心同仇敵愾今已戰勝支那我國家極有光榮台灣已隸版圖諸臻安靖與各外國交誼亦日增親暱皆爾臣民之力焉繼今以往我國最要之圖是永久平安我君臣庶民各盡其力務使財源日旺官民情意日和朕今命臣工預備新章凡我日本國精力所能如製器如火車行走各處學堂以及內政外交務當精益求精俟各該員章程擬定該院議員應將需用經費與各該員互商妥辦朕尤望我日本海防軍務水陸各軍年盛一年所有軍興時受傷兵丁損壞器械宜速培補修葺並如何預備保護國家之事需費孔多深望爾議院寬爲籌備與各該大臣悉心妥議今雖仰荷祖功宗德爾臣民同德同心改易西法以來頗著成效然於登峯造極地位相離尚遠爾臣民和衷共濟朕實有厚望焉云云宣畢上院侯爵哈奇蘇嘎進至寶座接冊退下歸座衆議員大臣起立向上鞠躬皇答禮復至燕息所少坐回宮此次道旁觀者較前次徵少云此論旨也所有兩院覆奏現已譯出限於篇幅明日再登

水師購艦　○中國整頓海師將行大舉近選英國精明行船之人在外洋購新兵艦駛歸操演直督王𦥑帥己招到英員數十名又聞由智利國政府買定兵艦若干以資應用

小輪抵鎮　○浙撫廖中丞前曾奏請因元凱兵輪年久朽壞修理費鉅擬變價另籌款項製造小輪四艘以供巡洋緝捕之用欽奉　俞允已登前報嗣悉元凱已爲船政局收回所購小輪刻在滬上某廠造成已有兩艘前日駛抵鎮海驗收一名永安一名永福其餘兩艘閏月內亦可一律告竣歸費𥚃卿軍門總統以吳吉人恭戎爲水師總營務處從此事權有屬海面鎮清不禁翹首望之矣

光緒二十一年十二月十六十七兩日京報照錄

宮門抄　上諭恭錄前報○十二月十六日吏部　翰林院值日　値年旂引　見一百四名　慶王等由　東陵回京請　安　莊王熙貝勒懷塔布各假滿請　安　翁同和等同鄉官謝　恩　成章謝授光祿寺少卿　恩　舒善前往口外賜奠請　訓　達新謝授科布多幫辦大臣　恩　候補道任玉森謝　恩　倫貝子請假十五日　醌貝子請假五日　宗人府奏派正進補進王六班　派出怡王濶貝勒　又奏派充族長　派出濶貝勒　內務府奏派管理犧牲所　派出啟秀　兵部奏派管理小五處　派出濶公　召見軍機　慶王　達新　舒善○十七日戶部　通政司　詹事府　値年旂引　見七十名　濶貝勒謝充族長　恩　濶公謝管小五處　恩　徐中堂因伊子署大理寺卿謝　恩　裕祿謝賞福壽字　恩　啟秀謝管犧牲所　恩　陳學棻陳彝崇光各假滿請　安　陳學棻等同鄉官謝　恩　徐承煜謝署大理寺卿　恩奎公闊普通武各請假十日　召見軍機　阿克丹　張蔭桓　皇上明日用膳辦事後至南海　皇太后前請安畢還宮

○○太子太保頭品頂戴閩缺陝甘總督臣楊昌濬跪　奏爲甘肅各屬災案現正查辦及來春應否另籌接濟俟稽經再行察核辦理恭摺馳陳仰祈　聖鑒事竊臣承准軍機大臣字寄光緒二十一年十月初三日奉　上諭本年甘肅循化湟源等廳州縣俱被兵災該督迅速查勘撫恤並將來春應否接濟之處一併查明於封印前具奏等因欽此仰見　聖主軫念民依無微不至遵卽轉行遴辦去後茲據甘肅布政使曾禾詳稱本年甘省循化等處被兵蒙　恩准賑撫銀二十萬兩糧二十萬石嗣經將被害最深之循化河州狄道沙泥州判海城平遠西甯大通巴燕戎格等九廳州縣州判鎮近賊氛固原硝河城州判湟源金縣臯蘭紅水縣丞岷州洮州永昌平番碾伯古浪貴德丹噶爾等十四廳州縣州判縣丞新舊正雜錢糧一切應徵款項開摺詳請奏咨分別蠲緩現正派員四出節節辦理振撫地方遼闊難民衆多明春之能否接事銀糧之果否足用實非目前所能意料惟有儘此請准之款切實辦理如不敷用再行呈請　奏懇　恩施此外夏禾水雹災案內湟源伏羌西和甯州合水秦州禮縣階州々縣西固州同涇中衛甯靈張掖等十四廳州縣州同亦已另案詳經　奏報秋禾水雹災案內尙有臯蘭鹽茶固原三州縣正在彙辦惟因各該屬造到被災冊結諸多疎漏不

合閭有道路泥𥕢不諳尚未造到所有各屬夏秋被災地畝數目成災分數撫恤情形及來春應否接濟之處封印前實所不及　奏報除勒限催辦外應請先行陳奏等情前來臣覆加查核委係實在情形理合恭摺覆陳伏乞　皇上聖鑒　訓示謹　奏奉　硃批知道了欽此

○○巡視西城事務山西道監察御史奴才齊蘭跪　奏爲蒙古御史缺分壅滯擬請量爲變通以廣言路而進人才仰祈　聖鑒事竊查照吏部則例內開宗室御史四缺若轉科員時係協道卽以宗室補用係掌道俟都察院咨明轉掌之員其所遺之缺仍以宗室升補是除科員不計外專以宗室歸補用惟蒙古御史例載額設二缺每轉一科還缺歸於滿洲升補俟蒙古科員缺出將滿洲御史轉補卽以所遺之缺歸蒙古補用是蒙古設二缺而開以滿洲乃不啻一缺以至缺少人多仕路壅滯往往保送數年不得傳補及傳補時而其人已老夫蒙古豈無才識優長之員自保送後亟思奮其志義及時自効獨困於無缺遂至終身屏棄未免向隅相應請　旨飭下吏部量爲變通比照宗室升補之例將蒙古人員科缺後所遺之缺改爲蒙古御史補用不補滿洲人員如蒙古轉補科缺二員遇蒙古御史出缺准補滿洲俟蒙古科缺升出一員仍將滿洲調還蒙古似此乃合二缺之例未蒙添缺而卽見疏通庶人才不至抑塞矣奴才爲疏通缺分起見是否有當伏乞　皇上聖鑒　訓示謹　奏奉　旨已錄

敬啓者泰西報館之設原爲懲風俗別善惡故言者無罪聞者足戒近日本報所登京師風俗種種妄爲情節衆見衆聞皆人所不釋於心共騰諸口者採而錄之乃爲向隅之貧苦明心非爲當道之權要捧脚爲利爲義不辨自明所以不盡數其疵者實故存忠厚留其改過自新若怙惡不悛恃蠻力逞詐謀向本館售報處嘵嘵不休則前所隱而不言者將必盡數確指續刊登報勿謂不留餘地也此白

銀洋行情

十二月二十日

天津九七六錢

銀盤二千五百六十文

洋元一千八百二十文

紫竹林九六錢

銀盤二千六百文

洋元一千八百五十文

直報

光緒二十一年十二月二十一日　第三百二十一號

西歷一千八百九十六年二月初四日　禮拜二

上諭恭錄

太常寺題正月初六日祭　祈穀壇視看牲隻奉　旨遣晉祺視牲溥善看牲欽此　又題二月初二日祭　先師孔子廟奉　旨遣徐桐行禮兩廡遣翰林官二員各分獻崇聖祠遣王懿榮行禮欽此　又題二月初三日祭　文昌廟奉　旨遣凱泰行禮後殿遣徐承煜行禮欽此　又題二月初三日祭　社稷壇奉　旨朕親詣行禮欽此　又題二月初七日祭　朝日壇奉　旨朕親詣行禮欽此　又題二月初九日祭　先醫廟奉　旨遣坤岫行禮兩廡遣莊守和楊際和各分獻欽此　又題二月十二日祭　文昌廟奉　旨朕親詣行禮後殿遣慶福行禮欽此　又題二月十六日祭　關聖帝君廟奉　旨朕親詣行禮後殿遣貴賢行禮欽此　硃筆國秀桂年文英富亮專司稽察一年旗務欽此　硃筆貴賢補授大理寺少卿欽此　上諭御史熙麟奏請將州縣道府捐例酌量變通一摺着該部議奏欽此

爲臣不易說

偉臣

盡己之爲忠以實之爲信修己者必求諸實務實者必求諸己盡心以爲臣者致身事君則庶司百僚軍師旅帥卽己之身體也政事風俗心術習尙卽己之血氣也外此之身體血氣早已置之度外况眼前尺寸之利與夫鄕曲毀譽無足重輕之名乎古所謂藎臣者功罪不計當時後世非論世不足以眞知其人夫人臣當主少國疑衆謗積毀之交持重忍辱不肯以無缺金甌漫爲孤注之一擲以視夫出萬死不顧一生之計輕以土地殉身以卒成其名者其器識之大小相去何堪億計而或因所舉之議偶不利於目前而粗莽者訾其畏葸熱中者病其禁錮全身遠禍舞文弄墨之刀筆從而短長其後此誠古今中外大不平之一事也自古敗軍覆將必揭一人以蒙此大錯以代一朝任過苟不論其世千載莫能白其寃前北洋大臣銳意法西然每遇與各國交涉事仍自知不能相抗猶善保身者眞知癰疚之不可以輕當而暫退以嗇己之精神不敢輕出以嘗試卽以中與日比該大臣能仿日廷相臣之實心實力出全神以法西否如其銳意仿之議之者必謂其迷於向往而上惑　天聽是中東戰而已屆於日也日之法西幾三十年極力追摹所延西師皆係水陸知名之士幷派二萬人赴泰西習練試問華政視此能乎不能前爲派西員數人辦船務軍務

司道皆云中員甚多何苦體恤洋員提鎮亦云我輩相從多年如何辛苦何以令洋人反居我上嗟乎不以國政爲艱鉅而轉以爲體恤不知虛心以取師惟恐他人之或居我上其器識之卑謬何須過問而華人習焉不察藏於心而宣諸口並不自知其可非可笑此中土人材之所以不振也該大臣卽無京員參奏而其身疑謗交投固已一籌莫展矣夫一國之政譬之一身一體強不能使衆體之如一衆體傷不能恃一體而獨活其義一也前此戈登立功將歸至金陵謁曾文正勸中邦整軍經武盡棄舊習以防異日他邦無理致侮比時署中武夫甚多文正指其徒謂戈登曰依子所言若此輩何其保無意外之虞乎戈登亦卽無法今之舊習仍無少異該大臣能概行強制乎自古立大業者不計近功未知該大臣之將來視古人如何而其心則先以固國本以漸學西法爲務一時封疆大吏如某者已不多覯有之亦終覺才不及卿曉覺三十里總之西國之強既非一猝可及若再加以依稀仿佛爲之卽數百年亦不能望其項背也該大臣雖不能如西法之認眞而其能知已之短並不護其短此中分量消息當推獨具只眼故凡一切交涉不得已處第以和字槪之至力不能主之時則甘心忍辱受過中日去歲之事該大臣如先主議和則議者謠諑更不知作何變幻矣從前雲南馬加利之事該大臣單騎赴烟往見議和後猶招人之議伊黎之和嘖有煩言法越條約責其失算試思比時若力主言戰法兵五萬來華視日兵何如其勝負固不問可知也　此稿未完

巳交春令　○昨臘月十九日午時爲封印之期闔郡文武大小官員均恭趨　督憲行轅伺應封印畢隨班叩喜旋回本署照例排衙封印往返拜賀從此公文但書印信遵封或預印空白向例也至二十一日爲立春之節向在天后宮結有彩棚供奉春牛芒神於二十日早闔城官員前往迎春叩拜後卽雇役扛抬行遍各衙門爲出春至府憲衙門爲止至期由府發身着朝服手執花棒爲打春而各官卽互相拜賀而府縣各班差役卽於前數日催傳十三行赴廟應差亦例舉也

與有榮施　○昔人賦梅花謂之安排狀元宰相以梅之開向百花頭上且可以調鼎和羹也故春花中以梅花作魁士林中以狀元爲貴文與武一也文之狀南省爲多唐人云狀元俱是狀元兒實則有唐三百年之僅見至我　朝竟有以祖孫父子三狀元而猶獲同堂者當與唐元宗之一殿三天子同爲古今佳話而北直之文狀國朝二百餘年僅得兩公津屬實占其一武之狀津屬己占其二亦云盛矣茲當五福花綻之時正一甲人來之候杏花春雨亦猶是焉而已昨新科武狀元武君歸里赴各署投刺鄉先生亦皆與有榮施矣

欽差批詞　○欽差北洋大臣辦理通商事務直隸總督部堂王　示據天津縣人馬鳳鳴稟　批民間田畝以管業爲主此項田畝旣係華李劉三姓所管之業爾等不過業主之佃戶所有應領地價自應聽業主主張豈得任令佃戶把持恣意爭狡若如呈內所訴是佃種之人轉欲求多於管業之人喧客奪主天下無此情理第以該佃戶等從前佃種之時究有押佃錢文故准令向業主於地價內酌量分給以示體恤前據天津縣王令面稟提集各佃戶訊問擬於官發地價內斷給佃戶三分之一準情酌理極爲平允各佃戶以劉姓業主已允每畝分給四十五兩不肯遵斷該令許向業主查詢勸導係屬格外體恤佃戶之意乃爾等猶以爲未足砌詞來轅嘵嘵瀆辯已屬不合並捏稱該縣公斷分給佃戶六十五兩及四十五兩之數逞臆妄訴尤爲荒謬候行天津府轉飭天津縣傳集各佃戶嚴切開導秉公斷結如業主勸捐不給惟業主是問若各佃戶貪心不足恃衆阻撓有心抗違是各佃戶自取咎戾本部堂亦不能爲爾等曲貸也懍之

大計舉吏　○欽差北洋大臣通商事務直隸總督部堂王　爲曉諭示照得本部堂舉行光緒二十一年大計所有應舉卓異官十九員浮躁官二員不謹官二員不及官一員年老官一員有疾官二員除恭疏具題分別單劾外合行揭示曉諭爲此示仰闔屬官員人等一體知悉特此計開　卓異官十九員　保定府知府陳啟泰　永平府知府福　謙　天津府海防同知史善詒　天津府河防同知馮清泰　景州知州王兆其　清苑縣知縣徐銘勳　河間縣知縣張士敬　固安縣范恩本　吳橋縣勞乃宣　故城縣沈政初　長垣縣程　熙　豐潤縣盧　靖　肥鄉縣張丙吉　武邑縣張世麟　按察司經歷張德森　天津府教授傅　楷　保定府司獄車　瀚　衡水縣典史耿守恩　長蘆濟民場大使鮑鼎恒　浮躁官二員　廣昌縣教諭何榮光　慶雲縣典史陳　柚　不謹官二員　廣昌縣知縣周樹丹　延慶州州判王

鴻翔　不及官一員　保定府經歷劉廣南　年老官一員　鉅鹿縣訓導蘭得春　有疾官二員　布政司經歷金　銘　清豐縣典史王肇垢

新農招租 ○總辦新農鎮營田事宜二品銜天津河間兵備道李　二品銜直隸候補道張　二品頂戴直隸候補道張　為出示招佃事照得新農鎮一帶原係荒田經　前總統盛軍周武壯公出資置買改種稻田上年盛軍奉調出關所墾地畝因底營人少租給散戶分種成熟無多今蒙　督憲飭令本道等在於新農鎮設局派員清丈另行招佃承領收租以濟要需等因查墾熟稻田共有四百餘頃現擬以二三十頃為一段除分出一二段由局招人耕種外其餘各段分行招佃承種為此示仰津郡紳民人等一體知悉如有願種此項稻田者即籌備資本取具妥寔保結稟請本道等查明給領上熟地每年每畝酌定租價津錢一吊六百文中熟地一吊二百文次熟八百文初年租辦先繳一年租價次年或按春秋兩季交租不准拖欠及改種旱田致干究辦切切特示

生禀備酌 ○水利總局　示據文安縣文生姚化棠等禀　批據禀已悉查七里莊開河之議自道光元年御史張元謨奏請不行之後至咸豐元二六七等年光緒五六九十十一十二十六十八十九二十一等年屢據官紳陳請均經議駮有案該生等請於小北河身建壩挖通引琉璃等三河之水入蘆僧下歸中亭達請河下游韓家樹入海並引西　之水由趙王河鷹嘴堤歸大清河下順東　至堤三堡等處達子牙下游入海另於拱台以下隄三堡以上開通東岸引子牙之水歸蓮花　下通三道橋入海等情所禀平易近理確有見地頗可採擇不同逞臆挾私惟韓家樹一帶淤淺現已由　天津道派員挑挖通暢並由　清河道議准明春挑挖越河淤淺在案是咽喉以利來年汛漲諒可宣洩該生等擬議各節存備參酌可也此批

孝子叫佛 ○從來孝子盡孝之道名有不同要其心皆至誠流露者也本埠西營門內某村有孝子某者母年逾古稀忽得痞疾無資調治孝子每於夜深人靜時披髮赤足身着單衣在村之左右大聲叫佛三四日夜母病豁然而愈村人羣以孝子呼之焉

賭匪行兇 ○東門內甲乙二人因賭帳未清甲討要乙討無所施因相口角甲情急持刀將乙砍傷移時殞命該親屬已赴縣喊控矣

銀竟非真 ○河北明勝店寓京客王某者係山東人日前在鍋店街某廣貨店買貨價銀五十兩該店遣學徒某甲送貨取銀出店即向對過錢舖驗看異假錢舖識是銅非銀該學徒驚荒赶緊赴店查看人物已杳無踪影惟行李尚未運出耳

花誠無語 ○某姓者跑洋貨合為生頗小康其子訂婚於某鄉農家女娶入門品貌端肅小夫妻頗稱佳匹三朝後新婦終未發一言衆以為含羞不啓櫻桃故然竊疑其謹言太過及翁姑一再餉詰乃知新婦實屬啞人於是舉家大怒立尋原媒而媒媪已匿無踪跡經親友計議以為婚已三日豈可另有違言因即排解息和立據一紙准其子隨意再婚事乃妥協其說者以某素好賺人今則反被人賺可為欺人者戒

東洋官報 ○昨所譯東洋上下兩議院覆奏茲錄於後　上議院臣某某等誠惶誠恐頓首頓首上言於大皇帝陛下茲者聖恩親臨議院天語煇煌仰見威震支那猶日出而光被四表自此我國家版圖益遠財裕民安內政外交日隆一日皆由我大皇帝撫馭有方法紀嚴肅用能臻此蒙論此後益當日進無疆永保國祚嚴定規條微臣等聞命之餘惟有日夕孜孜冀有以仰答我聖主勤求郅治之意不敢少有怠慢為此謹敬覆奏　下議院臣某某等誠惶誠恐俯伏具奏大皇帝陛下仰承天語深洽人心蒙論戰勝支那威揚天下此皆我皇帝盛德所致第我　國勢愈大益宜日進有功皇帝親臨降旨宣示所擬整頓之處自當仰慰聖心尤必洽符民志臣等忝列下院職分之所應為固不得不盡忠於國而於民庶公舉之讀議可有所拂逆民為國本此微臣區區之意合詞謹敬上聞謹奏

西國電音 ○英駱馬因有勳無功思建樹以洽人望因赴阿上梯國辦事詎至彼為癘所侵竟以溘逝人皆以天意不順歸之○昨與意兩國要做中人使英德協和○俄與土耳其之亂黨暗中助土彈壓○英水師船欲赴土京土國不許俄亦助土禁其前來○印度部總管大臣前數日會議云熱利洞辣一事英與美可設法說和因美意仍願平安惟阿屬英地英十分不樂他國干預○按此電皆英國一偏之語究不知德國因何致英有此言近閱各新聞皆言英有吞併南阿非利加兩小國之意俄德法三國志在平等決不容一國獨出人頭地也

太康請命 ○敬啓者現在河南太康縣被災甚重遍地流亡現在逃出者已有數千餘戶其未逃者不過苟延殘喘饑困可憐每日城鎮各處出賣家俱器物衣服者極多價值極賤甚則出賣人口其上好田地每畝當價僅用一千五百文雖十餘頃地之家亦係賣物過活兩發無着蓋自十四年以來歲歲歉收今歲尤甚夏間大雨秋間大旱顆粒無收民遂大困鄉村寥落人心惶惶較諸光緒三年大祲情形實無少異惟災區不廣外省不及聞知無人往賑殊可悲憫伏望　仁人君子速集鉅資前往拯救但得延至麥秋以後即有生機否則數萬蒼生均歸餓莩可歎可憐今歲豫省災象不同有輕有重此太康一縣乃係極重之區身親目覩並無一字虛誣其餘未曾身到者不敢妄陳哉筆敬書不勝盼禱　有心無力人謹啓

酒色稱王 ○聞河東富紳某公子以文武為名以樂局為齋名以三教人為別號者其酒色之量非常有難以盡述其細人盡稱為酒色王云

光緒二十一年十二月十八日京報照錄

宮門抄　上諭恭錄前報○十二月十八日禮部　宗人府　欽天監　錫光假滿請　安　張中堂等同鄉官謝　恩　毓麟由口外賜奠回京請　安　讀貝子請假五日　恩公續假五日　穆貝子續假二十日　侍衛處奏派主宴之大臣　派出大額駙　召見軍機

○○**陶模片**　再羅布綽爾西北四百餘里三都納里地方於光緒十九年經臣　奏築蒲昌城移屯營及撫輯招練局駐焉該營局所轄東西二千餘里南北一千餘里程途遙遠時慮鞭長查綽爾西南一百四十里之卡里克有古城頹垣周約十五里即漢樓蘭故國西域傳所謂負水儋糧送迎漢使者也今委員察看間有可耕之土背水靠山形勢爽塏東南戈壁距敦煌陽關一千三百里西抵于闐縣一千七百餘里南通青海西藏居積路之要衝為鑛山之孔道亟宜因時變通於卡克里克系設屯防局添員

經理招募業農貧戶擇地墾荒備日後開鑛轉運之基現值河湟回亂恐匪黨或竄地闌入應於各要隘布置卡汛添紮營哨以備不虞所需招戶川資牛工籽種建屋修路勘驛站增勇丁各責容辦有端緒後咨部立案合將擬議情形先行附片具　奏伏乞　聖鑒謹　奏奉　硃批該部知道欽此

〇〇楊昌濬片　再臣接准西甯辦事大臣奎順並西甯鎮總兵鄧增咨呈據鎮屬永安營游擊范子湘稟稱七月二十八日寅時忽有大通回匪馬隊千餘遊擊督率兵民登陴堵擊正相持間詎城內回民變亂暗開城門放賊入城轟斃兵民五人帶傷者十數人因衆寡不敵城遂失陷該遊擊身帶重傷經跟隨兵丁數人護送至西河台地方暫避賊氛該回匪等已將庫儲一切軍械搜搶一空並將遊擊衙門三堂千總衙門二堂並兵民舖面房屋縱火焚燒印信未失等情轉報前來臣查該營地方漢少回多該遊擊以大股賊至率兵堵擊旣因衆寡不敵又兼回民內變未克制勝情稍可原惟旣已失守營城究難辭咎相應請　旨將永安營遊擊范子湘革職仍令隨營効力以贖前愆所遺永安營遊擊員缺陝甘現有應補人員容臣另揀請補謹附片具奏伏乞　聖鑒訓示謹　奏奉　硃批另有旨欽此

本館現已另造樓房另購機器鉛字鉛模自行開辦惟今年封河較早購到者僅三號五號鉛字所有字模及四號鉛字已經運來適沽口封凍不得進口須俟開河時到埠今卽用三號五號兩樣排印報紙字跡畢清較之模糊者不啻天壤想　閱報諸君定蒙賞鑒俟四號字運到後再當一律排印　本館謹啓

啓者本棧坐落紫竹林上先農壇傍出租　仕商有願租堆存貨物者地方寬闊卽請　移玉本棧帳房面議可也

天德福棧謹啓

失物告白

啟者本月十六日晚遺失馬蹄式金表墜一個又圓式金表墜一個倘將此物送回本行必當酬謝決不食言

世昌洋行謹啟

我尋告白

前有瑙國度南輪船由神戶赴津八月十五抵塘沽卸貨交西山北山二駁船剩運失去雜貨三件嘜頭(HK)毛巾一箱◇2CT◇絨鏈一箱◇2CT◇棉花毯一箱如有知風報信謝洋五十元原貨送到謝洋二百元

鐵路公司旁金寓代白

告白

本館京都售報處在宣武門外繖家坑路東海昌會館內陳午清先生代辦如賜顧者請至陳處可也

本館帳房啟

浙杭元吉永號

本莊自置紗羅綢緞新樣洋辮花素洋布川廣夏貨園摺雅扇南貨頭油俱全祇爲近時錢市漲落不同故而各貨減價開設估衣街中間路北凡　仕商賜顧者無悞特此佈達

江南　桂蘭齋茶食店

本齋精製拾錦南糖真素供果嘉湖糕點紹興薄脆八寶京糕異味糕點各種茶食外帶行匣新添拾錦元宵蜜屑糕江米糕南北點心無有不精製細做

開設天津天后宮南坐西向東便是

十二月二十一日

銀洋行情

天津九七六錢

銀盤二千五百五十五文

洋元一千八百二十文

紫竹林九六錢

銀盤二千五百九十五文

洋元一千八百五十文

直報

光緒二十一年十二月二十二日　第三百二十二號

西歷一千八百九十六年二月初五日　禮拜三

爲臣不易說　續前稿

偉臣

且福建之馬尾已被摧殘幸該大臣周旋其間事後反成過府蓋以中邦習氣好爲大言議論風生空中樓閣旣能聳人之觀又能聳人之聽苟未親當其境者最易信之況　廟堂之高遠乎當中日未失和時該大臣早知高麗爲禍水東洋與通以後卽合各國在彼開口通商意欲各國相聯以冀安謐後因其處屢有事端英至巨文島該大臣會乘機言於俄使願自今以往中與俄共保此邦以免他人窺伺當日若照此定議則此次東禍可免惜其時中邦無見及此者及去歲東事已起該大臣派赴東藩之兵第求黨匪救平卽行凱撤而他國屢說中朝出師中樞不察屢速該大臣添兵實非大臣所願至東兵愈集愈厚大臣擬班回全師令東俄自相爭鬪其勢苦不能自主倘違衆議強主班師則議之者更不知如何痛詆矣大抵未事而談節義人人皆忠事後而論幾宜人人皆智至臨幾應變則如息燭暗尋幽室茫然不知所之偶見西壁有光則以爲戶而急奔之至觸壁身仆乃知其壁光來自東隙而身已仆臚已腫以手捫之濕涔涔意是血也而其頭已苦無完膚矣茫昧料事往往如此東中開仗以後中邦言事之人一口同音都催大臣悉出直兵以擣前敵多撥北洋兵船前赴高麗不知兵如奕棋能先備人之我乘而後能乘人之不備無知者流見敵勢之張於西也則張皇於西張於東也則張皇於東未有不予人以可乘之隙者北洋海防本爲防海之守兵並非出戰之勁旅非不欲戰力未足也兵出則海防空留守者非殘卒卽新募雖有若無故聞警卽如獸散其馳赴平壤者除一二舊營尙有紀律外其餘所調概係烏合其不能以幸勝也奚俟交鋒始判哉一敗之後朝廷知其不能收拾萬難復振必須議和諸人又知敗後之和要求必多無從開口議不成則其身難歸

議苟成則其名必裂故人人退而不前該大臣乃獨任之非不知其難爲非不知其受謗也惟憶自握兵符平粵逆勦捻匪三十年來皆繫中邦大局未嘗辭勞辭怨豈於此而忽改之故奉　命以行無少難色抵馬關後舌爲焦心爲焚困苦艱難不知吐盡多少心血乃克臻此境界而謗言益起焉總之中邦政事當汲汲設法自新自強力除從前積習至更新之難固非可以倉猝企也昔有某國大臣論中國之弊首在乏材中國讀書識字之人其能者僅曉作八股又其能者拾前人餘唾以談道理概係空言又其能之最者雖時有見地究未眞識環地球諸邦其能強能大之實在分量何以能到此地位第知合眼開口言其所言是非皆難指實惟某大臣力求泰西治法時與各國名士交涉尚具只眼率其徒於半明半暗之中蹶趨以赴若並其只眼而去之則舉國皆盲將盲與盲爭盲與盲辨縱有一二不盲者勢將被衆盲而一趨爲盲而後已噫可危哉

密　論勿宣　○强學書院前經楊侍御奏請禁止係　皇上留中不發抄之件恭奉密　論經軍機處字寄交都察院查辦不應出示曉論現經北城察院明白曉論是以次晨復將告示扯毀云

粗心可恨　○京師各街巷來往車輛絡繹不絕碰撞之事時有所聞有地方之責者不可不出示嚴禁也十二月十四日崇文門外汪太醫胡同有車一輛自南而北馳驟突來適有某姓九歲女孩七歲男孩姊弟同行車夫並不小心致將男孩撞倒車輪由肚腹胸膛軋過致將左臂折斷彼時女兒見弟被軋向前照拂復將女孩頭顱軋傷當時姊弟二人皆因傷殞命車夫畏罪正擬逃逸適經行人某甲見死者甚慘大動惻隱之心卽將車夫張某揪獲送交有司責押當經帶領吏件穩婆如法相驗詳城咨送刑部按律究辦嘆乎數齡子女同時死于非命何其慘哉該車夫雖非出于有心然于人烟稠密之地竟敢馳驟直前亦太不小心矣吾願轍馳轍驅者尙其綏轡徐行焉則可矣

恩邀秋決　○內務府磁器庫被竊磁器物件曾經東城拿獲孟順兒劉墨林胡明海等三名現經刑部擬以斬立決具奏邀恩改以秋後處決云

喪盡天良　○京師近年以來屢有匪徒結黨插圈弄套配事涉訟畏訟者卽以孔方兄爲息訟之資詐索者得其慣便益逞其能都中人受此累者不知凡幾有地面之責者不能破除情面嚴行懲辦以致養癰成患胆大妄爲倘有挾嫌竟賄言官揑造素日有不法情事指名糾叅卽發　廷寄交拿而訟累無已時矣前門外琉璃窯廠商人趙永第者充當窯商有年該窯工作設在西山琉璃局地方向經該商窯夥張某帮辦因近年官工甚多領項甚鉅張某垂涎非伊朝夕日前來京鑽謀某侍御門路許其賄賂揑稱趙永第素日不法結黨數百人手持三十響洋槍夜聚明散恐成巨患等情卽經某侍御貪其所賄據一面之詞擅摺赴　內廷呈遞欽奉　廷寄將趙永第交拿鎖解步軍統領衙門嚴行審訊幸經麟芝菴中堂前次奉　旨簡放總理工部事務現又署理步軍統領訊及趙永第係工部琉璃窯商人應由工部自行辦理旋將趙永第解交工部司務廳管押訊據趙永第供稱該窯工作坐落山嶺曠野之間狠獸甚多兼恐盜賊搶刦等事以洋槍爲隄防之需遇有工作時非千餘人難以開工燒造云云當經委派司員嚴密訪查此事係張某行賄轉託前門外西河沿元亨金店鋪主李新之囑託某侍御指明叅奏當經派差嚴拿李新之自知罪魁早經聞風遠颺聞悉李新之寓所在宣武門外包頭章胡同復經派差前往搜拿無獲似此無故陷害平民天理難容良心何在法律諒不能爲若輩寬矣

慶賀豫示　○督憲牌示正月初一日元旦令節自十二月二十七日起至正月初一二三四五等日閤屬文武官員俱穿蟒袍補褂　督憲初一日卯時赴　龍亭行慶賀禮又　上元佳節自正月十三四五六等日穿蟒袍補褂

新舊相承　○卞大人得祥號景雲請假回籍所帶正定練軍各營現委前帶堅字營記名提督周金聲軍門蘭亭接統

鞭打春牛　○本月二十一日打春之期是日府憲沈太守率各印官等行二拜六叩禮畢恭候未時打春以重大典春牛紅角紅頭紅蹄黃身白尾芒神黃衣赤足左手持拂塵一把右手拿小風帽一個其式蓋頒自欽天監云

弁獻猛虎　○知遂陽州事徐刺史慶禕虎臣也當中日失和時東勢滋紛所至糜沸金復海蓋無一存者獨徐君知遂陽若虎負隅莫敢攖州賴以存其有猛將歟雄兵歟利器歟至其所遇之天時所處之地利固與列州無異也其所異者獨此城存與存城亡與亡忠君愛民之心明可以質天地幽可以鑒鬼神自信之民信之有牧如此誰忍負之誰敢玩之乎敵人望而却步矣推而論之其才可以保一州其才卽可以保一國安得守土盡如刺史者則中土堅如磐石矣茲聞差弁來省轅獻虎一頭想其治倘有時虎之士能以袒裼暴虎者乎可知強將屬下無弱兵矣

姑婦能賢 ○某縣某村貧婦因其夫外出尋友謀事久無音信家無衣食隨其姑來津就食未獲入廠喝粥沿街乞討住西門外某小店有某鋪家之僕常行周濟貧婦該婦年約三旬雖鳩形垢面頗有風韻僕乃心懷不良與其友某甲計議並許以事成厚謝適甲妻歸甯甲卽囑僕將婦誑至伊家見機而作至前日婦又乞食甲言汝以討飯爲活終非長策我憐汝貧曾向主母言明用汝伺候業已允許但汝衣服藍縷不堪必須更易婦聞言十分感激惟苦衣服無從置備僕又言我有表嫂距此不遠合往求借汝可去否婦依依隨僕至甲家又言借衣不易莫若借錢置買卽付甲錢文煩其製衣甲卽走出甲之同院某乙者見此番形迹可疑未便盤詰因想甲素性懼內飛卽與甲妻報信甲妻聞言立時言旋闖入屋內僕正與婦戲言相調婦正色不理僕復見甲妻突至大驚失色少刻甲亦歸因見其妻亦甚吃嚇妻曰爾是造孽欲尋死境耶此事關係頗重何竟糊塗至此復向僕曰旣屬至友不當貽害我家如聽我言卽可遣去否則恐身首難保僕無言只得揖謝而走然意仍戀戀是婦甲妻見此情形俟僕走後卽向婦言此非好人實乃有心欺你以你之年不當以乞討爲生幸而遇我得以保全名節可卽回店速爲料理及早還鄉爲妥婦始恍悟叩謝甲妻欲行甲妻仍不放心雇車親自送婦回店交給其姑姑亦感恩不盡說者謂甲妻素性本係以雌制雄然深明大義知此事者莫不極口稱讚云

大令獲盜 ○本月十二日十七段守望局該管段內楊家店寓有篾子做坊被賊竊去錫器等物當卽報案局員胡大令勘驗後率勇親自查緝果卽拏獲賊人一名杜雲清並起獲原贓傳失主認領將該賊送交有司懲辦該令到局未久當此嚴寒徹夜在外巡緝用能有案卽獲可見勤能獲益自伍兩人大令後一人而已

營頭有用 ○城內右營前昨晚一幼童赴當舖贖當爲賊瞥見伸手卽搶幼童啼哭幸營前人多將該賊拏獲聞已送縣懲辦矣

地面宜清 ○近來偷竊搶綹時有所聞昨天將黃昏有一女僕行至邱家胡同忽來一人由背後將大簪拔去飛奔而逸該僕急嚷經人詢明追趕亦不知何往該僕惟以罵繼哭而已是晚南斜街某姓院中晒有棉衣二件至日落時收拾已被竊去刻下居家者大門若不嚴謹卽常失物該管者以事屬細微亦不詢查則賊胆愈甚誠非地方福也

信差被劫 ○十二月十七晚在滄州北花園村有步賊十餘人將南來信差吳四打傷搶去包封三件盤費皮衣護照一併刼去下剩包封三件亦被刀砍經信撥張起發送信至天津新關稅司派弁赴滄查勘南來包封皆係各國公使及中國總署來往公文要件並無銀兩在內乃賊匪胆敢刼奪爲從來所僅見地方官於緝捕一端尤宜加之意焉

太康請命 ○敬啓者現在河南太康縣被災甚重遍地流亡現在逃出者已有數千餘戶其未逃者不過苟延殘喘饑困可憐每日城鎮各處出賣家俱器物衣服者極多價值極賤甚則出賣人口其上好田地每畝當價僅用一千五百文雖十餘頃地之家亦係賣物過活兩餐無着蓋自十四年以來歲歲歉收今歲尤甚夏間大雨秋間大旱顆粒無收民遂大困鄉村寥落人心惶惶較諸光緒三年大祲情形實無少異惟災區不廣外省不及聞知無人往賑殊可悲憫伏望 仁人君子速集鉅資前往拯救俾得延至麥秋以後卽有生機否則數萬蒼生均歸餓莩可歎可憐今歲豫省災象不同有輕有重此太康一縣乃係極重之區身親目覩並無一字虛誣其餘未曾身到者不敢妄陳泚筆敬書不勝盼禱

有心無力人謹啓

廉訪呈批 ○客歲軍興前敵各軍之在遼左者與敵交綏除陣亡外其斷手折足之兵胥賴津門派往療治之醫士金亙卿大令維持全活不下一千餘人亦賴上海紅十字會中教士施助藥料十數箱值銀三千餘兩俾得克竟全功現在已由金明府稟蒙南北洋大臣劉王兩節帥嘉奬前已屢登報牘茲金君又稟懇駐津督辦東征粮臺廣西臬司胡芸楣廉訪請其據情入告乞 旨奬勵指日必有好音今先錄廉訪批詞一道以供衆覽藉慰該會中樂善好施之深心焉 欽命頭品頂戴督辦東征粮臺兼練兵事宜廣西按察使司按察使加十級紀錄二十次胡批據稟紅十字會出資購藥交給該員携往前敵醫治受傷兵勇全活甚衆深堪嘉尚本年該會復在天津收養受傷兵士三百餘人歷三四月之久醫痊復送驗明給賞遣歸其好義濟世之忱未便湮沒本司正擬詳請奏奬茲據稟前情仰候彙案詳請北洋大臣奏明請 旨嘉奬以示懷柔而昭優異

華通檀埠 ○南洋檀香山一島中華未立商約華人旅居其間者甚多商務亦甚巨今由該處華商求請總署立約通商聞已允准電咨粵督照准辦理云

飭局鑄錢 ○廣州探訪友人云自十月迄今兩月中外省之至粵購辦制錢者甚夥每日出口約以數千貫計訪知皆運往湖北兩江等處緣此兩處擬興造鐵路故需制錢以給工貲也目下省中制錢日缺錢價益高每銀洋一圓僅換九百餘文民間日用所需殊多耗折錢局只鑄銅圓銅錢久已停鑄茲大憲飭下在局委員另議章程急鑄制錢俾得維持圜法云

改價開市 ○金陵訪事友人云前報載衛毁錢莊一事直鬧至二十六日二更時分經巡道聞知立傳房科謄寫告示英洋兌錢改限九百四十文本洋兌錢改限一千一百七十文二七寶銀每兩兌錢改限一千三百三十七文紋銀每兩兌錢改限一千三百零七文二十七日清晨各錢莊依然閉門不開候至八下鐘巡道告示貼出各家始啟戶掛招牌照舊開張城廂內外均得安堵如故矣

光緒二十一年十二月十九日京報照錄

○○直隸總督臣王文韶跪 奏爲拏獲著名巨盜謹將辦理情形恭摺仰祈 聖鑒事竊查本年六月間據趙州知州孫傳栻稟州該州與甯晉縣交壤之鐵佛寺一帶向易藏奸近因該處盜匪窺伺肆刦隆平捕頭高振德被害各處捕役不敢往拏若任痼惑日久滋蔓難圖請速設法剿捕等情卽經臣電委候補道朱臻祺約帶馬步勇丁並委候補知縣周廉溥隨同馳往拏辦朱臻祺查得此股匪徒以曹青堂傅肥耿兵爲首其黨小振等四十餘犯亦皆著名巨盜曹青堂並其養子賈玉堂及傅肥尤爲老悍聚店隆平甯晉交界水泊中恃送擾阻險分黨肆出刦掠該處舟車不通捕拏頗難得力朱臻祺督同周廉溥並率馬步勇丁相機剿辦一面分飭趙州晉州隆平甯晉鎮鹿柏

鄉任縣等州縣各派兵役合力兜剿乃該匪曹青堂等憑險負隅放槍拒敵兵役奮勇轟擊賊漸不支四散逃竄立卽跟踪追獲匪黨董小振王　貨谷計堂王連城王文清宋一株冉小混張堂李玉合賈邁子等十一名發交趙州知州孫傳栻會同周廉溥審訊據供均與曹青堂迭次搶刦甯晉等縣過客師殿揚等銀衣等物並謀殺隆平南宮等縣捕役高振德李振邦身死屬實均係同惡相濟罪不容誅稟經臣批飭將傳肥等十一名一併正法旋經朱臻祺探知曹青堂賈玉堂竄至鉅鹿縣屬地方卽飛檄鉅鹿縣知縣陳鴻保派役往拿適趙州隆平等州縣捕役踵至協同將曹青堂賈玉堂拿獲送經趙州提訊供認聚衆多人置備槍械迭次搶刦得贓並抵拒官兵謀殺捕役不諱復據朱臻祺派出勇役協同各州縣捕役先後續獲耿兵成貯杜明堂賈新寬商黑五名亦訊與曹青堂迭次搶刦幽勢濟惡厥罪維均商黑旋卽在押病故經趙州孫傳栻先後稟詳批飭將曹青堂等一律正法並將商黑戮屍梟示此外尚有喬順等多名訊供狡展已分別提省從嚴審辦據兼署布政使按察使季邦楨具詳請　奏前來臣查曹青堂等均屬畿南著名巨盜聚居水泊肆出搶刦當兵役往捕之時輙敢放槍拒敵情同叛逆朱臻祺督飭兵役奮勇剿擊賊始披靡得以陸續就擒實屬異常出力查朱臻祺前在署臬司任內清理積案議求捕務平反寃獄著有政聲先因海疆不靖時虞土匪蠢動通飭各屬舉辦團練力行保甲人心爲之大定此次殲除巨盜至二十餘名之多亦與尋常獲盜不同未便沒其微勞相應請　旨將直隸候補道朱臻祺送部帶領引　見恭候　恩施除仍飭各州縣將餘匪搜捕淨盡並將被害捕役酌給賞邺其餘獲盜員弁例得議敘俟全案議請再行分別核辦外所有剿除積年巨盜辦理情形理合恭摺具陳伏乞　皇上聖鑒　訓示謹　奏奉　硃批朱臻祺著交吏部帶領引　見欽此

十二月二十二日

銀洋行情

天津九七六錢
銀盤二千五百五十五文
洋元一千八百二十文

紫竹林九六錢
銀盤二千五百九十五文
洋元一千八百五十文

直報

光緒二十一年十二月二十三日　第三百二十三號
西歷一千八百九十六年二月初六日　禮拜四

上諭恭錄

上諭弈年奏假期屆滿病仍未痊懇請開缺一摺都察院左副都御史弈年着准其開缺欽此　上諭巡視北城御史達椿等奏請續發煖廠米石一摺京城槃家園百善堂煖廠收養婦孺前經發給倉米三百石本年來京就食者衆多不敷支放加恩着再賞給山米二百石交該御史等督同紳士妥為散放餘依議該部知道欽此　上諭嵩崑奏青谿廠委員欠繳公本銀兩請旨革職勒追一摺貴州青谿廠委員曾彥銓接辦青谿廠礦務承領公款銀四萬兩除繳還一萬五千兩外尚欠二萬五千兩連前借公款應還歷年本息銀兩迭催未繳實屬玩延貴州候補知府曾彥銓着即行革職勒限嚴追以重庫款該部知道欽此

紳商請修鐵路稟

稟為紳商集資先請試辦近畿鐵路事竊維自英國創為火車各國踵行均獲其利去年關外用師轉粮餉運器械有津蘆鐵路取辦速成已有明效是鐵路之有利於國無損於民可不煩言而解者也今　皇上勵精圖治於籌餉練兵兩端博訪周諮與民更始此誠富強之首務通變之宏規天下有志之士翕然有望治之心然竊考外洋之造鐵路大抵招集商賈官督其成蓋造修鐵路所費至巨集股商辦可以不用公款其利一人自為力無官場積習容易奏功其利二利之所在人所共趨此處既有成效彼處亦可奉行將來支幹縱橫亘九州而綿四塞一夫倡義風氣自開其利三上不費公家之用下不奪民間之利其利四款出自民可以不借洋款其利五民得實利保護必勤設有不虞可以易農為兵其利六抽課助餉鐵路愈多則所入愈厚其利七有此七利而中國憚於為者以未有倡之者也京師為天下根本文物之繁盛貨賄之充衍四海之所趨附萬國之所觀覘誠宜示豐阜而誇壯麗乃近來市坊生意日見蕭條推其所由蓋奪於上海天津輪船所通之地也今天津迤東既有鐵路誠於由津至京由京至西山或保定續修鐵路一段西運煤東運糧南可通漢滬之財源北可控遼瀋之兵勢用力甚少厥利甚大而　國家百務待舉置此不遑此紳商等所扼志而奮興者也聞現在籌議甚久若猶未肯輕於發端者誠以官辦民辦洋款包辦三局相持殊難一時定計也紳商等竊以為官辦誠為上策然從來官場積習太重不獨庫款無出而靡費曠工之弊圖始難收功亦不易洋辦乃出下策况近來洋商要挾已甚匪特利權自失而赴淵趨叢之虞人心去則邦本難安惟官督民辦雖係中策然公家不費一文成城悉孚衆志無下策之患有上策之功此其彰彰者也至如假借洋款築我中衢啓彼狼貪更張虎噬必致強闢地段抑勒商黎又或劃以年分徒切望梅公私俱為所欺無益有損况民情愚悍風土不一倘事變蠢起何以處之向使民心歸順聽彼約束是又驅天下之民驀彼土之犢其禍更有不堪言者紳商等識短慮長敢以一得之愚匍匐赴轅稟實非為利而來誠有見於鐵路之宜於民辦者可以杜洋人之貪可以廣公家之利駕乎兩策之上也竊揆現今時勢積弱已久商民感憤雜稱莫由伏讀我　皇上今年四月十七日痛除積弊之諭誠天下臣民頌禱不忘者也蓋嘗私相竊計練兵籌餉莫先於鐵路尤莫善於鐵路何也鐵路一里需壯丁十八輪流看守火夫一人五里一哨十里一小營五十里一大營百里一總營無事資其守望則免剽奪之虞有事練為團防則非烏合之衆不勞餉糈而路路皆兵矣若夫籌餉之說則每路運費八成歸商兩成輸款百萬千萬莫有紀極開辦後自可核實征收且即商民蓄積日厚亦無非　國家藏富於民之美政一旦公家有事幾見百姓足君孰與不足乎而或者謂都會大聚行旅經商出入往來誠恒河沙數無量無休第東西兩路現有操業之輩爲車百輛夫不下數萬餘口一旦興修鐵路得毋令其失業乎然此又拘一隅之見

而未嘗彼此通盤合算計較短長者也夫京東西兩路薪煤糧貨行李貨物往來衙繁村屯市鎮人烟稠密一切車船騾車騾夫生計不過四五萬人今舟車往還二三百餘里平時須五六日運載一次若畫守舵執鞭旬日始得數次今則頃刻可以二次以中途停軌之地計之上裝下卸十有餘所此往彼來絡繹不絕加之各州府縣歧路紛繞各資人力運送將來客貨堆積擁擠即儘現在之車船驢脚等夫日於道旁計數百餘里之中人力必不敷用而各處貧民均可得以謀食尚何有一夫失所之慮乎是兼工代賑不獨薪煤糧價自平而京東西各州縣貧民之仰賴於鐵路者其生活必倍勝於前也今衆商等擬請就京東西兩路二三百里試辦為天下鐵軌之先路諸省幹道之總衙着有成效不難漸推漸廣將來或各省商民聞風嚮慕各分地段遵而行之倣而效之四海雖廣壤地相接鐵路脈貫支連寰宇周遍未始非旦夕間事蓋以天下之民築天下之路譬猶日夕舉火同爨同炊有不一時共歌醉飽者乎若夫輔輪船之無汛乎陸行佐電線之無憂乎空報征兵轉餉折衝橫行豈非轉弱為強仰副我　皇上宵旰徬徨萬不得已之苦衷嗣後務期事事覈實以收自強之效乎懿乎哉此即同力合作而公賦之人不待籌而自足也此即井里連軌而伍兩之卒不待募而可用也故鐵路之政在西人不過取利若中國以聖王之道維持其間雖謂井田之利至今存可也總而論之處今日之勢有鐵路則無兵無餉民亦足恃無鐵路則有兵有餉綫亦失機此鐵路之關係甚大而小民未敢輕於請命者實因無可操之劵匪易見之功莫為之先導恐不足取信於　朝廷而封罪之罘或以下體見遺也衆商等不揣冒昧公同集成股分物料俱備謹將擬定章程圖說及衆商村戶出具切實甘保各結附呈稟懇　王爺　中堂　大人　俯准奏咨步軍統領衙門順天府直隸總督派員督同試辦近而易便而捷者以為天下好義之倡為此具稟恭請　勛安伏乞　垂鑒曷勝悚惶待　命之至衆商陰等謹稟

具稟紳商　京城李陰　通州劉松齡　天津韓棟樑　武清王琪　良鄉石鎔　房山李義等稟

並荷天章　○瑾妃珍妃業奉　皇太后懿旨給還封號照例應由禮部舉行冊封禮節於上月十二日巳刻由禮部堂官內閣大學士捧冊寶呈進是日瑾珍二妃先在　皇太后前行禮次在　皇上前行禮當傳各衙部俊伶屆期在　內演唱戲劇以伸慶賀

止談風月　○各部院署中司署門首向懸某某清吏司匾額凡帶領學習貼寫入署必須門內人薦舉擇其身家清白者向承辦經承討要請帖始准帶領進署先赴蕭曹二公神像前焚香燃燭名曰拜科神叩拜禮畢帶進科房學習公事徐徐勤勞得有行頭掣得經承著役時必須吏部驗封司行查原籍州縣飭查實係身家清白取具鄰族甘結申詳撫院咨部方准著役俟役滿時可邀議敘以進異路功名相沿已久實非易事也倘非身家清白或為文武生監重役過犯逆犯等情一概不准認充斯差此乃定章相沿已久近來經門外漢看此舉頗易以致紛紛濫薦各部院中身家不清之人甚多於是娼優隸卒長隨之子濫行帶領入署希圖遞補門戶地步甚至肆無忌憚種種妄為情事疊見已列前報茲聞戶部貴州司貼寫某乙者其父向充刑部皂役跑腿之小馬因伊子入署為吏將斯差讓與胞弟充當隨入某靴店幫夥亦係為遞補地步某乙進署後屢蒙稿公張榮山提拔幫辦稿件嗣經公事熟悉反面無情因事挾制張某在順治門外乙父子向張攔路肆詈強索朱提千金以致張急氣斃命今某乙掣補貴州司倉科經承係因身家不清應令同事祝某出結作保許給祝朱提三百金始行出結旋經司務廳查所取祝結祝倘未到部隨將保結駁回復覓江南司某經承另具保結亦給朱提三百金復經司務廳以其身家不清索費九百五十金始准著役其身家不清之實皆由范某洩於司務迨該廳索費到手范某復向司務索討成頭似此種種妄為之人今日以賄充役來日定以役索賄情有相因勢所必至以充官役實恐貪賄誤公本館早經訪聞實不欲過揚其惡乃未曾提管即有不識姓名人賀來本館行賄囑勿登報復經某乙親來囑託許以多金當即辭去以本館報以直名向不受賄而不知者或且以小人之腹測君子之心飛短流長妄造黑白故不得不詳錄其事聊為別白至其向各省關稅需索之事雖有所聞仍不欲盡數其過焉

等因奉此　○十二月二十一日立春經順天府大興宛平兩縣在東直門外春定房地方高搭彩棚設備芒神像位處備措帛經兩邑尊蒞補褂前詣迎春炮竹齊施觀者如堵誠謂迎春盛舉矣○十二月二十四日係　內廷御膳房恭祀　皇灶王之期經太常寺選擇八旗幼童三十餘名自十二月十五日起每日在禮部署內大堂前扮作灶君鬼卒各身騎竹馬演習跳灶以備赴　內伺候典禮云

是否屬實　○三岔河老福興信局於昨夜四更時拿獲一賊該信局欲行查點物件不料該賊議論滔滔云你是信局我亦是為人作寄書郵者你若污我則同赴鄉甲局理論可也或釋放或送縣俟訪再登

遠發無悔　○東直門外王福泰者貿易中人也生二子長名未詳性頗長厚次名鳳波品甚不端父兄屢戒終不悛改日用以乏嫖賭無資輒盜家中衣服數襲賣於不識姓名之人嗣被父兄查知根究衣之下落波迄不答再詢則怒目相向詈罵萬端甚至揪父兄之髮奉以老拳雖未毆傷而忤逆情形已為天地不容王法難宥福泰始尚有舐犢情今若此遂決絕具呈送逆當蒙拘案訊責鎖押昨日覆訊據福泰供稱逆子天性不孝雖桁楊刀鋸亦不足以洗心革面今蒙責押倘無悔心倘或開釋必有後患將其充發遠省庶免滅門之禍云云東城准詞判令嚴押聽候擬辦

徒法不行　○京師順治門外南橫街圓通觀粥廠例于冬季煮粥施放每日早晚兩次向由翁叔平大司農會同各善士輪班監視立法至為美善不圖日久弊生眞飢者不得食而得領者多不飢之人實惠不能及民聞者見者無不切齒據聞有某甲至廠領粥出門賤賣時有一婦人在廠外設一木桶遇有領粥不食轉賣者即付當十錢二枚將所領之粥傾入桶內以備豢養犬豕昨經某善士查知令將賣粥之婦扭至廠內罰跪示衆公議此後由官家籌款紳董監放自此枵腹而來者皆果腹而去向者怨聲載道今覺無口不碑矣興利除弊有善法尤貴用善人不得其人雖有良法其奈百弊叢生何甚矣用人不可不慎也

西路將成　○蘆溝橋迤西鐵路至良鄉縣分支入房山縣一帶煤廠地段已估需欵六十萬兩現經紳商業已集資三十萬兩尚缺三十萬兩極力輸資入股開明年三月間欲開工興築矣

東奏驛錄　○昨將東洋西字官報中之上下兩議院覆奏照譯錄於報端茲又譯得改進黨具呈下議院代奏劾政府大臣一疏由議長楠本正隆恭遞照錄於後

疏曰竊查自我國與支那開戰後二百餘日朝廷親至廣島總理軍務與臣民士卒共甘苦因而士氣奮興視死如歸每戰必克雖膏血塗野亦不返顧本議院亦盡其職分寬籌經費解赴前敵不使缺乏行者各竭其能居者亦各盡厥職用能我武維揚至今戰勝攻取威聲播於天下也顧此閫外之事君與民已各盡其心力而帷幄之運籌不能不責備於政府之大臣乃政府當此恢宏事業之際竟不通籌全局致已熟之果不得適口且以堂堂日本聽外人指揮大失威望夫遼東一帶皆我日本子民血濺草萊百戰以得者也子哭其父妻哭其夫辛苦艱難於雪地冰天中獲此一段地土且奉朝廷恩旨宣示天下慰此軍士之心詎時逾念日政府竟聽俄德法三國調處將遼東已得之地全還中國失地已屬可恥而爲人弄於股掌豈尙可以爲國乎該大臣之肉尙足食乎夫兩國相爭旣有與國觀戰政府大臣亟宜早爲籌畫以杜與國饒舌以免事後陰謀本院於會議時已歷歷言之該大臣置若罔聽况一國有一國制度豈能隨俗浮沈徒以三國使臣一言遽棄已成之業恥孰甚焉恨孰甚焉卽使三國於東方添船增戍亦意中之事彼以虛聲恫喝我不妨以誠意相宣於彼三國渴不相干決不致驟然宣戰負君辱國該大臣實不勝政府之任我議院迄今猶　也至八月十九日朝鮮內亂一事我使臣奉國書駐韓職任甚重政府應選光明正直能肩大負重之人乃亂事一興該使一無主張飄然回國而政府以一撤其人卽爲了事保舉之政府一無譴責無怪他國嘖有煩言以爲韓之禍亂實日本使臣爲階之厲卽無異我朝廷使之然也嗟乎此恥卽罄東瀛之水亦不足濯矣總之還遼東爲政府一大過誤遣使臣又政府一大過刑賞爲國之大權刑賞不明誤國不淺本議院若不明白彈劾則均其罪過而益不可追矣爲此瀝情上陳伏乞朝廷裁奪

禮隆加冕　○頃接京都西友函云俄皇尼科辣第二定於西五月在俄舊京莫斯科皇宮舉行加冕禮　皇帝　皇后一同冠戴金冕緣俄例嗣君卽位若不行此典禮猶之監國不得謂之登大寶也其禮甚宏舉國皆慶賀盛典不獨俄國各部大小臣工無分遠近皆須覲見卽各與國亦特派專使前往致賀非親藩卽柱石臣方稱是選聞中國有派王之春前往之意日前喀希尼公使至總署勸派親藩或向來最有威望大員喀使與總署歷年交好想當不負所請蓋有所指云尼科辣第二現年二十八歲前爲太子時曾游廣東漢口至東洋被刺而歸性至孝寡言笑而仁慈馭下與鄰邦以信不喜耀武眞聖主也

餉例解京　○廣東省歷年由地丁項下應解京餉銀五萬兩又厘金項下應解京餉銀五萬兩又另欵加復京官俸餉銀七千八百兩飭委候補知縣查大令榮耀領貲匯單由省起程赴天津再進京赴戶部投到由各票莊交兌

同舟雅誼　○窮員幫費各省皆有亦同舟之雅誼也津郡所屬候補人員幫費每至年終由府署給發炭資銀兩以示體恤分爲四等以緩急論不以資格論也茲聞沈太尊訂於本月二十三四等日發給分鶴俸海水之餘濟鷺序涸轍之困想淸風兩袖者可以少慰焦思矣

匪棍受刑　○東大沽馬五者南馬子也因在沽訛詐經該管送縣聞馬五受責一百六十鞭收禁候辦從此地方可望安靖矣

鳩水冰鯉　○陝甘回匪猖獗經董軍門督師進剿刻已捷書夜奏露布頻聞所有軍火皆自兩江源源接濟本月初八十一等日又見江上有祥雲福安江表三兵輪滿載軍裝向漢臯鼓輪飛駛運至上游某處由陸路轉解前進天戈所指小醜洵不足平矣

鷺島寒梅　○厦門採訪友人云試用通判朱子京別駕金前在臺北民主國接辦機器總局時將庫銀一萬二千餘兩私提八千兩由某洋行匯交厦門某錢莊劃存某行以爲請咨赴部驗看等費孰料某行並無資本忽得此欵卽大開旗鼓只付還朱二千圓旣而朱客居上海區區之數早已花銷殆盡疊次電致某行催欵應用行主置若罔聞朱無可奈何祇得遣其子號紫良者來厦坐索刻下已涉訟公庭矣○江西人舒輔堂卽舒金龍前在福州糧道張彷臣觀察處司閽嗣當英鶴臯觀察門稿旣而縢捐縣丞指發廣西本年八月携眷赴廣東轉往粤西稟到茲者張彷臣方伯被福州官紳叅劾欽奉　上諭着閩督查辦等因欽此事經閩縣戚大令訊明舒輔堂係經手要証必須提案質訊遂卽行提歸案○福裕興錢莊開設港仔口已歷多年近因附股之瑞祥錢莊倒閉以致同日關閉訪得兩號共欠票號途郊錢莊等處洋銀十數萬圓○安溪內山茶遲至十一月二十一日始開盤計每擔耗去　銀六圓左右按厦門貨內山安溪茶者僅七八號合耗本銀十二三萬兩之譜淡水之茶大盤迄未開堆存各行棧者不知凡幾業茶者無不日坐愁城云

光緒二十一年十二月十九二十日京報照錄

宮門抄　上諭恭錄前報○十二月十九日兵部　太常寺　太僕寺　三德假滿請　安　貴賢謝授大理寺少卿　恩　萬寶華謝賞加二品銜　恩　戴瀛請假十日　召見軍機　崑中堂　榮惠　二十日　恭王謝賞綢緞　恩　鄭王等謝議敘　恩　張中堂等同鄉官謝　恩　徐用儀等同鄉官謝　恩　克王請假五日　桂公　孫家鼐各續假五日　奕年奏請開缺　掌儀司奏二十五二十八日祭　奉先殿　載津廖王行禮　召見軍機　廖王　啓秀　陳學棻　皇上明日辦事後辰正至南海　皇太后前請安畢還宮

○○二品頂戴署廣東按察使督糧道奴才魁元跪　奏爲恭報奴才接署臬篆日期叩謝　天恩仰祈　聖鑒事竊奴才接奉兩廣總督兼署廣東巡撫臣譚鍾麟行知現任臬司張人駿署理藩篆所遺臬司篆務委奴才署理於十一月初八日准臬司張人駿將印信文卷移送前來當卽恭設香案望　闕叩頭謝　恩祗領任事伏念奴才滿洲世僕知識庸愚從公比部　直樞垣初典郡於吳中繼督糧於嶺表涓埃未報兢惕難安今夏鹺綱兼管已除蝕負之虞茲復臬事暫權益切鵜濡之懷查廣東爲嶺海要區臬司乃刑名總滙舉凡詰奸禁暴自宜執法持平察吏安民尤貴措施得當奴才檮昧深懼弗勝惟有勉竭駑庸益加策勵隨時隨事稟商督撫臣認眞經理不敢以暫時

權篆稍涉因循以冀仰答　高厚鴻慈於萬一所有奴才接署　篆日期並感激下忱謹繕摺叩謝　天恩伏乞　皇上聖鑒謹　奏奉　硃批知道了欽此

〇〇尙書銜安徽巡撫臣福潤跪　奏爲舉行　計典遵　旨核實舉劾恭摺仰祈　聖鑒事竊查道光三十年九月內接准吏部咨欽奉　上諭嗣後各直省督撫於大計舉劾及平等豫保並恭劾之員務將該員應舉應劾實蹟詳列具　奏不得以空言塞責用昭核實而飭官方等因欽此欽遵在案茲安徽省辦理光緒二十一年分　大計舉劾據藩臬兩司秉公察訪合之各道府開報得才守兼優允符卓異者知縣以上六員敎職佐雜二員有干六法者四員開具履歷事實考語欵蹟前來臣覆核無異除分別加考照例恭疏會　題外所有舉劾核實緣由謹會同署兩江總督臣張之洞安徽學政臣李端遇合詞恭摺具　奏伏乞　皇上聖鑒　訓示施行謹　奏奉　硃批知道了欽此

〇〇洵模片　再伊塔道英林業經　奏明調署鎭迪道兼按察使銜篆務所遺伊塔道員缺查有二品頂戴遇缺儘先題　奏道李滋森堪以委署除由臣檄飭遵照外謹會同伊犁將軍臣長庚附片具奏伏乞　聖鑒謹　奏奉　硃批吏部知道欽此

〇〇崧蕃片　再道府同通州縣等官到省試用一年期滿例應由督撫察看才具出具切實考語　奏明甄別以肅官方茲查有指分雲南試用知府馮譽　到省試用一年期滿例應甄別據藩臬兩司詳請甄別具奏前來奴才查該員馮譽　才識穩練堪以本班留省補用除履歷清冊咨部查照外謹附片具陳伏乞　聖鑒再雲貴總督係奴才本任毋庸會銜合併陳明謹　奏奉　硃批吏部知道欽此

告白

敬啟者京城售報處改在前門外琉璃廠小沙土園路西寶興木廠又楊梅竹斜街中間路南聚興隆小器作內兩處分售此白

售報人陳午清謹啟寓前門內刑部後身草帽胡同北頭大院內

我尋告白

前有瑙國度南輪船由神戶赴津八月十五抵塘沽卸貨交西山北山二駁船剝運失去雜貨三件頭毛巾一箱鈕鏈一箱棉花毯一箱如有知風報信謝洋五十元原貨送到謝洋二百元

鐵路公司旁金寓代白

本館現已另造樓房另購機器鉛字鉛模自行開辦惟今年封河較早購到者僅三號五號鉛字所有字模及四號鉛字已經運來適沽口封凍不得進口須俟開河時到埠今節用三號五號兩樣排印報紙字跡畢清較之模糊者不啻天壤想閱報諸君定蒙賞鑒俟四號字運到後再當一律排印

本館謹啓

浙杭　元吉永號

本莊自置紗羅綢緞新樣洋辮花素洋布川廣夏貨園摺雅扇南貨頭油俱全祇爲近時錢市漲落不同故而各貨減價開設估衣街中間路北凡　仕商賜顧者無悞特此佈達

江南　桂蘭齋茶食店

本齋精製拾錦南糖眞素供果嘉湖糕點紹興薄脆八寶京糕異味糕點各種茶食外帶行匣新添拾錦元宵蜜㕑糕江米糕南北點心無有不精製細儆

開設天津天后宮南坐西向東便是

十二月二十三日　銀洋行情

天津九七六錢

銀盤二千五百五十五文

洋元一千八百二十文

紫竹林九六錢

銀盤二千五百九十五文

洋元一千八百五十文

直報

光緒二十一年十二月二十四日
西歷一千八百九十六年二月初七日
第三百二十四號
禮拜五

解紛瑣言

仇宜解不宜結無貴賤一也然賤者之仇易解貴者之仇難解何也賤者無力恒如風日之楊花雖鬧而旋歸於寂貴者有權每似霜天之菊幹一傲而無所不凌此情也亦勢也蓋人至於貴其在內則坐廟朝司喉舌以進退百官而佐天子出令其在外任封疆則轄文武統羣僚司牧令則擁倉庫理訟獄納皆操兵刑錢穀之權而六科而六房而三班六班八班在卯簿與不在卯簿者不能屈指數不費一錢而惟吾所命出則喝道行則辟人左右供給各執其物夾道疾馳怒則威喜則福堂上有法堂下有刑古侯伯今州縣其義一也平日伺候奔走者趑趄囁嚅貢諛獻媚諂態莫狀故貴不與驕期而驕至賤不與諂期而諂形以其下之賤而諂日事其上之貴而驕將見隨時隨處長惡逢惡其氣燄直勇不可當而僕從之倚勢作威又必視其主之傲而過之古今一轍安在其不爲禍也迨至禍結莫解不能退不能遂展轉相仇無時可已悔之晚矣昨臘八日爲津埠河北大悲院開廟之期善男信女焚香膜拜者如恒河沙數聞有某直刺者交卸署任需次津門其正室夫人率其女公子及如夫人各乘官輿隨家丁二人前往叅佛行至新浮橋人多擁擠不知如何衝撞某大署幕府常隨二人家丁常隨各有官勢各不相容幕府常隨着細軟服麗都語言傲謾直刺家丁形蹤率氣昂昂體態魁梧有俯視一切之概於是始以口角繼以老拳幕府之細軟長隨不轉瞬如鬥鶉敗場已成殺羽家丁二人意似憎他細軟攬其袪而撕之裂帛之聲達於左右七手八脚四人滾作一團幸未波及官輿而輿中人亦受嚇不小正在莫解適某防營營官過此其人素與常隨識極勸兩兩釋手口中仍各出憤詞語無倫次悵恨以歸按婦女入廟燒香原干例禁直刺親執　國法甫卸印權頓以弛禁於人者先自弛禁雖屬恒情究爲失愼倘遣欺孱將奈之何至常隨家丁倚勢凌人尤其慣技爲之主者第知頤指而氣使之惡知其惹是招非也曾憶道光間川督吳仲雲制軍振棫前任山東登萊靑道時屬下某守卸事適際瞳瞳萬戶初換桃符新府幕與舊守同出拜年其家丁常隨兩兩相遭互毆各控於縣其幕府一爲屠姓一爲楊姓者觀察以詩嘲之卽以解紛一時會垣播爲佳話和者如雲然而白雪陽春卒難爲其嗣響也謹錄原作以公衆覽或藉以代魯仲連其人想當事者或未必河漢斯言且亦可想見明公當年之雅趣焉

附錄前川督吳制軍原作

豪奴結伴打屠楊府幕遭殃縣幕慌兩面調停新太守一時氣倒舊黃堂拜年何可尋爭鬧涉訟居然要驗傷嗑個頭來陪個罪得收場處且收場這椿吵鬧太無因打狗還須看主人平日縱容原不免當時喝令未全眞也知枷杖爲王法無奈門千是至親寄語湖南王令尹而今紗帽要留神

禮重王孫　○十二月十九日爲恭邸之孫少郡主吉期十八日由恭邸府第抬出嫁粧四十八抬並有　御賜古銅爐鼎古磁玩物金鐘玉磬花梨楠木箱櫃桌椅床凳等物抬往廣公府第安粧十九日廣公孫少公子乘坐八抬大轎並備彩輿全副儀仗鼓樂齊奏親迎以重嘉禮是日迎粧送親者皆係貝子貝勒輿馬塞途誠盛舉矣

恭膺　簡命　○前山東巡撫任小園中丞奉　召簡用茲悉中丞已於前日由蘇起行進　旨北上矣

是乃仁術　○十二月十七日刑部直隸司由獄提出斬決盜犯劉一馬三陳陞楊二王二馮八孫進寶等七名當經綁入囚車派兵押至市曹行刑將首級七顆裝

光緒二十一年十二月二十四日 直報 第二版 一三二〇

入木籠懸杆示衆該犯赴監斬棚點名時仍敢肆行詈罵監斬官實屬不畏死者也經棄軍門施給棺木七日將屍身驗發掩埋

死非其所 ○十二月十八日前門外天橋西首石欄杆上有一男子用麻繩身死當經總甲報驗中城沈俊如指揮旋即帶領吏仵如法相驗據仵作喝報已死男子約年四十餘歲仰面咽喉近下有紅赤縊痕一道面色微青兩眼胞微閉口微開舌出二寸有餘合面腦後有縊痕八字不交委係無傷自縊身死該屍自縊之所係屬禁地驗畢將屍刑責二十板因無親屬認領由官發給棺木殮埋詳城結案以重人命云

北洋示判 ○督憲示具呈馬鳳鳴係天津縣人 批案經明白豈容多瀆惟既稱佃戶置價每畝合銀五十兩有契據可憑仰天津府即飭天津縣調驗契據秉公核斷毋任纏訟切切此示

遵牧先聲 ○君子不與名期而名至名不與爭期而爭至名者君子之樂受而爭者君子之所危也然君子不懼人之爭且有以待人之爭何以待之非曉曉以口舌辯也期於德孚事實則名不爭而自至不爭自至乃一得而永無敗裂矣故實至之名常人喜其得之易君子慮其受之難而維日孜孜焉務實也遵化州治在勝國屬薊遼界邇邊陲屢遭兵燹俗無可取茲漸摩二百餘載已爲聲明文物之區然梟匪時出其間則詰盜難所屬豐玉兩縣向有賭局實即盜媒則弭盜難坐路馬快與頭役散差吵盜之月例嚇賭之飛錢以爲署內門政長隨之酬應號其欵爲漏規司牧一人耳目何能遍及雖欲治之其奚以治然而無難也惟治由內以及其外則賭可禁盜可息矣採訪人云現任遵化州朱直刺乃恭者其爲治則議道自己以勤盡職以儉養廉明察以斷署中官親幕友無事不許擅自出入署中買物悉照市發價如有在外招搖撞騙者許民扭禀於是漏規除而賭息 息而盜絕商民感之送匾一方額曰德仰廉明直刺却弗受曰恐異日之政或不符也吁即此一言可卜其孜孜日進也朱直刺其務實之君子者歟書之以爲直刺他日驗政之券

勤則有功 ○玆據北路來人述及每屆冬令各處營汛並防營無分晝夜率領兵丁巡緝盜賊前月杪薊州屬白塔汛署任王經廳永太帶兵巡緝五更時行至東安縣屬三小營村北聞有人嚷救命當即隨聲馳赴見有大車一輛車夫頭已被打破夫指云賊衆數人搶騾馬驅向某路去王汛官聞立即帶兵飛趕追獲劉牛子一賊係大霸營人恰遇署青雲店汛陳把戎亦巡緝繼至遂會同將車夫及賊一併護解到營訊據車夫張姓東安縣高辛庄人被賊打傷搶去騾馬該賊劉牛子供稱同夥四人伊順伊元伊洛海均在東營住又有僯家營住之回回張與張聾等搶刦騾馬當經營主即飭王陳兩汛官將車夫並賊一同送交有司訊辦似此盜賊能獲與否惟視緝捕之勤不勤耳如王陳二弁者能於夜間出境巡緝勤則有功其此之謂歟

戲終無益 ○禁 即以絕盜是猶即其事之將來者言也第就其當下言之則即不盜已有爲害不淺者故 之禁極嚴而無賴等輩竟藉此歲暮四鄉來津買賣紛紜之時開局以漁利是奸民也昨有甲乙二人在南斜街西某胡同明擺骰子攤適有鄉人某姓者懷有現錢誘入其局未逾刻輸去數千乃垂頭嘆氣而走似此明目張胆設局害人其藐視禁令殊屬胆大已極是否該管屬下貪賄故縱抑係未能周知若不嚴查禁止則受害者自不乏人情急難保不作犯法諸事地面何以安謐耶雖云戲事願可忽諸

南局停作 ○本埠南門外海光寺機器局每日作工人匠約有數百向屆年終放工月餘以示體卹茲聞製造局憲定於本月二十五日照例停工云

西廠先聲 ○西門外濟急粥廠所有吃粥之貧民七八千名向屆年終由廠放給津錢每名一百文若有助善者則數即加多無助善者於二十九日即照本廠向章每名給錢一百云

特棍毆兵 ○本郡混混尋衅械鬥實屬最惡歷經各憲嚴刑重懲其如恐不畏法何昨協盛園東鍋夥聚衆打架其勢甚惡該管地方飛報北汛派兵彈壓詎該混混等不但不服竟將汛兵邢起順林得勝毆傷該傷兵禀復汛官復多添兵丁前往經拿獲鍋匪王九高二高三等並刀二把斧把一根一併送交有司訊辦似此聚衆械鬥已屬悍惡至極且胆敢毆傷官兵尤爲藐法若不重懲不足以儆效尤矣

放槍嚇主 ○吳橋縣屬王道人庄孀婦王趙氏家於九月初間起更時分忽有二賊闖進院內硬借錢鈔當經喊捕村衆聞聲帮捕該賊即行奔逸則燃放洋槍嚇禁追赶雖未被搶尤恐積隙該孀婦即遣人報案迄今未曾緝獲距該氏家不遠某姓者前月被賊嚇借首飾數件以家中男丁出門賊嚇婦女由窗隙擲出首飾等物賊始携物而去及某回家恐與賊結仇不敢聲張茲據其友來津所述姑照錄之

水師招考 ○津郡東營門外水師學堂學生每年冬季大考一次以資去取茲聞今復招考新生應考者已至二百餘名日前已取六十餘名並聞前班學生不久即得派洋差矣

法界認眞 ○天河道憲李觀察本年冬令札飭各 勇丁並各段巡勇等如至三更時候倘無提燈行走者即行盤查以詰盜踪法至良意至美也而認眞奉行實終異於租界內玆聞紫竹林法租界內有某甲者夜深行走手無提燈經法巡兵瞥見送至法工局罰懲昨早始聞某甲取保得出然已照例受罰矣

乃得生還 ○盛軍馬隊五營由榆關開來於本月二十三日到津住西門外一帶店內於二十四日辰刻陸續開往馬廠本處矣

何弗活捉 ○十一月二十三日西頭教場東道溝內有一男子仰面身死當經該管地方呈報案即蒙委員相驗該屍上下衣服履襪俱全其項有繩子勒痕一道顯係被人謀害勒死後棄屍溝內但不識姓名亦無屍親認領當飭地方殮埋浮記至今日久未獲兇首茲據人述該處至夜聞鬼哭聲其冤魂之未散歟果爾何不自捉其仇也

息源累多 ○每屆歲暮街市多係小本營生售賣年物其設肆也必先向鋪戶借明地方始許在門前擺攤終日冒風衝寒以覓蠅頭微利誠非易易詎有文武各

署差役視爲利藪竟向各攤一再勒索稍不如意卽挾官勢以街道太狹有碍行人立將該攤趕逐設攤者爲顧生意只得忍氣呑聲以孔方了事豈知其差地保打點方行而假差無賴之流卽隨其後硬訛硬討眞假既不能辨亦無暇辨惟隨來隨待希冀安靜而已夫小本生意實非容易何堪被此擾害該管者其有以禁之乎

贓少罪重 ○靑光村農民朱長義者在村外窩鋪內住宿忽於夜間被賊拒傷身死並失去棉褥被衣服等件當經報案驗明委係被賊傷斃搶去衣被勘驗塡格飭捕嚴緝矣近來搶劫偸竊之案每每拒傷斃命足見盜賊兇惡藐法之極若不嚴拏重辦何以安閭閻耶

撥營安旅 ○由京至津二百四十里爲長安大道向以萑苻不靖由前任天津鎭吳擒峯軍門選派雲字營馬隊駐紮其間往來商賈賴以無恐今歲關外撤防游兵散勇不免沿途滋事復經現任天津鎭羅耀庭軍門特飭該隊除日夕梭巡外並著於日出之前日入以後遇有客商早行晚宿按撥護送如有意外惟該撥是問以專責成刻下四鄉刦掠頗聞而該處板橋人跡茅店鷄聲居然安堵口碑載道因亦樂得而紀之

欠債投繯 ○河東小關有周寬者欠蔣姓錢文未付昨於十一日蔣德甡二蔣三兄弟三人同向周索討再不容緩幸經人勸解而周已被逼無路情急欲死遂用麻繩一根投繯畢命當經該管地方報案驗明卽將蔣傳案候訊現聞有人說合令蔣從豐與周殯殮周之家屬猶未應允如何了結再訪續登

資遣散勇 ○前日由臺灣附某輪舟來滬散勇五十三名羣至縣署稟請黃大令資遣回籍大令卽給發船票於前晚飭差押上江孚輪船載往漢口

拿解逃官 ○福建候補同知蘇司馬前在臺灣奉邵小邨中丞委辦製造軍火局事務及日人登臺事司馬內渡回鄉茲由閩浙總督邊制軍寶泉防悉司馬有私取官欵情事密電江蘇巡撫趙大中丞轉札臬司吳廉訪札飭上海縣查拿並派委某員來申守提又咨請江海關道黃觀察會同掩捕本月初四日觀察將司馬提案押發上海縣交典史蔡少尉嚴密看管一面赶辦公文卽於前晚交來員帶至蘇垣並由觀察另派巡防南局委員曾二尹押解以便轉解福建歸案訊辦

海運派閱 ○浙江海運局設在南市小九華總辦莊太守人寶總董王觀察維蕃擇於昨日開局辦公○江蘇海運已於初一日開辦設局海防廳署南市海運分局則於昨日開辦

蕪城新語 ⊙蕪湖鈔關二十年櫃擋京餉銀五萬兩經道憲袁觀察詳委從九房君子明護解赴都於前日取道袁江遵陸北上○候補縣陳玉斌大令至皖招募步隊一營於前日附輪來蕪當赴道轅謁見面呈要公○蕪湖道袁觀察日前出有示諭略謂蕪湖爲內地口岸商賈貿易遜於別口廛市制錢本不甚多近來沿江上下口岸錢價日昂銀價日減皆由奸商私販出口屯積以及銷燬等弊於市面有礙除函致新關稅務司停給商民運錢出口印照並行縣諭商錢業各董平定市價以便商民飭差嚴查密訪外倘有商民運錢出口不得過三十千文如敢故違立提嚴究不貸等語想今後錢價當可略減矣○蕪道袁爽秋觀察前日接奉兩江督憲張香帥公文略謂照得自强爲當今急務現由德國聘請洋將三十五員來甯揀選招募萬人新編洋隊一軍已於閏五月二十七日具奏經戶部議准復奏奉 旨允准咨行欽遵在案今應籌辦眞實洋操仿照德國軍制以備他日干城之選擬步隊每營招二百五十人爲一營營分三哨馬隊一百八十人爲一營分四哨礮隊每營二百人工程隊每營一百人均挑選土著樸實農民年力强健幼時未曾習過工藝年在十六歲以上二十歲以內者取具族鄰團董各保結聲明向未爲非並無過犯情願効力十年不得自行告退錄充馬步礮隊勇丁由洋弁訓練不准隨便告假如有關父母本身要事限期給假市井游民概不准充所有餉銀每名按月給銀五元鞋帽單夾棉衣概由官給每營派洋將一員爲營官武職一員副之每哨派洋弁一員爲哨官武弁一員副之議武弁均在武備學堂內考選先招步隊八營礮隊二營馬隊一營工程一營共十二營計二千六百八十人江蘇徐淮海通安徽鳳滁泗和八屬農民頗耐力苦太平府較近金陵特委候補縣陳玉斌前來會同地方官招募步隊一營按名每日給小口糧每一百文俟招募挑選成軍來甯再給餉需云云觀察接奉之下立卽出示曉諭府屬農民一體知悉如有年輕力壯之人隨時報名投募毋得觀望自悞

光緖二十一年十二月十九二十日京報照錄

○○頭品頂戴甘肅新疆巡撫臣陶模跪 奏爲揀員升補要缺同知以裨地方恭摺仰祈 聖鑒事竊據新疆布政使饒應祺鎭迪道兼按察使銜丁振鐸會詳稱英吉沙爾直隸廳同知李慶棠因病開缺回籍係光緖十九年四月二十四日奉 旨按行文例限計算應以本年七月十一日接到部文之日作爲開缺日期所遺英吉沙爾直隸廳同知係衝繁難三項要缺應卽揀員請補以重職守查南路新設各缺經前撫臣劉錦棠奏准由外先行揀補一次以後出缺按照甘肅變通章程辦理查章程內開丞州縣以及佐雜各要缺將現任各員按照應升官階任內無論有無升案並是否到任實授以及歷俸試俸未經期滿各員准擇其人地相宜者一律升調又定例現任人員保舉以何項官階用及以何項官階補用凡係指定官階應歸候補班內補用人員除應升之別項缺出仍照例升用外如遇所保指定之項缺出祇准歸於候補班內請補概不得仍行請升各等語今英吉沙爾直隸廳同知要缺於現任人員內逐加揀選查有在任候補直隸州知州迪化縣知縣黃袁年五十三歲湖南善化縣人由附生於同治十二年在湖南援防捐局報捐運司經歷指分廣東加隨課司提舉升銜並免赴部驗看是年十一月經湖南撫臣驗看給咨十三年五月十四日到省試用旋經前陝甘總督臣左宗棠因該員前在軍營効力於克復烏魯木齊等城案內彙保光緖三年九月初五日奉 上諭着免補本班以知縣仍留廣東歸候補班前先補用欽此六年復奉委赴甘肅偵探軍務十二月十八日行抵湖南原籍便道省親適於七年正月二十一日丁母憂九年四月二十一日服滿起復經劉錦棠調營差遣新疆六載邊防案內彙保十年十月初四日奉 上諭着俟補缺後以直隸州知州在任候補並賞戴花翎欽此是年委辦總理文案事務十一年留省候補八月十七日稟到十二年奏准留於新疆委用十三年奏補葉城縣知縣是年九月初一日經部覆准照例以奏文准補之日作爲直隸州知州到省候補日期十四年十一月二十七日到葉城縣本任十六年奏請調補迪化縣知縣經部覆准是年九月十五日交卸葉城縣事十月二十九日接篆疏附縣篆務十七年四月二十七日交卸疏附縣事八月二十二日到迪化縣本任新疆城署各工案內彙保請俟補直隸州知州後以知府在任候補經部議准十八年十月初八日具題奉 旨依議欽此十九年三月十八日交卸迪化縣事八月初一

日接署和闐直隸州篆務新疆七載防戍案內彙保請俟歸知府班後加三品銜並加一級旋經部議請加一級核准註冊所敘之加銜應改爲俟離任歸知府班准加鹽運使銜是年十二月初二日具奏奉 旨依議欽此二十年八月初八日交卸和闐縣事二十一年十月十七日仍回迪化縣本任查該員黃袁宅心和厚辦事精詳在新疆年久邊情熟悉歷任各缺辦理一切諸臻妥協以之升補斯缺洵堪勝任人地亦極相宜等情詳請具 奏前來臣查該員黃袁老成穩練辦事勤能合無仰懇 天恩俯念要缺需員准以在任候補直隸州知州迪化縣知縣黃袁升補英吉沙爾直隸廳同知員缺洵於地方有裨如蒙 俞允俟奉部覆併案給咨送部引 見以符定例謹恭摺具陳伏乞 皇上聖鑒 訓示再所遺迪化縣知縣係衝繁難三項要缺應請扣留外補至該員各任內並無參罰案件合併聲明謹 奏奉 硃批吏部知道欽此

○○署廣東布政使按察使臣張人駿跪 奏爲恭報微臣接署藩篆日期叩謝 天恩仰祈 聖鑒事竊臣於光緒二十一年十一月初五日奉兩廣總督兼署撫臣譚鍾麟飭知藩司覺羅成允因病出缺委臣署理藩司篆務遵於本月初八日將封存藩司印信及文卷查點接收當即恭設香案望 闕叩頭謝 恩祇領任事伏念臣綫東下士嶺表備員臬事甫陳愧未諳夫尺法藩條晉攝彌增惕於寸衷查廣東爲民物繁庶之區藩司有厯翰旬宣之責選賢能以圖吏治必先自勵廉隅慎出納以裕餉源尤當力除浮費如臣檮昧深懼弗勝惟有益矢愼勤時隨事禀商督撫臣認眞辦理斷不敢以暫時攝篆稍涉因循以冀仰答 高厚鴻慈於萬一所有微臣接署藩篆日期並感激下忱理合恭摺叩謝 天恩伏乞 皇上聖鑒謹 奏奉 硃批知道了欽此

○○陶模片 再新疆布政使饒應祺奉 旨署理新疆巡撫所遺布政使員缺應即派員護理查有鎮迪道兼按察使銜丁振鐸堪以護理遞遺員缺查有伊塔道英林堪以調署英林未到任以前鎮迪道兼按察使事務仍由丁振鐸暫行兼理除分別飭遵外謹附片具陳伏乞 聖鑒謹 奏奉 硃批知道了欽此

本館現已另造樓房另購機器鉛字鉛模自行開辦惟今年封河較早購到者僅三號五號鉛字所有字模及四號鉛字已經運來適沽口封凍不得進口須俟開河時到埠今卽用三號五號兩樣排印報紙字跡畢清較之模糊者不啻天壤想 閱報諸君定蒙賞鑒俟四號字運到後再當一律排印

本館謹啟

十二月二十四日

銀洋行情

天津九七六錢

銀盤二千五百五十八文

洋元一千八百三十文

紫竹林九六錢

銀盤二千五百九十八文

洋元一千八百六十文

直報

光緒二十一年十二月二十五日　第三百二十五號

西歷一千八百九十六年二月初八日　禮拜六

上諭恭錄

上諭前據御史李念玆奏參遵化州知州陳以培庸劣各款當諭令王文韶確查具奏茲據奏稱陳以培被參各款查無據惟該員於門吏下人約束不嚴難辭失察之咎遵化州知州陳以培着交部議處候補縣丞楊景時委辦賑務諸多任性不洽輿情着即行革職餘着照所議辦理該部知道欽此　上諭巴里坤鎮總兵員缺着張懷玉補授欽此　上諭伊犁鎮總兵員缺着王鳳鳴補授欽此　上諭步軍統領衙門奏遵保獲盜出力之北營右營各員弁懇恩獎勵各一摺着該部議奏欽此　上諭步軍統領衙門奏緝獲交拿人犯請交部審辦一摺所有已獲之唐六龍即唐六三晉布王石堂即王瑞慶張雲集即春祥王全即王德山薛寶珍即薛八常英即常四杜四即杜榮桂又名杜雅亭等八名着交刑部嚴行審訊按律懲辦未獲各犯仍着嚴緝務獲究辦該衙門知道欽此

紳商擬修鐵路章程十八條

一稟請承任本地鐵路就近集股興辦以裕課保民借工代賑而　京師爲首善之地山海梯航紳商等身家所繫尤爲民心樂擬一由蘆溝橋迤西築幹路直至保定府其支路繞入西山之麓一由廣渠門外迤東築幹路直至天津府其支路繞過通州之南兩幹各長三百餘里上下兩支各長四五十里上下皆計日可成薪煤粮食不日即可平價而兩長幹亦易於施工矣　一招商集股以京平足銀一百兩爲一股所修之路自購地作工築橋設撥鋪板納軌設棧製車一切用項每木路一里需銀二千兩鐵路需銀五千兩先趕造木路一面購運鐵軌隨到隨換不悞行車此項銀款俱已商訂購地每畝牽扯統算不出十五兩鄉民情願以地作股允許抵充商人應用物料亦仿此議所需開工實銀數十萬兩俱有成款俟激允准即將款項陸續措交京津殷實舖戶作保代存隨時提用以杜侵挪而昭核實　一向來各省招股多由局中一手經理情隔勢禁股商祇能聽憑分給利息此外不得預聞因之屢有虧折民畏不前今擬力矯此弊所有在局官商紳民均不得一人經理銀錢賬目多立名色藉詞膠葛　一擬自開工之始即先稟請　賞派委員監工彈壓遇事與本地州縣商同辦理路成後逐節展輪預請　派員監視局友售寫車票蓋惟此最關緊要非有官爲督理誠恐日久弊生無從考驗局中憑票計數收齊車價次早稟知委員公同核對庶各有專司源清流潔其一應薪水由局致送請　示遵行　一京津鐵路往日曾聞洋商比照現行英里舟車運費統計每鐵路三百中里一年約獲利三百萬兩雖未敢據爲實但亦不甚懸殊以二成歸公計之每路三百中里可增課銀五六十萬兩擬開車後逐日當晚將本日所收車價若干應交課款若干局用若干結清五日一總同委員詳細造冊稟報崇轅聽候起解庶可一目瞭然而月清月款矣　一股商餘息宜使早得每日結清正課後亦即逐細登賬劃除存用諸款十日結總立即分給外省之股分別道路遠近按季刊入直報並將出入各項隨時開明數目揭示局門付息列入股摺彙與清冊聽憑校對　一鐵路固所以籌餉即藉此以練團蓋站丁看役每路一里例用十八爲一棚五里爲一舖十里一小營五十里一大營百里一總營通計夫役等令一千五百名早晚同輪流梭巡及點燈更鼓外皆其暇時若不課以操練必至賭博遊蕩日久便成廢人其公舉團丁團長團正團總應如何充當及如何抽練抽操合練合操之法開辦後稟各地方　大憲嚴定章程詳愼選舉委派承充另行核議具　奏辦理　一擬在京津各設總局以便經理招股賬目公事按段酌設分局以便採料監工照應車路均需公正可靠之人爲數多寡公議保充　一既係本地商務應許入股得權在局之人無論銀數多寡同此經營不得以銀數多者獨示奪崇氣凌勢壓凡有執事股東者皆有

察擧之權是非公議量其輕重議罰議撤　一局用力祛浮費局章首務均平開誠布公聯絡商民之志　有新創之事皆先禀知如分隸　局憲及與官場交涉尤當格外功令不敢藉口民辦有乖體制　一創辦之初人力與銀欵並重應皆擬定股分永執爲業非有大過祇不許其管事不得擅裁股息行車以後　入者不援此議並祈容紳商等公議妥人擬定所管事宜開具銜名請　頒札諭以專責成　一凡應行轉運各路軍火餉銀皆有委員押護商局祇管照送不能守候惟漕糧一項向係河運至通候驗收後起剝輪車迅駛晴雨難知而　天庾正供尤當愼重事屬始辦屆時酌議章程再行請　示至於應用免票等公務或須減價或竟捐送此照成案祇遵　一所招股分聽憑旗漢官紳遠近商民皆可附入其鄉農等戶現銀不易卽以米麫物料作抵公估價値裒有成數亦允照辦人心鼓舞遐邇聞風自必愈推愈廣　一以上各欵均係體察現在民情地方形勢酌中定擬恐未與他處盡合將來如能逐漸推修仍須因地而施不敢膠執　一直省河道雖多惟灤河永定乎沱爲最其餘建橋尙易工作非難期早舉行益見振興課務民安日臻强富　一紳商等旣願呈請任辦亦深知功令商本均關緊要已先逐細議求首務官督民辦遇事庶有秉承一經開工設局預先禀知
憲派委員及地方官長頒示祇遵所有測量籌里繪圖築路造車行使等事俱須公議延聘請練熟手總期愼之又愼　一此次禀請試辦姑就近畿東西兩幹最要而易辦者先爲倡首以資觀感俟有成效便而且速然後次第禀請展築闢辦東達江淮西及川楚或各省聞風興起各就本地紳商自行清辦尤所深願如果數年之間我中國全境路路皆通則餉源無不足之虞兵機無掣肘之患豈非長治久安之勝算而國計民生之所不可緩者歟　一以上所擬章程皆係辦理大畧其餘陸　公同商議隨時禀請遵示

憲判彙抄　○欽命二品銜長蘆都轉鹽運使司鹽運使李　示據未入流張師孝禀　批卷查道光二十九年間據商人張學　卽張學珍禀請將代辦同義泰本商張義所置肅甯半處引地退與張義堂弟張煜堂經理幷聲明嗣後課運事宜與伊無干等情是肅甯引地久非爾父張學珍之業此後或自辦或外租均與爾毫無干涉何致被其連累且爾所控張學川同一姓張何得稱爲異姓姑不具論總之爾以事不干已之情曉曉瀆訴顯有挾嫌妄控希圖朦混情弊從寬免予深究所禀不准此批○欽命二品銜直隸分巡天津河間兵備道李　示據舖民劉珍禀　批盛三孔傷爾弟身死已據供認不諱應候律擬辦毋庸狡辦多瀆仰天津府查照詞抄存違式並飭○又示甯河縣人單執玉呈　批此項木料是否陳起麟盜賣抑另有別情姑候委員查明禀覆核奪○又示天津縣職員楊文翰禀　批新農鎭稻田業經禀定章程以二三十頃爲一段成總出租不准零星認領示諭在案該職請領一頃殊與定章不符應俟招有總佃自向總佃商酌領種可也○又示天津縣民人李長齡呈　批仰天津縣親提承差重比勒緝務將逃兇作速拏獲訊究懲辦毋任久延呈抄存

政躬違和　○頃接西信出使英國欽差大臣龔大臣政體違和業經多日據醫家云病症雖重現仍力加調治可望吉人天相云

任用得人　○分統新建陸軍左翼步隊各營兼統帶第一營前雲南臨元鎭總兵姜桂題　全營督操官千總武備學生王占元　管帶前隊領官游擊宋吉明　右哨左哨哨官守備趙懷盈　中哨哨官千總李玉衡　右哨哨官千總于有富　管帶後隊領官武備學生吳金彪　左哨哨官軍功葉德霖　中哨哨官軍功馬桂山　右哨哨官外委王景椿　管帶左隊領官都司藪金標　左哨哨官軍功穆興起　中哨哨官外委李雨山　右哨哨官武備學生陳承恩　管帶右隊領官游擊張允泰　左哨哨官把總王正魁　中哨哨官都司張仁和　右哨哨官武備學生衛興讓　統帶新建陸軍左翼步隊第二營花翎儘先游擊楊榮泰　全營督操官守備武備學生黃殿臣　管帶前隊領官武備學生何宗蓮　左哨哨官把總范雲昌　中哨哨官軍功武備學生孫翰臣　右哨哨官守備周葆楨　管帶後隊領官外委武備學生賈文元左哨哨官經制李得龍　中哨哨官把總周長齡　右哨哨官把總陳希舟　管帶左隊領官守備聶汝清　左哨哨官千總陳兆綸　中哨哨官軍功武備學生鄭及春右哨哨官軍功卞標理　管帶右隊領官花翎守備李天保　左哨哨官武備學生蔣致和　中哨哨官武備學生朱茂鳳　右哨哨官千總梅懷玉

縣示照錄　○欽加四品銜在任候補直隸州河間府景州調署天津縣加十級紀錄十次王　爲出示曉諭事案蒙　海關道憲札准英國寳領事函稱老菜市地方氣燈公司前係英工局租地作爲馳馬擊毬之場歷年續租造合成片再將西面隣地租就歸併見方曾經英欽差與　北洋大臣王　相商而允現有陳姓一段欲租今將其原買字並地圖淸函致送轉發天津縣查辦其餘各地仍希飭查有出售者卽連陳姓一併傳喚面示務須先儘工局租用自到工局而議從公作價毫不抑勒等因轉行到縣蒙此除傳訊地戶陳姓並中正人等查辦外合行出示曉諭爲此示仰居民人等自示之後所有坐落老菜市相連英工局之地爾等如願出租出售者務先來縣報明以憑察核辦理其各凜遵毋違特示

告稽無告　○津人王某者負螟蛉子已成立矣奈不能約束滋生事端恐被其累日前王某赴縣呈報備案邑侯判其詞略謂螟蛉義子本干例議又不能約束倘再滋生事端惟爾是問是自貽戚甚矣無子之難也

醫暫停醫 ○本埠馬家口下施醫院除治養前敵受傷兵勇外每禮拜一二等日各處殘疾人等留留來治者絡繹不絕無論何疾無不著手成春中國人民受惠不小聞以時屆歲暮定於本月二十四日停治明年正月十二日開治云

是謂好散 ○西沽女粥廠收養貧婦約有萬餘現被水各村施放冬振於月初停廠已紀前報茲聞自初旬陸續遣散必須親屬來接方可給領川費聞每口津錢五百文小米三斗

更要與查 ○每屆歲底宵小尤易潛迹西門外一帶更宜防之叉防日前八段守望局員金大令帶巡勇親赴所屬各小店烟館等處稽查想宵小定當歛迹乎

如製美錦 ○縣之有宰猶身之有心宰之於縣猶心之於身也一身之疾痛心莫不知一縣之痌瘝宰或不知則知縣奚知耶鼠生於社不知有鼠而知有社狐生於城不知有狐而知有城犬生於門不知有犬而知有門虎生於里不知有虎而知有里無惑乎田爲石而不知闊爲河而不知民之爲潟爲魚而亦不知也是則俗之所謂知至縣事者之所知而已矣夫宰之所宜知者莫要於民事民事之所宜知者莫要於賑務蓋事有難易時有緩急難且急莫賑逾矣此之不知更何所用其知也畿屬玉田縣石家窩一帶水災甚重 朝廷振之厚恩也惟是豫胥之欺罔閭里之徵匿非遺則濫久其任者且難以稽查况新任乎茲據探訪人云玉田縣洪大令壽彭甫履任未及兩月政有聲聲何速也周詢之知爲散振一事無濫無遺巨細躬親向之所謂欺罔徵匿者今胥無所售其技兼之政平訟理政聲於是乎起矣孔子曰德之流行速於置郵而傳命誠哉是言其信然乎

揚州冷鴈 ○揚州來信云前因海疆不靖大憲飭各路運米商人只許在瓜州仙女鎮報明担數及銷售地方由關驗明給發三聯護照以憑查核在案現聞常鎮道憲以兵事既平已將護照停止聽各口岸通商出口故瓜州七濠仙女鎮一帶米市漸形清淡矣

松郡寒儒 ○向來松郡錢價每洋兌足制錢一千有零今歲自秋後至今每元僅兌九百三十文而糧價祇九百十五文現當徵糧之際需錢甚繁而錢業又從中播弄且藉口於糧價之短以爲龍斷嗟彼小民將何以堪耶

油禁重申 ○上海花核油一物其性甚烈貪利之徒往往以石灰煎熬澄清雜和豆油售賣令人食之易患喉症貽害閭閻實非淺鮮屢經官示禁在案現上海縣黃愛棠大令訪聞仍有奸商惡儈藐視禁令依舊將花核油雜售有妨民食因於前日會同保甲總巡曹荃生明府出示禁止略謂仰各油坊知悉自示之後如敢故違定將作坊押閉提案重懲切勿以身嘗試云云賢有司之仁政愛民可謂無微不至矣

洋價又跌 ○蘇垣洋價自上月十八日每元跌至九百文經藩司鄧方伯札飭三首縣出示嚴禁不准任意跌落各錢店始一律增價兌錢九百三十文詎未及十日見風頭已過復漸跌減至上月二十八九日每洋一元又僅換錢九百文矣噫市儈狡詭如此設無賢有司從嚴徵儆恐年關伊邇鄉人之入城完賦以及置買年貨者其受累靡窮也

光緒二十一年十二月十九二十二十一日京報照錄

宮門抄 上諭恭錄前報○十二月二十一日 恭王等謝賞春紙 恩 峴貝子善耆徐樹銘各假滿請 安 貴州臬司邵積誠到京請 安 奕年謝准其開缺 恩 奈曼王續假五日 阿公請假五日 劉恩溥請假十五日 吏部呈進春季搢紳 禮部呈進春山寶座 順天府呈進春牛圖 召見軍機 邵積誠○二十二日 廣忠貝培各假滿請 安 果勒敏英信各請假十日 兵部奏派查齋 派出官祥善耆舒存彭壽德魁色普徵額豐紳色楞額 提督衙門奏交拿人犯唐六龍等八名請交刑部 召見軍機 徐樹銘 皇上明日用膳辦事後至南海 皇太后前請安午初至 時應宮拈香後至 紫光閣看畢還宮

○○翰林院編修河南學政臣徐繼孺跪 奏爲恭報微臣歲試南汝各屬情形仰祈 聖鑒事竊臣於六月二十三日謹將考過彰衛懷河陝汝各屬情形恭摺 奏明在案奉 旨知道了欽此嗣於七月十五日出省按試南陽光州汝甯許州四屬於十一月二十七日試竣回省各學文武進額及蒙 恩廣額俱如數錄取臣每至一棚仍前嚴密關防力求整頓槍冒傳遞弊端自上半年考試各棚嚴辦數案後應試諸童及各廩保尙知自愛間有一二年貌不符者於點名時經臣查出或經認保廩生指稟俱發提調官按例究辦是以場規均極清肅提覆場中臣尤加意愼密多備佳卷當堂比對文理筆迹偶有不符均經訊明情節輕重分別懲處至文風以南陽之南陽縣鎭平內鄉桐柏汝甯之信陽羅山許州之本州郾城爲優光州一屬如商城固始光山及本州尤爲傑出各屬武童馬步技勇如南陽之南陽縣汝甯之西平縣均屬可觀臣於獎賞發落時文則勗以通經致用武則勉以安分束身冀副 聖主作人至意再臣所經各屬地方民情尙爲安謐雨澤均霑糧價平減堪以上慰 宸廑合併附陳所有微臣續考二府二州情形理合恭摺具 奏伏乞 皇上聖鑒謹 奏奉 硃批知道了欽此

○○安徽學政臣李端遇跪 奏爲恭報 省歲試一律完竣仰祈 聖鑒事竊臣於本年閏五月初十日業將 南六屬歲考日期恭摺 奏報在案復於七月初六日出棚先試廬州府次獲之安州潁州府並鳳陽府屬分棚考試之壽州其鳳陽府泗州滁州和州等屬亦屬均以次舉行十一月二十三日試畢收棚回太平府駐署又此次按試各棚一切關防仍復加意嚴密未敢稍涉疎懈自徽州安慶拿獲槍替照例嚴辦並將認派廩保分別降革以後各屬廩保均知儆惕不復仍前玩泄是以考試廬州府屬文童正場拔廩保梁學熙指出槍冒劉聘之一名潁州府屬各文童正場拔廩保馬佩玉指出槍冒王允輝廩保甯大宗指出槍冒高少陽周望恩廩保丁象晉指出槍冒王國楨廩保穆永修指出槍冒李炳離廩保王統成指出槍冒張受書廩保趙商馨指出槍冒左錫福等共七名鳳陽府屬文童正場據廩保閔敦禮指出槍冒陳有德一名均經發交提調官按場外盤獲照例嚴懲該廩保梁學熙等實心辦事經臣酌予獎勵生童各場俱極安靜皖北文風以廬州府屬之合肥鳳陽府屬之懷遠壽州滁州屬之全椒六安州屬之英山爲最其餘亦多可造之材武童材力則以潁州府各屬爲優廬州等府州次之臣仍於發落時諄諄告誡與其各知奮勉以策經濟而備干城方不負 聖主作育人才之至意所有微臣巡試 北八棚通計一省歲試全竣情形理合繕摺具陳伏乞 皇上聖鑒再臣經過地方秋間稍形旱象旋即得雨二麥均已及時播種再得大雪來年可必有秋民情亦極安謐堪以仰慰 宸 合併附陳謹 奏奉 硃批知道了欽此

本館現已另造樓房另購機器鉛字鉛模自行開辦惟今年封河較早購到者僅三號五號鉛字所有字模及四號鉛字已經運來適沽口封凍不得進口須俟開河時到埠今印用三號五號兩樣排印報紙字跡畢清較之模糊者不啻天壤想 閱報諸君定蒙賞鑒俟四號字運到後再當一律排印

本館謹啓

十二月二十五日

銀洋行情

天津九七六錢

銀盤二千五百五十八文

洋元一千八百三十文

紫竹林九六錢

銀盤二千五百九十八文

洋元一千八百六十文

光緒二十二年正月

光緒二十二年正月初五日　直報　第一版　一三二九

直報

光緒二十二年正月初五日　第三百二十七號
西歷一千八百九十六年二月十七日　禮拜一

敬啓者三陽開泰萬象更新天運聿隆歲功伊始矣本館開館之期去歲底已登報紙茲遵於是日排印按號呈　閱祇請　台安並賀　年禧
直報館主人啓

上諭恭錄

上諭太常寺奏請簡員署理卿缺一摺太常寺少卿着會廣漢兼署欽此　上諭步軍統領衙門奏拿獲結夥刃傷勒贖事主搜搶財物盜犯請交部審辦一摺所有拿獲之劉二即劉金保　得子即得二小李即李喜兒柏森即柏四　清山王二即王至升等六名着交刑部嚴行審訊按律懲辦該衙門知道欽此　上諭步軍統領衙門奏濟保殺繳出力員弁懇恩獎勵一摺着該部議奏欽此　上諭御前大臣奏遵旨查明覆奏一摺據奏事官豐紳布呈稱本月二十四日値班正藍旗滿洲呈遞參摺隨有該旗印信遵封之文照例接收等語在京各衙門陳奏事件總以印片爲憑封印期內應有預用空白印片該奏事官謹據印信遵封文件率行接收呈遞究屬疏忽豐紳布着交部議處仍着正藍旗滿洲都統等迅速確查將冒名假託之人嚴密訪拿務獲究辦欽此　上諭本月二十四日據正藍旗滿洲奏參印務參領英賢等辦公朦混各節當經降旨將英賢等分別交部議處察議茲據正藍旗滿洲都統奕謨等奏該旗並未呈遞奏參英賢等摺件不知何人假託衙名請飭查明懲辦等語覽奏殊堪詫異在京各衙門陳奏事件竟有冒名假託之人敢於肆行欺罔實屬胆大已極着御前大臣查明是日奏事官何𠛬接收此件奏摺有無該旗印片迅速覆奏並着該都統等將此事情節澈底根究務獲懲辦毋令倖逃法網欽此　上諭江南徐州鎭總兵員缺着雷玉春補授欽此

木鐸篇　有叙

書曰每歲孟春遒人以木鐸巡于路所以宣王化也有周而後是典久虛我　朝學使按臨必先入學宮宣講　聖諭其遺義歟而於孟春之候則闕如焉自泰西設立報館時時驅管城子以時事告人卽謂代鐸似無不可茲屆光緒二十有二年正月初五日卽西歷一千八百九十六年二月十七日也稽以華歷厥維孟春我　皇上祥膺十葉運啓三靈大一統之規模綜百王之法制內有以奉　聖母之色養外無不仰　天子之孝思當此元正嘉會遐邇臚歡封人祝堯欽明協放勳之績衢叟贊舜濬哲嗣重華之徽是謂　昌期聿宏　景運以彼五洲之賓旅共仰　龍光翊茲瀛海之黔黎自殷雀抃欽維我　皇上躬勤大政以來業纘隆平基樹不拔凡茲當務莫不急求如肅海軍而海波以靖整陸師而陸路以清其他開礦務以自富製機器以自强造火車以通往來立電桿以傳消息採泰西之良法建宅中之勝圖既效者益事拓充未行者以次興舉中外　禰人神歡虞容歲中東雖偶失和業已旋修信睦厥後西北稍有犯順自宜漸就敉平今幸地臘之回春定卜　天顏之有喜一時靑班槐棘鄉校菁莪遠及梯杭近而蔀屋禁旅肅長楊之隊邊屯閑細柳之營暨夫服賈受廛考工居肆莫不衍茲曼福迓此新祺仰體　懋勤及時奮勉喜書萬物資始之義以當七月流火之箴云耳是爲叙

原夫鐸之爲物也金口木舌施政教時所振以警衆者也而其用於孟春者何哉蓋以渾儀默溯恃元氣以盤旋日馭順躔禰先幾於朕兆當葭管上騰之候適斗柄東指之

時春日遲遲四序以青陽爲首長門讌讌五都誇紫蓋之榮節屆勾芒定饒清淑宮闈闓鶴致佳祥而時幾之飭聖王凜之當其順時以建極也淵若其衷王金其式宅是土中而居乘改木德之盛八方化洽九域覃敷颺拜稽乎皋夔訏謨賚乎益稷伊月正之元吉應三統之中簫箎神蓍而泰闓復始揭太簇而履誌乾元於穆太清氣催纔淑連卷幽鬱物樂同生繁華爛而耀采燦芬葩而揚英孔子乃闢明堂啓青蓁肅千官趨四岳庭燎晃以舒光詔護止而繼作祥輝馥郁於龍墀佳藹蔥蘢於鳳闕爰詔春官聿頒春政乘盛德之發生與庶類爲亭毒遂以錫類爲錫祉俾順景運而介景福也嗟爾臣工凡厥庶民其共體諸太宰乃詔所屬以命酋人使布德音而宣上意計自貴戚以遲寒徵用敬聆之卓彼宗室派衍天潢金枝篤慶玉牒增祥其何以職業修明常保此五花之瑞續承勿替永承此九錫之光耶宰執之臣天賚良弼周召股肱申甫心膂其何以六府孔修百揆時叙耶其或丙魏功高房杜名重富武畧於韓范播文名於燕許衣德仰鑽袞職纘補克承黃閣之床永錫彤廷之祜如郭令之滿二十四考中書同趙相之居三十六年政府其何以永增駿業之光長聚燕圖之祿也耶以越衆職迨夫羣僚西清侍從東觀詞曹金蓮撤炬粉署蘇蘭盤進五辛香迎百子柳葉策迎春之杖梅花飲益壽之醴其思有以無忝厥職靖共爾位歟他若任寄封圻位尊方岳曰床花鎖鈴閣春生燈煇畫戟之枝瑞獻絲囊之索益當念爵秩彌尊厮營愈切別有長松舊校大樹將軍豹符令肅虎節威揚師行如雷雨之施陣列壯風雲之氣莫不載綸綍之溫宣莫不切頂踵之効下而青衿之士綠野之民或運斤之宗匠或居貨於市門咸願鞭聰明而機轉祝富貴而意伸抑知皇天無親惟德是依禍福無門惟人所召乎此先王木鐸之設所以發聵振聵敎人敦實行以自求多福也豈徒爲是具文哉我　皇太后　皇上天錫智仁春風浩蕩自貴近以及疎遜共沐　恩波自東西以暨朔南同遊　化日地通乎大九州海環乎七萬里重譯賓臨千艘戾止棲處　遊之地無非白叟黃童譯鞮象寄之邦猶是蒼生赤子莫不共慶夫春陽卽無不欲同登諸上理也矣

光臨元旦　○光緒二十二年正月初一日元旦佳節　皇上於寅刻恭詣　慈甯宮　慈禧端佑康頤昭豫莊誠壽恭欽獻崇熙皇太后慈駕前行禮畢升　太和殿受賀是日鑾儀衛於　太和殿前設步輦　太和門前設五輅　午門外設馴象內監設樂部和聲中和韶樂王公百官皆蟒袍褂珠敬謹朝賀以崇典禮云

禮豫歲除　○內務府　御膳房飭傳光祿寺備辦除夕暨今年元旦　內廷應用　御宴闕光祿寺桂大司膳督飭典簿廳大官署掌醢署珍饈署良醞署司員等於去歲十二月二十六日爲始每日輪流分班率領廚役五十名赴　內廷造廚辦理筵宴以襄典禮而愼要差○外藩王公以下台吉塔布囊侍衛等朝賀　元旦來京並外來京之督撫大臣將軍都統副都統等及滿洲蒙古漢軍都統兩翼前鋒統歲除日均在　保和殿筵宴一次去歲除夕外省來京之督撫大臣例應入宴者皆自行將職名投遞領侍衛內大臣並掌儀司矣

敬修祀典　○正月初六日大祀　祈穀壇　皇上親詣行禮所有各部院司員應行陪祀者已據開送均經禮部傳於初五日辰刻赴　圜丘壇內　朝房齋宿伺候初六日寅刻承值陪祀要差向例於前二日經禮部堂官將表文繕正進呈　御覽復經禮部堂憲崑小峯中堂李蘭孫大宗伯由　太和殿護送黃亭一座飭校尉抬出午門　端門　天安門　大淸門　正陽門先期至　圜丘內供奉交壇官敬謹看守次日伺候　御駕親臨致祭○茲悉侍衛處奏請　派出稽察壇墻之大臣督飭八旗各營兵丁在　天壇圍墻外支搭帳棚晝夜輪流梭巡傳籌以昭嚴密並聞　鑾輅經行之處由步軍統領衙門飭該管地面各弁兵預期平治務使周道如砥所有正陽門甕城內卦棚命館暨正陽門外大街石路兩旁魚市玉器市等俱飭拆撤以清蹕路

遍給賞封　○皇太后年節　恩賞內廷值班內侍每名銀錠二兩以示體恤此欵皆由西華門外北長安街泰元錢店發給該店支應內務府一切用欵數萬金咄嗟立辦較諸東四牌樓四恒銀號尤爲殷實可謂京師錢店巨擘矣

三品隨來　○每至令節外省封疆大吏及道府監司必須緘寄多金分饋京中各相契大僚名曰節敬此風相沿已久年前後外省賀節尺素紛至沓來隨緘三品物與褚先生登朱門入綺閣當道諸鉅公有應接不暇之勢因念楊晨卻密令之金崔挺辭林邑之璧段秀實封朱泚之錦山巨源懸袁毅之絲古人每以苞苴爲汚人物設如今日以節敬爲名應必有追請莞存者矣

四成津貼　○各省督撫於軍需報銷案件到部後卽將津貼書吏辦公銀兩措解經各司提出六成作爲各司科房辦公費用其餘四成歸併存積至臘月將盡按照各司庫　房等處辦公之人均勻分給不論何司核辦何省銷案何省辦公津貼辦公銀兩有無催解到部統行放給名曰年節四六成津貼本年各司存積四成銀兩不下五千七百數十兩昨奉堂憲仍行遵照向章掃數散放各司庫　房書吏等十二月二十三日領訖去歲有秋今年人樂庶人在官食祿當有同情矣

人稱別駕　○西門外濟急粥廠總辦委員候補通判縣別駕道憲以其歷年辦理粥廠事皆熟練十數年來吃粥貧民無不感戴所用司事亦頗得人凡發給銀錢皆有榜示並無絲毫沾染可謂無負所任矣

天慰孝心 ○津埠石某者舊家子忍飢力讀性至孝屆歲暮慮無以供甘旨而性介不肯一仰人不得已於宮北設肆售春聯奈口羞不善招致以故生涯落寞二十八日尙未一獲利市也心鬱鬱恐無以奉雙親者至二十九日晚行人往返如織終無過而問者某亦時作工部吟望低垂狀偶俯首檢得巾包一個開而視之則有錢帖六十餘千文喜極持歸白諸父父曰歲事偪人心皆惶惑苟以急需頓失鉅錢性命兩兩相關我不欲以苟得誤人性命也某遵命次日仍售春聯於其處至晚無尋問者赴該錢舖取錢竟如數照給亦無掛失號者乃携歸合家焚香度歲說者以爲失錢之人定必由本舖取本號之帖並未曾記其號碼是以無從掛號雖然貧窮有命斗穀一錢竟有求一錢不得者況六十餘千乎是誰之遺天蓋有以償石生之孝耳

利令智昏 ○善爲政者不立異而務期於實善爲賈者不居奇而務使有餘故能持大局通市面不使此有所壅彼有所絀無槃發亦無猝倒而善氣善念感通之處無往非利卽無往非義其生財也節而生嗇而生卽渙而亦生所謂利也而道卽存焉矣客歲銀盤以次遞減錢價以次遞增象以歲底事事需錢諸色人等皆受拮据惟錢商則趁勢作奸漁利存一網打盡之思殊非以義爲利生財之大道也曾經各憲諭及大號錢舖維持大局務將銀盤酌增而各號終以現錢短少爲詞茲據錢行中人言及津地匯兌票莊及各處坐莊生意每屆年底提解鏢項均須各錢舖辦理是以揚言現錢短少其實爲勒減銀盤且使人收買銀兩歸解鏢項係奸商網利把持市面之計非眞正現錢短少也似此巨號欺飾居奇不但兵民吃虧竟致小本錢舖幾乎傾倒己屬非是且其貪得無厭之心無所不至祇求厚利之可致不顧公法之不容此所以求槃發必非善賈也茲某某大號爲津埠錢行首戶聞有自行開爐鑄化制錢製造砂錢之事貪欲無旣果爾能保其槃發而不猝倒乎恐仍以猝倒爲幸耳

事難臆揣 ○宮北某巨號錢舖掌櫃張姓者海下人不知因何於新正初二日在馬家口踴身投入河中經人撈救已瞑目西去聞該號東家乃津中首紳家本殷實因近年子弟中多習遊蕩致耗鉅欵前曾向他人挪貸令該號作保該掌櫃以事非正經用欵未敢應承其東某乙持刀相向等事又有人言該掌櫃自虧巨欵無顏見人致尋短見兩說皆不爲無因該家屬乃以威逼投控事旣經官當必有水落石出之日也

兩處失愼 ○元旦將曙北門西有紙碼舖適兆焚如幸水會速到立卽撲滅午刻西門內城隍廟後某姓住宅復遭回祿燒燬住房一間幸隣人旣多水會亦到隨卽撲滅矣

一般厮鬥 ○河東陳家溝子安姓弟兄有開魚行取稅者有在縣署當差者素豪橫十字街宋姓者亦混混也昨宋與安兩家口角不一時各糾其徒數十人持刀槍器械鬭至一處河東汛高起雲卽帶領勇丁抓獲兩造五六人餘皆逃散後不知作何了結矣

集善清單 ○集善社五月清單 計開本年四月現存銀三百二十九兩九錢九分又現存錢一千一百三吊八百六十八文 五月入欵劉俊德助錢十吊文 樂安郡助錢十吊文 存育堂助錢十吊文 王潤田助銀一兩六錢五分 文修堂助恤米銀二十二兩四錢四分 謙益堂助恤米銀二十二兩四錢四分 出欵本月放恤米合銀一百四十六兩五錢八分 計米五十石一斗內十六石二斗每石價銀二兩七錢七分三十三石九斗每石價銀三兩 計嫠婦三百七戶內一百二十戶各吃米一斗一百八十戶各吃米二斗七戶各吃米三斗 統結現存銀二百二十九兩九錢四分 現存錢一千一百三十三吊八百六十八文 外計現存生息房產等銀二千三百二十三兩 錢一萬六千吊

天津工程總局代收山東義賑所有諸善士樂助銀錢洋元已陸續照登報端茲又有第十九起炳彝堂藏助錢十吊文俟集有成數卽行彙解災區但該處被災甚廣尤新 樂善諸君大發慈悲廣爲勸募登斯民於袵席則本局心香一 謹代災民九頓首而祝之焉

光緒二十一年十二月二十五六七八四日京報照錄

宮門抄 上諭恭錄前報○十二月二十五日 桂公假滿請 安 克王憲公祥普各續假十日 英俟請假十日 黃永安請假十五日 達印續假十五日 榮公續假一個月 奈曼王奏請開去差使 兵部奏派更換八旗值年 派出慶王麟中堂敬信立山希朗阿色楞額果勒敏玉璋 翰林院奏派經筵講官 派出熙敬許應王文錦 又奏派直閣事 派出壽耆 內務府奏派恭懸聖容恭收聖容 派出廉貝勒潤貝勒 掌儀司奏初三初七日祭 奉先殿謨貝子倨貝子行禮 提督衙門奏拿獲盜犯劉二等六名請交刑部 召見軍機 懷塔布 敬信 皇上明日用膳辦事後至南海 皇太后前請安畢還宮○二十六日 載瀛假滿請 安 熙敬等謝經筵講官 恩 裕祿等謝賞福字 恩 松森因伊子謝充直閣事 恩 壽耆謝充直閣事 恩 恩佑因伊子得俸謝 恩 景豐以三品京堂用謝 恩 坤岫等得奬賞謝 恩 繼錦文謝授山東運河道 恩 曾廣漢謝署太常寺少卿 恩 張百熙謝充校理 恩 張仁黼等同鄉官謝 恩 奈曼王謝准其開去差使 恩 順天府奏京師得雪一寸有餘 內務府奏派分賞 鹿 派出懷塔布立山 又奏派弘仁寺聽經 派出啓秀 侍衛處奏派入座次序 派出敬信在熙

敬之次裕德在啓秀之次載瀾在果勒敏之次恩灝在載瀾之次馥照在恩讓之次裕祿在馥照之次　召見軍機　羅錦文　皇上明日卯初二刻升　中和殿看版畢還宮巳初至　中正殿看跳步札　順天府具奏忠義局第一百四十八次請郵〇二十七日　倫貝子阿公恩公闊普通武各假滿請　安　崑中堂等稽察內三倉覆命敬信等謝入座次序　恩　前山東巡撫任道鎔到京請　安　瑞洵因伊弟得奬賞謝恩　召見軍機　任道鎔　皇上明日寅正至　太廟行禮畢還宮辦事召見大臣後至南海　皇太后前請安畢還宮〇二十八日　恭王因宗親宴毋庸入座謝　恩　馥照謝入座次序　恩　召見軍機　皇上明日卯正升　保和殿筵宴蒙古王公

代售上海　字林滬報　新聞報　代送申報　各色畫報　本津直報　代寄各種書籍畫譜　官商願寄古今新書等件早賜字函本月廿二日交閏演鷺執節氣不久輪舟至津可望回件便覽冀乃抬頭見喜之兆

天津城內府署西三聖菴西直報分處內紫氣堂遜子亭拜賀新年春禧

浙紹朱鈍翁先生醫得秘傳豚方穩慎來津八載救濟千人其診婦女癆瘵經產幼嬰驚疳痘疹尤有妙術仍寓彌勒菴

浙江會館每逢歲首邀集同鄉行團拜禮以敦鄉誼循辦有年近來同鄉在津日盛除由會館發帖邀請外未免尚有遺漏茲擇正月初九日團拜如同鄉有未見請帖者望知照會館司事補發可也

天津浙江會館董事謹啟

告白

敬啟者京城售報處改在前門外琉璃廠小沙土園路西寶興木廠又楊梅竹斜街中間路南聚興隆小器作內兩處分售此白

售報人陳午清謹啟寓前門內刑部後身草帽胡同北頭大院內

找尋告白

前有瑙國度南輪船由神戶赴津八月十五抵塘沽卸貨交西山北山二駁船剝運失去雜貨三件（嘜）頭（國）毛巾一箱（ECC）錶一箱（ECP）棉花毯一箱如有知風報信謝洋五十元原貨送到謝洋二百元

鐵路公司旁金寓代白

本館現已另造樓房另購機器鉛字鉛模自行開辦惟今年封河較早購到者僅三號五號鉛字所有字模及四號鉛字已經運來適沽口封凍不得進口須俟開河時到埠今即用三號五號兩樣排印報紙字跡畢清較之模糊者不啻天壤想閱報諸君定蒙賞鑒俟四號字運到後再當一律排印

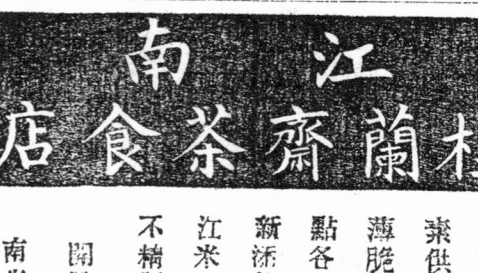

本館謹啟

浙杭　元吉永號

本莊自置紗羅綢緞新樣洋縐花素洋布川廣夏貨團摺雅扇南貨頭油俱全祗為近時錢市漲落不同故而各貨減價開設估衣街中間路北凡　仕商賜顧者無悞特此佈達

江南　桂蘭齋茶食店

本齋精製拾錦南糖異菓供果嘉湖糕點紹興薄脆八寶京糕異味糕點各種茶食外帶行匣新添拾錦元宵蜜層糕江米糕南北點心無有不精製細緻

開設天津天后宮南坐西向東便是

正月初五日

銀洋行情

天津九七六錢

銀盤二千五百三十文

洋元一千八百一十文

紫竹林九六錢

銀盤二千五百七十文

洋元一千八百四十文

直報

光緒二十二年正月初六日
西歷一千八百九十六年二月十八日
第三百二十八號
禮拜二

上諭恭錄

上諭瑪什巴圖爾奏病難速痊籲懇開去差使一摺瑪什巴圖爾著准其開去御前行走前引大臣差使欽此　上諭順天府奏西城資善堂煖廠收養貧民衆多援案續請加賞米石一摺本年資善堂煖廠貧民就食較多所有前次賞給小米三百石不敷散放着再加恩賞給　米四百石以資接濟該衙門知道欽此　上諭福潤奏特參不守營規之武弁等語安徽練軍哨官候補千總門學智約束不嚴撫標左營候補把總方星　撫標右營候補外委王勝守均不安本分着一併革職以肅營規該部知道欽此

上諭福潤奏特參庸劣不職各員請旨懲辦一摺安徽候補通判匋家杰於署定遠縣任內需索書吏有玷官箴試用通判張大智賦性庸愚偕伍市儈知縣用試用縣丞張棠鑽營取巧物議沸騰署鳳台縣知縣　司巡檢試用從九品姚　擅受民詞署英山縣典史候補巡檢王吉士縱役擾民試用未入流周光祿造言生事均着即行革職以肅官方該部知道欽此

嚴禁私銷私鑄議

世之蠹爲物者奚止萬萬兆億惟人與錢則不厭其多乃有時不惟厭其多且欲其絕無不欲其僅有者何哉人宜辨其正與奸錢宜辨其官與私而已以其錢私知其人奸惟有奸人乃有私鑄否則私鑄無所售惟多奸商乃多私鑄否則私鑄難暢消惟樂爲奸商乃樂爲私鑄自鑄則不用外買爲計愈得獲利愈厚獲利愈厚存心愈貪存心愈貪奸計益多益深奸胆益大益甚目前厚利伸手可得頭上　王法轉眼可避且其奸計深藏於已心非眞同心者不一告外人不知其事者且以爲此富紳也此鉅賈也萬萬不疑其作奸其人既私自幸藏身之固爲之黨者非土匪即亡命不畏口舌不怕是非矧其事亦斷無口舌是非也何也天下之人莫論貴賤貧富無不患貧非獨貧人患貧也居移氣養移體其居天下之廣居立天下之正位得志則兼善天下不得志則獨善其身以多文爲富以不貪爲寶能識足民即足國爲公即爲私兄弟睦則家肥能愼獨則心廣體胖者古今幾人其因貪致富愈富愈貪身雖富而心仍貧者比比也故少欠即憂非必其大困也見利即喜非必爲大利也即此一憂一喜間可以識其人之眞性情以此相招其黨類固又易得也今之錢商孰不如是以津埠而論生意無論本何大利何長不許以該鋪字號開寫錢帖作爲川換使用如出帖則謂之外行相戒勿收獨錢鋪帖謂之內行不論生意大小成本幾何皆可出帖奸商於是設法鋪張專意欺飾多出帖子其帳簿名爲帖欠恐其帖子不行也則多開連號以爲聲援將倒閉也則多出大帖爲一網打盡一傾到底之思恐連累也則預與連號故立分駁字據且作爲抵償之狀以默運而私積之待此號欠款搪塞了結乃於彼處另張旗鼓否則改行捐官無所不至至平日之搭潮銀摻私錢扣雙底攪局賴帳概其餘事其交涉也以同行遇同行則司空見慣付之尋常他行遇之則羣以內行相推敬實則彼哉外之之詞耳以此推之此皆可爲何事不爲何況私銷私鑄有利可享無弊可查亦何憚而不爲哉獨是有私鑄則錢宜見多乃有私鑄而反見少者又何也前代事遠年湮紅羊厲刦其國寶不足以存無足論也即以我　朝而論勝國君民貧不可支甚至撤御用之服飾簪珥與所供佛象皆取以變易餉糈空乏之極矣我　朝甫定便充裕無比康熙乾隆之時病勝國錢製輕薄甚至併數文爲一文式樣旣大銅色復佳質爲古製得未曾有嗣後各處供銅各局開鑄歲歲加增迄今二百餘年其所增豈復可計又非若穀米之可

食可飛以漸消歸無有也乃道咸之際制錢忽缺改爲當五當十當百當千以節之又爽以鐵鉛鈔票以濟之而銅錢更短私鑄之當字暨砂板鵝眼每串十居其五甚或明貫於串首或二百或四百謂之二八四六其串內之攙合者仍不免也延綫至今舊制甫將規復而去歲兵興以後銅錢忽缺江右武漢蘇杭川廣皆告缺乏說者以謂東三省兵燹之後悉爲敵人運去一處缺則處處缺譬粥一鍋一家食之則適足分與兩家則不足理固有之然謂敵人運去則屬臆揣蓋外洋不用此銅錢雖日本鑄有寬永其實用之中國非可以通行外國也又或謂此有所壅則彼有所絀各處各禁出境則少來源故形短少然何以處處皆短說者又謂時屆歲底囤行票號類須歸繳以錢買銀聲喜錢短以爲勒抑銀價然銅錢短少又非自歲底始也竊嘗綜今昔論之有以知短少之故矣漢唐以來之毁於私消私鑄者不具論勝國之弊壅於富貴之巨室故君民並貧經兵火而財乃流通於外我　朝定鼎則財頓通矣道咸間偶一短缺遽行變制一變一毁一毁一消每致漸歸無有况私鑄之式輕薄殘缺動輒損傷一禁攙合則處處棄如糞土往事屢屢可證其與壅滯羸絀之數無與也何獨今日今之津埠制錢日短錢私日多官雖知之亦皆漫不爲禁蓋以其爲通行之物只用得去誰肯深究而私鑄者倖其得計其鑄更多其銷更甚蓋旣爲私鑄不成式樣固無取乎好銅以爲之也若不急急嚴禁恐日久則制錢盡銷於私鑄雖有善政亦將無如之何矣適聞河北某某私銷私鑄甚多初以爲道路傳言不足爲信而曾參市虎不免令人生疑是耶非耶豈其無因而至耶容確訪之再爲詳登

　　欽天監繕摺具　奏略謂光緒二十二年正月初一日驗得風從艮起主人壽年豐

　　○我　朝家法相承凡南北郊祀中祀等禮必恭必誠雖當　世祖　高宗耄耋之年步履維艱亦必躬親跪拜有非前代遣官代祀者所可同日語本年元旦　皇上於丑正二刻至　壽皇殿行禮寅正詣堂子行禮辰初三刻詣　慈甯宮行禮辰正三刻升中和殿受禮　太和殿受賀己初一刻至　大高殿　壽皇殿行禮畢宮還午刻升　乾清宮宗親宴凡此恪恭將事悉秉祖宗家法憶萬年有道之基蓋肇於此焉懿歟盛哉

　　○蒙古王貝勒貝子等年班來京叩祝例於初一日在紫光閣筵宴者共四十餘人首圖什業圖親土色旺諾爾布桑保濟踏踏威儀肅穆當天顏咫尺各該王貝勒貝子等傾忱向化之誠君臣同樂之槩於此益覩太和矣茲將姓名登錄如左　那彥圖　瑪什巴圖爾　那爾蘇　那蘇圖　溫都蘇　博迪蘇　巴寶多爾濟　濟克登旺庫爾　阿勒勒坦乎雅克圖　多羅特色楞　都特那木濟　那蘭格呼勒察　克達爾札布　那木濟勒旺楚克　剛葛倫布　喇特那巴　爾德木楚克蘇隆　貢桑珠爾默特　格楚克　達木定托布　剛當黨準車楞　達克沁多特諾爾布　額爾齊木巴雅爾　札那濟廸　達爾倫保圖布烏勒　巴勒珠爾勒旺呼克津　那木札勒丹　巴保多爾濟敏魯布札　色凌那木濟勒旺保　旺喇克帕勒齊　巴　爾濟哩第　喇什彭蘇克　杜芡固爾札布　阿爾賓巴雅爾　托果瓦　堆代札布　蔓爾瑪什第　布彥巴里克齊　巴克默特多爾濟　阿育爾札那　色旺諾爾布　花連　色丹　那木札郡○附錄十二月二十八日廷臣宴所有在京王公大臣均於二十八日蒞詣　乾清宮辰刻　恩賞王公大臣等入座筵宴所有銜名依次側後　恭親王　豫親王　禮親王　肅親王　睿親王　莊親王　怡親王　鄭親王　慶親王　克勤郡王　貝勒奕　貝子毓檣　奕謨　鎮國公載邅　榮毓　載　溥麟　溥芸　溥廉　溥植　桂豐　輔國公溫都蘇　誠厚　榮頤　載卓　溥豐　光裕　載帛　意普　載釗　麟嘉　貝子載漪　綿勲　固倫額駙符珍　貝勒載瀅　載澍　溥倫　載澤　溥侗　大學士張之萬　宗室麟書　李鴻章　徐桐　崑崗　裕桂　翁同和　立山　李鴻藻　剛毅　錢應溥　許應　祥麟　廖壽恒　孫家鼐　徐甫　張蔭桓　熙敬　宗室敬信　徐用儀　李端棻　陳學棻　志鋭　宗室壽陰　宗室溥良　崇光　景善　巴克坦布　徐樹銘　薛允升　啓秀　榮祿　志顏　長萃　鳳鳴　慶福　懷塔布　宗室奕楊頤　恩棠　格楚克　明桂　達木定札布　恩全　桂祥　謙光　芬車　玉衡　寶昌　愛廉　宗室豐烈　裕祿　裕德　恩震　禎照　果勒敏　吳廷芬　陳彝　徐會澧　任道鎔

　　○財可通神神以財名神通愈廣當不至覗財如命愛財無厭矣而祀神者又必先以財求財豈其物以類聚歟每月初二十六俗傳爲財神聖誕求財者多於是日以楮錠致祭彰儀門外五顯財神廟夙稱靈應新正月初二日姊妹花之往祀者爲尤盛粉白黛綠萃集神前眉語肩摩魚貫門口花枝照耀脂粉薰騰可謂極盛其他坐賈行商鄉農村媼亦各手執香燭提攜楮錠膜拜神前窺其意皆願利市十倍日進斗金以供一身之揮霍一戶之戲嬉者吾恐神縱日日點石成金亦不必能盡數酬應以答若輩所願也

　　○俄皇尼哥辣第二本年五月在舊都莫斯科行加冕典禮已於客臘報中登記按此典禮最爲隆重凡各與國皆派親藩大臣賫　國書往賀中國朝廷本擬仍派王芍棠方伯前往駐京俄公使以此事於兩國睦誼攸關必須親藩前往否則杜石臣方可膺此重任日前由總署奏明聞已特簡合肥相國爲頭等專使副以邵小村中丞恭隨等員僕聞泰調北洋之羅伍兩觀察聯太守諸君俟海河冰泮乘輪南下相節有於元宵節前出都之說未知確否俟有續聞再錄

鸞章特拜 ○日本通商各欵條目孔多迄今尚未議定李中堂奉使俄國卽日啟行不及兼顧聞已奉 旨特派張樵野少司農廕桓爲全權大臣與日使林董會議矣

元旦坐朝 ○津郡官場上元日五更時文武各官齊赴龍亭坐朝以重大典

豐年有兆 ○去冬雪澤稀少區屬農民實深焦盼茲由交河縣屬泊鎭來津者云除夕前二日泊鎭以上雪深數尺地面極寬三春麥苗可望實獲並可解瘟疫雜症矣

武備招考 ○津垣武備學堂造就人才已屬不少茲聞前班學生又派要務所餘學生無多不足儲用堂憲示於正月十一十八等日招考學生以宏造就

善社給錢 ○自各州縣被水貧民來津在北營門東西土圍搭蓋窩鋪棲止者約數百餘戶冬令各大善士施給米面除夕前某善社遣司事人赴土圍施給錢文間每口各給錢票津錢一吊文歲暮得此厚惠眞能一以當百也該善士行善有誠故樂書之

有聞必錄 ○城東馮台子村大道旁有男尸一具身已肢解尸旁有荊籠裏畫一捲並聞有見此人常赴各鄉售年畫者云在此大道遇賊四人亦似散勇打作拒殺失主搶錢而逸惟賊已遁去尚無屍親認報其事孰見之其語孰聞之者按該處係甯河縣所屬云

無往不難 ○李豐堂者由滄州赶集乘驢歸行至青縣西秀女庄迤西被步賊三人搶去騾子錢文而逸李落得赤手空拳無可爲計只得赴該管文武衙門報案請緝雖蒙勘驗尚不悉能拏獲否也

非命何來 ○歲底東門外洋貨街龍王廟渡口撈上男尸一具約三十餘歲身穿藍色衣服並穿灰色糯履鞋該處地方稟報縣署聞已經官勘驗尚不知是何案情俟訪再報

半夜鬨鬥 ○歲底西沽北頭李二李三夜間向龐傑打降適汎官查緝相値當卽拏獲送交有司訊辦似此於夜間鬪毆甚非好事亟須嚴究懲辦以儆不良

總統得人 ○昔年周武壯故後盛軍以賈衞二君會統賈制壇軍門素得兵心人皆愛戴乃衞以不便於己擠而去之以致平壤一役傾覆是軍盛名衞亦同歸於盡幸分統之呂道生孫子揚兩總戎偏師尙在其軍士皆百戰之餘實皆可用雖呂孫二將尙足自立究非統帥之材現聞上憲以賈軍門馭軍有方仁廉忠勇所餘盛軍各營悉歸軍門統率並聞有改盛軍爲勝軍之說果爾賈軍門撫馭舊部丕煥新猷武壯弟昆當無遺憾已

遼東瑣言 ○營口採訪友人云上月十七日爲西歷元旦十八日清晨山海關道𨑨觀察向各西官道賀旋起程回山海關稅太夫人帨旦屬下文武員弁均在東海關官廳恭送如儀○榮都護統領敵愾四營駐紮營口以東永茂油坊爲行轅○營口同知出示洋銀每圓作銀七錢核之現在市價値東錢五千三百文而電報局收票仍照上年舊例每圓作錢六千九百文各號商嘖有煩言聞將聯名禀懇照電報定章統收洋圓庶與通商各口岸一律○大會公議擬將原欠過爐銀兩按八五扣再作十成今年交二成下年交四成再下年又交四成

集善清單 ○集善社閏五月清單 計開本年五月現存銀二百二十九兩九錢四分又現存錢一千一百三十三吊八百六十八文 閏五月入欵 劉俊德助錢十吊 樂安郡助錢十吊 張靜波助錢三十吊 文修堂助恤米銀二十二兩七錢 謙益堂助恤米銀二十二兩七錢 出欵 本月放恤米合銀一百四十三兩七錢一分 計米四十九石九斗每石價銀二兩八錢八分 計嫠婦三百五戶內一百十八戶各吃米一斗一百八十戶各吃米二斗七戶各吃米三斗 統結現存銀一百三十一兩六錢三分 現存錢一千一百八十三吊八百六十八文外計現存生息房產銀二千三百二十三兩 錢一萬六千吊

光緒二十一年十二月二十九日京報照錄

宮門抄 上諭恭錄前報○十二月二十九日 恭王等謝賞荷包 恩 奎公續假二十日 召見軍機 皇上明日丑正至 奉先殿行禮寅初二刻至堂子行禮辰初二刻至慈寧宮行禮辰正二刻升 中和殿受禮 太和殿受賀巳正至、大高殿 壽皇殿行禮午正入宗親宴

○○浙江布政使臣龍錫慶跪 奏爲恭報微臣到浙接印任事日期叩謝 天恩仰祈 聖鑒事竊臣於光緒二十一年七月二十六日蒙 恩陞補浙江布政使八月交卸署理湖北藩篆遵卽趨詣 闕廷仰蒙 召見二次 訓誨周詳莫名欽感 陛辭後束裝起程取道津沽航海南下十一月初一日行抵浙江省城奉撫臣飭知赴任旋於初四日准署布政使按察使臣聶緝規將印信文卷等件移送前來當卽恭設香案望 闕叩頭謝 恩祗領任事伏念臣自慚迂拙久歷戎行未建寸功屢蒙薦 過叨寵遇彌切悚惶查浙省地處海疆藩司職膺屏翰安民必先察吏裕餉首重理財在在均關緊要如臣檮昧懼弗克勝惟有殫竭血誠恪遵 聖訓秉公持正任怨任勞除

瞻徇因循積習隨時隨事稟商撫臣認眞經理以期仰 答高厚鴻慈於萬一所有微臣接印任事日期並感激下忱謹繕摺叩謝 天恩伏乞 皇上聖鑒謹 奏奉
硃批知道了欽此
○○長順等片 再查軍機處記名存記候選道春順本月閏五月間經前署將軍恩澤奏留吉林差遣奉 旨着照所請該部知道欽此欽遵在案查向來在部照例扣選今春順係候選人員奏留吉林差遣事屬因公相應請 旨飭部免其赴部投供遇輪選到班挨班銑選俟選缺後再由差次送部引 見以符例章是否有當謹附片陳明伏乞 聖鑒訓示謹 奏奉 硃批着照所請吏部知道欽此

代售上海 字林滬報 新聞報 代送申報 各色畫報 本津直報 代寄各種書籍畫譜 官商願寄古今新書等件早賜字函本月廿二日交閆運鸞錫節氣不久輪舟至津可望回件便覽眞乃抬頭見喜之兆 天津城內府署西三聖菴西直報分處內紫氣堂懋子亨拜賀新年春禧

浙紹朱鈍翁先生醫得秘傳脉方穩愼來津八載救濟千人其診婦女癆瘵經產幼嬰驚疳痘疹尤有妙術仍寓彌勒菴

浙江會館每逢歲首邀集同鄉行團拜禮以敦鄉誼循辦有年近來同鄉在津日盛除由會館發帖邀請外未免尚有遺漏茲擇正月初九日團拜如同鄉有未見請帖者望知照會館司事補發可也
天津浙江會館董事謹啓

告白

敬啓者京城售報處改在前門外琉璃廠小沙土園路西寶興木廠又楊梅竹斜街中間路南聚興隆小器作內兩處分售此白
售報人陳午淸謹啓寓前門內刑部後身草帽胡同北頭大院內

我尋告白

前有瑙國度南輪船由神戶赴津八月十五抵塘沽卸貨交西山北山二駁船剝運失去雜貨三件內頭(HK)毛巾一箱(ECT)錶鏈一箱(ECT)棉花毯一箱如有知風報信謝洋五十元原貨送到謝洋二百元
鐵路公司旁金寓代白

本館現已另造樓房另購機器鉛字鉛模自行開辦惟今年封河較早購到者僅三號五號鉛字所有字模及四號鉛字已經運來適沽口封凍不得進口須俟開河時到埠今即用三號五號兩樣排印報紙字跡畢淸較之模糊者不啻天壤想閱報諸君定蒙賞鑒俟四號字運到後再當一律排印
本館謹啓

浙杭 元吉永氈

本莊自置紗羅綢緞新樣洋辮花素洋布川廣夏貨團摺雅扇南貨頭油俱全祇爲近時錢市漲落不同故而各貨減價開設估衣街中間路北凡 仕商賜顧者無悞特此佈達

江南 桂蘭齋茶食店

本齋精製拾錦南糖眞素供果嘉湖糕點紹興薄脆八寶京糕異味糕點各種茶食外帶行匣新添拾錦元宵蜜層糕江米糕南北點心無有不精製細做
開設天津天后宮南坐西向東便是

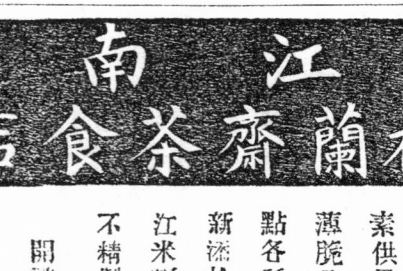

正月初六日
銀洋行情
天津九七六錢
銀盤二千五百三十文
洋元一千八百一十文
紫竹林九六錢
銀盤二千五百七十文
洋元一千八百四十文

直報

光緒二十二年正月初七日　第三百二十九號
西歷一千八百九十六年二月十九日　禮拜三

上諭恭錄

上諭額勒和布奏假期又滿病難速痊懇准開缺一摺額勒和布著再賞假兩個月調理毋庸開缺欽此　上諭董福祥奏遵査營官冒功邀獎據實覆陳一摺甘肅營官王山坤前因帶兵駐守積石關地棄餉械移紮白塔寺團目康達被圍坐視不救經董福祥查明奏參降旨革職茲復據該提督將該革員續被參奏各欵覆査覆奏王正坤雖無暗噉回匪圍攻康達實據惟以潰敗之將猶敢冒功邀賞殊堪痛恨僅予革職不足蔽辜王正坤着發往新疆効力贖罪以肅軍紀而儆效尤該部知道欽此

論言官不宜受賄妄指

爵尊之目爵居其首爵之可貴也天下古今皆知之而天人之辨則孟子獨言焉由是仁義忠信樂善不倦之旨遂若元氣入人肝脾童子入學粗識文義罔不矜矜以此旨相尙及壯而漸列通籍則此旨漸淡久則漸忘詳究其故槪以俗事之萬難盡免良心之最易累人也然而剛果怯懦秉之天學問經濟成之人貴賤尊卑之分一人主之不肯漫以施諸人智愚賢否之品衆人衡之且存於千百世之人心更非爵賞刑威之所可奪仍卽孟子所謂仁義忠信樂善不倦之天爵也士人讀書所學何事縱世風日下亦必修天爵以要人爵爲人君者亦無非持人爵以求修天爵之士天人合一之旨聖帝皇王終古仍不一易其義制雖少殊而其命官之意初無別也考御史一職漢以前猶不甚重論道經邦之任專屬三公至諫之一端無專責下及庶人百工亦可傳語而執藝事以諫漢以後諫之權專歸御史官其職者或貳宰相或監郡縣任彈劾兼訟獄兼諫諍自是以後遂爲重任朝野仰之必正直有學問者方可以充是選蓋雖不畏當時猶不可不畏後世也大抵居是職者宜不畏刑不近名有不可少屈之節有能辨是非之明剛直無私立於朝有本有末使後世書之某朝如某某其人者則國以人重矣故舉世以此爲淸要之缺無問其品級若何賢君往往前席而溫語之重其要重其淸也近讀邸抄見御史指糾之事或涉妄誕或爲誤指或爲故入人罪究其從來半以賄始噫不畏一時何並不畏千古耶而良者蒙其殃矣蓋匪徒詭計害人無從捉摸閉門而處禍自天來受害情形聞而切齒日前琉璃窰書吏以某御史得賄指糾被拿在案已見邸抄昨歲抄復恭奉　廷寄交拿人犯薛八一名業經飭差嚴拿解交步軍統領衙門管押等情曾列前報茲聞薛八向充　內廷官花匠承做　御用花盆果樹各種花炮技藝現以節屆新年正在趕做花炮之際不料被同夥之史振青訛頭李四蘇大蘇二意圖謀霸揑詞私賣硝磺賄買某某指糾薛八是以欽奉　密旨嚴拿收禁在史振青訛頭李四蘇大蘇二自謂勝算獨操詎其情爲　八探知盡行和盤托出於十二月二十一日經步軍統領衙門將薛寳珍卽　八奏送刑部嚴行審訊已見邸抄茲悉　寳珍卽　八承充官花匠向用宿吉恩卽蘇大宿吉善卽蘇二史榮久卽史振青又名史俊卿李連陞卽訛頭李四等爲經理帳務之責因　八承辦花炮之差於十二月初三日聞赴　內務府領餉二萬四千金以備承造花炮之需宿吉恩宿吉善史俊卿李連陞等乘隙日久因知領欵期近預先向某某賄買指糾先期使　八身遭縲絏伊等足可獨操其柄果於薛八被訟後宿史李等於十二月初四日赴　內務府領出銀二萬四千金又由硝磺庫領出硝磺二十萬斤趕造御用花盆等物現被薛八供出前情飭差前往　正大光明殿嚴拏宿吉恩宿吉善前門外南柳巷刻字鋪之史俊卿皮條營之李連陞等一併拏獲澈底根究又欽奉　上諭步軍統領衙門奏緝獲交拏人犯請交部審辦一摺所有已獲之唐六龍卽唐六三晉布王石堂卽王瑞慶張雲集卽

春蘚王全卽王德山薛寶珍卽薛八常英卽常四杜四卽杜榮桂又名杜雅亭等八名着交刑部嚴行審訊按律懲辦未獲各犯仍着嚴緝務獲究辦該衙門知道欽此復見邸報嗣聞杜四者係某姘婦父桿居住前門外小馬神廟地方日前有某混混闖入杜四相識姘婦院內卽行便溺姘婦喝阻不服經混混某將烏龜鱗傷卽有某混混喝賊以巧言挑之云此禍非輕其父桿係杜四卽杜榮桂又名杜雅亭者也詎料逾日果奉　廷寄交拏身受訟累何近日指糾交拏人犯之多也夫挾嫌誣害本屬匪徒慣技原無足怪所怪者身居清要以晦敗名獨不思當幼學讀書時其心果消歸何所也

曲傳天上　○正月初一初二日經內務府飭傳四喜菊部優伶赴　內廷演劇伺候　皇太后　皇上　皇后賓妃等觀劇共慶昇平

典重履端　○春王正月元旦令節在京王公大臣及大小文武各官皆須恭詣　闕廷謹侍　皇上至慈甯宮　皇太后駕前行慶賀禮禮畢始御中和殿受賀臣工瞻雲就日榮幸曷極朝冠朝服蟒袍補褂掛珠莫不于是日五鼓羣赴　內廷前行朝賀禮焉

統領密查　○欽奉　上諭御前大臣奏遵旨查明覆奏一摺據奏事官豐紳布呈稱本月二十四日值班正藍旗滿洲呈遞參摺隨有該旗印信遵封之文照例接收等語在京各衙門陳奏事件總以印片爲憑封印期內應有預用空白印片該奏事官謹據印信遵封文件率行接收呈遞究屬疎忽豐紳布着交部議處仍着正藍旗滿洲都統等迅速確查將冒名假託之人嚴密訪拿務獲究辦欽此已見邸抄茲聞在京各部院衙門遇有陳奏事件向於先期以印文知照　奏事處次日始行呈遞奏摺至時屆封印期內應用預用空白印片先期知照不得以印信遵封文件率行知照此摺顯有假冒胆大妄爲情弊現飭步軍統領嚴密查拿諒若輩難逃法律歟

軍機團拜　○正月初二日軍機處團拜之期諸樞臣寅僚公議在宣武門大街財盛會館備筵雇定玉成菊部外串名班脚色演劇是日辰刻恭邸禮邸李蘭孫大宗伯翁叔平大司農錢子密少宗伯剛子良少司農並閻鉴軍機章京諸公入座觀劇至申刻止劇始各命駕歸第簪纓黼黻車轎塞途亦一年之例舉也

點綴韶景　○每歲新正元旦後內務府堂憲例傳官花匠承造　內廷新年玩景上年因中日搆釁軍務紛繁是以停止筵宴作樂今聞承造大花盆數十架備石榴碧桃柿子蓮花牡丹數十盆於正月初二日運至南海次第點放所以點綴東皇也

圖繪昇平　○都會之地至善之區無所不用其極卽一切玩物之奇巧亦甲於率土前門外廊房頭條胡同一帶燈舖林立自歲暮至元宵各號出售紗燈者甚多丹青之妙令觀者目爲奪心爲傾自朝至夕購之者爭先恐後太平景象又可向粉本圖矣

蒼朮解煤　○京師居人長年用煤春冬尤藉以禦寒其受煤毒斃命者時有所聞前門外楊梅竹斜街永盛刻字舖主杜某查得蒼朮可解煤毒刊刻印仿字帖沿街貼壁俾衆周知其法以蒼朮數片置放爐口令其生烟煤毒自解此亦便而不費之事也居家者盍購試之

驚車傷弁　○前門外東北園居住薛品三者營中武弁也於去歲杪乘車行至西河沿地方騾頭兩耳直豎忽然驚跑致將薛從車內跌落車輪由身軋過皮破血出經人抬回延至次晨魂赴幽冥矣當將車夫送究按律審辦云

兩眞善人　○東城根何公館於歲杪二十九日一日一夜間施錢數千餘吊貧民求乞者每人皆得錢二百聞該公館歷年冬季施捨棉衣米面去冬未得如願故於歲杪捨錢一次云○又某翁者年近花甲於除夕前數日携帶一僕在於南門內外一帶巡視有貧窮之人或給米面票或給棉衣票其米面票乃存在某米舖每票面五斤上載准斤並付柴𫫇菜錢二百文於是得者莫不感激無似及叩問姓名翁但笑不答聞數日間共施捨千餘吊有識翁者言其在城內居住先年甚寒惟素性最敬惜字紙嗣以販賣烟土因而發跡其少君在京都亘號領事此時家中富足翁仍粗服布履多不知是富翁者且俱暗行善事可爲好善有誠矣或言翁姓陳惜未詳籍貫俟訪登

一大疑案　○茲據河間客人述及一案頗涉疑怪云商家林附近邵洪店地方迤西數里武舉王建侯地內有一男子受傷身死當經該管地方　振堂循例報案隨經文武會同相驗該屍赤光係受傷身死其處有血跡兩片身旁錢搭內尚有京錢二千並紙條七個衣服被燒灰燼二堆並燒殘衣服四塊及帽子襪子藍布鞋一隻烟袋一根鐵條一根驗畢塡格將各物存庫因無屍親認領是以不知姓名卽飭地方殮埋浮記該屍被刦拒傷且未失物疑係仇殺旣殺其身又燒其衣使其身體赤光遠近相傳疑團莫解或謂該屍情形係因姦被殺或妬姦而殺殺其身燒其衣其餘各物仍全置其身旁顯有粧點之意是耶非耶設非嚴緝正兇實難以成信讞矣

兩營閱操　○本埠親兵練軍兩營每日早晚操演數次期成勁旅茲西門外敎軍場親兵營已于初二日開操河北窰窪練軍營己于初五日開操矣

狀元拜賀　○乙未科一甲武狀元國棟前于歲杪請假來津已登報紙茲新正連日赴郡城文武各署親拜以賀年禧聞開印前仍須赴京供職云

過此宜愼　○本埠雖素稱繁庶之區而街市之間向少强徒搶奪之事惟近來恒有有報案者有隱忍者而該管總視爲小𦈡不足介意是縱之也賊之胆愈大矣

去歲底某晚南門內恒發瑞雜貨舖夥徐姓者手携現錢數千並錢帖四十九千五百文行至神機庫被人硬行奪去恰遇三營下夜官張弁華清率兵赴鼓樓北下夜徐乃面稟張弁立即率兵追至中營西將搶錢之賊拏獲並搜出錢帖交徐查明認領張弁即將該賊送至該管營中訊問聞該賊田得順係某縣人隨即送交有司訊辦按失事之處乃存城汛辦公之所該賊竟敢搶奪殊屬胆大藐法且前年該處亦於此時曾有刀斃人命搶去現錢之案經其處者其慎諸

所在多逢　○張調陽者於客臘單騎行至吳橋縣姚庄迤南突遇馬賊三人攔住嚇令下騎即將其牲口銀錢一併搶而飛逸張奔赴縣署報案適値邑令公出比及旋署勘驗飭緝則已賊遁贓消迄今尚無緝獲據云行路之難真是天荆地棘矣

延生開廠　○本埠西門外延生社每年冬令施放百日屢登前報去歲杪於二十五日停放茲按舊章仍於正月初六日開放

命斃於車　○河東十字街某小店住一外鄉劉姓者年約六旬因盤費缺少雇洋車出店尋親告貸行至北門外迤西伊親之處拉車人令其下車劉已不言氣絕矣該車夫即仍將劉拉回原處衆人並轉勸鄰人往施材處爲討材一具抬至東郊掩埋矣

集善清單　○集善社六月清單　計開本年閏五月現存銀一百三十一兩六錢三分又現存錢一千一百八十三吊八百六十八文　六月入欵　劉俊德助錢十吊　樂安郡助錢十吊　王[illegible]田助銀一兩四錢八分　利息銀一百十二兩　利息錢七十吊　易進銀九十八兩　易進錢七千二十文　文修堂助恤米銀二十三兩四分　謙益堂助恤米銀二十三兩四分　出欵　易銀用錢二百六十四吊六百文　易錢用銀二兩六錢　本月放恤米合銀一百四十三兩四錢二分　計米四十九石八斗每石價銀二兩八錢八分　計嫠婦三百四戶內一百十七戶各吃米一斗一百八十戶各吃米二斗七戶各吃米三斗　統結現存銀二百四十三兩一錢七分

現存錢一千十六吊二百八十八文　外計現存生息房產等銀二千三百二十三兩　錢一萬六千吊

怡和行市　○目下永豐屯西集雜糧行情開列於後　御河　白秋麥八千三四百　生米九千三百　紅秋麥七千二三百　元米九千上下　小元豆五千五六百　元三米五千八九百　真青豆七千上下　三河　白麥七千七八百　白三豆六千　吉豆七千　紅麥六千三四百　白高粮五千八九百　江豆六千八九百

花麥六千八九百　紅高粮五千　小豆七千一二百　黑豆五千五六百　青皮豆五千五六百　元豆六千四五百　白黑豆五千五六百　芝蔴十三千八百　元小米八千三四百　稻米十千零七八百

上海雪報　○冬日晴和南榮春盎黃棉衣惠我無疆至前日而朔風怒號漸覺冰肌生粟三商漏下鶴夢初回微覺翠瓦有聲雪珠亂濺昨日日高睡起則庭前積素一片光明以玉尺衡之厚可六七寸許彼陶學士竹爐煮茗平添幾許詩情而明歲來牟可預卜向榮有象矣

蘇垣得雪　○前報蘇州地方官設壇於滄浪亭延僧道各十二衆鐃鈸叮噹諷經祈雪撫憲以次大小官員咸於淸晨拈香虔禱至十五夜黃昏時果見彤雲密佈寒氣逼人少焉滕六君果惠然肯來率領百萬玉龍空中酣鬥一時殘鱗敗甲飛舞漫天翌晨推窗瞭望但見萬千世界一白如銀蓋已積至二三寸矣自交冬以來人民苦旱一旦祥英特霈閭閻無不欣慰也

九江郵筒　○吉安府許淸臣太守捐廉樹植蠶桑以開無窮之利現在愈推愈廣大有成效各大憲均深嘉尚太守又委李瑞庭少尹赴浙江採買桑秧甚夥并雇工匠敎習取絲織綢將來利源既開直可與蜀錦濮綢同垂不朽矣少尹已於十一日附吉和輪船東下○廬陵縣人分發浙江升用道候補知府彭紹香太守與分省補用同知羅香泉司馬集成巨欵稟明上憲在吉安府屬之鵰鵠嶺張家灘頭姚塢陽坑等處開設長利公公司煤礦業已興工見利矣

光緒二十二年正月初一二三三日京報照錄

宮門抄　上諭恭錄前報○正月初一日　恭王等謝賞八寶荷包　恩　欽天監奏風從艮地起主人壽年豐　召見軍機　皇上明日卯正二刻入座吃肉後至南海皇太后前請安畢還宮○初二日　恭王等謝賞八寶荷包　恩　恭王謝賞如意等物　恩　召見軍機○初三日　恭王謝賞神肉　恩　福中堂專摺謝賞神糕　恩　額中堂奏請開缺　遜公啓侯文熙各請假十日　果勒敏溥侗椿壽英信各續假十日　侍衛處奏派稽察壇墻　派出舒存福珠禮溥良海緒玉璋明秀　召見軍機

○○胡聘之片　再查黎城縣城內萬順隆土舖於光緒二十一年四月初五日夜被賊行竊臨時行强開放洋槍劃去銀土等物逃逸計贓六百三十餘兩旋獲夥盜一名尚有首夥多人未獲於光緒二十一年閏五月二十二日經前撫臣張煦等專摺　奏叅請將疏防不力之文武員弁摘去頂戴勒限兩個月緝拏　硃批另有旨欽此當

經轉行嚴緝去後迄今勒限屆滿贓盜仍無續獲捕務實屬廢弛據藩臬兩司詳請核參前署撫臣員鳳林未及核辦移交前來除仍嚴飭勒緝逸賊務獲究報相應請 旨將黎城縣知縣馬汝艮黎城汛城守外委劉岐鳴開復頂戴一併交部照例議處理合附片陳明伏乞 聖鑒謹 奏奉 硃批馬汝艮劉岐鳴均着交部照例議處欽此

〇〇額勒春跪 奏為假期已滿病仍未痊籲懇 天恩俯准開缺回旗就醫恭摺仰祈 聖鑒事竊奴才前因感受風寒觸發舊疾蒙 恩着賞假一個月現在假滿雖風寒稍輕而肝氣較前愈重近來不時發作兩脅飽悶疼痛牽掣腰背難於俯仰兼之心血過虧徹夜不能成寐草地無醫無藥奴才思維再四科布多蒙哈雜處諸務均關緊要若竟以病軀戀棧久恐貽誤事機惟有仰懇 天恩俯准開缺回旗就醫俾得趕緊調理一俟就痊即當泥首 宮門求 賞差使萬不敢稍耽安逸致負 生成所有奴才假期已滿病仍未痊懇 恩開缺回旗就醫調理緣由謹繕摺具陳伏乞 皇上聖鑒 訓示謹 奏奉 硃批另有旨欽此

浙江會館每逢歲首邀集同鄉行團拜禮以敦鄉誼循辦有年近來同鄉在津日盛除由會館發帖邀請外未免尚有遺漏茲擇正月初九日團拜如同鄉有未見請帖者望知照會館司事補發可也

天津浙江會館董事謹啓

本館現已另造樓房另購機器鉛字鉛模自行開辦惟今年封河較早購到者僅三號五號鉛字所有字模及四號鉛字已經運來適沽口封凍不得進口須俟開河時到埠今即用三號五號兩樣排印報紙字跡畢清較之模糊者不啻天壤想 閱報諸君定蒙賞鑒俟四號字運到後再當一律排印

本館謹啓

正月初七日

銀洋行情

天津九七六錢

銀盤二千五百三十文

洋元一千八百一十文

紫竹林九六錢

銀盤二千五百七十文

洋元一千八百四十文

直報

光緒二十二年正月初八日
西歷一千八百九十六年二月二十日
第三百三十號
禮拜四

啓者敝館之有採訪猶古之採風採詩上以考政治之得失下以考風氣之純剝載諸報端宜之中外取其善懲其惡故言者無罪聞者足戒充是任者品必公正心必仁廉公則明正則直仁則不爲已甚之事廉則不貪非分之財用能識大體近人情善善惡惡柔不茹剛不吐凡有關於　國計民生者自大至細悉採毋遺辭取達意而止不以富麗爲工發供衆覽於以通上下難言之苦達遠近不聞之聲庶使豫先事之綢繆善後事之補救斯無負泰西設館之本旨焉否則遇事射利飛短流長實爲此間所大忌者矣現在本館採訪招人有樂就者祈先以所採新聞投交海大道老菜市本報館門房轉遞是幸如可登錄取有切實公正保人則端人之取友必端本報館不惜重聘定當延致其有冀循情面援本館友人互爲請託者一概不收毋怪言之不豫也此啓

本館主人啓

上諭恭錄

上諭董福祥奏派援西甯諸營攻克賊巢一摺前因西甯城圍緊急逆勢披猖經董福祥派援何得彪馬步四營前往援剿嗣後城圍雖解逆賊未經懲創仍復恣意焚掠上年十二月初一日何得彪會同西甯鎮總兵鄧增各出隊伍在西杏園地方接仗獲勝初四初五等日出隊往攻申中賊巢擊敗援賊鄧增親燃大砲轟倒　樺遂將申中賊巢攻破初六初七等日何得彪身受砲傷裹創力戰連破紅牙壑東溝灘馬家灘羊毛灘四處賊巢斬逆首苗才古馬拉辛二名都司營城之圍頓解南路亦通剿辦尚屬得手仍着董福祥飭令何得彪趁此軍聲大振之時約會西甯各軍一鼓作氣務使元惡授首餘孽淨除用副朝廷綏靖地方至意餘着照所議辦理該部知道欽此

臣說

心腹之人則恐其不近寇仇之人則恐其不遠臣民於君寇仇也歟哉其心腹也人莫不各有所憑藉以得立於斯世民之得安處於世也親生之師教之君長之憑此三者而出作而入息而耕食而鑿飲舍是則一息不能以自存人君雖其尊如天如神苟無臣民可以保其如天如神之尊乎雖然人君之憑藉此臣民以爲君也猶有辨以彼臣民之爲心腹寇仇者天之生是使然乎抑亦有主宰是而綱維是者竊以爲此其勢不盡操之民亦不盡操之君實操於君之一二大臣自下而上言之民心感服人君與否皆視親民之牧令牧令賢否則視封疆之大臣封疆之大臣則視左右之樞府樞府以上惟君一人而已是其綱總操之一人而其機則持之一二樞府也自上而下言之論

綍之恩威則樞府頒之封疆封疆施之牧令牧令行之百姓百姓則安心主受而已苦則生怨則殺民不得是非於其間君亦無從察虛實於其際蓋政至於民政始着實政至於民乃如已熟之果已過之時善否是非萬不能挽已去之極備極無而更爲此歲斯時民有怨君不得以偶聞之君有急民亦無從勉赴之譬之一身若中焦隔閡而不通則手足拘攣一心明知而不能少救其拘攣一心痛苦手足具在而不能少救其痛苦致使一人之身判若秦越奸佞之族且將謂人君大權不可以旁落至尊不可以少貶言不可違令不可改羣臣不可輕見羣書不可博覽以養尊以持權也於是使羣臣望之如天可望而不可卽思之如神可思而不可度百爾如此何況百姓而百爾百姓之於君乃一絕而永不可通矣夫人身六腑五臟一脈絕則不可須臾爲人臣民與君一身也一有所絕國尚可以爲國乎而奸佞者流則務以能使君與臣民永絕不通爲得計其謂爲君養尊持權者特飾詞實自爲耳實爲君與臣民永絕已乃得以假公濟私上下蒙蔽既藉君以制民復藉民以要君百爾之屬順之則生拂之則死其一人則翻手爲雲覆手爲雨乃可以橫行而肆於上矣及其羽翼已成君民雖知而無如何然則何以濟之濟之以泰西之報紙而已泰西之報不特悉知泰西之事並能悉知中華之事不特悉知我軍中之事並一切政府之大民風之細山川地理之所分土木種植之所宜以至訟獄曲直民情向背無不繪圖貼說以傳遍於海邦不特西人之來華者知之卽足未履中土者亦無不知之民知之君尤先知之何也議院報紙無一事壅於上聞也中土則不然俗云百里不同風實則非第百里數十里數里甚至與居與遊近在咫尺邈若河山非第無知之之方抑且有知之之禁苟或知之則爲擾越彼此相效　朝野同風豈眞民之不可使知乎抑亦幸人之不知而自售其奸恐人之一知而或譏其奸乎嗚乎何幸不幸之以至於斯耶且當卽中外之事勢維之外洋惟習知中土之弊故事事敢任意施爲中土惟不知外洋之情故事事不能以得志强弱之源以此而判安得君民一心而同德同力也哉故九經之目曰敬大臣我　高宗純皇帝釋敬大臣曰敬之者敬其職也其職得人則天下平矣聖謨洋洋可謂得治平之要旨歟

錢法將整　○京師各錢店向以前門外珠寶市內各爐房錢經紀會同崇文門內東四牌樓恒興恒源恒和恒利四家錢店於新正月初四日開盤酌定銀錢價目是日京師各錢店均上市探聽茲探得開價市平足銀每兩易制錢二千五百文易大個當十錢十二吊二百文錢易銀十二吊五百文洋銀每元易錢八吊四百文其二路當十原串錢俱不開盤街巷鋪戶居民咸稱利便惟願制錢寶泉寶源兩局廣鑄開放則裕國便民矣

水會甚齊　○正月元旦東方既白忽聞警鑼四起探悉前門外櫻桃斜街某燒餅鋪不戒於火當經琉璃廠安平水會煤市街同義水會大柵欄普善水會東月墻治平水會虎坊橋成善水會騾馬市興善水會崇文門外花兒市崇善水會彰儀門大街同仁水會諸善紳聞警卽往撲救回祿君卽行收焰返駕計燒燬房屋四椽幸經水會保護毗連德昌桅廠某油鹽店後身名優龍長勝寓所雖受虛驚均未延燒誠大幸哉當經北城坊訊及燒餅鋪起火緣由供稱係由焚化神紙放炮所致是以出示曉諭禁止雙響爆竹以防火燭當此風高物燥自宜愼之又愼也

更備不虞　○京師五城地面寥闊人烟稠密良莠不齊現仍在封篆期內正當嚴緝奸宄以故五城院憲會議諭令司坊各官練勇局哨官於每城所屬地面撥派勇丁以資巡查並正陽門內各街巷經步軍統領衙門督飭官廳兵丁晝夜巡梭各轄地方以防搶刦云

以稽實在　○順天府設立養濟院酌定額數散放孤貧錢米如人浮於額卽於額外收養每季由大興宛平兩縣及五城正指揮冊造實在人數加結具詳府尹將本年冬季應給錢米於十二月二十六日核實散放以惠窮黎如或印官公事無暇准委佐貳代行仍於每年秋冬二季將春夏二季放過錢米數目開造四柱淸冊申送該管上司查核

四月豫放　○戶部書吏例於年節前預領四個月飯食銀以資辦公按此項銀兩向於燒鍋稅課項下動支開放今奉　翁叔平大司農面諭所有本部書吏年節應領飯食銀先按四個月開放代耕之祿無虞不足矣

三浴而終　○除夕夜間前門外琉璃廠東南園浴堂內有某甲赴該堂沐浴正在池湯水中三浴三出之際忽然昏到赤條條氣絕體冰矣當經報驗覔來屍屬備棺盛殮至今尙未殯葬未悉其中有無別情俟訪再錄

練兵要則　○一軍律不明則賞罰倒置紀律亦因以廢弛故節制之師必以申明軍律爲第一義亟宜照兵律成憲參訂簡明軍刊發各營使兵丁皆得持誦並遴派執法營務處秉公糾查毋許偏袒庶人盡知法而競於用命　二新軍餉項製造不許營員經手期可專心訓練絕念營私每月屆發餉之期由糧餉局員調集各營司糧餉委員按包秤準製鏹督批分往各營俟操後架槍會同營員按名點發操演生疎者查其是否頂替缺額者扣發禀究病假者驗看是否屬實該員等均由局員節制隨時甄別考查倘涉舞弊准各營員弁指控參追　三各營器械均歸一　每五日由軍械局員調集各營司械委員製鏹分往各營逐一點查如有生銹及損壞未經報明者兵丁則懲予懲治該管官則禀請記過申斥該員等由械局隨時甄別必須曾習械學者充當遇各國精造新式器械爲行軍所必須者亦由械局員查訪考校請示添購

四各國兵學甚精中國將領習者極少宜一面設學堂赶爲造就分班出洋游歷一面先擇曾經戰事將弁內樸實耐勞及敦尙氣節能虛心受教者均令躬親歷練知用兵用械各法再隨時考擇任使亦可爲目前捍禦之選　五兵力強弱在愼選於募兵之始凡募兵必須遴派妥員分赴素習強悍各處厚給口食逐細挑選身長限四尺八寸以上力大限一百斤以外每一時行走限二十里以外年自二十歲至二十五歲並取具保結查註其住址三代家口附存冊內募足一隊二百五十八即分帶來營點名支餉　六士卒須以忠國愛民爲首務然在爲將者勤加教訓之宜設聽令公所時集將弁爲一處分類講訓令其分訓所部又按忠國愛民親上死長各義編爲四言文字刊發各哨令兵丁熟誦隨時考查復令各哨書以兵法要旨編爲歌詞曉諭士卒　七練兵自以步法手法陣法操法爲要務然其尤要者在於聽號令便分合知地勢及槍砲用法之奧妙行軍攻守之變幻每年春秋必須行軍數百里或約會他軍作對壘遇敵之狀使將卒習知戰法歷練勞苦遇有徵調立即拔隊不復有遷延遺誤之慮　八兵丁遇有請假斥革及疾病退卯者除在各營取保長夫內選補外不許隨地收補宜將其截曠原餉另存餉局按季派員赴各處另募即以截曠之項作爲募費　九兵丁在營三年因事請假者予假三個月發給三月本餉官弁各減半給餉逾限不回者開除遇有軍務不准請假報病者須派員驗實酌量開除　十官弁兵丁因勞成病及打仗受傷者醫局診治給藥傷者分等給賞仍照舊支餉在營病故者兵丁給埋葬銀十兩官弁給薪水三個月其陣亡者官弁兵丁均賞卹　薪二年撫其家屬另支造報　十一新　陸軍宜因材授事不能拘用官堦然遇有職銜尤徵或係白丁而才可擢用者又恐難資表率擬請凡統千人以上者准其暫戴三品頂戴帮統領官准戴四品哨官准戴五品哨長准戴六品撤差離營時摘去　十二每屆年終擇其操　勤能者分別賞給五品以下功牌達部註冊每計足三年視其操　有成者擇尤請給獎勵惟每百人只准保一人凡官弁到營日期均須隨時報部以杜浮濫　十三運用槍砲必須衣服窄小方能利便擬另定軍中衣制分別等次各列記號凡至操場戰場及聽令公所自分統以下概不准着長衣平時統帶以上均可任便領官以下常着短服

練兵幹役　〇道憲曾札飭天津縣協同存城汎各派幹目務將案犯邢有車緝獲捕役王春曾巡兵楊長喜並地方在掛甲寺下楊家庄將邢有車之弟邢四即邢有得拏獲並起獲八角表一個押解縣署因除夕元旦爲停刑之期尙未訊供俟詰再登

欺死蔑生　〇任邱縣屬李花村孀婦劉李氏其子病故痛子情切衣棺殉葬諸物一概從豐至發引後仍以啓柩如見其子不肯埋葬詎料被賊所窺乘間毀棺棄屍衣衾服等物均行劫去氏聞不勝悲痛立即遣人赴文武衙門報案請驗嚴緝按偷棺刼墓賊已胆大惡極非尋常賊比亟應嚴拏重懲不可任其逍遙法外耳

養財省事　〇本郡每歷新正各廟擺設燈彩或出巡賽會相繼舉辦茲守望總局李少雲太守以津地連年被災小民困苦元氣未復亟宜培養若仍耗財作此無益之舉殊屬非是况會極熱鬧即不免奸匪流民溷迹滋事欲防其患何若早爲禁止於是客歲杪即札飭十八段委員分飭各該管地方傳諭各廟一體禁止[illegible]達一經查出即從重嚴懲不貸是亦綏靖地方之要務也

無益有損　〇津郡俗例以新正初二日敬祀財神大家小戶維誠維虔於送神時柴夫進柴意是以柴作財水夫進水意謂財源如水並有乞丐口念吉詞詞畢即云快賞快賞必得黃金萬兩遂以紅繩串銅錢數十文望院中一擲作進財之意其主家即添付數十文以取吉利俗例也茲某甲者寒賤細民以吃洋飯暴發捐有虛銜昨敬財神爰着大毛細軟重裘補服掛珠公然富紳商也念喜歌者恭進頌詞甲見銅錢數十從空擲下以眞爲神賜之吉兆急搶納懷以膺其徵且自言金錢滿地定發大財隨命人賞給念歌者津錢一千幸哉念歌者先得利市矣至膺兆之人將來發財與否直是痴人說夢即發亦定不係乎此中土風俗喜而諛喜作無益往往視此書之以爲風俗習尙之志

當商助善　〇西門外延生社去冬所收貧戶郡城內外約有數十萬口每日需紅糧二百石幸各善士勇爲接濟得以救此災黎開歲杪聞郡當鋪助津錢二百吊文該社已高懸門榜矣

淹斃插標　〇昨歲杪閘口下高麗館前有尸一具自上游浮來至館前木樁掛住已經報官驗埋插標候認因無親屬故追誌之

啓者敝社自創立以來蒙　諸位大善士慨捐資助襄成愉發義塾惜字冬賑諸善舉每年所捐銀錢隨時皆登報章惟因時報館停止以後未能照登其社中立有務本義塾而塾中歷年公費爲京引公櫃善士捐助今又於社中設立崇儒義塾其塾中歷年公費爲天津紳士張少農觀察捐助現擬歲底將敝社一切入出帳目結清俟明春仍按從前登報章程詳細登諸　直報以供衆覽此啟　天津北關內大儀門西引善社謹啟

光緒二十二年正月初四五日京報照錄

宮門抄　上諭恭錄前報〇正月初四日　額中堂謝賞假兩個月　恩　廣東巡撫許振褘到京請　安　並謝賞福壽字　恩　召見軍機　許振褘　皇上明日卯

初二刻升 太和殿看版巳初進壇入齋宮〇初五日 張中堂等同鄉官謝 恩 祥普續假五日 召見軍機 皇上明日寅正 壇內上祭禮成後還宮辦事 召
見大臣後至南海 皇太后前請安畢還宮
〇〇杭州織造奴才書正跪 奏爲報解甲午大運委員起程日期恭摺奏 聞仰祈 聖鑒事竊奴才衙門奉內務府戶部傳派運務業經前織造英瑞辦解至癸已大運
止在案所有應解甲午運餉經奴才查照 奏准由牙釐局每月撥解到大錢一萬串按照市價儘數易銀發購料物督飭工匠敬謹織辦業於光緒二十一年五月內先行
起運通 上用緞綢紗三百疋官用緞綢紗一百疋內用綢縐紡絲八百一十疋衣線二百斤細布一千疋部用綠綾紡絲八百五十疋如數交納在案茲復督飭工匠謹將
辦得 上用緞綢紗二百七十疋官用緞綢紗一百疋內用綢縐紡絲六百二十疋衣線三百斤細布一千疋部用綠綾紡絲八百七十疋分別裝箱封固遴委妥員督同舍
人於十月十六日由杭起程解京赴內務府戶部分投呈交統計甲午起運大運兩次共辦解過海防紗縐絲三千九百一十疋衣線四百斤細布二千疋除將用過料工銀
兩細數遵照 奏准減成新章另行造報循例具 題並呈明內務府戶部查照外所有報解甲午大運委員起程日期緣由理合恭摺具 奏伏乞 皇上聖鑒謹 奏
奉 硃批該衙門知道欽此

浙紹朱鈍翁先生醫得秘傳脉方穩愼來津八載救濟千人其診婦女癆瘵經產幼嬰驚疳痘疹尤有妙術仍寓彌勒菴

告白

敬啟者京城售報處改在前門外琉璃廠小沙土園路西寶興木廠又楊梅竹斜街中間路南聚興隆小器作內兩處分售此白
售報人陳午清謹啟寓前門內刑部後身草帽胡同北頭大院內

我尋告白

前有瑙國度南輪船由神戶赴津八月十五抵塘沽卸貨交西山北山二駁船剝運失去雜貨三件𠰻頭(圖)毛巾一箱(LOH)錶(符號)一箱(LOH)棉花毯一箱如有知風報信謝洋五十元原貨送到謝洋二百元
鐵路公司旁金寓代白

本館現已另造樓房另購機器鉛字鉛模自行開辦惟今年封河較早購到者僅三號五號鉛字所有字模及四號鉛字已經運至高古口封凍不得進口須俟開河時到埠今即用三號五號兩樣排印報紙字跡畢淸較之模糊者不啻天壤想 閱報諸君定蒙賞鑒俟四號字運到後再當一律排印
本館謹啓

浙杭元吉永號

本莊自置紗羅綢緞新樣洋辮花素洋布川廣夏貨圖招雅扇南貨頭油俱全祇爲近時錢市漲落不同故而各貨減價開設估衣街中間路北凡 仕商賜顧者無悞特此佈達

江南桂蘭齋茶食店

本齋精製拾錦南糖糞素供果嘉湖糕點紹興薌脆八寶京糕異味糕點各種茶食外帶行匣新添拾錦元宵蜜層糕江米糕南北點心無有不精製細做
開設天津天后宮南坐西向東便是

正月初八日
銀洋行情
天津九七六錢
銀盤二千五百三十文
洋元一千八百一十文
紫竹林九六錢
銀盤二千五百七十文
洋元一千八百四十文

直報

光緒二十二年正月初九日　第三百三十一號
西歷一千八百九十六年二月二十一日　禮拜五

啓者報館之有採訪猶古之採風採詩上以考政治之得失下以考風氣之純剝載諸報端宜之中外取其善懲其惡故言者無罪聞者足戒充是任者品必公正心必仁廉公則明正則直仁則不爲已甚之事廉則不貪非分之財用能識大體近人情善善惡惡柔不茹剛不吐凡有關於 國計民生者自大至細悉採毋遺辭取達意而止不以富麗爲工登供衆覽於以通上下難言之苦達遠近不聞之聲庶使豫先事之綢繆善後事之補救斯無負泰西設館之本旨焉否則遇事射利飛短流長實爲此間所大忌者矣現在本館採訪招人有樂就者祈先以所採新聞投交海大道老菜市本報館門房轉遞是幸如可登錄取有切實公正保人則端人之取友必端本報館不惜重聘定當延致其有冀循情面援本館友人互爲請託者一概不收毋怪言之不豫也此啓

本館主人啓

論取師宜有心法

徒善不足爲政徒法不能自行又曰率由舊章遵先王之法孟子之意義在遵法由是言之凡事遵古法則無不可爲乎而非也士人讀書不可蔑古尤不可泥古古人往矣其遺言皆爲弟子之弟子所記大抵爲已尊其師遂並尊其師之師尊之則仰之思之思之深而不獲一見因於簡斷編殘之後得先師之一二語欣欣載筆訂爲一編而服膺勿失誦其語則如見其人後世之習其書者則又展轉相傳奉爲圭臬並不知一論其世而溯其語之適從何來驗之斯世斯身一一與此心相印第知此聖賢之言也烏可少易其不能以聖賢之言見諸躬行者固無足論其能以聖賢言語爲法程者則又不揣其本而齊其末是又與讀鄉黨而第效孔子之食不厭精膾不厭細者自謂不乖以誤古乎昔南宋棄河北而不守忍二帝而不顧其志圖恢復者止有武穆一人而以讒被誅尚何軍務之可言然竊考宋史正未嘗一日忘戰而不知取師也宋史稱上皇問勝敵之策於其臣對曰弱者出戰強者繼之上皇曰此孫武子三駟之法所爲一敗而二勝也夫宋之君臣亦知孫武子三駟之法乎彼教田忌與諸公子置馬較射此尋常取金爲戲以是法相馳固當一不勝而再勝在馳射較勝負則佳豈可以用之於行軍乎且是法也市井博奕之徒無不知之亦不得爲孫武子行軍妙算也夫兩軍對壘所貴先聲其勝敗祗此呼吸之頃耳以大爲小以強爲弱不過俯仰間而已今使以弱者出戰以當敵之強弱者必跌而不振前鋒不振則後之強者必且望風披靡一敗皆走又豈能收兩勝之功哉若夫臨大敵出奇制變或故先示以弱而以強勇之兵擣其虛則可非對戰時當使弱者居先強居後也春秋宋楚泓之戰襄公稱先道古言之非不壘壘而卒致於敗爲天下笑宋高宗之師孫武子亦猶是耳且不獨此也亦知宋之與金其勝負固有不待於戰而後判焉者乎此其論不自今日始也武穆大勝之下武

穆自與諸軍約直抵黃龍當與諸君痛飲宋可勝金之機不特武穆知之兀朮亦知之故定計不與武穆戰是岳家軍之强盛不問而人人盡知也而金必勝宋之道獨書生識之觀其叩馬一諫乃知金能勝宋之道又不關乎兵之强將之勇軍律之嚴與不嚴陣法之練與不練也但以陣論兵書所載固屬陳迹而步伐止齊分合變換埋伏策應之旨則今古皆同即如近歲某公所練之五排鎗布置之密打把之準自以爲恃此以往必應所向無前仿之春秋魚麗陣先偏後伍五乘彌縫者正復相似而一戰歸來乃散而不能收拾豈其律之不嚴兵之不壯乎蓋必有裕於步伐止齊之外者然後可以攻可以守可以合可以分可以有勝而無敗可以轉敗而爲勝縱至無可如何肝腦塗地若田橫之卒其自誓師以來將帥士卒久已矢存亡與共雖在危急豈有二心哉不此之求而徒求於如何操演如何訓練抑末矣以彼某公所練之兵即使盡棄所學而更學西法俱盡西法之妙使再臨陣其敗績仍不卜可知何也以其能學人之兵法而不能學人之心法也且不觀於去歲中東之事乎其整兵對壘兩兩各整旗鼓以相當者幾人其斷殺鏖戰者又幾日東兵之敢於公然去來毫無顧忌者豈僅恃其兵强將勇乎抑先有以知中土之可以魚肉也乎夫兵法其一端也至於開採礦務振興商務諸端何嘗不盡效西法而襲其器襲其事終不能如西人之獲利者非其人則器爲虛器事爲故事耳故古今有治法尤必有治人其人存則其心存其器與事斯與之俱存矣欲師之者亦惟師其心焉可

吏部文章　○光緒二十一年十二月分選單　知縣順天香河鄭輔河南舉　山東平原錢心潤安徽監　城吳葆錤江西廩　湖南嘉禾蔡宗梅江西附　黔陽李濟川江西附　廣東龍門林鉞福建甲　按經浙江王鴻遇直隸附　典史河南温縣張楷山西　山西孝義吳譽青順天　甘肅西甯程耀爵江蘇　江蘇南滙胡學海浙江　江蘇　榆林成陰四川俱監○分發職單　教授山東武定朱協麟濟甯甲　河南汝甯劉棻青懷慶甲　雲南永昌陳培元東川廩　正諭直隸南宮鄭杰順天附　湖北東湖朱郁春武昌　廣西象州陳紹祖梧州　貴州平遠李廷瑛平越俱舉　訓導山西沁源王鳳鳴甯武挨　河南登封曹選一光州　江西峽江萬濟川南昌彭澤劉文亮袁州　廣東恩平盧壽棻廣州　四川金堂劉容光敘州　石泉王春祺成都俱舉　貴州安平瓦光英興義　陝西鳳縣喬樹勳榆林俱歲　貴州甕安邱源清都勻挨　復諭安徽霍山施化龍安慶恩　山東沂水高朋翔曹州歲　江西石城彭士荃吉安廩　峽江胡德明建昌廩　湖北松滋余陰煊黃州副　廣東文昌李徇廉州歲　復訓直隸順德蘭興樵天津　浙江海甯王棨祖紹興　福建漳平葉徽祥建昌　湖南臨湘李炳曜長沙俱廩　山東齊東丁衍棠武昌舉　廣西象州黎承霖桂林附　雲南彌勒寸文林雲南恩　貴州開泰烏肇昆思南舉

以宏造就　○北洋武備學堂　爲出示招考事照得本堂稟請續招幼生以宏造就一案奉　北洋大臣王札開據稟該堂鐵路學生除調派外現在僅止數人擬照舊章將堂中幼生儘數挑習鐵路仍另募幼生四十名在堂肄業以宏造就應准照辦仰候纂齊造冊報查並移海防支應局知照繳等因奉此本堂定於正月十一日考試一次倘選不足額展限十八日考試一次合行出示曉諭爲此示仰紳官軍民人等一體知悉如有年少子弟資質聰敏氣體充實情願來堂肄業務各開具三代年貌籍貫前來本堂報名至期來堂聽候考試慎毋觀望切切特示

當釋前情　○東門外大夥巷內支盛當之舖夥某甲在龍王廟渡口上徘徊時許奮身抱頭跳於河內經兩岸赶即撈救上岸幸未傷命伊且言救我不如不救爲快衆問其情伊終不實說該當己知即來人將伊陪至舖內矣有何冤抑俟訪再錄

禮佛破財　○天后宮津中之古剎也護國保民香火鼎盛每屆正月初一至十五等日寶馬香車不絕於路惟廟中小綹屢見迭出昨有某公館婦女乘肩輿而來焚香膜拜禮畢擡首乃知金飾已失遍覓無踪據女僕聲稱約值百餘千噫失之則亦不爲惜若●以百千施諸廟則未必慨然施之貧人則更未必慨然也吁

藉勇禁賭　○俗例每屆上元佳節各街賭博不一而足日前城外骰子局有某營勇丁賭錢正爭勝間敵查街某弁瞥見即將該勇丁甲乙揪獲各責軍棍一百並將局頭某甲揪獲聲稱送官懲治云云如此辦理　風成可斂迹乎

家富招災　○郡城西村有郭姓者家小康去歲杪郭母逝世忽來一素不相識之李成冒充舅氏並其子李黑持刀訛詐聲稱郭之先人欠銀二十兩郭不認欠債李成即在大門撞頭其子李黑即持刀行凶該管地方劉某恐釀巨禍赴縣呈報李成父子亦赴縣喊控經縣委驗大令堂訊乃知李成父子訛詐屬實至如何斷結俟詰明再報

洋商團拜　○本埠紫竹林一帶各洋行每年開市之期各商等必團拜一次茲聞於正月初十日假坐侯家後福聚成飯店招集菊部暢叙終朝云

懷璧其罪　○茲據河間友人來言吳橋縣地方素稱靜謐惟連年歉收不但盜賊肆意貧民亦間爲不法殊可惡也縣屬香坊王庄陳富柱者上農夫也其族貧寒者不免生怨其胞姪陳邦彥並同族人陳得善勾引賊匪多人乘夜闖至其家硬將陳富柱擄去並搶去現錢三十千文時陳之妻出爲喊捕竟被拒傷當經報案勘驗迄今

多日尚未緝獲於此益見賊匪奸徒橫行深爲民害該管者若不嚴飭緝捕何以安閭閻也至陳之或因富招災或爲富不仁事雖聽揣姑照錄之俟訪續登

命案續聞 ○昨報載某甲於初二日在馬家口投河一節曾經兩述情形俱未得確茲又訪聞甲係章姓在源美錢舖爲司帳與人合股開設裕德堂藥舖因向針市街某錢舖三家川換至年底未能歸還除夕夜三家錢舖各令其夥持字號燈籠找章索討章以身在生意中竟被三家錢舖以字號燈籠相比索債殊爲不堪雖暫時支持終以顏面有愧因尋短見當經報案相驗時章之面上尚有傷痕於是該家屬指控某號錢舖掌櫃勒逼毆打其餘二家亦被控在案至今尚未悉已否到案此係章投河之實情也然藥舖因何故並不還帳致以三家錢舖催討其詳尚未得聞應再細訪因案關人命亟應有聞必錄俟有續聞再登

幸遇好人 ○南宮縣廣升鏢局用葉子揚船隻由天津裝儎鏢銀赴鉅鹿縣李古庄交卸行至獻縣大過河登陽河被步賊十數人各持器械喊令靠岸欲行搶刼幸未被搶一案曾紀前報頃悉遇賊情形合再錄登其報案人高命順係葉子揚船夥套夫因拉套行走被賊喝令靠岸其船上標手即放槍迎擊與賊互相爭鬥高乘間奔赴城內報案斯時該賊未能得利因恐緝捕兵至遂即相率而逸是以鏢船未曾被搶於此益見賊匪之兇惡鏢手之奮勇船夥之顧義眞乃幸之又幸也若套夫者亦眞好人哉

雖乎爲父 ○本埠紳商富家除詩書簪纓而外其子弟半多喝雉呼盧與花柳烟霞相徵逐雖非飽食終日無所用心而無所不至恣意揮霍猝難應手即不免呼將伯重息告貸比及歲暮原本既不能還仍須償利則換票加息以利作本債愈久則愈多已成巨累昨有某少年以現需數千金方可度歲遂煩某甲說合向某宦借妥五千金以三分行息定日兌交詎某宦詢悉該少年欠項累累深已若壑之無底因而中止甲再三設詞終難再允又被少年急爲催辦致甲幾乎尋死幸甲之友將事言明少年聞之且不勝大怒甲已匿而不面某又必欲得甲而甘心焉甲更杳無踪跡矣知其事者言某因議此事每日邀人吃飯嫖逛已費百金是以與甲勢不兩立耳但此情形深恐釀成禍端某之尊翁竟處以無事毫不研詰抑知子弟之不謹父兄得不任其責乎

寃豈無頭 ○河東于家廠張二者妻號大脚名之以其實也素業販賣人口昨將其族姪媳誘賣於滄州地方其姪得信在津縣控案時大脚在滄未還除由縣備文移滄訪拿外先將其夫張二鎖押縣署矣

集善清單 ○集善社七月清單 計開本年六月現存銀二百四十三兩一錢七分 現存錢一千十六吊二百八十八文 七月入欵 房租錢二百十吊 劉倓得助錢十吊 王潤田助銀一兩四錢三分 文修堂助恤米錢五十三吊七十六文 謙益堂助恤米錢五十三吊三百七十六文 易進銀二百五十兩 出欵 易銀用錢六百九十八吊七百五十文 本月買恤米錢三百二十六吊二百六十文 銀二兩五錢九分 計米四十九石八斗內四十八石 九石每石價錢六千六百七十二文 九斗每斗價銀二錢八分八厘 計發孀三百四戶內一百十七戶各吃米一斗 一百八十戶各吃米二斗 七戶各吃米三斗 統結現存銀四百九十二兩一分 現存錢三百十八吊三十文 外計現存生息房產等二千三百二十三兩 錢一萬六千吊

遠邁孔敎 ○粵報云南海周君出洋貿易多年昨到本館談及俄羅斯故事幷出其拍影冉子牌位俾各人敬觀據稱俄羅斯彼得羅堡京城內有一大博物院蓋院爲法之富人某捐四萬萬佛郎克所締造者也中有一院專供中土各神像韋馱財神王靈官之屬皆不足異獨先賢冉子神位不知何以獨到此間聞其紀載蓋一千八百年前於中國一廟中得之者噫冉子固稱藝士幾何原本一書即冉子所著今其靈爽豈隨之西渡故歐洲之造乃能日精一日耶前聞香山卓君丞李帥命遊歷泰西各國獨俄京立 孔子廟近日又聞俄京立 孔子廟莊嚴鉅麗費金約百餘萬云云果爾則誠如中庸所云凡有血氣莫不尊親此孔敎遠被之初基也又豈特祟祀先賢一位而已哉周君所說本館初以爲附會之談及披閱王使臣使俄日記則一一與之符合是亦吾敎中人所樂聞者也

光緒二十二年正月初六日京報照錄

○○太子少保兩廣總督兼署廣東巡撫臣譚鍾麟跪 奏爲本年覆查保甲完竣據實上陳仰祈 聖鑒事竊各屬編查保甲向於秋收後責成該管道府州親往認眞抽查督撫於歲底彙奏一次歷經遵照辦理溯查光緒十三年二月十九日奉 上諭着各省督撫嚴飭所屬將保甲事宜認眞辦理不得僅以造冊申報敷衍塞責用副朝廷戢暴安良實事求是之意將此通諭知之等因欽此均經通飭各屬欽遵辦理在案茲屆光緒二十一年秋收後查辦之期經該管道府州親往抽查具結由藩臬兩司會詳請 奏前來臣查粵東地處海濱盜風素甚加以五方雜處良莠不齊密邇港澳逋匪最易全在地方文武認眞稽察實力巡防平時守禦旣嚴則匪徒自不敢窺伺現在內河水陸各處及近省各海口均經分撥輪扒各船派調兵勇按段駐紮聯絡梭巡前經議定整頓保甲章程獎勵員弁官紳分投稽察嚴緝通飭各屬率同公正紳耆認眞辦理現值抽查完竣臣仍飭屬隨時實心經理務期匪戢民安以仰副 朝廷綏靖海疆之至意所有覆查保甲完竣緣由謹繕摺具陳伏乞 皇上聖鑒謹 奏奉 硃批

知道了欽此

○○直隸總督北洋大臣臣王文韶跪　奏爲津海關第一百三十七結至一百四十結洋稅收支各數繕單恭摺具陳仰祈　聖鑒事竊戶部會議各海關洋稅按結開單奏報一次扣足四結再開單奏銷一次津海關收支稅項業經奏報至第一百三十六結止在案茲據代理津海關道黃建　詳稱自光緒二十年九月初三日第一百三十七結起至二十一年八月十二日第一百四十結止共收過各項稅鈔銀七十七萬七千九百三十三兩六錢八厘又收東海關解到四成洋稅專作機器局經費銀八萬二千五百兩九錢四分七厘三毫一絲開支各款計共銀八十六萬四千一百十七兩三錢六分八厘分款開單詳請奏咨前來臣覆核無異理合繕單恭摺具　奏伏乞

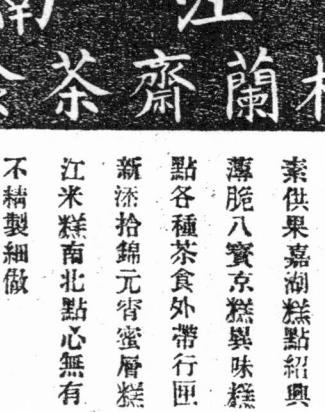

皇上聖鑒謹　奏奉　硃批該衙門知道單併發欽此

○○書正片　再查奴才衙門司庫筆帖式庫使等員向例五年任滿並請更換茲查筆帖式錫惠筆帖式延翻於光緒十八九年十月間經前織造英瑞先後各保留二年後扣至二十一年均屆期滿例應呈請內務府揀員接替惟查該二員辦事勤能織務熟悉現値織辦各項活計緊要之時督催工匠方資熟手合無援案仰懇　天恩俯准將該筆帖式錫惠筆帖式延翻各留任二年之處出自　逾格鴻慈謹附片具奏伏乞　聖鑒訓示謹　奏奉　硃批着照所請該衙門知道欽此

告白

敬啟者京城售報處改在前門外琉璃廠小沙土園路西寶興木廠又楊梅竹斜街中間路南聚興隆小器作內兩處分售此白　售報人陳午清謹啟寓前門內刑部後身草帽衚衕北頭大院內

我尋告白

前有瑙國度南輪船由神戶赴津八月十五抵塘沽卸貨交西山北山二駁船剝運失去雜貨三件麥頭（記）毛巾一箱（記）錶鏈一箱（記）棉花毯一箱如有知風報信謝洋五十元原貨送到謝洋二百元

鐵路公司旁金寓代白

本館現已另造樓房另購機器鉛字鉛模自行開辦惟今年封河較早購到者僅三號五號鉛字所有字模及四號鉛字已經運來適沽口封凍不得進口須俟開河時到埠今即用三號五號兩樣排印報紙字跡畢清較之模糊者不啻天壤想報諸君定蒙賞鑒俟四號字運到後再當一律排印

本館謹啓

正月初九日

銀洋行情

天津九七六錢

銀盤二千五百三十文

洋元一千八百一十文

紫竹林九六錢

銀盤二千五百七十文

洋元一千八百四十文

直報

光緒二十二年正月初十日　第三百三十二號
西歷一千八百九十六年二月二十二日　禮拜六

啓者報館之有採訪猶古之採風採詩上以考政治之得失下以考風氣之純剝載諸報端宣之中外取其善懲其惡故言者無罪聞者足戒充是任者品必公正心必仁廉公則明正則直仁則不爲已甚之事廉則不貪非分之財用能識大體近人情善善惡惡柔不茹剛不吐凡有關於　國計民生者自大至細悉採毋遺辭取達意而止不以富麗爲工發供衆覽於以通上下難言之苦達遠近不聞之聲庶使豫先事之綢繆善後事之補救斯無負泰西設館之本旨焉否則遇事射利飛短流長實爲此間所大忌者矣現在本館採訪招人有樂就者祈先以所採新聞投交海大道老菜市本報館門房轉遞是幸如可登錄取有切實公正保人則端人之取友必端本報館不惜重聘定當延致其有冀循情面援本館友人互爲請託者一概不收毋怪言之不豫也此啓

本館主人啓

上諭恭錄

上諭河東河道總督着任道鎔署理欽此　上諭甘肅甯夏鎭總兵員缺着王鉞安補授欽此　上諭前據依克唐阿奏參奉天候補道余濬等貪縱酷虐各欵當經諭令李培元確查具奏茲據查明奏稱候補道余濬攬權納賄罔上營私准補營口同知陳忠傑貪婪暴虐蠹政害民協領英凱依附余濬耗帑勞兵證諸卷宗參之輿論該員被參各節均屬實有其事請旨懲辦等語奉天營務吏治久形廢弛若不將此等劣員從嚴懲處何以挽積弊而資整頓余濬陳忠傑英凱均着即行革職永不敘用餘着照所議辦理該部知道欽此　上諭史念祖奏知縣虧短銀米延不完解濟回原籍請旨查辦一摺前署廣西永淳縣知縣潘天秋徵存銀米迭經嚴催延宕不解竟敢濟回湖南本籍殊屬玩㴱潘天秋着即行革職並着陳寶箴派員解赴廣西嚴追以重庫欵餘着照所議辦理該部知道欽此

薛福成變法篇

竊嘗以謂自生民之初以迄於今大都不過萬年而已何以明之以世變之亟明之也天道數百年小變數千年大變上古榛榛之世人與萬物無異耳自燧人氏有巢氏包犧氏神農氏黃帝氏相繼御世教之火化教之宮室教之網罟耒耨教之舟楫衣裳弧矢書契積羣聖人之經營以啟唐虞無慮數千年於是洪荒之天下一變爲文明之天下自唐虞訖夏商周最稱治平洎乎秦始皇呑滅六國廢諸侯壞井田大泯先王之法其去堯舜也蓋二千年於是封建之天下一變爲郡縣之天下繼秦以降雖分合盛衰

無常然唐漢宋明之外患不過曰匈奴曰突厥曰回紇曰吐蕃曰契丹蒙古總之不離西北塞外諸部而已降及今日泰西諸國以其器數之學勃興海外履埃 若庭戶御風霆如指臂環大地九萬里罔不通使互市雖以堯舜當之終不能閉關獨治而今之去秦漢也亦二千年於是中外隔絕之天下一變爲中外聯屬之天下自羣聖人經營數千年以至唐虞自唐虞積二千年以至秦始皇自秦始皇積二千年以至於今故曰不過萬年也而世變已若是矣世變小則治世法因之小變世變大則治世法因之大變夏之尙忠始於禹殷之尙質始於湯周之尙文始於文武周公閱數百年則弊極而變或近至數十年間治法不能無異同故有以聖人繼聖人而形迹不能不變者有以一聖人臨天下而先後不能不變者是故惟聖人能法聖人亦惟聖人能變聖人之法彼其所以變者非好變也時勢爲之也今天下之變極矣竊謂不變之道宜變今以復古迭變之法宜變古以就今嗚呼不審於古今之勢斟酌之宜何以救其弊且我 國家集百王之成法其行之而無弊者雖萬世不變可也至如官俸之儉也部例之繁也綜覈之嚴也取士之未盡得實學也此皆積數百年末流之弊久失立法之初意稍變則弊去而法存不變則弊存而法亡是數者雖無敵國之環伺猶宜急急焉早爲之所苟不知變則粉飾多而實政少拘攣甚而百物弛矣若夫西洋諸國恃智力以相競我中國與之並峙商政礦務宜籌也不變則彼富而我貧攷工製器宜精也不變則彼巧而我拙火輪舟車電報宜興也不變則彼捷而我遲約章之利病使才之優絀兵制陣法之變化宜講也不變則彼協而我孤彼堅而我 昔者蚩尤造兵器侵暴諸侯黃帝始作弓矢及指南車以勝之太公封齊勸其女紅極技巧通魚鹽海岱之間斂袂往朝夫黃帝太公皆聖人也其治天下國家豈僅事富強者而既厠於鄰敵之間則富強之術有所不能廢或曰以堂堂中國而效法西人乎是不然夫衣冠語言風俗中外所異也假造化之靈利生民之用中外所同也彼西人偶得風氣之先耳豈得以天地將洩之秘而謂西人獨擅之乎又安知百數十年後中國不更駕其上乎至若趙武靈王之習騎射漢武帝之習樓船唐太宗駕馭蕃將與內臣一體皆有微旨存乎其間今試取西人器數之學以衞吾堯舜禹湯文武周孔之道俾西人不敢蔑視中華吾知堯舜禹湯文武周孔復生未始不有事乎此而其道亦必漸被八荒或又曰變法務其相勝不務其相追今西法勝而吾學之敝敝焉以隨人後如制勝無術何是又不然夫欲勝人必盡知其法而後能變變而後能勝非兀然端坐而可以勝人者也今見他人之我先猶曰不屑隨人後將跬步不能移矣且彼萃數百萬人之才力擲數千萬億之金錢窮年累世而後得之今我欲一朝而勝之能乎不能乎夫江河始於濫觴穹山積於跬簣佛法來自天竺而盛於東方算學肇自中華而精於西土以中國人之才智視西人安在其不可以相勝也在操其鼓舞之具耳噫世變無窮則聖人御變之道亦與之無窮生今之世泥古之法是猶居神農氏之世而茹毛飲血居黃帝之世禦蚩尤之暴而徒手搏之輒曰我守上古聖人法也其不憊而且蹶者幾何也且今日所宜變通之法何嘗不參古聖人之精意也

窮則變變則通前與後有異乎抑無以異耶前不見古人後不見來者後之視今亦猶今之視昔耳夫商政礦務攷工製器諸端步步趨趨不能一蹴及人遑言能勝然較之兀然端坐跬步不移者則生死判焉矣然竊有欲進一解者製器尤當隨時地以辨利用之宜育材尤當推心腹以收得人之實則行當騰人無慮不能蹴及也惜不能起古聖而問之其求治之精意曾爲後人道破否　本館謹跋

公賀司農　○正月初四日爲戶部左侍郎張樵野少司農五旬千秋雇定同春菊部在東安門外燒酒胡同府第坐腔高唱清音並備酒酌恭候祝嘏賀客車馬塞途盛已哉

澄叙世職　○自咸豐紀元軍興以來經兵部議功所核議將備臨陣捐軀者例得由各省督撫奏請飭下兵部分別議給騎都尉雲騎尉各世銜降至恩騎尉世襲罔替除騎都尉例應親赴兵部具呈由兵部聲明原案帶領引 見後方准承襲外其雲騎尉卽由外省督撫取具圖結照案核准歸標委用以廣 皇仁而恤難裔惟軍務底定陣亡將弁多於恒河之沙襲廕人員不勝指僂竟有年久核准之案難裔乏嗣承襲者遂有南營候補守備楊某與部書勾結銷售雲騎尉世職每襲無非百金盡可歸標差委分派各地面官廳坐班當差所得歲支俸銀頗可敷衍無論娼優隸卒及身家不清白者莫不頂戴臨身蹌蹌濟濟今聞前門外獨霸留守衛著名匪棍粗 王三素日買養雛妓作皮肉生涯積有餘囊與伊子王某購辦世職又有粉房琉璃街居住潘五向充中西坊皂役素爲妓寮乂杆居然購辦世職又聞延壽寺街柴兒胡同余厚軒亦係扛叉匪類購辦世職每日俱派在東河西河東珠西珠各汛官廳值班當差現屆 皇上大祀 祈穀壇該襲職雖然花衣補服頂戴臨身惟夙習匪類本來面目終難脫落以致諸多有失體制經榮振華大金吾訪聞若輩昔日均非安分之徒派委幹員詳細詰究專摺參辦諒難再充襲職也

入國從俗　○西人好勞惡逸不似華人之得懶且懶然其勤懇之中仍有暇逸之候如中歷戴星房虛昴等日卽西人休息之日所謂禮拜是也是日官商士庶例不辦公此外必遇大節氣大慶賀大舉動始懸旗誌喜停止辦公否則不敢一息偷閒西人之勤動較勝華人萬萬矣查西歷一千八百九十六年二月十二日係中國光緒二十一年除夕正禮拜四日係中國光緒二十二年正月元旦寅辰所有駐京各國欽使府第均懸五色花旗及海關總署均各停辦公務東交民巷滙豐各洋行各西人亦

皆關門閉戶停止交易聞駐京各國欽使亦乘輿赴恭邸禮邸慶邸及諸鈺公府第投刺往賀新年云

其居使然 ○元旦朝賀儀注皆自除夕前三日後期十日朝士大夫穿服花衣以尊慶典昨伺朝臣散値之餘見玉驄人去悉炫鳳苞雛簾開鴻隱鵷翼耀銀青而紆金紫勗哉夫子能罷彰五采而煥九章炳也大人虎豹加以冠纓孔翠時搖曳於天風纓染猩紅齊輝煌以麗日一串記牟尼之室孤圓認佛頂之光黼黻簪纓於斯爲盛因想其趨朝之際九天日月開閶闔萬國衣冠拜冕旒句定當仿彿遇之正騁觀間有友謂余曰君艷黼黻簪纓之盛君知黼黻之價乎卽如某官一身佩服非二三千金不足購也蓋世胄仰承先蔭早躋崇階學問不足以勝人惟以服飾之雄誇耀於風憲內翰中翰御前値班之際故積久成風雖起家寒素者亦不能不漸染紛華凡其一衫一屐實非外郡所能仿彿萬一也余曰京師爲首善之區服御之美故宜如此若外郎之任一官宰一邑者爾俸爾祿悉是民膏民脂倘亦相習而如此奢靡其不病民者幾何哉

籌賑批詞 ○督辦直隸籌賑總局　示據鄉民王得成稟批據稟已悉此案既經高玉成等赴縣指稟着卽自赴天津縣候訊公斷未便憑爾一面之詞由局轉行致滋訟仰卽遵照毋再多瀆此批

鄉人仗義 ○河屬盜竊之案仍不少息據該處布商來云其友翟惠芳係山西平定州人在景州屬龍華鎭開設染坊生意每將布染就用小車推送各村庄於去冬推車送布天至晌午行至南木客庄西南里許遇步賊三四人攔住搶去靛白布數十塊翟棄車跑至鄭庄村內喊捕當有庄民寶二祥仗義追捕詎被賊燃槍拒傷斯時適遇龍華鎭汛兵丁巡緝至該處卽追獲賊人王三並布疋及洋槍砍刀等一併押解送縣訊辦似此村民仗義幫捕反被拒傷而汛兵追獲贓賊可爲勇幹翟眞不幸之大幸也

火輪將到 ○南窗梅蕊九九已逾其七蟄蟲在卽河冰將泮矣聞上海烟台等處輪船於正月十六日各埠放行約於二十日內行當進津埠口矣

喜神當迎 ○每年喜神更換方位以符年庚本年喜神居東南方初八日早鎭憲暨軍門率所屬並三營兵丁等赴南門外地方迎接喜神以遵舊典

戒僧遠來 ○本埠南門外海光寺主持定於本年正月十五日萬壽傳戒已登前報茲聞京西北某寺戒行僧來津傳戒指日可抵津矣

當商團拜 ○本埠當商約四十餘家便國便民兩有裨益每屆正月間開市前各家輪流止有一處收當率由舊章茲於初六日開市後衆商等擇於初八日在山西會館招集菊部團拜一次云

人之失愼 ○日昨鹽它西胡同鹺商張某者於下午四點鐘時客室三間於門房相連忽然火起幸該處水會奮力撲救未及延燒隣右聞係煤油燈倒落於地將柴草引着直冲房頂險哉

夫也不良 ○河東小口李二者素以小經紀爲業素好賭博因凍餒其妻子昨日又賭將己身衣服亦盡典賣不能出門其妻以仰望終身之人今乃若此不如死遂懸樑氣將絕矣隣人聞氣息聲粗知其尋死卽呼衆人救下聞已甦矣夫也不良胡不良至此耶

因識成仇 ○任邱民人及國興行至縣屬某村被賊搶去棉花十數斤現錢三十千並被賊毆傷不生一案當經及之弟及振興赴縣報案勘驗後卽飭捕役嚴緝隨經該捕王景春同營兵拿獲賊匪張丑一名經邑令訊供該賊係縣屬張庄人因貧聽從張豬張同寬勾引夥同搶刦及國興棉花錢文其逸賊張同寬因與及相識恐報案被獲復起意用鐵尺將及毆傷旋卽殞命等情逸賊尙須緝拿似此河屬屢年患難奸民接踵殊可慮也

同行爲禍 ○棗强縣王有網在京貿易迨臘月中旬結伴六人回家各背包裹由都起身行至武淸縣屬司各莊住店於次早同行至莊外迤東堤旁被五人札傷搶去銀兩衣服王被札倒地傷重難起當經該管地方孫起瑞查看詢問王具言被札搶銀之事並言同行之人孫式淸河縣人陳姓晉州人甯二武城縣人任長盛故城縣人並有不識姓名一人當經該地方報案王移時因傷殞命隨經邑令勘驗分別移文並飭捕嚴緝似此同行夥刦拒傷較之盜賊尤爲惡極若不嚴拿懲辦何以肅法紀而正人心耳

集善淸單 ○集善社八月淸單　計開本年七月現存銀四百九十二兩一分　現存錢三百十八吊三十文　八月入款　劉俊德助錢十吊　樂安都助錢二十吊　王潤田助銀五兩五錢五分　文修堂助恤米銀二十二兩六錢一分　謙益堂助恤米銀二十二兩六錢一分　利息錢三百五十吊　出欵　本月放恤米合銀一百三十九兩六錢八分　計米四十八石五斗每石價銀二兩八錢八分　計嫠婦二百九十五戶內一百十二戶各吃米一斗一百七十六戶各吃米二斗七戶各吃米三斗　統結現存銀四百三兩一錢　現存錢六百九十八吊三十文　外計現存生息房產等銀二千三百二十三兩　錢一萬六千吊

光緒二十二年正月初六日京報照錄

宮門抄　上諭恭錄前報○正月初六日　恭王請假五日　王汝濟等同鄉官謝　恩　張英麟等同鄉官謝　恩　意公續假五日　海公請假十日　召見軍機

○○大理寺卿臣明桂等謹　奏爲請　旨派署卿缺事查臣寺漢卿徐致祥現出浙江學差署漢卿李端遇現出安徽學差署漢卿岑春煊奏請開缺滿少卿舒普現出使克昭盟　賜奠之差漢少卿徐承煜現升太僕寺　所有臣寺值日並值文職六班及會審會奏進署等差如遇值日惟臣明桂一人勢難兼顧理合恭摺奏請　欽派一員署理　缺庶各差不致有誤謹據實陳明伏乞　皇上聖鑒訓示謹　奏請　旨奉　旨已錄

○○頭品頂戴閩浙總督臣邊寶泉跪　奏爲閩省光緒二十一年上半年稅釐收支數目恭摺具陳仰祈　聖鑒事竊照各給釐金應按半年　奏報一次閩省稅釐數目業經報至光緒二十年十二月止茲據藩司黃毓恩會閩稅釐局司道詳稱二十一年正月起至六月止連閏共收銀八十八萬二百六十五兩零以之撥解京協各餉並給兵餉勇粮修製軍製師船及一切善後經費僅敷開支其前此不敷之數俟續徵稅釐撥補等情詳請　奏咨前來除將數冊咨送戶部外理合開單繕摺具陳伏乞

皇上聖鑒謹　奏奉　硃批戶部知道單併發欽此

浙紹朱鈍翁先生醫得秘傳脉方穩慎來津八載救濟千人其診婦女瘵經產幼嬰驚痫痘疹尤有妙術仍寓彌勒菴

本館現已另造樓房另購機器鉛字鉛模自行開辦惟今年封河較早購到者僅三號五號鉛字所有字模及四號鉛字已經運來適沽口封凍不得進口須俟開河時到埠今卽用三號五號兩樣排印報紙字跡畢清較之模糊者不啻天壤想　閱報諸君定蒙賞鑒俟四號字運到後再當一律排印　本館謹啓

告白

敬啟者京城售報處改在前門外琉璃廠小沙土園路西寶興木廠又楊梅竹斜街中間路南聚興隆小器作內兩處分售此白　售報人陳午清謹啟寓前門內刑部後身草帽衚衕北頭大院內

我尋告白

前有瑙國度南輪船由神戶赴津八月十五抵塘沽卸貨交西山北山二駁船剝運失去雜貨三件䘥頭〔HK〕毛巾一箱〔BDT〕錶鏈一箱〔NO〕棉花毯一箱如有知風報信謝洋五十元原貨送到謝洋二百元　鐵路公司旁金寓代白

浙杭元吉永號

本莊自置紗羅綢緞新樣洋辮花素洋布川廣夏貨團摺雅扇南貨頭油俱全祇爲近時錢市漲落不同故而各貨減價開設估衣街中間路北凡　仕商賜顧者無悞特此佈達

江南桂蘭齋茶食店

本齋精製拾錦南糖真素供果嘉湖糕點細與薄脆八寶京糕異味糕點各種茶食外帶行匣新添拾錦元宵蜜層糕江米糕南北點心無有不精製細做　開設天津天后宮南坐西向東便是

德陞齋靴鞋舖

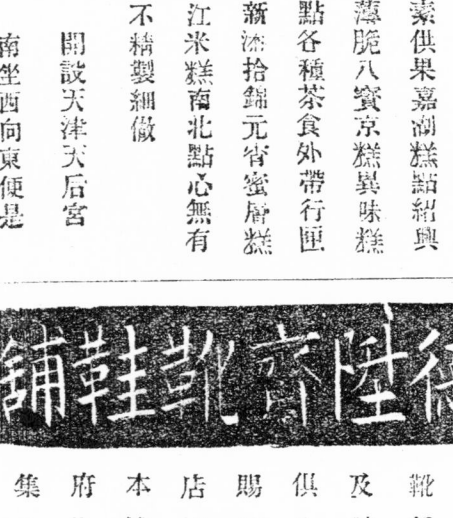

本齋專做滿漢朝靴新樣京式名鞋及鑲花坤鞋一應俱全價廉物美賜顧者請認明本店招牌庶不致悞本舖開設在天津府北門外鍋店街集義棧對過便是

直報

光緒二十二年正月十二日
西歷一千八百九十六年二月二十四日
第三百三十三號
禮拜一

上諭恭錄

上諭張之萬奏假期屆滿病仍未痊懇請開缺一摺張之萬着賞假兩個月毋庸開缺欽此　軍機大臣面奉　諭旨本月十二日進內奏事當差執事之王公文武大小官員均着穿蟒袍補褂欽此　上諭鹿傳霖奏特參不職將備請旨懲辦等語四川候補副將署綏靖營副將江國林藉端苛索兵心怨憤候補副將劉全泰貪詐浮僞膽大妄爲候補遊擊署會隴營遊擊李信仁嗜好任性擅責平民太甯營都司賀頤莊居心貪鄙罔利營私候補都司王丙濤朦混詐冒狡滑鑽營均着卽行革職以肅營伍餘着照所議辦理該部知道欽此

詳論古田教案並辦理事宜

不遠道人來稿

查此案齋會戕害教士禍連婦嬰實屬凶暴之極聞該會係同治年間齊匪餘黨前經左文襄公勦撫洎今二十餘年孳乳寖多輕蔑守宰嘯聚劫掠常爲地方之害卽此番連戕十餘命該會豈不知此係洋人害之必爲　國家官長生事爾乃悍然弗顧則其心尤不容誅此其宜盡法嚴懲以杜燎原之漸者可不待言第若謂教士等純係慘遭橫逆絕無自作之禍者則又非極摯之論也近日僻壤小民多畏貪婪吏胥與無賴紳衿欺侮故或吃西教以牧師爲護符或結私會備黨與作氣勢內地隨處有之而閩之上府爲尤甚此等吃教吃齊皆非爲其本事起見該會不知准提爲何人教徒不識耶穌爲何人揣其本旨小者資以逃稅大者藉以抗官而已而彼教士來華意欲大暢宗風但不知此中雖俗衰道微民多昏墊然要是羣聖之所經綸大法大經昭揭俱在此非深於中國文字存心平等察微知著者不能知也乃往往用彼皮相逞其臆說漫謂吾國君臣化民無術欲宏彼教救此羣生此雖闇淺可憐然平心而論亦是施其所寶意卻無他而中土之教遠有佛氏近雜天方地大民衆固亦何所不有許其傳布而任信者奉之非者距之各是所是亦未相妨乃士夫見其無因至前未免夜光按劍展轉推求不能得其用意之所在遂或謂此徒扇誘吾民專爲

窺覘張本或謂其陰執左道取眼取胎甚且筆之於書廣相傳布激昂公憤日啓爭端事起窮鄉動成邊禍自吾人之論不足以服其心而教士自審無罪心膽愈張以謂冒死救民吾法當爾假令因傳教之故致節節支解或如耶穌身磔十字架中則天梯咫尺帝謂可通一事因緣正謂此耳所以前車告覆後車方馳吾之斥之益勤而彼之傳者愈衆嗟夫是誠不可以口舌爭也但此曹自信太過而視中國太輕又不悟風俗不齊人心日幻輒云從教之人革面洗心則皆善類謂官吏刻削細民已成中土恒俗存茲成見牢固不搖故遇地方賦役諸事或其徒與人涉訟公庭從不審別莠良每爲出入官衙把持官吏而吾之不才牧令不知條約但准傳教幷保護牧師教民不加歧視從未云華民一入教門便與編氓異等不容地方官奉公執法公聽平觀又不知西法官師二者權分教中一切神道禱祈之事官所不得與聞而民間錢穀刑名乃官之全權教亦不得過問旣不能執此與爭而乃積威約漸寖遇牽涉洋人輒畏波瀾甚大幾於請無不行行無不遠彼小民何知見教士如是神通但得庇身何知擇術民如魚爵教若淵叢近來山邑邊境吃教日多半皆坐此

此稿未完

失愼時聞　○元旦淸晨前門外櫻桃斜街燒餅鋪因焚神紙失愼致遺焚如當卽救息已刻前報茲聞正月初二日天曙時前門內中御河橋東草鋪堆積乾草數堆早經鄰居囑託須將所積乾草改爲小堆免得不戒於火不可向邇詎料居民鋪戶迎歲祀神燃放爆竹致炮紙跌落草堆驟而烟氣上冲火光熊熊當卽鳴鑼驚救旋該地面官廳弁兵齊力撲救回祿君始收燄返旆共計燒燬房屋十餘間乾草三堆將草鋪主李某鎖解步軍統領衙門責押以爲失愼者戒又聞是晨崇文門內東四牌樓廣滙軒茶社亦因祀神放雙響爆竹炮紙墜落致將葉布店門面牌樓燃着幸經鄰居瞥見七手八脚隨將牌樓鋸倒未遭池魚之殃誠不幸中之大幸哉

春光太露　○京師夙稱繁華近日節屆新年前門大街直至天橋一帶除女落子外女大鼓演唱艷曲有幼女名喚蓉者唱跳樂後悔等淫詞一串歌喉色藝兼美座上客罔不興高采烈青年子弟當此燈節均未入塾就業亦皆趨之如鶩以閑情實而肆目淫是誠宜亟懸厲禁者也況近聞山東新來歌者三人攜抱琵琶嘈嘈切切殊落玉盤所唱各種馬頭等調聲遲以媚分外蕩心動魄於正月初六日經南城飽秦戎督飭西珠汎弁兵嚴行遏止亦維風化正人心之一助也蓋春宜暗藏若下處若妓寮尋者自尋戒者自戒宜若於時無忤於事無妨也而官猶禁之況宜洩於天街日下乎

熙熙有加　○陽光晴淑天下皆春衆人熙熙咸思登春台以誌喜都人士召梨園開鞠部相與點綴夫東皇洵承平之有象也聞自初六七十二十三等日永定門外木樨園地方以慶賀佳辰招優演劇三日懸掛燈彩以慶良辰想尋春士女結隊往觀當必實繁有徒也

葶苧無已　○某甲者姑諱厥姓氏里居先言其業雖屬貿易中人實與拐販無異其婦某氏頗擅春房之術常用微值購買幼女爲之揉脂戴粉束足潤屬俾得長大成人售爲大家奴婢或爲勾攔娼妓以覓百倍之利豈有宣武門外南橫街一帶拐犯及媒婆等人日相往來代爲再三羅致甚至良家閨秀名門淑媛亦不免墜其夾袋壞名節而拆骨肉誠蛇蝎心禽獸行也而甲乃貪慾無旣竟藉牀頭人坐享素封並事淫縱宜有人欲聯名稟控以冀保全婦女也

憲示照登　○欽命二品銜直隸分巡天津河間等處地方兵備道兼管驛務河道漕運糧餉鹽法事務加十級紀錄十次李　爲出示嚴禁事照得津郡人烟稠密街道窄狹火燭最當嚴防際屆元宵令節往往有一等好事之人製賣流星火炮希圖漁利愚民亦相沿價買任意燃放以爲玩耍取樂查流星火炮俱係引火之物因此失火延燒指不勝屈不獨京城孫公園安徽會館福建鼓樓大街被災市房數百間等案爲可鑒也除由道飭縣暨守望總局轉飭各段委員勸諭查禁外合行出示嚴禁爲此示仰城廂內外居民人等一體知悉自示之後如有仍前製賣流星花炮並燃放花炮之人一經查出定卽拘案懲辦倘係童稚無知亦卽罪坐家長決不寬貸其各凜遵毋

逸特示

火災類誌　〇元旦夜北門外板家胡同內紙碼作坊適兆焚如已紀前報茲聞該號前院爲作坊後院爲住房燒去店房六七間並燒斃男女幼孩兩名一年八歲一年五歲日前雇工扒出慘不忍言矣〇河北趙家場張二者子女俱幼其妻懶甚昨晚炊餘堆柴灶門遺子女在屋該婦卽往鄰家閒話迨積薪爇燃直冲房頂闔院一見卽來撲救滅後將子女搶出女已氣絕其子遍身焦爛至夜亦死尤可慘矣乃知曲突移薪誡至計也又河東棋盤街西胡同某姓不戒於火焚去夗房四間迨水會齊集乃爲撲滅

非慈不孝　〇院門口某號洋貨舖掌櫃某姓者父子同理櫃事常有意見不和適逢新正初五日晚其子辭去同事一人其父以爲過甚於是始與乃父口角繼將舖中各燈一概吹滅屋中僅留一燈其父不覺大怒嘆罵子亦以舌劍唇槍相敵抵且有挽袖舒拳之狀幸左右街鄰聞聲力爲解圍當經旁邊某蠟舖掌櫃將其子拉至伊舖解說不識能歸和局否俟訪再報

負善撫貧　〇本郡歷冬紳商富戶多施捨濟貧功德莫大城內張部郎爲善最樂紹衣德也津俗除夕夜餐必食水角雖貧家亦必竭蹶以籌無是則爲終年抱憾爲不聊生者則閔如也部郎憨然因購存米舖白麵票若干遣人施捨善士之心周貧人之感深矣而奸商貪利則反善人之心而用之吏爲無微不至轉據以爲利藪焉聞持票取麵者均按九扣付給既負善士之心復奪貧民之食其居心尚得爲人乎

少尹何爲　〇正月初九日南門外廣仁堂前有洋車兩輛一車押運行李一車有死尸一具茲聞靜邑令訊其僕劉升供云敝上周老爺係山東人現任石門寨典史自任來津上車時小的在車站買票不料敝上趁此時潛吞洋烟下火車後雇洋車兩輛行至南門外廣仁堂前城角敝上氣絕身亡等語邑侯王大令因案關人命並係現任之官電達石門寨署內本官家眷俟有屬親來津再爲相驗等因現死尸並跟隨劉升邑侯派頭皂班値班差役兩名並該管地方數名晝夜一併看守云

縱賊違例　〇靜武兩縣爲水陸通衢奸民匪徒往返時時溷跡茲聞獨流鎮胡寶昌家昨被賊竊胡與其弟自行秘查至李同陞店內將贓物向賊要回胡私幸物未失去遂不報官私相授受殊可笑也當經保正高德恒聞知以如此不報實爲縱賊因稟知武官將胡傳到問訊果眞急速立派兵丁到李同陞店內拿獲賊人曹占元趙三並開店之李同慶尚有賊人馮八聞風已逸當將獲住之賊送縣訊辦似此向賊索贓並不報案實亦罕聞而該賊既被人認要原贓仍敢坦然居店亦殊胆大總之勿論何處盜賊多以店爲棲身之所而該管者終不勤加查訪何也

兩艦東來　〇俄國戰艦盧勒爲水師座艦及巨炮艦美地利當䄂前至英國砵士茂埠購備煤斤糧食駛向地中海而去當時莫知所之今悉此二艦由地中海接奉俄廷密札飭彼東來派爲駐紮太平洋海面查歐洲雄國無時不留心窺察俄人舉動俄艦行踪益加密察謀國者不當如是耶

設電海底　〇東洋西字報載西歷正月二十號東京東電云美國紐約地方近有人創議集資一千萬元在該處設立海底電線公司意欲由美國海底設電線一根直達日本現在該公司已派人至日本請日政府相助矣

港上風聞　〇去歲十二月初六七等日金門島見德兵船數隻俄大鐵甲一隻日本大鐵甲一隻同齊入港泊於砲台前至初八日各欲起錨而去惟聞德人係於該日在金門島樹旗特留俄兵在港爲助鬬士之慶餘卽他去現聞地方官於初九日出示布張通衢大都謂德人在金門借地屯兵作爲海軍儲糧之所於某日樹旗興築房屋爲糧儲官之公館着軍民人等見之不可沮擾至干究辦等情云

光緒二十二年正月初七八日京報照錄

宮門抄　上諭恭錄前報〇正月初七日　澤公服滿請　安並謝議叙　恩　徐樹銘等同鄉官謝　恩　克王英俊劉恩溥各續假十五日　八綳驍寶昌各請假十日掌儀司奏十一日祭　奉先殿派公行禮　召見軍機　皇上明日卯初二刻升　中和殿看版〇初八日　慶王等謝寬免處分　恩　任道鎔謝署河東河道總督恩　許振褘等同鄉官謝　恩　唐景崇等同鄉官謝　恩　召見軍機　任道鎔　皇上明日寅正至　太廟行禮畢還宮辦事召見大臣後至南海　皇太后前請安畢還宮

〇〇王文韶片　再上年冬間前督臣李鴻章奏准在於津郡水會中挑選千人編爲津團左右兩營由天津道督率操防精資保衛所需口糧薪費比照練軍章程酌減開支飭令天津府縣勸捐濟用由運司核收轉發照新海防例請獎嗣因軍務已定將該兩營於本年三月三十日裁撤亦經臣附片奏明並將用過薪餉等項咨部立案茲據天津司道造具收支細數清冊詳請　奏咨覆核前來臣逐加覆核計收運司撥到紳商捐款銀一萬四千一百五十六兩零共支放兩營薪費口糧等項銀一萬四千一百

六十九兩零不敷銀十二兩零已由天津淮捐廉彌補以上支用各款均係按照練軍章程酌減支發實用實銷並無絲毫浮冒除清冊咨部外理合附片具陳伏乞　聖鑒
勅部核銷謹　奏奉　硃批該部知道欽此

○○陶模片　再臣此次進關凡緊要摺報及一應文件須於行次隨時辦理茲刊就木質關防一顆文曰署理陝甘總督新疆巡撫行營關防以便鈐發而免稽延到任後再行請銷除咨部查照外謹附片具奏伏乞　聖鑒謹　奏奉　硃批知道了欽此

○○熱河正總管奴才世綱副總管奴才英麟跪　奏爲一年用過經費銀兩數目循案奏祈　聖鑒事案查光緒十九年分熱河　園內各處用過經費銀兩數目上年業經恭摺具　奏在案除用存銀一千五百九十二兩八錢三分二厘嗣據河屯協副將等交納光緒二十年分房租地基銀三百四十二兩三錢三分九厘由新添嬬嫿贍用餘剩銀兩內撥歸銀四十四兩舊管新收通共存銀一千九百七十九兩一錢七分一厘光緒二十年正月至十二月熱河　園庭內外各廟年例應放香燈供獻口分暨園場敦仁鎮遠神祠　協義昭靈神祠香燈更燭等項一年共用過銀三百七十兩六錢六分四厘除用存銀一千六百八兩五錢九厘入於光緒二十一年應用所有光緒二十年分用過經費銀兩理合恭摺具　奏並照例造冊呈送總管內務府查核謹將用過銀兩細數另繕清單恭呈　御覽伏乞　皇上聖鑒謹　奏奉　硃批該衙門知道單併發欽此

正月十二日
銀洋行情

天津九七六錢
銀盤二千五百九十二文
洋元一千八百五十文
紫竹林九六錢
銀盤二千六百三十文
洋元一千八百八十文

直報

光緒二十二年正月十三日
西歷一千八百九十六年二月二十五日
第三百三十四號
禮拜二

上諭恭錄

上諭鹿傳霖奏察看屬員分別舉劾等語四川宜賓縣知縣國璋勵精圖治歷著政聲前署巴縣任內輿情尤爲愛戴題補邛州直隸州知州成都縣知縣鳳全性情勁直辦事勤能治盜安民立志向上合州知州張熙穀老成練達志趣不苟溫江縣知縣張鐸篤實勤懇悃愊無華黔江縣知縣張九章聽斷勤明能耐勞苦以上各員據該督聲稱均能不隨流俗勉爲循良卽著傳旨嘉獎仍飭令該員等益加奮勉用副朝廷勤求吏治至意打箭爐同知趙貢浮惰因循難勝邊要着開缺另補會理州知州趙咸中酷虐偏執信任胥役着以州判降補餘着照所議辦理該部知道欽此

詳論古田教案並辦理事宜　續前稿

不遠道人來稿

而傳教者既已日滋賢愚自亦不等況彼或同教異邦同宗異派每亦互相譏薄滯不通既少綱宗更難劃一其往華經費始皆由本國樂輸繼乃置產經營用規久遠夫既爲本國所資其事自有報最而又各神其術謂非本教則不能挽我東風拯民塗炭於是家著華論人綴游編皆言教會利濟羣生厥功綦偉謂予不信但觀從教日多借此羣扇以期可日宏勿替蓋人情不甚相懸既爲衣食之門斯有譸張之幻是則祖護教徒一事亦彼法所以致人歆羨藉廣招徠廣招徠所以善報最善報最所以宏教門宏教門卽所以勸輸將而得衣食也夫教士之來華所謂刻苦爲人精白事帝者固亦實繁有徒顧必謂此曹悉良無莠皆公無私則亦誰能信之耶然彼尚不知今番古田爲禍之烈卽此袒護教徒一事召之耳蓋中國晚近政刑之爲善爲竊持較西國之爲劣爲優姑亦不必深論第國家爲如是民置如是吏貪廉寬猛尚是一概平施卽誠有上下其手畸重畸輕則或緣勢力之不同或視財之厚薄貪緣解免自昔已然然其事此甲彼乙昨李今張往往報復循環無從指目終不如教會之聯爲一氣懸號爲招譬如射侯既張弓矢斯集不平之鳴日積致死之怒益甚迨其因事生衅遂乃一發不制追原禍首必取黨　彼匪類盜賊之心只圖報仇雪憤

巳耳婦嬰無罪復又何知此六月初十夜花山之禍所以至於如是之酷也不然猛獸得人當止何至一戕十命毫不動心此固齋匪之殘賊不仁然亦以見怨積怒甚固已久矣而　之厲者誰歟故愚謂此案與往時他所所起教案殊科何以言之往嘗教案起於紳民憤疾教宗意存屛逐不使廣傳而此番案情則起於會黨相仇匪徒藐法間中間兼有誤認以致陡起殺心戕害多命其辦法只應照常法容民相戕由地方官依律捕捉抵償誠得正兇便無餘事不得執條約中所立傳教專條以與　朝廷及地方官爲難也至如國家明刑弼教勢有所窮僅能有以癉惡懲奸不能使兇黨絕迹西洋各國百年來刺殺君相之事史不絕書去年盜殺法國大伯理又近者俄王子合肥相皆在東洋幾至不免除其國按律懲辦之外未聞更有餘言今古田齊匪輕藐長官聚徒稔亂劫人劫財層見疊出巳爲王法所不容况重以花山一案自屬　稽延昨聞邊潤帥督厥文武僚屬雷厲風行首惡眞兇一例務獲似此辦理不但有以關西人之口使其無所挾持實亦銷患於初爲一省除萑苻之害日前英上議院諸紳羣詰執政於此事到底如何措注經其相沙侯答云現中國於此案業巳認眞嚴辦吾人更又何求且看辦效如何更行定奪教會暨　上諸人多不滿意然亦無如何也至或謂辦太認眞恐貽取媚洋人之誚且慮民情弗順激成變端此實成見未捐不察事實之論夫殺害一家十命無論人屬英美二邦案關交涉卽在中國豈可縱容理義當然何媚之有且該處紳豪亦願相助爲理則此輩之爲一方民害不問可知欲遏亂端自當除惡務盡唯匪徒瞶瞶　當車齊匪但有短兵不知今日官兵火器之利此則雖有萬衆不當一營艸薙而禽獮之誠足哀矜勿喜耳　未完

太平有象　○正月初十日戶部初次開庫收餉之期開收太平關稅銀十萬兩以爲太平之兆已於初八日示傳委員於初十日午刻赴部投文交納云

中外一家　○現屆中國新年泰西各國駐京大臣偕同參贊等定於正月十二日午刻躬詣總理衙門致賀新禧觀此則中外之情可以永保和好矣

趁火燒魚　○天下事有作僞者卽有效尤者前次各錢鋪之關閉多緣客歲銀價跌落收銀甚鉅新年銀市開盤其價過昂難免賠累以致現錢不敷支取以致擁擠不散或被奸匪搶掠或因力短收歇今年正月初六日東直門內北新橋天益泰錢店尤而效之忽而擁擠幸經該管地面官廳弁兵前往彈壓隨獲擁擠之人數名詳細詰訊匪人手中均無錢票顯有乘間搶劫情事當將該匪八一併鎖解步軍統領衙門澈底根究按律懲辦矣

憑空生浪　○鴉片流毒中華不特嗜好偶沾害人匪淺而以此爲戕生之具較之雉經鴆飲爽捷異常是明明爲中國又開以枉死門矣正月初七日前門內箭廠大院地方有某姓婦不知因何事故竟以一蓋紫霞膏潛服自盡當經院隣灌救無效逾時竟名登鬼錄旋經其夫赴該管地面官廳稟報步軍統領衙門票委南城司帶領吏仵穩婆如法相驗飭屬備棺成殮咨送刑部審訊其中有無別情俟訪再錄

軍門返旆　○直隸提憲聶功庭軍門忠勇岸爾功績最偉於初五日蒞津軍民士庶羣爭仰瞻有望君加歲之思茲悉軍門與制憲拜賀新禧藉以會商要公事畢於初十日辰刻乘火車晷旋防次所有鎮標員弁督率兵丁在車站恭送如儀

鎮節旋防　○天津鎮憲羅耀廷軍門於初四日蒞津晉謁制閫恭賀新禧並稟要公遂與同城互相拜賀並以春茗往返酬還以聯寅誼事畢於初十日早榮旋新城防次矣

士子去思　○昨據三取書院肄業生童等李運憲士周在本院恭懸匾額顏之曰化雨均霑誌去思也查三取書院建於康熙五十八年舊址在三叉沽乾隆間邑紳王又樸復倡捐增益學舍束脩膏火資商輸於官歲以爲例給著爲令咸豐間海氛竊發院尋廢同治間移建於鹽關廳後因仍歲久亦就荒廢光緒十四年運憲賀都轉艮楨慨然倡修秖往區度擬時庀材任知事蕭贊元董其役向艮爲門列廡四中爲講堂腏環其下後爲內齋廂夾左右屋十步外繚以短垣經始於夏卒工於冬迄今越八載在院生童感其培植除現時爲季運憲懸匾外並擬爲賀公建碑云

桀來來復　○鹽務家有引名者爲商無引名者爲夥商自運夥捆運也凡借資於夥者皆爲累商昨據職員楊楫玉稟控華長裕商夥[illegible]經運憲李都轉看蓮札委經歷陸炳奎澈底清查具覆核辦已於十一日發札到廳矣

衙風太弊　○閘口西蕭姓者以小本營生子約十歲以來依其母在家度日蕭因有要事出門當付其妻錢帖一竿妻令子手跨麵斗換錢暨米子出米舖數步背後突來一人將麵斗內現錢九百文搶去飛逸該匪且奔且喊言快赶快赶其子大驚及回步返追已無踪影子懼其母打罵不敢歸家立於街上垂淚自早直至午後經街隣問詢向其母說明乃歸蕭妻雖恨亦無如何也近來街市搶奪錢物屢有所聞殊爲風俗憂也即此欺一幼子鬻爭逕打倘該童情急倘恐有性命之虞事雖微情實惡該管者若再不嚴緝重懲將街市盡爲畏途矣

村法堪嘉　○靜邑運河以東村莊連絡民團深堪嘉尚其章約以騾馬一頭每歲出錢一千牛驢出錢五百文積作公項交公正首事人存爲公用如某村失刼牲畜即以某村衆口爲憑所失値價若干如數賠償呈案後催緝追贓皆爲首事任責一村有警衆村隣次相傳傳如不到到如不傳者照章受罰村有招娼窩賭肆意妄爲者拆其住房以示罰秋成後不準惡霸包攬私青田稼不收不准婦女入地畝撥取時在會數村夜不閉戶村法之良勝官法萬萬倍矣安得實紳盡如數村則天下豈足平乎故樂書之以爲鄉民勸

殆哉巖牆　○窰口蓋搭窩僟爲窰夫息地爲其暖也津埠南門外甎窰本月初十日窰門上懸磚忽墜被壓四人內有二人倘能扒出其手指已有骨無肉云爲煤氣賸灘所致旋皆畢命此四人者其數也耶其不愼也耶噫

慘矣覆轍　○鹹水沽車夫李四驅車回沽與城內立生油舖推油空車在東樓小橋上相値車廂內坐二人李四坐車上因車路仄不容大車翻落河內車內一人被傷腦漿迸出間以血迹紅白濺滿車內其一傷背一隻李四軋腿一隻

仇原宜解　○河東官汛李潤田之子李來子因與比隣徐老爭招柴車致徐老之胞兄徐奎被傷身死各節已屢登報茲悉徐老在府復將滕三領人打傷等情指控飭傳昨晚將滕三遞案經委廉江大令宗灝提訊將滕三暫押以憑復訊現於十一日由李潤田滕四煩中芝得靈王祥生李靜波等出爲調處不知徐姓肯允和息否也

法貴認眞　○錢法之壞天津甲於通省近來摻和私錢之舖名曰小錢舖或名換錢局前汪子常太守洞鑒其弊爰立淸泉公所盤查一切私錢毛帖法至良也迨鄒太守岱東將局移於署內並禁外行私開紅帖永著爲例每於年終預發告示嚴禁乃鴿子集和盛公烟局竟抗法開帖現經淸泉公所查知稟明總辦繆二尹廷珍於月之初十日晚飭差將該和盛公掌櫃帶案矣

廣生赴滬　○怡行洋行廣生輪船於去歲十二日十五日早六點鐘由汕頭開行云

童子停招　○前兩江督憲擬練軍一隊人要十六歲以上二十歲以內者招三千名爲童子軍札委知縣十二員往江北一帶開招茲督憲特論停止該令皆繳委銷差

時事堪虞　○甬地銀價日跌米價日漲四鄉搶徒緣是蠭起可慮也當路者將何以撫之耶

小輪將辦　○甬地擬創設小火輪船播傳已久所以不即辦者緣有梗阻茲悉此事由鄉紳等舉行果能告成諸小輪外海則通行定海沈家門象山石浦甯溪及黃巖海門等處內江則通行紹興之上虞餘姚等處於商旅殊多利益

光緒二十二年正月初九日京報照錄

宮門抄　上諭恭錄前報○正月初九日　橚貝子假滿請　安　鈕楞額請假五日　信侯請假十日　張中堂奏請開缺　召見軍機　皇上明日用膳辦事後至南海　皇太后前請安午正至　紫光閣筵宴蒙古王公畢還宮

○○王文韶片　再查關津鐵路修成至山海關上年停工其自關外起至錦州大凌河東岸三百八十餘里工分四段內有墊成土道未布鋼軌者亦有買地未墊或已墊

而爲雨水沖刷者購存華洋材料漸有朽壞現軍事已定若不趕緊接修恐已就之工料日久爲烏有未成之工段又復基址就湮殊爲可惜臣飭局轉飭津工程司金達詳細查勘估計與修據稱第一段自山海關起至中後所止計程一百二十四里半土工橋墩鋼橋梁有已修成者約尚須銀三十餘萬兩九個月可以告竣第二段自中後所起至高橋止計程一百五十七里半僅買地基未盡布置約需銀一百五十七萬餘兩一年半可以成妥第三段自高橋起至錦州止計程五十四里土工閒有完竣橋梁尚未動工其閒由高橋至沿海之天橋廠二十一里暫置鐵軌以運海道購來之材料現亦稍有損壞約需銀六十三萬餘兩一年可以告成第四段自錦州起至大凌河東岸止計程四十九里半所修土工與第三段相似且餘均未布置約需銀九十五萬餘兩以上者指從一段辦起而言若兩段同時興作則一年半便可開車一段辦起須三年餘方可開車至所估銀數員司薪水等項尚不在內等情臣覆加查核四段共需銀三百四十餘萬兩爲數雖鉅均係應辦之工且其間已築土道若不妥置鐵軌一氣呵成勢將日益坍塌勞費更多擬請俟開春冰泮後先將第一段趕緊修築所需銀三十餘萬兩由北洋就地籌借以免部臣籌撥其餘三段應如何辦理來春體察情形再行通籌請　旨是否有當謹附片具陳伏乞　聖鑒訓示謹　奏奉　硃批該衙門知道欽此

啓者報館之有採訪猶古之採風採詩上以考政治之得失下以考風氣之純刹載諸報端宜之中外取其善懲其惡故言者無罪聞者足戒充是任者品必公正心必仁廉公則明正則直仁則不爲巳甚之事廉則不貪非分之財用能識大體近人情善善惡惡柔不茹剛不吐凡有關於　國計民生者自大至細悉採毋遺辭取達意而止不以富麗爲工發供衆覽於以通上下難言之苦達遠近不聞之聲庶使豫先事之綢繆善後事之補救斯無負泰西設館之本旨焉否則遇事射利飛短流長實爲此間所大忌者矣現在本館採訪招人有樂就者祈先以所採新聞投交海大道老菜市本報館門房轉遞是幸如可登錄取有切實公正保人則端人之取友必端本報館不惜重聘定當延致其有冀循情面挨本館友人互爲請託者一概不收毋怪言之不豫也此啓

本館主人啓

正月十三日

銀洋行情

天津九七六錢

銀盤二千六百一十五文

洋元一千八百七十文

紫竹林九六錢

銀盤二千六百五十五文

洋元一千九百文

直報

光緒二十二年正月十四日　第三百三十五號
西歷一千八百九十六年二月二十六日　禮拜三

詳論古田教案並辦理事宜　續前稿

不遠道人來稿

抑更有進者景教西來昉於唐代有明之季大闢厥塗其教約而言之則以主一爲體以事天爲用此其最精者也至新舊兩約語多怪誕不經而尊信之徒保爲金科玉律然大較以兼愛履信教人宗旨同於釋墨自海禁宏開傳教一宗列諸條約此何等事顧以兵力得之教之不行復誰咎耶不然則其道雖粗要在穆罕驀德以上今回教偏行海內何獨於耶穌氏距之獨深蓋緣國恥致憎其人以憎其人遂斥其教理本相因不足訝也數十年來以民教不和大案如山峰海濤平而更起雖其徒堅忍衛道亦未必不陰萌悔心謂西教難行莫支那若第自中國言之則歐公本論既不能行闢夷之談復同唵嗅則求與相安抑亦其次斷不宜搆造蜚語聳誤愚蒙致釁隙迭開瘡難爲國遠如楊光先之不得已近如湖南周某之書皆織疑架虛窮極凶醜然而攷之事情羌無一實曩與人論及挖眼一事此友酷信其說以爲眞實不誣所不知者係用服食或以製藥點金僕云此事君當親見又曰無之但言人人同何得非實僕笑曰此事姑勿深論但西教行於歐州者已千九百年不聞有此其亞洲各國吃教者豈僅支那何印度日本諸邦皆不聞有此等事豈中國人死眼睛獨堪寶貴抑其來中國傳教者至此而別倡宗風今諸公既皆深信僕亦何敢謂無但事理離奇俟親得確證後信之未晚耳此友亦爽然自失也須知蟾蜍擲糞自吾口出於彼何傷第疑信之間動關民智使事太無稽爭傳聲影致吾向所謂爲夷狄者轉而謂吾民論事察理其聰明智慮直不啻黑奴生番此獨非四千年文物聲明之詬歟是以鄙意願當道者於此案清了之後爲之稍張文告曉譬蚩萌爲言傳教一宗經有條約兵民等宜仰體　朝廷綏懷遠人昭示大信至意與之和睦相安待以客禮如戕害焚

掠諸事則不徒無以自解於遠人先無以自解於君上其教中理道吾所不諳但彼既苦口宣傳爾等信則奉之否則違之向背裕如教士既無從相強爾曹又何必相仇至奉教之人苟係善良更應恪守　王法遇有官事訟端自應憑官發落不得倚恃教黨求庇牧師該教士來華傳教亦應恪守約條置業購產公平交易不得圖謀侵佔更不得出入衙署把持官吏為人講案求情嗣後地方官執法秉公槩置勿理其有恃強違約定當移會近口理事驅遂回國至謠傳教中挖眼取胎及一切左道之事語既支離事無左驗爾兵民等切不可遽信謬悠聚衆滋害以起釁端自罹法網云云如此宣示之後庶彼此各消猜忌得以相安而地方官吏亦可得所據依不至為其恫喝夫前者亂法相袒既是適以害之則此之禁干分外自是所以福之彼教士者一喻此情未必不欽服生感也善後之著如是而已大抵辦理洋務一忌胸多成見不能坦宇洞達致障礙叢生二忌不知分限遂至失吾所守觸彼所防二弊既捐將無往而不應手最愛林文忠辦理滇中回案諭云只分良莠不分漢回故能百年膠擾至是渙然冰釋有識者固不異人意耳

恭司燈政　○正陽門外牌樓前經中城司飭差於正月初八日搭蓋燈棚預備正月十三四五日夜間懸燈結彩中城沈鈞如指揮會同司坊各官伺候　欽命巡視中城院憲文侍御管侍御在所屬查燈坐落每日戌刻經司坊各官傳集甲捕燈籠夫等在宣武門外珠巢街管侍御府第伺候乘輿前引燈籠十餘對並令皂捕手持鞭板鎖棍鳴鑼開道在中城所屬各街巷巡查彈壓地面遇有男婦擁擠乘間搶竊滋生事端者立即飭差嚴拏解往燈棚內訊究枷示棚外以安閭閻云

耍慰冰魂　○諺云七九河開八九鴈來刻下節逾雨水河冰漸覺蹋薄行人來往俱有戒心正月初七日夕陽在山時宣武門外護城河冰上有楊姓者履冰而過戰戰兢兢一步一蹶墜落冰窟比即赶緊救起則已氣絕體冰矣說者謂楊姓應死於此故雖經救起仍難望生還也

苦諭衆生　○禁火藥而不禁花炮者以其為點綴昇平與民同樂也惟是以人烟稠密之區值物燥風乾之候一經燃放火燭堪虞元旦清晨前門外櫻桃斜街等處之火皆因燃放炮竹所致此禁花及雙響爆竹之示所由出矣去歲底曾經出示預禁刻下又復煌煌示諭懸排通衢焉

甘求一死　○愛生惡死人之恒情彼死于疾病死于水火死于刀兵者毋論矣若雉經而死服毒身死不與恒情大相反乎而世之雉經服毒死者時有所聞正月初五日崇文門外蟠桃宮地方有一無名男子年約四十餘歲在樹上自縊身死道旁遺布袋一個經該管地面總甲瞥見立即報案稟請東城司帶領吏仵詣場相驗訖飭總甲備棺殮埋插標待領遍詢斯人之姓名籍貫與其自縊之所以然無有知之者噫斯人也而竟甘于雉經也其殆有大不獲己者歟

辮髮可治　○新年以來各處賭局尤勝前晚河東汛弁帶同汛勇多名在水梯子左近之寶局撥局抓拿十九人以麻繩穿髮辮狀類牽羊掀至汛署尚未聞如何懲辦云

載女以逃　○東門外某甲者家綦貧妻某氏生子女各一甲與其子日拉洋車以度女年十八九以來貌雖中姿頗饒風韻梅標已詠褱聘無人行棧中每晚勾引良女賣娼恒以甲車載運通夜往返獲利甚豐甲以此為獨門生意詎前日忽感風寒家無宿處遂寄宿人家以車置自己院內次早到家不但車已失去女亦無踪及詳加查訪乃知其女早被土棍某乙相欺蜂蝶久戀茲得乘間用車潛載以逃也說者謂甲慣載運良家婦女賣娼殊為不德以致其女即用其車被人拐去亦報應之如響者矣可不戒哉

疫當豫防　○去歲冬令中土各處雪少皆恐今歲災疫必多幸歲底蘇杭甯滬九江廈門及直屬沿頭鎮一帶皆蒙沛降祥英或五六三四寸不等誠我　皇上齋躬虔禱之嘉應也惟直屬天河各處雪澤尚稀而民之患疫者亦時有所聞其症多口吐黃綠水昨有河東某姓僕婦染此疾主人將婦之姪女喚來送至于家廠劉姓家不一日亡矣不識時下名醫有何妙方以備濟也

死由不慎　○西門內孫九者向在北塘稅局內服役於今正因事回家事畢於初十日辰刻由天津搭火車赴北塘車到北塘未靠車站碼頭時孫九由車上踴身躍下以其處赴局比到車站碼頭能近一二里許故也不料身未得離鐵軌便跌仆道上車即從孫九身上飛過將頭軋去大半並左手一隻同車有識之者見其被軋後痛極乃就地滾轉約有里許始　然不動矣昨其家屬得信始領屍回夫火車險兩車相撞及鐵軌被驟雨狂水突然衝坍不及隄防此外原無所失事而上車下車被軋者時有所聞軋輾分屍死不轉瞬殆哉岌岌乎何不能少安勿躁而醉生夢死者之多也愚民之愚慣貪徼倖喚之不醒可憫也

洋車可惡　○津埠人稠地窄洋車動輒橫塗惡風也昨黃昏時東門內洋車與行人擁擠將行人某甲衣服扯破車夫反出言不遜致某甲怒與車夫廝扭車夫倒地車亦隨翻坐車人首泥地足向天矣衆視之乃一古稀太婆也手足雖未受傷然滿身泥濘已受驚不小矣

廟會何爲　○本郡廟會之盛由於居民好勝而辦會者又從中取利故官雖示禁令難盡行去歲以中東失和兵勇過境遂即不復舉動今幸議和而會首又怦怦動矣月之十七日係河北大寺會期高　會已於前數日到處拜客斂錢實爲無知無賴之尤當此　國家甫經被創君相皆臥薪嘗膽兵燹之後繼以大疫大荒瘡痍未平遽忘痛耶豈漠不關心彼自苦我自樂任飢寒者啼號於前而心不動耶焉有仁人而肯出此者

取也傷廉　○女閭各埠皆有不足爲怪近又有租空房一所不招娼妓專向各處尋貧寒家婦女以錢招誘又尋有錢蕩子中爲撮合將婦女接至該處過夜名曰轉子房現在津埠西門南一帶有十餘處其房產閒係某官所置專租於暗娼牽貪厚利也如有官署差役地方不容則該窯輒以某官爲護符第不識某官亦知之否

浙鑄銅錢　○浙省因洋銀價短制錢缺乏做一天過一天之貧民不勝其苦大憲擬在報國寺開爐鑄錢所需銅斤前時存儲尚多擬俟用竣後再行添購

杭平銀價　○杭州洋銀近日每枚僅換錢九百七十五文每百錢須攙和鉛鐵砂殼錢一二三十文廖中丞惡之出示曉諭略謂洋價低落雖係市面之常從未有短至一千以內者現在洋圓僅易錢九百數十文且摻和小錢每百至數十之多皆由市儈狡猾所致貧民不勝其苦殊堪痛恨又湖北廣東二省所鑄大小銀圓各省均准通用業經出示曉諭而杭地至今仍未流通難保無阻抑短價之弊現在已准開埠通商尤宜通用銀圓凡納糧完稅及市上買賣均照大洋核算不准短少以濟制錢之不足自示之後洋價倘仍有短至一千以內及將小洋抑價者立將該店查封決不姑寬云云

武林雪報　○杭地交冬以來雨澤稀少居民患冬溫症者頗多家家望雪甚殷十二月初四日略見一白而已至初十邊天時和暖居然易裘而棉及十四日北風大作始覺嚴寒十五日陰雲四合雪花徵降三更時候鴛瓦之上淅瀝有聲知爲綃珠飛濺移時聲息冷氣如冰次早起視則庭中積雪約有三寸多厚渦空飛絮尚未停息是可爲來歲豐盈之兆矣

集善清單　○集善社九月清單　計開本年八月現存銀四百三兩一錢　現存錢六百九十八吊三十文　九月入款　劉俊德助錢十千　文修堂助恤米銀十七兩七錢七分　謙益堂助恤米銀十七兩七錢七分　利息錢二百十千　易進銀二十二兩二錢　升平銀七錢四分　樂安郡助錢十千　易洋升餘錢四百十文
出欵　本月放恤米合銀一百七兩四分　計米四十九石一斗每石價銀二兩一錢八分　計嫠婦三百戶內一百十六戶各吃米一斗　一百七十七戶各吃米二斗七戶各吃米三斗　運米脚錢五十六千八百八十文　補出八月恤米銀二兩三錢一分計米八斗每斗價銀二錢八分八厘計嫠婦八戶各吃米一斗　耗平銀一分易銀用錢五十九千九百四十文　統結現存銀三百五十二兩二錢二分　現存錢八百十一千六百九十二文　外計現存生息房產等銀二千三百二十三兩錢一萬六千吊

光緒二十二年正月初十日京報照錄

宮門抄　上諭恭錄前報○正月初十日　李中堂因伊子賞三品銜謝　恩　張中堂謝賞假兩個月　恩　祥普假滿請　安　召見軍機

○○革職留任記名提督署理山東登州鎮總兵奴才章高元跪　奏爲恭報回任接篆日期叩謝　天恩仰祈　聖鑒事竊奴才在天津新城防營准山東撫臣李秉衡咨會本年九月二十二日欽奉　電旨李秉衡電奏已悉章高元所部嵩武四營廣武二營着即帶回山東新募之兩營一哨即行裁撤欽此欽遵咨會前來奴才隨將新募福字兩營一哨弁勇均於十月初七初八等日一律遣散回籍其嵩武廣武等六營即於十月十三日由新城拔隊回東奴才繞道至濟南面晤撫臣會商地方營務事宜旋准撫臣咨會應即赴任供職仍遵欽奉　諭旨駐紮膠州青島以資鎮攝奴才隨即趕回登州接篆後再赴膠州青島駐紮茲於光緒二十一年十一月十二日准鎮署中軍遊擊劉魁將登州鎮總兵關防一顆並文卷等項委員齎送前來奴才當即恭設香案望　闕叩頭謝　恩祇領任事伏查登州爲山東濱海之區總兵有專閫統馭之責値此訓練巡防在在均關緊要撫躬循省兢惕彌深惟有勉竭愚誠倍矢勤愼督率在防官弁勇丁認眞操練實力講求務使咸成勁旅以期仰答　高厚鴻慈於萬一除恭疏題

報外所有奴才回任接篆日期並感激下忱理合恭摺叩謝 天恩伏乞 皇上聖鑒謹 奏奉 硃批知道了欽此

○○正藍旗滿洲都統貝勒銜固山貝子奴才奕謨等謹 奏爲奏叅事奴才等所管本旗揀選年終世職官缺印務叅領英賢辦理多有朦混任意專擅及一切公事積押日期遇有官缺任令伊子驍騎校崇峻蒴商舞弊崇峻逛傲無知不知檢束並於本年十二月季印務叅領英賢於太平倉領大擋甲米時該員家內主使諸多朦弊一八把持其有商同事件均係伊家內自己定奪奴才等伏思若不予以重懲恐致相率效尤相應請 旨將印務叅領英賢降級調用抑或開缺另揀補放伊子驍騎校崇峻交部議處再領米時失查英賢舞弊之叅領福長副叅領惠榮印務章京榮錦瑞福等一併交部分別察議之處候 命下奴才等再行遵辦爲此謹 奏請 旨奉 旨已錄

○○經筵講官協辦大學士禮部尚書管理太常寺事務臣宗室崑岡等謹 奏爲請 旨簡員署理卿缺恭摺仰祈 聖鑒事竊照太常寺專司祀典遇有祭禮本寺堂官各有應備之差今臣寺漢少卿貴賢現已升任大理寺少卿恭查 壇 廟大祀 皇上親詣行禮贊明禮禮節尤爲繁重臣等應備各項要差己覺不敷分司其事且明歲正月以後 中祀群祀各禮節有同日致祭者臣等恭備各差及分詣行禮亦有不克兼顧之勢臣等公同商酌惟有仰懇 聖裁簡員署理漢少卿之缺以重祀事而昭誠敬伏乞 皇上聖鑒謹 奏奉 旨已錄

啓者報館之有採訪猶古之採風採詩上以考政治之得失下以考風氣之純駁載諸報端宣之中外取其善懲其惡故言者無罪聞者足戒充是任者品必公正心必仁廉公則明正則直仁則不爲已甚之事廉則不貪非分之財用能識大體近人情善善惡惡柔不茹剛不吐凡有關於 國計民生者自大至細悉採毋遺辭取達意而止不以富麗爲工發供衆覽於以通上下難言之苦達遠近不聞之聲庶使豫先事之綢繆善後事之補救斯無負泰西設館之本旨焉否則遇事射利飛短流長實爲此間所大忌者矣現在本館採訪招人有樂就者祈先以所採新聞投交海大道老菜市本報館門房轉遞是幸如可登錄取有切實公正保人則端人之取友必端本報館不惜重聘定當延致其有冀循情面援本館友人互爲請託者一概不收毋怪言之不豫也此啓

本館主人啓

正月十四日

銀洋行情

天津九七六錢

銀盤二千六百二十五文

洋元一千八百八十文

紫竹林九六錢

銀盤二千六百六十五文

洋元一千九百一十文

直報

光緒二十二年正月十五日　第三百三十六號
西歷一千八百九十六年二月二十七日　禮拜四

虛文欺人戒

天所覆地所載凡有血氣者無不喜實際惡虛文喜信心惡欺負不學而知不學而能其於尊親之義知之眞行之力者聖凡而外除麟鳳龜龍之四靈勿論彼羽毛齒革蠕動之物如鴈之有匹蜂之有王一切禽獸之知有母誰使之誰教之者皆由於彼此信心眞實之情夙昔洽於無間耳故誠爲物之終始不誠則無是物焉卽如君子之道其端造於夫婦使非有男女居室之大倫斷不能以延嗣續聖王制禮其義始諸飲食使非得適口充腸之眞味斷不能以養陰陽推之鐘鼓弗考琴瑟弗御不可以聞其聲弓矢弗張鋒刃弗礪不可以彰其用此其大彰明較著者也至氣之感於機先者不獨時行物生之天道爲然而禽魚之何以忘機而馴見色而舉初非語言文字之功能可以施乎其際而中土上古中古之神聖必以文字立教者無非本力行心得之實以期成己而成物非欲以文字擅長博口頭聖人之名如今之僧道化緣專勸他人以行善施捨暗濟其色厲內任之陰私以損人而利已也故自結繩而後聖聖之法相傳以心而識大識小悉載文字使後世賢愚不等其有欲求法治以承先聖之心法者不能見知亦可聞知且天下之大重譯乃通非文字何以行遠安得以虛文爲欺人之具哉不過欲接心法者必自讀書識字始也然考西儒李提摩太所譯各國識字人數以西歷一千八百八十一年核計德國每百人有九十四人美國每百人有九十八英國每百人有八十八法國每百人有七十七人而華人每百中其知書者不逮西人十分之一中土文明大啓之後儒者宗孔孟以爲教與泰西宗基督之教同而基督新舊二教轄美歐非亞等州約居地球十分之八儒教僅轄地球十分之一卽以亞細亞一洲爲計基督新舊二教轄亞地十分之五儒教僅居十分之三其教之所以一廣一不廣者說者謂一以爲保護蒞其道一以爲自立乏其人謂西人行教越重瀛而外保衛不遺餘力吾儒行教在戶庭已受人欺是說也意謂吾儒不能力保其教以與西儒爭勝由於奉教者之非人不知實由於設教者已不足取信於人也夫設教者之不足取信於人其罪亦非自今日始也其所由來者遠矣昔唐之文公韓退之原道云周道衰孔子歿火於秦黃老於漢佛於晉魏梁隋之間以爲孔子之教壞於黃老佛三氏是猶孟子所謂楊墨之道不熄孔子之道不著以爲孔子之教壞於楊墨二氏也韓子固誤孟子先誤矣何以証之証之以孔子之言而已論語記孔子之言曰君子求諸巳小人求諸人使韓孟而小人歟則其說不足爲怪韓孟固衆所共信之眞君子也胡爲其說而謬若是是猶因巳之貧而禁人之富因巳之飢而禁人之飽因巳之弱而禁人之强不求諸巳第求諸人我其如人何又如天有陰陽風雨晦明六氣漸緣爲疵癘而人之病要皆乘虛而入我不能强我之筋骨固我之精神徒怨六氣之淫以抱憾於天我又其如天何哉三代之始君與民皆相見以心此外更無所謂教而其治日隆其季也恃法以爲治法雖是心則非而其治亦因之日替由是觀之降替之源在心而不在法則强弱之機自在人而不在教詩書具在無事繁言也

此稿未完

孝隆尊養

〇現届上元令節　皇太后駕幸　頤和園　皇上至　瀛秀園門跪送軍機大臣面奉　諭旨本月十二日着內奏事當差執事之王公文武大小官員均着穿蟒袍補服欽此巳見邸抄茲聞十二十三十五十六日經內務府傳集玉成同春承慶漪部輪流赴　頤和園演劇並傳花匠於夕間燃放各種烟火花盒以慶太平景象〇茲復聞　皇太后於十二日駕幸　頤和園駐蹕數旬　皇上於十九二十前詣　皇太后駕前請安並閱水師外學堂操演假　宸遊之盛典張水戰之神威彼漢武之汾水秋風金主之新都春色何能方斯盛舉並聞　內廷陳設各物經內務府總管大臣飭傳夫役於正月初十十一等日昇往　頤和園擺設

預先敬謹安排以昭愼重

宴及王公　○正月初十午正　皇上詣紫光閣　恩賜蒙古王公筵宴恭邸豫邸禮邸睿邸肅邸怡邸慶邸率同軍機大臣麟芝菴徐蔭軒崑小峯李少荃中堂翁叔平大司農李蘭蓀大宗伯剛子良少司農錢子密少宗伯等於是日巳刻前均在紫光閣齊集赴宴畢諸王公一體恭謝　天恩始相率散歸

不理刑名　○現屆上元令節京師順天府大興宛平兩縣均高懸紅諭暨步軍統領衙門所屬兩翼官廳一體遵照自今日起至十六日遵例俱穿蟒袍補服掛珠以伸慶賀之忱並於三日內不理刑名以示　皇恩浩蕩焉

救護月蝕　○欽天監奏稱正月十七月食初虧丑正初刻二分復圓卯初初刻一分現經太常寺行文各部院衙門派送救護司員均於十六日夜間齊赴太常寺署內伺候救護以崇典禮至各院派送司員俟探明再錄

勿輕嘗試　○欽差北洋通商大臣兵部尚書直隸總督部堂王　爲出示曉諭事照得關防衙門理應嚴肅近有閑雜人等擅便出入誠恐藉故招搖託名撞騙除諭行轅中軍督飭該管門役嚴行查禁並隨時派員密查究辦外合行出示曉諭爲此示仰各項人等一體遵照嗣後如非本署辦公之人勿得擅入如有故違禁令輕於嘗試一經查出定卽從重懲辦決不寬貸各宜凜遵切切特諭

點綴昇平　○本埠每屆上元張燈三日今日携友遊衙市間天后宮北章家胡同見有燈謎兩架均切洋務清新可賞有小引云光緖二十有二年丙申春王正月海內清平　朝廷無事　天子安不忘危維持諸大政嘗雜取西法之善者而用之海內士大夫僉奮然以西學爲急務風氣之開益有緜矣昔聞齊好協律則門下濫竽楚愛細腰則宮中減膳鄙人等春日多暇戲爲謎語或以華文爲表洋事爲裏或以洋事爲表華文爲裏或表裏均洋其表裏均用經史子集及一切小說俗語者不復混廁惟洋事多據譯書言人人殊不免彼此歧出鄙人等以此遊戲事不得復例以考据家言蘇長公拈髭撚燭之譏雖所不免而春庚秋　有感斯鳴此時亦不復可遏博物君子有以匡我不逮則倒屣迎之未署集思齋謹敬錄之以供衆覽

幷剪雲刀　○昨有一僧一妓經差押送東汎處治根究底蘊緣散勇吳得慶向趙得三妓寮散逛適有三僧亦到該處逍遣彼此吃醋遂致打架僧勇衆寡不敵吳得狠狽而去次日吳邀集羽黨在該妓館旁暗俟僧來以圖報復適白衣菴和尚福堂乘酒覓妓以遣醉魂竟被該勇等揪打福堂力白吳亦細認乃知其誤遂各散去奈福堂仍叫罵不休恰遇巡兵立將僧妓一併抓送東汎至如何結局再訪續登

柳條縢蔓　○日昨頭段鄉甲局該管地方孟虎柴慶山互相扭赴該局鳴冤訊據柴供係孟虎姻長伊妹夫孟傳心卽孟虎之叔現時患病特來望看適値孟虎醉酒竟敢打罵有傷求驗孟虎供與柴姓不親緣柴慶山之妹賣與伊叔孟傳心爲妾立有字據不准男子登門只准該女每一年來看一次現因柴慶山潛入內宅有離間情事等語局憲以兩造供詞狡展當卽移縣訊究矣

施粥代賑　○城西稍直口等村屢年被水至正月間粥廠已停河冰將泮未泮貧民尤難度日昨振德店黃紳遣人赴大稍直口小稍直口西姜家井北姜家井等十村施放玉米麪一萬數百斤日前各村民赴北門內戶部街恒昌米局領取負囊而歸頌聲載道矣

騙價誤公　○龐萬喜者海下人操舟爲業工程局修理官道曾雇伊船裝運石塊交際日久信任無差龐乃以手乏等情央求局憲預支運價七十吊文支錢後龐竟遠颺不但擅去運價且致有誤工程經局憲將守船之人發縣訊追據供姓張此船係屬價買有龐萬喜並經紀立寫船契爲証龐萬喜家中尙有弟兄產業可抵工程局欠欵蔡明府飭令張某協差往找龐萬喜交案以憑追償當已具遵依矣

戛玉敲金　○本月初九日侯家後江义胡同榮喜小班不知因何得罪營勇約有十數人各持東洋刀將該班碎毀一空衆始散去

放錢散米　○西沽粥廠所收貧民約五萬餘口歲杪陸續遣散尙未散淨現在籌賑局憲定於正月初十日全數散完闊大口小米一斗錢五百文小口減半云

于誰之屋　○去冬各處患難男婦來津未得入廠食粥者亦碍難卽時歸里惟有在此乞討苟延喘息情已可憫近日大街小巷肩筐挑担携男負女沿門乞討者仍屬不少甚至三四更天尙流落於街上此時雖交春令餘寒尙在況乞食爲生者飢飽莫准青年婦女夜行街巷尤恐奸徒乘間誘拐姦騙等事且鄉間婦女非本埠可比亟宜飭地方拘集該婦女由籌賑欵下資遣回籍倘仍膜不相關旣非以安流民亦非以安土著也

著手成春　○某甲者靜海縣李庄人去冬携帶妻眷子女來津未得入廠食粥甲卽以拉洋車餬口在西門內租草舍一椽夯飽暖飢寒終日莫定以致積有癆損漸難行動無錢醫治其妻焦灼立意賣其子女昨日携子女上街叫賣該氏忽雙眉緊鎖昏倒地下往返行人圍而觀之其子女均八九歲呼號不休有人問詢亦未能回答

適一老嫗經過卽問該氏方悉已懷六甲勢欲臨盆嫗不覺惻憫言汝居何處若能支持我當扶持氏始强行抵其居産兒落地奈一貧如洗由嫗赴富家代爲斂化數千文不僅産婦得以保全而甲亦可以治病誠爲莫大功德按嫗乃串珠花說媒爲生而無意中立保數命茲聞該嫗述及以係善事故照錄之

扎以尖刀　○侯家後三德軒蕭二持刀向耿俊臣尋衅當經劉二從中分解詎蕭反將劉扎傷除劉自行投案請驗遂經該管武官將蕭耿一併拏獲並尖刀一把送縣矣

衅起平地　○西門南有慶春茶園朝夕私演唱戲賣坐昨又不知因何得罪海光寺機器局之工人約有十數人將戲園碎毀戲園之人亦約數十人與之拏鬬後不知能了結否

示用銀圓　○揚州府沈碧香太守關心民隱稟請張香帥先撥數萬洋圓分給各錢鋪行使一面出示曉諭曰爲曉諭事奉督憲張札開湖北省新造大小銀圓五等甚爲精美頒發示諭一律通用不准稍有低昂抑勒等因在案茲查揚市制錢短絀且乏來源急籌變通惟有行使新鑄銀圓藉補制錢之缺業經本府稟請督憲先撥新鑄銀圓數萬濟用合亟示諭爲此示仰軍民鋪戶人等知悉嗣後凡用新鑄龍銀均照鷹銀市價核算兌錢通用不得稍有低昂倘敢抑勒不用或强令貼折許予立刻扭稟定卽從重嚴辦本府爲制錢缺乏便民起見其各凜遵切切特示此示一出市上銀圓無論兌錢購物均已一律暢行前者錢鋪相率閉門現亦開門交易矣

迷傳錢市　○金陵採訪友人云城內自民人擊毀錢莊後巡道卽改定銀價出示曉諭各錢莊以巡道改定之價如鷹銀每圓兌錢九百四十文不得任意跌落再形短少等因與目前市價相懸特甚遂梗令不遵如有持以兌錢者祇給九百二十文多至二十五文某日機器局衆工匠領得工價洋銀向其錢莊兌錢莊夥照市價付給衆工匠堅不允從謂改定銀價告示煌煌本局門前亦經懸掛爾何人斯竟敢藐視乎因卽互相口角盛怒之下將招牌取去任意騷擾聚賓門外榮大字號先受其災繼而大小十數家無不被池魚殃及城內沙灣等處亦以爭價滋事擾擾紛紛未識賢長官更何以平之也

光緒二十二年正月十一日京報照錄

宮門抄　上諭恭錄前報○正月十一日　恭王　意公　黃伯各假滿請　安　恩公連印各　假十五日　鍾公請假十日　欽天監呈進月食圖　侍衞處奏派口外賜奠派出松溎　召見軍機　張蔭恒　皇上明日用膳辦事後至南海　皇太后前請安後至瀛秀園門跪送畢還宮

○○頭品頂戴閩浙總督臣邊寶泉跪　奏爲海疆知府員缺緊要揀員請補以資治理恭摺仰祈　聖鑒事竊照泉州府知府李耀奎報捐道員開缺准吏部咨奉　上諭福建泉州府知府員缺緊要著該督於通省知府內揀員調補所遺員缺著鄭秉成補授欽此當經轉行遵辦去後查泉州府知府係衝繁疲難海疆要缺管轄三廳五縣民俗强悍素稱難治彈壓撫綏尤匪容易必得精明廉幹之員方克勝任臣於藩臬兩司於現任知府內逐加遴選非現居要缺卽人地不宜未便遷就惟查遺缺知府鄭秉成年四十八歲湖南邵陽縣舉人甲戌科中式貢士　殿試二甲以部屬用簽分刑部山西司行走光緒十二年五月補四川司主事補雲南司員外郞十四年三月補陝西司郞中俸滿截取奉　旨記名以繁缺知府用十七年二月聞訃丁母憂回籍服滿起復仍歸刑部奏留當差十九年九月　京察一等吏部帶領引　見記名以道府用二十一年閏五月十一日奉　旨補授福建泉州府遺缺知府領照到省委署泉州府知府本年八月初六日到任該員才具老成辦事詳愼署理數月措置裕如以之補授是缺知府洵堪勝任合無仰懇　聖恩俯念海疆員缺緊要准以遺缺知府鄭秉成補授泉州府知府實於地方有裨如蒙　俞允該員係遺缺知府請補知府銜缺相當毋庸送部引　見據藩司黃毓恩署臬司張曾敭會詳前來理合恭摺具陳伏乞　皇上聖鑒勅部議覆施行謹　奏奉　硃批吏部議奏欽此

○○奴才宗室謙光跪　奏爲駐防營馬查無缺乏緣由恭摺仰祈　聖鑒事竊查同治元年閏八月間接准兵部整頓馬政條款內開一營驛馬匹宜一律整頓也查京外各營各直省驛站均有額設馬匹雖向不調赴軍營然營馬有操差各項差使驛馬有馳遞公文差使在在均關緊要或有缺額及馬匹疲瘦貽悞亦非淺鮮擬請嗣後京外各營及各直省驛站應令各該管大臣確切查核每年歲終具奏如查有缺額及疲乏之等弊卽著從嚴參辦等因奏奉　諭旨行知在案茲屆年終奏報之期據各該協領等呈稱查得本營拴養官馬並無缺額疲瘦等弊呈報前來奴才覆查無異再察轄之古北口昌平州玉田三河順義縣等五處拴養官馬亦各俱無缺額疲瘦等弊由各該防守尉具結呈報前來奴才合將六處駐防拴養官馬查無缺額疲乏緣由理合恭摺具　奏伏乞　皇上聖鑒謹　奏奉　硃批兵部知道欽此

○○熱河正總管奴才世綱副總管奴才英麟跪　奏爲經費生息一年出入銀兩數目循例奏祈　聖鑒事案查嘉慶二年奏准　賞借銀八萬兩交熱河道按一分生息又於道光二十六年奏請續交熱河道生息銀六千兩亦按一分生息每年所得息銀作爲蘇拉孀婦錢糧衛遞奏摺公文各項差務盤費並丞額副正副千總等公費心紅

紙張各處　掃堆撥坐更皮　寒炭更燭以及　園庭各處修補城墻　修厘房値房等工之用歷久遵行在案查上年　奏銷生息後存銀二千三百十四兩六錢四分五厘今由道庫領到光緒二十年十一月至本年十月連閏月七成本生息銀七千二百八十兩又領到光緒二十年十一月至本年十月連閏月續交七成本生息銀五百四十六兩由加添錢粮項下撥歸銀八百四十四兩八錢歷奉部文扣存雜支各欵減平銀二百四十一兩九錢四分九厘新陳共銀一萬一千二百二十七兩三錢九分四厘遵照原　奏核計一年放過蘇拉孀婦錢粮齋遞奏摺公文各項差務盤費承應副正副千總公費兵丁坐更皮　並遵　旨減半放給各處心紅紙張　掃寒炭更燭等項共用過銀六千三百九十八兩四錢九分六厘除用存銀四千八百二十八兩八錢九分八厘再查熱河官兵紅白事件所需　兩向在廣儲司請領關經　奏明改由生息項下每年動撥銀一千兩應用在案今照例撥銀一千兩作爲紅白事　恩賞之用外實存　三千八百二十八兩八錢九分八厘存庫備用謹將光緒二十一年用過銀兩數目另繕清單恭呈　御覽仍遵例造具細冊呈報總管內務府核銷理合循例恭摺奏　聞伏乞　皇上聖鑒謹　奏奉　硃批該衙門知道單併發欽此

浙紹朱鈍翁先生醫得秘傳豚方穩愼來津八載救濟千人其診婦女擦察經産幼嬰驚疳痘疹尤有妙術仍寓彌勒菴

浙杭　元吉永㘏

本莊自置紗羅綢緞新樣洋辮花素洋布川廣夏貨團摺雅扇南貨頭油俱全祇爲近時錢市漲落不同故而各貨減價開設估衣街中間路北凡　仕商賜顧者無悞特此佈達

英商　新福義商洋行

本行經辦新式各種槍礮子彈一切軍械機器等件　仕宦賜顧請至小行面議

金陵　仁記南味坊

自製本機元滲京緞寗綢紗縐絨線糟貨食物金腿海味南貨俱全近因錢市漲落不同分別減價抑因無耻之徒假冒南味者甚多雖云謀利誠恐亂眞欲辦薰蒳用煩楮墨寄售雨前龍井每斤津錢一千二百文八百文福建條絲格外公道　開設宮北大獅胡同內

江南　桂蘭齋茶食店

本齋精製拾錦南糖眞素供果嘉湖糕點紹興蓮膍八寶京糕異味糕點各種茶食外帶行匣新添拾錦元宵蜜廚糕江米糕南北點心無有不精製細做

開設天津天后宮南坐西向東便是

告白

敬啟者京城售報處改在前門外琉璃廠小沙土園路西寶興木廠又楊梅竹斜街中間路南聚興隆小器作內兩處分售此白

售報人陳午清謹啟寓前門內刑部後身草帽胡同北頭大院內

正月十五日　銀洋行情

天津九七六錢

銀盤二千六百二十五文

洋元一千八百八十文

紫竹林九六錢

銀盤二千六百六十五文

洋元一千九百一十文

直報

光緒二十二年正月十六日　第三百三十七號
西歷一千八百九十六年二月二十八日　禮拜五

上諭恭錄

上諭德壽奏查看屬員分別舉劾各摺片江西廣饒九南道誠勳正躬率屬軍民畏服候補道繆德棻老成練達體用兼備瑞州府知府江毓昌潔己愛民勸辦蠶桑已有成效永甯縣知縣鄒恭才識明敏勇於任事前年該縣土匪滋擾辦理尤爲妥速以上各員據該撫聲稱均能廉潔自愛勤於政事興利革弊有裨地方卽着傳旨嘉獎仍飭令該員等益加奮勉用副朝廷勤求吏治至意龍泉縣知縣任國銓行檢卑鄙物議沸騰鉛山縣知縣陳彝範夤緣貪酷聲名甚劣新昌縣知縣周文瀾沉緬於酒不諳吏治靖安縣知縣姚景羲鑽營罔利聲名狼籍九江後營守備楊玉清煽惑營兵違怨滋鬧均着卽行革職義甯州知州連紱才難任劇人地不宜安仁縣知縣左秉鈞才具平庸閱歷尙淺均着開缺另補署九江鎮標後營遊擊補用叅將傅成龍營務廢弛約束不嚴着調省察看餘着照所議辦理該部知道欽此　上諭貴州布政使着邵積誠補授文海着補授貴州按察使欽此

書事

偉臣

天下非常之事必待非常之人斯語也人人知之人人言之幾若莫不飲食少能知味一値其時遇其人則又互相詆誹橫生議論其所言者非出耳食卽屬蠡測以未能隨時縱觀天下之全局而深長計議也今統中外地球之大計之豈猶復古昔之土宇版章哉綜前後時勢之亟言之豈猶復古昔之風俗習尙哉天道每十年一小變二千年一大變中土往事彰彰可考徒據孟子五百年必有王者必有名世之說則彼一時此一時又不足據爲定論也今之世變既非往代非常之局今之名世自非俗論非常之人不實核而詳察之將一沒於泛泛悠悠之口而其眞不出矣謹就中外當世秉國之政蹟而歷考其人得兩大眞宰相焉一爲大德國之相璧士麥克一爲大淸國之李爵相當德新主登大寶時主謨多與璧君意見不合璧君獻替少所可非璧罪也德皇居東宮時其傅某士喜引古訓與聖意甚合嗣位後遇事傳輒授意於新上而不知古今異宜時務未諳可於一國我任我法不可以洽諸邦而立時政也璧於前王時凡遇各國交涉事闗以

外皆倚璧相自爲除兵部尚書屬下外其各部委用皆惟其意璧之老成不第德國尊之即各國亦以得其一言爲重迨德新主有無限新謨欲其照辦璧相實不肯因希旨以貽誤國是蓋璧君老謀深算早有以知事後之難爲也如是者幾二年知殿陛後有人代謀非一人之力所能抗爰辭職歸林去之日德民如喪考妣蓋以千百年內未必再有是雄材也而在位之大僚猶以國家大事就商各報館亦皆派人往問璧職雖去而民心繫之以視古之善人居鄉民薰其德而成善良者更當有進矣及新任各官事有不行新主圖多不遂乃知老成謀國深遠迴非時賢所能窺而民爲邦本謀國者欲得民必先得其心璧得民心如此國本繫焉矣德皇特見及此故屆璧君八旬慶辰君上請其詣京優待之如鄰邦國王相見禮不以君臣視也居一日辭歸里百姓見其君如此甚契民心無離德皇復警蹕幸其第夙疑盡釋前兩月間爲土耳基事德皇下臨璧家與商許久依其言土之難處遂瓦解冰消得君如此望愈隆矣今璧相年八旬有二身居一鄉心存八表史所稱山中宰相者可與把臂入林乎求之今人我　中國頭等全權大臣李爵相其匹也爵相前此二年如獲　予告歸鄉何以異是乃不幸中東之釁開而　朝野之論起某曾平心敬繹謂中國與東戰敗非一人之誤乃舉國之誤也試問中國猶舊之章足以當東洋維新之政否不特爵相一人知此役不能制勝明眼人當亦共知其難勝也

此稿未完

姦謀未遂　○遛來拐案迭出城鄉內外家有嘗馨兒者皆禁不輕出前門外東河沿地方某甲家道小康晚年得子愛若掌珠因拐匪衆多故特雇傭一名令其防守於是扶持顧復左右不離豈知該傭即拐犯一流一日同小主在門前嬉戲乘四顧無人之際竟竊負而逃鄰人見形狀張皇向前盤詰得實爰將該傭及童子一併獲送至甲家聽其發落甲以父子重逢喜出望外頻向鄰人申謝並酬送京錢若干翼傭則送官究辦云夫欲行騙先爲備計深矣而卒未遂也人乎天乎不禁爲某甲稱賀也

形迹可疑　○前門外羅家井地方居住翟姓家於正月初八日天色未明時有匪徒七八人搗門而入聲勢甚張家人畏懼躲避任其飽掠而去翌晨先農壇永安橋相近有一人形迹可疑因足瘠未愈蹣躅蘆葦地間見人頗露恐懼之態惟身畔並無贓物該處居民擒拏扭送勇局究辦至其人是否該案匪徒一經嚴訊諒不難水落石出也

素行盡露　○正月十一日經步軍統領衙門兵弁在宣武門內西單牌樓興隆軒茶社內盤獲匪徒一名操南音詢其姓字則曰鄭三當即解案研訊據供竊盜之案不下數十起之多並云已糾約數十人擬于某日前往某官宅刦奪財物尚未動手已被拿獲懇恩寬恕等語刻下咨送刑部桁楊具在必不能懸而不用也

遊覽成風　○京師自新正以來連日暢晴士民扶老携幼咸赴琉璃廠以資遊覽火神廟內古玩玉器書籍及廠甸呂祖祠廟前耍貨食物小本經營之叢林立櫛比人山人海擁擠異常及大柵欄一帶各茶園座客常盈幾無容膝之處利市三倍可知已

禁錢出境　○欽差北洋通商大臣兵部尚書直隸總督部堂王　爲出示嚴禁事據天津李道代理津海關黃道會詳津郡各錢舖自來出帖通融市面制錢短少由來已久從前該商等常在南省之上海北省之河南等處設法買辦現錢運津使用本年上海河南均禁運錢出境來源已斷不敷周轉而津郡人烟稠密民間需用錢欵本多兼之本地練軍綠營親兵等營月餉需錢鉅萬更覺兼顧不遑乃有外境防營覗津郡銀價合宜恒運現銀來津向各錢舖換錢由火車裝運出境往來不絕外境奸商希圖漁利亦多冒充營盤或暗煩營弁出換大宗銀兩向出帖之家擠取現錢致津郡市面錢根奇絀銀價日落商民交困請示禁等情前來除劄飭鐵路總局嚴查火車不准裝運現錢出境外合行出示嚴禁爲此示仰外境營防弁兵人等一體知悉嗣後需用現錢各就本地兌錢使用不准以大宗銀兩來津兌換甚或冒充營用運錢出境以

保市面而顧大局倘敢不遵定行究辦不貸毋違特示

與佃分修　○總辦新農鎭營田事宜二品頂戴分巡天津河間兵備道李　二品頂戴直隸候補道張　會辦新農鎭營田事宜二品銜直隸候補道張　爲曉諭事照得新農鎭一帶稻田前經本道等遵奉　督憲批示設局派員清丈招佃承領收租業將上次熟地應收租錢數目出示曉諭並招佃認領在案玆屆麦融所有地內河道閘座涵洞溝渠亟須分別修濬以資引灌惟專令佃戶認修誠恐力有未逮今擬將大小河道閘座涵洞派員勘估由官籌欵分別修濬其地內溝渠卽責成承領佃戶自行修理以示體恤合行出示曉諭爲此示仰願領此項稻田各佃戶一體遵照辦理特示

良將秉公　○衆強縣人王有綱由京結伴五人回籍行至武清司各庄被同夥扎傷搶去銀兩包伏旋因傷殞命當經該管地方報案勘驗飭捕分投嚴緝等情曾紀前報玆聞統領雲字馬隊鞏軍門以該處有馬勇駐撥巡緝何以竟行疏懈致有路刦性命之案是以將駐紮該撥之右哨哨官趙萬和摘去頂戴其隊長劉昌應降爲什長以示懲儆勒限嚴緝賊務獲以此益見軍門賞罰嚴明紀律整肅矣

劫盜倚法　○郡城北門西去門里許坍塌一段行人利其便由該處過往担水者亦由此爲捷徑昨有一人身穿號坎手持馬棒在該處專等担永人過則抓之留質放人聽去不多時獲質十餘付城守營得信知其人爲冒充卽派兵來抓人與水質已皆運而之他矣夫担水者皆賣力苦人每付水質約値津錢千餘文不等一旦被人劫去豈不苦之又苦乎惟是該水夫無知偶貪省力以致破財該匪徒偶得幾緡便思造孽倚法作奸其捷智之盜歟

勝芳眞勝　○文安縣孟氏村民人陳鈞之女適勝芳王姓室時歸甯屆年底陳自牛鮀村推小車一輛送女回壻家日將晡巳至勝芳村北忽過步賊二人將其女首飾及包裹搶去陳以寡不敵衆俟賊走後急送女至壻家遂卽通知該管地方分投報案當經武汛會同巡營並保甲紳董各派兵勇四出尋緝遂在崔家莊拿獲賊人李二小並首飾數件訊據該賊供稱夥同李小五因貧起意搶刦是日在牛家墳隱藏因見小車推送一婦遂卽攔住李小五向前將首飾拔下並包裹攜至密處分給首飾數件餘皆李小五拿去嗣又聞李小五被天津捕役拿住未悉是否等語將該賊並贓送縣訊辦飭傳失主認領原贓各等情玆據該處來人述及以匪犯能否縱迹全在緝捕之勤惰聞該處保甲局勇頗着勤勞各處倘皆仿行則盜匪不足患矣

良家無良　○南門內外城根一帶土娼窰老媽店半掩門甚多其土娼窰每晚勾引良家婦女賣娼其老媽店或係來津傭工之老媽或係誘拐之貧婦至於半掩門乃混混土棍誘騙良家婦女爲害最烈其有輕年子弟畏人知其花錢且圖省錢者以半掩門爲幽僻之處並無查抄等事可據以安樂窩安知其爲害更甚也昨有某姓在某號學徒其家本小康頗有餘資因隨同事尋歡被人誘入半掩門留連數宿該妓抗乂者原係混匪因見某姓子巳被情牽卽此挾制勒索非給錢百千不准還家某姓無奈只得倩人將其表戚某甲邀至求爲解圍甲明知被陷但若一經官則聲名敗裂只得再三挽說付洋錢二十元將某援出似此設局誘陷以勢勒索大干例禁况聞該半掩門倘有爲花賭誘人等事則名爲良家實則無良之至矣

火未延蔓　○河東沈家庄於本月十三日晚某姓者因作飯串烟被燒草房兩間經本庄衆人救滅十四日夜水月菴前方交四鼓羅照遠家院內忽然火光燭天合院驚覺赶卽喊救倘非佳節人多則延燒不堪設想矣

少婦胡歸　○日昨東浮橋有一少婦在洋車上大哭據言因歸甯而回壻家因途擁擠所帶首飾被小綹抓去姑性甚嚴恐遭譴責衆人乃勸回母家再爲籌費云

光緒二十二年正月十二日京報照錄

宮門抄　上諭恭錄前報○正月十二日　戴津懷塔布各請假十日　內務府奏派拿酒派出多爾濟帕拉木　掌儀司奏十五日早晚祭　奉先殿戴瀾戴津行禮　召見軍機　皇上明日午正入宗親宴

○○尙書銜總統甘軍甘肅提督奴才董福祥跪　奏爲查明營官冒功邀獎據實覆陳並敬陳鄙見恭摺仰祈　聖鑒事竊奴才於光緒二十一年十一月三十日承准軍機大臣字寄光緒二十一年十一月十四日欽奉　上諭有人奏甘肅營官王正坤駐防河州積石關私遁歸省被回匪截殺勇丁傷亡殆盡督臣楊昌濬復令招勇駐防白塔川八月間團目康達張正源等盤踞回匪將首級器械解省王正坤半途截奪攘爲巳功並暗嗾回匪圍攻康達隨卽率軍潛逃督臣反爲飾詞請獎請飭查明撤銷保案等語王正坤冒功各節前有參奏業經諭令董福祥查明具奏玆又被人參劾著該提督歸入前次所參各節一併確切嚴查如果屬實卽行參奏毋稍徇隱原片著鈔給閱看將此諭令知之欽此遵　旨寄信前來承准據此當以事關營員冒功虛實皆應詳審雖王正坤前次被參經奴才查明於十一月二十八日具摺覆　奏在案而該員冒功邀獎又被人參不敢不再爲確查當派誠實員弁明查暗訪參以輿論鄉評其喪師冒功實爲確鑿可憑查甘肅軍事之與各處團練極爲得力因軍裝子藥無人接濟因

而不能持久終致挫敗康達張正源初帶團練頗稱奮勇祇以勇於殺賊爲官兵所忌爲逆匪所仇因之一蹶不援王正坤之帶練軍守積石關也賊卽逃軍械棄盡全軍覆沒進省後反委爲數營統領移紮白塔寺八月十七日賊糾悍黨數千圍康達於西南川距王正坤營僅二十里康達等殺賊甚多以糧盡力竭乞援於王正坤不惟不應反率衆奔逃以致火器又盡委於賊其暗賺回匪圍攻康達雖查無實據而以覆敗之將反得統領又列保案則其攘功委過怯懦巧滑寔可概見倘再留緣留營必致蠱壞軍務其應如何盡法懲治之處 國家自有典常奴才不敢妄議抑更有請者竊謂罪莫大於喪師失律弊莫深於冒功邀賞軍營之弊自昔爲然或諱敗飾勝或以少報多或缺額蝕餉或養寇營私種種弊端全在帶兵者之公忠體國悉心釐剔甘省軍政之壞至今而極論兵則百十營糜餉則數百萬至於臨陣一則曰賊衆再則曰兵單其報勝仗一則曰殺賊數千再則曰戮賊無數誠如是也賊當聚殲何至地方糜爛勦衆興師致勞我 皇上宵旰之廑哉以奴才愚見兵貴精而不貴多將在謀而不在勇欲求勝兵先嚴空籍欲示激勸先明賞罰雖積習誠難驟更而軍律亟宜整飭幸賴我 皇上邇言必察 乾綱獨斷 賞必當功罰不宥罪庶積弊漸革 威棱遠懾不惟小醜類指日盪除卽荒裔亦必賓服不至再啟戎心矣所有查明營官冒功邀獎並敬陳芻見各緣由理合恭摺由驛五百里馳奏伏乞 皇上聖鑒訓示謹 奏奉 硃批另有旨欽此

告白

敬啟者京城售報處改在前門外琉璃廠小沙土園路西寶興木廠又楊梅竹斜街中間路南聚興隆小器作內兩處分售此白

售報人陳午甯謹啟寓前門內刑部後身草帽胡同北頭大院內

本館現已另造樓房另購機器鉛字鉛模自行開辦惟今年封河較早購到者僅三號五號鉛字所有字模及四號鉛字已經運來適沽口封凍不得進口須俟開河時到埠今卽用三號五號兩樣排印報紙字跡畢清較之模糊者不啻天壤想閱報諸君定蒙賞鑒俟四號字運到後再當一律排印

本館謹啟

正月十六日 銀洋行情

天津九七六錢

銀盤二千六百二十五文

洋元一千八百八十文

紫竹林九六錢

銀盤二千六百六十五文

洋元一千九百一十文

直報

光緒二十二年正月十七日　第三百三十八號
西歷一千八百九十六年二月二十九日　禮拜六

上諭恭錄

上諭雲南雲南府知府員缺緊要着該督撫於通省知府內揀員調補所遺員缺着曹鴻勛補授欽此　上諭雲南迤東道員缺着興祿補授欽此

書事　續前稿

偉臣

故欲求勝敵當先求戰勝於　朝廷其要在政府舍其舊而新是圖則一發自能無敵倘事事無一強謀徒恃一督臣便能制外洋乎歷年以來爵相之不與各國構怨者蓋早有以見及此其與德國璧君之老成兩心實不謀而自合英雄所見大率類是奈中國　天步艱難終不能以免於一戰戰而敗則人言嘖嘖物議起矣自來敗軍覆將之餘必羣指一人以為大家受過而一傳於十十傳於百大都古今只論成敗塗說道聽觀其外不究其內其載筆為董狐史魚者幾人信史如武成不過僅取二三徵可知也後之視今何異今之視昔乎及中與東洋戰敗衆始思為議和計舉國中無職其咎者冒險出洋赴馬關身受奇創爵相實一人獨任之安危之所繫疑謗之交乘衆口爍金積毀銷　爵相乃平心下氣卒易鋒鏑為敦盤此其難孰知之孰諒之而爵相初亦未嘗求諒也嗚呼此其器宇宏深肅括豈俗所稱一二非常之士所可等量齊觀哉而中國之所以獲全金甌者不此之恃又奚恃耶幸我　太后　皇上聰明睿智洞悉配命求福之道利在未雨之綢繆而外患未平內政難寄以軍令倘既疲於東又務於西則奔命不遑遑修其政乎故以目前之時勢為計莫急於外交而內修斯乃並行而不悖爰考疆土犬牙錯處與鄰為近者惟俄界之毗連最多宜依為表裏以相固然後可以得閒暇明政刑修戎備追法泰西以與諸邦並勝也茲俄皇於華歷四月十二日上金冕典禮至重中外諸大國皆派王大臣銜命恭賀當此中俄亟思敦睦之時中國益當派威望大臣以重其事　上意謂稱此選之大臣固無逾於爵相者是役也申賀修好雖與前此銜　命黃華之使

無殊而封疆自此固邊實自此弭爰以歷聘英法德美諸大國互相聯結將見薄海內外五大洲之七庶於以安干戈於以輯任大責重顧可僅以尋常之盟會聘問視之乎又況我　皇太后　皇上之所以特簡爵相者非第以其望隆於中國實因各洋報中所常稱道不衰者謂中國爵相李公實今日之管葛也按爵相與德國之舊相璧公功相若年相若威望相若其辦理各國交涉事件識量之淵涵亦相若爵相此行實臨德國二公當各以彼此意中人竟於無意中不期會而得會兩國數萬里外之耆英一堂聚首天爲之耶人爲之耶書之史冊誠千古非常未有之盛事也爰謹書之以記其事時光緒丙申元宵之後一日也

宸遊可紀　○日前　皇太后駐蹕　頤和園觀看各種烟火實爲一時之盛恭悉　皇太后擬付諸丹青俾得披圖瀏覽傳之奕　因於前日特奉　懿旨飭令挑選西法繪圖好手將奉迎朝見慶賀上元佳節筵宴暨　皇后珍賓瑾賓恭進盛儀分別繪圖呈進　頤和園隨時披覽刻已欽遵辦理矣

牧養改交　○昭烏達盟長委員解到貢馬一千匹已由委員如數驗收隨同官馬入圈喂養內有疲乏不服水草倒斃之一百二十七匹應責令司員照倒斃貢馬成案如數包賠惟是大凌河三十四群官馬近來孳生日盛計有一萬二千零八十匹之多以故管莊委主事尚純呈稟莊頭供養官馬入圈匹數口分向有定章此貢馬尤應加意牧養以冀蕃衍無如大凌河地方窄狹諸多窒碍擬請改交林家口牧養免致貽悞以重牧事

選材宜豫　○御前十五善射大臣處爲行查事所有各衙門十五善射人員例於每歲年終查報一次相應咨行貴衙門將兼充十五善射人員現在有無陞遷調補以及各項事故詳細查明務於正月二十日以前咨覆本處以憑核辦○八旗滿蒙漢各固山兵丁除各項差帖以及各項練兵外實在堪以挑練者若干數飭該管叅領佐領等立卽查明數目卽日造具清冊咨報兵部以憑核辦○兵部爲咨行事和碩鄭親王凱泰門上現懸長史一缺照例應由上三旗各項人員揀補相應咨行各衙門卽於三四品人員擇其老成持重表率有方者保送一二員開具履歷務於三日內咨送本部以憑辦理

持法維平　○去歲所獲失守要隘之蕭志超張照與蔣希夷黃仕林四名業經邀　恩免勾仍行收禁現經刑部按照年終收禁官犯分晰監禁日期該犯年歲繕摺奏請邀恩今奉　硃批勞苦監禁矣○客歲廿侍御指糾薛寶珍卽薛八私賣硝磺等情訊係宿吉恩等因謀辦　御用花炮差次揑造私賣硝磺爲詐害之詞咨送刑部鞫覈湖廣司審辦復奉刑部堂憲因案情較重恐有冤抑委派秋審處熊部郎起番詳細研訊確情始知薛八並無私賣硝磺情事係被宿吉恩宿吉善史俊卿李榮久挾嫌賄買摺奏種種妄爲當經飭差嚴拿是以先將薛八開釋赴　內廷照舊當差已於正月十二日預先前往　頤和園伺候燃放烟火之差開悉宿吉恩等業已遠颺似此胆大妄爲之輩天網恢恢諒難逃出法律乎○去歲恭奉　廷寄交拿人犯王全卽王德山一名經步軍統領衙門奏送刑部審辦據供素在房山縣煤窯運煤貿易前因洪少公子糾約黨羽數十人將窯櫃銀錢搶掠一空現被指糾實在冤情難伸叩求澈底根究當經刑部飭差將洪少公子嚴傳到案嚴行審訊立卽收禁按律究辦矣

都轉議課　○津埠問津三取兩書院爲都轉專司歷年二月初旬甄別預於正月下旬牌示與考生童先期報名以便造冊臨時照點給卷現聞運署吏禮兩房請示憲台不日出示矣

觀察戡田　○新農鎭屯田由三觀察出示招佃昨十三日道憲李觀察親詣該鎭計畝履查十五日夕聞已由鎭反旆矣

拒捕何多　○東光縣徐官庄史萬齡被賊竊去棉花衣服將史拒傷斃命一案曾紀報端茲又悉史之叔父史盛桁赴縣呈報其姪史萬齡乃孤身一人於十一月初間二更時分還家突見一賊行竊當卽喊捕卽被賊用刀扎傷殞命其孤苦被刦慘命殊爲可痛乞求嚴緝驍賊以伸冤抑當蒙邑令會同武官勘驗史萬齡家並無大門牽墻僅有北房二間所以無從查看該賊行跡惟勘驗該屍委係因重傷殞命飭承緝格外檢選幹捕勒限嚴緝驍賊能否弋獲尚難預擬但近來勿論行竊搶刦多以拒傷性命賊胆實兇暴已極今據逃詳合再登錄

失險不小　○客歲底南門內恒發瑞雜貨舖夥徐姓由某處取錢帖四十九千並現錢數千文行至神機庫被賊一併搶去幸遇三營下夜官該徐姓喊捕下夜官張弁率兵追至中營西將贓賊併獲除贓交徐認領外將賊由營送縣訊辦等情曾紀前報頃據人述及該徐姓於取帖時卽被賊人窺見實係四賊圍隨至神機庫搶刦張弁追赶時其三賊已奔逸無踪原贓恰在獲賊身上搜出不然該徐姓卽向其掌櫃言失恐亦未必信實惟在城廂重地又在存城汎辦公所前該賊竟如斯胆大而贓　併

護誠爲不幸之幸否則雜貨舖並非巨號焉能認失此鉅數則徐受不白之寃且恐有性命之虞也城廂如此官民其各愼諸

論瞳苦劫 ○正月初九日石門寨周少尹在津郡南門外廣仁堂前坐車身故已紀前報茲聞十三日午後少尹之孺人某氏同男女僕從已抵津埠昨縣委龐嚴大令帶頭班差役忤作等赴西門外某店相驗解開胸前衣服體浮青色大令勸孺人某氏具結領屍云

受騙甘心 ○青縣某糧客來津買米於紫竹林東河沿上遇一鄉人手持帕包黃金約十數兩糧客問此物何得該鄉人云在某鎮拾得請人看過說係黃金此包能値津錢四五百吊因特來津但不知往何舖去賣糧客紿云若賣此物必要與金店相熟否則金店不收恐其係偷盜來也又云你賣於我如何村人情愿二人議論多時將價說好給津錢一百零五吊糧客卽帶鄉人至某號錢舖兌交錢舖問糧客買他何物云係買米意恐錢舖人知此厚利或買不成也翌日始將金拿至該舖欲換稱係由家帶來錢舖人曰此假金也汝被何人誆騙該糧客乃直視呆立形若木雞同鄉人見其如此恐生他變急送斯人旋里矣

佳節燈火 ○津埠好勝上元佳節各堡燈彩廟戲指不勝屈茲聞北營門外丁字沽地方昨夜放烟花盒子四門斗子鐵樹開花等戲觀者無不喝采云

依樣胡蘆 ○第一段鄉甲局門有口操南音喊寃者局員某大令飭卽帶訊問爾何寃供稱身妻隨其公館來津今竟被人拐去問係何人供稱不知大令晒云糊塗人糊塗事來喊糊塗寃既不知拐爾妻者爲誰令我從何處糊塗追辦耶飭左右曰糊塗逐出可也觀者如堵無不胡盧而散

盜有護符 ○某營官遣差某甲來津公幹寓西門外店中前晚在院中大解已畢回屋見有人欲行偷竊甲立卽抓獲賊同店夥將賊綑住訊據滄州人因在津貧極作此不法惟求格外開恩甲視其衣履敗壞殊爲可憐允卽釋放該店夥以爲如此輕縱恐仍再來甲謂賊曰汝如此年富力强足以有爲自當務正今若交給馬快爾命難保矣我賞錢五百文汝可作小生意或急速還鄉可也該賊叩謝鼠竄詎至次日午後甲因友約赴南門外城根一帶尋花問柳正在老媽店座談忽聞院中有人大聲言勿論何人須讓我老爺隨意取樂否則卽令該管官查封甲聞聲勢甚餓口音甚熟由窗隙一窺其人卽前晚所釋之賊惟衣服整潔與昨晚大異復加詳審以其左目有黑痣一個方知非假不覺大怒越步出言小子識我老爺否該盜一見飛步而逸甲遂問諸妓云此人自稱賽元霸與捕快多相識藉勢常來攪擾彼與西邊某妓有齒臂盟云云甲因事不關已未便究問遂去茲據其友所述似此娼寮老媽店等處最是盜竊奸匪匿跡之所再與捕快相通更爲有恃無恐該管者若不嚴行查逐深恐閭閻難靖

集善清單 ○集善社十月清單 計開本年九月現存銀三百五十二兩二錢二分 現存錢八百十一吊六百九十二支 十月入欵 劉俊德助錢十吊 樂安郡助錢十吊 文修堂助恤米銀十七兩八錢八分 謙益堂助恤米銀十七兩八錢八分 出欵 補平數錢一百文 本月放恤米合銀一百八兩七錢八分計米四十九石九斗每石價銀二兩一錢八分 計嫠婦三百一戶內一百十戶各吃米一斗一百八十四戶各吃米二斗七戶各吃米三斗總結現存銀二百七十九兩一錢 現存錢八百三十一吊五百九十二文 外計現存生息房產等銀二千三百二十三兩 錢一萬六千吊

光緒二十二年正月十三日京報照錄

宮門抄 上諭恭錄前報○正月十三日 啟侯溥侗各假滿請 安 霱王請假五日 召見軍機 皇上明日卯正二刻至 奉先殿 壽皇殿行禮

○○倘書銜安徽巡撫臣福潤跪 奏爲續參知縣承緝城內官寓被刦盜案逾限無獲再行請 旨交部議處以示懲儆恭摺仰祈 聖鑒事竊照卸任廬江縣知縣侯原洲寓所於光緒二十一年四月初三日夜被刦搶傷雇工丁貴等平復一案先經臣以案情重大僅獲首夥盜犯張桂林等二名餘犯在逃未獲當將該署縣熊鉦專摺 奏參欽奉 諭旨着先行摘去頂戴勒限將逸犯嚴拿究辦等因欽此咨行到皖迭經臣嚴札飭催勒限緝拿一面飭司遴委長於緝捕之候補通判毛鴻馳往幫同緝拿迄今逾限已久在逃逸犯杳無一名報獲若不從嚴參處殊無以儆玩泄而安閭里據藩臬兩司會詳請參前來相應請 旨將署廬江縣知縣熊鉦交部議處以示懲儆除再勒限嚴緝迅將逃犯悉獲究辦並咨吏刑二部查照外謹會同署兩江總督臣張之洞恭摺具 奏伏乞 皇上聖鑒訓示謹 奏奉 硃批着照所請吏部知道欽此

○○杭州將軍奴才吉和杭州副都統奴才常恩跪 奏爲遵例校閱官兵秋操情形恭摺具 奏仰祈 聖鑒事竊查每年秋後季照例校閱官兵各項操演隨時 奏報歷經遵辦在案茲屆秋操之期自應遵例校閱奴才吉和會同奴才常恩於本年九月二十三日赴大方井地方砲營校閱鋼砲抬砲格林砲打准又於十一月初五初六等日前往教場校閱操演原設大陣官兵馬步箭過壘槍洋槍打准並陳新兩營練軍洋槍隊各陣式及一切刀矛技藝逐一考驗均屬合式可觀其中洋槍隊陣式頗知分合進退之法隊伍整齊聲勢聯絡可期寔用官兵馬步箭堪稱優嫻槍砲打准計有八九成不等當卽循例分別獎勵仍飭該管協領佐領等官分督防禦驍騎校各員照章按月分期操演連洋槍隊及洋槍打准最爲軍中利器目下要務尤宜精熟應飭令該統領新陳兩營洋槍隊掌左司協領柏梁督率營隊各官仍逐日認眞操練不准稍涉鬆懈以期精益求精悉成勁旅仰副 聖主整飭操防之至意再查乍浦駐防官兵僅止七十餘員各駐省城隨時操演尙稱熟習合併聲明謹將奴才等照例查閱官兵秋操

緣由理合恭摺具　奏伏乞　皇上聖鑒　訓示謹　奏請　旨奉　硃批知道了欽此

○○奴才額勒和布跪　奏爲假期又滿病難速痊仍懇　天恩俯准開缺調理恭摺仰祈　聖鑒事竊奴才前因　疾未愈於十一月初二日又復奏請開缺本日奉　上諭額勒和布奏假期又滿病仍未痊奏請開缺一摺額勒和布著再賞假兩個月調理毋庸開缺欽此奴才跪聆之下感激涕零伏念　恩施逾格至於再三奴才具有天良何敢自甘暴棄無如兩　軟弱不惟跪拜維艱數步之外仍須扶杖月餘以來訖未少痊計今假期屆滿加以焦急之思致傷肝木自疾因而舉發自煩病勢纏綿屢負　優容之德更慮復元無日難免溺職之愆思惟再三惟有據寔瀝陳仍懇　恩准開缺俾得靜心調理容俟病體稍痊卽當泥首　宮門求　賞差使萬不敢稍耽安逸自外生成所有奴才因病難速痊仍懇開缺調理緣由謹繕摺具奏伏祈　皇上聖鑒謹　奏請　旨奉　旨已錄

本館現已另造樓房另購機器鉛字鉛模自行開辦惟今年封河較早購到者僅三號五號鉛字所有字模及四號鉛字已經運來適沽口封凍不得進口須俟開河時到埠今卽用三號五號兩樣排印報紙字跡畢清較之模糊者不啻天壤想　閱報諸君定蒙賞鑒俟四號字運到後再當一律排印

本館謹啓

正月十七日
銀洋行情
天津九七六錢
銀盤二千六百二十八文
洋元一千八百八十文
紫竹林九六錢
銀盤二千六百六十八文
洋元一千九百一十文

直報

第三百三十九號　禮拜一

光緒二十二年正月十九日

西歷一千八百九十六年三月初二日

擬送頭等全權大臣李爵相出使各國序

光緒二十有二年歲在丙申卽西歷之四月十二日卽西歷五月二十四日爲俄新主上金冕之期我　中朝　特簡頭等全權大臣文華殿大學士太傅一等肅毅伯李中堂銜　命申賀兼以歷聘德美英法諸大國上之意以爲此次俄皇加冕典禮至重環地球五大洲內諸大國無不遣使稱賀膺其選者類多國之親王上公降則不與重其事故重其人也其人在內則坐廟朝君爲前席羣臣不敢傲慢怠惰於其側樞機秘密天子必溫語相詢言則聽諫則行慶賞爵祿必以聞譴謫刑戮必以聞會盟朝聘必以聞其在外則秉節　鎭封疆數千里之人民土地庶司百僚上至藩鎭惟其意所左右而進退之天子固早以生殺予奪大權擧而委諸其人使爲一朝柱石而無或謝而朝野之素日仰觀下風逖聽者上自天子聖則謂爲是人之功不聖則謂爲是人之過下至庶人安則亦惟是人之德不安則亦惟是人之怨古所謂託六尺寄百里者其殆是人歟一旦銜九天之命臨重譯之邦展經緯之長才折衝於樽俎之間易干戈爲玉　帛足以爲邦家光乎然而出使之難也昔宋之彭任從富公出使契丹還語人曰出境宿驛亭聞介馬約數萬騎劍槊相摩終夜有聲從者失色心怦怦不自禁凡其所以誇耀於中國也使中國之人出於不測或振懾其威而失辭不特遺笑且損國威致啓侮志是誠不可以不慮耳今我爵相李公則無慮是公合肥偉人也咸豐中粵匪竄擾江南北所至　沸公曰斯時不出則見義不爲矣爰以詞曹歷戎行率師東下旋拜撫蘇　命時金陵淪賊久而豕竄狼奔應聲而起者海內不可一二數公謂曾侯文正曰擒賊先擒王不克金陵不足以救蘇寇不克蘇州不能進規金陵願募輪舟以萬人出其不意由上海直擣蘇

可一鼓禽也文正壯之由是而江淮浙閩甌粵以次俱下捻匪未平　穆宗毅皇帝移公督剿不二年捻跡亦滅泰西諸國復各挾財物器械伺我隙而海禁大開公乃外示信內修守以中邦公私交困元氣宜培故事務言和由是鄰邦之睦以篤嗣因西邊擾南越警公又調停其間卒歸於好客歲中東之役非公意也奈舉國公非公亦實難獨是矣或曰公與外洋交涉動輒言和未免示弱不足以振衰而起懦此局外之言非眞能知公諒節者馬關一役以古稀之碩膚挺然而起辭天漢涉洪濤身被劫傷屹然不動忠何如勇何如其視聞介馬劍槊而心動者爲何如乎惟其中有所主故能外形體一死生浩然之氣塞乎兩間至大至剛以直養而無害卒能平心靜氣從容以底於成而謂懦弱者能之乎迨和議已成而旅進旅退之備員全身者轉肆口舌以浼譏其短使其人設身以處當亦墨爾而息矣今也奉　國書司專對此公所自信人亦爲公衆信者至於宜於外而宜於中親仁善鄰以爲國寶一舉而萬全殊非嵩蒙所能測萬一而與參末議也子產有辭諸侯賴之筆諸陽秋載書生色前有千古後有萬年珍重　國家倚俾之身永結中西不言之契此又明知公無待於人言而又不能不進一言者則嵩蒙愛上之忱欲已而實不能少已者也謹綴數言以代芹獻若我公儀從之盛車如干輛馬如干匹船如干艘文士若而人武將若而人樹旄旗羅弓矢公不以此爲榮蒙亦不敢以此爲重懼褻也

散放復制　○前奉　皇太后懿旨現在民間銀價日落錢票日貴總由商民等未知大錢與制錢如何折抵觀望懷疑查市間每銀一兩易當十大錢十吊零低昂過甚且物價不減兵民實受其病　聖慈軫恤洞燭入微民隱商情無日不周諮博訪前經軍機大臣籌議錢法摺內有當十錢一文臨時按照市價或折制錢二文官民購買物件及各行商賈均照此出入不得稍有參差並請　明降諭旨先示折抵定章及行使制錢時將當十大錢一項於捐項稅務亦照折抵之法搭成交收各節一併宣布當經戶部行文地方各官出示曉諭庶將大錢制錢可以相輔而行不致偏廢且既有明文各項買賣均可就銀價核算制錢甚爲簡便旋因戶部寶泉局工部寶源局缺乏銅觔雖督飭爐頭卽爲鑄造仍恐不敷開放並每月開放旗綠各營兵丁錢糧每銀一兩搭放制錢一串歷經辦理在案現在銅斤缺乏所有旗綠各營兵丁搭放制錢之處於二月爲始暫爲停止每月仍按實銀散放以復舊制云

鎖拿送官　○聚賭抽頭久干例禁況以鉅財騙人思佔人之妻女致一對鴛鴦雙雙斃命此其人天良絕滅縱投諸豺虎亦不食其肉矣京北德勝門外三十里許之沙河地方有馮某者農家子幼失怙恃守遺田百頃家道頗殷娶董氏女爲妻姿色豔麗性情賢淑惟馮某終日好賭不理家務朝夕赴董姓賭局聚賭屢經其妻勸戒不知悛改數年以來竟將家財輸盡新年正月初九日董某見馮妻甚美久已垂涎卽取白强五百金與馮賭勝負馮因家財已盡自顧空如不敢應允董以爲無銀何害何弗將尊夫人作孤注勝則銀入君手馮一時見財起意隨卽允從董恐空口無憑始則先令馮某寫立字據繼則同場共賭者作証馮意未安而貪其利滿望一擲成功白銀五百可爲已有詎料一副花骨頭不如人意又復敗北董卽逼令馮某交妻馮再三哀求執意不允馮已覺追悔莫及回至家中夫婦相對痛哭抽刀自刺肚腹血流如注頃刻之間兩命皆歸地府矣當經總甲補役訪聞將董某鎖拿稟請相驗詳城咨送刑部按律懲辦矣

天使將臨　○頃據官場傳述頭等全權大臣李爵相奉　命前往俄國慶賀並至英法德美等國本月二十日出京旋津現定以海防公所爲行轅展輪之期約在二十八九等日茲鎮憲羅軍門安於十九日開印後卽由新城來津預期靜候屆時恭迓爵相云

月卿迭晉　○直隸藩憲王方伯介梃來自清江或入都引　見或竟赴保陽履任尚未可知永定河道陳觀察慶滋保定府陳太守啟泰宣化府李太守肇南永平

府福太守諏俱來晉轅稟見恭賀新禧

新農牌示　○總辦新農鎮營田事宜分巡天津河間兵備道李　會辦新農鎮營田事宜二品頂戴直隸候補道張　二品銜直隸候補道張　為牌示事前據士城文生劉鳳楷等減水沽李益軒元恩燦尹富廣等稟請認領新農鎮稻田業經批行營局經委員就近查明如果殷實卽准給領在案合行牌示遞稟各紳民卽赴新農鎮稟請經委員查核辦理如有願領稻田而未遞稟者亦赴彼處稟請核辦毋須來轅遞稟以免往返查覆延悞農時各宜凜照特示

武備章程　○武備學堂添招學生章程六條　一添招幼童來堂肄業原以儲備大用選剔更宜從嚴應先期出示無論各　將家子弟或本籍外省良家子弟年在十三以上十六以下以讀一二三經能作論文或小講半篇者開明籍貫年貌三代先赴武備學堂報名由學堂挨名註册約計六十名左右詳加考試其文理通順年貌相符再由官醫驗明氣體充實毫無隱疾者挑選四十名如選不足額展限數日再考一次仍不足額甯缺毋濫選定後取具本人家屬甘結及舖店保結方准留堂學習試習三個月後察看該生如果姿質魯鈍口齒不靈性情乖傲舉止輕浮卽行剔退甘結保結發還至已經查看可以錄取者將甘結保結彙齊存案另繕清册摘塡籍貫年貌三代呈報其自外省投習者往來不給川資　一學生來堂肄業甘保結內均須聲明不准自行告退倘定欲告退應將膳銀及火食等項按月合銀若干兩計在堂若干月績領須繳還方准出堂　一學生入堂試習三個月此三個月中學堂祇給火食三月以後錄取留堂者酌給膳銀如果力學循上考列優等者次年酌量加增以示鼓勵　一考取留堂三年期內除照學規另有放學日期外無故不准請假惟父母及承重喪准酌量該生原籍遠近給予假期亦不准逾限不歸其伯叔及兄弟喪概不給假又在三年期內亦不准請假完娶或再應童子試致分心志而妨本業　一幼童初入課堂先習外國語言文字等項派洋教習一員專授語言文字等項派漢教習二員講授經史並教行文之法　一春秋季考均照學　定章每屆二年大考一次其考取一等二等者分別發給獎銀其兩次大考取列一等前三名者應請給予功牌頂戴三次大考前列者以次升獎並請擇尤　奏保或委派優差以示鼓勵

元夕整軍　○新建陸軍袁督辦治軍素嚴抵營以來卽傳集各營將領舉向來軍伍積習譁譏剛除悉力整頓本年元宵佳節聞左翼後隊領官武備學生賈文元因以長夫頂替正兵二名經袁督辦查出立將該領官捆拏提訊擬置軍法嗣經執法營務處持例力爭始免其死隨將該領官撤革杖三百插耳箭遊　其所轄哨官長以知不舉發亦分別杖責各官聞風相儆咸自不寒而慄云

擇地設關　○蘇垣通商在邇須設洋關以收釐稅昨趙撫憲飭洋務局委員帶同洋弁二人在封門外獺陀橋一帶察勘抽勢詳視一周至在何處尙未定局

好善樂施　○天津工程總局代收山東義賑處所有諸善士樂助銀錢洋元已陸續照登報端茲又有第十九起炳彝堂鼓助津錢十吊　學善不及堂助錢三十吊吳瑞生助銀二十兩　馬峻庭助銀四兩　申旭如郭東初袁景山劉際周孔晉三各助銀三兩　卞叔梅彭炳齋江月舫蕭承炳張占鰲孫萬盛各助銀二兩　蕭槐庭何霞軒王菊圃吳路生程佐之蔣仲孚吳椒甫蔣伯庚駱坦如唐彝清吳濟川孫哲人吳鏡潭扶風郡郭紉松范得元馬紀元楊安邦王殿和孫必用王鑑堂劉序東葛福庭霍梓亭周雨亭吳煥齋趙靜軒許鏡涵烏海峯王蓋臣劉鼎臣陶少卿張純三吳讓庭鄧雲庭謝慶修高鳴鶴孔祥雲熊克瑜汪炳煊紀東嶺高峻德各助銀一兩　尙棣山助銀一兩五錢　馮　文吳厚培五經堂槐陰堂無名氏各助銀五錢　不書名敬禮堂延陵氏濟陽氏廬江氏樂善堂好施氏各助銀一錢　王允升獨助銀六兩　健德堂黃助洋十元　慶餘堂助錢二十吊　施善堂師善堂義和　各助錢二吊百忍堂合記號積厚堂無名　慶德堂無名氏樂善　施善堂九思堂元善　世德堂四知愼槐堂修槐堂多益堂植槐堂吉元堂德慶堂新厚堂德本堂修德堂崇禧堂各助錢一吊　世昌堂助錢五吊　懷德堂樹德堂叢德　積德堂寶豐號寶聚號聚豐號文德堂萬盛新各助錢五百文但該處被災甚廣尤望樂善諸君廣爲勸募慨然解囊以救斯民於水火則本局心香一瓣　謹代災民九頓首而祝之焉　工程總局謹具

光緒二十二年正月十四五兩日京報照錄

宮門抄　上諭恭錄前報○正月十四日　恭王謝賞如意等物　恩　崇禮服滿請　安　果勒敏鈕楞額各假滿請　安　英信續假五日　椿壽文熙各續假十日　曾伯巴克坦布各請假十日　召見軍機　皇上明日卯初至　大高殿　壽皇殿行禮卯正升　保和殿筵宴蒙古王公畢還宮少座後至頤和園　皇太后前請安十七日還宮○十五日　遞公假滿請　安　邵積誠謝授貴州布政使　恩　召見軍機　邵積誠　明日午正在　仁壽殿入廷臣宴

○○直隸總督北洋大臣臣王文韶跪　奏爲提督聶士成挑留淮軍三十營酌定營制餉章懇　恩飭部立案恭摺仰祈　聖鑒事竊本年閏五月十四日承准督辦軍務處咨稱具奏遵議裁留歸併各軍一摺閏五月十三日奉　旨依議欽此查原奏內稱直隸提督聶士成治軍有法卓著戰功宜令總統淮撥足三十營駐紮津沽一帶一切分統營哨官均聽其自行選擇等因當卽咨行去後伏查聶士成本係淮軍宿將原統武毅步隊老湘副中兩營馬隊一哨仁字步隊正副兩　去年軍務緊急復陸續添募

武毅正營一 仁字中營一營功字步隊十營二哨補提督後接統提標步隊三 馬隊二哨此十九營五哨均隸該提督部下兵將相習操防不懈該提督奉 旨後本年九月復添募馬隊三 十月歸併銘軍先鋒馬隊二營十一月自淮北募到步隊六營共計步隊二十五營二哨馬隊五營三哨合成督辦軍務處原議撥足三十營之數茲據咨稱改練馬步三十營營制餉項仍照淮軍舊章各軍操練一律改用西法延聘洋教習數員以資訓練步隊二十五營分為左右前後中五軍每軍砲隊一營槍隊四營馬隊五營為一軍統名曰武毅全軍外馬隊三哨步隊二哨作為親軍小隊並於步隊二十五 內每營奉裁長夫六十名撥出改練工程隊兩營嗣後卽當督率各軍認眞操練總期練一兵得一兵之用斷不敢瞻徇遷就貽誤戎機等語臣維聶士成忠勇性成感激 恩遇體念時艱現統馬步各營駐紮蘆台一帶實力操防必可練成勁旅以備緩急之用所有 制餉項據稱悉照淮軍舊章而延聘洋教習以資訓練添練工程隊專備各項工作及行軍造橋築壘之用雖為淮軍舊章所無實皆練習洋操必不可少其公費雜項亦應酌量加給以示優異據淮軍報銷局會同銀錢所核議具詳前來臣覆加查核謹繕具清單恭呈 御覽仰懇 天恩俯准飭部立案以後如有應行變通營制增添款項之處仍當隨時奏咨以符部議所有提督聶士成總統淮軍三十營挑留足數懇請立案緣由理合繕摺具陳伏乞 皇上聖鑒謹 奏奉 硃批該部知道單併發欽此

正月十九日

銀洋行情

天津九七六錢

銀盤二千五百六十七文

洋元一千八百三十五文

紫竹林九六錢

銀盤二千六百零七文

洋元一千八百六十五文

直報

光緒二十二年正月二十日
西歷一千八百九十六年三月初三日
第三百四十號
禮拜二

上諭恭錄

上諭譚繼洵奏特參不職營官等語湖北管帶武剛中營副將李中發當該營裁撤時未能妥為彈壓以致勇丁鼓噪其平日紀律不嚴已可概見李中發著即行革職以示懲儆該部知道欽此 上諭長順等奏 春副都統恩祥晋京陛見請調員署缺一摺 春副都統著沙克都林扎布調署甯古塔副都統著富林布署理欽此奉 懿旨着於二十日派那彥圖帶領年班蒙古王公來頤和園請安已初到齊欽此

談兵

偉臣

中國自海疆失事以來元氣大虧幸當此議和之時中外人心皆盼中國及時振作精練海陸兩軍以固吾圉以求自立迄今半載尚不見有何消息京師設一督辦軍務處自可提綱握要奮發有為乃派人各處往來於海陸防務尙屬舊式舊人及不能眞識軍務者徒勞無益可惜也凡事經一失自宜長一智中國自道光間與洋戰敗海禁大開咸豐間戰敗英法直搗京師乘輿蒙塵去歲東征又復屢挫軍制竟不少改者徒以中國舊軍平粤捻壩回氛往事可憑遂思以因循舊制之募兵抵振奮無前之洋法遇則必奔未戰可決雖仿西式築炮台備水師而兵制未改尼於故習個中人觀之早為東洋操勝劵也夫知此知彼百戰百勝日本之勝非勝於東之無敵實勝以中之不能敵何也東洋務於求知中國事凡中之一知半解孰為足恃不足恃之人可入不可入之地東洋皆瞭如指掌中國無從以知日本事凡日本設伏援應一動一靜之機中國皆茫乎若迷既不能知復不求知惟知依聲援恃器械至臨敵則又委而棄之爭去恐後不見夫旅威之新式炮台快槍快炮何嘗及鋒一試哉嘗觀東洋二十五年以前偶與西洋接仗卽知已無能為役遂舍其舊而新是圖誠以國之最要者萬不可輕嘗試於一戰戰一敗則元氣一傷難期遽復東洋政府知之切故極力講求其國君初尙因循而相臣力求洗伐務期整理又思改圖之法萬難駕乎西洋以上乃派人歷

遊於西時伊籐以諸生出洋學習事事皆閱歷清楚歸述於君言非十分認眞改從西洋枉費餉糈無當也其大吏十餘人亦同見及此遂定水陸軍務一照西法辦理敦請西洋文武名師外派多人各處遊歷採其良法筆之書以歸上政府其所延教習亦皆認眞不敢少事虛演所習多成故二十五年以後若西洋再與東戰則必須先度東勢如何不敢輕於發端以日本諸事認眞初爲西人所不料也因記其事於史冊以服其從善之速爲千餘年來所僅見且有人悔教日本改政者因近來東方竟以日本爲極重國也　未完

禁令重申　○崇文門稅課司爲出示嚴禁以恤商民而重厘務事照得設卡抽厘乃　國帑支絀不得不借資民力以急餉需一自不肖丁役因緣其間假公濟私大則賣放車輛彼此分肥小則照票要錢打號要錢額外補串要錢種種需索厘局所在商民視爲畏途本監督歷辦厘務此中弊竇無不灼見眞知力爲禁革茲調撥斯局所帶丁役非屢經試用可信之人亦必其人爲薦主力保不至妄爲惟下車伊始誠恐有等車輛商民未及洞悉或司空見慣依樣葫蘆或希冀減厘不惜枉尺利之所在誰不動心合行出示嚴禁嗣後如有賣放需索各節一經查出及被人發覺必嚴加懲辦至該商等亦須知厘金關係　國課賣放必與受同科如其行險徼倖爲宵小之所爲何若落落光明直完厘金之爲得乎況用錢犯法更不合算前此苦於不知爾等因爲所朦今既一律禁革必不任若輩陽奉陰違倘有不肖丁役再行勒索許爾等扭稟本衙門以憑重懲皆爲體恤商民起見爾商民亦宜各發天良裝貨之車固須報明完厘不得闖越偷漏中途抽票以多報少其空載之車亦必聽候查驗放行不得經行直闖爲此曉諭各商其各凜遵毋違切切特示

清泉再整　○府憲沈太守接辦清泉公所事宜認眞經理去歲杪委派員弁並巡勇等每日巡查私錢以期淨盡茲聞太守諭令各錢商小錢私錢一概不用並九二扣底錢亦不准再出如查有前項情弊按律懲辦決不寬貸

開印吉期　○昨十九日爲開印之期各署書吏均於八點鐘時赴署伺候開印新年又過倏忽春來各署當有一番更新景象矣

刦案詳述　○吳橋縣張家圈張調陽在途被搶銀錢騾子一案已紀前報頃又探悉被搶情形合再錄登張調陽使工人陳祥驅車赴梁家集赶集事畢回家行至姚庄南突遇馬賊三人攔住各持器械威嚇張畏懼下車其工人持鞭一旁不敢聲喘該賊等卽搶去車上錢搭內白銀百餘兩現錢二十餘千並將牲騾卸下一併携贓而逸張只得赴縣報案適値縣尊公出當經右堂施二尹崇禮勘驗飭捕嚴緝迄未弋獲

風聞虎變　○老湘軍虎字十營現以軍事敉平在遣散之列聞該營在河西務令繳軍裝並發兩月恩餉兵心未滿所欲竟敢變亂搶奪舖戶　制軍聞報卽派王少卿楊雲峰兩軍門帶親兵小隊並一成親兵前往彈壓携有　制憲示諭想該軍素稱忠義當不敢恣睢違抗也

命似蟻微　○往歲本埠元宵佳節各街巷懸燈結彩因而游人如蟻游女如雲本屆以元氣未復各巷燈景少減而游人男婦雜遝刦不減於前訪事人來告婦女於人叢中被摘首飾　釧者不一而足頃又聞東新街某舖有一女年十七八歲於逛燈歸十四夜投身於河斃命又有河北某姓女十七歲坐洋車至河北大寺車至廟門爲人衆擠倒衆匪徒搶去首飾解去裙帶竟至下體亦條條無從遮掩雖其兄相隨赶緊救護已萬目共覩幾至被人看煞女歸家亦卽服毒自盡噫貪看燈景致喪厥軀爲家督者尙愼旃哉

冒充護院　○正月十七日晚徐某陳某等三十餘人各持洋鎗刀棍器械冒充節署護院在南門西土妓謝二家聲稱辦案私放洋槍數聲搶去妓女三名並屋內家具打毁一空妓女名山東者刃傷一處妓女等無奈只好隨去聞送河北汛並送縣兩處未收妓女等在河北店暫住一宿次日陳某徐某仍然送妓回家今早據土妓等云因需索未遂故生此事所稱節署護院俱是冒充云云

拐帶幼女　○正月十六日晚河北大寺廟設擺漢聖清佛各座男女觀者絡繹不絕有某甲手領幼女年十餘歲經道署委員查街瞥見言語支離情極强橫該委員卽飭應管局段送縣訊辦至如何懲治俟訪再登

壓覆是懼　○城東賈家庄閣姓柴車行至鹽□藥王廟北歧路處車覆御者壓焉經過往人救出微有呼吸移時甦醒據言筋骨已折左腿亦折不能履抬至某柴廠調治矣

食不厭精　○河東興隆街懷慶魁米麵鋪不知由何處買來殘米昨有糴以炊者食之多吐吐則無恙惟一東鄉人居河東守汛後担水者食罷未吐氣絕殘米傷人不時或有食以養人不潔則轉受其害糴者糴者何不各加小心也

嬉因鬥毆　○幼孩嬉戲互毆事甚尋常父母各管其子足矣詎日前南門外東城根王姓子年十餘歲與附近某姓子互鬥王之母不容某姓口出不遜某氏氣忿填胸無可洩怨于十五日早在自已住房潛吞阿芙蓉膏自盡昨縣委嚴大令帶差忤相驗飭將被告某甲帶案訊辦矣

戒不嫖賭　○佛教淩夷迄今已至末造世所稱之和尚非烟色之徒卽匪類遁跡而猶動輒大書特書某寺某日傳戒云云何不知恥之甚也海光寺爲津郡名刹本屆元宵傳戒先期報名者不知凡幾有永明寺僧名今如亦來註冊其師隆池乃告主戒僧云今如之兄欲令還俗主戒僧不問皂白大施厥威將今如打得皮破骨折生死未卜噫受戒爲佛門心法本不以爛燒爲戒今之和尚已失宗旨乃以一面之言竟欲致人於死豈我佛如來所樂聞耶況偏令充僧例有明禁今如果欲還俗亦只合聽之何待妄施杖責王法佛法兩有違背吾不知該寺所傳者何戒又該寺下院靜海城南曹家莊某寺前年頗有事故亦該寺以勢力相制竟得安穩嘖嘖人言容日再錄

拿獲游勇　○昨有遊勇在城隍廟後冒充官人搶去水會曾紀前報茲經該管地方同被搶之人趙四李二張三將遊勇並水會獲住送至存城汛訊據遊勇供稱姓郭名喜舟山東人身上搜出湘軍號掛一件號光子四個腰牌一個當票數張一併送縣訊辦

在城行劫　○昨晚城內龍亭後有搶劫行人衣服情事雖在晚間而人烟稠密之區竟敢剝取行人衣服實屬目無法紀該管者其知之否

示禁私運　○欽命花翎二品頂戴江西分巡廣饒九南兵備道督理九江關稅務兼管窯廠事兼辦通商事宜兼理營務處軍功加三級紀錄十次誠　爲出示諭禁事照得　郡人烟稠密市廛向用制錢近聞有等罔利之徒不顧大局將本地現錢任意販運出境以致制錢日少價值日昂每銀一兩僅換制錢一千三百數十文洋銀一元換制錢九百數十文商民咸稱不便自應禁止俾免匱乏之虞除函致稅務司幷飭大關委員隨時查察扣留暨札飭德化縣傳諭各錢鋪不准高擡錢價外合行出示諭禁爲此示仰闔郡商民人等一體遵照爾等須知制錢准運通商別口原爲平價便民起見　郡現當錢少價昂尚待外來接濟豈容轉將本地現錢販運出境自示之後務須一律停運倘敢故違一經查出定卽扣留除飭縣提案罰辦　決不姑寬各宜凜遵毋違特示

蘇垣又雪　○臘月十八日晚十點鐘遙聞簷前屑屑有聲知天公又來玉戲次日晨起縱目遠觀覺大千世界一白如銀積雪二寸許於是斗室才人共賦散花之什金閨麗質重吟飛絮之詩其喜可知其祥亦足誌矣

集善清單　○集義社十一月清單　計開本年十月現存銀二百七十九兩二錢　現存錢八百三十一吊五百九十二文　十一月入欵　敏求子十月助錢十五吊又本月助錢十五吊　劉俊德助錢十吊　謙益堂助恤米銀十七兩八錢八分　文修堂助恤米銀十七兩八錢八分　新泰興行助本年月欵七十八吊　謙益堂助本年月欵一百三十吊　毓秀堂助本年月欵五十二吊　利息銀九十六兩　錢六十吊　出欵　本月放恤米合銀一百十二兩六分　計米五十一石四斗　每石價銀二兩一錢八分　計嫠婦三百十二戶內一百十七戶各吃米一斗一百八十八戶各吃米二斗七戶各吃米三斗　統結現存銀二百九十八兩九錢　現存錢一千一百九十一千五百九十二文　外計現存生息房產等銀二千三百二十三兩　錢一萬六千吊

光緒二十二年正月十六七兩日京報照錄

宮門抄　上諭恭錄前報○正月十六日　恩輝等東黃寺聽經覆　命　召見軍機○十七日　濤貝勒由西陵回京請　安　榮毛續假五日　召見軍機

○○陳寶箴片　再查病故已革坐補永綏廳同知前署乾州廳同知王恂虧短倉穀四百一十三石六斗三升五合迭催未解經前撫臣吳大澂會核奏請先行勒限兩個月嚴催該故員家屬迅將虧短倉穀如數完解在案茲據布政使何樞按察使俞廉三轉據王恂家屬遵將短交穀石如數完繳交代清楚會詳請　奏前來適値前撫臣吳大澂交卸未及核辦移交到臣覆加查核無異除飭將交代冊結趕緊造齎詳咨外相應奏懇　天恩俯准將已故前署乾州廳同知王恂虧短倉穀之案　飭部註銷謹會同兼護湖廣總督臣譚繼洵附片陳明伏乞　聖鑒謹　奏奉　硃批着照所請該部知道欽此

○○太子太保頭品頂戴陝甘總督臣楊昌濬跪　奏爲揀員請署知縣員缺以裨地方恭摺仰祈　聖鑒事竊據甘肅布政使督　署按察使周綬詳稱鎮番縣知縣黃銘鼎告病遺缺業將開缺日期及例不應扣留緣由詳咨在案查例開知縣告病故休致三項缺出准其將一缺題補各項候補並進士卽用人員以一缺題補本班大挑舉人又大挑知縣補缺均按科分大挑年分名次先後序補又奏到新章道府以至未入流無論何項到班仍以五缺計算先用鄭工新班遇缺先二人海防新班先一人無人用鄭工新班遇缺先人員抵補至第四缺海防卽海防先分班輪用一人第一輪用海防卽人員第二輪用海防卽人員第三輪用海防先人員海防先無人仍用海防卽

人員海防即無人用舊例銀捐遇缺先人員如無人員再無人過班即接用各項班次一人以五缺為一週又道府以至未入流凡捐分缺先分缺間以及本班儘先人員扣至一年之限再行按班序補各等語甘省自奉到停止變通章程後平羅縣知縣係第一次出缺以本班儘先即用知縣李舍著正甯縣知縣以進士即用知縣黃維 靈臺縣知縣以本班儘先大挑知縣王堯儒各請補在案今鎮番縣知縣黃銘鼎告病出缺甘省現無應補之鄭工新班遇缺先海防新班先海防即海防先舊例銀捐遇缺先遇缺各員照例過班應接用大挑正缺查大挑班內料分在先之王 因病請假回籍應扣補應揀補分缺補用知縣鄧朝卿尚未扣足一年亦應扣補現在大挑班內庚辰以先無人庚辰同挑癸酉舉人有錢廣恩陳兆康二員錢廣恩到省在先例得請署查該員年五十一歲陝西白河縣舉人光緒六年大挑一等知縣用簽掣甘肅在截留聽候咨取之列八年七月先行到省九年二月二十八日奉部覆准十年甄別留省補用歷署伏羌靈州等縣辦理一切諸臻妥協該署臬司周綏甫經到任例不加考藩司曾 查該員才具明練辦事慎勤以之請署鎮番縣知縣與例相符會詳請 奏前來臣查錢廣恩才明心細辦事穩成合無仰懇 天恩俯准以該員錢廣恩請署鎮番縣知縣實於地力有裨如蒙 俞允銜缺相當毋庸送部引 見仍俟試署年滿如果稱職另請實授該員並無參罰案件謹恭摺具陳伏乞 皇上聖鑒訓示謹 奏奉 硃批吏部議奏欽此

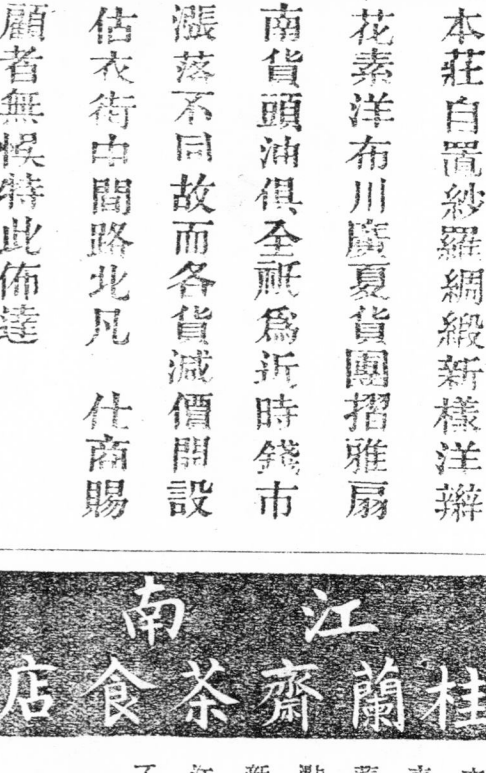

本館現已另造樓房另購機器鉛字鉛模自行開辦惟今年封河較早購到者僅三號五號鉛字所有字模及四號鉛字已經運來適沽口封凍不得進口須俟開河時到埠今即用三號五號兩樣排印報紙字跡畢清較之模糊者不啻天壤想閱報諸君定蒙賞鑒俟四號字運到後再當一律排印
本館謹啟

正月二十日
銀洋行情
天津九七六錢
銀盤二千五百八十文
洋元一千八百八十五文
紫竹林九六錢
銀盤二千六百二十文
洋元一千八百八十文

直報

光緒二十二年正月二十一日
西歷一千八百九十六年三月初四日
第三百四十一號
禮拜三

談兵　續前稿

偉臣

當東洋初改政時天下陸軍之強以法國爲最東卽學法東有沙木來黨人最多其人皆勇不畏死日之君相卽於其中選出兵官兵丁編立成軍請法廷派員來東眞實操練水師莫善於英國東卽學英延英教習認眞教練且凡西洋於軍務有涉之書必譯出令其臣民誦讀並令精力最勝者厚其貲裝馳往外國軍中習練自德勝法後東卽改而從德蓋其學已有具體精益求精故易於成就也與中接仗之兵官概係此輩至中國之法泰西也則不然中國向已延有西師近日更夥往年粵匪猖狂請用洋員戡卽胆落時英國欲中土早平因以洋員戈登借中朝其徒爲中死亡者不少則洋員之勇於任事已著成效事平或歸去中國或向他處更延教習則率多虛應故事於西法戰陣之實一無領略非教習罪也蓋華官之爲統領營官者皆積功專閫之員以爲我曾勦粵逆平捻匪身經百戰勇略裕如何庸此高　深目眇乃公意非擠之去卽漠然置之縱有一二虛與委蛇願甘受教不過擇其便於華官聽從一二否則不能毋僨大員閱兵之時前一二月急抱佛脚過此則遊戲自若焉且軍制亦各省不同炮台槍炮子藥南北互異此處有好兵無好炮彼處有好炮無好兵以致去歲東兵一來如羊遇狼惟思速竄卽有學堂學生在戎行者其所學西法每不便於營官非逐之卽置閒散久之則同化爲無用東征之敗職是之由近聞北方設立新軍南洋請練勁旅各延請洋教習多人試以精西法者仔細推求乃知仍是虛耗帑項一無用處前有某大臣問戈登曰貴軍門在中國食其祿忠其事必如何可使中國轉弱爲強軍內宜用如何槍炮戈登對曰中國莫妙於仍用鳥槍弓矢西洋快槍快炮中國終不善用既不能用且多費錢仍須敗走不如仍舊則軍械爲所自有既省且

便若必問何以中不會用槍炮則以中之兵法制度人心種種未改徒費無益耳去歲軍書旁午有漢某曾條議備辦大軍中官或恐其挾兵以叛無人能制以致所議中止嗟乎尙足以言軍乎總之中國水陸軍務誠心要學何國卽當照樣學得十分何也法以勝人爲貴欲求勝西法尙不知西法爲何物譬之行路人在我先我在人後我尙未及其後塵何以能出其先路而越之耶所以欲學必須照樣學到十分軍中人數餉精一切均依其國例其軍練成百可勝萬延請敎習卽請其國君派若干官若干兵由其君爲保則其人旣受中國之事必守本國之法敎習者有所統轄斷不敢以意見用事蓋其人防中國不用之時回國仍可望收用也否則一處失職進旣無路退復不容敢不盡心也哉如此延聘洋員敎習則十年之內中國定能練一雄軍與泰西並駕倘在京政府不照此改定章程以其兵定內變則可終不足以與外洋相提並論也或有上言者曰事宜求勝於人不可第隨人後我自有我軍章程我行我法爲是此欺人之語試使彼清夜捫心當亦愧於屋漏矣

仙鄉夢醒　○正月十一日晚十二點鐘時東直門內北新橋烟館中人皆入黑甜鄉尋覓游仙好夢不料有匪徒以火紙插入門隙意圖種火適隤於館夥某甲之頸痛極驚醒大聲呼喊樓上諸人披衣而下啟戶追尋則匪徒已不知去向噫種火害人爲王法所不宥有地方之責者豈可置諸度外耶

壽母筵開　○年登九秩熙朝人瑞不易數數覯也提標中協世襲海澄公黃軍門之太夫人現年九旬開一於正月十九日設帨良辰文武同僚俱有祝賀軍門概行璧謝惟於家庭潔治壽筵率兒孫輩效老萊子斑衣之戲以博堂上歡人慕軍門之廉我欽爵公之孝懿歟茂哉

規復舊制　○欽差北洋通商大臣兵部尙書直隸總督部堂王　爲出示曉諭事照得上年海防戒嚴往來兵差用船甚多均係天津官船局支應各船應差三四次及五六次不等船戶受累已深聞風逃避上年開河後因各路轉運餉械及過往各差用船尤繁因於向章官價之外酌加半價以示體恤聲明俟軍務平定仍照舊章辦理上年正月間經　李前部堂出示曉諭遵照在案現在務平定兵差漸少所有應差官船新加半價應卽裁減以符舊章除分行外合行出示曉諭爲此示仰官船軍民船戶人等一體知悉嗣後各項差使需用船隻仍照舊章給價該船戶人等須知前次加價係因兵差繁要暫爲體恤現在軍務旣平自應仍復舊章不得藉端抗違致干查究至各差用船均應核實不准恃強索取以及假差滋擾違則從嚴懲辦決不寬貸各宜凜遵毋違特示

通示商船　○浙省漕船向以商船裝載由海運津至大沽海口進口至東門外上園地方停泊候提驗兌卸計河路一百八十餘里河水逆流需雇牽夫挽運所有該牽夫辛工卽由各商船自行付給其該商船旣不可藉勢勒尅而該牽夫亦不得逾常多索自應計里付價理合預爲聲明以免滋端而利遄行聞已由該官通示商船矣

咨護海運　○適接杭友探訪來函據云浙江漕白糧向由商船海運天津上年由洋輪分裝運津而本年仍照歷辦成案通知舊章以海洋遼闊難保不無盜匪竊發自應沿途防護以期周密現經浙省督糧道憲鄒觀察嵩齡詳請　浙撫廖中丞咨會直隸兩江山東督撫並江南浙江各提憲直隸天津山東登州蘇松定海各鎭憲轉飭沿海該管汛地俟糧船到汛務卽多撥哨船弁兵認眞巡防護送不得虛應故事至經過島嶼處所晝則多豎旂幟夜則多懸號燈庶商船停泊守風不致迷於向往所有各屬船上旂幟亟應聲明浙省杭屬黃旂黑字紅邊紅帶嘉屬紅旂黑字藍邊藍帶湖屬藍旂紅字黃邊黃帶並寫某府某州縣海運漕船第幾號以便易於認識等情查案預期通行咨會照辦矣

導引攔沙　○海運漕糧船隻抵大沽海口例由該船報明應管武官飛報各大憲一面派哨船三隻揀選幹練千把三員各率精壯熟習水性兵丁二十名在於攔江沙導引糧船入口俾免淺沮茲河冰已泮海航進口有期聞該管武官已派哨船先期預備以免貽悞矣

課已有日　○茲悉問津三取兩書院准於二月初六日生童同日甄別各在各院不必同棚預於本月二十六七八三日內齊赴運署報名註冊

平地風波　○海下某村民向以設賭局爲生其兩目早被族人以石灰揉瞎素行亦不須過問昨與田某嬉戲田某以手掌其腦後當即隨手骨倒氣絶半日醒後頭腫如斗旋即破出黄水不止尚未聞其死活戲困無益定亦奇矣

途人骨肉　○單街子仁濟堂舖夥某姓者在河干便溺被船上篙師誤罣其衣隨墮入河幸行路人與篙師齊跳入河趕緊救上移時始甦臨深無殊履薄險哉篙師入河急救義固難辭安得仁人如此行路者孰謂途人不如骨肉耶

背夫不祥　○某甲在某署當差於上年續娶鄉間翹楚心性好動因値元宵節向其夫盲必欲觀燈甲以婦女夜遊最干例禁不允所請婦語塞適是夕甲赴友人約婦即乘機令男僕跟隨乘洋車向六街游玩家留一嫗看守游畢歸來見堂前鐘器等均各烏有驚詰女僕言不知情蓋嫗假寐即被賊竊去也婦與嫗兩相爭論其夫言旋見此情形惟有長歎咎婦不當出游而已此一事也聞又有因玩燈而家中失竊衣服被擠者乘一時之興所喪孔多津人士何不知儆戒其婦女耶

侵賑受禍　○楊柳青家後安宮村紳董某姓者於去歲該村賑務頗不清白嘖嘖人口有張姓率領多人往某紳家理論紳恃無左證大肆詈辱張怒極持刀將某毆傷某已赴縣控告縣委究問令某姓取保養傷將張責押候辦

西報照譯　○中歷十一月二十日德國皇帝召見前任中國提督漢納根先以御車相迓至行宮進見德皇與漢軍門握手爲禮詳詢大東溝戰事軍門備陳中東兩國鐵甲快船之得失並細陳戰狀德皇深爲嘉奬旋命本國鐵甲快船照軍門所言存其利而去其弊談至一時之久軍門辭出德皇之意其殷殷焉現在泰西各國之有鐵甲快船者皆一律更定矣○在檀佛拉國滋事之英兵頭熱尼森現已押送到英恐遭其黨刧奪於上岸送公堂審訊時十分嚴密而英民之心愛其人者仍大聲疾呼故英臬司大不謂然每人具保二千磅金俟干證到齊再行開審按此舉不過遮掩外面臨審時難保不設法開脫但各國耽耽環視以公法論似此强盜行爲地主可以就地擊殺因檀爲弱國解送英廷自理若果輕縱其如公法何

新撫交替　○凉州電局傳來信息云甘肅新疆巡撫陶子眞中丞自拜總督之命料理署中篆務交卸於十一月十九日將　王命旗牌送交新撫即日起程

越南歉歲　○越南各地去歲晚稻失收前已屢登報牘昨再接信息謂高千甑拿迤西一帶地方秋成更歉從前所遇凶年未有若斯之甚者邇來省港米價日漸騰貴亦因越米來源短絀故各米商更以奇貨居之也

光緒二十二年正月十八日京報照錄

○○正藍旗滿洲都統貝勒銜固山貝子臣奕謨等謹　奏爲臣旗並未奏參屬員請　旨飭查懲辦以儆欺僞事本月二十四日奉　上諭正藍旗滿洲奏特參參領等官一摺據該旗揀選年終世職官缺印務參領英賢辦理朦混該參領平日辦公專擅積壓本月承領甲米亦多弊混並任令伊子驍騎校崇峻遇有官缺賄商舞弊等語印務參領英賢着交部嚴加議處[illegible]驍騎校崇峻着交部議處所有失察英賢領米舞弊之參領福長副參領惠榮印務章京榮錦瑞福一併交部分別察議欽此臣等查印務參領英賢平日當差尚屬謹愼其應辦公事偶有未能妥速之處亦經臣等隨時申戒不准積壓所有揀選本旗官缺世職等項均係臣等三人公同揀選或以差務勤惰或以資格深淺秉公商酌擬定正陪帶領引　見至世職官缺尤須按照房分遠近照例辦理更不容絲毫錯誤朦混印務參領等尙不得稍有干預至驍騎校崇峻職分微末更何能擾越其間本年冬季臣旗承領兵丁甲米係由臣等派出參領福長副參領惠榮印務章京榮錦瑞福由太平倉照例按數承領除該兵丁等各按一石分領外其零米亦係按照市價易錢分放此次並未派出英賢其福長等亦未聞有舞弊失察情事此摺未知何人假託臣等銜名擅遞奏摺實屬胆大妄爲此風斷不可長亟應澈底嚴查懲辦相應請　旨飭下外　奏事處查明本月二十四日係奏事官何人接遞事件正藍旗滿洲摺件係屬何人呈遞有無印片據實覆奏至印務參領英賢伊子驍騎校崇峻是否有賄商舞弊等情容臣等會同稽察本旗御史確切查明如果屬實再行從嚴參辦所有臣旗並未奏參屬員謹據實陳明伏乞　皇上聖鑒謹　奏奉　旨已錄

○○奴才宗室奕年跪　奏爲假期已滿病勢纏綿籲懇　天恩俯准開缺恭摺仰祈　聖鑒事竊奴才於本年五月間陡患腹瀉之症元氣大傷頓覺手足不仁肢體無力當經請假旬餘服藥數劑稍見痊可即行銷假當差詎入秋以來又受風寒行動時虞跌撲拜跪頗形遲鈍自維年逾七旬氣血衰頹亦人事之常若復輾轉請假偷安自逸曠職誤公之疚內省能無愧怍再四籌思惟有叩懇　皇上天恩俯允開去奴才左副都御史之秩俾此後犬馬有生之日皆出自　高厚鴻慈所賜矣奴才不揣冒昧悚惶待　命之至謹　奏奉　旨已錄

○○龐鴻書片　再州縣爲親民之官審理詞訟必應持平若得賄徇私刑求抑勒不恤民隱皆爲法所不容臣風聞署江蘇太倉直隸州知州金元良貪酷任性凡遇命案多勒令原告具結加以刑逼如州城陸姓一案係共毆致斃該知州得賄勒令私和激成上控至今未結且聞有因案牽累撥責生員之事紳士不平赴省控訴該知州復串

通委員飾詞禀覆以致士民譁怨似此貪劣妄爲之員若不予以懲處何以飭吏治而儆效尤臣職司糾舉謹據實附片具陳伏乞　聖鑒謹　奏奉　旨已錄〇〇胡聘之片　再太原府知府孫紀雲前經委署雁平道篆現已交卸應卽飭回太原府本任供職以專責成據藩臬兩司會詳前來除檄飭遵照外理合附片具　奏伏乞　聖鑒謹　奏奉　硃批知道了欽此

浙紹朱鍾翁先生醫得秘傳脉方穩愼來津八載救濟千人其診婦女癆瘵經產幼嬰驚疳痘疹尤有妙術仍寓彌勒菴

啟者報館之有採訪猶古之採風採詩上以考政治之得失下以考風氣之純剝龻諸報端實之中外取其善懲其惡故言者無罪聞者足戒充是任者品必公正心必仁廉公則明正則直仁則不爲己甚之事廉則不貪非分之財用能識大體近人情善善惡惡柔不茹剛不吐凡有關於　國計民生者自大至細悉採毋遺辭取達意而止不以富麗爲工發供衆覽於以通上下難言之苦達遠近不聞之聲庶使豫先事之綢繆善後事之補救斯無負泰西設館之本旨焉否則遇事射利飛短流長實爲此間所大忌者矣現在本館採訪招人有樂就者祈先以所採新聞投交海大道老菜市本報館門房轉遞是幸如可登錄取有切實公正保人則端人之取友必端本報館不惜重聘定當延致其有寅循情面援本館友人互爲請託者一槪不收毋怪言之不豫也此啟

本館主人啟

英商　新福商義洋行

本行經辦新式各種槍礮子彈一切軍械機器等件仕宦賜顧請至小行面議

告白

敬啟者京城售報處改在前門外琉璃廠小沙土園路西寶興木廠又楊梅竹斜街中間路南聚興隆小器作內兩處分售此白

售報人陳午淸謹啟寓前門內刑部後身草帽胡同北頭大院內

本館現已另造樓房另購機器鉛字鉛模自行開辦惟今年封河較早購到者僅三號五號鉛字所有字模及四號鉛字已經運來適沽口封凍不得進口須俟開河時到埠今卽用三號五號兩樣排印報紙字跡畢淸較之模糊者不啻天壤想閱報諸君定蒙賞鑒俟四號字運到後再當一律排印

本館謹啓

浙杭　吉永元號

本莊自置紗羅綢緞新樣洋辮花素洋布川廣夏貨團摺雅扇南貨頭油俱全祇爲近時錢市漲落不同故而各貨減價開設估衣街中間路北凡　仕商賜顧者無悞特此佈達

江南　桂蘭齋茶食店

本齋精製拾錦南糖異素供果嘉湖糕點紹興灤膁八寶京糕異味糕點各種茶食外帶行匣新添拾錦元宵蜜厨糕江米糕南北點心無有不精製細做

開設天津天后宮南坐西向東便是

正月二十一日

銀洋行情

天津九七六錢

銀盤二千五百九十二文

洋元一千八百五十五文

紫竹林九六錢

銀盤二千六百三十二文

洋元一千八百八十五文

直報

光緒二十二年正月二十二日　第三百四十二號
西歷一千八百九十六年三月初五日　禮拜四

上諭恭錄

上諭前據裕祿奏保道員余溎同知陳忠偉協領英凱才堪任用旋據依克唐阿將該三員奏叅當經諭令李培元查明屬實業經降旨將余溎等革職永不敘用原保福州將軍裕祿着交部議處欽此

盧文歎入戒　續前稿

竊嘗見四民之能世其家者乃祖乃父罔不以勤儉忠厚爲締造始基見事惟明處事惟決力學力田經營工商處處實心實力無暇豫無虛設備嘗世事之艱難盡知人世之情僞業於以興家於以立其處心積慮當吾身而居家處世豈復令惑於他歧惟此百年易盡之身無不存百年不盡之計計何所出則惟以教子弟之讀書識字爲第一義而學問之道寒素多成富貴輒敗豈寒素多賢富貴多愚乎誠以寒素讀書務求識字其志將以安富尊榮其次亦將以求食富貴者不然也識字亦温飽不識字亦温飽世人與交往者無不以富翁貴介仰之僕從貢諛獻媚以伺其子弟之怠惰恣睢者以無厚入有間爲父兄者因愛憐生姑息因姑息成畏懼明欲爲教子弟讀書實則爲子弟之得名任子弟之遂意子弟乃無求弗得焉由是而長惡逢惡者日以密勸善責善者日以疎及其蕩檢踰閑事已彰著父兄或佯爲不聞多方遮蓋實不能諱則怨及師傅之不嚴朋友之不正絕不一自責其求教不誠爲有諸己而后求人無諸已而后非人之想徒欲子弟之從其令不從其好不知反所好者之令人人不從何況子弟之窺父兄意者最密最精得諸機先而無爽乎嗚呼卽使其師友非人初則孰爲延之孰使近之豈物不腐而虫生臭不腥而蠅逐之耶韓孟時先王孝悌忠信之教皆淹沒於虛談制度之文爲在上者恃此以爲治世法網在下者直視以爲害民畏途故楊墨佛老之徒出民皆忻忻樂聞其語實則以惡虛談之法網畏途與避水深火熱之隱情同爲有託而逃之計非眞樂楊墨佛老而從之恐後也在上之教不行韓孟乃欲恃三寸之舌以代當陽之令無可爲計則怨及於楊墨佛老之徒辭之闢之言之過激未免如小弁之怨安得永持爲定論哉然此猶其已焉者也近如勝國末造東林黨人講學標榜未收其效禍已隨身豈非虛文有餘而實行不足乎然此猶其小焉者也乾坤旣闢五洲錯處於其間有其國卽有其政國勢愈張政事愈繁然非所謂繁文也繁文愈盛則國勢愈衰繁文務去則國基自立凡以相時度勢以期安民之男女飲食實事求是而已蓋斯民安則天下安矣否則三代之初無所不盛三代之末無所不衰非猶是當年之制度乎皮之不存如去革而毛無所附故祖龍之焚楚人之炬不可謂非有功於先聖使漢唐得以大有所爲漢唐而後千餘年則盛無可盛矣況海禁大開五洲皆通而不隔自宜有審時因勢之實政徒掇拾漢唐遺文而補苴之無當也不然文爲制度官之制孰善於後來事之例孰詳於中土何前之官將以禦暴後之官將以爲暴前之例將以安民後之例將以擾民且不獨病民兼以病國始則藉例以已亂繼則因例以生亂而持此例者又皆爲名談道德實甚穿窬名爲無所不通實則一無所見無事則爲昂藏不羈之丈夫遇變則爲伏誣鼓避羽毛之赤子使空文可恃以敷衍承平則承平孰愈於後世何爲一敗而不可收拾耶可不懼哉可不戒哉

保和筵宴　○正月十五日卯正升　保和殿筵宴蒙古王公宗親宴十六日午正在仁壽殿　廷臣宴先期經奏事處開列王大臣銜名於正月十二日具奏　派出斝酒大臣多爾濟帕拉木

萬壽花盒　○正月十三四等日阜城門外宮花炮作史姓昇送大小花盒二十餘架覔夫抬至頤和園大者高一丈三四尺圓徑一丈六七尺又有柘榴　桃柿子蘋果香橼佛手荷花牡丹諸花菓盒葡萄架南瓜架象駝寶瓶一對鬘各樣新式花爆沿途有數人手持黃龍旗為道行至　頤和園於明抬至　萬壽山以備　皇太后元夜玩賞而昭愼重

隨節銜名　○欽差頭等全權大臣爵閣部堂李中堂奉　命出使各國因於各國皆有交際必得熟習各本國情形人員方足以資贊助因飭派稅務司五員為頭等參贊德國派二等第一寶星頭品頂戴津海關稅務司德璀琳英國派副總稅司赫政法國派穆意索美國派杜德維俄國派柯樂德各赴該國預備應辦事件至隨使各員則二品銜前出使大臣補用道李經方三品銜刑部員外郎李經述兵部主事于式枚分省補用道塔克什訥記名海關道羅豐祿升用道候選知府聯芳候選知府林怡游浙江試用知縣薛邦和補用知縣柏斌直隸候補知縣麥信堅分省候補知縣張柳北河候補縣丞洪巽昌除李二公子外計共十員尚有武官呂文經等十餘員名容再續錄

擴迎旌旆　○鎮憲羅延軍門十九日蒞津晉謁制軍恭賀闕篆並面陳要公事畢住居本署於二十日早前往北道迎接傅相並巡查地面

天使抵津　○合肥相國奉使出洋各節已紀前報頃悉帥節昨日駐楊村今日午後一點鐘抵郡同城官憲自王制軍以次均於　聖安棚跪請　聖安茶敘片刻相國卽乘輿至海防公所行轅駐節各官之御謁者絡繹於路

求撫蒙咨　○郡北宜興埠地處窪下連年被水現交春令水未盡涸耕種甚難有紳董林智川等呈稟道轅求發春撫銀兩以甦民困李觀察已據情咨會籌賑局核辦矣

因貨肇禍　○河東柴家大坟北白衣菴於廿日燒毀配殿三間該配殿內住有數人皆係外鄉人於街市作小營生者內有一賣糖葫蘆者炒糖畢沿街貨其物有一賣煤油人病臥在屋炒糖之火復燃致將煤油箱燒着火起屋坍賣油郎身為火化矣

械存海口　○海面遼闊不免盜賊縱跡而海運漕糧關係頗重是以定例准商船携帶器械以備不虞惟該船抵天津大沽海口卽由大沽中右營都司並後左營守備會同查驗將器械暫存海口俟該船回空出口時再行給還以免滋事而重漕務現在行文屆時照辦矣

車仰街頭　○本郡正月十六日俗例為走百病率多輕年婦女或歸母家或尋親戚近來多捨轎乘車既省且快也玆某甲者貿易中人妻美而豔甲因愛而畏之任所為不稍拂昨十七日乘洋車赴城內某戚家洋車夫見此等客座格外高興概以能得善價也於是車夫某乙載而飛馳忽迎面冲來一車乙方躲避忽已擅倒於堦上把脫車仰該婦雙足登天仰面車上欲起不能欲下不可而該車夫以膝脛跌傷痛不能立竟至逾刻行路人以不雅觀將車扶起該婦面泛桃花烏雲散亂愧怒之極車夫尙胞膝長啼無能為役也或勸婦另雇一車而去婦女以青年出頭作無益之舉徒令觀者捧腹耳督家者盍戒之

醫學開堂　○本埠馬家口下北洋施醫院前督憲李傅相捐資設立每年該院學生十八額專學外洋醫書皆有成效去歲二十五日停學今正于十六日開學

西廠演法　○本埠北營門外丁字沽之西廠地方舊有十祖堂堂內香童於十六日夜脫去衣服用炮燃燒又以鐵練燒紅用手持捋觀者無不畏懼然技止此耳法出唐人說薈與祝由科類駭俗而已若藉此愚人斯亦妄人也已矣

召和綫至　○宮北王十二胡同某孀婦者改醮於鹹水沽某甲為妻甲小康嫁後魚水甚偕夫以愛故任所之無少拂婦前居王十二胡同時有義姊妹者兩人其一某姓亦孀婦也昨某孀婦亦思改嫁憑媒議聘禮津錢五十千受聘定期期在來朝矣忽為狂且所阻不能退不能遂適其義姊改醮鹹水沽者來津覛義妹某孀婦卽以改嫁期言於義姊並以難告姊曰錢與我我代妹往為妹解圍可乎妹喜極卽以聘禮如數付至期姊果代適焉適數日鹹水沽某甲見妻久不歸親赴王十二胡同詢婦義妹得其耗將控官旋有某某為議和計罰新娶婦者賠津錢一百千遂寢焉甲謂人曰百竿在手舍其舊而新是圖亦何求不得耶俗情之薄於此可見

尋樂悲來　○婦人從夫常道也然婦或面從夫實故縱失雖維均而故縱之失大尙不故縱敢而從乎人第知禮之拘人而不知禮之衛人慾々寇人甚於盜賊之殘禮之衛人甚於城郭之固不羅其險則愚者茫然一羅其險卽愚者亦豁然矣昨某婦背夫坐洋車逛燈行至北關口將車被人擠倒頭顱跌破自思回家無顏見夫擬投諸河幸同遊婦女力勸相將以歸云禮之衛人於此當悟矣

三百爲罰　○河東興隆街懷慶魁米鋪因賣殘米傷斃人命一節已紀前報已死高姓係東鄉人暫居河東官汛後又聞該米鋪掌現煩人說合開給屍親津錢三百餘吊關屍親亦情愿了結矣

八千已散　○西門外濟急粥廠百日之期已滿吃粥之貧民八千於二十日已散畢矣

西電照譯　○昨接路透電報云美國上下兩議院現要徽古巴叛人上院已允定水師多添兵勇美總統亦係詔議院令租輪船添練水軍○英海軍大臣在議院宣明現在英海軍應添練五千人添造大鐵甲船五艘大快船十三艘捉魚雷大船二十八艘限四年以內造齊計需費七千七百餘萬兩此外添買軍械火藥大砲需費七百萬兩又在地中海英口岸造大船塢兩座需費一千六百萬兩共需一千四百餘萬金磅據稱並非侵人實以自衛耳○頃又電云意大理國之伐阿比西尼亞國計有萬人現被西尼亞人擊敗失去大砲六十尊大將軍巴拉帖黎自戕死三軍門無下落一軍門受重傷敗電至意通國震驚頗有擾亂之概意廷又派萬人六砲隊另簡大將軍前往助勦

示禁鎔錢　○上海關道憲黃幼農觀察以滬上制錢缺乏錢價日增因札飭上海縣黃大令保甲總巡曹明府一體出示嚴禁略謂訪聞本城小錢莊有等不法之徒提選重質制錢售賣鑼坊鎔化實屬大有關碍查律載鎔毀制錢例應斬決示仰各錢店及鋪戶人等知悉自示之後爾等留心查察爐坊鎔化夜則必有紅光左右鄰居查得確據來案稟報同差拿獲訊實者大案賞洋三十元小案賞洋十元本縣局捐廉以待決勿食言如有隱庇情事一經查出或被告發連房主及十家鄰佑一併坐究各錢店務當痛改積習本縣局言出法隨切勿以身嘗試後悔無及毋違凜遵切切

瑞雪應時　○去歲十二月中旬滬上濃雲四佈飄散雪珠颯颯有聲繼卽有大如球白如粉者從空飛舞而下至晨推窗四望一白如銀光耀人跟約已積至四寸餘矣豐年有兆不禁爲老農慶賀及之

集善清單　○集義社十二月清單　計開本年十一月現存銀二百九十八兩九錢現存錢一千一百九十一千五百九十二文　十二月入欵　天長仁號助本年月欵一百三十吊　文修堂助本年月欵一百三十吊　又六十五吊　劉俊德助錢十吊　敏求子助錢十五吊　張靜波七個月助錢七十吊　敬義堂助本年月欵一百三十吊　文修堂助恤米銀十七兩八錢八分　謙益堂助恤米銀十七兩八兩八分補十月利息錢一百四十吊奬義堂助銀一千兩　出欵本月放恤米合銀一百十二兩六分計米五十一石四斗　每石價銀二兩一錢八分　計嫠婦三百十二戶內一百十七戶各吃米一斗一百八十八戶各吃米二斗七戶各吃米三斗　統結現存銀一千二百二十二兩六錢　內出存外生息銀一千兩現計實存銀二百二十二兩六錢　現存錢一千八百八十一吊五百九十二文　外計現存生息房產等銀三千三百二十三兩　錢一萬六千吊

光緒二十二年正月十九日京報照錄

宮門抄　上諭恭錄前報○正月十八日　出使大臣李中堂請　訓　曹鴻勛謝授雲南遺缺知府　恩　文熙假滿請　安　八額駙　假十日　成公請假十五日　定公續假十五日　召見軍機　李中堂　曹鴻勛　皇上明日未初至　紫光閣看烟火畢還宮○十九日　恭王等謝賞扶掖　恩　意公由　東陵回京請　安　桂公請假十日　海公續假十五日　奎公續假十日　召見軍機　溥良　皇上明日午刻升　文華殿

○○署理兩江總督兼管兩淮鹽政湖廣總督臣張之洞跪　奏爲兩淮泰州海州二屬各場皂地被風被潮勘不成災擬請緩徵折價錢糧恭摺具　奏仰祈　聖鑒事竊查泰州分司所屬富安安豐梁垛東台何垜丁溪草　劉莊伍祐新興廟灣十一場因本年自春徂夏雨澤愆期兼被風潮催折淹浸各項花息受傷統計收成五分有奇尙屬勘不成災惟積歉之區素鮮蓋藏應徵錢糧若令新舊並完力有未逮擬請分別緩徵以紓皂力除富安等十一場本年二月應徵之光緒二十一年歷徵二十年分折價及來年三月啟徵之光緒二十二年歷徵二十一年分折價均照常徵收外應請將富安安豐梁垛東台何垜丁溪草　劉莊伍祐新興廟灣十一場上年二月啟徵之光緒二十年歷徵十九年分折價及本年收成後各應帶徵之光緒十三年分並未解帶徵之十四十五十六十七十八各年原緩折價一併緩至來年秋成後由遠而近每年帶徵一年又海州分司所屬板浦中正臨興三場因本年入夏後雨澤稀少繼被風潮以致蕩地所種秋禾雜粮受傷較重收成歉薄統計五分有餘實屬勘不成災除隨淹隨復無誤晒掃之鹽池應徵光緒二十一年歷徵二十年分折價及來年二月應徵之光緒二十二年歷徵二十一年分折價均仍照常啟徵不計外應請將板浦中正臨興三場本年秋成後帶徵之光緒二十年分蕩地折價緩至來年麥熟後徵收其來年二月應徵之光緒二十二年歷徵二十一年分蕩地折價緩至來年秋成後啟徵據各該分司稟經兩淮鹽運使江人鏡淮塲海道謝元福派員查勘明確會詳請　奏前來臣覆加察核均屬實在情形合無仰懇　天恩俯准分別緩徵折價錢糧以紓皂力除飭起

緊查造緩徵折價年欵銀數及擲不成災冊結咨部核覆外理合會同江蘇巡撫臣趙舒翹恭摺具陳伏乞 皇上聖鑒謹 奏奉 硃批著照所請戶部知道欽此

天津設立江蘇會館歷年於春正邀集同鄉行團拜禮以敦鄉誼現在海宇澄清仍循舊辦理謹擇本月二十八日團拜除照同鄉錄陸續發帖外誠恐尙多遺漏如同鄉中至二十五六日未見請帖者望知照會館補帖可也

同人公啓

敬者報館之有採訪猶古之採風採詩上以考政治之得失下以考風氣之純剝箴諸報端宣之中外取其善懲其惡故言者無罪聞者足戒充是任者品必公正心必仁廉公則明正則直仁則不爲己甚之事廉則不貪非分之財用能識大體近人情善善惡惡柔不茹剛不吐凡有關於 國計民生者自大至細悉採毋遺辭取達意而止不以富麗爲工登供衆覽於以通上下難言之苦達遠近不聞之聲庶使豫先事之綢繆善後事之補救斯無負泰西設館之本旨焉否則遇事射利飛短流長實爲此間所大忌者矣現在本館採訪招人有樂就者祈先以所採新聞投交海大道老菜市本報館門房轉遞是幸如可登錄取有切實公正保人則端人之取友必端本報館不惜重聘定當延致其有覬循情面援本館友人互爲請託者一槪不收毋怪言之不豫也此啟

本館主人啟

告白

敬啟者京城售報處改在前門外琉璃廠小沙土園路西寶興木廠又楊梅竹斜街中間路南聚興降小器作內兩處分售此白

售報人陳午清謹啟寓前門內刑部後身草帽胡同北頭大院內

正月二十二日

銀洋行情

天津九七六錢

銀盤二千五百八十八文

洋元一千八百五十文

紫竹林九六錢

銀盤二千六百二十八文

洋元一千八百八十文

直報

光緒二十二年正月二十三日　第三百四十三號

西歷一千八百九十六年三月初六日　禮拜五

上諭恭錄

上諭張之洞奏已故提督戰功卓著懇恩優卹一摺記名提督開缺雲南鶴麗鎮總兵朱洪章於咸豐同治年間隨同曾國藩等轉戰湖南湖北江西安徽等省疊著戰功同治三年攻克江甯省城該提督出奇制勝首先登城厥功尤偉綜核生平事蹟洵有古名將之風其在湖南永州鎮及雲南鶴麗鎮總兵任內彈壓地方和輯兵民均能稱職嗣因患病開缺茲在江南防營病故殊堪軫惜加恩予諭着照提督軍營立功後積勞病故例從優議卹其生平戰功事蹟着宣付國史館立傳並准其附祀曾國藩曾國荃胡林翼各專祠以彰勞勩該衙門知道欽此　上諭張之洞奏統軍提督病歿行次懇恩優卹並請宣付史館立傳一摺已故記名提督劉鶴齡前於咸豐同治年間隨征江西四川陜西甘肅雲南貴州等省洊克名城戰功卓著上年經張之洞派募防營途次病故軫惜殊深劉鶴齡着照提督軍營立功後病故例從優議卹並將生前戰蹟宣付國史館立傳以慰忠勤該衙門知道欽此　上諭邊寶泉奏特參庸劣不職各員等語福建候補知府盧慶雲揮霍縱恣聲名平常惟係進士出身文理尙優着以教職歸部銓選候補知縣李宜因案科罰心地糊塗前署海澄縣知縣試用知縣張朝錄縱差勒索民怨沸騰候補縣丞王滋圃貪鄙營私居心巧詐試用縣丞劉學坤遇事生風惟利是視均着卽行革職以肅官方該部知道欽此　上諭殺虎口監督安存奏差滿回京爭交盈餘銀兩一摺所得盈餘等項銀五千八百七十二兩零均交廣儲司妥存着毋庸賞給該衙門知道欽此

論風水誤人

近世堪輿家言皆謂傳自晋人郭璞以今考之殊不盡然按管子青龍之所居庚泥不可得泉又史記昭王七年　里子卒葬於渭南章台之東曰後百歲是當有天子之宮夾我墓可知堪輿家言實起於春秋戰國之時然諸子龐雜史公好奇其說甚不足據至於郭璞身死王敦之手骨沈大江之中卽有異術奇能益無足取況晋書載郭璞相地之事亦祇一二不解今人何以都奉爲鼻祖方且支離附會以神其說不知郭　及其身而術已不靈也案堪輿家俗謂之看風水先生夫所謂風水者蓋以地中或有積風積水致令棺木翻側速朽故必審愼選擇以妥先人之遺體此固仁人孝子之用心本自有說無如近世看風水者於地形地勢全然不知或且目不識丁但靠羅盤爲生活妄稱禍福假說吉凶一味以虛無　恍之談逞其簧鼓且古之言堪輿者圖宅相墓第就大段言之今人則開一門戶設一床榻亦請看風水者爲之定奪夫門窗床榻有何風何水而必看視是風水二字尙解說不出也豈非絕大笑柄乎白雲散授有言覓地如瞽談地如舞疾同道而矜秘傳者地師之無恥也由今觀之其可惡又豈止此而已哉假如有人生子二人一爲長房一爲次房其人故後長房業已擇定葬地次房請人覆觀則必稱其地利於長房而不利于次房及至次房看定長房請人覆看又必稱利于次房而不利于長房但圖自巳生意不顧間人骨肉儘有弟兄向來和睦因此而同室操戈者又有葬期已定因此而延擱不葬者陷人不孝不弟其可惡一也死者以入土爲安居生者以葬親爲大事故業已安葬不許輕易遷動間有遷葬之事或因兵亂或荒當時諸凡草率不得不於事後加詳耳從未有安葬十年二十年而尙可輕

舉妄動者乃近時地師見有身家殷實酷信風水之人遇有事故輒借端揑稱墳墓不利須行遷葬勾串地主詭稱某處風水如何佳妙葬後必能發財𥙷丁庸愚無識之徒往往墮其術中而彼乃可以兩邊漁利飽其慾壑架造空中之樓閣震驚地下之靈魂其可惡二也庸醫誤用方藥人倘可以執方而詰責之若地師則挾其空言無可詰責余一友因喪親卜葬業請地師詳加察看妥定柩穴謂葬後必大吉利也乃家中從此不順事事顛倒遂向前觀地之人詰問則稱風水六十年一換君家之墳或適當變換之期耳無已余有術能將風水作好友人惟命是聽於是乎墳墓則增高之河道則開深之籬巴則拆去之門向則改換之乃事畢而家中之顛倒如故也友人又向詰問則曰君命運不佳余能做風水不能做命運也友人無可如何而家資已喪其半此公之愚誠不可及而該地師詭稱風水竟可以人力造作大言欺人再三作劇喪心病狂諸如此類其可惡三也疾病死喪人事之常無之固屬大幸有之亦不足怪故稍識道理之人原不肯篤信風水乃有時改造房屋營築墳墓稍任己意不用地師若輩必布散謠言以相搖惑謂某家不信風水必有大大不利之事若偶有事故則益加謠諑愈形得意必致親長從而責備友朋從而非議坐使讀書明理之人不能不俯首降心於若輩其可惡四也凡此四端第擇其最大者言之其他可惡之處尚不可以枚舉指數也雖然此輩不足怪吾獨怪乎士大夫之家遇有停棺不葬者無人從而責之及其葬也苟不請地師不觀風水則且羣起而與之爲難是不啻爲地師等人推其波而助其瀾也此其人之罪不更浮於地師也哉嗚呼噫嘻

長史需人　○兵部爲咨行事武選司案呈現出有多羅順承郡王門上長史一缺應行咨取上三旗頭二等侍衛冠軍使雲麾使前鋒參領前鋒侍衛參領副參領佐領世襲子男輕車都尉護軍參領等由本部會同宗人府堂官揀擬正陪帶領引　見請　旨簡充相應咨行侍衛等處即於前項應送人員內擇其老成持重表率有方者保送一二員務於五日內咨送本部以憑辦理可也

步軍點將　○正月十三十五日爲步軍統領點將之期是夕燈後傳集城內各街巷八旗步甲官廳兵丁伺候點名彼時榮振華大金吾赴正陽門城樓前令吏喧唱五營將弁兵丁名次聽點時早經南營鮑參戎督飭各營員弁兵丁齊集正陽門城垣下伺候點名洵年例也

水部祭衡　○正月初十日清晨工部虞衡司滿漢掌印稿帮稿正副郎主政暨正稿副稿筆政各員補褂衣冠先後抵署堂上懸一橫木厥名曰衡是日預就衡前恭設香案司員齊集後掌印詣案外拈香行禮諸員相繼行三跪九叩禮名曰祭衡亦盛典也

火師稅駕　○新年失愼之事屢見疊出聞悉皆由燃放炮竹所致已列前報又聞正月十四日午前九點鐘正陽門外菓子市天成菓店祀神燃放雙響爆竹𤇆紙遺落蘆席之上霎時火起烈燄冲天人聲鼎沸各局水會水夫馳至所有市中毗連之菓店七家已盡付咸陽一炬而封姨肆威助祝融以爲虐致將菓子市後身之棉花店聚盛鞋店某估衣局等十家亦皆遭池魚之殃至午後四點鐘火燄始收詢及起火緣由皆因放炮遺火致遭此一場巨禍共計燒燬房屋數十椽覩者莫不恐懼至起火之家業經中東坊飭差鎖拿責押不識如何辦理也

塾正貪贄　○京師各善堂林列所定章程亦多爲善如義塾一節向章必須書香子弟清白良民貧而無力者方准入塾讀書且爲定額挨次序補故凡入塾者向塾正報名備查後再傳本人考驗而後註册待補若非都中子弟或人家不甚清白一概不收至於棄取之權全在塾正一人近聞某塾正私立塾規美其名曰贄敬報名時先行饋送無不允准入塾之遲速又視塾規之多寡以爲衡倘不知塾規僅與報名得補入者十無二三也果如所言是藉樂育之名遂營私之計豈設塾之本意哉臨民上者盍起而整頓之

藩署懸牌　○署青縣知縣王冠珪署事期滿遺缺詳委候補知縣潘江署理　升署通州郭邑州判何承謨奉部覆准飭赴新任所遺蠡高縣丞員缺委河工候補縣丞李清藩署理新雄縣丞陸師暇病故遺缺委河工候補州判張熊署理署沙河縣知縣吳沂調省另候差委遺缺以鉅鹿縣知縣陳鴻保調署所遺鉅鹿縣知縣員缺以大挑知縣孫天錦署理　署景州管河州判周鳴和丁憂遺缺詳委河工試用縣丞陳德昌署理　委署鉅鹿縣訓導趙叔元病故繳委遺到詳委劾用二等舉人張景江署理道台潘大人由津回省　首府陳大人十一起身赴津　定州吏目蔡廷栻病故遺缺詳委現署景州吏目本任容城縣典史孫清杜調署　准補景州吏目祝鋒飭赴新任　新城縣典史陸樹𦶜病故遺缺詳委候補主簿陳宗幹署理　署祁州學正張銘丁憂遺缺輪委試用訓導樓天培署理　高陽縣教諭周世芳飭回本任

兵變續聞　○湘軍在河西務滋擾街市業經制憲派將前往彈壓等情昨已錄報茲悉該軍勇丁於十七日聚集多人安心滋擾藉換錢購物竟將錢舖帶子舖並設攤賣物者傷毁十數家該管地方官聞知立即親臨解散極力綏輯居民尚未致釀巨患險哉幸也頃據該處來人所述合亟再登俟有所聞再行續錄

米毒又見　○東鄉高某暫寓河東因食興隆街懷慶魁米舖之米斃命經人說和已記前報又聞河東于家廠尙姓者拉洋車爲生亦糴該舖之米食畢一家皆吐惟尙妻未吐身亡後該舖復煩人說和爲尙姓買洋車一輛給棺材一口亦了結矣說者謂善了事者係某公門中人所謂公門好修德歟

一蹶不振　○城南小留庄民人張有才之父張永德年屆古稀於前日扶杖出門詎步下無力跌倒痰忽上壅氣閉卽作長眠之客該管地方迅速報案是否一蹶不振抑係另有別情容訪再登

半句己多　○楊柳青鎮居民王三昨於上元節不知因何與其妻話不投機大肆口角妻王楊氏竟潛服毒物及王知覺爲時已久攏救不效旋卽畢命當經該管地方循例報案請驗

形迹可疑　○昨有游勇三四名係兩湖口音天將二鼓在河東各處尋店各店不招該勇等行至于家廠在某燒餅舖買燒餅十數個食畢卽走該舖要錢該勇云明日送來該舖勢將不容勇亦勢欲用武經行路人勸走如此之類豈非形迹可疑歟惜該管者未卽加察耳

令名宜保　○普天之下莫非縣縣必有尉所以佐令之不及以親民而出治者也縣縣得賢令則天下安一縣得賢佐則一縣安故得人舉賢同爲爲宰之要務也適接採訪函云玉田縣典史周少尉景章者清愼以勤與琴堂拱大令政皆有聲令每出訪必以偕由是縣城內外乏娼賭奸民遂無所託足焉至憐獄囚卹夜金人稱之民信之賢哉尉也倘終保此令名乎

邇屬得雪　○遵化州所屬地方與豐玉兩縣於去臘二十八日午後四點鐘封家姨來自東方移時滕六君亦卽稅駕花大如手至夜十二點始止翌晨開門則雪深尺餘殺虫滅災均於是卜民喜此雪爰歸德於牧令天人感應理或然歟要以見民之愛上耳

玉境戒嚴　○玉田縣拖床沽距城八十餘里有賊一夥傳言甚衆夜夜擾攘時聞炮聲庄人憂之各村夜不滅燈巡更者皆五六十人其左近石家窩一帶亦甚不靖孝廉史某稟請縣主轉請在蘆台鎮憲吳軍門麾下借來福鎗數十桿以資保護蒙縣主批准惟囑不可輕放借爲聲援可也

設德律風　○接悉南洋大臣擬將德律風改由中國自設聞己行文各國矣

光緒二十二年正月二十日京報照錄

宮門抄　上諭恭錄前報○正月二十日吏部　翰林院　侍衛處值日　無引見　署河東河道總督任道鎔請　訓　廣東巡撫許振禕請　訓並請假二十日　英信假滿請　安　殺虎口監督安存到京請　安　德壽請假十日　召見軍機　任道鎔　許振禕　安存　本日　皇上升文華殿美國使臣田貝　俄國使臣喀希尼　德國使臣紳珂　法國使臣施阿蘭　義國使臣巴爾迪　日本使臣林董　日斯巴尼亞國使臣葛絡幹　比國使臣陸彌業　和國使臣克羅伯　英國署使臣寶克樂覲見

○○臣張之萬跪　奏爲假期屆滿病仍未痊籲懇　天恩俯准開缺調理恭摺仰祈　聖鑒事竊臣於上年冬間因感冒風寒觸動氣喘痰嗽之證兩次具摺請假均蒙恩准在案連日以來趕緊延醫調治滿擬入春以後銷假當差無如衰朽之年氣血虧耗過甚腰　酸軟數步之外需人扶掖加以氣喘作嗽夜不成寐據醫者云非寬以時日加意靜攝難期復元伏念臣受　恩深重具有天良但使精力稍可支持何敢自甘暴棄惟臣犬馬之齒今年己八十有六縱使竭蹶從公亦恐涓埃莫補倘以病軀戀棧更虞貽誤滋多再四思維惟有籲懇　天恩俯准開缺俾得靜心調理此後桑榆晚景悉出自　聖主鴻慈所賜不勝屏營待　命之至所有微臣假期屆滿病仍未痊懇請開缺緣由謹繕摺具陳伏乞　皇上聖鑒謹　奏奉　旨已錄

○○頭品頂戴廣西巡撫臣史念祖跪　奏爲冬令校閱省城營伍及防勇水師情形恭摺仰祈　聖鑒事竊維整軍經武設兵衛民必訓練於平時方收效於臨事廣西苗猺雜處內地外防均關緊要武備尤應講求臣蒞粵以來都飭認眞訓練考閱月課未敢稍任懈弛査省標左右兩營及桂林營爲通省各營標准向於常操外每屆冬令調集合操一次茲於光緒二十一年十一月十七十八二十等日將該三營額設弁兵及投標候補各員弁並駐省防勇中左右三營水師中營一營齊赴教場親加校閱省標三營合操大陣步伐整齊隊伍嚴肅演習槍砲發機迅速命中有准刀牌雜技頗靈馬步射亦均如式三營將領弓馬嫺熟候補員弁及武舉世職材方多堪造就軍械馬匹壯足額其防勇駐省之中左右三營及水師演習陣圖進退整肅洋槍發機迅捷槍砲均能中把當卽分別等第酌予賞罰以示勸懲其省外各綠營及分駐各府防營亦札飭文員會同校閱稟報老核臣仍不時留心密察明査務使訓練精益求精如有廢弛怠玩卽行參處不敢稍事姑容以期仰副　聖主修明武備之至意所有冬令校閱省標營伍及駐省防勇及水師情形理合恭摺具　陳伏乞　皇上聖鑒　訓示謹　奏奉　硃批知道了欽此

茲因敝處分送各報風雨不悞現今　祖母逝世已交七七本月二十三日在劉家胡同後成服送路二十四日出殯安葬之期所有來往信件出售書籍等一概停辦一天次日二十五日照舊辦理特此佈　知○又聞某行云上海電諭二十日輪舟開行大約二十五日可抵津沽頭班現有書籍若干定寄書籍等物速取遲者恐出售一空再候下班輪舟至口　字林滬報　新聞報　申報均然全到　本津直報大約二月初十日前後外洋紙張新鑄鉛字隨輪抵沽亦可望全編一律字跡舉目爽快矣諸君閱何樣報紙　賜一字函分送不悞

天津府署西直報分處梁子亨謹啟

啟者報館之有採訪猶古之採風採詩上以考政治之得失下以考風氣之純剝載諸報端宣之中外取其善懲其惡故言者無罪聞者足戒充是任者品必公正心必仁廉公則明正則直仁則不爲己甚之事廉則不貪非分之財用能識大體近人情善善惡惡柔不茹剛不吐凡有關於　國計民生者自大至細悉採毋遺辭取達意而止不以富麗爲工登供衆覽於以通上下難言之苦達遠近不聞之聲庶使豫先事之綢繆善後事之補救斯無負泰西設館之本旨焉否則遇事射利飛短流長實爲此間所大忌者矣現在本館採訪招人有樂就者祈先以所採新聞投交海大道老菜市本報館門房轉遞是幸如可登錄取有切實公正保人則端人之取友必端本報館不惜重聘定當延致其有冀循情面援本館友人互爲請託者一概不收毋怪言之不豫也此啟

本館主人啟

天津設立江蘇會館歷年於春正邀集同鄉行團拜禮以敦鄉誼現在海宇澄清仍循舊辦理諏擇本月二十八日團拜除照同鄉錄陸續送帖外誠恐尚多遺漏如同鄉中至二十五六日未見請帖者望知照會館補帖可也

同人公啓

正月二十三日

銀洋行情

天津九七六錢

銀盤二千五百八十八文

洋元一千八百五十文

紫竹林九六錢

銀盤二千六百二十八文

洋元一千八百八十文

直報

啓者本館售報需人如有情願承辦者至本館帳房面議可也

本館告白

光緒二十二年正月二十四日　第三百四十四號
西歷一千八百九十六年三月初七日　禮拜六

上諭恭錄

上諭總理各國事務衙門奏新設官書局請派大員管理一摺着派孫家鼐管理欽此

例論

士不讀例終爲腐儒一行作吏則事事𨍏轕不得不敦請申韓之子相助爲理而各處向章或少不同則於　欽定律例外又不能不任之胥吏其人始克於申詳憲科部曹之文行而不躓其仰蒙允准無少扞閡者遂以爲政蹟卓異於吏稱能焉然則非例不足以爲政乎不知例可以制民不可以平民可以馭世不可以治世例足爲治則例之名多肇定於秦例之科亦寡刻苛於秦使其可恃則秦之子子孫孫世守罔替則秦至今存可也秦胡爲二世而亡漢興破觚爲圜網漏於吞舟之魚而吏治蒸蒸日上者何也法積則弊生上以其例制乎下下卽以其例轉要乎上卽其例以爲弊例於是定弊卽於是出矣卽如今之通省案情相沿積習成風凡有越獄之犯無論已否復獲其原報不拘何時卽言風雨大作禁卒更夫入屋躲避因而睡熟卽被犯人乘間扭斷鐐銬而逸何以每案俱不謀而同應解人犯中途脫逃其原報卽謂該犯大解乘間逃遂或解差忽而患病以致疏失各處中途犯逃初無少異何事機如此之巧也前年雖經某侍御入奏經部嚴定簽差不慎文武處分嗣後中途脫逃犯人之報仍是舊詞蓋不如此則格於例而文不行文不行則報不准處分以多報准則處分以少也又如大道漫窪或被劫斃命或仇殺棄屍無親屬認領則不得知其姓名卽有知者亦相戒而無敢或告蓋恐人命干連事不關已官定以非其親屬照例不應插訟轉得以挾嫌妄指反罪其人誠以此中情實挾嫌妄指圖賴地主藉端訛索以害其人而破其家者初非本無其事且卽所指屬實斷非一二語言所能定案不特告者受訟累於無窮承審應管各官亦爲〃牽延受過故凡遇此等無頭無親屬之案地方官輒以無名男女被傷身死驗畢卽飭地保壓埋插簽標記實則所標之年貌情形並不甚符己豫防其親屬認追反致生事設非遇宋之龍圖包河淸暨　國朝施劉郭于諸公則無名之屍惟有寃沉海底而已又如搶劫偷竊之案凡大道多言爲偏僻小路雖距城數里亦以爲並無墩舖防兵實則雖有墩舖之處向不過名有防兵有其糧實無其人卽有其人亦斷斷不居其所而文內則必言無者此則行文之要訣非例之定例也總之避重就輕原報皆如出一轍慕友科吏能是已足否則無能爲役耳言官論奏之條率多於事之無關緊要度其諫無不行言無不聽者則交章力爭以博敢諫之名否則假公濟私貪賄指糾以飽慾壑甚至讁謫軍台身敗名裂而有所不恤爲錢故也則錢之可以通神可以致命於此益見又可怪者凡參奏州縣劣跡奉　旨着該省督撫確查之件復　奏多云事出有因或查無確據其云復查無異事事據實者寥寥也至重之罪不過革職降調無論督撫回　奏是否屬實原參御史從無指駁之處則又何也豈其皆有通神術耶大抵作法於良其弊猶貪作法於貪弊將若何故從古無良法而有良吏爲是言者其知之矣

旗操領藥　○工部爲知照事虞衡司案呈所有八旗各營應領光緒二十二年春季官兵常操火藥按照冊領數目核與無[illegible]之季成案相符[illegible]准

火藥局付稱於二月初五日開放相應知照各旗營派員務于是日清晨赴火藥局承領

營兵受傷　○青廠地方有營兵朱五者與小販白禿仔同住一處偶因細故起釁白禿仔力不能敵抽取利刃一柄砍傷朱五肩背胸臆等處血如泉湧朱受傷後卽赴官廳控告未知如何了結也

意美計疎　○某氏女年未及笄丰姿秀麗自幼售與某鴇養作錢樹子雇善彈唱者日日敎以絲絃授以艷曲稍有舛悞某鴇卽以鞭撻從事女不堪其虐於某夜啓鑰逃竄奔波中道氣喘力疲適北城練局哨勇巡邏過此盤詰情由女涕泣不語因帶回局中看守由坊詳城審訊女據實供明兩城憲飭坊拘傳某鴇審訊供稱買得某女已十歷寒暑矣今既棄氏而逃卽求大人作主將伊安置氏不敢存非分之想也兩城憲飭令某鴇將原買字據當堂交出卽行釋放復問某女家鄉住址父母在否某女答以實不記憶惟聞某鴇云係固安縣某村人父王姓兩城憲飭令坊役至固安某村訪問回稟該村並無王姓賣女者兩城憲因將女交官媒收養俟得佳婿准吏役等擔保當堂婚配俾終身有所依賴火坑中現一朵青蓮花此女亦殊有幸而兩城憲之玉成美事亦何異重生父母哉此採訪人來函也懸按官媒下處無異娼寮幼女今入豈非爲官媒生財致是女失節京師善堂甚多何不發交善堂再爲擇配此亦城憲一時之疎忽也

財多命險　○禁內當差某太監於下班時回家憩息令其胞姪某甲伺候左右甲窺見某太監蓄積多金垂涎不已潛用紅礬放入湯內南跪而獻之某太監飲未及半忽呼腹痛甲恐露出破綻忙將餘剩之湯一飲而盡某太監急遣小价某乙延名醫診治均得痊愈旋查悉甲有逆謀遂拱送步軍統領衙門看管咨移刑部分司審訊迄今尚未定讞也

試設民廠　○欽差北洋大臣直隸總督部堂總理天津海防營處　爲出示曉諭事照得私造軍器例禁綦嚴豈容任意藐視近來訪聞天津小臨店風神廟等處有等閒散工匠竟敢開爐製造軍器倘或貪得厚利賣給匪徒爲害閭閻實匪淺鮮現奉督憲諭飭嚴查本道因念愚民無知不忍不敎而誅查西國製造軍器向有民廠名目擬卽參酌變通暫行試辦除稟請立案外合行出示曉諭爲此示仰軍民人等知悉爾等須知軍火要件私買私賣罪名甚重此後准立民廠四家如有情願承充者應卽向本處報明聽候查驗核准發給執照方准開造倘敢陽奉陰違仍前玩視及彼此扶同徇隱匿不呈報是有意違禁一經查出或被告發定將該工匠等照例嚴行懲辦决不姑寬其各凜遵毋違特示所有章程四條開列于後　一現在准設民廠以四家爲限商人願充者須開明姓名籍貫年貌住址並取具殷實舖戶保狀方准製造如有私造等弊甘願治罪如同業有私造情事准給照各廠據實指告倘扶同隱徇一經查出或被告發定將各該舖一體治罪　一凡有關軍器無論土槍抬槍刀械非由各營添造修理卽係地方團練製備應令先行報明本處經本處核准後該廠方准承造仍每起各給執照一紙填寫數目該廠不得額外多造私相受授違者重辦　一該廠承造軍器無論何項須另鐫戳記一顆填明某年月日某廠某匠製造字樣如查無戳記或僞造戳記者一經查出從嚴懲辦　一民間私造軍械律有明條此次嚴定章程准其呈明製造原係變通辦理杜絕弊竇起見除按照章程准其製造外其餘與販賣硝磺私造火藥仍一律禁止不准造賣

亟宜嚴查　○城之西南某庄甲乙三人家俱小有於昨日來津觀戲至晚因距城不遙遂入酒館沽飲飯畢又尋歡取樂天雖二鼓月光皎皎正助行人之興三人仍結伴回家至南營門外里許見小河堤上有二人蹲息疑係行路歇脚之人不以爲意詎至臨近二人忽起一持扎槍一持短棒威嚇須將所有留下否則手下無情也乙年輕胆壯力足循聲飛步直前奪槍反刺該賊且躲且央斷喊饒命乙曰饒爾須將短棒放下二賊棄棒跪求乙問爾等何來二賊云我等俱營中長夫被革行至此處正苦無飯見公三人走來以爲是鄉人胆小可以搶劫不料如此瞎眼該死惟求饒命甲丙二人以爲不可結仇遂勸乙作罷論乙想亦不必處治但云汝二人遇我等眞是萬幸此後務謀正業不可如此二賊叩頭而去乙將所奪扎槍棄諸河茲據其隣村來人言及爰照錄之惟二賊果否改惡抑尙在津逗遛隱跡小店該管者極宜親游嚴查且恐不僅二人也

合無禁止　○鹽坨七水局歷屆正月間謝吉謝神並酬伍善聯絡演劇一局一天戲台搭於過街閣火神廟前今七局公議於本月二十四日起仍照舊章知照已於二十二日將台棚具備聞該管鄉甲局恐致滋事有禁止之議未知確否

均非善類　○閘口帝君廟前與城內達摩菴素爲混混鍋夥之處昨日達摩菴居住之張二與帝君廟前之魏得太劉雲章楊二搆衅勢欲極兇該管地方彈壓不服飛報武官立卽前往將魏楊劉均行抓獲張二以寡不敵衆受傷當卽一併送交縣署懲辦

是謂雌兒　○東南城角迤西李王氏與趙張氏大逞雌威肆意口角奈趙終不敵李之悍於是憤極購食阿芙蓉膏畢命雖經該地方報案而街鄰親友均欲說合尙未知已否允協至起衅之由有謂因鬬牌相爭積隙者有謂因兩家小兒女玩耍生嫌者孰是孰否名之雌兒誰曰不宜

另撥一田　○新農鎮稻田招租迭經道憲暨會辦等示諭昨據鹹水沽村民蔣占臣等稟請認領右軍右營之地當經道憲移局轉飭遵照乃蔣占臣復在道轅遞稟據稱先已蒙批准領右軍右營之地何又朝令夕改云云復蒙道憲批云爾等原遞公稟前係批候委查如果在先無人認領爾等亦屬殷實之戶取有妥靠保結方准撥地承租但不得指定一處請領致碍大局是爾等前稟本係批查並非即准何得率稱朝令夕改殊屬不合荒謬已極特飭等因現聞道憲仍格外從寬倘准蔣占臣等另撥他處稻田給與領種移局照辦云

為限三日　○紫竹林下席公館昨夜被竊當即赴縣報案縣委林大令勘驗即將該管地方坐路馬快等責限以三日務獲贓賊云

無毋何恃　○楊柳青迤北辛口村某姓者在津染房傭工因年荒遂携眷遷居本埠一子一女妻於去冬病故正擬再娶乃女被人誘拐潛逃年方十七歲聞其父已赴縣呈報吁其毋若在當不至此也

賣命不猶　○河東于家廠孫洛者有一女年十一歲昨不知被何人拐去聞此女非孫親生係去歲由唐山買來飢民所買共有一二三名暫為恩養意將轉賣以得厚利耳昨被拐去者若賣與良家則其女又不幸之幸也

遵化試期　○遵化州試於二月初一日齊集初四日開棚學院轉牌飭令文童三月初五日齊集武童初十日齊集以候院試

東事略述　○駐津日本領事官荒川氏兩瀦斯土輯睦邦交振興商務不遺餘力現日廷以蘇州開埠伊始必須熟習中土情形人員庶足以資治理調荒川君前往所遣津理事一席簡鄭君永昌接替並以大杉君正之為副領事簫規曹隨且得大杉君佐之東國洵得人哉

西電譯登　○昨路透電云阿西尼亞國軍擊敗意大利軍計意軍萬三千人西尼亞三萬人西軍所用仍係舊槍而其人善戰又勇往無比是日之戰三萬人齊冲入意軍兩相鏖鬥兩軍死傷竟三萬餘人云○頃又電云意國接到敗音議院及軍民皆甚震動歸罪於相臣吉利士比以為該相臣不善調遣之過現吉君已辭職歸田云

光緒二十二年正月二十一日京報照錄

宮門抄　上諭恭錄前報○正月二十一日戶部　通政司　詹事府　鑲黃旗值日　無引見　掌儀司奏二十三日祭　奉先殿慶王行禮　召見軍機　張蔭桓　陳學棻　皇上明日用膳辦事後至　頤和園　皇太后前請安畢還宮

○○太子太保頭品頂戴開缺陝甘總督臣楊昌濬跪　奏為遵保海城在事出力文武員弁團紳懇　恩獎勵恭摺仰祈　聖鑒事竊臣承准軍機大臣字寄光緒二十一年六月初十日奉　上諭楊昌濬奏官軍剿辦海城逆回獲勝情形一摺匪犯李昌發主謀勾通河州逆回馬筐筐等戕官刦獄嘯聚千餘人蹂躪海城等三州縣漢民慘遭荼毒楊昌濬派提督李培榮督飭兵團分道進攻兼旬之內即行撲滅並獲逆首多名正法地方漸就安謐辦理尚為妥速在事出力文武員弁團紳准其擇尤保奬毋許冒濫等因欽此欽遵在案仰見　皇上於鼓勵戎行之中仍當慎重名器之至意臣查此次海城回匪滋事雖由匪犯李昌發勾通河回馬筐筐等戕官刦獄實則蓄謀已久藉此倡亂維時循河逆回蠢動防軍調赴前敵而海城暨鄰境平遠固原靜甯隆德平涼化平等廳州縣回族最多意圖煽誘為亂擾我隴東牽動全局倘非立時撲滅則愈聚愈多與河回聯成一片勢更滋蔓難圖仰仗　皇上福威將士均能用命陝西撫標馬隊張紹先兼程進剿地方文武各員會督團練星馳堵擊能兼旬之內得以掃平逆氛東路即臻穩固餉運亦藉無虞實屬異常出力今將在事出力文武員弁團紳謹擇尤繕具清單恭呈　御覽除該各員履歷尚有身臨前敵一時未能彙齊容另行取咨部查核外所有遵　旨擇尤保奬緣由謹會同護理陝西巡撫臣張汝梅合詞恭摺具　奏伏乞　皇上聖鑒　訓示施行謹　奏奉　硃批該部議奏單併發欽此

○○頭品頂戴江西巡撫臣德壽跪　奏為舉行　計典舉劾各員寔蹟恭摺仰祈　聖鑒事竊照道光三十年九月內接准部咨欽奉　上諭御史端昌奏舉劾核實一摺嗣後着各直省督撫於大計舉劾及平時條保並各參劾之員務將該員應舉應劾實蹟詳列具奏不得以空言塞責用昭核寔而飭官方等因欽此欽遵在案臣查江西省光緒十一年十二月屆應舉行　大計伏維三載考績澄敘攸關臣仰荷　聖恩畀以封疆重任首先察吏必舉行公允庶一省官方感知振勵以仰副　聖主簡用循良造就人材至意臣與署藩臬兩司在於通省所屬各員內矢公矢慎逐一詳加考察其知縣以上堪膺卓異之選者共得八員佐雜教職內才堪造就者共得三員其有干六法者共八員據該管道府揭報前來除分別恭疏具題並將履歷事實清冊咨送部院科道外謹會同署兩江總督臣張之洞江西學政臣蕭卓元恭摺具　奏並繕具應舉應劾各員實蹟清單恭呈　御覽伏乞　皇上聖鑒　訓示謹　奏奉　硃批吏部知道單併發欽此

○○張之洞　再廣東候補道王秉恩於上年冬間因南洋海防事亟經臣奏調來甯差委嗣軍務解嚴該員以保升道員捐過升班稟請給咨赴部經臣咨送吏部帶領引見奉　旨照例發往欽此欽遵在案臣蒙　恩飭回湖廣總督本任所有湖北省奏設鐵政槍炮銀元三局織布紡紗繅絲三廠皆係振興戎備自保利權均屬關涉洋務要端現當遵　旨加意籌辦之際綜核振興需才孔亟該員才長心細於外洋工商情形索所熟習足資指臂之助合無仰懇　天恩俯准將廣東候補道員王秉恩調赴湖

北差委實於創辦諸要務有裨理合附片陳請伏乞 聖鑒謹 奏奉 硃批着照所請吏部知道欽此

天津設立江蘇會館歷年於春正邀集同鄉行拜團禮以敦鄉誼現在海宇澄清仍循舊辦理謹擇本月二十八日團拜除照同鄉錄陸續發帖外誠恐尚多遺漏如同鄉中至二十五六日未見請帖者留知照會館補帖可也

同人公啓

啟者報館之有採訪猶古之採風採詩上以考政治之得失下以考風氣之純剝識諸報端宣之中外取其善懲其惡故言者無罪聞者足戒充是任者品必公正心必仁廉公則明正則直仁則不爲己甚之事廉則不貪非分之財用能識大體近人情善善惡惡柔不茹剛不吐凡有關於 國計民生者自大至細悉採毋遺辭取達意而止不以富麗爲工登供衆覽於以通上下難言之苦達遠近不聞之聲庶使豫先事之綢繆善後事之補救斯無負泰西設館之本旨焉否則遇事射利飛短流長實爲此間所大忌者矣現在本館採訪招人有樂就者祈先以所採新聞投交海大道老菜市本報館門房轉遞是幸如可登錄取有切實公正保人則端人之取友必端本報館不惜重聘定當延致其有冀循情面援本館友人互爲請託者一概不收毋怪言之不豫也此啟

本館主人啟

英商 新福商義洋行

本行經辦新式各種槍礮子彈一切軍械機器等件仕宦賜顧請至小行面議

德陞齋靴鞋舖

本齋專做滿漢朝靴新樣京式名鞋及鑲花坤鞋一應俱全價廉物美賜顧者請認明本店招牌庶不致悞本舖開設在天津府北門外鍋店街集義棧對過便是

拍賣告白

啓者本月二十六日禮拜一下午二點半鐘在三井洋行內棧房拍賣外國家俱桌椅鐵床洗臉桌鏡子大立櫃碟碗茶壺對聯花瓶風檔等件祈早至細看面拍可也

集盛洋行啓

浙杭 元吉永號

本莊自置紗羅綢緞新樣洋辦花素洋布川廣夏貨團摺雅扇南貨頭油俱全祇爲近時錢市漲落不同故而各貨減價開設估衣街中間路北凡 仕商賜顧者無悞特此佈達

江南 桂蘭齋茶食店

本齋精製拾錦南糖眞素供果嘉湖糕點紹興薄脆八寶京糕異味糕點各種茶食外帶行匣新添拾錦元宵蜜層糕江米糕南北點心無有不精製細做

開設天津天后宮南坐西向東便是

正月二十四日銀洋行情

天津九七六錢
銀盤二千五百八十文
洋元一千八百四十五文
紫竹林九六錢
銀盤二千六百二十文
洋元一千八百七十五文

正月二十五日進口輪船禮拜日

海晏	輪船由上海	招商局
豐順	輪船由上海	招商局
德生	輪船由上海	怡和行
怡生	輪船由上海	怡和行
北直隷	輪船由上海	怡和行
盛京	輪船由上海	太古行

直報

光緒二十二年正月二十六日　第三百四十五號
西歷一千八百九十六年三月初九日　禮拜一

填倉說

中華北省每歲以正月二十五日爲填倉俗於晨雞初唱時以爐灶灰規地爲圈以象囷既規則老幼男女勿敢或作踐以爲斯眞囷也者規之中界十字象囷上封蓋之索稻粱菽麥黍稷每種出少許置於十字縱橫交加間拾瓶石蓋之炊黃糧作羹湯又出少許置之所蓋瓶石上儀若獺祭云祀倉官倉官者何田鼠也性善蓄積故祀之或以爲義取相類將招致以是則是效大旨爲祈豐年登五穀千倉萬箱豫操豚蹄祝是晨廚下刀匕戒勿動恐爲倉官怖其神之格不可度不可惝恍如在左在右焉誠之不可掩也如是迨紅日一竿啟瓶石食雞鶩謂之壓囷其灰迹勿掃帷待封姨收拾去謂之風收風豐也實農家婦孺之俗例耳考一歲四時之變至也分也大小寒暑也綜華歷憲書所載二十四氣皆記天運以敬授人時至仲春朔日爲中和節進農書二日耕　田合天子諸侯公卿大夫躬勤率作爲民祈穀以重農事誠以蒸民乃粒而後世無不食粟之人而粟出於農故重農爲國之大政逐時記之記天時實以記人事他如寒食端陽七夕中元中秋重九之類中華歲時風土大畧相同獨南省儺苗北省填倉則南北殊趣儺苗即古之春社相沿已久載之往籍填倉故事舉不知其所始朝野所載皆無之我　朝　仁皇　純皇兩聖各有　御製詩亦皆云不知所始沂日時賢或有以天倉命題者天字似不如填字義長且非天子不考文　仁純兩廟既以爲填則填字義鐵案如山填萬不可以天易至城市之民務農者少逐末者多其　倉也則壓囷以錢以銀不以粟彼有所取夫人而知之矣有某搢紳先生者昔在詞曹時家無負郭囊少孔方是日呼兒畫地壓以書謂之築書倉並綴以詩亦風流之雅事也洎乎光緒丙申歲余就食於津門紫竹林下之杏花邨居近外洋租界外洋多遵西歷歲時既與華殊風俗更與華異是夜更柝外無雜響雞一呌遙聞劍隊意似　倉規地者晨起憶聲尋其處至梁園海道見一叟雪刺盈頭霜毫滿頰當爐行沽肆內規地爐灰囷形宛在因笑問曰是處亦　倉耶叟曰吁是非予邦族予乃避水災而逃者家津南地本斥鹵十歲九荒仰野蔬以度老幼皆菜色近歲田奪於水並野蔬而無之來此行沽日沽酒三數斤得利百餘文舉家賴此借多粥薄延喘而已以視吾鄉鄰之守門戶而不能徙者衣無完灶無烟兒色淒涼婦嘆於室卒之門戶不保猶爲不幸之幸也然倉之不存又將奚事特以老妻稚子破其無聊之極思而已余曰嘻子以余爲何如人子與子乃同一難民流寓者余鄉居津之西而西爲九河朝宗之軌以析津三岔河上下多淤淺狹隘下不暢行上多橫決計自咸同迄今中之有秋者數年今則墒墓田壓盡爲澤國挈眷離鄉出門惘惘不識其瞻烏爰止者比比也惟以思夫東之三省南之臺灣家破人亡又不禁以免死爲幸焉若云言念疇昔之百室盈婦子寧者則何堪回首耶叟曰聞彼都人士屢籲憲轅設法疏濬行當就理余曰凡事之涉於公者類多宏其規張其勢以求其實則彼此相推莫衷一是故發言盈廷而聯其咎者無人若自外觀之巃然而大廓其有容奚啻灰囷之爲圜又孰知其中之無物哉且夫中土之風喜華惡實但聞吉語則忻忻若眞有其事者始則張大其詞以欺人繼則故違其心以欺己卒則久假不歸又惡知其非有也文之文章貫天人爍今古武之威望震遐邇奮風雲博大寬宏中無一物孰與灰囷之圜異若由其始基觀之又奚啻倉之不存又將奚壞耶因與叟一笑而罷歸述居停命書之以當歲華之一則

孝致斑龍　○本草云鹿一名斑龍鹿與游龍歲必生異角鹿得稱龍以此又述異記云鹿千歲而蒼又五百年而白又五百年而元漢成時中山人得元鹿烹之骨

皆黑色仙家以元鹿爲脯食之壽一千歲等語今世所見之鹿必非仙家所食之鹿然年例所貢之鹿亦祇盛京一處昨由該省送到　貢鹿十二隻皆係　角生茸處斑錯錦或眠于草或飲于泉或倚或騰或棓或嗅其高於馬其馴似牛方之紫　青褂單衣黃練異幻立分對此飛毛雪洒列影冰浮精神煥發　皇上顧而樂之　命於正月十五日發　南園畜養訛寢毋拂其性飲食毋失其時以備　鸞言出游以賞心娛目夫鹿者能瑞之獸今盛京所貢者竟有十二頭以見王者行孝道則至之休徵爲不誣已

陣迷喝雉　○凡爲蕩財廢業長貪啓爭之事者皆屬律例所必禁而賭博其顯焉者也然有愛賭之人而賭不易絕有誘賭之人賭益不易絕絕之不易則禁之也安得不嚴乎京師賭風之熾向以琉璃廠松竹齋南紙店牛俊臣爲最雖以貿易爲名所交接者約係官途或從中營謀公事唆託詞訟每日夜間輙招集士商以四君子會作樂即有緝捕之責者亦能設法引入迷龍其賭之陣中不得其門而出良足慨也其餘他處賭博之事賭博之人平日則不若新年之多非平日之不可賭博也農工商販凡有職業之徒終歲衣食於奔走縱得暇隙以與花骨頭相周旋爲時究竟有限一屆新年農則懸耒工則閉肆商賈則暫停交易成羣結件輟業以嬉於是吃賭飯者皆於斯時張網垂鈎以待迷龍陣亂喝雉聲喧俟入彀中便如鳥投羅魚吞餌求所謂財星照命出手即贏者十中並無一二其餘紛紛然不至罄厥空囊而不止於是有虧喪資斧不聊生者有流蕩忘返馴致失業者有惱羞變怒者互相口角者甚至打架行兇視人命如兒戲者屢有所聞書不勝書即如吏部文選司部書孫子衡者素好賭習有某京官交辦之件即兌白　三百金竟携入大李紗帽胡同某賭局墮入迷龍以孤注數次忽然敗北竟將所辦之事置於腦後甚至形同餓鬼致害終身有督緝之責者其何以設法懲治耶

憫也赤子　○東便門外北花園地方有黃姓者夫婦二人向開茶社餬口膝下一孩年甫九歲與羣孩嬉戲偶言家有地窖內藏小孩十餘名旁有新失小孩之徐某聞知一面密稟南城司飭役搜捕果有地窖一所黃某知事洩畏懼踰墻而遁其婦劉氏被獲一再責訊堅不供認嗣將所藏小孩詳細盤詰供出住址及被拐情由現聞己按名飭傳家屬認領並將劉氏交官媒看管詳城咨送刑部按律定擬一面嚴飭五城巡緝黃某從重究辦此眞天網恢恢疏而不漏矣

愧煞黑心　○京師宣武門外車子營有張某者其子於元旦後三日去世其媳義不欲生屢尋短見嗣因腹已受孕苟延殘喘冀生一子得以接　宗祧然朝暮悲啼容顏枯槁矣曩昔之夜口呼腹痛輾轉床席如此兩日始舉一雄比及呱呱者墮地而産母已魂逝九泉張某祇得備棺殯殮舁出暫厝既至半途始憶嬰孩無人照料急返視之則見蓄畜之牝犬匍匐在床張某大驚以爲此孩必無生理憤氣　膺大聲呼叱犬聞聲人立而號露乳示之一若告以代哺之意也者張某驚喜交集急飼以飯回視小犬早經噛斃從此犬與孩眠旦夕哺乳張某亦視犬如子不復存人畜殊類之見噫嘻異哉夫雲間黃耳第傳陸氏之書日下青厖惟助楊家之獵如該犬者可謂出乎其類矣物猶若此人宜何如乃彼狐裘蒙茸者平昔則受恩深重臨事則行遁倉皇對此　能無愧煞

當逛上海　○督辦天津工程總局二品銜分巡直隸天津河間等處地方兵備道李　二品銜長蘆鹽運使司鹽運使李　二品頂戴代理天津新鈔兩關監督象管海防兵備道黃爲　出示曉諭事照得津郡街道狹窄人烟稠密行人車輛已形擁擠加之東洋車日見增多大小街巷均皆難行本應示禁姑念貧民藉此養生未便阻止查東洋車初興之時係由上海購備來津車式矮小行走靈通以後津地車店仿照成做其車既寬且高笨重已極坐車之人高于乘輪不特體制不合而且易于傾跌除己做之車照舊行走無庸改毀外合行出示曉諭爲此示仰闔郡東洋車店一體知悉自示之後如做新車務照上海靈巧式樣坐箱宜矮車輪宜小鐵弓落下不得再做高大如敢故違一經查出不獨將車充公將該車店一併查封勿謂言之不預也各宜凜遵毋違特示

抑似和障　○釋教法戒綦甚者以酒色財氣所以身入空門謂之四大皆空奈近來僧人多不遵戒然在暗昧尚不敢昭著茲有一僧毫無忌憚其東南城角有設攤以花生菓並錢文敬簽者以一錢可贏錢十四文而二文可贏得三十文該僧視此興頭采烈竟抽簽千餘把按抽簽亦爲賭博而貧人藉以謀利且多無賴輩爲此謂之吃簽子飯本屬鄙賤不堪今該僧竟立於人叢中抽簽賭博究不思其身爲何人於是觀者莫不譏笑以僧人效無賴之行其品行之貪鄙不問可知且自謂不論輸贏但要擡彩然則和尙之尙尙耶擡耶抑亦和中之障也

欲治速治　○前道憲呂　觀察在郡城南門外廣仁堂內設立戒烟局已有年所茲天津道憲李觀察關心民瘼復札飭局憲定於新正月二十四日開辦醫治云

戲己可己　○鹽　衆水會演唱外臺戲四天二十四日起看戲人多擁擠不動城內某姓子年十八歲往該處看戲被衆擠倒擁至身上幸有大聲疾喊踏死人者衆方止步將幼年人拉起臉肉已踏去過半矣甦醒多時尙有呼吸即有人着東洋車拉回家矣不知能保全性命否耶戲之無益也極矣聞有四日唱畢復續三日之議是亦不可以己乎

一奔絕氣　○海光寺爲南製造局至南門外約三里許往返行人頗多均以洋車代步莫不令其飛馳速奔該車夫貪價甚僾拚命從事昨有洋車行至大道中間
忽跌於地俯伏氣絕車置於旁坐者下車而去不返顧咸謂拉車人係因累氣絕蓋急奔則肺葉盡張猝跌則肺葉盡　人與馬時有之無異也其人之愚耶其窮而無可奈
何耶慘矣聞遲翌日尙無屍親認領究不知其人爲誰氏尙可望魑否也

三命續聞　○河北吽盧室廟西胡同李王氏家被人扎傷斃命一案屢將勘驗情形登於報牘其當場訊據李長齡並鄰人王國安孫文煥等供稱該氏於數年前
曾繼族姪李四之胞弟李洛爲子嗣以年幼送還自此李四每以藉詞告貸遂與該氏口角一次而該氏因李四貧苦常行周濟於是和睦前隙盡釋除此之外親戚均皆相
宜並無仇人等語因此將李四傳案供稱伊在鼓樓東某首飾鋪學業因以懶惰被辭常在其母舅處居住實係常向其嬸母告貸屢次周濟已歸和睦毫無嫌怨曾經數
堂其口供如出一轍因此未便以嫌疑研究茲將李四准其保釋候訊自應飭差勒限嚴緝正兇務獲以成信讞茲聞業經通稟上憲以距城未及一里則一家三命扎斃非
尋常疎失可比仰卽遴差勒限嚴緝屆限不獲照例聽參等情茲有所聞合再錄之

行路甚難　○寧山縣趙逢春者乘車行至縣屬慈庄村外突遇騎馬賊三人步賊三四人各持洋槍利刃攔住去路硬將騾馬餌去趕赴該管文武衙門報案當蒙
勘驗飭捕嚴緝究未悉能弋獲否也

居家不易　○放火殺人亟宜立正典刑以其存心太忍也茲聞北倉某姓家前夜半時被妙手空空兒撥門入室竊去首飾衣服等件賊逸後縱火延燒幸該家屬
驚醒趕緊灌救未燒房間亦未傷人險哉未知該姓報案否

封翁善報　○玉田縣城內武孝廉趙封翁者旗籍善家也爲人廉潔端莊公舉董書院事士子欽佩咸豐間荒旱成災欲開粥廠以濟窮黎又恐有居善名嫌遂買
土雇人修墳村人多賴以活今猶頌之其公子英祚早成進士令山東政有聲其孫公子或舉於鄉成進士入詞林人皆以爲善報云

冠禮異聞　○　報載巫來油風俗素奉回教而於冠婚喪葬諸大端莫不拘泥成法奉行維謹其中最足令人可笑可憎者莫如冠禮一節蓋彼族男女例於成童
擇配而後諏吉行冠笄禮預備羊隻酒殽讌會親朋擇其教中之老成人深諳禮制者爲之主持屆期以車駕迎送新郎新婦到教堂中男則捧蔴柑一枚端坐堂上另設一
盆盛沙少許置於膝下而主持禮教者則手執利刃並用禮器如箸子然夾新郎之陽具而略去皮膜見血卽止點滴沙盆衆皆喝采道賀禮成而退巫語謂之輪叨譯卽以
上所言之禮也其新婦笄禮亦如之此等陋俗不知於義何取而彼族搢紳家恪遵成例罔敢或違良由習俗相承有舉莫廢此所謂積重難返者是也然鐵前日十點鐘小
坡王府邊有新郎名烏實曼者年登十六是日正在舉行冠禮其教牧手法未精當操刀奏技之時用力過猛誤將新郎之陽具割傷太重以致鮮血噴注淌溢如泉呼痛之
聲達於里　其親屬之隨同觀禮者皆蹙額皺眉作悔恨語而華人之側聞其事者無不掩口胡盧甚有至于絕倒者至其以後作何情狀不得而知也

光緒二十二年正月二十二三日京報照錄

宮門抄　上諭恭錄前報○正月二十二日禮部　宗人府　欽天監　正黃旗值日　無引見　克王懷塔布劉恩溥各假滿請　安　孫家鼐管理官書局謝　恩　瀾
公裕德各請假五日　大額駙明秀阿克東阿各請假十日　睿王鍾公信侯各續假十日　英侯續假五日　載津續假二十日　召見軍機○二十三日兵部　太常寺
太僕寺　正白旗值日　無引見　銘公請假十日　照請假十五日　召見軍機　崑中堂　吳廷芬

○○江蘇巡撫臣趙舒翹跪　奏爲蘇省開復丹徒等縣運河用過土方價值等項銀兩數目開繕清單恭摺仰祈　聖鑒事竊照丹徒丹陽二縣運河收關常州鎮江等府
屬農田水利尤爲江浙二省通行要津前因年久淤塞蓄洩無資經前撫臣奎俊派員駐工督率民勇分段興挑業將開辦工竣情形先後　奏報聲明應需工費於歷年解
存司庫賑餘款內撙節動用造報在案嗣准工部咨行奎俊前次各工開竣後卽將做過工段丈尺用過銀兩開單奏報照例造冊送部核銷等因當經轉行遵照去後茲據
蘇州藩司鄧華熙臬司與承路會同兼辦水利工程候補道朱之榛詳據原辦委員候補知府袁恭宏造具用過銀數表冊呈送查此次開復丹徒丹陽二縣運河計工長三
千三百七十一丈零實挑岸土河工一十四萬九千三十九方零共用土方夫工及築霸工料等項銀二萬九千九百五十六兩零委係撙節動用並無浮冒照造清冊詳請
具奏前來臣覆核無異除將送到清冊咨送工部核銷外謹會同署兩江總督臣張之洞開繕清單恭摺具陳伏乞　皇上聖鑒　勅部查照施行謹　奏奉　硃批工部知道
單併發欽此

○○奴才長順富爾丹跪　奏爲　春副都統進京　陛見請　旨調員接署以重職守恭摺仰祈　聖鑒事竊光緒二十一年十二月初十日准兵部咨開內閣抄出　春
副都統恩祥奏請　陛見一摺奉　硃批着來見欽此恭抄咨行前來正在轉行間卽准　春副都統恩祥以開篆後擬遵　旨入覲　天顏請先派員接署以便起程等因
函商到省奴才等伏念　春副都統一缺地處邊要且兼幫辦一差管轄防軍體制較崇非素有威望之員不足以資鎮懾初不同他處副都統可以協領權篆一時也奴才

長順與奴才富爾丹再三商酌惟有調任甯古塔副都統沙克都林扎布克膺此任查沙克都林札布忠誠識略迥異恒流奴才長順與之共事兵間深服其所向無前自簡授吉林副都統以後奴才富爾丹見歷辦旗務捕務事事認眞前者護理吉林將軍整飭吏治講求邊備亦復不遺餘力心竊慕之現旣春副都統一缺並幫辦一差乏員接署奴才何敢引避姻親之嫌知而不舉奴才富爾丹相與籌維舍該副都統而外亦實別無替人並非隨聲附和倘蒙皇上俯念防務重要　持調沙克都林札布署理　春副都統兼署幫辦事務所遺甯古塔副都統亦係邊陲要缺查有副都統銜　乾清門頭等侍衛富林布樸誠勤愼任事實心現已將吉林營幫統事務交代清楚堪以前往接署奴才等爲邊防得人起見所擬調署委署各員是否有當伏候　命下遵行謹合詞恭摺由驛馳奏伏乞　皇上聖鑒　訓示謹　奏奉　硃批另有旨欽此

李傅相定於二十八日由津啓節在官各同人均須送差恐難齊集江蘇會館改擇二月初二日團拜屆期早臨特此佈　聞

江蘇同人公具

浙紹朱鍾翁先生醫得秘傳脉方穩愼來津八載救濟千人其診婦女癆瘵經產幼嬰驚疳痘疹尤有妙術仍寓獺勸巷

英商 新福商義洋行

本行經辦新式
各種槍礮子彈
一切軍械機器
等件
仕宦賜顧請至
小行面議

告白

敬啟者京城售報處改在前門外琉璃廠小沙土園路西寶興木廠又楊梅竹斜街中間路南聚興隆小器作內兩處分售此白
售報人陳午清謹啟寓前門內刑部後身草帽胡同北頭大院內

金陵 仁記南味坊

自製本機元綫京緞甯綢紗縐絨線糟貨食物金腿海味南貨俱全近因錢市漲落不同分別減價抑因無恥之徒假冒南味者甚多雖云謀利誠恐亂眞欲辨薰猶用煩楷墨
寄售（兩前 龍井）每斤津錢一千（二百文 八百文）福建條絲格外公道　開設宮北大獅胡同內

浙杭 元吉永棧

本莊自置紗羅綢緞新樣洋辮花素洋布川廣夏貨團摺雅扇南貨頭油俱全祗爲近時錢市漲落不同故而各貨減價開設估衣街中間路北凡　仕商賜顧者無悞特此佈達

江南 桂蘭齋茶食店

本齋精製拾錦南糖眞素供果嘉湖糕點紹興薄脆八寶京糕異味糕點各種茶食外帶行匣新添拾錦元宵蜜府糕江米糕南北點心無有不精製細做
開設天津天后宮南坐西向東便是

正月二十六日銀洋行情

天津九七六錢
銀盤二千五百八十文
洋元一千八百四十五文
紫竹林九六錢
銀盤二千六百二十文
洋元一千八百七十五文

正月二十六日進口輪船禮拜一

豐順　輪船由上海　招商局
德生　輪船由上海　怡和行
怡生　輪船由上海　怡和行
北直隷　輪船由上海　怡和行
廣生　輪船由上海　怡和行

直報

光緒二十二年正月二十七日　第三百四十六號
西歷一千八百九十六年三月初十日　禮拜二

上諭恭錄

上諭御史熙麟奏廕生暨及歲人員會捐道府引見後歸入特旨銓選日久擊生請飭定章程等語着吏部議奏欽此　上諭倉場衙門順天府奏請續撥王如園等處粥廠米石一摺本年通州王恕園等處粥廠貧民就食較多所有前次賞給賑米一千五百石不敷散放着再加恩賞給山米五百石以資接濟餘着照所議辦理該衙門知道欽此

戈登堂宴會頌答詞

光緒二十二年丙申春王正月我　傅相合肥李公秉節出洋下旬之三日行抵津門舊地重來寓津西國官商慰雲霓之望爰於二十六日午後六點鐘在租界之戈登堂張燈結彩肆筵設席爲　傅相祖餞之舉請　制軍仁和王公相陪適方伯王公軍門聶公欽憲袁公皆在津西官一并延之入席是宴也本埠官當除府縣未到外如水師營務處水師學堂武備學堂博文書院鐵路公司東西兩製造局總辦各道憲皆與焉西例凡大宴會主人皆有頌詞首坐之賓皆有答詞猶中國古諸侯盟會之禮玆將主賓一頌二答謹列報端於以見中西之睦誼及筵宴之禮法焉

羣賢畢至乃非常之佳會余願　大清國　大皇帝萬歲身心精敏福壽康寧余又深感　大皇帝厚恩待我外洋人等較前更優屢次召見各國公使余實爲欽佩惟願　大皇帝國基永久事順民安是所禱也

住津洋人因　中堂奉　旨往俄國行慶賀禮儀不日離津想　中堂在津二十餘年所辦諸事實爲我洋人深心佩服　中堂之才幹德行爵位久爲外洋諸國君臣所仰望我等理應與　中堂餞行又蒙　中堂不辭下臨此堂此堂乃　中堂前六年親身落成名此堂爲戈登係　中堂軍務之友此堂所掛花紅錦繡亦　中堂所賜我等更欽佩　中堂所辦和約事件雖屢經危險勞心苦身終必使兩國和局大定我等又深服　中堂寬宏忍耐雖身受痛楚名受謗讟亦能辦成所委之任我等所深慕　中堂者非祗年齒高劭

身體強健更在神志精敏治事多才文武兼備遠超中國各等官員爲亞洲道達幹練之士當　中堂于直督任內時多有振興中國之舉雖遇阻隔亦不辭艱辛創設各等新事現雖未十分完備亦爲中國後日之望如鐵路電綫學堂醫學堂皆　中堂振興中國之証足見　中堂珍重西學之心勝于他人萬萬　中堂此次去歐實爲千古一大事甚望此去爲中國開振作之機　中堂所辦之事亦必俱臻妥善使　中堂之名望更爲隆重　中堂至歐美之時歐美之人必從優厚待實無疑義望　中堂休疑彼必歡喜接迎熱心款待亦必有許多　中堂之舊友在彼歡迎我等想　中堂若面見與　中堂同爵同齒之人如德之畢王爺英之葛蘭司登實爲千古罕有之佳會　中堂如此明敏若見西國各事皆爲現今當務之急望　中堂榮歸之時必要竭力興辦願　中堂此去一路平順並且安然而歸更望　中堂此去使中外之友誼更爲堅固中國日後之事多多有益並願　王制台與我同心同意願　李中堂一路平安

我等現與　李中堂送行並蒙　王制台駕臨敝處故今晚之樂益增　王制台厚待我遠人之名已洋溢乎此地　李中堂治事多才素爲洋人敬重接其任者甚非易事況直督爲中國至要之缺自新督到任以來所辦諸事實堪勝任　制台優待洋人其屬員亦必從而優待寓此埠之洋人幸有機會得與中國高爵厚祿之人會面此是格外之恩外埠洋人不能常有洋人寓中國之身家穩固全賴地面官照應我等甚覺平安因有此誠實可靠之　制台天津爲直省要區京都門戶與外洋交涉事件日見繁多此事必歸一精明幹練之人管理其人之才已見大半　制台初次與我等相會甚望日後之交日深一日彼此有益我等甚願　制台在任長久諸事吉祥

未完

九霄燈月　○皇太后詣　頤和園觀看花盒已列前報玆聞官花匠薛寶珍造做花盒六架暨各種煙火　皇上於十九日未初幸　紫光閣觀花盒是日　御前大臣暨內侍值差等均在　紫光閣敬謹伺候以昭愼重

萬國衣冠　○正月二十日爲美國使臣田貝　俄國使臣喀希尼　德國使臣紳珂　法國使臣施阿蘭　義國使臣巴爾迪　日本使臣林董　日斯巴尼亞國使臣葛絡幹　比國使臣陸彌業　和國使臣克羅伯　英國署使臣竇克樂新年　朝賀之期於是日均由府第乘輿至東華門赴　文華殿覲見呈進賀表以祝歲歲平安云

失去霞犀　○三海總管張內侍於正月二十日午後四點鐘出西安門外正踽踽獨行突被匪徒飛步向前搶其頭戴小帽逃遁當經內侍喊嚷捕匪已杳無踪影矣隨至該管地面官廳報案聲稱小帽所綴碧霞犀價値過鉅務令緝賊併獲迄今數日弋獲無期業經稟詳提憲將該管地面巡緝兵丁比責並嚴飭左右兩翼密派番役上緊緝捕務獲究辦矣按京師搶帽之風最盛不分晝夜遭其毒手即令脫帽露頂王公前誠惡作劇也

傳來花炮　○洋火煤油其性燥烈偶涉大意即兆焚如是不可不愼也何況節屆上元士商居民俱於每夕燃放雙響爆竹起花明燈炮打襄陽飛天十響五鬼鬧判金盆落月線穿牡丹等類往往花炮紙一崩數丈遺落遇有車號草店滿院積草仍多可慮乃自新正以來京師地面失愼之事屢見疊出業經疊列前報又聞正月十七日清晨宣武門外八寶店地方居住戶部馮部郎宅第不戒於火致燒馬號房屋數間詢悉由堆積柴草遺落炮紙以致烟焰迷漫火光熊熊當經鳴鑼聲救各水會齊力前

往救息幸未延燒隣居可稱幸事焉至夕間魚更二躍聞有前門內楊梅竹斜街廣盛草舖失愼復聞鑿鑼肆起當經水會撲滅燒燬房屋十餘椽柴草三垛亦遭魚池之殃幸未傷人只燒斃黃騾一頭業已烏焦觀者莫不讚嘆畜類亦遭火劫矣詢悉起火緣由亦因炮紙跌落所致十八日午前九點鐘前門內戶部街地方鬻鑼不絕於途聞悉崇文門內東單牌樓三條胡同麟芝菴中堂府第不戒於火當經該管地面官廳弁兵前往撲救燒燬祠堂五間當卽救息詢悉由洋火起火以致遭此回祿矣新年以來火師屢次稅駕雖屬天意乃士商居民均宜愼之又愼也

聖模誰附 〇欽差頭等全權大臣李傅相於二十二日蒞津以海軍公所爲行轅因候輪艘尙須小住茲聞傅相以此次遍游地球其各國風土人情政務最要等事不可不記因商於王制憲由督署科房中按房揀選書辦一人務須熟習公事精於筆墨者未悉何人堪充斯選得隨星使遍歷天涯識萬邦式廓之版章闢萬古洪荒之耳目他日天外飛來爲曹部添一千秋新案大觀也刱聞也願濡筆以俟之

相節啟行 〇欽差頭等全權大臣李傅相於二十七日午後四點鐘登海晏輪船二十八日啓行本津官當自王制軍以次胥於招商局茅㕓恭送水陸各軍皆全隊送至大沽冠裳劍佩濟濟鏘鏘洵一時盛事也

武備甄試 〇武備學堂招考幼生前於十八日在當堂考試二十四日揭榜計取東坦等五十一名並示於二十五日覆試按照取列名次造冊唱點惟場未到者五人面試題係節用仍限一時繳卷聞於二十七日卽發單試榜矣

運河已通 〇九九寒消時逢驚蟄運河入載船粮船等絡繹放行聞上游皆已開通津埠碼頭又增一番生氣

四賊成擒 〇昨道署員弁等在郡城外拿獲賊犯四名不知是何案件聞將該賊送縣訊辦矣案情何如訪實再登

拐案破獲 〇張七者不知其名武清蔡村人也其同鄉八羊之妻某氏被張誘拐已經數載八羊雖四出偵尋迄無音耗昨張七同婦坐洋車兩輛到津埠河東過街閣看戲途次被八羊撞見先是八羊因妻失去在該管武清縣呈追經潘大令批飭差緝在案後八羊得張七在津隱匿之耗特協差來津偵探狹路相逢當卽喝差捉將官裏去至如何辦理俟訪再登

路迷花陣 〇河北落馬湖娼寮林立地面不靖害人尤爲不淺該處附近貨棧客寓車店甚多其無賴遊手以及乂桿龜奴與店夥合謀誘引客人以爲魚肉者多矣昨有北道漢口某甲者以棉花來津售畢易銀納於囊被店夥所伺通知某寮乂桿某乙展轉邀客出觀夜戲行至娼寮門首硬行拉入使妓大肆春方迷其心意甲果無路出花織復誘以花骨頭甲竟輸青 二十餘竿然甲以小本營生性成慳吝雖囊中有物終不肯輕以與人致乂桿龜奴一再勒索甲終左右支吾詎料伊等狡計極多另約同黨假冒差役嚇詐不容片刻甲遂懼不能言只得將所售棉花價值共銀六兩洋錢一元如數獻出始得了事急回店向同鄉人言及同擬往該娼寮揪其龜奴再爲控官至則城郭猶是人民已非亦如重訪桃源問津無處矣甲欲尋短見經其同鄉竭力相勸結伴還家茲據其戚所述姑錄之以爲旅寓者戒至該管認眞查禁與否則又非敢與知也

光緒二十二年正月二十二四日京報照錄

宮門抄 上諭恭錄前報〇正月二十四日刑部 都察院 大理寺 正紅旗値日 無引見 貴州藩司邵積誠請 訓並請假一個月 徐樹銘等同鄉官謝 恩 濂貝勒巴克坦布督伯各續假十日 愛隆請假十日 椿壽明安各續假五日 召見軍機 邵積誠 阿克丹 皇上明日用膳辦事後至 頤和園 皇太后前請安

〇〇德壽片 再爲政以察吏爲先而察吏則文武並重臣到任已逾三月於所屬文武留心察看認眞察核其中有劣跡昭著在人耳目者自當嚴加甄別間有才具平庸未甚得力者亦當隨時查察分別辦理茲查有龍泉縣知縣任國銓行檢卑鄙物議沸騰鉛山縣知縣陳彝範貪緣貪酷聲名甚劣新昌縣知縣周文瀾終日醉鄉不知吏治靖安縣知縣姚景羲鑽營罔利聲明狼藉義甯州知州連級才難任劇人地不宜安仁縣知縣左秉鈞才具平庸閱歷尙淺署九江鎭標後營遊擊補用叅將傅成龍營務廢弛約束不嚴九江後營守備楊玉清煽惑營兵退伍滋鬧以上各員未便姑容相應請 旨將龍泉縣知縣任國銓鉛山縣知縣陳彝範新昌縣知縣周文瀾靖安縣知縣姚景羲九江後營守備楊玉清均卽一併革職並請 旨將義甯州知州連級安仁縣知縣左秉鈞均卽開缺另補至署九江鎭標後營遊擊補用叅將傅成龍擬請調省察看據署藩司翁曾桂署臬司裕㫾會詳前來臣覆核無異謹會同署兩江總督臣張之洞恭摺具 奏伏乞 聖鑒訓示再所遺龍泉鉛山新昌靖安安仁等縣知縣缺暨義甯州知州九江後營守備各員缺江西省現有應補人員應請扣留外補合併陳明謹 奏奉 硃批另有旨欽此

○○頭品頂戴護理陝西巡撫布政使臣張汝梅跪　奏爲彙報委署調署州縣各缺恭摺仰祈　聖鑒事竊各省州縣無論奏調委署代理每屆三月彙奏一次等因歷經遵辦在案茲查陝西省自光緒二十一年七月起至九月底止大荔縣知縣張守　調署武功縣卸事遺缺委武功縣知縣張琦調署寶雞縣知縣蕭聚星年老告休卸事遺缺委候補班前知縣程壎署理署　州直隸州知州安守和病故遺缺委坐補定遠廳同知余修鳳署理三原縣知縣劉青藜因病請假卸事遺缺委新選華州知州黃世灝調署涇陽縣知縣張爾　病故遺缺委卽用知縣汝乃賡署理洛川縣知縣王嘉言因病請假卸事遺缺委試用儘先同知張炳均署理代理武功縣知縣黃肇宏卸事遺缺委大荔縣知縣張守　調署等情由署藩司李有棻署臬司馬相如會詳前來臣覆核無異所有光緒二十一年秋季分委署州縣各缺緣由理合恭摺具陳伏乞　皇上聖鑒謹　奏奉　硃批吏部知道欽此

茲因二十四日　祖母出殯安葬之期二十三日成服送路出帖千付均賜各色帳疋對聯份金綾子等物查賬碼上了九伯九十二號餘有八家未至出帖叩請尊翁高友良朋送禮賜光請帖未逐者別無往來　貴駕賜光并應禮逐份者登報叩謝晤面制服叩拜

直報分處子亨裴啟元叩首

李傅相定於二十八日由津啓節在官各同人均須送差恐難齊集江蘇會館改擇二月初二日團拜屆期早臨特此佈聞

江蘇同人公具

英商 新福商義洋行

本行經辦新式各種槍礮子彈一切軍械機器等件　仕宦賜顧請至小行面議

告白

敬啟者京城售報處改在前門外琉璃廠小沙土園路西寶興木廠又楊梅竹斜街中間路南聚興隆小器作內兩處分售此白

售報人陳午清謹啟寓前門內刑部後身草帽胡同北頭大院內

烏利文洋行

啓者本行開設香港上海三十餘年四方馳名專售各式金銀鐘錶鑽石戒指八音琴千里鏡眼鏡等物價錢比別家格外公道今本行東家未士打哈利由上海來津現在紫竹林利順德飯店二十八號房間暫停數天卽要回申諸君早臨光顧是幸特此佈聞

丙申年正月二十七日

浙杭 元吉永號

本莊自置紗羅綢緞新樣洋辮花素洋布川廣夏貨團招雅扇南貨頭油俱全祇爲近時錢市漲落不同故而各貨減價開設估衣街中間路北凡　仕商賜顧者無悞特此佈達

江南 桂蘭齋茶食店

本齋精製拾錦南糖眞素供果嘉湖糕點紹興薄脆八寶京糕異味糕點各種茶食外帶行匣新添拾錦元宵蜜麻糕江米糕南北點心無有不精製細做

開設天津天后宮南坐西向東便是

正月二十七日銀洋行情

天津九七六錢

銀盤二千五百八十八文

洋元一千八百六十文

紫竹林九六錢

銀盤二千六百二十八文

洋元一千八百九十文

正月二十八日出口輪船禮拜三

新豐　輪船由烟台上海　招商局

武昌　輪船往烟台上海　太古行

重慶　輪船往烟台上海　太古行

怡生　輪船由烟台上海　怡和行

北直隸　輪船由烟台上海　怡和行

直報

光緒二十二年正月二十八日　第三百四十七號
西歷一千八百九十六年三月十一日　禮拜三

本館告白

上諭恭錄

上諭步軍統領衙門奏拿獲迭次結夥持械刃傷事主搶劫多贓盜犯請交部審辦一摺所有拿獲之賈四孟玉即小孟王四賈八張永山李金齡魏五子等七名口均着交刑部嚴行審訊按例懲辦未獲之徐二立仍飭嚴緝務獲送部審辦原拿此案之員弁等着俟刑部定案時聲明請旨欽此　上諭不入八分輔國公銜二等鎮國將軍戴津持躬謹飭當差勤愼前經賞給委散秩大臣並在乾清門行走俱能恪恭將事嗣因患病賞假調理方冀日就痊愈恩眷長承遽聞溘逝悼惜實深着加恩賞給陀羅經被賞銀一千兩治喪由廣儲司給發以示優眷其飾終典禮着該衙門察例具奏欽此　上諭張之洞奏特參庸劣不職各員請旨分別降革議處各等語江蘇如皋縣知縣童秉厚心地糊塗信任丁役泰興縣知縣王肇嵩人才庸陋善於鑽營均着即行革職前署六合縣知縣候補知縣曹明志小有才能利心未除着以縣丞降補泰州分司運判沈桂人本平庸性復巧滑捐升道員仍不禀請開缺殊屬貪鄙着勒令開缺仍交部議處以示懲儆該部知道欽此

戈登堂宴會頌答詞

中堂答詞　總董事克愼士所陳頌詞諸公命以爲然殊令受者增感我任北洋二十餘年日與諸公相晉接見其恭順實爲可嘉我今耆年遠使復承諸公樽俎言歡加以吉語殊足壯我行色我平日籌策國事以保守和局爲第一要義當今時勢各處戰爭者多惟中國百姓以安享太平爲樂事中國大臣以保守和局爲要圖想諸公亦必以爲然也議和一事見諒者少不意今夕諸公深加贊歎區區之心其何能已我平日講求西學仿行西法迄今尚未著有大效此行軺車所至問俗采風本屬使者之責師其所長廣其所益寸心自有權衡至各國名公鉅卿與之晉接周旋於邦交不無小補所願回華之後再與諸公相見時天津商務更爲興旺民生國計日進無疆於私心方爲稍慰請諸公浮一大白爲天津懋盛之左券．

蔡大令代王制軍答詞 洋文照譯　云主席西國官紳大人先生清聽王制軍命我多多道謝云頃承讌借實紉

雅誼我深願與各西官紳相叙奉陪與李中堂餞行生平所欽佩者中堂功業之大名望之隆直堪彌綸宇宙而其幫辦洋務最著名之一人亦實令人敬服中堂精神才力都爲國是銷耗至今仍國而忘身此次以耄耋之年遠涉重洋自古迄今能有幾人幹此功業前任直督時事事皆堪爲法我何敢不奉爲圭臬今我與洋官紳幸會殊覺興會淋漓倘能在此多年當亦可邀見信也謝謝

正月缺單 ○直牧安徽涂州齊肇敏故　知州四川會理趙咸中降　通判四川成都陸汝誠丁　知縣直隸武强崔復元修墓　四川灌縣范萬選丁　山東　城吳葆眞近　貴州修文陳思敬革　廣西懷集曾繼光丁　州判貴州定番周嵩濤故　典史甘肅西甯程耀曾近

正月選單 ○直牧安徽涂州平康甯鑒舉　知州四川會理徐起蕃河南舉　通判四川成都祥麒正白官學生　知縣福建安溪吳葆眞江西廬江西新昌陳君耀福建甲　廣西懷集葉大涵福建甲　江西鉛山范道生山西舉　貴州修文王錫祉湖北廩　四川灌縣劉肇甲安徽附　直隸武强魏祖德浙江山東　城陳其奎浙江俱監　州判貴州定番楊超山東監　縣丞浙江富陽楊崇鈞貴州監　典史甘肅西甯華廷詢四川監

河督啓行 ○署河東河道總督任制軍於正月二十日請訓裝束起程赴省都中諸鉅公餞行者車馬塞途誠謂榮行盛舉矣

餉被劫 ○河南委員管解京餉銀三萬餘兩倘未交納被盜刦去若干嗣聞所失銀兩上有懷慶衛輝戳記當經嚴論銀市各爐房錢經紀各錢行鋪商遇有持此銀兩易錢者即行稟報該管地面衙門官廳以憑究辦矣

鳳枝棲老 ○世有從郎之女已賦孀居回思靜好之情徒傷獨宿而奸媒淫婦因之慫恿再醮藉飽私囊第恐白璧不完難便黃金多售於是改裝待字詭思漁利人受其欺者往往有之茲聞京師崇文門內蘇州胡同有陳氏女少寡而求匹者也花腰　娜玉筍纖圓望而見之者必曰美而豔適有羅某者欲納小星倩媒說女爲側室言明身價銀二百四十金先交二十四金爲儷皮之聘焉擬俟花朝言旋措資迎納女母恐時久洩露反覆不成因向羅前而謂之曰女已長矣既已許君應早于歸若俟君回里措資再行成禮未免躭延時日擬將女送侍衾枕餘價後交不卜肯先納否羅允之合歡之夕暗裏摩　已非復嬛態含葩早被鳳棲枝老越三日送女之母家訂假二十四金亦不復討取懊悔歸來頗爲掃興而女與母笑語如初坦然不以爲恥噫可笑亦可悲已

鴛牒含冤 ○京師前門內東城根有某甲者家小康娶妻數載琴瑟頗諧邇者家食炎占久無就緒遂日與無賴伍嫖賭煙酒無所不爲典質居屋轆轤飢腸倘苦不給妻菁諫聲淚俱下絕不醒悟依然嬉遊百級債台層累而上門前債主竭立斥罵之聲時達於內不得已商諸牀頭人令爲賣笑生涯藉夜合資以償夙負妻堅貞自矢誓死不從甲忿火中燒日以鞭撻從事妻自怨遇人不淑潛以一蘦紫霞膏自盡甲始痛哭流涕悔之已無及矣

禁阻漕船 ○據蘇州採訪友人來函云江蘇漕粮向以分辦河運現將光緒二十一年冬漕內提十萬石仍循歷屆成案河運章程辦理現經督粮道憲會同藩憲並辦河運委員同知王司馬用和將挽運一切妥議惟查河運向雇民船裝儎至通曩年該船回空多有封差等事經年不得還鄉苦累至極以致雇募更難今議定此項漕船回空勿論是何急要差使概不准擅行封用如犯吏地棍等留難阻滯即將該管官嚴參等情詳經蘇撫趙大中丞俯如照辦通行直隸山東督撫憲查照轉飭遵辦矣

押護遣勇 ○湘軍在河西務滋擾街市等情聞諸道路未知信否惟是該管者業經議定遣散按該軍係老湘虎字全軍由南省招募茲議定分作四起開行仍以各營哨官督領沿途押護以免延擾而利遄行今定於正月二十七日開起第一起計五六八三營第二起一四九三營第三起二三十三營第四起僅第七一營並以護衛親軍並護衛小隊同日行走自二十七日起分日開行其第一起限以二十七日住楊村二十八日到天津二十九日領餉三十日到塘沽由各營哨官按冊點名上輪船即時開行現在輪船均以預備分四日儎運南旋似此遣軍可謂　皇仁廣大憲德高深該勇等還鄉合家團聚當亦感激不盡矣

賭局當禁 ○賭之爲害最烈是以例禁最嚴惟以新正稍可弛禁至上元節後則仍在嚴禁之中茲海關道署前馬號有無賴輩仍擺設局四處終日多人圍繞聚賭有過問者該局頭則云是爲大局子末局是否藉詞不得而知但凡係衙署前說書賣唱以及零物設攤者均須與署中班役夥計規費今該頭竟敢張胆設局是否恃惡橫行抑係特有護符否則年節已過亟應嚴禁免致各處效尤爲害不淺也

行路甚難 ○趙蓮溪者吳橋縣人在津開頂戴局去冬回籍今正來津同行七人行至小汎迤北范屯迤南遇匪徒十一人各執刀槍等械將趙蓮溪等七人行李

物件劫去趙等極跪央求幸未傷命但以所失無多恐誤行程亦未報案然亦見途多荆棘矣

節待褒揚　○河東水梯子某孀婦者其夫於舊年病故遺一女年十餘歲該亡夫之兄嫂郎着孀婦改醮其兄云我等弟兄早已分爨我無力養汝母女也婦云我仰十指尚能度日無累也及年終舉一遺腹子孀婦栢舟之志愈堅鄰人憐之爲具字遞入某善社請附恤嫠會孀婦喜極事爲兄嫂所知嫂來見孀婦云着你改嫁你云情願受苦今你要入恤嫠會待會中來你家查看於你兄臉面何光因與孀婦口角俟經鄰人將嫂勸走守節之難竟有匪夷所思者可憫也書之以昭孀婦苦節爲存將來褒揚券

事傳道路　○某姓者靜海縣人業否耕於舊歲膺津埠某姓聘昨届上館之期某肩行李路出楊芬港忽遇賊人持刀攔路嚇將所有留下某再三懇求詎該賊兇悍異常持刀連傷二處某以顧全性命急將衣服脫下直至雙履均交賊手始携而遯某忍痛步至某庄有富家某甲詢悉其事且憐且敬立即覓得棉衣並履襪等與着好復置酒壓驚以車送回其家尙未悉已否報案津郡館東因師來館逾期遣人往問方知被刦惟靜海一帶自上年以來路刦之案屢有所聞該管者若再不認眞緝捕誠爲行旅畏途矣茲據友人所述姑照錄之容訪再報

梅瘦雪肥　○客歲入冬以來各省悉患愆陽　皇上及疆臣均設壇虔禱嗣閱申滬新聞等報知於去十二月前後各得雪二三四五寸不等而幾南津屬一帶終未沛降祥英昨　天使頭等全權大臣李爵相臨津於二十七日入招商局假坐登輪雲忽油油雨忽漸漸至晚五六點鐘則撒鹽飄絮次晨則一白如銀合凍爲堅冰在地若以雪論當以寸有二三惟時九九已盡梅萼無餘而花飛六出猶憶道光二十年正月二十四五幾南雪深半尺其歲大熟今其兆歟書以誌之

振興商埠　○租界爲商賈薈萃之區如無戲劇不足爲貿易生色故上海戲園林立生意益見興旺天津爲北洋第一口岸惟戲園缺如游此地者莫不嗟異今正裕泰主人稟商法租界及法工部局法領事欲振興商務允其所請飭法工局認眞稽查保護一切按照上洋戲館規例經演十餘日人心稱快毫無騷擾實法工局洋頭目彈壓之力繼此倘能再演則租界興隆當更勝也

豫章大計　○去歲爲例行大計之年江西巡撫德靜山大中丞壽於實缺各員中詳加旌別拜章入奏業已接准部覆計薦舉卓異者大小共十一員叅劾六法者八員玆錄如左　卓異十一員　贛南道周浩　南昌府倪恩齡　贛州府賈孝珍　臨江府王之藩　南昌府同知蔡世俊　南昌縣汪綬之　贛縣彭繼昆　樂平縣吳錫純　布政司理問王翼　德興縣典史樊琳　德化縣訓導謝士彤　叅劾八員　才力不及定南廳同知張更新　瑞金縣鄭照良　不謹□吉水縣丞蔡維熊　浮梁縣景德司姚福　浮躁官南康源口司錢榮凱　餘干縣典史潘灤芬　有疾官南康府訓導漆耀曾　年老官龍泉縣訓導鄧元搏

西電譯登　○昨路透電云意大利征西軍情甚惡西比尼亞國軍有十萬人昨將意國偏師三千人全行覆沒現在阿的格來德士堡內尙有意軍四千糧食僅支一月被西軍圍困水洩不通意國新簡之大將軍統率雄師竟不能破圍而入云

光緒二十二年正月二十五日京報照錄

宮門抄　上諭恭錄前報○正月二十五日工部　鴻臚寺　鑲白旗値日　無引見　崐貝子會章各請假五日　載瀛請假十日　恩公英侯各續假十日　載津遞遺摺　榮公續假一個月　吏部奏派驗看月官　派出崑中堂熙敬敬信徐　李端棻壽昌良培張英麟謝雋杭桂年和福胡薡馨劉桂文達春鍾華如格　兵部奏派査齋　派出敬昌善耆玉書福森布阿克丹　深長萃玉璋　太常寺奏派致祭　白龍潭等處　派出恩輝慶麟　提督衙門奏拿獲盜犯賈四等七名口請交刑部　又交拿人犯嗎尙阿一名請交理藩院　召見軍機

○○邊寶泉片　再勞績捐納分發各員自到省之日起試用一年期滿詳加甄別歷經辦理在案茲福建試用同知華承啓試看期滿據藩臬兩司照例甄別會詳前來臣查該員華承啓才具明晰堪以同知留閩按班序補除履歷咨部外謹附片具陳伏乞　聖鑒謹　奏奉　硃批吏部知道欽此

○○邊寶泉片　再據福建藩司黃毓恩臬司張曾　詳稱據署侯官縣俞佳鍾詳據家丁馬升等稟報福州府理事同知景文猝患痰疾精神恍惚於光緒二十一年十一月二十六日誤將醫病之洋藥膏吞服灌救不及身死該縣驗訊明確委係因病服毒自盡並無別故報經該司等詳請附奏前來臣覆查無異除將員缺委試用同知孫德昌署理並另行題報外謹附片具陳伏乞　聖鑒謹　奏奉　硃批吏部知道欽此

○○頭品頂戴江西巡撫臣德壽跪　奏爲謹舉政聲卓著之道府州縣各員懇　恩嘉獎以昭激勸恭摺仰祈　聖鑒事竊維爲治之道以察吏爲先地方風氣以屬吏之賢否爲轉移吏治爲目前要務凡廉明鎭靜勤政愛民者自不愧循良之選若再加以獎勸更當激發天良奮勉圖報臣仰蒙　聖恩畀以疆圻重任夙夜兢兢冀整飭吏

治恪守官箴以圖報稱計自到任三月以來每日傳見僚屬博訪輿論或以案牘中考其措施或於接見時察其言行參酌互證其中卓著政聲尙不乏人如廣饒九南道誠勳正躬率屬軍民畏服辦理交涉事件細心得體候補道繆儒棻老成練達體用兼備歷署司道均能勝任䅣如瑞州府知府江毓昌潔己愛民捐資勸辦蠶桑已著成效永甯縣知縣鄭恭才識明敏勇於任事前年該縣土匪滋擾尤爲辦理妥速以上各員雖才能互異而廉潔自愛勤於政事興利革弊實有裨於地方爲通省候補實缺中傑出之員合無仰懇 天恩傳 旨嘉獎俾得益加勤奮勉爲頁吏所保各員中如有始勤終怠臣仍當隨時察核糾參不敢以保舉在先曲爲迴護用以仰副 朝廷澄敘官方之至意是否有當謹恭摺具 奏伏乞 皇上聖鑒 訓示謹 奏奉 硃批另有旨欽此

浙紹朱鈍翁先生醫得秘傳脉方穩愼來津八載救濟千人其診婦女癆瘵經產幼嬰驚疳痘疹尤有妙術仍寓彌勒菴

李傳相定於二十八日由津啓節在官各同人均須送差恐難齊集江蘇會館陞擇二月初二日團拜屆期早臨特此佈 聞

江蘇同人公具

英商 新福商義洋行

本行經辦新式各種槍礮子彈一切軍械機器等件 仕宦賜顧請至小行面議

拍賣告白

啟者本月三十日禮拜五下午兩點鐘在海大道氣燈房胡同南小樓上拍賣外國家俱桌椅鐵床鏡子洋琴洋爐子各樣磁器花瓶各樣洋燈掛燈等件祈早至細看而拍可也

集盛洋行謹啓

烏利文洋行

啓者本行開設香港上海三十餘年四方馳名專售各式金銀鐘錶鑽石戒指八音琴千里鏡眼鏡等物價錢比別家格外公道今本行東家禾士打哈利由上海來津現在紫竹林利順德飯店三號房間暫停數天即要回申諸君早臨光顧是幸特此佈 聞

丙申年正月二十八日禮拜三

浙杭 元吉永號

本莊自置紗羅綢緞新樣洋辮花素洋布川廣夏貨圖摺雅扇南貨頭油俱全祇爲近時錢市漲落不同故而各貨減價開設估衣街中間路北凡 仕商賜顧者無悞特此佈達

江南 桂蘭齋茶食店

本齋精製拾錦南糖真素供果嘉湖糕點紹興薄脆八寶京糕異味糕點各種茶食外帶行匣新添拾錦元宵蜜層糕江米糕南北點心無有不精製細做

開設天津天后宮南坐西向東便是

正月二十八日銀洋行情

天津九七六錢

銀盤二千五百八十八文

洋元一千八百六十文

紫竹林九六六錢

銀盤二千六百二十八文

洋元一千八百九十文

正月二十九日出口輪船禮拜四

新豐 輪船往烟台上海 招商局

武昌 輪船往烟台上海 太古行

重慶 輪船往烟台上海 太古行

新裕 輪船往烟台上海 招商局

連陞 輪船往烟台上海 怡和行

直報

光緒二十二年正月二十九日　第三百四十八號
西歷一千八百九十六年三月十二日　禮拜四

立言說

不朽有三立言其一古之立言者有言中之心更有言外之意一言出口務令聞者揆其心推其意必能共諒其無他趨庭有言教立朝有言責非將以口舌爲終南徑逞其筆鋒任意所向抑之淵揚之天故入人罪陰便己私以罔利而沽名也誠以言不順則事不成事不成則禮樂不興禮樂不興則刑罰不中刑罰不中則民無所措手足故言必可行行必可言於其言無敢苟焉已也昨讀某侍御所奏請將強學書局查明創立之人分別示懲一疏不禁神色動變以爲強學局中諸公必有干法亂紀阻撓　國是將大不利於君與民者日夜糾心以諸公平日所爲衡諸侍御今日所疏左右推求不得其故據疏自東洋起事熱中者流急於自見連章具　奏於目前局勢未能了了僅憑報館行賂之毀譽惑亂聽聞於事無補云云夫古今家國天下無不患貧之人卽無不愛財之人故以行賂誣人莫論虛實最易取信且先事而矜氣節人人皆忠後事而論廢興人人皆智惟此目前時勢能了了者誠不易人如此立言誰復得議其後夫事之成敗恃起行非恃坐談爲治原不在多言也至謂因東洋事起熱中者連章具　奏事實未可厚非君臣父子夫婦兄弟朋友間機發於天無物可遏縱有小忿不廢懿親小弁棠棣匪風諸詩天機雖偶有所伏果遇急難則外禦其侮自古惟然春秋僖十年狄人圍衛衛文公以位遜父兄子弟及朝衆曰苟能治之燬請從焉衆不可師於訾婁狄師還定八年晉盟衛侯衛請執牛耳晉臣涉佗成何曰衛吾溫原也焉得視諸侯將歃涉佗捘衛侯之手衛侯怒欲叛晉次於郊大夫問故靈公以晉詬語且曰　人辱社　其改卜嗣大夫曰是衛之禍豈

君之過也公朝國人曰若衛叛晉晉五伐我病何如矣皆曰五伐我猶可以能戰晉聞之請改盟唐之代宗德宗民困其暴似不復知君臣義矣洎乎播遷流離自責之詔書一宣叛卒感泣天機所觸愛君之摯其念無他疾首痛心爭先赴敵不踰時而復兩君於故都焉往歲東事甫興我　皇太后　皇上發內帑降溫綸婦孺有心無不激發何況臣庶苟無義憤豈復爲人至於時局若何和戰兩途權固操自政府機實決自樞臣原不得責諸百爾況老成謀國含垢匿瑕又非三五　廷臣所能盡喻者若夫大義公忠人心所歸即天命所繫此中　累聖之德澤淪浹億兆歸誠非復若財賦力役之可以力爲勢取者全台之民　與京之衆較之田橫五百人有其過之無不及也載諸史觚千秋生色殷有三仁周有十亂舜有五臣比物此志也倘非熱中奚以能是　未完

例催具領　○戶部陝西司行催宗人府及在京各部院文武官員應領光緒二十二年春季分並外藩俸祿各衙門季支錢糧數目造具詳細清冊報部以備照數發給並五城練勇局哨弁勇丁口分銀一千二百兩飭傳五城正指揮各具印領於正月二十八日赴庫呈領即行按數報部查核

宜禁誨淫　○昔湯文正公撫吳時曾出示禁淫書淫戲其所以正人心而培風俗者意至深遠也都中夙稱繁華之境其一切淫戲淫曲早已懸之厲禁近有外來之傳奇小說並附以石印繡像宣淫誨詐備極猥褻壞人心術非同淺鮮然更有況而愈下者其如小本淫書乎數不過十餘篇價不過數百錢演說男女擇精之事幾乎躍躍紙上凡幼小學徒青年子弟皆以取攜良便朝繙而夕閱之豈知血氣未定之人一經寓目最易觸淫邪之心大則桑間濮上之行小則廢業戕身之事層出不窮是固有守土之責者所亟宜飭禁者也更有一種匪徒專在鬧市之區擺設西洋鏡景繪春宮秘戲於後幅見有少年更好多方强之使坐以博蠅頭之利其害尤烈蓋淫書必須少識之無者而後始能經眼此則尺幅中具巫山雲雨之觀不必識丁一望即纖毫必見真有司尤當禁絕爲吾民造福焉

魯魚師傅　○我輩詩書困頓無非以硯田爲餬口之謀都下文人會萃尤夥品學兼優者固多虛虎不辨魯魚貽誤者亦復不少茲新正十九日遊白雲觀道經彰儀門大街報國寺前有二三人作壁上觀者抃手頓足捧腹大笑就視之乃一開學報單上書訓家學舍傍列小楷云某日開館規勵規勸弱愛兎送學報一紙訛字比比先生其有心爲此耶但不知誰有家請訓亦不知誰作兎送課勸於何處弱愛者何人聞之不禁噴飯噫養蒙爲作聖之基父兄爲子弟擇師可不愼歟

梟獍兒郎　○百行孝爲先然世之能孝其親者有幾人哉夫既能不孝其親已屬罪大惡極乃懷怨以毆其親此乃不孝之尤者也前門外弘福寺居住之田某者北京人素日訓子不嚴有失管束以致桀驁難馴之氣時形于家庭尊長之前於是將其子驅逐不使登門庭一步父固不慈而子之所爲更出乎情理之外竟敢約糾惡少數十名聲言興師誅梟羣皆不知其毆父也因即各持器械破扉直入正欲一鼓而攻事聞於隣里街坊不由代抱不平當令附和之衆一一遠避立將其子捆送南城坊求請管押以爲不孝者戒

澄敘鎭標　○督憲王制軍勤求吏治以直省所屬官塲積弊甚深若不嚴行確查澄敘官力其中恐更有難言者爰檄行各鎭憲將所屬副叅遊都守千把等官各缺是實是署其得實缺未經到任現爲何處差委暨缺者係何項人員務須逐一聲明至在標之記名提鎭並副叅遊都守以及期滿甄別考准之千總及武進士武舉世職期滿差官等同與實署各官一律造具簡明履歷自本年起按四季造送其春季限以四月呈送其餘逐次屆時造送倘有逾限不造即將該營員分別撤革且飭造此項清冊原爲易於查核其或升遷調補從此通融以免擁滯而稽流品則官方既肅政務可冀整飭而抱負經濟者庶免向隅之嗟妄事鑽營者可免濫竽之弊除奸剔蠹莫此爲要凡在栟櫞當莫不戴德感恩矣

論准謝神　○鹽坨七水局於本月二十四日演劇該管鄉甲局傳集七局首領禁不准演該紳以舊例爲詞局員遂稟經總局飭縣傳究當於二十七日由縣派役將各首事傳訊供係謝神酬善非同無故可比邑侯飭具不准滋生事端甘結姑准一局演戲一天云

鎭標催租　○海下楊庄鄭庄大小孫庄等村係由乾隆五十三年奏歸天津鎭標永租於佃歲入之欵節充換造旗幟號衣行差公費並年節賞犒之用歷由中軍

遊擊協同左營守備屆時委催該佃戶等自行投鎮交納領照收執備查現飭委知照該佃等務於二月初十日起除被災減緩外一律開櫃徵收

匪徒飲溺　○過街閣演戲中搗毁閣閭有匪人擠入女客看棚衆女喊嚷當經好事者扭倒將敬以老拳適爲東汛巡兵撞見知非善類並不加責但取便溺澆之甫飲一杯經人求釋而去

因何殞命　○有一人年三十餘歲坐東洋車行至紫竹林上忽然絕氣該管地方卽着車夫移走該車夫拉至馬家口放下馬家口地方卽赴縣署報呈縣委廳於二十三日赴馬家口驗屍備案馬家口地方供云係由紫竹林地方着車夫移至此處委廳復將紫竹林地方傳到帶回縣署訊究然尙不知該屍抑係何人胡爲至此也俟訪再報

特役陷人　○客棧店寓本爲行旅之便若設阱陷人較之他處更易蓋逆旅中每有孤棲之嘆一經被誘無不入其彀中也茲東門外某店者房屋既多另置幽室招納流娼爲餌客計新正以來更設局開賭按該店寓居者海下人爲多於是好色則有娼好賭則有局傾囊倒篋銀錢既盡該店卽代押衣物並出使紅帖俗稱爲轉城號者有能跟踪至該店持帖取錢亦不能照帖付給其店門首明書本店代典其種種設阱陷害昭然衆著祗以該店東爲某署頭役聲勢極餘無人敢揭其短不識該管者知與不知能禁與不能禁也

漕務述聞　○江蘇海運滬局於去年十二月初一日開辦情形曾登前報茲悉自開局以來蘇松常鎭太各屬之解米來滬停泊浦濱者絡繹不絕惟各州廳縣解到米斛或有參差大小不齊致妨運務總辦譚泰來舒體元二太守暨會辦高蘷冲明府商之松海防同知劉乙笙司馬上海縣黃愛棠大令特備文咨專差就近至華亭縣移取部頒鐵斛來局備用以昭公允並札委候補巡檢徐銘勳二尹將各縣木斛與部頒鐵斛校對無訛以歸劃一而重正供所有斛夫人等諭飭扈南各豆行雇工承值每石發工食錢五文以故近來南市馬家廠一帶浦江米船蟬聯停泊市面甚形熱鬧云

西電譯登　○昨路透電云意軍爲阿比西尼亞所敗意又備兵三萬往征新軍門電稱放心仍可收拾○俄兵之戍西被傷者現俄廷已備帑撫恤○意總管大臣吉利士比出缺以侯爵陸底尼補授提督利克第授爲兵部大臣林比爲外務大臣○奧國外務總管大臣現至柏林爲意事與德外務相商○頃又電云比林現調海部大臣以公爵賽吳謀內達爲外務大臣貝蘭卡爲戶部大臣○英以檀佛拉事查辦兵頭日尼森現派兩大員開審○英海部總管大臣在議院云英國兵船現有數目合歐羅巴各國之船不過此數可放心在地球各國皆可保護商民平安勿慮

光緒二十二年正月二十六日京報照錄

○○張之洞片　再前准部咨道府州縣無論何項勞績保奏歸入候補班以及捐納循例分發人員以到省之日起予限一年詳加察看出具切實考語分別繁簡奏明留省補用等因歷經遵辦在案茲據江甯藩司將到省一年期滿在甯差委之道員州縣等官照章甄別詳加考具　奏前來經臣察看得儘先補用道王濬年力精強才具明敏補用道兼襲雲騎尉錢德培才識穩細歷練時務在任前先補用道揚州府知府沈晉錫年強才裕吏治精明均堪以繁缺道員留省補用候補班補用知州章邦直才具幹練辦事認眞補用知縣李第愷講求吏治補用知縣邱樹勳年強才練均堪以繁缺留省補用又試用道嗣森甲年強才穩公事諳練試用道范德培年力精壯才具開展均堪勝繁缺道員之任試用直隸州知州方臻喜試用知縣秦炳禮明愼安詳試用知縣鄧炬邁公勤奮試用知縣王元常年壯才明試用知縣常桂馥明白勤謹均堪歸試用班照例序補理合會同江蘇巡撫臣趙舒翹附片陳明伏乞　聖鑒謹　奏奉　硃批吏部知道欽此

○○邊寶泉片　再福建漳州府知府榮坤升授汀漳龍道遺缺應卽遴員接署查有試用知府李光第才具明晰辦事勤能堪以委署據藩臬兩司會詳前來除咨部外謹附片具陳伏乞　聖鑒謹　奏奉　硃批吏部知道欽此

○○頭品頂戴閩浙總督臣邊寶泉跪　奏爲閩省添購外洋軍火動用銀數開單恭摺具陳仰祈　聖鑒事竊照閩省水陸各軍練兵防勇及砲台新舊砲台勇丁光緒二十一年分操防需用硝磺火藥銅帽皮紙水泥帆布繩索油漆等項先經查照新章將添購數目開單　奏咨旋准戶部核覆光緒十九年十月間海軍衙門會同本部議覆閩省請購外洋軍火摺內擬令嗣後凡遇購買外洋軍火務將約略銀數隨摺聲明以備稽核等因當經轉行遵辦去後茲據閩省善後局司道詳稱光緒二十一年分准購陸續運閩驗收撥用現據各員開報計共需規銀二萬三千一百六十六兩又庫平銀七千三百一十七兩三錢四分八厘六毫均照外洋時價核實開報並無絲毫浮冒卽在局存餉內照數動支給領彙入光緒二十一年分善後案內造銷詳請　奏咨立案前來除分咨戶兵工三部查照外合將光緒二十一年分添購外洋軍火動用銀數謹繕清單恭摺具陳伏乞　皇上聖鑒謹　奏奉　硃批該部知道欽此

比商
良濟洋行

本行開設紫竹林街專辦各國著名大廠五金雜貨布疋等物及經理比國考克利軍械炮廠又羊毛機器廠各國著名軍械機器各廠貨眞價廉格外公道仕商賜顧者　請至本行面議可也

告白

敬啓者京城售報處改在前門外琉璃廠小沙土園路西寶興木廠又楊梅竹斜街中間路南聚興降小器作內兩處分售此白

售報人陳午清謹啓寓前門內刑部後身草帽胡同北頭大院內

金陵
仁記南味坊

自製本機元綫京緞寧綢紗縐絨線糟貨食物金腿海味南貨俱全近因錢市漲落不同分別減價抑因無恥之徒假冒南味者甚多雖云謀利誠恐亂眞欲辦薰蕕用煩楮墨

寄售兩前龍井每斤津錢一千二百文八百文福建條絲格外公道　開設宮北大獅胡同內

英商
新福商義洋行

本行經辦新式各種槍礮子彈一切軍械機器等件

仕宦賜顧請至小行面議

拍賣告白

啟者本月三十日禮拜五下午兩點鐘在海大道氣燈房胡同南小樓上拍賣外國家俱桌椅鐵床鏡子洋琴洋爐子各樣磁器花瓶各樣洋燈掛燈等件新早至細看而拍可也

集盛洋行謹啓

烏利文洋行

啓者本行開設香港上海三十餘年四方馳名專售各式金銀鐘錶鑽石戒指八音琴千里鏡眼鏡等物價錢比別家格外公道今本行東家未士打哈利由上海來津現在紫竹林利順德飯店三號房間暫停數天卽要回申諸君早臨光顧是幸特此佈聞

丙申年正月二十八日禮拜三

浙杭
元吉永號

本莊自置紗羅綢緞新樣洋辮花素洋布川廣夏貨圈招雅扇南貨頭油俱全祇爲近時錢市漲落不同故而各貨減價開設估衣街中間路北凡　仕商賜顧者無悞特此佈達

江南
桂蘭齋茶食店

本齋精製拾錦南糖眞素供果嘉湖糕點紹興薄脆八寶京糕異味糕點各種茶食外帶行匣新添拾錦元宵蜜層糕江米糕南北點心無有不精製細做

開設天津天后宮南坐西向東便是

正月二十九日銀洋行情

天津九七六錢

銀盤二千五百八十八文

洋元一千八百六十文

紫竹林九六錢

銀盤二千六百二十八文

洋元一千八百九十文

正月三十日出口輪船禮拜五

普濟	輪船往烟台上海	招商局
新濟	輪船往烟台上海	招商局
通州	輪船往烟台上海	太古行
武昌	輪船往烟台上海	太古行
順和	輪船往烟台上海	怡和行

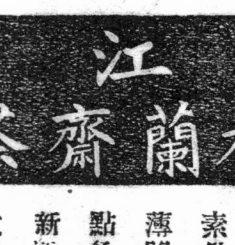

直報

光緒二十二年正月三十日
西歷一千八百九十六年三月十三日
第三百四十九號
禮拜五

上諭恭錄

硃筆李　藻轉補左春坊左庶子王錫蕃補授右春坊右庶子欽此　太常寺題二月十五日祭　惠濟祠　河神廟奉　旨遣恒塔布行禮欽此　又題二月十五日祭　昆明湖　龍神祠奉　旨遣崇光行禮欽此　又題二十九日致祭　歷代帝王廟奉　旨遣凱泰行禮兩廡遣坤岫溥良鍾靈溥　各分獻欽此　上諭松蕃奏特參文武不職各員一摺雲南候補知州陳鑽琳委辦剝隘厘金失查巡丁索費釀命署路南州吏目試用巡檢花尙榮需索陋規挾嫌稟揭補用都司黄尙清於分防地面局丁釀命冒昧轉報希圖置身事外補用遊擊昭通鎮右營守備楊元在伐烏地方收受土目夫馬銀兩均着一併革職以肅官常餘着照所議辦理該部知道欽此　上諭松蕃奏請將已故大員事蹟宣付史館立傳一摺已故雲南巡撫譚鈞培撫滇八年實惠及民剿匪防邊勳績卓著着將生平政蹟宣付國史館立傳以彰勞　欽此　上諭前據翰林院侍讀學士文廷式奏參江西新金縣知縣沈壽隆等各款當經諭令德壽確查茲據查明覆奏新金縣知縣沈壽龍查無因案索賄情事惟輿論不洽人地未宜着開缺另補大庾縣知縣劉光煥因案詐贓查無寔據惟赴鄉勘山不知遠嫌致招物議着交部議處蓮花廳同知崔琪信任親友遇事訛索着即行革職代理鄱陽縣知縣鄒梯詔被參各款均查無其事着毋庸置議餘着照所議辦理該部知道欽此

立言說　續前稿

至謂台館諸臣創立強學書院抄錄各館新聞刷印中外紀聞售賣二宗所入每月千金外復藉口公費函索各省文武大員以致毀譽爲要挾開辦未久集款已及二萬謂其口談忠義心薰利欲惟按入款千金自是報價以其閱之者多故其銷之也暢人情好勝不問可知其以公費函索各省大員所索者定係入會在局之人斷不能無故索諸局外使向局外索之人亦萬不肯償果償之必屬樂助開辦未久集款二萬人之好善誰不如我其大衆樂成是舉復何待言從來欲聚天下之人必先聚財非財不足以致人欲集天下之事亦必先集財非財不足以成事大學之功終於平天下平天下終於生財其義也諸公集款自有用項無須縷指固將以財發身斷非以身發財如爲發財則此二萬金者早已沒入己橐巧爲報銷列之開除項下

而猥存公局日夜兢兢以爲大家守財而諸公之集此欵也甘心供致於一人輸將恐後以爲叢驅爵爲淵驅魚諸公雖愚當不至此謂其爲毀譽所要挾誰爲誰要誰能挾誰其二萬金又終爲誰何享受今諸公皆係樂輸之人所謂心薰利欲者又誰也如以爲守此二萬金者爲心薰利欲則司農一部總持天下之利權司掌萬年之賦入一隸其職卽謂之心薰利欲乎疑是語者或將謂如貪賈入五都眩於金珠妄擬攫爲已有知不可乎驟得妒念旋生如詩所謂可以富人哀此煢獨者同爲未泯觖望歟且所謂目前以毀譽要公費他日將以公費分毀譽者尤難禁衆議紛紜孔子云如有所譽其有所試三代直道自在人心事有實情理宜確指實事求是猶恐失眞安所謂將將字一詞語涉兩輪左右推移何所不至其爲逞筆鋒任意抑揚憑空結撰者毋乃類是刀筆之徒故入人罪往往用之侍御固謂謂之一士毅然以君子自命者焉有君子而可以出此

此稿未完

夜月長明 ○泰西輪船槍炮機器電線等物固爲行軍利器卽尋常所用之煤氣電氣各燈亦非油燭光彩所及煤氣燈行之於滬瀆油氣燈行之於天津京城總稅務司公署各國使署亦俱用之自前年 內廷稔知電燈之光耀可斷毫芒曾經飭購四具設於南北海復行購運兩具設於 大內茲聞 頤和園 萬壽山等處亦需電燈六具由某洋行運來解京候用北洋現已開凍不久輪船陸續北來此項電燈當於二月內如數運齊轉瞬赴京裝設妥帖將見天中明月永夜常圓海上燭龍終年不熄詠明堂火珠不足仿彿其什一也

春瘟急救 ○京師近日春瘟盛行喉症甚多經前門外後孫公園濕宅施送塡鴨散鳳衣膏巽功散等藥恐九城內外未能周知在各街巷黏貼報單以便就近往取眞所謂功德莫大也

團拜請客 ○官途歷屆新春均有團拜之舉所以慶壬林而聯鄉誼也正月二十四日爲河南閩省京官在宣武門外乍子橋地方嵩雲草堂舉行團拜之禮雇定玉成菊部外串名班角色敵佮筵而聆雅奏飫毀饌而品嘉珍至夜半固已盡歡而散矣茲探得恭請張子青麟芝菴徐陰軒崑小峯中堂剛子良少司農翁叔平大司農錢子密少宗伯諸鉅公舉行團拜懿與盛哉追陪鷺序而共慶鴻禧是眞軟紅塵裏之極好遭逢也

塡倉迎神 ○正月二十五日京師爲塡倉之期崇文門外手帕胡同倉帥衙門曁各倉監督倉敖書差花戶等均於是日虔備祭禮焚香叩拜爆竹齊放以祝倉敖豐盈及各糧米店中亦於是日恭祀倉神默佑滿囤豐盛之兆云

生童閱課 ○文昌宮輔仁書院聞由紳董稟請道憲甄別日期定於二月初八日考生初十日考童

姑嫂堪矜 ○城北前丁庄孫寶明因案解獄而孫寶明之妻與其年十九歲之小姑不知因何兩人用繩各繫於腰攜手投於鳳河身死前以河凍屍身未獲咸疑姑嫂偕逃刻經冰泮昨夕在西沽迤北二屍俱得查看情形始悉前因而偕逃之疑頓釋說者謂因繼母強悍不仁致有此舉是耶否耶人命至重姑誌以待續訪

盜獲於勤 ○吳永發者武邑縣人在英國稅務司充當信差於上年因與鎮江送信途遇素識劉姓同雇一車行至滄州大口子村被賊持械攔車搶去洋信包等情一案己紀報端頃聞吳被搶後立赴文武衙門報案當經勘驗以洋信關係緊要事件文武乃各選幹目勒限緝捕果卽拏獲賊犯任二等三名并起獲原贓洋信包衣案似此益見官長果雷厲風行則緝捕無不獲之案否則上弛其法下縱其姦上下相蒙其將何以知政耶

法弊於縱 ○土棍某姓者能口詞善逢迎遂得識富家子某甲爲信實交因領甲資本由京都租得色藝俱佳之歌妓數人業己來津隱在河北某處日侍甲歡現由該土棍約集文武衙署班役議於某僻靜處試演歌詞已與各差講定規費約在出月中旬卽可登場開演查津埠天會軒原有女落子嗣以屢滋事端經官永爲禁止今該土棍領富家資本竟敢違禁復設殊爲藐法己極按演唱女落子最爲傷風敗俗斷不可准其弛禁是否應由該管預爲出示嚴查否則恐應差包庇陽奉陰違終難禁止也

作偽無益 ○昨聞四川某甲寓津郡城外某店前赴某署投信被某大憲看出破錠立時飭差拿獲未知如何核辦俟訪再登

啓悔有由 ○今之混混迥不猶昔昔之混也直今之混也詐率以娼賭爲衣食茲有耿洛者上年由都中拐一少婦貌麗性浮耿置於家供以香花較生其身者尤加一等每日或當賣或告貸以備珍饈時恐不得其歡遂置其母於不理母憤極呵斥耿反言相向母痛不欲生遂將胞弟某甲找至具述一切甲大怒揪其甥欲赴守望局訴理嗣經多人勸解令耿將該婦領出假何東某店居住耿以爲虔心誠意侍奉該婦婦具此花容將降心以從詎以是爲搖錢樹計亦頁得奈該婦竟暗結情人不令耿知而日用所需仍取索於耿以致艱難至極不得已於昨日赴某庄尋友告貸次日回店則麗人已爲黃鶴矣耿大驚追問店家該店言人乃活物是否出入走失是爾不小心於我何干耿無法只得遍行訪查數日無耗如喪考妣痛不欲生說者以耿係禽獸之性惟遇此狠毒之人始亂之而終成之誘拐之而强據之是啓其悔者已在初也得之不明失之亦易非關報應如響也

絕處逢生 ○城內石橋胡同丁公祠後某公館有使女年幼無知屢失主母歡昨將該使女用葦蓆包卷令人抬出活埋走至大街被路人看破蓋該女口內雖用敗絮堵塞不能出聲而手足扎未免有形路人云此中似係活人欲抬向何處去耶答云係某公館已死使女着我掩埋衆人不信將蓆打開果係活人衆人喧嚷觀者呼堵該管地方聞知將人抓獲並使女送縣署報案蒙飭暫將使女送至廣仁堂收養再行訊究不知作何辦理探明再報

遇人不淑 ○河東有開暗窰某姓者以家作陽臺勾引蕩子淫婦雲雨其間以得利甚厚也近有東鄉人暫居河東西方菴前担水爲生其妻頗有姿首昨被某姓瞥見遂 鄉人以利情愿租與爲娼議定價值若干即將某姓領至伊家驗看奈妻係正人肆口大罵某姓見風勢不順抱頭鼠竄而去鄉人以貧窶之故復追促之不容不允其妻無奈將以阿芙蓉畢命自全貞節當經鄰人灌救幸不至死吁某姓固罪不容誅而鄉人亦無恥之甚者也

蘭州捷電 ○九江采訪友人馳書相告曰本月十六日申刻九江接蘭州局電音內開魏中丞已將前在西甯擒獲之回逆韓文秀等交縣收禁復陳斬逆目百餘名勅令細戳逆目八十四名先後正法目下西甯三關已一律肅清惟西北兩川聚賊甚衆方在會合董鄧各軍分投痛勦也

來詩照登 ○田烈婦歌 幷序 烈婦田氏者任邱文生許某妻也生長名門素嫺女教三從四德身克兼之于歸後以夫家故不豐恐分誦讀心凡米鹽瑣屑皆身任其勞俾得肆力於舉業如是者十餘年然無子復典質簪珥多方告貸爲夫置小星焉爭奈金屋藏嬌方切育麟之望而玉樓赴召忽來別鵠之歌吁可悲也氏乃忍泣吞聲經營後事立嗣遺婉有條有理遂室而掩之屛絕飲食七日不死復自經焉語云慷慨赴死易從容就義難若氏者可謂從容之至矣因歌以紀之爲他日褒揚之券云

大造磅礴凝正氣鍾毓人間著節義男兒殉國女殉夫烈魄忠魂無二致許家婦田家媛熱血一腔冰一片思夫骨欲銷痛夫食不咽決意睹夫亡何慚見夫而更有傷心人未知皇天后土實鑒之伉儷之恩不容負毫髮之憾安可遺夫無子夫有妾兩事縈懷淚承睫從容立嗣遺孀婉下報黃泉始安怙吁嗟烈婦文而有禮節礪松筠馨蘭七日矢精誠千秋決婢指天愁白晝昏鬼哭酸風起夫容花開他斷腸女貞枝折終連理死者能反生生者何妨死人皆有死死不同泰山羞與鴻毛比君不見顏平原文文山靈爽同留天地間

光緒二十二年正月二十六二十七兩日京報照錄

宮門抄 上諭恭錄前報○正月二十六日內務府 國子監 鑲紅旗值日 無引見 裕祿謝革職留任 恩 端王請假十日 關防衙門奏初一日 大光明殿拜表謨貝子行禮 召見軍機○二十七日理藩院 鑾儀衛 光祿寺 正藍旗值日 無引見 裕德假滿請 安 豐紳布謝寬免處分 恩 瀾公續假十五日 召見軍機 皇上明日申刻由 頤和園還宮

○○邊寶泉片 再安民必先究吏今歲恭逢 計典臣已將實缺各員分別舉劾另案具題至候補各員人數既衆品類更屬難齊玆查有候補知府盧慶雲揮霍縱恣聲名平常習染已深難期改轍惟係進士出身文理尙優候補知縣李煊因案科罰心地糊塗前署海澄縣試用知縣張朝鏕縱差勒索民怨沸騰候補縣丞王滋圃貪鄙營私居心巧詐試用縣丞劉學坤遇事生風惟利是視均未便稍事姑容相應請 旨將盧慶雲以教職歸部銓選李煊張朝鏕王滋圃劉學坤均卽行革職以肅吏治而飭官方理合附片具陳伏乞 聖鑒 訓示謹 奏奉 硃批另有旨欽此

○○邊寶泉片 再查前署古田縣知縣玉汝霖任內欠解徵存光緒二十一年地丁銀一千三百七十一兩零有關結報要欵節催未解據福建藩司黃毓恩會同臬司粮道轉據該管知府揭請叅追前來該員已於古田菜匪案內革職留緝所有欠解前項銀兩相應 奏明勅限追繳儻再延宕復叅提追除咨部外謹附片陳明伏乞 聖鑒 訓示謹 奏奉 硃批該部知道欽此

比商　亘濟洋行

本行開設紫竹林街專辦各國著名大廠五金雜貨布疋等物及經理比國考克利軍械炮廠又羊毛機器廠各國著名軍械機器各廠貨眞價廉格外公道仕商賜顧者　請至本行面議可也

浙紹朱鍾翁先生醫得秘傳脉方穩愼來津八載救濟千人其診婦女疹疾經產幼嬰驚疳痘疹尤有妙術仍寓彌勒菴

告白

啟者報館之有採訪猶古之採風採詩上以考政治之得失下以考風氣之純剎載諸報端宣之中外取其善懲其惡故言者無罪聞者足戒充是任者品必公正心必仁廉公則明正則直仁則不爲己甚之事廉則不貪非分之財用能識大體近人情善善惡惡柔不茹剛不吐凡有關於　國計民生者自大至細悉採毋遺辭取達意而止不以富麗爲工登供衆覽於以通上下難言之苦透遠近不聞之聲庶使豫先事之綢繆善後事之補救斯無負泰西設館之本旨焉否則遇事射利飛短流長實爲此間所大忌者矣現在本館採訪招人有樂就者祈先以所採新聞投交海大道老菜市本報館門房轉遞是幸如可登錄取有切實公正保人則端人之取友必端本報館不惜重聘定當延致其有冀循情面援本館友人互爲請託者一概不收毋怪言之不豫也此啟

本館主人啟

英商　新福商義洋行

本行經辦新式各種槍礮子彈一切軍械機器等件　仕宦賜顧請至小行面議

告白

敬啟者京城售報處改在前門外琉璃廠小沙土園路西寶興木廠又楊梅竹斜街中間路南聚興隆小器作內兩處分售此白

售報人陳午濤謹啟寓前門內刑部後身草帽胡同北頭大院內

烏利文洋行

啓者本行開設香港上海三十餘年四方馳名專售各式金銀鐘錶鑽石戒指八音琴千里鏡眼鏡等物價錢比別家格外公道今本行東家未士打哈利由上海來津現在紫竹林利順德飯店三號房間暫停數天即要回申諸君早臨光顧是幸特此佈聞

丙申年正月三十日禮拜五

浙杭　元吉永號

本莊自置紗羅綢緞新樣洋辦花素洋布川廣夏貨團招雅扇南貨頭油俱全祇爲近時錢市漲落不同故而各貨減價開設估衣街中間路北凡　仕商賜顧者無悞特此佈達

江南　桂蘭齋茶食店

本齋精製拾錦南糖眞素供果嘉湖糕點紹興薄脆八寶京糕異味糕點各種茶食外帶行匣新添拾錦元宵蜜屑糕江米糕南北點心無有不精製細做

開設天津天后宮南坐西向東便是

正月三十日銀洋行情

天津九七六錢

銀盤二千五百八十文

洋元一千八百五十五文

紫竹林九六錢

銀盤二千六百二十文

洋元一千八百八十五文

正月三十日出口輪船禮拜五

普濟　輪船往烟台上海　招商局

新濟　輪船往烟台上海　招商局

通州　輪船往烟台上海　太古行

武昌　輪船往烟台上海　太古行

順和　輪船往烟台上海　怡和行

光緒二十二年二月

直報

光緒二十二年二月初一日
西歷一千八百九十六年三月十四日
第三百五十號　禮拜六

立言說　續前稿

又如侍御所謂恐以書生私議干　朝廷之權是指報館新聞爲言又云黨援門戶皆基於此是指強學會中諸公爲言間嘗論之賞罰者治世之大權所謂禮樂征伐自天子出雖春秋之世各君其國各子其民而慶賞刑威必待天子之巡狩諸侯不敢私其威並不敢私其惠況今大一統者數千年曰生曰殺天下一人何物草茅敢參末議抑知爵人於朝與衆共刑人於市與衆棄固不獨以左右諸大夫爲憑書云詢謀之謂何昔厲王監謗國祚以衰子產不毀鄉校鄭事以治史冊俱在異世自有定評況今報館爲泰西所設原爲宣上德達下情議執政之可否以佐議院所不逮考東洋有上下兩議院其例尤以下議院爲重誠以民爲貴確有至理侍御豈未之見未之聞耶又嘗讀史冊見宋之黨人碑朋黨論勝國之東林學黨每謂國家之禍非禍於小人實禍於君子何也君子不屑與小人辯無不好與君子辯國之盛也君子與君子和衷雖持論則相爭如虎一値事變當前便如同舟遇風胡越無不如手足其衰也則不然君子與君子往往因無益之公不問常變動輒兵炭而爲小人者遂得乘間以大肆讒慝之口譬之人家強盜已破門入院其家人婦子並不思協力同心互爲聲援設法以驅外來之強盜乃以口舌之釁負氣相爭抛擲家藏如棄他人之物也者盜於是喜不自禁以爲始願初不及此而卒至於此遂謬相慶謂天命攸歸不知取亂侮亡古有明訓夫人必自侮然後人侮家必自毀然後人毀國必自伐然後人伐世俗無知動輒以爲天之所啓人無如何如盜所云天命者豈爲定論而無如被盜者之家人婦子不知悔禍自新急爲亡羊補牢計苟且以被盜爲

不幸之幸轉因强盜之來藉洩私忿忘其家之已破反恨恨然謂家之破也理所應然絕不爲怪敗家之子亡國之臣千古一轍實堪痛恨　此稿未完

大仁大義　○客歲恭奉廷寄交拿人犯常四等八名業經步軍統領衙門奏送刑部當經問官究訊情由均有賄買指䍐誣害情事回稟堂憲頃奉庠雲階大司寇論令其均行取保以免訟累所有無故被訟之人罔不感頌不置云

不慈不孝　○禁城景運門內某他坦內侍李某年愈而立家道小康昨經伊父追覓在午門內手持寶銀二錠向父詈駡並向衆夥伴言及伊父年壯之時不務正業好賭好嫖無所不爲我係孤子令我淨身充當內監並欲賣我親娘客歲經我聞知將我娘親接來在內西華門北長街地方租賃房屋另行過度以盡爲子之心今復向我討要銀兩未免寒心雖現有銀兩不能付給伊父竟一言不發適遇某鈺公散值由午門經過卽行跪訴當經禁門值班章京送交愼刑司訊辦雖禁城重地似此喧嘩恐有違犯之咎未識如何究懲俟訪明再錄

顯係不明　○地方各官凡遇傳訊婦女之案均宜愼重不得無故擅傳不得擅交官媒管押最干例禁玆南城所屬官媒設在崇文門外火把廠地方正月二十三日有某氏被押官媒昨該氏忽然身死遍身青色顯有服毒自盡情事當經詳報城憲批仰五城指揮會同相驗因事關緊密其中細情未得甚悉俟訪再錄

瘟陽所致　○京師邇來時症雜見受其患者常有朝不保夕之憂昨聞正月二十三日前門外香廠地方有某甲者忘其姓氏感受春瘟醫治罔效愈時殞命說者謂因去冬雪澤稀少瘟陽所致想名醫定當有活人妙劑盍據傳示方便耶

空心大老　○京師某甲翩翩濁世之佳公子也趾高氣揚喜人趨奉正月十九日偕友乙丙等四五人至前門外天橋同春樓茶敘忽遽之間未帶錢鈔遂命堂官記賬堂官以其素昧生平未便應諾甲卽大怒曰三尺之童皆知吾名何物蠢漢有眼如盲乃爾堂官曰羞羞空心太爺己如司空見慣大言炎炎我不畏也可速將窮花眼錢爲皆甲聞言羞怒交集揮拳相向堂官亦不相讓扭作一團乙丙等又助之爲虐拳脚交加痛毆之下並欲送官究辦經和事老排解未知能否息事俟訪再錄

漏網畜生　○人之作姦犯科者謂男戀女愛猶得歸咎于情至于酷好男風則真別有肺腸者矣西便門外某甲者日前將鄰某之幼童誘至彰儀門內某客寮中將乘間鷄姦童之父母偵知踪跡得之並悉情由不禁憤火中焚將甲大加凌辱以巨燭置甲穀道以爲出爾反爾之刑且擬送官懲辦後經鄉隣崩角乞免夫欺姦幼童律科極重甲之得逃王法誠漏網矣

關稅照征　○榆關外沿海一帶地方來往船隻向皆計船之大小分等納稅刻該處經日人退交中國自應照辦經奉錦山海關道分詳奉天將軍直隷總督飭仍舊徵收以固國課現由廷觀察飭屬查照從前所立總局分卡地方一律復修並頒示諭知船戶一面刊票仍按牛斗扣算船裝石口大小循照舊章每百抽一起稅當於二月初一日起一槪收稅

武備補試　○武備學堂考取幼生於二十五日覆試已登前報玆悉於二十七日發榜其當日悞場者亦經命題補試計共取留三十六名仍以車坦居諸童之冠二十九日由堂總飭役傳知取留之童等速將隨帶什物備齊定於二月初九日入堂矣

考課馬步　○鎭標候補人員自世職千總以及經制外委由前署鎭吳軍門詳請定章每月三考馬步箭六支取列上中次三等奬銀亦以次遞減現聞照章定於二月十一日由中軍開課己傳知標下矣

押護餉銀　○天津鎭標綠營兵餉按季由鎭憲揀派武弁帶兵赴省候天河兵備道憲揀派文委員到省會同具領由藩庫支發押護來津仍交道庫再行定期關放玆聞此次春季應請領兵餉之差現經鎭憲飭委祁口營守備李守戎楨赴省護餉現在守戎奉委己帶兵起程赴省候領矣

仍施藥石　⊙郡城迤東溜米廠濟生善社每年施捨男婦幼孩各藥價料若干於歲杪二十五日停捨今正初十日仍照常施捨矣

據于蒺藜　○某乙者甯遠州人也携妻來津尋其母舅暫寓火車站旁某店內有孟三者與之同寓見乙携有眷屬遂勾搭與語漸相親暱一日乙因事外出半日方歸則入其宮不見其妻儼同蒺藜之占矣問店主則云未見問孟三則曰不知乙到處尋覓迄無蹤影昨行至西關外某寮門首見有粉白黛綠者忽露半面視之則妻也乙默不言因暗記其門巷呈控琴堂矣

不成丈夫　○郭某者舊家子承遺頗豐不務正業素嗜洋藥大肆賭博將遺產耗盡數年前續弦繼娶鄉間女貌美品端見郭素行謫言屢進奈不但不聽反視爲

仇刻下郭仍流落烟館賭局日與無賴伍飢渴飽暖已付之身外浮雲昨被某烟館驅逐出門憤極還家乘間將室人衾綢抱入質庫妻既恨且愁思及日久天長何時結局遂絕計不履陽間路於夜半投繯適同院某甲以廚行應某富家役歸每甚遲前以三更來家見郭屋尚有燈光而人影在窗似懸不著地心中甚疑未便窺探急喚其妻剔破窗紙驀地一聲且呼且跑大嚷快些兒了不得同院驚詢始以人多膽壯毀門而入撫之尚溫立即救下逾刻更生同院憐其苦更番陪伴再四寬慰通夜未眠次早將郭尋回詳述一切郭亦羞愧急向衆人叩頭致謝並自言從此痛改舊非而同院均未肯信衆議暗將郭岳尋來接其女回母家暫住以俟郭果否自新再爲定議不然其妻晝無食夜無衾飢寒之極性命難保可慮也似此同居可謂善鄰樂書之以表其義且以規郭之迷途果返否也

是亦人子　○南門內小雙廟張小軒素喜遊蕩時而青樓寄興紅粉交歡勢漸凌夷其將敗墮伊母不禁感然誨以情語聲淚交併子竟置若罔聞其妻憂及將來遂萌短見於昨自縊幸救復甦伊母遂將小軒送官掌責四十諭令改過自新飭毋具領安度如仍不安分許該氏再送定當從嚴處治吁是亦人子其孽之根歟

摧殘碧玉　○鹽坨關帝廟前某甲者在某營充當勇丁長在外其妻以碧玉嬌姿每嘆空房獨守遂與隣人某姓有染某以賣餅營生業既賤貌尤不揚不知係有良緣抑係前生夙孽甲久有風聞因於昨夜回家掩其不備二人正當零雨斷雲甲遽破扉而入某驚起欲遁甲奮刀斫之尚未絕命即負痛而逸追之不及遂將其妻砍死次日該管地方即赴縣呈報昨委廉赴該處驗屍不知作何辦理探明再錄

遺失明珠　○西關僧王祠前周姓者有幼女年十餘歲夫婦視如掌上明珠昨晚失去痛不欲生雇人四出偵尋杳無踪影或迷或拐尚未可知能否珠還俟訪再登

江右梟氛　○昨接江省訪事友人函云近聞有鹽匪聚衆數百在撫州府屬勢頗猖獗經當軸飛詳上憲由德靜帥飭遣親兵右營方軍門正興督帶本部趕往勦辦惟茲事之由刻下尚未探確俟續聞再錄

越南米價　○昨接越裳南圻信息該處本年米市不佳爲近今十年來所未有諸米商之購買浮水生理者大爲虧折每担約蝕三角及四角之譜

光緒二十二年正月二十八日京報照錄

宮門抄　上諭恭錄前報○正月二十八日吏部　翰林院　鑲藍旗值日　無引見　八額駙續假十五日　文廷式請假五日　召見軍機

○○頭品頂戴閩浙總督臣邊寶泉跪　奏爲光緒二十年分閩省辦理海防善後經費收支各欵恭摺仰祈　聖鑒事竊查閩省海防善後用欵按年造報至光緒十九年底止計不敷銀二十四萬五千八百八十五兩業經　奏明在案二十年欽奉　諭旨動用各欵官弁兵勇各數月支餉數均經先後　奏咨立案惟此次奉准向上海德華銀行行息借規平銀五十萬兩並由司道各庫設法籌撥亟應遵照部章按年造報計光緒二十年分收到稅釐局藩鹽各庫移解各欵上海德華銀行福州各號商借欵新海防捐輸船政局墊支養船經費各員完繳前案報銷奉刪各欵及裁減一成勇餉四成夫糧提扣解費等項共銀一百三十萬三千三百一十二兩零除歸補前案不敷欠餉及墊欵銀二十四萬五千八百八十五兩零外實收銀一百七十八萬七千四百二十六兩零除開支水陸防軍練營輪船砲台員弁勇丁人等薪糧公費營務差遣員弁鹽糧　折各勇未成軍以前小口糧撤勇行糧裁由武職各員弁俸廉餉乾匠工船租漁團經費購製船砲軍裝軍火器械修建砲台兵房電房塡塞港道輪船煤炭歸還洋欵不敷磅價並一切雜支及附銷養船經費等項共　一百九十二萬四百二十六兩零實在不敷　一十三萬二千九百九十九兩零內欠發各軍餉銀四萬七千一百三十三兩零又船政局墊支各欵銀八萬九千八百六十六兩零因近年稅釐徵數短絀收不敷支以致善後無欵支應容俟光緒二十一年起陸續撥還又扣收六分新年船政局代製輪船器具物件各項匠工電報學生書差薪工扣收四分平餘弁勇練兵漁團壯丁支領薪費各項提扣餘平等欵共提銀二萬五千二百六十二兩零均經本案列收動用應請委員提解又本案扣及一分平餘銀一千三百五十二兩零例得開支書識油臘紙張工食等費另冊報銷據善後局司道詳請具　奏前來臣覆核無異除另繕清單並將各欵細數清冊咨部外謹恭摺具陳伏乞　皇上聖鑒謹　奏奉　硃批該部知道欽此

○○譚繼洵片　再據湖北布政使王之春會同善後局司道詳稱案照本司局籌撥預解光緒二十二年分第二批甘肅後路轉運局欵收詳請　奏咨在案茲查該員馬驥因病請假所有前項餉　現經改委候補通判胡燕駿管解赴陝西省省城交甘肅後路轉運局兌收等情詳請奏咨前來除分咨外理合附片具陳伏乞　聖鑒再湖北巡撫係臣本任毋庸會銜合併陳明謹　奏奉　硃批戶部知道欽此

○○福潤片　再徐州直隸州知州齊舉敏現經在任病故臣另行恭疏　題報開缺照章輪請歸部銓選應先委員往署以專責成查有候補直隸州知州熊祖詒年富力強安詳勤慎堪以飭委署理據藩臬兩司會詳前來除檄飭遵照外謹會同署兩江總督臣張之洞附片具陳伏乞　聖鑒謹　奏奉　硃批吏部知道欽此

比商 頁濟洋行

本行開設紫竹林街專辦各國著名大廠五金雜貨布疋等物及經理比國考克利軍械炮廠又羊毛機器廠各國著名軍械機器各廠貨眞價廉格外公道仕商賜顧者　請至本行面議可也

浙紹朱鈍翁先生醫得秘傳脉方穩慎來津八載救濟千人其診婦女療經產幼嬰驚疳痘疹尤有妙術仍寓彌勒菴

烏利文洋行

啟者本行開設香港上海三十餘年四方馳名專售各式金銀鐘錶鑽石戒指八音琴千里鏡眼鏡等物價錢比別家格外公道今本行東家未士打哈利由上海來津現在紫竹林利順德飯店三號房間暫停數天即要回申諸君早臨光顧是幸特此佈聞　丙申年二月初一日禮拜六

英商 新福商義洋行

本行經辦新式各種槍礮子彈一切軍械機器等件　仕宦賜顧請至小行面議

德陞齋靴鞋鋪

本齋專做滿漢朝靴新樣京式名鞋及鑲花坤鞋一應俱全價廉物美賜顧者請認明本店招牌庶不致悞本舖開設在天津府北門外鍋店街集義棧對過便是

啟者報館之有採訪猶古之採風採詩上以考政治之得失下以考風氣之純斜誠諸報端宣之中外取其善懲其惡故言者無罪聞者足戒充是任者品必公正心必仁廉公則明正則直仁則不爲己甚之事廉則不貪非分之財用能識一體近人情善善惡惡柔不茹剛不吐凡有關於　國計民生者自大至細悉採毋遺辭取達意而止不以富麗爲工登供衆覽於以通上下難言之苦達遠近不聞之聲庶使豫先事之綢繆善後事之補救斯無負泰西設館之本旨焉否則遇事射利飛短流長實爲此間所大忌者矣現在本館採訪招人有樂就者祈先以所採新聞投交海大道老菜市本報館門房轉遞是幸如可登錄取有切實公正保人則端人之取友必端本報館不惜重聘定當延致其有冀循情面援本館友人互爲請託者一槪不收毋怪言之不豫也此啟

本館主人啟

浙杭 元吉永號

本莊自置紗羅綢緞新樣洋辮花素洋布川廣夏貨團摺雅扇南貨頭油俱全祇爲近時錢市漲落不同故而各貨減價開設估衣街中間路北凡　仕商賜顧者無悞特此佈達

江南 桂蘭齋茶食店

本齋精製拾錦南糖眞素供果嘉湖糕點紹興薄脆八寶京糕異味糕點各種茶食外帶行匣新添拾錦元宵蜜屑糕江米糕南北點心無有不精製細做

開設天津天后宮南坐西向東便是

二月初一日銀洋行情

天津九七六錢
銀盤二千五百七十七文
洋元一千八百五十五文
紫竹林九六錢
銀盤二千六百一十七文
洋元一千八百八十五文

二月初二日出口輪船禮拜五

永清　輪船往烟台上海　招商局
通州　輪船往烟台上海　太古行
景星　輪船往烟台上海　怡和行
順和　輪船往烟台上海　怡和行

直報

光緒二十二年二月初三日
西歷一千八百九十六年三月十六日
禮拜一
第三百五十一號

上諭恭錄

上諭孫家鼐等奏查看屬員分別舉劾各摺片署順天府治中候補知州林紹清勤於民事兼通算學前署通州知州大挑知縣吳兆熊盡心賑務興情愛戴署三河縣知縣候補知縣吳大照才能幹事有志向上署固安縣知縣候補知縣趙元增勤於緝捕地方安謐保定縣知縣劉俊升書生本色不染浮囂以上各員既據孫家鼐等聲稱均爲順屬難得之選卽着傳旨嘉奬仍飭令該員等益加奮勉用副朝廷勤求吏治至意昌平州知州張兆珏捕務不力復有控案着開缺查看大興縣黃村巡檢孫鎬廷多事擾民擅受詞訟前署東安縣典史候補巡檢傅秉鈞不安本分聲名平常均着卽行革職以肅官方餘着照所議辦理該部知道欽此　上諭浙江海門鎭總兵着陳濟清調補林耀光着補授浙江處州鎭總兵欽此　上諭譚鍾麟奏特參庸劣不職各員一摺廣東嘉應州知州沈麟書遇事取巧工於彌縫着以州判降補署長樂縣知縣杜鹿鳴才具平庸難膺民社河源縣知縣沈士菁遇事　顸貽誤事機該二員文理尙優均着以教職歸部選用候補知縣黃思堯王慶勳詭充關吏罔知廉恥候補鹽大使賈潤沛法營私恃符狡辯海康縣敎諭雲茂翥惟利是圖形同市儈署萬州龍滾司巡檢龍澤霖擅離職守揑詞反噬均着卽行革職以肅官方該部知道欽此　上諭陝西陝安道員缺着景星補授欽此

立言說　續前稿

又況人主無論賢愚無不惡臣下之立黨其臣之爲君子者既不貪贓又不枉法別無可議惟有因意見不同迹或類於分門別戶故小人之劾君子也每以立黨營私爲罪案史冊俱在歷歷可稽何煩多辯總之人臣賢否忠佞在素行不在一言欲加之罪何患無詞也方今國家當有事之秋積弱之後在在皆宜振作上之君心下之民事小而水火盜賊大而錢穀兵刑其當坐言起行及是時以明其政刑者何堪枚舉方且以爲中華天下大勢自弱宋以八股愚鈐首驅天下英才皓首於坊本帖括之學專門者專以此名家者名以此以此爲箕裘以此爲衣鉢以此博科名以此要祿位嘗不可以經邦變不足以已亂病國防民外毫無鉛刀一割之長文字日盛論說多而理道反污根無祖龍一炬爲之廓清律例日增科條繁而手足無措恨少

漢高三章爲之簡約伏莽之所以迭興外洋之敢以內侮者實由於此剏海禁大開萬邦環伺而今而後千百年內諒不能閉關自守嚴內外上下之防使洋不得一日擾華民不得一事變舊雖堯舜孔孟同世並出恐亦難言復古且使堯舜孔孟果聚一朝亦必有與古爲新者此強學諸公之矢志可嘉也所惜者會中公費不充門牆過峻取徑尙隘不能遍育寒畯英賢以惠此中國於秉耒之暇皆得橫經長其知識使上下相將日進於強用以親上死長保身保家保四海不甘許外洋以獨步焉強有日矣不料爲侍御所深忌將置其會首於法加以刑求也夫強學之事甫肇其端尙不知其果強與否而抵隙蹈瑕推波助浪遇事生風之謂何事令外洋聞之有不嗤之議之易而侮之者乎易而侮之其禍尙可設想耶蒙老矣一介寒微罔識忌諱與諸公無所厚與侍御無所薄就事論事謂立言之道自當以行爲本以言爲末所望侍御與諸公同寅協恭和衷共濟上以答我　皇太后　皇上自強求治之心下以慰中外臣民望治之念蒙將扶杖以觀求與太平草木同朽足矣姑存是言以爲左劵

不准積壓　○刑部監禁人犯實繫有徒正犯以外其因案牽連被押者亦頗不少曾經前任山東道監察御史何侍御受萱奏請　飭下刑部迅速清理在案近因去冬雪澤稀少春令瘟疫流行新正以來南北兩獄囚犯病斃者不時恒有睹之惻然昨經都察院刑部大理寺會商督飭刑部司員將現審各案遇有應行傳質之人遵照例限隨時審結至監禁人犯應禁若干名口開釋若干名口諭令按月造册詳報不得仍前稽壓云

是謂誨倫　○父母之於子也敎之以忠信孝弟導之以仁義禮智未聞有以傾箧探囊之術授之子而竟不爲怪者奇矣據聞宣武門內茄子胡同居住陳某年近古稀娶再醮婦孟氏爲繼室育一子撫養成人以溺愛故庭訓缺如任使閒居爲不善無所不至爲之母者更助紂爲虐由是隣里側目焉同院有裴姓者衣食豐足孟氏母子垂涎已久日前裴某夫婦探親未歸孟氏唆子穴墻入室傾箱倒箧竊得衣裳十餘襲白强五十餘金僞爲不知也者裴返寓知被竊卽赴該管地面官廳報案當將孟氏併子傳案始猶狡展繼用刑求乃認臟不諱並將孟氏唆使各節和盤托出卽飭官媒將孟氏傳案以憑徹底根究維時裴某大發惻隱轉爲孟氏母子求寬宥該官廳協尉以事主旣不根究爰施法外之仁僅予薄責斷令自行調處具結完案都人皆頌裴某之氣量海涵無不唾罵孟氏母子之等於禽獸云

不知死生　○衽金革死而不厭北方以風氣剛勁往往等性命於鴻毛性耶抑習耶都門近年來屢經城憲暨步軍統領衙門嚴禁若輩稍知斂跡然打降拚命之事終不能悉絶風淸也正月二十四日前門外東珠市口某混混與溝沿某混混等尋仇斷門各傷一人俱有性命憂經中東拑拿獲八人解送刑部審訊餘乃戰散混眞混哉

果有報應　○新城縣劉某在宣武門外騾馬市開設饅首舖𩟔㯏頗充父母家居別有年矣新正廿二日劉父以歲荒家貧乞食來京年逾耳順以飢餓愈頹唐尋至劉肆劉佯不識揮之去父懇再三求棲止終不見憐父怒問劉爲誰所生劉言爾夫婦生我時並非爲我我無從知情也父怒愈甚方將揮以老拳劉卽提棍爲當頭棒棒未落適所畜牝牡二驢由後院奔出劉方回顧牡驢遽嚙其面嚙仆地卽踏之竟以死噫天下豈有無父之國哉何物牡驢乃竟替天行道也奇矣

彈壓車站　○現時虎字十營分起南下該軍限於二月初八日全至漢口昨該軍上火車任意滋鬧將車站夫役打傷經總辦電稟王制軍立派巡捕劉國樑黑彭年率督帳親兵二十名恭請大令往爲彈壓並飭何統領抽派左後兩營各兵一哨發車站聽候調遣

疏引河流　○鳳河居永定河下游每逢桃伏兩汛必致潰決由河西務而南直至西沽一帶田廬盡成澤國百餘村困苦情形書不勝書現由水利局檄委章直刺兆蓉履勘具覆查驗鳳河河身淤淺必須及早挑挖並議於舊河外另開子河引水直趨入海方爲迅速等因滴老米店武生劉振英王奏庄職銜曹鶴齡率各村鄉耆赴局稟求疏通鳳河以蘇民困蒙批俟稟請督憲撥款照章牧勘議情形相機修理

水患未平　○靜海縣屬賈口村民屢困於水頻賑以活仰望　皇恩無殊望歲茲當春冰已泮積水深猶丈餘民無生計惟有叩求大憲設法拯救聞該村等仍齊赴道轅哀乞春撫矣

堂官有識　○某堂書識甲乙丙三人昨日赴醫院看戲甲年長性直而方乙丙年少跳達與甲不甚宜雖同行看戲實站於兩處乙丙魂色齊飛醉風飄蕩時時禁草拂花輙思在下風儌倖遂挨至婦女以旁口講指畫品頭題足婦女大怒狂呼其鄉人因肆口詬辱乙丙懼不敢答甲聞以爲乙丙受欺向作理解詎突來莽丈夫不問皂白揪甲卽毆乙丙乃乘間遠逸幸經旁人急力勸阻代甲分明莽丈夫乃知悞打再尋乙　己爲白雲黃鶴幸甲僅領一拳受傷未重說者謂乙　太不自愛且甲以義氣爲解重圍乙　反置之不顧設遇魯仲連一流幾爲乙　嫁禍所害聞其回堂中面稟居停某官意欲以勢雪恥某官言此中定有欺人處方被人欺咎由自取吾不能假汝以勢擅人物議也爾等自洗心守法可耳賢哉官也聞者稱之

人言嘖嘖　○湘淮兩軍正月杪同時遣散分起由輪船運送南歸己登前報茲由冷眼人來函所述各節殊駭聽聞因事關軍旅未便冒昧照錄已派人密訪如果所言屬實當書之以昭炯戒也

光緒二十二年正月二十九三十兩日京報照錄

宮門抄　上諭恭錄前報○正月二十九日戶部　通政司　詹事府　八旗兩翼值日　無引見　椿壽假滿請　安　徐甫等磨勘試卷覆　命　桂公會章各續假五日　恩輝請假二十日　順天府奏京師得雪四寸有餘　召見軍機　陳學棻○三十日禮部　宗人府　欽天監　侍衛處值日　吏部引　三十五名　翰林院三十二名　戶部六名　太僕寺二名　崐貝子德壽明安各假滿請　安　車王請假十日　召見軍機　熙敬　張蔭桓

○○二品頂戴調署鎭迪道按察使銜伊塔道奴才英林跪　奏爲恭報奴才接署鎭迪道按察使銜篆務日期叩謝天恩仰祈　聖鑒事竊奉升署陝甘總督臣陶模行知鎭迪道兼按察使銜丁振鐸委護理新疆布政使所遺篆務委奴才署理並准丁振鐸於十二月初一日將鎭迪道兼按察使銜印信文卷送交前來當卽恭設香案望　闕叩頭祗領任事伏念奴才滿洲世僕効職邊疆曾權此篆三年繼巡伊塔八載今春奉派查勘前歲所收巴爾魯克山形勢交卸伊塔道篆六月回任玆復調署鎭迪道篆兼理臬司疊荷　恩施彌增兢惕查鎭迪道兼按察使銜員缺治理素稱繁劇刑名尤屬專司近值邊方多故伏莽堪虞整飭地方清查保甲在在均關緊要奴才愚昧深懼弗勝惟有矢愼矢勤實心實力一切事宜稟承署撫臣認眞經理不敢以暫時署篆稍涉因循以期仰答　高厚鴻慈於萬一所有奴才接印任事日期並感激下忱理合恭摺叩謝　天恩伏乞　皇上聖鑒謹　奏奏　硃批知道了欽此

○○福潤片　再安徽省歲徵耗羨不敷支用向於司庫地丁正項內每年酌撥銀五萬兩歸入耗羨支用歷經奏准照辦理所有光緒二十年分應撥　兩前經劃撥銀一萬兩附片陳明在案今因耗羨仍不敷用請再撥　二萬兩歸入耗羨項下支用據布政使王廉循案詳請附　奏前來奴才覆核無異與例相符理合附片陳明伏乞　聖鑒謹　奏奉　硃批戶部知道欽此

欽命二品頂戴代理津海關道督辦北洋大學堂黃　爲出示曉諭事照得中華與外洋各國通商以來風氣日開惟泰西語言文字以及格致測算聲電機礦諸學一時未能洞悉經　正任津海關道盛　籌集長年經費稟請　北洋大臣王　奏明在津郡設立頭等二等學堂聘請中西積學之士作爲洋漢教習於上年秋間招集頭等第四班學生一班二等第一第二第三學生三班已於十月間開課肄業以後按年招考一班遞升一班昨接　正任津海關道盛　自上海來電已在上海考取二十名現擬在天津考取十名作爲二等學堂第四班學生本道現定於二月二十日考試照定章自十三歲起至十五歲止必須身家淸白文理通暢者始能取列爲此出示曉諭凡遠近人等知悉如有世家子弟文理已經通暢情願入學肄業者卽赴梁家園門外大學堂先行報名註冊聲明年貌籍貫及三代脚色屆時聽候局門考試毋得自悞特示　光緒二十二年正月二十四日

烏利文洋行

啓者本行開設香港上海三十餘年四方馳名專售各式金銀鐘錶鑽石戒指八音琴千里鏡眼鏡等物價錢比別家格外公道今本行東家未士打哈利由上海來津現在紫竹林利順德飯店三號房間暫停數天即要回申諸君早臨光顧是幸特此佈聞

丙申年二月初三日禮拜一

金陵 仁記南味坊

自製本機元燚京緞甯綢紗縐絨線槽貨食物金腿海味南貨俱全近因錢市漲落不同分別減價拘因無恥之徒假冒南味者甚多雖云謀利誠恐亂眞欲辨薰蕕用煩楮墨

寄售兩前龍井每斤津錢一千二百文八百文福建條絲格外公道　開設宮北大獅胡同內

比商 良濟洋行

本行開設紫竹林街專辦各國著名大廠五金雜貨布疋等物及經理比國考克利軍械炮廠又羊毛機器廠各國著名軍械機器各廠貨眞價廉格外公道仕商賜顧者　請至本行面議可也

天津 麥加利銀行告白

啓者本行資本英金八十萬磅公積英金三十二萬五千磅備用股本英金八十萬磅總行開設倫敦分行在孟買加拉吉打冷宮哪哈亞伯古隆北新埠太平咪登哈來蘭播新嘉坡香港福州上海漢口暹邏濱角包帶維亞沙來伯鴉神戸橫濱等處起首至今三十九年倘有存欵勿論仕商照期起息請來敝行面議敝行茲于正月三十日開張恐未週知特登報章佈告

浙杭 元吉永號

本莊自置紗羅綢緞新樣洋辮花素洋布川廣夏貨團摺雅扇南貨頭油俱全祗爲近時錢市漲落不同故而各貨減價開設估衣街中間路北凡　仕商賜顧者無悞特此佈達

英商 新福義商洋行

本行經辦新式各種槍礮子彈一切軍械機器等件仕宦賜顧請至小行面議

江南 桂蘭齋茶食店

本齋精製拾錦南糖眞素供果嘉湖糕點紹興薄脆八寶京糕異味糕點各種茶食外帶行匣新添拾錦元宵蜜層糕江米糕南北點心無有不精製細做開設天津天后宮南坐西向東便是

二月初三日銀洋行情

天津九七六錢

銀盤二千五百六十二文

洋元一千八百四十文

紫竹林九六錢

銀盤二千六百零二文

洋元一千八百七十文

二月初四日進口輪船禮拜二

海晏　輪船由上海　招商局

二月初四日出口輪船禮拜二

和生　輪船往上海　怡和行

光緒二十二年二月初四日 直報 第一版 一四三一

直報

光緒二十二年二月初四日
西歷一千八百九十六年三月十七日
第三百五十二號
禮拜二

上諭恭錄

硃筆圈培補授都察院左副都御史欽此　上諭譚鍾麟奏甄別武職劣弁請分別休致降革一摺廣西鬱林營叅將侯勉忠年力就衰已成殘廢廣東龍門右營都司王龍章年力就衰不堪任事饒平營守備白玉精力衰邁營務不整潮州右營守備談廣澤年老多病辦事竭蹶均着勒令休致署廣西鬱林營叅將林有成取巧鑽營擅離職守潯州協右營千總駱玉得營務廢弛難期振作署督標水師營守備黃保縱兵滋事釀成重案署廣東高州鎮左營守備毛煥彩性情粗率操守不謹吳川營守備李炳超精力衰頹諸事廢弛署高州鎮右營千總張甲第心地糊塗操守難信着即革職廣東肇慶協副將忠正所轄營兵滋事爲匪毫無覺察着降爲游擊仍留廣東補用以肅戎行餘着照所議辦理該部知道欽此　上諭張家口監督[illegible]照奏差滿回京齎交盈餘銀兩並請減成賠繳虧短盈餘銀兩一摺所得盈餘銀二千四百六十八兩零着交廣儲司其所請減成賠繳之處着戶部核議具奏欽此

某侍御請禁强學書局疏書後

嘗讀左氏傳至子產不毀鄉校之言而嘆其爲眞君子也君子之與小人異者何公私之間而已矣小人之用心也私私則行已接物無所不私既便其私復蓋其述彌縫掩蓋惟恐人知倘有窺其幾而揭其過者必將得其人而甘心焉或摭拾暗昧以斥其非或牽引科條以重其罪古來忠臣義士直道而行者往往横遭污衊如漢之黨錮宋之黨人碑勝國之毀首善東林等書院史冊皆可考昭昭也君子之用心也公公則出言行事無所不公內無不可自問之心外無不可對人之事毀之則借以自懲譽之則因以加勸不特不禁人之言且惟恐人之不言不特不文已之過且惟恐已之不聞其過禹聞善言則拜子路人告以有過則喜皆此意也若子產者不如出一轍乎觀其對然明曰夫人朝夕退而遊焉以論執政之善否其所善者吾則行之其所惡者吾則改之是吾師也若之何毀之按是意也可以挽末俗可以正人心可以肅官箴可以維國柄庸劣者有以懾其心豪強者何難奪其氣雖曰庶人之議其所關豈淺哉而惜乎吾聞其語未見其人

也方今海禁大開互市通商爰仿泰西之例創設報館如香海如申江如津門所在皆有登告白所以便商賈也錄新聞所以驗風俗也間以論說諸作弁諸簡首所以明是非寓箴規而獻芻蕘之一得也無如耳食者流謂非中國故事妄加訾議而婁心一片遂至淹沒不彰焉都門士大夫有鑒於此捐貲集款復立強學書局販賣書籍因於報館中擇其有裨國計民生者刊印成編隨同銷售以濟報館之窮誠善舉也乃無端阻其事而並罪其人談者變色聞者痛心蒙嘗綜覽疏詞反復而不得其故焉借曰憑空結撰逞其筆鋒然草茅下士罔知忌諱要皆出於忠君愛國之忱雖於事無補究於事何傷乎借曰書生私議恐干柄用之權然瞽進誨矇獻箴古昔稱為盛事豈矇瞽議而可以得榮書生議而反當得辱乎即如川湖之會匪滋事直省之劫案迭出害民亂法其與報館書院之為厲孰多侍御官居風憲職司糾彈何不聞其飛章入告也豈為盜賊者本當輕縱而開書局者殊難原宥乎雖然侍御賢者也素負重名中外仰望丰采自入諫垣凡所論奏無不邀　俞允而愜人心者何至為此不情之舉推原其故意者惑於道途之口而未及詳察焉耳故既奏而悔之嗣後旋有書院重開之信不然讀萬卷書擅八斗才豈不知東里之已事而甘遜美於前人與故書之以質夫知侍御者

開報房租　○總管內務府大臣諭知管理官房租庫章京等迅將該庫上年應收租銀若干其中有無拖欠玩抗應行送追者逐細勾稽開具清單據實稟覆以憑核辦該管章京等不得瞻徇情面致有彌縫遮飾等情如有關閉倒塌之房須將月納租價若干何時關閉何時倒塌查明開報勿稍含混庶期涓滴歸公以昭核實勿干咎戾

招考肄業　○欽天監為招考事照得本監肄業生現在懸缺無人例應奏請招考經本監於光緒二十一年十二月十二日具奏奉　旨依議欽此本監查考試肄業生例由各省舉貢生監以及俊秀人等考試取中後挨名傳補歷經辦理在案今本監肄業生現已用完為此示諭各省舉貢生監俊秀人等如有情願報考者取具五六品同鄉京官印結赴監投遞以便定期考試

縛人命贖　○凡商賈聚集之處無賴輒儳聚為淵藪藉端訛詐不遂則結黨兇毆或捉人勒贖所在時有頃聞前門外煤市街某雜貨店於正月二十三日有著名匪徒單小禿朱來仔向該店買物因一言不合隨即與師將店主段某捉縛關禁勒贖即有魯仲連者實係一流人物昨經西珠營汛訪聞前情派差嚴拏未悉能弋獲否也

報父以毆　○禽中梟獸中獍人中之逆倫重犯同為天地戾氣所鍾雖處以凌遲膏我斧鉞猶不足蔽其辜也京師崇文門外三川柳地方貿易邢某者年近知命育一子名全順因愛失敎長遂不務正喜與匪類伍嫖賭外無他事有亦因嫖賭類及者家有餘資存父手不任全順揮霍父今染時症臥不起子因索錢未遂竟以老拳敬父邢因病驟祇得哀求饒恕邢於病中一氣而絕慘矣知者述之罔不髮指天網恢恢雖脫陽律陰譴恐終不可逃也

示禁先聲　○現奉部札分行各直省嚴禁民間造用白銅器皿據稱近來市廛現錢短少實由奸民私毀先年制錢巧造白銅器皿貪圖漁利自當嚴禁以固圜法等因刻聞地方官不日遵札示禁矣未知確否誌此以符有聞必錄之例

祭廟預述　○渾憲李觀察諏吉於二月初九日卯刻祭廟札飭合屬自分司遞及綱總等屆期早為齊集以便虔祭河伯龍王祭畢南臨當由商挨引報請逐次驗放矣

體統宜尊　○津埠盛行東洋車非徒行人稱便而貧民亦藉以養生也然往往途遇官長拉車者既不趨避坐車者亦不起身揆諸尊卑之分大非所宜現由總局

出示曉諭嗣後洋車與地方官肩輿相遇車當讓行人宜起立自示之後各宜懍遵如違干咎等語噫雖係虛文有關政體焉

馳驅勿肆 ○本埠地窄人多最𡚁車馬馳驅近有一弁乘馬行至關道署前猝將一婦撞倒登時氣絕該弁若不見不聞馳驟如故經好事者向前攔阻謂爾雖有勢力恐亦難當人命倘此婦有不測果能置之不理耶該弁始出錢買藥灌救幸得無恙識者謂此弁係署慶雲店把總來津辦公者未知確否

奪煙救命 ○武清縣張某之妻去冬來津覓食經某媼荐至西頭鄭姓家傭工前張探妻至鄭據云在此一月仍交原媒領回張復詢原媒之鄰據言該媼係外縣人年前已移居而去張聞言憤懣各處尋訪毫無踪影日在街市乞食忽向某煙館購煙二分雙目含淚愁容可掬該館主見而心疑即令舖夥跟隨言此不像吸煙人若救一命勝造七級浮圖矣該夥應往見張躊躇在前行未數武即欲吞食被該夥突前奪獲言果不出我掌櫃所料也遂將張拉回詢及詳細大家再三勸解並有代其尋訪者惟是津地匪類每有誘拐等情以致異鄉人遭此窮途致壽短見若非嚴行查辦何以維風化而救貧民耶

設阱陷人 ○東門外混混某者以鍋夥門設煙館後有暗樓招集土娼流妓既爲花煙又爲花賭勾引良家子弟與外鄉客莫不蕩盡後已如有拖欠即以蝦將龜兵百計勒索大肆威赫而班役地方不但不禁尤爲護符似此設阱陷人牢不可破矣又洋貨街春和店亦有花賭恃縣役穆某居然無人過問若不嚴行查禁何以靖奸惡而肅地方耶

錢穀關心 ○營口錢價每兩僅換東錢七吊六百文合大錢祇一千二百十六文英洋每元祇換大錢八百五十文○營口自前冬日人擊營之後統街以義字裕字兩家連歲爲好戶去冬銀爐裕盛長得 餘五萬餘兩裕盛源得 餘三萬餘兩所有本市過爐之銀悉遵新義八五扣○江西省垣錢米價漲去臘粆熟米每升售錢三十四文較秋季已加十文紋銀每兩兌錢一千三百文光鷹銀一圓兌錢九百一十文較秋季每兩少錢一百四五十文每圓少錢一百三十文居民受虧錢行獲益矣○江西各屬錢漕屯餘雜欵稅契等項征於民者皆爲錢解於庫者皆爲銀翁方伯以錢貴銀賤定章自十二月朔起凡州縣解銀千兩酌加五十兩因時制宜於庫欵不無裨益

官竊聯手 ○聞諸官者管也所以管束人心公是公非而造福于一方者也乃不惟不受其福而反受其害殊足駭人聽聞者廣仁堂營田局委員段別駕松壽係皖江桐城縣人差次津門歷有年所儉約自奉稍有積儲現因景迫桑榆宦情㱃薄故于前年夏間辭去差使擬扶其故兄等靈櫬回籍不復作出山之計正在料理歸裝乘間被房主董元善竊去木箱一隻內儲金銀古玩玉器等物約值千餘金並有獎摺公文各件當即控諸琴堂未經提究嗣聞街內上下書差賄通並有承審委員某大令受該竊七十餘金許以永不提案故雖証據明確而稽延兩載置若罔聞段君一生清潔忽遭此意外之虞稽滯異鄉情殊窘迫而宵小者流竟得事外逍遙飽充囊槖在該竊本屬無恥之徒而不謂公然南面竟甘受此不義之財保家乎贓窩乎謂之聯手誰曰不宜

不平子來稿

光緒二十二年二月初一日京報照錄

宮門抄 上諭恭錄前報○二月初一日兵部 太常寺 太僕寺 鑲黃旗值日 無引見 睿王奎公各假滿請 安 良培謝授左副都御史 恩 張家口監督靈照差滿回京請 安 奎貝子請假十日 阿克東阿續假十日 吏部呈進月官卷 召見軍機 徐樹銘 靈照 皇上明日卯初二刻升 中和殿看版

○○熙麒片 再吏部選班必以奉有 特旨人員統壓各班銓選重 上命也然如廕生暨及歲帶領引 見之員曾捐道府既經引 見均奉 上諭仍以道府選用者朝廷不欲重違下情故如其官以給之非因其曾經捐納遂得優於一同引 見之廕生暨及歲人員而 殊恩特沛也蓋此 旨實與捐納人員所奉照例之 旨無異乃部章竟以此項人員歸入 特旨班銓選於是日久弊生 特旨一班在此項人員真可自操其柄比年以來幾於無不營私取巧預捐道府以爲他日倒邀 特旨統壓各班之地夫既曰 特旨何能倒邀竟能倒邀則寔與捐納人員所奉之 旨無異即其選班亦必與捐納人員無異方昭公允如謂此項人員在當日實係 特旨則固非今日授職之 特旨明矣何得强爲比附致使 殊恩可倖查由舉人進士翰林加捐道府者即爲捐班不得仍以正途論又由舉人加捐道府既中進士告歸本班從前亦歸 特旨班銓選聞現已經部更正况廕生暨及歲人員皆大員子弟出身伊始尤宜敎忠敎孝俾無涉營私取巧之嫌更何得强爲比附本係捐班竟得倒邀 特旨致使日久弊生同一廕生同一及歲人員而廉吏兒孫或興嗟於力薄 袴子弟益逞志於貲緣其於世道人心亦似大有關繫應請 飭下部議即以此項人員加捐道府者仍與捐納人員同班銓選以重 綸音而昭公允是否有當伏乞 聖鑒謹 奏奉 旨已錄

長年經費稟請　北洋大臣王　奏明在津郡設立頭等二等學堂聘請中西積學之士作為洋漢教習於上年秋間招集頭等第四班學生一班二等第一第二第三學生三班已於十月間開課肄業以後按年招考一班遞升一班昨接　正任津海關道盛　自上海來電已在上海考取二十名現擬在天津考取十名作為二等學堂第四班學生本道現定於二月二十日考試照定章自十三歲起至十五歲止必須身家清白文理通暢者始能取列為此出示曉諭凡遠近人等知悉如有世家子弟文理已經通暢情願入學肄業者即赴梁家園門外大學堂先行報名註冊聲明年貌籍貫及三代腳色屆時聽候扃門考試毋得自悞特示　光緒二十二年正月二十四日

敬啟者京城售報處改在前門外琉璃廠小沙土園路西寶興木廠又楊梅竹斜街中間路南聚興隆小器作內兩處分售此白　售報人陳午清謹啟　寓前門內刑部後身草帽胡同北頭大院內

二月初四日銀洋行情

天津九七六錢
銀盤二千五百五十七文
洋元一千八百三十五文
紫竹林九六錢
銀盤二千五百九十七文
洋元一千八百六十五文

二月初四日進口輪船禮拜二
海晏　輪船由上海　招商局
二月初四日出口輪船禮拜二
和生　輪船往上海　怡和行

直報

光緒二十二年二月初五日
西歷一千八百九十六年三月十八日
第三百五十三號
禮拜三

本館告白
啓者本館售報需人如有情願承辦者至本館帳房面議可也

上諭恭錄

旨詹事府右庶子員缺着濟澂補授禮科給事中員缺着德陰補授江南道監察御史員缺着李擢英補授卓異前江蘇蘇松糧儲道景星着准其卓異加一級仍註冊候升卓異俸滿湖北荆州府知府舒惠着回任准其卓異加一級仍註冊候升保舉安徽候補知府陳兆慶着照例用奏留吏部主事孫培　孫紹陽劉顯曾俱准其留部廕生錫璋着以文職用毓桂着以七品筆帖式用文員着以文員用文芳着以文職用欽此

博文書院爲富强之本論

粵東新會黎天保來稿

今國家之所以致富强者何哉豐帑藏歟振商務歟裕礦產歟興鐵路歟調交涉歟巧製造歟固海防歟精器械歟皆非也然則富强之道果何在哉蓋居今之時處今之世欲求富强之本殆未有善於博文之一舉者自古家有塾黨有庠州有序國有學要知天下之學不興則天下之才不成天下之才不成雖聖人致治無由也乃今之談富强者動曰帑　未豐宜思所以豐之商務未振宜思所以振之礦產未裕宜思所以裕之鐵路未興宜思所以興之交涉未調宜思所以調之製造未巧宜思所以巧之海防未固宜思所以固之器械未精宜思所以精之若此者是知其末而未知其本也求諸遠而不求諸近也庸詎知所以致富　本自强之其者先不在此也欲致富强勢不得不亟興人才而欲興人才勢不得不亟修學校而欲修學校勢不得不亟求西法今見博文旣開吾知學校修矣西法求矣人才有所由興矣卽富强有所由致矣試觀乎學堂中額設頭二等各班學生分派華洋教習課以實事程以實功按年考試別以造詣之淺深分以功課之勤惰其名列優等者則加以獎賞以示鼓勵及八年期滿學有成效則又宜遣赴外洋各國　欽使公署學習繙譯參贊領事之選日以問俗採風爲事觀其國中帑藏何以自豐商務何以自振礦產何以自裕鐵路何以自興交涉何以自調製造何以自巧海防何以自固器械何以自精使之揣摩簡練熟爛胸中其可以供　國家之用助當世之務者見聞必錄載誌成書備呈　御覽以爲芻蕘之採也　欽使任滿仍隨還　國爲之從優奏　奬分派差遣斯時也以之治帑藏則帑藏豐以之辦商務則商務振以之理礦產則礦產裕以之操鐵路則鐵路興以之通交涉則交涉調以之經製造則製造巧以之籌海防則海防固以之監器械則器械精以我　中國之人之聰明才力苟能細心專求自必駕西人而上之何患乎人才之不足哉人才足則百事興又何患乎帑藏之不豐商務之不振礦產之不裕鐵路之不興交涉之不調製造之不巧海防之不固器械之不精哉故吾謂致富强之本必先在廣育人才欲廣育人才必先在博文之一舉也

報首例弁以論所以紀事言情抗懷問世一登未了則再四續登每以千言萬言爲率從未有短至二三百字可以冠諸報端者上海報館中亦曾有此議至所論之事大則國計民生細則歲時風土逸致閒情類以闊見聞長才思皆以爲博學地也誠以五洲並立中外一家旣不能爲閉守之防卽不能不圖富强之策或謂中國法制之不善文武之非人爲是語者約皆不揣其本而第齊其末焉者也夫立政之本在得人得人之本在育才育才之本在博學困而不學民斯爲下使民皆下愚雖天子

上聖天縱豈能以一人君四海撫萬邦乎覷龍前車爲鑒不遠固知君不學不能爲君臣不學不能爲臣令之不學之民則國將不堪爲國况言强乎津設博文書院之設此物此志也黎生年未弱冠能見及此不可謂非識時之俊雖篇幅稍狹而意致特佳辭亦清醒充以學力異日其將以所學者見諸壯行乎拭目望之勗哉

直報館主人跋

示考謄錄 〇吏部爲曉諭事所有考試漢謄錄前經出示傳令應考之滿洲蒙古漢軍漢人舉人恩拔副歲優貢生捐納貢監生候選各項官職暨捐納從六以下佐貳職銜人員取具五六品同鄉京官印結佐領圖結赴部投遞今因限期已滿恐應考人員未能週知現在需用 謄錄孔急惟赴部投考者人數寥寥相應再展限三十日所有應考人員務於定限內投結報部聽候本部定期考試

優禮蒙藩 〇蒙古各盟旗年班進京朝賀循例 賞給綢緞數百疋並加給驛站川資旅費 賞項銀一萬四千數百兩例由戶部照數發交理藩院分放倘部庫尚未發給而蒙古王公回牧在卽未便就延照章先由理藩院如數墊放俟部款領出再行歸還玆由理藩院造具蒙古王公應得各款數目分晰清冊咨行戶部查核問放 朝廷優眷蒙藩可謂恩明誼美矣

餅餌風香 〇去冬雪澤稀少屢經 皇上設壇祈禱祇降微雪以致春瘟流行居人染患瘟疫喉症者往往不及醫治卽名登鬼錄都中人士鑒於上年恐有朝不保夕之虞忽於正月二十七日天曙時陰雲密佈六出飛花至廿八日午前始開晴霽共約得雪五寸有餘非但疫癘潛消而麥秋亦可預卜麥隴風來餅餌香定當入詠矣

烟霞趣減 〇鴉片流毒中國近百年矣其中或禁或開或嚴立科條或奉行故事雖未能淨絕根株猶不若今日之甚也數年來家置一燈人握一管無論老幼男女白晝則擁被酣眠昏夜則篝燈笑語耗財廢事種種流弊不可勝言昨風聞有嚴加禁止之說雖未見明文大約此番舉動不比曩時願徧告烟霞中人早自爲計免蹈科條云

仁慈可風 〇京師自入春以來雨雪稀少瘟疫流行日前雖降大雪疫癘尚未潛消是以操岐黃術者幾於日不暇給然富厚之族易於延請至於寒畯之家未免有坐以待斃者誠堪憫惻王君雨村慨發慈祥訂於每日在寓施醫診治內外兩科以辰午爲率是誠仁術也又有某藥長資助藥餌每日就治者往來不絕於途王君與某善長同心共濟可謂功德無量矣

剛强自在 〇甲乙二人幼時同習拳腳及其壯也成羣結隊遇事生風惡蹟昭彰人皆側目日前偶因手中拮据約往燕家胡同某妓院强索京錢百千並言如不照數給錢定將龜殼擊碎時適乂桿李二在院以好言相慰甲乙諾諾而去李嚇喝令龜奴各持利刃追至正陽門大街合義樓茶社前乘其不備向之亂砍致甲乙頭顱肩背受傷甚多倒臥街頭面色灰敗旁人見而駭甚李大言曰𣈆老子做好漢者已數十年一身作事一身當決不累及君等也旋赴中西衙署自首噫此所謂北方之强與

賃貨被劫 〇天津長順齋賃貨鋪黃姓分鋪在東安縣屬爲魚城村亦爲長順齋字號掌櫃係曹國章於正月因該處巨家賃貨卽遣鋪夥赴天津連號取得四色緞花傘八把用布包裹該夥背負行至津屬安光村地名一二頃陸地方突遇二賊持刀威嚇將緞傘並錢又衣服一併刦去業經報案未悉能弋獲否也

無不滋事 〇南鄉楊某者去冬因貧販賣私鹽被巡役查見楊再三叩求以津錢數串買放其餘鹽數十斤亦爲該巡干沒自此楊以爲幸逃法網改過自新詎該巡見覩爲如白染皂一汚不能再湔以此挾制勒詐昨於正月節該巡復尋楊索規楊以自被獲後並未再犯何得覩爲常例執不肯與該巡怒甚卽將楊以送案經旁人代報不平該巡始以衆怒難犯而去按巡查每月薪水僅獲數竿倘不敷一人食用倘家有數口賴何爲生所以賣法縱私並有定例規費至緝獲私硝無非貧苦零星小販之徒其挾勢詐財擾害窮民滋生事端又何待言哉

有就窩藏 〇楊柳青鎮石孝廉作棫家前月下旬被賊在東院空房內竊去鑲石鏡子一個古銅盆一個狼皮褥二個眼鏡一付水烟袋二支當經報案嚴緝迄尙未獲所竊等物似非巨盜然究未拏獲何也

命案詳述 〇河間縣屬後營街民人秦啞叭在城上村牧放羊隻被刦殺傷身死一案曾紀前報頃悉被刦及勘驗情形合再錄登據民人秦鳳來赴文武衙門報稱伊孫秦啞叭赶羊八十三隻赴城上村牧放至晚未歸尋至該處見被殺身死羊隻均無當經文武親臨勘驗失事處所地有腳踏形迹卽飭仵查驗該屍腦後刃傷三處其咽喉刀傷割斷氣管致命合面於地上身上衣服無失其旁有刀一把血一片委係被殺身死驗畢填格飭屬殮埋傳訊地主韓德起等均不知情遂將兇刀寄庫諭秦啞八年方十七歲遭此慘害當經文武官長以刦物拒傷性命關係非小嚴飭捕役兵丁迅速緝獲旋據原差捕役緝捕至肅甯縣會同該縣捕役拏獲賊犯金二一名並活羊若干賊匪併獲當由肅甯縣移送河間縣訊據該賊金二供稱因貪夥同馬虎哈四老公哈五謝大 一共五人起意搶刦行至城上村伊等將秦啞叭殺傷斃命令我赶羊

至黨given今已被獲伊等聞風逃逸等情是以尙須紳拿逸賊四名方成信讞似此搶刦拒傷性命殊爲兇狠至極若不悉數弩獲按律嚴辦何以重人命而靖地方耶茲據該縣來人詳述特以照登

雨暘不同　○鎭江元旦晴霽初四復陰雨連日忽暖忽寒氣候寒．較之三冬尤甚○蕪湖去冬雨雪稀少氣和如春臘月望後始見密雨十八日始雪立春節陽和復放黃羊祀竈雨雪交加至二十七日又見膴日新年拜賀時則天氣晴和人意好矣○江西南昌一帶地方去冬雨少然得雪兩次至臘月二十後之雪隨落隨化雖未見一白如銀然三農慰矣○浙江杭垣新正以來天氣晴和至初四夜俗例迎五路財神一夜爆聲不絕晨起忽驚瓦徵白少頃大雨傾盆天氣寒甚初七雨霽初八九日大晴初十日晨起則雪花如手少頃復雜以細雨計旬日間晴陰寒暖渾無定時行人泥淖不堪○粵東自去臘至正月半以來大雨連綿卽平地低處儼成澤國惟初六日風雨少息氣候略溫初七日紅日高懸云○廈門天久不雨泉漳農民望澤甚殷迨後同安社鄉又復時疫流行石一鄉死亡更甚近又漸漸傳染廈門城廂各地三十六崎左右竹　街四日之間死者七人幸刻下廿雨己降瘟神隨雨而去亦未可知但自十六日起天氣甚冷寒暑表降至五十分左右重裘爲之不暖二十七日復大雨一晝夜簷溜如繩計自去臘久不見晴交春更甚寒暑表又降至四十餘度此爲數年來未有之奇冷亦可見地氣之不齊也

光緒二十二年二月初二日京報照錄

宮門抄　上諭恭錄前報○二月初二日刑部　都察院　大理寺　正黃旗値日　無引見　潤貝勒謝前引大臣　恩　鍾公明秀各假滿請　安　鳳鳴因伊姪以文職用謝　恩　承侯雍和宮總經覆　命　景星謝授陝西陝安道　恩　湖北荆州府知府舒惠謝　恩　李成蔭伊克坦謝充日講起居注　恩　簡溦謝授右庶子恩　候補知府陳兆慶謝　恩　大學士徐桐假十日　信侯續假五日　召見軍機　景星　舒惠　皇上明日寅正至　社稷壇行禮畢還宮卯正入座吃肉後至　頤和園　皇太后前請安畢還宮

○○臣祥麟臣廖壽恒臣孫家鼐臣陳彝跪　奏爲接案續請粥米以惠窮黎恭摺仰祈　聖鑒事竊查通州王恕園等處設廠放粥歷蒙　恩賞賑米設有不敷奏請接濟欽遵辦理各在案茲據該州孫壽臣詳據王恕園等粥廠司事丁文浩等稟稱上年冬間荷蒙　賞給粥米分撥各廠煮放核計米數將次告竣現當青黃不接之際外來貧民就食者仍復絡繹不絕一經停廠深恐無以生活擬請續撥粥米五百石並發給每石柴薪經費銀五錢俾資接濟等情請奏前來伏查通州粥廠及棲流所前經臣等奏蒙　恩賞賑米共一千五百石分撥各廠煮粥散放遠近貧民莫不濡沾　慈惠今該州據各廠司事所稟貧民衆多領米將次告竣一時遽難停止委係實在情形合無仰懇　天恩再賞粥米五百石分給各廠煮放以廣　皇仁此項賑米前因西中二倉粟米無存奏明改放山米此次仍由該二倉照案關放山米卽飭該州領運出倉妥爲散放所需經費銀兩循照向章由臣孫家鼐等酌量籌撥以資濟用所有接案續請粥廠賑米緣由謹合詞恭摺具奏伏乞　皇上聖鑒再臣陳彝現在感冒未克呈遞牌合併聲明謹　奏奉　旨已錄

○○張之洞片　再准江南提督譚碧理咨據提標期滿武進士林夢熊稟稱浙江黃巖縣人由武生中式武舉人辛未科會試中式武進士奉　旨以營守備用經部分發江蘇効力於光緒元年到標試用期滿咨部註册在案現因候補多年資斧不繼稟懇　奏請改歸浙江本省提標効用俾便籌措等情前來合無仰懇　天恩俯准該守備林夢熊改歸浙江本省提標効用以示體恤謹會同江南提督臣譚碧理附片陳請伏乞　聖鑒謹　奏奉　硃批着照所請兵部知道欽此

○○張之洞片　再准辦理江南防務雲南提督臣馮子材咨以前因該開革軍營勇有在鎭江城外聚衆賭博情事當派差弁前往查拿詎有隨營差遣之花翎升用叅將儘先補用遊擊陸朝英聞知潛行通信受賄包庇迨經差弁拿獲勇二名又復被其釋放似此玩法妄爲寔屬有壞營規咨請奏叅懲儆前來臣查陸朝英以隨營武職膽敢受賄庇賭實屬行同無賴相應請　旨將花翎升用叅將補用遊擊陸朝英卽行革職以示警戒而肅軍律除將該員歷保花翎叅將遊擊都守獎扎咨部核銷外理合附片具陳伏乞　聖鑒謹　奏奉　硃批着照所請兵部知道欽此

○○鹿傳霖片　再署成都府通判承霖年滿遺缺應卽委員接署以專責成查有新選茂州直隸州知州長清堪以調署據布政使王毓藻按察使文光會詳請　奏前來除批飭檄委遵照外謹附片具陳伏乞　聖鑒謹　奏奉　硃批吏部知道欽此

欽命二品頂戴代理津海關道督辦北洋大學堂黃　爲出示曉諭事照得中華與外洋各國通商以來風氣日開惟泰西語言文字以及格致測算聲電機礦諸學一時未能洞悉經　正任津海關道盛　籌集

長年經費稟請　北洋大臣王　奏明在津郡設立頭等二等學堂聘請中西積學之士作爲洋漢教習於上年秋間招集頭等第四班學生一班二等第一第二第三學生三班已於十月間開課肄業以後按年招考一班遞升一班昨接　正任津海關道盛　自上海來電已在上海考取二十名現擬在天津考取十名作爲二等學堂第四班學生本道現定於二月二十日考試照定章自十三歲起至十五歲止必須身家清白文理通暢者始能取列爲此出示曉諭凡遠近人等知悉如有世家子弟文理已經通暢情願入學肄業者即赴梁家園門外大學堂先行報名註冊聲明年貌籍貫及三代脚色屆時聽候局門考試毋得自悞特示　光緒二十二年正月二十四日

比商　良濟洋行

本行開設紫竹林街專辦各國著名大廠五金雜貨布疋等物及經理比國考克利軍械炮廠又羊毛機器廠各國著名軍械機器各廠貨眞價廉格外公道仕商賜顧者　請至本行面議可也

敬啟者京城售報處改在前門外琉璃廠小沙土園路西寶興木廠又楊梅竹斜街中間路南聚興隆小器作內兩處分售此白售報人陳午清謹啟寓前門內刑部後身草帽胡同北頭大院內

烏利文洋行

啓者本行開設香港上海三十餘年四方馳名專售各式金銀鐘錶鑽石戒指八音琴千里鏡眼鏡等物價錢比別家格外公道今本行東家未士打哈利由上海來津現在紫竹林利順德飯店三號房間暫停數天即要回申諸君早臨光顧是幸特此佈聞　丙申年二月初五日禮拜三

浙杭　元吉永號

本莊自置紗羅綢緞新樣洋辮花素洋布川廣夏貨團摺雅扇南貨頭油俱全祇爲近時錢市漲落不同故而各貨減價開設估衣街中間路北凡　仕商賜顧者無悞特此佈達

英商　新福商義洋行

本行經辦新式各種槍礮子彈一切軍械機器等件仕宦賜顧請至小行面議

江南　桂蘭齋茶食店

本齋精製拾錦南糖眞素供果嘉湖糕點紹興薄脆八寶京糕異味糕點各種茶食外帶行匣新添拾錦元宵蜜餞糕江米糕南北點心無有不精製細做開設天津天后宮南坐西向東便是

二月初五日銀洋行情

天津九七六錢

銀盤二千五百五十七文

洋元一千八百三十五文

紫竹林九六錢

銀盤二千五百九十七文

洋元一千八百六十五文

二月初五日進口輪船禮拜三

海晏　輪船由上海　招商局

二月初五日出口輪船禮拜三

和生　輪船往上海　怡和行

直報

光緒二十二年二月初六日　第三百五十四號
西歷一千八百九十六年三月十九日　禮拜四

照錄各國公使召見頌詞答詞

正月二十日　皇上御　文華殿召見　美國使臣田貝俄國使臣喀希尼德國使臣紳珂法國使臣施阿蘭義國使臣巴爾迪日本國使臣林董日斯巴尼亞國使臣葛絡幹比國使臣陸彌業和國使臣克羅伯英國署使臣竇克樂巳見邸抄茲由京友將田大臣等賀詞及　皇上答詞敬謹抄錄前來本館捧讀一過仰見中西輯睦之意俱見於字裏行間合將　致詞　答詞恭錄於左　美國欽差田大臣等賀詞　今日住京各國正署大臣使署各員初得躬在　大皇帝前敬陳所願乃作此詞惟信　大皇帝創興是舉必能大助於敦崇中國與立約各國已具和好之誼此乃今集在此者所切願也恭逢　貴國新年恭獻賀　禧至誠至敬之意惟望且信者　大皇帝德化之政上自　國朝以迄庶民共享昇平之福也　大清大皇帝答詞　貴使臣等同詞致頌中懷聽摯語意吉祥深爲嘉悅朕願　貴國　大皇帝新春如意福祚日增更欲　貴使臣等長在中華精神強健諸事順適中外邦交從此永固矣　謹按五洲各邦定章凡派往各處大臣以年月之久暫分次序之後先今在中華之大臣以美欽差爲最久故此次　召見卽以田公使爲領袖合併表出以見率由舊章非軒輕也

補牢已晚　○待漏趨朝之候向在傳籌報曉之初一時蹌蹌濟濟者有珂皆玉無勒不金均於東西華門外停驂駐馬躡步入內而所乘之馬卽交圉人看守以候朝回各圉人因地當　禁禦初不作亡羊之慮詎意數日前有某公爺入值宿衛所乘花驄竟迷蹤跡當卽飭知九門各營坊一體查緝殊無踪影正在追尋之頃又有侍衛某亦因該班　禁旅圉人不慎失去黃驃馬一匹夫東西華門爲　輦轂附近之區乃一日之間連失良馬吁可怪也且詢知均係驊騮之選被錦繡之鞍論其價值當在百金以外何物　賊空空妙手胆如斯之大技如斯之神也倘不嚴加捕緝則　天閑上駟何不可肆其剽竊然塞翁失馬安知非福該馬主亦少安無躁可耳

杜漸宜嚴 ○京師各營濟隊放出貧民嗷嗷待哺日在街市攫取食物雖曰目無法紀實屬飢寒所迫情尙可原不意竟有無藉遊民糾結數十人各持器械在正陽門大街迤南適有唱鼓兒詞者桌上堆積錢文掠取一空繼又向某書廠搶取如前西珠市汛兵丁王某洱攔阻致被拒捕致傷多處王急稟報本汛官廳當經飭弁兵前往追至雙五道廟前拿獲趙四等五人次日復經東珠市汛弁兵拿獲孫全兒等五人一併解交西珠市汛日內當詳解步軍統領衙門究辦矣

薙髮傷鬚 ○京師順治門外有王三者整容匠也口齒伶俐善於詼諧尤好稗官野史諸書一日比鄰有長鬚老人來舖薙髮彼此暢談故事適及馬超追曹操脫袍割鬚謂此誠千古快事正在口講指畫興會淋漓不覺隨手將白鬚薙去其半老人大怒欲以老拳相奉幸有魯仲連其人者出爲調停令薙匠備酒席登門謝罪其事始寢後聞老人將所餘一半一並剃去鶴髮者居然童顏矣抑聞之駐顏却老非發仙家荀草者不能老人幾生修得而乃怒之何俗也

惜花含垢 ○京師某太史以探花之才有看花之癖風流倜儻冠絕一時曾於某娼寮買得一姿貌如出水芙蓉顏嬌映日性比慕春柳絮質弱隨風太史處處防閑處周藻密無如花易招蜂香能引蝶有執鞭僕高某者具潘安之品貌兼韓椽之丰姿遂致賈氏窺窗妃留枕朝雲暮雨誓海盟山太史未之知也適某日赴友約夜半方歸入此室處闃寂無人心知有異遂將女嫗家丁一併送官訊究姦拐各情和盤托出當經有司派差至火道口地方將一對野鴛鴦雙雙拘獲將行嚴訊太史恐醜聲外揚有玷木天清望反從中爲之緩頰惟誘拐婦女有干法紀未悉賢有司能俯准否也

書院鬮考 ○問津三取兩書院二月初六日甄別己經登報昨問津牌示至期五鼓點名諸生務須衣冠齊集候本司親詣點名命題扃試三取書院則委分司李府縣兩學監試題由運憲固封俟點名給卷後由分司拆示云

天網難逃 ○安虎子辛庄人也不知在靜邑犯何重案正在押候訊究間一時疏於防範致令脫逃迭經飭差來津偵探昨在本埠南門外不期而遇當即拘獲適有拉柴空車遂將該犯縛置其上揚鞭而去

恩足及禽 ○前據邑紳張大仕等稟請嚴禁打雁一案由縣一面出示嚴禁一面票飭差拏並經前升縣朱邑尊飭房立案每屆春秋將案呈入以便照案禁斷永著爲令現時藉此射利者實繁有徒己由承辦房遵檢卷宗呈請照辦矣

顏難對堵 ○三義廟前張光亮業木作娶妻馮氏頗云靜好刻因患癖不能工作賦閑日久不無交謫之聲昨出外告貸半日方歸則入宮不見妻急告堂兄其兄先弟後跟踪至馮氏家見母女正在裝束意甚倉皇方詰問間而氏父馮大刃匆匆入門辯言車已雇妥急走勿遲否恐事機洩露初不料二張在室也張聞之怒髮冲冠即將該氏拉赴縣署以替女嫌貧背夫改嫁等詞具控尙不知琴堂作何辦理訪明再登

創立義塾 ○北門內邑紳劉子貞觀察捐鉅資創立義學一區在三聖菴旁延師王韵香教讀議定章程學生以十八爲準然須寒畯之家殷實者不與也又恐附近無知或有擾擾情事由該紳稟請邑尊己經出示曉諭矣

招墾荒田 ○現由蒙古鑲黃旗文移副都統知照哈喇斬堪可開荒田二千四百餘頃有奇又三眼井地方有荒地一區計縱橫八百餘里亦可招墾查該地均與游牧無礙擬請招佃開墾等因遂由都統移咨督憲一面札飭理事同知出示招佃詳定章程以一千二百頃爲一戶自認墾之後試種三年自備牛種並不納租由第四年起始行升科如願認領並准其携眷前來蓋出作必有入息之所務農實爲大利所歸不但下濟民生亦可上裕國課昨有秦永廷者擬向督轅投呈乞移會都統轉飭該管理事府前往認墾但不知准行與否

嚴禁私秤 ○海下小辛庄高桂林私秤抽用經人告發立予傳同地方提案質審據高桂林供係與某某三人夥立公秤非敢漁利實由上下五村一經買賣羅甯柴斤過秤無人各村因願身等代秤每百斤出錢二十文爲酒資等語嚴大令飭具永久不准私立官秤甘結以防擾害地方云

醫會請奬 ○上年中日失和泰西紅十字會會中醫士於用兵處設局救治受傷兵勇全活多人經各營稟請制憲王夔帥奏請奬勵茲將名單列後計開 德國醫官司里巴 法國醫官德博施以上二名均擬請 賞給二等第三寶星 紅十字總董英國駐滬領事官哈斯 天津紅十字會紳董克愼士 美國駐津副領事官北洋頭二等學堂總教習丁家立以上三名均擬請 賞給三等第一寶星 美國醫官阿布德 英國醫官伊爾文以上二名均擬請 賞給三等第二寶星 天津英國醫士法來沙 營口英國醫士清亨壓 天津英國醫士施米士 營口英國醫士白崗達 天津英國醫士歐士敦 營口英國醫士達奈 天津英國醫士湯牲 營口英國醫士邊納 天津英國醫士詹米士 烟台醫士杜司會 營口英國醫士施德以上十二名均擬請 賞給三等第三寶星 總查中國洋面搭燈洋婦安得生 美國女醫 氏 美國女醫邊氏 仁愛會女會長衛氏以上四名均請 賞給樂善好施字樣

安土重遷　○蘇垣日本租界已定綿長裕一帶計有村圻十二均須一律遷讓經官設立勘界公所清釐界址田廬墳墓概予給償而該處農民世守相安皆不愿輕離故土故赴局投報請給價者竟無一人如內中墳墓更難悉數且聞有故學士宋公之墓載在府志尤未便輕舉妄動故一時聯名具稟保留祖墓者已有數十餘起當道諸公礙難批示概予存案而已看此光景開埠一事殊費周章是以所有官價官紳會議將及一月如何給價外間雖有傳言而至今明文尚未榜示通衢云

西電譯登　○昨日路透電云在雲南邊界之地名西河者現擬開設通商口岸聞此事已經華廷允准俟雲南邊界劃定後即行辦理云○英國議院總理外部事務大臣克珍函復哈考公爵云亞非利加洲之阿克士地方酋長謀為不軌現已議定派兵征勦蓋議院拉包賽君議及此舉以此議為善者共一百四十二人事遂定決云

光緒二十二年二月初三日京報照錄

○○譚繼洵片　再前准軍機大臣字寄光緒二十年三月十二日奉　上諭戶部奏遵撥銅本銀兩一摺雲南銅本銀兩鼓鑄攸關現經戶部遵旨籌撥由湖北省於二十二十一兩年應解部旗兵加餉項下每年劃撥銀五萬兩西徵洋款改為加放俸餉項下每年劃撥銀十萬兩着即分年迅速籌撥不准稍有滯欠等因欽此業於上年及本年撥解第一批至五批雲南銅本銀十萬兩先後　奏明在案茲據湖北布政使王之春會同善後局司道詳稱在於應解部庫加放俸餉項下籌撥庫平銀二萬兩查照滇省來文於十二月初四日發交漢鎮天順祥商號滙解赴督辦雲南礦務臣唐炯行轅交收作為第六批銅本銀兩應給滙費並即照數給清等情詳請奏咨前來臣覆核無異除分咨外理合附片具陳伏乞　聖鑒再湖北巡撫係臣本任毋庸會銜合併陳明謹　奏奉　硃批戶部知道欽此

○○譚繼洵片　再據新授湖北漢陽鎮總兵周芳明稟請代奏籲懇　陛見業經據情代陳恭候　諭旨遵行惟查漢陽為長江上游重鎮現值各路散勇紛紛過境堪慮游勇會匪潛圖勾結稽察彈壓均關緊要該總兵自署理斯缺以來於地方匪類水師操防巡緝整頓極為認眞未便遽易生手相應仰懇　天恩俯准將周芳明暫緩　陛見俟江防稍鬆再行具奏請　覲以符定制謹附片具陳伏乞　聖鑒　訓示謹　奏奉　硃批著照所請欽此

○○張之洞片　再方今時勢日棘恤民爲先必須爲州縣者廉潔勤明方能培養元氣整飭地方查有如臯縣知縣童秉厚心地糊塗信任家丁差役本年辦理勸捐不免苛擾物議繁滋泰興縣知縣王肇嵩人才庸陋善於鑽營從前未捐官之時曾在上海貿易開設南誠信字號烟館執業猥鄙深為同僚所鄙薄此等人員臨民豈能講求治理又前署六合縣知縣江蘇候補知縣曹明志小有才能利心未除前辦捐務亦多未協寔屬難膺民社以上各員未便姑容相應請　旨將童秉厚王肇嵩二員均即行革職曹明志一員以縣丞降補以肅官方理合附片具奏伏乞　聖鑒謹　奏奉　硃批另有旨欽此

欽命二品頂戴代理津海關道督辦北洋大學堂黃　為出示曉諭事照得中華與外洋各國通商以來風氣日開惟泰西語言文字以及格致測算聲電機礦諸學一時未能洞悉經　正任津海關道盛　籌集長年經費稟請　北洋大臣王　奏明在津郡設立頭等二等學堂聘請中西積學之士作為洋漢教習於上年秋間招集頭等第四班學生一班二等第一第二第三學生三班已於十月間開課肄業以後按年招考一班遞升一班昨接　正任津海關道盛　自上海來電已在上海考取二十名現擬在天津考取十名作為二等學堂第四班學生本道現定於二月二十日考試照定章自十三歲起至十五歲止必須身家清白文理通暢者始能取列為此出示曉諭凡遠近人等知悉如有世家子弟文理已經通暢情願入學肄業者即赴梁家園門外大學堂先行報名註冊聲明年貌籍貫及三代腳色屆時聽候局門考試毋得自悞特示　光緒二十二年正月二十四日

金陵 仁記南味坊

自製本機元淺京緞寧綢紗縐絨線糟
貨食物金腿海味南貨俱全近因錢市
漲落不同分別減價抑因無恥之徒假
冒南味者甚多雖云謀利誠恐亂眞欲
辨薰蕕用煩楮墨
寄售前門兩龍井每斤津錢一千二百文/八百文福建條
絲格外公道 開設宮北大獅胡同內

告白

啟者報館之有採訪猶古之採風採詩上以考政治之得失下以考風氣之純剝載諸報端宣之中外取其善懲其惡故言者無罪聞者足戒尤是任者品必公正心必仁廉公則明正則直仁則不爲己甚之事廉則不貪非分之財用能識大體近人情善善惡惡柔不茹剛不吐凡有關於 國計民生者自大至細悉採毋遺辭取達意而止不以富麗爲工登供衆覽於以通上下難言之苦達遠近不聞之聲庶使豫先事之綢繆善後事之補救斯無負泰西設館之本旨焉否則遇事射利飛短流長實爲此間所大忌者矣現在本館採訪招人有樂就者祈先以所採新聞投交海大道老菜市本報館門房轉遞是幸如可登錄取有切實公正保人則端人之取友必端本報館不惜重聘定當延致其有冀循情面援本館友人互爲請託者一概不收毋怪言之不豫也此啟

本館主人啟

比商 良濟洋行

本行開設紫竹林街專辦各國
著名大廠五金雜貨布疋等物
及經理比國考克利軍械炮廠
又羊毛機器廠各國著名軍械
機器各廠貨眞價廉格外公道
仕商賜顧者 請至本行面議
可也

敬啟者京城售報處改在前門外琉璃廠小沙土園路西寶興木廠又楊梅竹斜街中間路南聚興降小器作內兩處分售此白售報人陳午濤謹啟寓前門內刑部後身草帽胡同北頭大院內

烏利文洋行

啓者本行開設香港上海三十餘年四方馳
名專售各式金銀鐘錶鑽石戒指八音琴千
里鏡眼鏡等物價錢比別家格外公道今本
行東家禾士打吟利由上海來津現在紫竹
林利順德飯店三號房間暫停數天即要回
申諸君早臨光顧是幸特此佈
聞 丙申年二月初六日禮拜四

浙杭 元吉永䖍

本莊自置紗羅綢緞新
樣洋辮花素洋布川廣
夏貨團摺雅扇南貨頭
油俱全祇爲近時錢市
漲落不同故而各貨減
價開設估衣街中間路
北凡 仕商賜顧者無
悞特此佈達

英商 新福商義洋行

本行經辦新
式各種槍礮
子彈一切軍
械機器等件
仕宦賜顧請
至小行面議

江南 桂蘭齋茶食店

本齋精製拾錦
南糖眞素供果
嘉湖糕點紹興
蒸脆八寶京糕
異味糕點各種
茶食外帶行匣
新添拾錦元宵
蜜府糕江米糕
南北點心無有
不精製細做
開設天津天后
宮南坐西向東
便是

二月初六日銀洋行情
天津九七六錢
銀盤二千五百四十二文
洋元一千八百二十五文
紫竹林九六錢
銀盤二千五百八十二文
洋元一千八百五十五文
二月初六日進口輪船禮拜四
新裕 輪船往上海 招商局
怡生 輪船往上海 怡和行
二月初七日出口輪船禮拜五
海晏 輪船由上海 招商局
承平 輪船往上海 礦稅局

直報

光緒二十二年二月初七日　第三百五十五號

西歷一千八百九十六年三月二十日　禮拜五

論曹周氏蒸骨驗屍事

國家定例婦人有罪則坐夫男訴狀則用抱告所以明陰無專主之義且以女子出頭露面大非禮教所宜除犯重罪不得輕易收押蓋恐因男女混雜官媒舞弊有污名節也夫羞惡之心人所皆有施强暴于衆人屬目之地不待貞者拒之苟非狗彘不如孰肯甘棄面目者然旋羈旋釋者猶可說也而久經押禁實難保無虞惟是婦人幽繫一宵則終身不能自白無論里巷交傳指爲不潔卽至親如父母恩愛若良人亦難深信其無他况娣姒之間持爲話柄雖有孝子慈孫百世不能洗此恥所以婦人犯罪不死於拘攣桎梏之下每死於羞慚悔恨之餘職是故也雖然婦女不宜輕押稍諳治理者猶知之至婦女不宜輕於傳喚雖深明治理者亦或不免以爲法合到官質審耳不知法雖起於蕭曹義實衷諸周孔聖人緣情爲制其於婦女犯科之條所以委曲以體難言之隱不白之寃卽陰以養其廉恥者法外之仁無所不盡若必以法合到官質審强者勢將流爲刁悍弱者勢將釀成命案矣日前京師崇文門外南城官媒管押婦女某氏身死一案業經五城會同相驗登諸前報茲又聞京南馬駒橋鄉民曹某因欠崇文門外櫈櫛市某糧店米銀十餘兩嗣因無力償還寫立借劵刻經該糧店主王某聞悉曹某現赴粵海關隨官服役稍有積蓄起意將借約添改四百數十金卽赴東河漕地方東城坊楊少尉昌壽署內控告因曹某居住馬駒橋地方乃歸通州管轄並非東城所屬東城始推不理繼該糧店挽人請託許給賄賂卽將曹周氏誘至都中赴案喊告迨經堂訊曹周氏供認欠銀十四兩經氏夫立有字據卽向王某追出字據當堂驗視係欠銀四百五十金然字據多有塗改筆跡該少尉竟顧一面之私並不追詰反以曹周氏任意狡展卽行詳報城憲請批管押嗣因城憲知非東城管轄地面卽仰坊批送南城內坊陳子承少尉案下訊辦該糧店因案移南城復行預爲補託堂訊時復將曹周氏掌頰四十發交官媒管押以致含寃莫伸羞澀悔恨於正月二十三日斃命陳少尉自知干咎倉皇失措赶卽詳城批送中城司沈俊如指揮帶領吏仵穩婆相驗據仵作侯某喝報驗得曹周氏委係左腮有掌刑傷痰壅氣閉身死復因並無屍屬眼同相驗卽詳城憲批委東城韓鶴汀南城劉虞廷西城金申甫北城陳靜菴指揮各帶吏仵穩婆會同相驗將屍抬至街前昇放平明地面以一尺八寸長銀簪由口內插入胸膛肚腹脊背脊膂均糊酒糟復以棉絮緊裹再以滚水澆屍名曰蒸骨驗屍逾三刻時將銀簪取出會同詳細驗視並無黑色實係痰壅氣閉身死現因屍子亦在外省服役屍媳尚在產房經中城發給官項購買薄棺將屍成殮棄於街前刻經中城將糧店王某鎖押詳城咨送刑部澈底根究按律懲辦夫事關婦女禮宜寬容况氏夫雖服役未歸家有妻孥還鄉之期終當不遠縱奸商改劵揑詞該坊官亦理宜不准乃竟受請貪贓擅行責押致釀命案實干法紀諒經此番嚴行審訊王某應干議抵之條該坊官營私貪婪恐不無鐫職之咎矣有刑獄之責者其鑒之其慎之乎

沴可潛消　○京師自去冬以來氣候不齊屢滋癘疫乃節近春分天氣猶如冬令論者謂節候失宜近年所未有也詎正月二十八日濃雲密布氣象陰森有望雲思雪之意延至昨夜十點鐘滕六雖未肆威雨師居然稅駕淅淅瀝瀝檐溜如繩頃之雨變爲霰霰繼以雪寒氣襲人　入肌骨詰朝噫氣大作如龍吟如虎吼乃能霧斂雲銷長天一色想經此番滌蕩瘟疫當一掃而空矣

途塡成畏　○羅某住京師西便門外五道口地方正月二十九日肩負行李行至蔡公莊突來强盜數人先將行李攫去並挨羅在地身上衣服剝掠一空羅大聲

呼救附近居民聞聲出視而盜如鶴飛冥冥矣遂報營汛雜差當蒙飭差緝拏賊匪能否弋獲殊不可必云

部郎受騙　○紫陌紅塵之地騙逃多端然人習聞之而誤墮之可怪也某甲者湘中產家稱鉅富弱冠納貲爲郎于二月初携貲來京僑寓西河沿旅邸志在援例呈請分部學習行走歷練官常事乃家本膏粱性頗揮霍與二三友朋日以花柳爲安樂窩有衣冠楚楚者在某校書處間相與訂交酒食徵逐之餘稱有與援捷經許爲營謀致被騙去朱提四千兩作黃鶴高飛聞其中屈折甚多彌縫甚巧故某甲墮其術中因限于尺幅不暇縷述云

天譴難逃　○某甲者東安門外人也年甫三十生平種種惡蹟罄竹難書而忤逆情形尤堪髮指自向年贅某姓爲壻即安居甥館坐享素封視父母如路人父欝欝以死一切棺殮等事甲竟置之不理幸其母多方羅掘草草葬埋甲之忍心害理何至於此詎意天網恢恢疏而不漏甲以婦家可恃不謀生產以致坐食山空日就貧窶隣里皆唾駡之不以人齒其母反得藉針黹餬口無凍餒憂僉曰多行不義必自斃知甲之不遽斃者天所重其罪也

善舉堪風　○河東西方巷前桐蓬號李宅設立存育所所以恤貧民也去歲冬令開辦就食者二百餘名刻下陽和布令東作將興百日之期已滿定於本月初五日遣散令各歸本業云

惡鬥宜懲　○王二曹二者均非善類日昨不知因何事故在侯家後河沿上相遇王二手持大斧將曹二砍傷頭上深有寸許血流不止悶絕多時方有呼吸之氣即飭傳赴縣署控告該管地方即將王二抓獲到案

私伐官樹　○王某者充某署轅門武弁施由河營派至小站守汛小站閘口左右樹木甚多經王飭人砍伐意圖私賣值銀甚多尚未賣出被某達官所知以樹木爲護堤之物何得私售轉告該管官嚴禁問已將該弁斥革矣

有名無實　○前署天津鎮吳軍門在任時創開月課獎勵營弁初考時尚有四五十人逐漸減少每月至十數人數人不等竟成虛應故事而此項銀兩係由天津道署撥給計共四百兩似此人數寥寥每年賞耗無幾盈餘甚多不知吳軍門當日作何開銷無怪自軍興後截然停止也

以告者過　○天津鎮員缺本屬清苦昔年奏准將掛甲四官莊歸鎮署經理向由中軍承辦並無左營之事每至開征收租時由鎮轅揀派巡捕一員前往經收另有總催並無明示開征之期至每年所收租價除照例應交天津縣地丁錢粮銀一百餘兩之外餘欵作兵丁差費及巡閱看操獎賞並製辦旗幟號衣等項年終造冊報銷戶部此乃掛甲寺官莊之情形也昨報登開征之期云云以告者過也

匪徒宜戒　○津沽風俗淫靡皆無賴之徒有以啓之也聞城內鼓樓西某甲專爲富家巨族雇覓女僕初不過圖抽中錢數百而已近則奸智日生引誘外來良家婦女名爲代覓活計實則窩藏伊家視爲錢樹子故狂童蕩子所雇女僕凡少艾者不惜重價蓋以炊爨之身備枕席之薦皆係某甲爲之關說其導淫作惡視勾攔爲尤甚風化所關良非淺鮮爲有司者所急宜懲也

別出心裁　○香河縣屬西雙街村李福太者以務農爲生家頗小有於客臘歲暮時被賊越墻下院既不撥門亦不入室竟奔牲口棚適李驚覺喊捕該賊竟施放洋槍李即匿不敢出被賊牽去黑乳牛二隻小驢一匹開門逃逸迨李喊同村衆追緝已無踪影只得稟報文武衙門當蒙飭捕緝捕能否弋獲殊難預卜茲據該處來人言及北道之被竊被搶者均係牲口居多如出一轍狡哉賊也

情種堪憐　○梁垣古帝王都人烟輻湊風俗繁華梨園之盛直與京師相伯仲有某伶者色藝俱佳風流絕世登場一曲幾疑爲神仙中人一日某千金觀其演郭華故事即俗所謂賣　脂者不覺心動欲結良緣父母再三勸止爭奈以死相誓百折不回並云即媵妾亦所不辭父母愛之深而不忍拂其意遂下嫁焉合　之後翡翠遊倘沿風翔雲路不足喻其樂也無如梨原善病桐易悲秋不逾年遽作泉下物某女亦仰藥以殉嗟乎遇雖不淑節實堪嘉詩云由來情種是情痴此之謂乎

西電譯登　○頃按西歷三月十八日路透電云英國派兵赴東溝力地方征勦一事實出人意料之外法京人民一時爲之震動○法國某報云法國大臣福利樓言於駐法英使曰東溝之役將來必釀成大舉○又云法俄二國已妥定密約以便互相協助○英國沙利司波里公爵在上議院宣言派兵一事已知會埃及義大利二國惟義大利以此舉終屬涉險○義大利現在與阿比西尼亞人開戰茲據義國首相魯地尼候爵云此戰本屬不得已之舉如能說合亦可樂從惟此時不能停戰并需賠償一萬四千萬義洋云

臺亂風聞　○臺北於去歲十一月十六夜三鼓時臺北各鄉義民突然蜂起與日兵鏖戰至十八日義民復聚兵三萬餘人一在觀音山絕頂以黑旗寫新興民主國字樣鳴炮爲號一在臺北東門外僻處埋伏大炮一聲羣兵蜂湧而來所異者攻東門之兵其大旗上多有寫林時甫字樣者迨逼攻圻橋則又以封條寫兩江總督部堂

張十一月十八日封各字樣向日人學塾門首亂貼推原其故蓋以烏合之衆一時無主故假名託勢藉以耀武揚威種種奇聞不一而足當其攻東門之時城內但存日兵數百大炮一座日人見馬房已毀義兵將踰垣而入勉強支持連放大炮二響義兵訝城中之大炮多具也恐寡不敵衆爰即引軍而退日人始得便宜是役兩軍各有死傷惟居民幸有保甲局董事林舞臣出爲彈壓轉以安全至十九日日官大作威福冀洩忿怒衙道中遇有行人不分良莠立即捉去有送入枉死城者有囚入囹圄內者數日間良民逃竄約有二千餘人近日大稻埕隘門嚴閉絕無行人輪木船亦少出入舉國爲之罷市噫嘻此果誰氏之咎哉

大快人心 ○津北桃花寺村蒲溝汛該管地面村中舊有慣賊趙恩科又名大家敗實爲一方之害雖蒙前汛主迭經搜拿未嘗一獲今李汛主印長芸于去歲閏五月間涖任以來勤于公事嚴禁賭博緝拿賊匪親率汛兵巡途下夜勤勞無已賊匪實難潛匿遂爾遠颺閭閻得以安堵各村甚感足見汛主實心爲民該賊大家敗惡慣滿盈被淫婦外國雞誘回汛主久伏眼線于正月二十五黎明率目兵等兜拿今聞移送有司大約縣尊必與民除害將見除此匪賊即可夜不閉戶路不拾遺效古風之美焉今急登報以風武弁之有青者

光緒二十二年二月初三日京報照錄

宮門抄 上諭恭錄前報○二月初三日工部 鴻臚寺 正白旗值日 無引見 銘公續假十日 提督衙門奏拿獲偷竊 園庭木植賊犯楊十兒等七名請交內務府 又奏兵部候補主事敬廉服毒身死請交刑部 召見軍機

○○臣孫家鼐臣陳彝跪 奏爲敬舉賢員懇 恩嘉獎恭摺仰祈 聖鑒事竊爲政在乎得人而鼓舞人才俾中材有所取法則上司之責也臣等忝司郊圻愧無知人之明惟有秉公核實於所屬各員留心體察考之公 參之輿論再三斟酌僅得數員敬陳 聖聽查有現署順天府治中候補知州林紹清辦事勤敏有志爲民綜核精詳兼通算學前署通州知州大挑知縣吳兆熊初任劇區正値大水救災捍患不遺餘力輿情愛戴久而不忘現署三河縣事候補知縣吳大照才能幹事有志向上現署固安縣事候補知縣趙元擣勤於緝捕地方獲安保定縣知縣劉俊升書生本色不染洋習艱苦瘠區不忘民事以上五員均順屬實缺候補中難得之人既有表見於今日望其成就於將來合無仰懇 天恩俾 旨嘉獎俾其益加勤奮勉爲循良倘有始勤終怠前後易轍臣等仍當隨時察核糾參不敢以保舉在前稍涉迴護所有敬舉賢員緣由理合恭摺具陳伏乞 皇上聖鑒謹 奏奉 旨已錄

○○順天府片 再察吏所以安民舉錯不容偏廢茲查有昌平州知州張兆珏前署通州以捕盜不力撤任嗣復別有控案應請 旨開去昌平州寔缺仍由臣等隨時察看又大興縣黃村巡檢孫鎬延多事擾民揹受有案前署東安縣典史候補巡檢傳秉鈞不安本分聲名平常應請 旨一併革職以肅吏治所有昌平州缺照章由外揀員請補理合附片具陳伏乞 聖鑒 訓示謹 奏奉 旨已錄

○○頭品頂戴閩浙總督臣邊寶泉跪 奏爲總兵因病出缺請 旨迅賜簡放循例由驛奏祈 聖鑒事竊據浙江處州鎮標中軍遊擊煜麒稟報現署處州鎮本任海關鎮總兵孫昌凱因患痰疾病證牽動舊傷醫治無效於光緒二十一年二月十九日在任病故等情臣查孫昌凱籍隸湖南清泉縣投軍剿匪迭著戰功洊保今職蒙恩補授海門鎮調署處州鎮總兵於轄屬營伍均能實力講求茲遽因病出缺殊深惋惜所遺海門鎮缺應請 旨簡放以重職守惟海門一鎮管轄台州地方山海交錯素稱盜藪本任處州鎮總兵陳濟清前辦海防事務 恩准調署是缺仍兼管鎮口北岸防軍責任綦重現在洋面未靖正當整頓舟師認眞緝捕之際未便令回處州本任准浙江撫臣廖壽豐電商前來可否仰懇 天恩仍准陳濟清照舊調署之處出自 聖裁至處州鎮篆亦關緊要查有杭州協副將林耀光情形熟悉營務素講堪以委署除檄飭遵照外謹循例馳驛具陳伏乞 皇上聖鑒 訓示謹 奏奉 硃批另有旨欽此

欽命二品頂戴代理津海關道督辦北洋大學堂黃 爲出示曉諭事照得中華與外洋各國通商以來風氣日開惟泰西語言文字以及格致測算聲電機礦諸學一時未能洞悉經 正任津海關道盛 籌集長年經費稟請 北洋大臣王 奏明在津郡設立頭等二等學堂聘請中西積學之士作爲洋漢教習於上年秋間招集頭等第四班學生一班二等第一第二第三學生三班已於十月間開課肄業以後按年招考一班遞升一班昨接 正任津海關道盛 自上海來電已在上海考取二十名現擬在天津考

取十名作爲二等學堂第四班學生本道現定於二月二十日考試照定章自十三歲起至十五歲止必須身家清白文理通暢者始能取列爲此出示曉諭凡遠近人等知悉如有世家子弟文理已經通暢情願入學肄業者卽赴梁家園門外大學堂先行報名註冊聲明年貌籍貫及三代腳色屆時聽候局門考試毋得自悞特示 光緒二十二年正月二十四日

元皞農先生精地理得方外傳堪輿中聖手也先曾爲僕修理先塋越三年遂領鄉薦旋入詞垣效驗之捷如響隨聲爰登報端以誌銘感現寓河北大街義昌祥洋布舖有福祿者盍造訪焉 静海劉汝驥謹啓

浙紹名醫朱鈍翁先生術高望重寓彌勒巷

比商 亘濟洋行

本行開設紫竹林街專辦各國著名大廠五金雜貨布疋等物及經理比國考克利軍械炮廠又羊毛機器廠各國著名軍械機器各廠貨眞價廉格外公道仕商賜顧者 請至本行面議可也

敬啓者京城售報處改在前門外琉璃廠小沙土園路西寶興木廠又楊梅竹斜街中間路南聚興隆小器作內兩處分售此白 售報人陳午濤謹啓寓前門內刑部後身草帽胡同北頭大院內

烏利文洋行

啓者本行開設香港上海三十餘年四方馳名專售各式金銀鐘錶鑽石戒指八音琴千里鏡眼鏡等物價錢比別家格外公道今本行東家未士打哈利由上海來津現在紫竹林利順德飯店三號房間暫停數天卽要回申諸君早臨光顧是幸特此佈聞 丙申年二月初七日禮拜五

浙杭 元吉永號

本莊自置紗羅綢緞新樣洋綁花素洋布川廣夏貨團摺雅扇南貨頭油俱全祇爲近時錢市漲落不同故而各貨減價開設估衣街中間路北凡 仕商賜顧者無悞特此佈達

英商 新福義商洋行

本行經辦新式各種槍礮子彈一切軍械機器等件仕宦賜顧請至小行面議

江南 桂蘭齋茶食店

本齋精製拾錦南糖眞素供果嘉湖糕點紹興薄脆八寶京糕異味糕點各種茶食外帶行匣新添拾錦元宵蜜層糕江米糕南北點心無有不精製細做開設天津天后宮南坐西向東便是

二月初七日銀洋行情
天津九七六錢
銀盤二千五百二十七文
洋元一千八百一十文
紫竹林九六錢
銀盤二千五百六十七文
洋元一千八百四十文

二月初八日進口輪船禮拜六
新裕 輪船由上海 招商局
怡生 輪船由上海 怡和行
二月初九日出口輪船禮拜日
海晏 輪船往上海 招商局
盛京 輪船往上海 太古行

直報

光緒二十二年二月初八日
西歷一千八百九十六年三月二十一日
第三百五十六號
禮拜六

上諭恭錄

硃筆曾廣漢補授光祿寺卿欽此　硃筆李昭　轉補左春坊左中允吳樹梅補授右春坊右中允欽此　上諭魏光燾奏進剿川北獲勝攻克蘇家堡老巢一摺西甯川北地方逆目劉騰蛟踞守蘇家堡堅巢與西川哆巴逆衆互爲聲援本年正月初十日魏光燾所部提督湯秀齋會同西甯鎭總兵鄧增各車進剿蘇家堡官軍分隊剿擊踴躍爭先十一日遂將蘇家堡攻克附近各堡踞賊亦相率奔潰計克大小賊壘三十餘座陣斬悍目多名擒斬悍賊二千餘名剿辦尙爲得手仍着魏光　督飭各軍乘此聲威進攻哆邑務將首要各逆悉數殲除以靖地方而弭後患餘着照所議辦理該部知道欽此　上諭張之洞奏總兵丁憂開缺請旨簡放一摺安徽壽春鎭總兵郭寶昌着改爲署任仍統帶卓勝軍認眞防緝以靖地方欽此

送江星階明府宗瀚入都引　見序

恩師江仲符夫子前知青縣事光緒丙子訓瀚侍　先嚴任江右入監北應鄉舉榜發以堂備落孫山更名應童子試蒙　夫子拔置第一而　先嚴訃至服　後復蒙繫置諸童首試出晉謁時雲衢星階兩公子皆隨任與訓年相若意相親也辛己　夫子以卓異保升景州三年復權青邑丁亥訓以優舉亦惟　夫子作養力鼠　春調□豐從此遂永訣矣每於夢寐時涉想像竊意思　夫子而不見得見　夫子之哲嗣當亦如見　夫子焉不意南船北馬望斷鱗鴻每聽鄉父老懷　夫子德者追艱苦則曰使江青天在當不至是士遊於庠農嘆於野於以識官民感應之機捷於影響也夫居官賢否國家之考課尙不足爲定評評奚以定定以百姓之毀譽愛惡而已尤定以去任後百姓之毀譽愛惡而已方其在任也堂上有法堂下有刑勢迫力驅何求不得及其去也民視如仇惟恐其去不速去不遠一遇急難且將擠之阱而下石焉如此而曰汝必譽我勿毀我愛我勿惡我萬不可得廉明之吏慈祥愷悌洽於民心其去也如孩提之失父母焉而曰汝必毀我勿譽我惡我勿愛我亦萬萬不可得由是觀之而賢否之眞情出矣况吾　夫子家學淵源箕裘相紹一行作吏到處政有聲雖未一秉封疆任而普天之下莫非縣一縣安則縣縣安縣縣安則天下安又烏可以州縣少也且吾　夫子多隱德恒不以告人訓雖畧知一二卒不得其端末且不敢以管窺蠡測者誣其全固不如緘口不一道然吾聞之行善必報天道不忒不於其身必於其子孫其我　夫子之謂乎丙申春訓以事自都至津羈遲既久囊敝金盡困頓無聊不意得與　星階世兄遇聯床話舊握手言歡洄憶　夫子治吾邑時如理舊書實心實政恍然在目前也今　世兄以保升大令過班將赴都引　見鶯遷在卽駿業可懋我　夫子生平未竟之緒將於我　世兄覘之矣勗哉是爲序

治世愚弟董承訓頓首拜

瑞占玉戲　〇京師日前得雪五寸有餘已列前報旋於二月初四日濟晨雲密天低饒有雨意既而風吼如虎雨師退舍而嚴寒特甚□見各街衢無衣無褐者一

樺蔦鐙鴦屑霎時雨中夾霰形似米粒驚瓦淅瀝作聲清如碎玉時未六出花飛也晚間繼之以雪如朱詩所云但覺衾裯如抱鐵不知庭院已堆鹽初五晨起紙窗盡裂墻陰積素猶未全消回覩盂盎已結薄冰晶瑩如鏡天氣愈寒非裘不煖但不知鳩面鵠形者將何如瑟縮也北地雖稱苦寒而去冬雪澤稀少今覩水鏤冰約逾六寸想亦豐年之兆云紀之以爲有事西疇者喜

望切珠還　○朝陽門外神道街王姓家有子甫六齡因鄉戚來家命子提籃入市購買食物待至更深人靜歸跡渺然舉家驚惶偵騎四出比東方既白猶如黃鶴無蹤其母因于日前親挈十餘齡幼女沿街鳴鑼叫訪顏色憔悴淚點涔涔見者莫不酸鼻但不知合浦之珠果能復還否

文旌戾止　○新簡雲南巡撫黃樹庭大中丞槐森交卸西藏篆務由任至申乘海晏輪船北上已於昨日抵津暫以佛照樓爲行台云

豸節將臨　○直隸按察使季士周廉訪聞有要公稟商督憲已由保陽啟節日內當可抵津僚寅藉以仰瞻丰采已

志書續纂　○天津府志書刊自雍正年間迄今均形殘缺古事既多淹沒今事亦有漏遺現由沈太守子敦稟請重修凡近今所未經載記者擬請接　編入已蒙督憲批示准行候即提款興辦現太守已飭下七屬當將境中所有景物事蹟或經載入已就荒殘或未載登尤形簡畧均須蒐收博採務臻詳細貼說繪圖分註明晰以便採者一目了然刻聞延請名儒司其事矣

部照初頒　○前因順直災荒曾經前督憲李傅相議請准捐貢監封典職銜已經俞允在案議定章程均按四成實銀上兌後先給實收執照一紙俟匯奏由部核准然後頒給部照茲二十一年分所有捐生經部覆准部照已頒發到局矣不日當即傳領云

門楣有慶　○曹㮣軒者世居城內二道街舊族也亦寒士也　姪太學生毓灝娶妻某氏琴瑟靜好初無間言詎生於二月初竟赴玉樓之召氏忍痛吞聲料理一切小殮既畢竟殉於靈牀之側嗚呼女子何知而大義懍然從容盡節此誠可以挽頹風而勵澆俗矣當經保甲局第一段委員江星階大令一面稟知督憲入　奏請旌並先賜其門曰節烈可風日昨送匾之期旗牌耀日簫鼓如雷一時衣裳楚楚皆亙紳耆德也觀者塞巷填街無不額手贊曰卓哉奇女子

國法難逃　○眠花宿柳已干浮蕩之譏竊玉偷香尤蹈狂且之戒人知之則喪名人不知亦折壽也更有無賴之徒恃勢橫行大肆強暴此尤天理所不容王法所不宥者關上王兆朋應船局行市家道頗稱充裕其姪不安本分劣蹟多端近又見某姓婦頗有姿色一時慾燄上騰不能禁止硬行强姦致該婦羞憤難當服毒自盡聞已呈控琴堂此等匪類棍徒非從嚴議抵何以維風化而安善良耶

試題照錄　○書院甄別生童各題列後　生題　子曰吾之於人也兩章　童題　天下有道小德役大德　詩題　五原春色舊來遲得遲字　生八韵　童六韵並聞輔仁書院因造冊不齊改請二月初十日考生十三日考童合併登明

妄控宜懲　○鳳河東隄坍損頗多亟應修理而公私交困之時殊難爲力前由武清縣稟請督憲撥款補修以工代賑一面傳知寺上黃莊等村地方知照各該村紳耆轉諭窮民議定每土一方作價津錢二百文村民可借此餬口此係一舉兩得誠善舉也旋蒙督憲批飭准行在案詎寺上王玉堂倡率四十九村鄉民聯名赴督轅指控武清縣土方作價太輕不免多領少發意圖尅扣等語即經批示瀏查此隄原係民修民守官不與聞當茲庫款奇絀之時本無款可撥惟據該武清縣湯令稟稱民情困苦異常擬辦以工代賑姑准照行乃爾等反言武清縣多領少放不免尅扣事雖准行尚未舉辦何尅扣之有且土方作價二百不爲不多查閱稟詞諸多荒謬實屬妄言著將稟首具名之王家琪即王玉堂發縣解交武清縣查律從嚴詳辦以懲刁風當將王解去由武清縣訊供係周九安等慫恿又經各村出保情願不領官款歸王玉堂等自捐補修取具不准科派殃民甘結即予保釋現已勸修東淵絕地兩處決口聞王玉堂周九安等又有科派漁利情事已起訟爭矣

理難漏網　○東門外官道有兩人並肩而行大似長隨模樣正列間忽對面一人喝道別走立扭一人其一即飛跑而去賊獲無及詢係兩賊被捕看破可惜只獲其一想彼逸賊當亦難漏網也

居必擇隣　○鹽坨關帝廟前某氏被夫殺斃姦夫帶傷逃走已登前報昨縣委赴屍場相驗並傳集隣佑到案供出該婦與某姓通姦實係同院居住之某氏作爲引線即將該婦逮案掌責四十仍發官媒鎖押矣尙未定案俟訪明再登

光緒二十二年二月初四日京報照錄

宮門抄　上諭恭錄前報○二月初四日內務府　國子監　正紅旗值日　無引見　恭王謝賞神肉　恩　福中堂專摺謝賞神羔　恩　福州將軍裕祿請　訓　桂公會章曾伯寶昌文廷式各假滿請　安　慶王請假五日　濟貝勒成公各續假十五日　愛隆續假五日　海公　假十日　定公瑞洵明桂各請假十日　巴克坦布

緒二十日 召見軍機 稱賑

○○張之洞片 再管帶章字副前營頭品頂戴記名提督博卿額巴圖魯王先勝先因約束不嚴經臣訪聞飭委候補知府吳增瑾前往查辦緣七月內該軍遣散之時該管帶由輪船督押遣勇各回原籍乃聞該營勇丁有籍隸楚先巳流寓江南者輒於中途求去不願登輪該管帶並不稟候示遵輒准各勇紛紛自散以致各散勇無所管束安分者因仍小貿營生無聊者不免販鹽行竊滋生事端當經臣飛飭代統該軍提督譚會友及地方文武分別查逐懲辦並追押上船地面漸卽安靖惟該管帶於督押散勇回籍並不押令登舟輒准中途自去致無管束實屬庸懦無能未便以營巳遣撤稍從寬假相應請旨將管帶章字副前營頭品頂戴記名提督博卿額巴圖魯王先勝撤銷頭品頂戴清字勇號記名提督以遊擊降補以爲戎政除分咨兵部暨江蘇撫臣查照外理合附片具陳伏乞聖鑒謹奏奉硃批着照所請兵部知道欽此

○○陳寶箴片 再據湖南長沙縣知縣沈贊颺詳據留長江提標花翎遊擊郭仁高稟稱竊遊擊現年五十六歲係長沙縣民籍由武童於咸豐五年投營剿賊轉戰湖廣江浙蘇皖等省遞保花翎都司同治七年奏調會剿河南山東等處捻逆於蕩平中原案內經前湖廣總督臣李瀚章保奏同治八年七月初七日奉上諭郭仁高着以遊擊歸長江提標遇缺卽補欽此旋値軍務大定請假回籍料理家事因親老丁單未克赴長江標營候補伏思受國深恩涓埃未報稟請詳奏改留湖南長沙協收標効力俾遂烏私以圖報稱等情當經臣批飭查明是否屬寔取結詳辦茲據查明郭仁高之父郭文現年八十二歲家無以次成丁之人具詳請奏前來臣覆查無異相應據情籲懇天恩俯准將留長江提標花翎遊擊郭仁高改留湖南歸長沙協收標錄用俾得就近養親除履歷咨送兵部外理合附片陳明伏乞聖鑒訓示謹奏奉硃批着照所請兵部知道欽此

欽命二品頂戴代理津海關道督辦北洋大學堂黃 爲出示曉諭事照得中華與外洋各國通商以來風氣日開惟泰西語言文字以及格致測算聲電機礦諸學一時未能洞悉經　正任津海關道盛　籌集長年經費稟請 北洋大臣王 奏明在津郡設立頭等二等學堂聘請中西積學之士作爲洋漢教習於上年秋間招集頭等第四班學生一班二等第一第二第三學生三班巳於十月間開課肄業以後按年招考一班遞升一班昨接 正任津海關道盛 自上海來電巳在上海考取二十名現擬在天津考取十名作爲二等學堂第四班學生本道現定於二月二十日考試照定章自十三歲起至十五歲止必須身家清白文理通暢者始能取列爲此出示曉諭凡遠近人等知悉如有世家子弟文理巳經通暢情願入學肄業者卽赴梁家園門外大學堂先行報名註冊聲明年貌籍貫及三代腳色屆時聽候局門考試毋得自悞特示 光緒二十二年正月二十四日

天津 麥加利銀行告白

啓者本行資本英金八十萬磅備用股本英金八十萬磅公積英金三十二萬五千磅總行開設倫敦分行在孟買加拉吉打冷宮哪哈亞伯古隆北新埠太平咪登哈來蘭播新嘉坡香港福州上海漢口暹邏濱角包帶維亞沙來伯鴉神戶橫濱等處起首至今三十九年倘有存欵勿論仕商照期起息請來敝行面議敝行茲于正月三十日開張恐未週知特登報章佈告

啓者小號樓上第十一座寬大潔淨可容數十位客人向蒙　貴官商照顧凡有公請祝壽宴樂者常在該座現因樓上演戲恐　貴官商知該處請客不便茲特聲明該處雖係演戲並非久局且與請客無碍如蒙　貴官商賜顧者仍請　駕臨預先示知小號不致有悞專此奉聞　紫竹林大街裕泰飯店謹白

比商 良濟洋行

本行開設紫竹林街專辦各國著名大廠五金雜貨布疋等物及經理比國考克利軍械炮廠又羊毛機器廠各國著名軍械機器各廠貨眞價廉格外公道仕商賜顧者　請至本行面議可也

拍賣告白

啟者本月初十日禮拜一下午兩點鐘在德國領事官內拍賣坐馬三匹拉車馬一匹桌椅洋燈花草等件新早至細看面拍可也　集盛洋行謹啓

烏利文洋行

啓者本行開設香港上海三十餘年四方馳名專售各式金銀鐘錶鑽石戒指八音琴千里鏡眼鏡等物並修理鐘表價錢比別家格外公道今本行東家未士打哈利由上海來津開設在紫竹林裕泰飯店旁請　諸君降臨光顧是幸特此佈聞　丙申年二月初八日禮拜六

浙杭 元吉衣莊

本莊自置紗羅綢緞新樣洋辦花素洋布川廣夏貨團摺雅扇南貨頭油俱全祇爲近時錢市漲落不同故而各貨減價開設估衣街中間路北凡　仕商賜顧者無悞特此佈達

英商 新福義商洋行

本行經辦新式各種槍礮子彈一切軍械機器等件仕宦賜顧請至小行面議

江南 桂蘭齋茶食店

本齋精製拾錦南糖眞素供果嘉湖糕點紹興蓮脆八寶京糕異味糕點各種茶食外帶行匣新添拾錦元宵蜜餞糕江米糕南北點心無有不精製細做開設天津天后宮南坐西向東便是

二月初八日銀洋行情

天津九七六錢

銀盤二千五百四十二文

洋元一千八百二十文

紫竹林九六錢

銀盤二千五百八十二文

洋元一千八百五十文

二月初八日進口輪船禮拜六

新裕　輪船由上海　招商局

怡生　輪船由上海　怡和行

景星　輪船由上海　怡和行

直報

光緒二十二年二月初十日
西歷一千八百九十六年三月二十三日
禮拜一
第三百五十七號

上諭恭錄

上諭福潤奏開缺巡撫在籍病故代遞遺疏懇恩賜䘏一摺劉銘傳秉性忠勇卓著戰功咸豐年間粵捻竄踞安徽倡辦團練爲曾國藩所識拔同治初年隨同李鴻章募兵東下連拔郡縣會合諸軍苦戰克復常州積功補授直隸提督剿捻山東河南等省與悍賊縱横追逐大小數百戰旋授輕車都尉世職復與各軍窮追首逆張總愚斬馘無算捻匪一律蕩平晉封一等男爵朕御極後特授巡撫迭加太子少保兵部尚書銜於一切應辦事宜克稱厥職嗣因病准其開缺回籍調理方冀寵眷克承長資倚畀茲聞溘逝軫惜殊深劉銘傳著晉贈太子太保銜照巡撫例賜䘏加恩予 准其於立功處所建立專祠生平戰蹟事實宣付國史館立傳任內一切處分悉予開復應得䘏典該衙門察例具奏伊長孫劉朝仰著賞給員外郎伊子附貢生劉盛芸著賞給舉人准其一體會試附貢生劉盛芾著以員外郎用示篤念藎臣至意欽此 旨安徽滁州直隸州知州員缺着平康補授四川會理州知州員缺着徐起蕃補授四川成都府通判員缺着祥麟補授廣東龍門縣知縣員缺着林鉞補授山東平原縣知縣員缺着錢心潤補授直隸香河縣知縣員缺着鄭輔補授湖南嘉禾縣知縣員缺着蔡宗梅補授湖南黔陽縣知縣員缺着李濟川補授直隸武强縣知縣員缺着魏祖蔭補授貴州修文縣知縣員缺着王錫祉補授理藩院筆帖式員缺着常壽補授翰林院筆帖式員缺着英傑補授起居注筆帖式員缺着蛟桂補授截取御史王培佑中書銜以 劉耀增俱照例用内閣中書員缺着崇俊補授擬補杭州將軍衙門筆帖式德克基克着准其補授試署期滿山東兖州府運河同知帮秉彝着准其實授吏部郎中鈺麟着開復原官欽此 上諭四川川東道員缺着張華奎調補欽此 上諭駐藏辦事大臣奎煥著開缺來京欽此

論水師事宜

木無根則不茂水無源則易竭物固如此事尤甚焉自古聖明之主與忠藎之臣興一利建一治必先通籌全局權其輕重緩急然復實力奉行勿欲速勿貪利乃能行之久遠日起有功否則難矣縱使鋪張揚厲局面堂皇非不足以驚俗人之耳目動局外之觀瞻而按之事實毫無成效不啻畫地爲餅之不可食焉何也無本故耳現今海軍之設爲 國家要務所以改弱爲强勵精圖治者胥視乎此尤不可不急加講求焉溯自海禁大開習見夫泰西各國軍容之盛器械之精實古來所罕有於船神速則電掣風馳也槍砲靈巧則神出鬼沒也於是做照西法設船廠製軍器延洋教習以指授之立海軍衙門以總理之若船若砲若槍日夜修造無不愼之又愼精益求精焉戰艦成矣復精選駕駛嫻熟者以練習風濤沙線槍炮備矣復務求測量準頭者以期於命中及遠凡進退遲速奇正變化一秉西法而無敢或違是誠可以步後塵而樹强敵矣而馬江一役大見挫敗喪師縻餉致令船廠被焚 國家百千萬巨欵盡付一炬何也說者謂開辦伊始粗具規模實未盡其神妙所謂知其當然不知其所以然者又兼水師學生不敷布置大半取給於陸營勉强遷就衝風破浪之傾彈雨砲雷之下號令不一呼應不靈雖孫吳無所用其謀賁育無所施其勇遑論其他哉斯言似也乃和議既成朝廷有鑒前車於海疆險要之處增設船廠廣立學堂工匠之口分若干學生之獎賞若干自總辦以至司事其薪水又若干奮發有爲不惜重費此固臥薪嘗膽之苦衷亦

弭亂禦侮之實政也該學生亦朝夕講求凡教習所指示者皆能心解神會得其要領然後詳加考察較其優劣短長司駕駛司測量務使各得其人位置既當操練尤精觀其船之行則旋轉自如也聽其砲之響則聯絡一氣也又有魚雷快礮等船以互爲聲援埋伏策應如此雖海疆有事何難復仇敵愾一洗從前之耻哉然而東洋搆釁先失旅順繼陷威海戰艦十數艘並未發一砲施一槍束手以待日人之擄掠又何也竊思其故有兩端焉一則由於進用之太驟焉疆場之間兩敵相當將勇者勝夫人而知之矣今學堂招募學生必取十五以下幼童學習既成亦不過年在弱冠血氣未定胆力未堅遂保以頂戴職銜充當水師諸重任一當入死出生之地未有不驚惶失措者而望其殺敵致果奮不顧身能乎否乎一則由於選擇之未當焉試觀咸同間凡卓立戰功之將類皆鄉閭豪俠艸澤英雄無身家妻子之累所以能置身度外效命疆場所謂匹夫不可奪志者此也現今應學生之選者半出宦家子弟擁錦繡而饜膏粱視學堂爲捷徑謀得保舉而已此外未嘗計及也一旦受命出師身臨危地則宮室之美妻妾之奉食飲服御之豐皆足以擾其心而亂其意而欲其忘安樂就死亡也能乎否乎由是觀之必於招募之初大加審慎取誠樸無取浮華拒貴官無拒寒畯復使之讀聖賢書隨時講解以激發其忠義之天良以爲之本忠義篤則氣節堅氣節堅則性命身家皆可以不顧然後輔之以戰艦槍砲諸技能何所往而不可若徒取其技之　器之妙排場之齊整如戲劇然初何當於實事哉艸茅下士狂瞽妄談關心時事者倘俯加採擇焉則幸甚矣

祀典輝煌　○二月初七日春分節大祀　朝日壇　皇上親詣行禮　皇上於初六日卯初二刻升　中和殿看版已見邸抄茲聞各部院將應派陪祀司員銜名開送到寺特彙錄如左　吏部員外郎聯壽　主事裕陞　趙蔚坊　七品京官周紹焴　戶部郎中全興　員外郎恒廉　主事張雲青　李錫澤　禮部郎中齡昌　員外郎榮奎　主事陶福同　呂存德　兵部員外郎寶泉　主事樂壽　員外郎古禮圖　主事毛德如　刑部員外郎熙璋　主事曹恒　員外郎張瑞陰　主事楊履晉　工部員外郎鐵麟　郎中長潤　主事李春元　武吉祥　太常寺典簿崇山　方光紳　贊禮郎□瑞　廣隆　英祥　伊里布　文元　春福　文陞　全順　讀祝官覺羅崇秀　英勳　貴印　廣安　司樂李兆塽　任家福　祁有麟　王澤順　黃家瑞　徐鳳祥　蕭澤瀛　楊家魁　朝日壇四品官豐運　嵩祿　五品官濟昌　博崇　武豐紳　錫麟　伊精阿　常陞各司員均於二月初六日赴　內廷朝房住宿伺候隨　駕於初七日寅刻陪祀均穿朝衣補服以崇典禮云

書局開禁　○客歲前門外□設强學書院曾經楊侍御奏請封禁原摺係由軍機處字寄　密諭交都察院查辦不應宣洩之件旋經北城院憲林侍御將　密諭親擬告示底稿令院書董子清緒就復以硃筆親自標畫鈐印派司坊在强學書院門首及琉璃廠一帶　貼詎都憲謂其漏洩密諭請飭查辦侍御大恐遂委過於董子清致董含冤莫訴鬱結成疾忽於日前數刻之間竟作長眠客矣現聞都門宦紳會商將聯名呈請都憲代奏仍請照舊開辦云

迷離莫辨　○京師有某部書吏□猾也家擁厚資年逾不惑婦某氏貌美而妬卒無子某因念膝下空虛擠托知己代覓小星期延嗣續會有告其友者云某處有小家碧玉名喚芳華年十七矣父母雙亡惟存一叔若□欲覓小星何往觀焉友告之即欣然偕往隔窗露面楚楚動人某不禁魂銷遂議定聘資二百金訂期而去及接至家則蓮船徑尺面色微黃丰姿頓減矣心已驚之至晚洞房停燭攜手入幃宛轉撩拒謂猶是羞澀常情及褫其下衣則翹然者竟脫穎而出焉某知被騙然已無可如何矣

孺慕何堪　○二月初三日夜間崇文門內王府井大街永興棚鋪不戒於火一時號鑼四起旋經該管地面廳官督率兵丁前往撲救天曙始熄計燒燬房屋十餘間蘆蓆竹朴杉木不計其數詢悉起火緣由係因鄰居燃放起花所致並聞羅母尚無下落噫年老龍鍾豈能遠避殆與介之推之母把臂而去乎

催科有體　○天津縣牌示定於二月初九日起徵爲頭卯除出示曉諭暨派役往催外合行牌示該役務將欠徵年節帶欠掃數清完勿容延宕云

駕御良難　○老湘軍虎字十營前經一律裁撤由河西務分起押至塘沽登輪遞回南省詎該勇等忽生異心喧嘩騷擾致將營哨等官毆斃數員當經大沽練軍急往彈壓而管帶馬小隊楊軍門雲峯管帶親兵營王軍門少卿亦均奉派前往該勇仍恃衆不服勢頗兇悍遂至開槍轟斃數名餘乃帖然不敢滋鬧已於初五日展輪南去矣

老當益壯　○南斜街有更夫名洛壽者擊柝搖鈴歷有年所昨夜正巡查間瞥見某鋪房上似有人影即連擊銅鑼以爲暗號賊大聲喝禁亦置若不聞詎賊大怒下房欲搶其鑼更夫死力撐拒拚命不捨並大聲喊捕賊始逸去按該處距守望分局不遠該賊既經更夫看見並不隱形反敢搶鑼實屬胆大已極非尋常艸竊可比若不嚴緝重懲必至遺害閭閻而該更夫年近古稀猶能獨力拒賊相持不下所謂食其祿不避其難者非與惜乎關外憤事諸公曾不如此更夫也噫

奸實難防　○西頭韓某爲子完婚稱賀者女眷頗多其妻弟周姓住河東有女年七八歲亦與女僕同來韓之妻其姑母也因留女住而令女僕暫回翌日忽有洋車至韓處接女韓疑之以爲即接女何不遣僕婦前來車夫再三丁甯據云此來非易豈可空回韓慰以溫言且付酒資百文車夫無奈拉車而去未幾周至韓因言及接女事周不勝詫異遂細詢該車夫年貌情形方悉即比鄰某甲素好嫖賭無惡不作探知周女尚在韓家詭計忽生故乘機作此狡獪也若非韓有定見能不墮其術中乎按津

地每見婦女乘車來往無人跟隨未免疏忽之至前月有某姓妻被車夫拐去數日後方能尋獲然其中已有不可問者矣居家者其慎之其戒之

劉帥行踪　○劉淵亭軍門由台內渡假歸嶺西一則已登前報茲據日本某日報云近接廈門確音劉淵亭已于前數日乘某輪船潛入台灣○又據官場傳述言軍門回里後經粵督譚文帥敦請出山故軍門定于本月中抵省聽調差委○又台友來函云自日督華山氏回國後各處義兵復起且謠傳劉淵帥至台聲勢頓張現聞將先取宜蘭縣一帶然後約期攻克台北府城故該處日本官兵日夜戒嚴更形憂懼蓋以日前有日兵千名往攻內山並無一人生還亦不知何故豈劉帥眞已在內山耶　錄滬報

絕技登場　○鄂垣閱馬廠內來有江湖賣技流一行十數人揀得寬敞地面鑼聲響亮登場撮弄內一北漢年約二九手舞鐵鞭短刀軍器颯颯風生衆人莫不喝彩說者曰此人具此好身手武藝嫺熟若得投軍効用必能殺敵致果博取功名少間一口操北音者率一垂髫小孩復來演技說科打躬畢連翻觔斗廿餘次足不貼地並仰身以手抱足首屈至踵灣轉如環北音人曰此人橋也可以行走竟以雙足踏立小孩之腹後又以竹絲兩條一頭掛短鬚一串一頭穿小孩之鼻直至腹內見者無不危悚圍觀人乃各擲青錢有如天花亂墜嗣又搬演雜技迨至日巳沈西始各收拾而去

樂善好施　○天津工程總局代收山東義賑所有諸大善士樂助銀錢洋元已陸續照登報牘茲又有第二十起延古堂李捐公法銀一百兩延古堂李代募錢平銀二十八兩六錢潤德堂張助鈔一百兩承立堂麗澤堂信善堂各助公法銀十兩但該處被災甚廣所有諸大善士捐助銀錢洋元陸續滙解災區接濟外尤望　諸大善士廣爲勸募以救羣黎本局心香一瓣謹代災民九頓首而祝之焉

光緒二十二年二月初五初六初七三日京報照錄

宮門抄　上諭恭錄前報○二月初五日理藩院　鑾儀衛　光祿寺　鑲白旗值日　吏部引　見二十一名　理藩院三十一名　正黃滿五名　國子監四名　正白漢二十三名　兩翼十三名　曾廣漢謝授光祿寺卿　恩　吳樹梅謝授右中允　恩　恩慶信侯各假滿請　安　崇光請假五日　載灜續假五日　召見軍機　祥麟　會章　皇上明日卯初二刻升　中和殿看版○初六日吏部　翰林院　鑲紅旗值日　無引見　端王假滿請　安　順天學政徐會灃請　訓　麟中堂光裕各請假十日　英傑　假五日　順天府奏京師得雪五寸有餘　太常寺奏派致祭　關帝廟後殿　派出睿王莊王　召見軍機　徐會　皇上明日寅正至　朝日壇行禮畢還宮辦事召見大臣○初七日戶部　通政司　詹事府　正藍旗值日　無引見　截取知府王培佑預備　召見　召見軍機　王培佑　皇上明日用膳辦事召見大臣後至　頤和園　皇太后前請安初九日還宮

○○王文韶片　再新選樂亭縣知縣韓克嵒業已到省繳憑本應飭赴新任惟樂亭地處海濱民風强悍治理不易該員初登仕版於地方情形未能諳悉應暫留省派入保定府讞局幇審案件以資歷練據兼署藩司臬司季邦楨具詳請　奏前來除將文憑咨部外理合附片具　奏伏乞　聖鑒勅部查照謹　奏奉　硃批吏部知道欽此

○○頭品頂戴四川總督臣鹿傳霖跪　奏爲籌解光緒二十二年甘肅新餉發商匯兌以濟要需恭摺仰祈　聖鑒事竊臣前准部咨指撥四川二十二年甘肅新餉九十八萬兩飭於二十一年內解三成二十二年四月解四成統限九月底掃數解淸等因當卽轉行去後茲據布政使王毓藻詳稱遵查川省歷年泰撥籌解甘餉及京協各餉現在極力湊集官運局甲午綱稅羨截釐銀九萬兩二十二年捐輸銀十一萬兩共銀二十萬兩作爲預解光緒二十二年頭批甘肅新餉按照新頒法碼兌足於二十一年十二月初三十三等日發交西商天成亨等號承領飭令趕緊匯至甘肅藩庫交納掣回批收統限於二十二年二月初三十三等日如數兌淸所需匯費銀兩仍請查照成案在於釐金項下支銷等情會詳請　奏前來臣覆查無異除分咨戶部暨陝甘督臣查照外理合恭摺具陳伏乞　皇上聖鑒謹　奏奉　硃批戶部知道欽此

元韓農先生精地理得方外傳堪輿中聖手也先曾爲僕修理先塋越三年遂領鄉薦旋入詞垣效驗之捷如響隨聲爰登報端以誌銘感現寓河北大街義昌祥洋布舖有福緣者盍造訪焉　靜海劉汝驥謹啓

浙紹名醫朱鈍翁先生術高望重寓彌勒菴

又寄到　台臺福州廈門輿地全圖　夢筆生花　徐霞客遊記　連十本靑樓夢　另有閒書數十種暇日登報出售每日午後直至申後敝堂靜候餘時無暇面　天津府署西三聖菴西直報分處內紫氣堂啟

主莫怪

天津 麥加利銀行告白

啓者本行資本英金八十萬磅備用股本英金八十萬磅公積英金三十二萬五千磅總行開設倫敦分行在孟買加拉吉打冷宮哪哈亞伯古隆北新埠太平咪登哈來蘭播新嘉坡香港福州上海漢口暹邏濱角包帶維亞沙來伯鴉神戶橫濱等處起首至今三十九年倘有存款勿論仕商照期起息請來敝行面議敝行茲于正月三十日開張恐未週知特登報章佈告

金陵 仁記南味坊

自製本機元㡬京緞窰綢紗縐絨線糟貨食物金腿海味南貨俱全近因錢市漲落不同分別減價抑因無恥之徒假冒南味者甚多雖云謀利誠恐亂眞欲辨薰蒥用煩楮墨

寄售雨前龍井每斤津錢一千二百文八百文福建條絲格外公道 開設宮北大獅胡同內

比商 良濟洋行

本行開設紫竹林街專辦各國著名大廠五金雜貨布疋等物及經理比國考克利軍械炮廠又羊毛機器廠各國著名軍械機器各廠貨眞價廉格外公道仕商賜顧者 請至本行面議可也

德陞齋靴鞋鋪

本齋專做滿漢朝靴新樣京式名鞋及鑲花坤鞋一應俱全價廉物美賜顧者請認明本店招牌庶不致悞本舖開設在天津府北門外鍋店街集義棧對過便是

烏利文洋行

啓者本行開設香港上海三十餘年四方馳名專售各式金銀鐘錶鑽石戒指八音琴千里鏡眼鏡等物並修理鐘表價錢比別家格外公道今本行東家未士打晗利由上海來津開設在紫竹林裕泰飯店旁請 諸君降臨光顧是幸特此佈聞

丙申年二月初十日禮拜一

浙杭 元吉永琥

本莊自置紗羅綢緞新樣洋辮花素洋布川廣夏貨團摺雅扇南貨頭油俱全祇爲近時錢市漲落不同故而各貨減價開設估衣街中間路北凡 仕商賜顧者無悞特此佈達

英商 新福商義洋行

本行經辦新式各種槍礮子彈一切軍械機器等件仕宦賜顧請至小行面議

江南 桂蘭齋茶食店

本齋精製拾錦南糖眞素供果嘉湖糕點紹興蓮脆八寶京糕異味糕點各種茶食外帶行匣新添拾錦元宵蜜糖糕江米糕南北點心無有不精製細做開設天津天后宮南坐西向東便是

二月初十日銀洋行情

天津九七六錢

銀盤二千五百三十七文

洋元一千八百一十五文

紫竹林九六錢

銀盤二千五百七十七文

洋元一千八百四十五文

二月十一日出口輪船禮拜二

濟新 輪船往上海 招商局

重慶 輪船往上海 太古行

通州 輪船往上海 太古行

直報

光緒二十二年二月十一日　第三百五十八號
西歷一千八百九十六年三月二十四日　禮拜二

上諭恭錄

上諭湖北荊宜施道員缺著俞鍾穎補授欽此

攻守利弊論

少昌葛斌來稿

從來勝則進攻敗則退守此固爲至論然知彼而後可攻知己而後可守亦不易之言也若不計己之糧未堅己之壘不乘彼之弱未探彼之虛驟欲守固攻拔殊爲不易古之善攻者不以全軍攻善守者不以全軍守全軍攻則鈍兵勞衆而緩於成功全軍守則著意一處敵必間行襲我今之言攻守者以半正奇伏節五字御之庶近乎技矣何則敵之奸詐百出頗難逆料如我徒勇往直前毫無顧慮前無偵探中無接應左右無羽翼後路無保衛則將敗無退路甚至全軍覆沒最佳者以半軍迎敵接戰以半軍就地防守若接戰之兵攻克城堡則可轉攻爲守而防守之兵又可驅逐賊踪轉守爲攻似此互相進勦兵將不致疲弱乃所謂用力半而功倍亦所謂攻心守氣之法也以散隊進以密隊接借樹林以隱身據村莊以藏迹或築壘以避子彈或隔河而待敵至此以正可攻可守之道也步隊迎戰馬隊衝擊爲今古妙法或虛擊其左而實擊其右或弱以示守而強以精兵抄敵之後此皆以奇制勝者也出兵誘敵以雷傷之以坑陷之我可於樹林山谷村莊之中河道之旁坐守以制敵命此設伏又爲攻守捷徑善術也近時治兵多無節制故致敗而無阻損兵將靡子藥同斯弊者不堪枚舉試略言之一兵臨敵於遠即虛發若干子彈官長毫無約束二官長不知估計敵人距我遠近令兵勇時時改用表尺以取準命中三兵將臨敵時追追然莫知所之並不知尋擇

便宜隱身地勢以蔽敵人子彈四離敵尙遠卽先令兵將快跑以決勝反致臨近敵人毫無勇氣五以不練之卒充接應之兵致多在隊伍之後卽妄行開槍傷自家兵將惜哉攻守之無節制也久矣斌也雖愚然志存恢復之心可鑒乎天地日月也若謂立言爲當時法則烏乎敢

棍黨爭雄　○日前前門外桶子胡同地方混混劉某曾糾集二百數十人嘯黨呼羣逕向某甲尋衅經和事老預爲排解遂得寢事否則定有一塲血戰等情已列前報茲聞蕭某劉乙俞丙等素日勾結黨羽向趙福索詐銀錢未遂以致聚衆逞兇緣趙福向在前門外石頭胡同開設春陞妓寮光緒十九年春季間有天津混星俞三曾向趙福索詐錢文被趙福以利刃砍傷身死當卽遠颺業經中城沈俊如指揮承緝兇犯不力屢經初二三叅限滿兇犯尙未弋獲刻間尙在四叅限內詎料趙福潛逃回京仍敢與李紗帽胡同一帶九家妓寮作父杆生涯是以蕭某等乘勢狹制屢向索詐以致聚衆興師復有魯仲連其人者定於二月初三日在煤市橋東鴻泰茶社會集作和豈料蕭某等索欵甚鉅趙福意不能平當卽喝令黨羽二百數十人各持洋槍三十桿花鎗單刀等械在李紗帽胡同觀音寺一帶幾同臨陣交鋒大有破釜沉船之勢甚至該巷擁聚不通行人其兇狠之勢見者無不畏懼蕭某等寡不敵衆立卽敗北趙福率衆追趕至小李紗帽胡同將劉某頭顱左手均行砍傷血流如注又在觀音寺東豐堂飯莊門首將蕭某頭顱胸膛等處用洋鎗轟傷並受刀傷甚重當卽斃命又在煤市橋東鴻泰茶社門首用洋鎗將俞某轟傷倒臥街前彼時觀音寺鼎和居飯鋪主人董某見街前喧嚷之聲前往觀看行步遽被趙福黨羽又放洋鎗將董某轟傷並以刀砍傷脊背等處均恐有性命之虞旋經總甲張錦赴中司稟報相驗乃趙福等均已逃遁無踪現已嚴飭甲捕上緊擒緝毋任兇徒遠颺噫聚賭轂之下竟容兇徒械鬥猖獗如斯致釀命案現若輩皆係魚兵蟹將豈難弋獲有督捕之責者倘能禁賭斷妓斷不至再生事端矣良有司卽不關心民事豈不自顧考成乎

風姨肆虐　○德勝門某婦者年逾花信未結珠胎自思影隻形單終非了局遂用靑錢數十貫購一小鬟置之膝下適有逐臭夫陳姓人慣向迷香洞裏賣笑樓頭作秋風客博取蠅頭爲酒食徵逐資前聞婦有買女事乃約狗黨數人同至其家藉端訛索該婦不允遂以買良爲賤等語捏控北城坊署當傳兩造人証到案訊究未知如何了結俟探明後再登

舉人鬧課　○舉人肄業向在會文書院査書院創於同治十二年由署運司正任天津府馬太守松圃慨捐鉅資遴委某紳舉信董監修越歲告成院內並建四大義塾培植寒畯卽以某紳總司其事嗣經前運憲賀良楨因事將某紳辭退另派張紳香生權攝並飭選廉正八人輪流値年互相稽査免使日久弊生詳定章程除大比之年由督憲親詣賓興外其常年由運憲鬧課次津道次關道次府次分司次分府次縣逐次挨考周而復始奬銀由官自捐廉膏火院費均出鹽綱項下此會文書院之始末也刻値鬧課之期定於十八日預行知照肄業舉人也

夫子治喪　○城內孫蓉綬舌耕爲業授徒九人中有任姓者年十一質鈍性頑不爲先生靑眼偏値該生手舞足蹈大犯學規於是威以夏楚悞傷左額應不至害命也而越日竟以受風身死生父任耀明痛子情急將與先生拚命當經同人調處據稱須令先生服白在柩前謝客一切棺殮資財俱出自先生一手方肯息事而孫先生絕不推辭竟一一照准聞擇於十二日出殯云按學師毆殺弟子本無議抵之條任姓如此要挾不已甚乎然律載子爲父服斬衰三年父爲子則返服期年師生猶父子也則服白謝客似亦未爲不可

官鹽干禁　○河東陳某者爲錢行執事客臘門首有喝賣食鹽者其妻令僕買鹽數斤當被巡役查見將販鹽人揪去且向陳僕云汝家買食私鹽律應究辦非投案不可陳妻大懼呼陳至家細述原委陳素性拘謹以無事爲榮遂煩人說合認罰津錢數竿了結至前日陳家令僕向東鹽店買鹽歸路適與前役相遇遽言汝家又買私鹽耶僕云此由店中買來何得謂私役言此鹽色黑粒碎斷非官鹽卽欲拉去送官經旁人作保將僕放歸親友皆勸陳稟訴琴堂以防後患而陳意在不與小人爲難復煩人了結令該役立永無反覆字據由陳送茶資若干而已說者謂巡役人等本無善類况又有冒充訛詐情事擾害良民其慣技也然該管者若能時加稽查嚴予懲處未必胆大如斯爭奈其如啞如聾何

海運新章　○浙省本屆新漕奏文仍以商船由海運津預籌經費於上年卽封雇船隻駛扈應兑仍藉直隸會辦現當申明舊章以商船抵津仍歸粮道自行驗卸其進口時由大沽營呈報各憲至船抵津埠由天津道會同照料並酌派洋務委員雇覓洋人扦子手逐段安插天津縣妥爲彈壓所有書差飯食以及雜項均由南省解給至抵通埧仍由南省委員辦理若人不敷用由糧道向天津道處調委總期妥愼辦理以期無悞等情現已通行咨會屆時照辦矣

營弁撤差　○新建陸軍右翼第二營右隊右哨哨官張定安前經隨同吳統帶長純赴山東各處招募新軍該弁以未能按格挑選所募兵丁半多違式由吳統帶稟明督帥當卽撤差袁督辦之核實認眞與吳統帶之秉公辦事一洗向來各營姑徇積習於此亦可見一斑矣

行路毋忽　○輪車舉自泰西無異長房縮地法行旅稱便本津自唐山創修現已達於關外來往行人日以千萬計詎於飛行絕迹中有一種竊賊藏匿其間慣竊行人貴重之物現經訪得石佛口劉姓唐山高姓兩家實爲窩主令手脚便捷之慣賊衣服楚楚冒充行客雜禍入中乘隙奏技近有某達官貴重皮貨被竊經灤州派捕緝至劉姓家將原臟起獲其他遇此害者日有所聞爰筆之以告行路者毋忽

高京雁帛　○日本杜某澳來信云駐紮朝鮮之俄國公使昨布告各國使臣略謂朝鮮政府現已內亂交作特懇其協同綏靖以保太平之局蓋因朝王避亂於俄公使署故有是言又聞高京各巡捕邇日在各街道遍傳朝王敎令藉以撫慰人心謂日前所降剪髮之論現經收回成命百姓人等可以率由舊章仍安生業云

浦左鄉談　泰賢葉家行王某女在日曾聘召樓鎭某富戶女爲媳父故後日與下流爲伍家產蕩盡嗣被其母以忤逆報縣管押年餘女聞之自恨名門淑質所偶匪人茹素誦經懺除一切今年新正王某央媒關說擇吉二十一日行迎娶之禮女迫於母兄之命勢不獲已乃身披袈裟手持木魚並穿尼鞋而往奩贈一切概不携帶結燭時經王氏衆女戚力勸始着吉服合巹禮畢仍易道家裝束謂其夫曰君家欲行大禮今禮已成如必見迫惟有一死身畔藏有并州快剪一把并芙蓉膏一盒出以相示其夫口呆目　不敢相強嗟嗟夫也不良致令小尼子遁而爲參禪之計夫亦大可憐矣

樂善好施　○天津工程總局代收山東義賑所有諸大善士樂助銀錢洋元前已陸續照登報牘茲又有第二十一起樂善堂主人點墨堂各助津錢四吊紫藤花館主人慶餘堂順餘堂恒德堂同豐行玉興泰裕盛成隆盛堂餘珍堂思餘堂無名氏致祥堂積餘堂厚滋堂餘慶堂源昌當四美當源成當有餘堂各助津錢二吊燕翼堂枕雲齋無名氏無名氏益德堂槐安堂吉安堂無名氏崇德堂義德堂各助津錢一吊但該處被災甚廣尤望樂善諸君大發慈悲慨然解囊庶幾集腋成裘救災民於困苦則本局心香一瓣謹代災黎九頓首而祝之且爲善獲福彼蒼自有厚報焉

光緒二十二年二月初八日京報照錄

宮門抄　上諭恭錄前報○二月初八日禮部　宗人府　欽天監　鑲藍旗值日　無引見　舒普由口外賜奠回京請　安　榮祿請假五日　復照續假十五日　召見軍機　皇上明日辦事後由　頤和園還宮

○○張之洞片　再據兩江候補副將楊宗源稟稱曾於防剿回捻案內保奬記名總兵並正三品封典陝北肅清案內保奬記名提督克復靈州案內奏給正一品封典交部從優議敘蕩平金積堡案內換給年昌阿巴圖魯勇號立功後未經發給奬劄卽因親老銷差回籍嗣經投標遂僅以副將稟請留於兩江候補現在前項續保各劄均已奉到稟請過班等情相應請　旨俯准該員過歸提督班仍留兩江酌量補用除將該員履歷咨部查核外理合附片具陳伏乞　聖鑒謹　奏奉　硃批着照所請兵部知道欽此

○○史念祖片　再定例未經筮仕人員如加捐過班分發簽發各省令該督撫詳加察看試用一年期滿如果才堪勝任卽據實奏明留於該省遇有相當缺出酌量題補又准部咨嗣後道府州縣無論何項勞績保舉歸入候補班人員令該督撫卽以此項人員到省之日起予限一年詳加察看奏明分別繁簡補用等因在案茲查有記名試用道吳庚辛試用知縣龔致和勞績保舉候補班前補用知州杜延祐均已試看一年期滿據藩臬兩司出具考語詳請留省補用前來臣查記名試用道吳庚辛才具明敏器局開展試用知縣龔致和穩練安詳歷奉差委並無貽誤應請留於廣西遇有缺出照例補用又候補班前補用知州杜延祐年強才敏歷奉差委並無貽誤堪勝繁缺知州之任應請留於廣西遇有知州缺出照例補用除將各員履歷送部外謹會同兩廣總督臣譚鍾麟附片具　奏伏乞　聖鑒訓示謹　奏奉　硃批吏部知道欽此

○○王文韶片　再調任直隸藩司王廉行抵天津經臣電奏奉　旨准其先行赴任兼署藩司直隸按察使季邦楨應飭交卸進　旨晉京　陛見所有臬司篆務查有清河道潘駿德前曾署理臬司堪以暫行兼署仍照案會辦各局處事務除分別檄飭遵照外理合附片具陳伏乞　聖鑒謹　奏奉　硃批知道了欽此

○○王文韶片　再上年順直各屬被水災區甚廣工賑需款浩繁經臣奏准開辦推廣賑捐函咨各省勸捐協濟福建按察使張曾敭情深桑梓捐助賑銀三千兩解津分撥濟振值此物力維艱庫儲極絀得此鉅款接濟災民全活甚衆洵屬公忠體　國有裨時艱雖據聲稱不敢仰邀奬敘未便沒其好義之忱查銜道員報捐二品頂戴例銀五千四百兩照章折合五成寔銀二千七百兩今張曾　係寔缺三品大員核其所捐銀數自屬有盈無絀合無仰懇　特恩賞給張曾　二品頂戴以示鼓勵出自逾格　鴻施理合附片具陳伏乞　聖鑒訓示謹　奏奉　硃批張曾　着賞給二品頂戴欽此

啟者本行專買一切飛禽走獸及隕石等類各處人客君子如有其物不拘大小死活即祈送至本行從優議價或路途遙遠碍難速運者祈先致信本行同去觀看物對面商價必從豐決不負言特此佈告

本行現暫設在天津紫竹林英租界東豐號日本剃頭舖內

曾我行告白

天津 順昌永保險車船局

本局專寫輪船客票包運遠近水旱車船貨物行李起卸各項貨物機器木料銅鉛米麥等物代報華洋關稅墊辦應用諸欵定期不悮格外克己貴　官商無論遲早到埠皆有妥人照料一切非他行可比　賜顧者詳認天津紫竹林鐵路公司傍本局門首招牌便是

本局主人謹白

啟者報館之有採訪猶古之採風採詩上以考政治之得失下以考風氣之純剝載諸報端宣之中外取其善懲其惡故言者無罪聞者足戒充是任者品必公正心必仁廉公則明正則直仁則不爲己甚之事廉則不貪非分之財用能識大體近人情善善惡惡柔不茹剛不吐凡有關於　國計民生者自大至細悉採毋遺辭取達意而止不以富麗爲工登供衆覽於以通上下難言之苦達遠近不聞之聲庶使豫先事之綢繆善後事之補救斯無負泰西設館之本旨焉否則遇事射利飛短流長習爲此間所大忌者矣現在本館採訪乏人有樂就者祈先以所採新聞投交海大道老菜市本報館門房轉遞是幸如可登錄取有切實公正保人則擇人之取友必端本報館不惜重聘定當延致其有冀循情面援本館友人互爲請託者一概不收毋怪言之不豫也此啟

本館主人啟

比商 良濟洋行

本行開設紫竹林街專辦各國著名大廠五金雜貨布疋等物及經理比國考克利軍械炮廠又羊毛機器廠各國著名軍械機器各廠貨眞價廉格外公道仕商賜顧者　請至本行面議可也

寄賣

眞正河南西土每兩九七六津錢四百六十文至少賣五兩如買整包格外價廉　古樓東大街聚豐成錢舖謹啟

烏利文洋行

啟者本行開設香港上海三十餘年四方馳名專售各式金銀鐘錶鑽石戒指八音琴千里鏡眼鏡等物並修理鐘表價錢比別家格外公道今本行東家未士打哈利由上海來津開設在紫竹林裕泰飯店旁請　諸君降臨光顧是幸特此佈聞

丙申年二月十一日禮拜二

浙杭 元吉永

本莊自置紗羅綢緞新樣洋辮花素洋布川廣夏貨團摺雅扇南貨頭油俱全祗爲近時錢市漲落不同故而各貨減價開設估衣街中間路北凡　仕商賜顧者無悮特此佈達

英商 新福商義洋行

本行經辦新式各種槍礮子彈一切軍械機器等件仕宦賜顧請至小行面議

江南 桂蘭齋茶食店

本齋精製拾錦南糖眞素供果嘉湖糕點紹興薄脆八寶京糕異味糕點各種茶食外帶行匣新添拾錦元宵蜜桴糕江米糕南北點心無有不精製細做開設天津天后宮南坐西向東便是

二月十一日銀洋行情

天津九七六錢

銀盤二千五百三十七文

洋元一千八百一十五文

紫竹林九六錢

銀盤二千五百七十七文

洋元一千八百四十五文

二月十一日出口輪船禮拜二

新濟　輪船往上海　招商局

重慶　輪船往上海　太古行

通州　輪船往上海　太古行

直報

光緒二十二年二月十二日　第三百五十九號
西歷一千八百九十六年三月二十五日　禮拜三

啓者本館售報需人如有情願承辦者至本館帳房面議可也

本館告白

上諭恭錄

上諭本年輪應查閱湖北湖南雲南貴州四省營伍之期湖北即派張之洞湖南即派陳寶箴雲南即派崧蕃貴州即派嵩崑認眞查閱各省營伍關繫緊要國家養兵歲糜鉅帑不知凡幾原以備禦侮折衝之用近來各督撫往往視爲具文並不認眞校閱以致武備日形廢弛殊屬有負委任茲特再行申諭各該督撫務當逐一簡校如有技藝生疏老弱充數及軍實不齊等弊即將該管將弁據實嚴參毋得稍涉瞻徇欽此　上諭昨日道旁叩閽之河南童生馬懷萬着交刑部嚴行審訊欽此　上諭浙江定海鎮總兵員缺着余朝貴補授欽此　上諭貴州按察使文海着賞給副都統銜作爲駐藏辦事大臣即行馳驛前往毋庸來京請訓欽此

醉鄉妄語

糟邱生負杖曳履行歌於途遇歎伯相見歡甚握手道契闊語刺刺不能休遂相携過肆中飲酒酣耳熱糟邱生慨然曰國事棘矣非扶危定傾之才何克任之方今內而樞臣外而疆吏類皆負文望掇巍科朝廷所倚爲股肱心腹者乃臨事張皇一籌莫展得毋制藝不足恃而科舉盡虛名乎盍易轍改絃一切棄去學泰西之學法泰西之法爲富强計歎伯曰咄是何言與如子之說則是去康莊而就岐途也夫制藝代聖賢立言科舉爲宗祖成法非聖賢則不明背祖宗則不順不明不順何富强之有況禮樂冠裳中國不與泰西同也學其學必將言其言法其法必將行其行率天下而羣趨於紛更變亂者必子之言夫往復駁辦一室大譁醉鄉主人方枕麴藉糟神遊乎華胥之國徜徉乎無何有之鄉蹴然起啞然笑曰君且休鄙人聞之熟矣皆是也皆非也皆是其所是而非其所非也鄙人尙欲一伸狂瞽願聞乎二子唯唯曰坐吾明告子天下之生久矣治亂興衰之數更僕難終而爲政在人實千古不易之經然人才有眞僞取人有得失雖堯舜之世未必無小人桀紂之朝莫不有君子進退黜陟則視乎人君之明暗公私而國家之氣運因之古昔封建井田之制不可復已而學校亦可復而不能遽復時爲之也三代以後惟漢沿古制行選舉其後一變爲詩賦再變爲策論終變爲八比歷代雖有參差要皆異名同實不離乎制藝科舉兩端昔韓忠獻臚唱時太史奏五色雲見文文山殿試試官讀其文曰此卷古誼若龜鑑忠肝如金石敢爲得人賀倘謂制藝科舉無人才何以經天緯地者如彼也倘謂制藝科舉盡人才何以誤國病民者如此也爲今之計勿游移勿鹵莽勿執己見勿惑人言惟在實事求是不務虛名而務可今夫獸能走鳥能飛魚能游其性然也今欲强走者而使之飛强飛者而使之游强游者而使之走能乎否乎不但此也東南多水利魚鹽西北多山宜畜牧今將求魚鹽於西北移畜牧於東南能乎否乎中國與泰西亦猶是耳各有性情各有風氣即各有短長借彼之長以濟吾之短可也諱吾之短而忌彼之長不可也罷吾之短而並忘其長用彼之長而並取其短尤斷斷不可也彼之所長者技巧是已吾之所長者仁義是已夫仁義之道所以維世敎正人心安國家靖禍亂非萬世不敝者哉故制藝科舉之本意亦謂士旣學古而有蘊蓄之爲道德措之爲事功入參帷幄則丙魏蕭曹也出任封疆則方叔召虎也而進用之初則非精覈詳審無以識賢愚而判優絀於是制四書五經等文以覘其學設歲科鄉會等試以爲之階而忠義智謀之士亦爭自磨厲以求顯於天下蓋猶是詢事考言之遺意耳相沿旣久漸失其眞務雕刻者求工於字句之間好新奇者自軼於繩墨之外附會揣摩以徼倖於一時而於格致誠正修齊治平之本旨漠不相關以爲取功名而已博富貴而已他何足計無以此進身復以此取士輾轉

相訛則士習壞而制藝科舉成故事矣然則制藝可不廢科舉可不停而制藝科舉之弊則不可不除尤不可不急除夫培養有道轉移有權是在當事者神而明之耳倘能幡然改圖一洗從前之陋習嚴禁取課事功絕賓緣之路杜請託之門出以正大光明參以化裁通變以吾之所長者爲之主以彼之所長者爲・輔赫然示天下以意向所在俾知顯名厚實非劣葺浮薄所能干則士皆勉爲有用之學而國家亦收得人之效如是則制 科舉可也不制 科舉亦可也不然拘泥成格終成積弱之形務尚新奇尤失中華之體故曰皆是也皆非也皆是其所是而非其所非也語畢復唾 聲如雷二子亦敵罔靡徙遷延而退

火事紀餘　○日前崇文門內王府井大街某棚鋪失愼該鋪主羅某之母身無下落是否葬於火窟等情已列前報茲聞經南御河橋崇正水會由回祿場中斷夫將羅母屍身一具　出當經該管官廳詳報步軍統領衙門票委中兵馬司沈俊如指揮帶領吏仵穩婆如法相驗驗得已死婦人羅周氏遍身烏焦四肢被火燒化無存委係被火燒傷身死旋將羅某鎖押解交刑部審辦至如何定擬俟訪明再錄

巢傾卵碎　○西便門外核桃園劉某向以牧養駱駝爲生好野鶩不戀家雞其婦史氏亦復不安於室遂至桃源仙洞引入漁郎月之初三日被劉撞破氏愧懼交加乘夜鞘縊五齡幼子復自服洋煙身死蓋淫婦亦刁婦也劉以子死妻亡了無生趣亦以洋煙畢命地方循例報請驗屍提集隣右訊供飭其從子棺殮候拿釀命之某甲究辦云

移孝作忠　○署關道憲黃花農觀察純孝性成至誠天賦三權關篆太夫人皆迎養在署晨昏定省子職無虧縱公事紛繁出入必告太夫人每以盡心王事爲訓雖年登大耋而精神强健人亟不以期頤卜之詎近以感受時風觸發舊恙竟於昨辰西逝觀察呼搶莫及氣絕者四次嗚呼孝矣今日官常實所罕見觀察精通洋務練達治體雖暫時署篆惠政孔多中外悅服實近時監司中不可多得之員當此國家多事之秋善保政躬作忠卽所以盡孝勉旃爲他日之棟樑乎

委任得人　○署津海關道黃觀察現丁內艱遺缺奉督憲札委天河兵備道李少東觀察帳篆調署所遺天津道缺委候補道高仲瀛觀察驂麟署理護按察觀需次議驛年數最久資格最深向任製造局大沽船塢總辦多年通達洋務諳習機器司道中推爲巨擘近復以新法快砲購諸外洋漏卮匪細一經有事購辦又復不易爰研究鍊鋼新理練機新法稟請督憲就船塢己有基業添購造砲機器改船塢爲砲廠督飭員匠自行鑄造既免巨金漏出外洋復可求諸在已卽船塢經費亦不致虛耗一舉兩數善備觀察亦人傑矣哉

題目照登　○昨輔仁書院考生文題　子謂子貢曰女與回也孰愈一章　詩題　綠柳纔黃半未勻得纔字五言八韵

死於車下　○昨聞塘沽有無名男子坐僵車站傍年約三十許身穿青洋縐棉袍外著足布單罩褂本坎肩腰繫錦囊中有英洋五元津錢票二張並買有赴天津車票一個該站長以無人跟踵照會該管地方守候恐有屍親認領如無人過問再行掩埋

有女同車　○一娶二妻余向以爲無稽妄談不意其實有也昨聞敝友述青縣城東劉世陰屯庄曰郭姓擇吉爲兒完婚親迎之夕彩輿至門鼓樂大作及接新婦下輿時有二女同出舉家愕駭不解其故質之送女者亦莫能指實據抬輿人云行至中途倍覺陳重不意有此異事不得已倩車迎女母來辨認亦殊茫然後經本村老人王某教令暫移靜室居住另行擇吉合巹至日則擯相盈庭而怪已絕迹矣夫婦始交拜成禮後亦無他怪異

極宜緝捕　○現屆春融之期東作方興宵小自必減少詎料盜風固未少熄乎南門內外及閘口一帶屢有竊案昨日竟有街隣三家同夜被竊失去衣服錫器等物惟所失無多未便報案觀此情形總因賭局林立賊匪易於混跡該管者當如何嚴緝以安良民耶

何不自重　○本郡素稱繁華之區所有南北官途道經此地無不留連數日者故文自道府以至州縣武則提鎮以至營官來津者或親友或同鄉每相邀聚飲於飯莊酒館或用南班樂部或招北里名姝侍酒演曲以盡歡娛此乃逢塲作戲似無傷乎大雅也然必便衣小帽脫盡官家氣習方爲近之乃近日無論現任候補每當尋芳遊勝必乘四人大轎高打官銜紗燈蓋欲人知其爲某大人某老爺也誕妄粗鄙一至於此昨聞某段委員赴友人約前往飯莊聚飲令局勇二人身穿號衣手托頂翎大帽跟隨其後似此拿腔作勢不但有乖風雅抑且有玷官箴矣况津門去京師密邇倘被言官彈劾其將若之何

漸不可長　○李嫗者年逾花甲子以小本營生爲餬口計昨日子病無資調養嫗卽赴其女家借得單褂一件在大豐巷典舖當錢五百文左手扶杖右手持錢踽踽獨行至該巷東口適南天已黃昏忽由後而來一强徒將錢搶去嫗驚嚇倒地經行人扶起移時方能言語不覺涕淚交流斯時適有某家女僕見而憐之付錢二百餘文衆人惟有大駡該匪之無良而已惟是近來屢有搶奪錢物之事該管者視爲小事不肯究緝豈知旣敢明目張胆公然肆搶藐法已極若再悠忽置之恐街市將爲畏途也

幾乎成事　○南門內混混與東南城角混混積有仇隙上年南門內之盧姓將東南城角之刁姓刀砍數處當經成案該處盧姓並未到案頃入說合將刁姓傷痕

醫痊昨日又不知因何擠絆鬨兩造均各邀集多人大張旗鼓以備厮殺幸經著名某混混出爲排解未致成事否則必釀成命案似此積惡成風殊堪痛恨若非嚴行查辦何以挽惡習而靖地方耶

虎威孤假　○本埠轎夫往往倚勢橫行若爲官紳執役以爲身有護符其橫更不待言昨日城內某富家壽辰車轎馬匹盈門塞路適有鄉下賣菜者肩挑二筐恍擡一輿並無絲毫損壞詎該轎夫揚手一掌鄉人已滿口血流其同黨猶聲言非將其送官責懲不可經旁人再三勸解將鄉人拉走始罷似此倚勢作威欺壓平民實屬目無法紀想該主人未必知也若不嚴加約束倘滋生事端恐亦干未便耳

臺事近聞　○昨報紀淡水得忌利士洋行買辦薛棠谷被日人拘禁經各國領事暨各洋商求請保釋未邀允准一節頃接台友手函云上月十九日廈門嘉士洋行接准總理衙門電覆云薛棠谷一事已與駐京日公使林董君議定不日可以釋放惟不准其住臺而已○前日義民起事兵經錫口社殺斃日人數名見勢不佳一哄而散後日人誤爲該社民之作亂也遂竟將錫口社闔住伙覗融氏威勢鼓舞直進肆其暴虐幸兩師稅駕覗蝙氏言旋日人方肯罷手闔全社良民不分老幼盡送人枉死城中吁亦慘矣○近日台北日官禁止鴉片不准入口十分嚴緊十八日有廈門嘉士洋行科麽沙輪船載到烟土數百箱竟被日人阻止全數運回彼有烟霞癖者不堪設想矣○大龍峒地方在大稻埕北該處有保生大帝廟素著靈驗廟前有大樹二株乃數百年物忽於近日拔倒在地是日並無風雨折擢不知如何自拔亦云異矣○王梅者基降第一名妓也自去年嫁與同安魏龍溪爲妻後貞靜自守步不出門茲因魏某身故玉梅痛不欲生卽以芙蓉膏畢命誠難得之妓女云

韓王論文　○朝鮮國王前下斷髮之令以至國人大亂經誌前報乃王不自悔悟復於西歷正月十四日下令於國中茲將論文錄左　朕承皇祖緒業當萬國交通之運考天時稽人事五百年而必有大變爾有衆聽朕之語典章法度出自天子嗟朕登極以來三十三載於茲臨世界盟約之局不可不行政治更張之道乃改正朔建年號易服色斷髮爾有衆勿以朕爲好新多年襲故廣袖大冠與椎髻綱巾是亦在其創行之初實屬新奇之事趨尙之久遂視以爲常至漸成國家之俗制者耳無論其作事不便養生不適在火輪涉水火車穿山之今日固又不能墨守鎖國獨處之舊習也朕豈以變更先王之制度爲樂者乎哉實因民不富不强萬難保維先王宗社之危非朕所自安爾有衆亦或曰不必變更先王之制度豈別無宗社保維之道哉是拘於一隅不悟大局之見朕深鑑時局之大變今此改正朔建年號朕意在應五百年大變之運欲肇基朕家中興之鴻業易服色斷髮所以一新國人之耳目捨舊就新贊襄朕維新之政治也今朕先躬斷髮爾有衆能承行之國體君家聽長爾有衆克忠克奮體朕之意胥告胥勸一時同斷爾等之髮千事萬物惟其實是求可以協贊朕富强之鴻業嗟朕赤子示爾有衆　建陽元年一月十一日朝鮮國王御名御璽各大臣副署

光緒二十二年二月初九日京報照錄

宮門抄　上諭恭錄前報○二月初九日兵部　太常寺　太僕寺　八旗兩翼值日　無引見　慶王續假五日　愛隆假滿請　安　召見軍機

○○署理兩江總督湖廣總督臣張之洞跪　奏爲恭報微臣飭署兩江督篆起程回鄂日期恭摺仰祈　聖鑒事竊臣接准部咨光緒二十一年十一月十八日內閣奉　上諭劉坤一著回兩江總督本任張之洞回湖廣總督本任欽此茲本任督臣劉坤一行抵江甯臣於正月十七日委員將兩江總督關防兩淮鹽政印信暨通商　欽差大臣關防並　王命旗牌文卷等件齎送劉坤一接收臣卽於是日交卸起程回鄂仍於入湖北境後沿途察看田家鎭砲台及大冶鐵山等處情形除俟到鄂回任另行奏報外所有微臣飭署兩江督篆及起程回鄂日期理合恭摺具陳伏乞　皇上聖鑒謹　奏奉　硃批知道了欽此

○○譚鍾麟片　再查捐納勞績試用候補同知通判知縣如到省一年期滿例應分別考察而試甄別具奏歷經遵辦在案茲查有候補班前補用同知潘作霖人尙安詳試用通判衡湘心地明白候補班前先補用知縣貴仁年靑穩愼均經詳加考察分別照章而試堪以各按本班序補據藩臬兩司會詳前來除將各該員詳細履歷開單咨明吏部外理合附片具陳伏乞　聖鑒謹　奏奉　硃批吏部知道欽此

昨見家太史仲良因獲科名追叙　元皡農先生堪輿神術適與福事同情同也已丑春　先生爲福祖卜遷葬云以地推之辛卯科當驗惜去葬期近猶未也至甲午則庶幾矣福果中辛卯謄錄甲午正榜奇哉　劉福田啓

浙紹名醫朱鈍翁先生術高望重寓彌勒巷

啟者本行專買一切飛禽走獸及隕石等類各處人客君子如有其物不拘大小死活即祈送至本行從優議價或路途遙遠礙難速運者祈先致信本行同去觀看物對面商價必從豐決不負言特此佈告

本行現暫設在天津紫竹林英租界東豐號日本剃頭鋪內

曾我行告白

天津 順昌永保險車船局

本局專寫輪船客票包運遠近水旱車船貨物機行李起卸各項貨物機器木料銅鉛米麥等物代報華洋關稅墊辦應用諸款定期不悞格外克己費　官商無論遲早到埠皆有妥人照料一切非他行可比　賜顧者詳認天津紫竹林鐵路公司傍本局門首招牌便是

本局主人謹白

啟者報館之有採訪猶古之採風採詩上以考政治之得失下以考風氣之純剢載諸報端宣之中外取其善懲其惡故言者無罪聞者足戒充是任者品必公正心必仁廉公則明正則宜仁則不爲己甚之事廉則不貪非分之財用能識大體近人情善善惡惡柔不茹剛不吐凡有關於　國計民生者自大至細悉採毋遺辭取達意而止不以富麗爲工發供衆覽於以通上下難言之苦達遠近不聞之聲庶使豫先事之綢繆善後事之補救斯無負泰西設館之本旨焉否則遇事射利飛短流長實爲此間所大忌者矣現在本館採訪招人有樂就者祈先以所採新聞投交海大道老菜市本報館門房轉遞是幸如可登錄取有切實公正保人則端人之取友必端本報館不惜重聘定當延致其有冀循情面援本館友人互爲請託者一概不收毋怪言之不豫也此啟

本館主人啟

比商 真濟洋行

本行開設紫竹林街專辦各國著名大廠五金雜貨布疋等物及經理比國考克利軍械炮廠又羊毛機器廠各國著名軍械機器各廠貨眞價廉格外公道仕商賜顧者　請至本行面議可也

寄賣

眞正河南西土每兩九七六津錢四百六十文至少賣五兩如買整包格外價廉　古樓東大街聚豐成錢鋪

謹啟

烏利文洋行

啓者本行開設香港上海三十餘年四方馳名專售各式金銀鐘錶鑽石戒指八音琴千里鏡眼鏡等物並修理鐘表價錢比別家格外公道今本行東家未士打哈利由上海來津開設在紫竹林裕泰飯店旁請　諸君降臨光顧是幸特此佈聞

丙申年二月十二日禮拜三

浙杭 元吉永號

本莊自置紗羅綢緞新樣洋辮花素洋布川廣夏貨團摺雅扇南貨頭油俱全祗爲近時錢市漲落不同故而各貨減價開設估衣街中間路北凡　仕商賜顧者無悞特此佈達

英商 新福商義洋行

本行經辦新式各種槍礮子彈一切軍械機器等件仕宦賜顧請至小行面議

江南 桂蘭齋茶食店

本齋精製拾錦南糖眞素供果嘉湖糕點紹興薄脆八寶京糕異味糕點各種茶食外帶行匣新添拾錦元宵蜜屑糕江米糕南北點心無有不精製細做

開設天津天后宮南坐西向東便是

二月十二日銀洋行情

天津九七六錢

銀盤二千五百六十八文

洋元一千八百三十文

紫竹林九六錢

銀盤二千六百零八文

洋元一千八百六十文

二月十三日出口輪船禮拜四

新濟　輪船往上海　招商局

通州　輪船往上海　太古行

永平　輪船往上海　礦務局

直報

光緒二十二年二月十三日
西歷一千八百九十六年三月二十六日
第三百六十號
禮拜四

論義塾事宜	善堂請款	械鬥續聞	與衆棄之
罪不容誅	傷心慘目	可能漏網	形迹可疑
強入所難	濟生要術	清規何在	戲談致禍
浙學觀風	絲廠落成	京報照錄	各行告白

論義塾事宜

考之周禮二十五家爲閭閭有塾五百家爲黨黨有庠萬二千五百家爲州州有序此鄉學之制也今郡縣各設義塾則又本黨庠閭塾之制而變通之者古者閭塾黨庠州序皆萃一國之俊秀不分貴賤貧富合而教焉今之義塾則惟選貧家之子弟力不能負笈從師者始行收入所以卹寒畯作人才意至美法至良也近來義塾之設日益多即子弟之願入塾讀書者亦日益盛非獨通都大邑無不濟濟堂滿室即鄉鎮荒僻之區亦無地廣人稀之患可謂盛矣然事既盛而辦其事者尤當認眞倘虛應故事即難免諸弊叢生此章程之所以當詳定也屈指計之約有數端一甄別不可不嚴也塾中須立名簿一冊凡入學者須先報名將該徒姓名年貌籍貫住址及父兄生業一並登記入冊挨次收補不得稍有躐越如有力能從師及娼優隸卒概不准入一課程不可不立也爲師者宜以造就人材爲務切勿干預外事如有頑鈍學徒至晚不完功課者必與加戒斷然後放回倘父兄溺愛退有後言不妨立即扣除一舉業不可不習也學生能讀五經稟資聰敏願習舉業者應由塾中備辦被褥狀帳令其住塾衣服不完全者應隨時量爲添補臨試時應用資斧亦宜由　給發至外來報名入　者先令作一起講或後比如院試提覆然文理清通楷書端正者方得住　留膳文理欠貫者仍令歸家自膳俟通貫後再行留膳一講書不可不勤也每日午後功課既畢當爲蒙童恭講　聖諭廣訓一段及學堂日記一則或半段讀經者逐日講四子書數章總須令其明白曉暢而後已不得稍有含糊一功課不可不査也每月明定日期延請績學之士數人赴　察看風雨無阻察看之法行文完篇者令作破承題及八韻詩一首次令默寫經書數章以二百餘字爲率未完篇者作文同詩限六韻五經四書每部背誦七百字未行文者先將四書背誦七百字以下每經一部各背誦七百字四子書作兩部計算能默書者默書一二節以六十字爲率不能默書者寫書中難字若干令其逐字想出在何書何句另擇聰明者面試對偶一兩句一花紅不可不給也文筆完善者作上取給花紅錢若干文理清通者作中取給花紅錢若干詩句秀潤者作上取詩句妥順者作中取默書者二百數十字無悞者作上取誤一二三字者作中取悞五六字者作次取背書一字無悞者作上取悞一二字者作中取十字內者作次取至於回講經書文理貫通者作上取回講　聖諭廣訓學堂日記幷能透澈者作中取以上均照等次ゝ高下定花紅之多寡一流弊不可不防也作詩文默書有夾帶倩遞作對偶有代倩背書每卷悞至二十字外默書六十字悞至十五字外者罰跪一炷香予戒尺十下凡遇察課避不到　連至三次者每旬到　不及五天三旬皆然者察課罰跪受責連至三次託故不到在外游蕩者在　中飲酒喧譁並未經告假私自出外三天者均即扣除以上謹就管見所及畧陳梗概倘董辦義　諸君子俯加採擇焉或不無小補云

善堂請款　〇欽命總理各國事務衙門爲咨行事本衙門具奏同治三年九月初四日遵　旨妥籌京城地方修復義塾添設粥廠摺內奏明由三成船鈔項下每年酌提銀二千兩爲正陽門內願學堂義塾粥廠等處經費每年由戶部出具印領派願學堂紳董來臣衙門支領分撥由臣衙門歷辦奏銷在案光緒二十一年十一月二十日據順天府咨稱據崇善堂煖廠紳士禮部主事閻廼竹同仁粥廠紳士陸學源敬節會紳士刑部主事胡安銓等呈稱所管各堂或向無的款捐集維艱或需用浩繁殊

民仍衆除有　恩賞米石外經費不敷甚鉅均擬援照京師各善堂成案在總理衙門折收三成船鈔項下每年每堂撥銀三百兩以資接濟該崇善堂坐落南城花兒市同仁粥廠坐落南城廣渠門外普節會坐落北城兵馬司中街如蒙　奏准照撥即由各城察院按年具領等情咨商前來查船鈔項下每年協助各處善堂經費已至四千餘兩近年各關所解船鈔較前減少臣衙門用款浩繁原無餘款可撥惟該紳等所辦善舉均屬有益窮黎而募捐之難亦係實在情形臣等公同商酌擬每年每堂各助銀二百兩自光緒二十二年爲始由臣衙門轉行各城察院按年具領歸入船鈔項下奏銷理合附片陳明謹奏奉　旨知道了欽此相應抄錄附片恭錄　諭旨咨行戶部南北兩城察院欽遵可也

械鬥續聞　○日前正陽門外觀音寺李紗帽胡同一帶混混趙福邀集匪棍至二百數十人之多各持洋槍長矛刀械向蕭某劉某俞某旗鼓相當勢如臨陣交鋒施放洋槍聲隆隆貫耳如雷甚至各舖戶俱關門閉戶避其兇鋒誠一場惡戰也蕭某當受洋槍轟傷兼受刃傷立即斃命俞某延至次日亦魂歸地府惟劉某受傷稍輕近因天氣寒涼恐亦不易調治均經中城司帶領吏仵相驗詳城咨送刑部審辦觀音寺鼎和居飯舖董某所受洋槍刀傷亦殊不輕並聞是日正在交鋒之際更有大柵欄瑞福祥號學徒某甲由此經過亦被惡黨用洋槍轟傷甚重當即經人將甲抬回舖中延醫調治未悉能否痊愈俟訪明再錄

與衆棄之　○二月初八日刑部福建司由獄提出斬決人犯劉二即金保麗二即麗二得仔李二即李僖兒三名赴提牢廳點名綁入囚車派撥營兵六十名沿途護解押至宣武門外菜市口地方行刑聞該犯等皆係圖財害命重案問擬斬決者由獄提出時即高聲呼唱沿途不絕噫眞可謂愍不畏死者也

罪不容誅　○京師首善之區風氣本來純厚自五方雜處遂良莠不齊往往借端詐索捉人勒贖爲鬼爲　變幻多端雖屢經懲辦而終不能凈絕根株宣武門內未英胡同有王庚才者宛平縣人也習易爲生家道小康其戚趙七屢向借貸無不勉強應命者後王知趙不務正溺於嫖賭因拒絕之趙大怒糾集多人將王捉去勒令寫千金借約如不應承即欲以利刃從事王無可如何祇得暫立借約始行鬆放王隨即赴該管地面官廳喊告當經派差將趙七捉獲訊明確供詳解步軍統領衙門咨送刑部幾擊河南司按律懲辦並飭嚴拿夥犯歸案審辦矣

傷心慘目　○津郡爲首善之區四方無業游民藉資餬口者襁負載道時屆陽春不無時症昨見西關外橫街旁有病斃無名男屍三具縱橫暴露數日未曾掩埋想沿街設有抬埋會並有首善捨施棺木豈未暇與抑未之聞也

可能漏網　○捕快卞某恃差詐索劣蹟多端經元泰益米棧指告蒙批身爲捕役當如何奉公守法乃竟胆大妄爲候即究辦昨已票差傅德奎協同地方在大小王庄等處訪拏而卞某早已遠颺矣未知能弋獲否

形迹可疑　○昨晚時近三更由閘口忽來數十人各背包裹一個行步如飛直往東門而去口中猶作呼哨聲各舖人等均出探視莫不驚駭究不知係何等人往何處去形迹甚屬可疑郡城內外均設有保甲局竟任其往來無有攔阻盤詰者倘係奸宄何堪設想

强人所難　○河東水梯子地方陸姓烟館爲業安分人也有王二者不知素行何如曾靠一土娼昨被房東赶出欲借烟館暫居陸姓不肯據以烟館已非正經生意又加以土娼聲氣大不相宜况花烟與花賭同有干厲禁乎王强之再三决意不允以致口角相爭經人勸散王二復持器械將烟館　毀並將陸姓毆傷當即赴河東汎喊控派差將王二抓獲移送縣署經縣委訊明王二重責鎖押尚不知作何了結

濟生要術　○啟者敝社初立之年除義學惜字施棺各舉稟明　各大憲照辦外嗣又籌資添辦捨水義地施藥等項至恤嫠一舉係敝社同人因本郡嫠婦守志者多各處恤嫠不勝收錄爰議定另籌一欵專辦此舉視力定額稍補向隅之萬一另起社名曰集善蓋謂此係另集專欵不與他項善欵相混淆也一切帳簿年榜齋牌亦均另行開立興辦之始定額百戶公立查放章程經費即由二三同人己身出資交懇殷實商友生息永作恤嫠成欵即於嫠婦投到名條查補貧苦之尤者百戶爲正額逐月照章恤之以米其餘所收名條均歸額外候補繼以候補嫠戶過多近數年來陸續籌資增廣新額二百戶連前共計三百額迄今內力外源皆成努末而貧嫠候補月米者尚有數百戶之多投遞名條者且紛紛不斷蓋値兵燹之後死亡太多斯未亡人愈衆矣似此舊新積聚均屬貧苦萬分雖本社每屆降冬勉籌衣麵稍賑飢寒無如杯水車薪所補無幾欲再加廣額米又苦力薄於棉向所近親友勸捐再二再三已屬無厭之請即仍不免資助拘於耳目所及之隘來源終屬不寬再四思維惟有拜乞四方善台憐彼孤寡全人貞節憫隱慨解　慈囊十百萬千佈施隨意銀錢衣米何物非仁但得甘露灑來必使涓滴無遺功歸實濟至於矜孤者昌其後恤寡者吉其門此又理之自然不待言因果也前有鮑求子大善士因毋病愈資謝良醫　權君不受遂移助敝社囑爲添補恤嫠十分敝社業經遵辦用謝該善士慈孝之懷合併聲叙報端既彰縣德而作仁風謹啓

濟生社同人具

清規何在　○南門內東馬道巷內有王姓烟館一座門市明闞可以噴雲吐霧幽房暗啟尤堪問柳尋花實溫柔鄉中一安樂窩也昨有附近廟中眞君道士在該烟館倩館主王某轉來一妓正在斷雲零雨間被該處混混探准於夜間越墻入內將一道一妓縛作一團聲言送官經王某調停出資若干始得了結

戲談致禍　○西沽有甲乙二人幼相習長相狎也故遇則諧謔百出昨甲與乙戲云某婦與我交情最㜸已非一日乙殊不信甲故莊其詞歷舉某日某事以實之適爲該夫所聞歸家大致盤詰且云有婦如此使我有何臉面復見同人須早作主意也說畢而出該婦因以芙蓉膏戕命經屍親控告初七日縣委嚴大令赴西沽相驗甲乙已遠颺矣不知如何結案探明再登

浙學觀風　○浙江學政徐大宗師行文到湖於正月二十四日觀風自備花紅藉資膏火所有告示一通駢四麗六固非枵腹者能贊一語惜冗長不及備載茲錄其親書大門一聯云民情惟田肥瘠忍致秦視越臣心如水濁清時凜渭淸涇其仁民愛物之心可想見矣

絲廠落成　○杭垣各紳富於拱辰橋之旁閒設世經絲廠已登前報茲悉各股東延請熟悉商務精於鈎稽者四人在局經理一切董理王君　總經理王君眉伯戴君少滄協理錢君少伯按錢君少伯卽海鹽徐棣山之快壻向在怡和辦理絲廠事務爲西人所契重此次應聘而來更能駕輕就熟現聞該廠基屋於去歲冬季興工迄今漸次落成廠內正廳五間右爲繅絲車房左則絲經棧房其餘隙地甚多以備他日推廣局廠之用其資本豐盈規模宏廠洵堪與海上諸絲廠並駕齊驅將來生意之旺定卜隆隆日上也

光緒二十二年二月初十日京報照錄

宮門抄　上諭恭錄前報○二月初十日刑部　都察院　大理寺　侍衛處值日　無引見　英侯戴瀛各假滿請　安　科布多幫辦大臣達新請　訓並請假一個月　兪鍾頴謝授湖北荆宜施道　恩　奎公由西陵回京請　安　車王續假五日　崇光續假十日　意公徐　各請假十日　都察院奏派抽查漕糧之御史　派出松齡劉桂文　召見軍機　達新　兪鍾頴　皇上明日卯初二刻升　中和殿看版

○○降二級留任又降二級留任山東巡撫臣李秉衡跪　奏爲彙報光緒二十一年秋季分各屬正法盜犯名數彙由敬繕淸單恭摺仰祈　聖鑒事竊山東省拿獲情重盜犯俱係隨時就地正法按季彙奏光緒二十一年秋季分各屬審辦罪應斬梟盜犯六十七名罪應斬決盜犯二名共六十九名經臣隨時確核照章批飭就地正法茲據按察使松壽詳請彙　奏前來除飭取供結咨部外理合敬繕淸單恭摺具陳伏乞　皇上聖鑒謹　奏奉　硃批刑部知道欽此

○○張之洞片　再據兩淮鹽運使江人鏡詳在揚寄居之廣東候補知府魏業釗江蘇儘先補用直隸州知州魏秉銓呈稱因聞湖北槍砲廠正在開辦製造關繫重要情願竭力報効魏業釗捐銀二萬兩魏秉銓捐銀一萬兩均捐充槍砲廠經費以濟武備要需該兩員仰體時艱情殷報効自應俟給獎敘以示鼓勵惟魏業釗魏秉銓兩員均據稱不敢仰邀獎敘詳請具　奏等情前來臣查該兩員捐繳鉅欵以濟軍實要需雖據稱不敢仰邀獎敘而所捐銀數旣與請獎定章相符似未便沒其急公報効之忱合無仰懇　天恩可否將魏業釗魏秉銓兩員均准俟補缺後以應升之缺升用抑或另予　恩施之處恭候　聖裁除將該兩員履歷造册咨部外理合附片具陳伏乞　聖鑒謹　奏奉　硃批魏業釗魏秉銓均着俟補缺後以應升之缺升用欽此

○○張之洞片　再江蘇省籌解旗營加餉銀兩經前督臣等奏明自光緒十二年起每年解銀三十萬兩江甯蘇州兩屬各半分認按春夏秋三季批解業已解至光緒二十一年夏季分止在案所有秋季分江甯應解銀五萬兩在江安糧道月解金陵支應局充餉款內提銀四萬兩金陵厘捐局提銀一萬兩共銀五萬兩發交號商志誠信於光緒二十一年十一月二十八日匯解起程限二十二年正月二十八日到京交兌又蘇州應解銀五萬兩由江蘇藩司分別籌湊足數發交號商百川通協同慶蔚盛長匯解仍飭取起程日期另行咨明戶部據江甯江蘇兩藩司先後詳請具奏前來臣覆核無異除咨部查照外理合會同江蘇巡撫臣趙舒翹附片陳明伏乞　聖鑒謹　奏奉　硃批戶部知道欽此

○○張之洞片　再二品頂戴廣西候補道馮相榮前因海防事亟經臣　奏調江南差委派充萃軍左軍統領操練巡防深資得力茲萃軍撤防並無經手未完事件應卽飭回原省當差除咨吏部暨廣西撫臣查照外理合附片陳明伏乞　聖鑒謹　奏奉　硃批吏部知道欽此

○○史念祖片　再廣西厘金委員司巡中飽積習上下相徇幾成牢不可破之局非大加整頓信賞必罰致難挽回茲有辦理潯江厘金委員分缺先補用知縣李恒賀縣厘金委員試用知縣黃岱鍾均有控發舞弊案件據司局會詳前來除飭提拿司巡人證移府澈底根究外相應請　旨將分缺先補用知縣李恒試用知縣黃岱鍾二員一併先行革職以便歸案研訊謹會同兩廣總督臣譚鍾麟附片具陳伏乞　聖鑒謹　奏奉　硃批着照所請該部知道欽此

啓者本行專買一切飛禽走獸及隕石等類各處人客君子如有其物不拘大小死活即祈送至本行從優議價或路途遙遠碍難速運者祈先致信本行同去觀看物對而商價必從豐決不負言特此佈告
本行現暫設在天津紫竹林英租界東豐號日本剃頭舖內
魯我行告白

天津 順昌永保險車船局

本局專寫輪船客票包運遠近水旱車船貨物行李起卸各項貨物機器木料銅鉛米麥等物代報華洋關稅墊辦應用諸欵定期不悞格外克己貴　官商無論遲早到埠皆有妥人照料一切非他行可比　賜顧者詳認天津紫竹林鐵路公司傍本局門首招牌便是
本局主人謹白

金陵 仁記南味坊

自製本機元殘京緞寧綢紗縐絨線糟貨食物金腿海味南貨俱全近因錢市漲落不同分別減價抑因無恥之徒假冒南味者甚多雖云謀利誠恐亂真欲辦葷蒲用煩擂墨
寄售兩前龍井每斤津錢一千二百文八百文福建絲格外公道　開設宮北大獅胡同內

比商 良濟洋行

本行開設紫竹林街專辦各國著名大廠五金雜貨布疋等物及經理比國考克利軍械炮廠又羊毛機器廠各國著名軍械機器各廠貨眞價廉格外公道仕商賜顧者　請至本行面議可也

寄賣

眞正河南西土每兩九七六津錢四百六十文至少賣五兩如買整包格外價廉　古樓東大街聚豐成錢舖謹啟

烏利文洋行

啓者本行開設香港上海三十餘年四方馳名專售各式金銀鐘錶鑽石戒指八音琴千里鏡眼鏡等物並修理鐘表價錢比別家格外公道今本行東家末士打吟利由上海來津開設在紫竹林裕泰飯店旁
請　諸君降臨光顧是幸特此佈
聞　丙申年二月十三日禮拜四

浙杭 元吉永莊

本莊自置紗羅綢緞新樣洋辮花素洋布川廣夏貨團摺雅扇南貨頭油俱全祇爲近時錢市漲落不同故而各貨減價開設估衣街中間路北凡　仕商賜顧者無悞特此佈達

英商 新福商義洋行

本行經辦新式各種槍礮子彈一切軍械機器等件仕宦賜顧請至小行面議

江南 桂蘭齋茶食店

本齋精製拾錦南糖眞素供果嘉湖糕點紹興薄脆八寶京糕異味糕點各種茶食外帶行匣新添拾錦元宵蜜脾糕江米糕南北點心無有不精製細做
開設天津天后宮南坐西向東便是

二月十三日銀洋行情
天津九七六錢
銀盤二千五百五十二文
洋元一千八百二十文
紫竹林九六錢
銀盤二千五百九十二文
洋元一千八百五十文

二月十五日進口輪船禮拜六
豐順　輪船由上海　招商局
海晏　輪船由上海　招商局
盛京　輪船由上海　太古行
和生　輪船由上海　怡和行

直報

光緒二十二年二月十四日
西歷一千八百九十六年三月二十七日
第三百六十一號
禮拜五

上諭恭錄

上諭廣東瓊州府知府員缺着龐學頁補授欽此　上諭貴州按察使着李希蓮補授欽此　上諭依克唐阿等奏故員虧短交代請查抄備抵一摺奉天已故知縣李葆善前在錦縣任內虧短正雜各款爲數甚鉅迭經飭催該家屬迄未完繳實屬玩延着依克唐阿等行提該家屬並經手丁書人等訊明是侵是挪按律定擬具奏一面將該故員寓所資財嚴密查抄並着直隸總督將該故員原籍家產一併查抄備抵以重庫款該部知道欽此

論捐納事

書曰敷奏以言明試以功車服以庸此古制也周則設爲庠序學校以作養人才論秀書升以次進用當時亦號得人蓋國家設官分職所欲得者辦事之人非債事之人也所欲得者牧民之人非虐民之人也望之深不能不待之厚故凡高才碩德類皆不求聞達廿老林泉非三徵九聘未肯出而應當世之求一旦登朝爲鹽梅爲舟楫爲霖雨皆可以轉移世運造福蒼生周公一沐三握髮一食三吐哺豈好勞哉蓋爲國求賢折節下士有不得不爾者自漢之中葉開納粟之令而士習始卑仕途始雜然亦旋開旋止未爲例也有明末造亦有入粟之事然猶止用武職文吏不然也　國家因邊釁多故庫款支絀操國計者遂創成捐納一途爲權宜補苴之計嗚呼此何如事而可以捐納爲哉查捐納則例內自郎中以下外自道府以下皆可報捐夫郎官上應列宿至清貴也道府表率屬員甚尊榮也顧以目不識丁之子濫厠其間無論案牘文卷未能通曉其一種俗鄙之氣猥瑣之情亦殊覺語言無味面目可憎縱其中不乏舉監出身讀書績學之士而試問拚亘萬金錢以博一官爲國乎爲民乎抑爲聲勢烜赫頂戴榮身乎卽爲頂戴榮身已難以致君澤民之義責之興利去弊之事望之矣况其取償於上下間者將什百千萬不僅如買之三倍也方今各直省實缺候補人員捐納者居其大半雖科甲勞績諸班並用而捷足先登總讓捐納一班何也捐納人員皆携有重貲交接門丁幕友或酒食徵逐相與聯歡或通譜拜盟借爲援助故上憲一動一靜彼先知之一喜一怒彼先知之所謂長袖善舞多錢善賈者此耳及其晋謁也又能儀節柔媚言語便佞時時迎合上意以博取其歡心遂以爲幹員遂以爲能吏遂以爲練達世故堪勝繁缺之任雖未能遽得實缺而某局某廠某堂之札付已入手中矣近有佐貳某姓者奉憲委往外縣查辦事件差旋將具稟詳覆乃終日揣摩不成一字不得已浼其友代爲捉刀二人對燭吟哦連宵達旦亦依然曳白聞者怪之而實無足怪也彼原借孔方兄力以取功名銅臭之氣深入骨髓而遽責以翰墨文章之事則是强烏鴉以學鸚鵡不幾令中書君笑人乎凡此類者文理雖不如人權謀實能出衆其未得意也多方營搆百計夤緣唯阿取容有讀書人所萬不忍爲萬不屑爲者彼乃坦然處之不知廉恥不顧唾罵必使大吏入其彀中而已一旦得缺而且頓改威福大作雲牌一敲堂皇高坐何者關國計何者係民生漠然莫辨但與以青錢三百則嘿然作鷺鷥笑否則眉頭一皺堂上堂下肉鼓吹大作矣嗚呼以此任州縣作民父母何異驅猛虎而牧羣羊也然則捐納一途實天下興衰民生休戚一絕大關鍵也姑妄言之必有能辨之者

烏有先生

◎京師崇文門外坐子胡同有王某者[illegible]翩美少見者不知其中之無有也以孔方兄力博一[illegible]平時[illegible]然以秀才[illegible]其妻[illegible]有目不識丁之[illegible]

二綴行爲業望子成名其心孔亟經田姓說合聘爲西賓既恭且敬大有坐云則坐食云則食之風王世儼然坐講堂而擁皋比焉適同鄉某造訪値王外出因詢及劉子功課不覺噴飯魯魚亥豕字盡差訛斷續 句多割裂更有甚者所書詩題駒不及舌得舌字此等西賓其殆與諧鐸之巾幗幕賓相伯仲乎諺云不敬先生天誅地滅誤人子弟男盜女娼王其知也耶其不知也耶噫

總綰要差 ○候補道張南針觀察鼎補前以明保奇材異能飭發北洋聽候調用觀察端方亢直不善趨承數年未得差委昨督憲以大沽船塢總辦高觀察委署天津道遺缺委觀察前往接替出其緒餘船塢當更生色矣

險落火坑 ○京都劉姓者帶一十二歲幼女來津寓河東某客店據云係伊親女母亡無依將賣銀十餘兩彼既有吃飯處我亦可藉以謀生一日出外尋主女乘間大呼救人言係武清縣人被伊誘拐至此倘能救我還家骨肉團圓沒齒不忘矣正議論間劉已回店意氣安閒毫無惶懼衆詰此女來歷則曰實非親女係價買者賣主尙在津門衆如不信待我喚來自可質對隨卽走出候之終日不歸始知爲其誘拐也將女暫留店中尋人與家中送信聞已來人認領矣

賊心何忍 ○河間及小範一帶自上年盜賊橫行搶刦之案屢見迭出緝捕未力梟匪亦乘間滋擾昨有某縣管汛乘馬前行巡役某甲隨後出村未及數里被盜賊多人圍住將某從馬上拖下竟以凌遲處死該巡役某甲既不敢作聲復不敢逃走心驚膽裂頓作一團賊等餘怒未息便云閻羅簿上何少汝一人既與同來便與同去可也亦殺之隨將馬匹褥套携之而逸茲據下西河布客所述如此並云曩昔臨店夥友被臨匪擄去勒贖不過貪財而已今竟如此兇狠有地方之責者非趕緊緝捕何以除梟匪而衛鹽務耶

課題照錄 ○昨係津道憲甄別輔仁童生課期觀察因交卸在卽未便親臨札委河防分府馮司馬清泰暨蔡大令啓盛監場扃試 文題 養也校者敎也序者

詩題 千門萬戶皆春聲得皆字五言六韻

圖說發還 ○東 數十村歷遭水患迭經疏濬迄無成效現經督憲飭道查明洩水原河故道奏定仍由孫庄何庄舊河開挖導水東注歸海不日當卽動工乃有該村石某等聯名赴道轅稟請另挖新河並繪圖貼說其意不過保全己村以鄰爲壑非能顧全大局也當經道憲批示妄議不准圖說付還

自誤良緣 ○昨報登河東李姓女許鄉人子爲妻定期三月迎娶李不允許亦不還原聘定禮一則茲悉上年十月定婚其男子年逾而立隱瞞十歲其女子僅十四齡捏稱十七議婚伊始實係兩家自願並非冰人從中舞弊今兩家俱知底裏年貌不符故不允迎娶現經媒人再四說合女家言延至秋令倘可卽將原聘定禮送回否則作爲罷論其男家祇以三月爲期至此尙紛紜未衷一是噫婚姻大事豈可草草爲之誌此以告世之爲父母者所當愼之於始也

購求良驥 ○武臣以騎爲重以其相依爲命不可緩也然必德力兼全方能勝任現聞通永吳鎭軍信魯張兩差弁來津購買昨見該弁在東窯窪乘試數騎均非驊騮之選嗟乎追風 電世罕其儔非物色於牝牡 黃之外安能致之哉

保留賢宰 ○交河縣紳民蘇漢侯等七十餘人於十三日晚抵津保留該縣署任張仲麟大令據云大令籍隸漢南補歸直北前寓省垣繼來桁津凡有關於民生休戚者無不加意講求前年委署斯缺下車伊始出示觀風以作人才嚴禁訟爭以靖閭里力行保甲以弭賊盜敦勸農桑以裕財源復於歲暮捐廉數百無衣無褐者挨戶賑恤現又購妥木植修築書院此眞所謂慈惠之師也近以署任將滿恐卽榮陞現來節轅稟懇督憲借寇一年倘多留一日卽多受一日之福矣聞擬於十五十八等日赴轅遞稟若何批示姑候再登

漕運將來 ○茲據浙杭採訪友來函云浙省接奉部文以本年漕白粮務須力籌足額妥速徵運等因當經浙撫廖中丞轉飭籌辦隨據浙藩龍方伯錫慶督粮道鄭觀察嵩齡札行各該府並委員親履所屬查勘惟浙省自兵燹後田多荒蕪現雖漸漸開墾又以上年夏間亢旱未冬濤遭大雪禾稼受傷甚重實難復足向額特核實厘剔計仁和等二十二州縣共交倉漕米五十五萬八千五百二十餘石除隨運每石一斗經紀耗米九千九十餘石商船耗米三萬七千一百餘石又南田折價經耗二千五百九十餘石統共徵運漕白粮五十萬八千三十石一斗三升九合三 自應揀選精潔白色兌送務使該船依次放洋速抵通壩等情咨會戶部漕運直隸江蘇督撫憲查照辦理矣

三韓近信 ○朝鮮採訪使者馳函云鮮王近有詔命徧貼通衢畧謂去歲八月二十日王宮之變除誅死王妃之首惡內閣總管大臣金弘集已誅外所有在逃叛黨罪及一身不及家屬無論軍民人等如能拿獲者加官受賞知風送信者亦當賞齎有差云云想衆逆臣罪惡滔天終難倖逃法網也○去歲冬月間漢城鮮民剪髮之時有不願者類皆藏匿外道不敢歸家今正初旬國王有准用網巾不必剪髮之詔商民始歡聲雷動刻下紛紛回國絡繹於途於以見民心之實未忘鮮也○江原道春川地

方日前民變閧亦因剪髮起鋒鄉民相聚多至六七千人漢城發出鮮兵千餘名所過之處刦掠一空婦女童穉死者無數聞者痛之○近日王妃及世子妃移於明禮宮居住該宮係國王支用之處內有宮女數十名侍奉一切前後門首均有鮮兵把守○俄國日前到有精兵四十名越日又來二十名駐紮俄公使館左近以資保衛屈指俄兵之在鮮者近日蓋已三百三四十名左右矣○日本商民客臘有赴外道貿易者今正初旬陸續皆回漢城內有三十五名人貨皆無下落該領事照會朝鮮外務衙門特飭各道地方官嚴行訪查有謂該商等早被亂民打死者此說恐非無因也○華商上年之至外道收帳者皆領有漢城府護照期限半年一換今正漢城府函請英總領事謂本歲因各道變信緊急華商之議領護照應轉諭自行斟酌以便頒給蓋亦防患之意也○去歲春川之變迄今未已今正已過京畿道界日前路過長湖院有日本醫士夫妻二人在城開設藥鋪爲生近聞各道變急料難安居夫婦二人收拾行裝偕同華商孫某結伴他徙某晚投宿店中被變民所知圍闔住日人願出洋三十元囑令店主藏匿執不承允少頃竟致被害惟孫君則安然無恙亦云幸矣○有自報恩縣來者述及度支部大臣魚允中於其日逃竄龍仁縣地方被未剪髮之民所害未知確否○自漢城至元山釜山之沿路電線均被鮮民砍斷聞電報局亦已被毀上月初旬派人修理行未二十里之遙被未剪髮之鮮民迫回以故近日消息漸滯云○漢城南門內日本巡捕房門首近來設一鐘樓高四丈餘上掛巨鐘一口聞如有急事即當鳴鐘聚人蓋亦警鐘之類也

北極探回　○西歷一千八百九十三年瑙威國派人赴北極查探當由該國派進士南升前往茲聞南升以格物著名承派之後造一輪舟重八百墩馬力一百六十匹船面設三桅可順風揚帆以省燒煤船底有機能壓碎冰屑以避滯礙是年七月二十四號啓行帶耐寒之人十二名自瑙威開行一去三年杳無信息近日南升自北極回輪已抵俄國極北境之矮根地方傳電各處聲明探極回來矮根地方人羣往問信欣喜過望據南升言將近北極船已不能駛行忽見冰底有前壞輪舟木料知爲北極對面之地船雖前進冰實退行是以萬難再進旋得一法繞赴冰之上流隨冰而度指南針業已植立約在北極適偏十五度於是船遂前進不虞退却乃查明情事聞所未聞見所未見而返此閧闢以來初探北極之情形也

光緒二十二年二月十一日京報照錄

宮門抄　上諭恭錄前報○二月十一日工部　鴻臚寺　鑲黃旗值日　無引見　遷公請假五日　樹貝子續假五日　工部奏派勘估廠座工程　派出張蔭桓阿克丹　召見軍機　皇上明日寅正至　文昌帝君廟行禮畢還宮辦事後至　頤和園　皇太后前請安後駐蹕

○○譚繼洵片　再襄河水師伍營分防堤段綿亘千餘里必須首尾一氣呼應靈通自應設立統領一員以資總攝而便稽察現經臣飭委記名提督謝得龍充當該伍營統領俾將各營規實力整頓隨時周歷各防段巡視考查於操練緝捕事實較有裨益除咨部外理合附片具陳伏乞　聖鑒再湖北巡撫係臣本任毋庸會銜合併陳明謹
奏奉　硃批知道了欽此

○○降二級留任又降二級留任山東巡撫臣李秉衡跪　奏爲東省三成振捐限滿仍難停止請再展辦一年以資接濟恭摺仰祈　聖鑒事竊臣於光緒二十一年正月請將四成賑捐援案減爲三成展辦一年奏奉　諭旨着照所請戶部知道欽此遵咨行到東應以是年三月初九日賑撫賑捐局奏文開辦三成振捐之日起所有捐生履歷均經分次咨部給獎在案扣至本年三月初九日一年限滿察看地方情形仍難停止緣東省沿海各州縣上年復遭水患災廣振繁需款甚鉅振捐一項備收　封典虛銜貢監並無寔職翎枝亦已停收來源本不踴躍支絀時虞幸蒙　聖恩截留本省漕糧得以湊放各振饑溺之民藉免委塡溝壑北趙家高家大崎等處漫口雖早經堵築合龍而當此青黃不接爲日方長必須再籌振撫下游北岸惠民縣李家蔣等七村莊逼近河干一遇黃流泛濫即成澤國現已委查戶口購地遷民歷城縣境內小清河上游淤淺六十餘里趁此春融農隙招集附近貧民按段挑濬以工代振凡此工振要需款無所出且自籌辦海防以來庫空如洗無從挹注明知各省捐輸侵占收數寥寥已成弩末而一切用欵舍此更無可通融臣與振撫捐局司道再四熟商若限滿即行停止實屬莫展一籌據該司道等具詳前來合無仰懇　天恩俯准將東省三成振捐再行展辦一年仍舊委員在各省設法勸募以資接濟出自　鴻慈逾格理合恭摺具陳伏乞　皇上聖鑒　訓示謹　奏奉　硃批着照所請戶部知道欽此

啟者本行專買一切飛禽走獸及隕石等類各處人客君子如有其物不拘大小死活即祈送至本行從優議價或路途遙遠碍難速運者所先致信本行同去觀看物對面商價必從豐決不負言特此佈告

本行現暫設在天津紫竹林英租界東豐號日本剃頭鋪內

曾我行告白

天津
順昌永保險車船局

本局專寫輪船客票包運遠近水旱車船貨物行李起卸各項貨物機器木料銅鉛米麥等物代報華洋關稅墊辦應用諸欵定期不悞格外克己貴 官商無論遲早到埠皆有妥人照料一切非他行可比 賜顧者詳認天津紫竹林鐵路公司傍本局門首招牌便是

本局主人謹白

啟者報館之有採訪猶古之採風採詩上以考政治之得失下以考風氣之純剝載諸報端宣之中外取其善懲其惡故言者無罪聞者足戒充是任者品必公正心必仁廉公則明正則直仁則不爲己甚之事廉則不貪非分之財用能識大體近人情善善惡惡柔不茹剛不吐凡有關於 國計民生者自大至細悉採毋遺辭取達意而止不以富麗爲工發供衆覽於以通上下難言之苦達遠近不聞之聲庶使豫先事之綢繆善後事之補救斯無負泰西設館之本旨焉否則遇事射利飛短流長實爲此間所大忌者矣現在本館採訪招人有樂就者祈先以所採新聞投交海大道老菜市本報館門房轉遞是幸如可登錄取有切實公正保人則端人之取友必端本報館不惜重聘定當延致其有冀循情面援本館友人互爲請託者一概不收毋怪言之不豫也此啟

本館主人啟

比商
良濟洋行

本行開設紫竹林街專辦各國著名大廠五金雜貨布疋等物及經理比國考克利軍械炮廠又羊毛機器廠各國著名軍械機器各廠貨眞價廉格外公道仕商賜顧者 請至本行面議可也

寄賣

眞正河南西土每兩九七六津錢四百六十文至少賣五兩如買整包格外價廉 古樓東大街聚豐成錢鋪

謹啟

烏利文洋行

啓者本行開設香港上海三十餘年四方馳名專售各式金銀鐘錶鑽石戒指八音琴千里鏡眼鏡等物並修理鐘表價錢比別家格外公道今本行東家未士打哈利由上海來津開設在紫竹林裕泰飯店旁請 諸君降臨光顧是幸特此佈聞 丙申年二月十四日禮拜五

浙杭 元吉永號

本莊自置紗羅綢緞新樣洋辮花素洋布川廣夏貨團摺雅扇南貨頭油俱全祇爲近時錢市漲落不同故而各貨減價開設估衣街中間路北凡 仕商賜顧者無悞特此佈達

英商
新福商義洋行

本行經辦新式各種槍礮子彈一切軍械機器等件仕宦賜顧請至小行面議

江南 桂蘭齋茶食店

本齋精製拾錦南糖眞素供果嘉湖糕點紹興蒲脆八寶京糕異味糕點各種茶食外帶行匣新添拾錦元宵蜜層糕江米糕南北點心無有不精製細做開設天津天后宮南坐西向東便是

二月十四日銀洋行情
天津九七六錢
銀盤二千五百四十七文
洋元一千八百一十五文
紫竹林九六錢
銀盤二千五百八十七文
洋元一千八百四十五文

二月十五日進口輪船禮拜六
豐順 輪船由上海 招商局
海晏 輪船由上海 招商局
盛京 輪船由上海 太古行
和生 輪船由上海 怡和行

光緒二十二年二月十四日
直報
第四版
一四七〇

直報

光緒二十二年二月十五日　第三百六十十二號
西歷一千八百九十六年三月二十八日　禮拜六

時務策

孟子聖賢而豪傑也學孔於百家幷興之日倡道於干戈殺伐之世氣魄作用挺特宏毅邁人欲於橫流援天下於既溺論者謂功不在禹下吾無間然七篇之書言言痛快豁人心目君相由之足以撥亂返治旋乾轉坤韋布由之足以壁立萬仞守先待後當時目為迂闊當時所以不治後世誦而弗由何異買櫝還珠當時功利成風人皆隨風而靡此風不革則致治無由孟子目擊斯弊故承梁王之問即極口力闢急先務也此風要自上革上不好利則源清源頭一清流無不清上下俱清自然民安國泰世躋雍熙若利源不清此風不革而欲民安國泰世躋雍熙是猶卻步而求前也善乎汲黯之對漢武曰陛下內多欲而外施仁義奈何欲效唐虞之治乎汲　之言豈惟深中漢武之病實中天下後世學人之通病當其志學之初非不浮慕往哲欲做君子然大半越做越假多做不成只緣利心未清而內多欲也雖嘗顧名思義而勉為義而實義主利終是有為而為為術愈工為病愈深饒是遮蓋周密到要緊時候不覺本態發露大喪生平隱微之所自以為利者究竟反成大不利利之一字毒係於酖酖一入口便喪命利一薰心便喪品論學於今日不必談元說妙只革去利心便是真學絕利之源方是真品否則徒飾皮毛病根終在集註謂孟子拔本塞源以救弊誠哉是言也繼孟子而為拔本塞源之論者莫暢於姚江王子其言最為痛切讀之真堪墮淚吾人宜揭之座右觸目警心仁義曷嘗不利只患人不仁義耳天子仁義則天下欽仰天下欽仰斯天下隆昌卿大夫仁義則朝野欽仰朝野欽仰斯爵位降昌士庶人仁義則鄉縣欽仰鄉縣欽仰斯身家降昌回視惟利是耽品污望輕人所羞齒者果孰利而孰不利耶梁王以制勝雪恥為問孟子答以脩其孝弟忠信可使執梃以撻秦楚堅甲利兵不惟當時乍聆之以為迂在後世之驟讀之亦未有不以為迂者然而非迂也人必為制勝之本人倫脩明忠義自奮情所必然無足疑者天啓初邊事告急遠爾震恐馮少墟先生時為副使慨然曰此學術不明之禍也於是限日率同志士紳立會講書千言萬語總之不出父子有親君臣有義夫婦有別長幼有序朋友有信及聖諭孝順父母尊敬長上和睦鄉里教訓子孫各安生理毋作非為六言當人心崩潰之餘賴此提撕激發天下當十萬師使天下曉然有君臣父子之倫三綱之道明而樽俎之容威於折衝亦孟子脩孝弟忠信以撻秦楚堅甲利兵之意也或曰此何時也而猶講學先生曰此何時也而可不講學講學者正講明其父子君臣之義提醒其忠君愛國之心正今日要緊第一著也或又謂方今兵餉不足不講兵餉而講學何也先生答曰試看今日驕土之亡果兵餉不足乎抑人心不固乎大家爭先逃走以百萬兵餉徒藉寇兵齎盜糧只是少此一點忠義之心耳欲要提省此忠義之心不知當操何術可見講學誠今日禦敵要著由先生斯說觀之益知孟子之言非迂而人倫之脩在所不容緩矣夫人幼而學之壯而行之所行本於所學幼而學的是仁義則壯而所行無非仁義幼而學的是功利則壯而所行無非功利猶種稻生稻種稗生稗未有所種是稗而出土發苗得以成稻者即或仁義性成不湛功利而學昧通方識竭心思或學詩辭或學文翰或學字畫或學清虛正經修已治人之道經世宰物之務反茫不之究一當事任心長才短空疏鮮實所學非所用所用非所學樹立無聞可恥孰甚須是力矯斯弊務為有用之學凡治體所關一一練習有素所學必求可行所行必合所學致君澤民有補於世此方是幼學壯行不虛此生特患人不能行耳苟能行之雖有外患又何慮乎

神手技矣　○京師四牌樓三巷某旗人某以勇力自矜曾在護軍營當勇去年間日東生事遂投効於遼東捷勝營及和議已成隨大帥入關每以不得斬樓蘭頭爲憾當在營時因凍生瘡兩腿作紫黑色肌肉腐爛痛癢不知謁經夕入勸赴西國醫院求治醫士將兩腿鋸去裝上義足刻己步履如常矣

尋花啓釁　○京都前門外某勾欄索號藏嬌柳媚花妍無非銷魂種子也有宗室某偶一寓目不覺傾心月夕花晨時來遣興昨與趙洛振者不知因何事啓衅遂至相毆當被趙持刀將宗室砍傷數處立卽斃命而兇犯遠颺矣聞趙係天津人差役等因正兇未獲有意株連故凡在該處作同行生意者已逃避無餘現通飭九城嚴拿不知能弋獲否

辱及婦人　○楊文科海下人也素好賭博然職轍北每當困頓無聊之際必訛索鄉鄰昨向同村之劉大訛索而劉適外出劉妻因伊屢次騷擾遂出與理論詎楊因羞成憤竟將婦人頭顱打破此眞無賴之尤也劉歸知妻被打遂抬赴縣署鳴寃立予驗訊諭卽傳嚴究云

利市三倍　○泰西賽馬之舉春秋兩次雖賭輸贏實寓練習騎隊之義故凡通商各埠旅居之西國宦商皆於其地建屋築場至春秋佳日擇期仿行典至重也天津爲北洋巨埠經各官商於梁園門外佟樓迤東購得地段平墊馬道寬廣數十畝圍以綠樹高築紅樓名曰養性園公司歷年舉賽觀者如堵惜其地過於窪下一遇水溢卽成澤國是以自落成以來各股東祇分餘利一次去歲公司總辦鑒於水患將地段墊高四面堅築圍牆工料結實雖河水泛濫涓滴不能滲入絕好一幅華林馬射圖也現聞有跑馬會公司欲購此項產業來登本報告白於十七日會議若按公道給值必當利市三倍拭目俟之

飲啄有定　○語曰死生有命富貴在天誠以事關重大故天亦秘惜焉不肯漫然相付乃有些些小事既無與於死生復無關乎富貴亦若有天命主乎其中不肯輕以與人者何也河東李某從去歲往關外當勇日昨回家存銀十數兩妻欲典房一間爲存身計夫欲作小經紀先圖糊口商議未定適戚友聞其歸詣之言次携手而出恰過賭廠戲以百錢爲注姑博一笑實無意於賭也不意三戰三敗心頭火起興不可遏將銀盡行輸去迨妻聞知而已無及矣

是耶非耶　○東門外南城根土窰林立俗謂之入貨棧每晚誘引良家婦女在此應客花烟花局無所不有雖經出示嚴禁無如若輩與差役均係素識俱有關照故禁如不禁也昨晚由某處接來一婦頗有姿色適某甲聞有新人頓觸看花之興及見面某勃然變色隨卽走出蓋婦卽某甲妹也夫久客未歸爲匪人所誘遂作夜度生涯不意爲甲撞見不勝大驚急覓車歸家迨甲奔告婦翁偕至窰內探視而已無蹤影矣

京銅過津　○寶泉局所需銅斤向爲雲南礦產者最鉅昨見海道下駐有雲省銅船赴京者聞係第十五起頭批委候補同知張仿田同差押解于十四日抵津不日卽起行晉京矣

是小丈夫　○東門外楊姓者小本營生一家大小賴以餬口無凍餒憂自今正被人誘入賭場沈溺不反屢戰屢北將家中所有悉供一擲其妻泣諫不聽雖至日不舉火亦度外置之不顧也日昨妻以兒啼女哭無可奈何當向母家借得青錢二千復被竊去其妻憤極尋至賭局索要詎料一夜中已行輸淨正在垂頭喪氣之時適逢其怒反捽髮痛毆旁人再三排解始行放手嗚呼遇人不淑何至如斯大丈夫不能封妻蔭子己屬虛生反令牀頭人既困飢寒復遭折辱清夜自思能無愧死乎

文武全才　○劉軍門永福之左翼中軍黃敬臣統領於去歲劉軍門鎮守台南時奉委解餉前赴漳化適被日兵中途截殺五日五夜身受重傷仍能收帶殘兵回台覆命劉軍門內渡後黃統領仍奉軍門札諭在廈照料遣散各勇事務爲人慷慨筆墨甚好當時身在行間詠歌不輟亦可想見儒將風流矣

防營移鎮　○客歲中東搆釁江海戒嚴瓜洲鎮總兵高軍門光劾曾奉署南洋大臣張香帥檄飭統帶湘軍南字四營駐紮維揚以資防禦嗣因和議告成又經香帥飭令裁撤一營以節餉需仍留三營駐揚防守今正劉　帥　陛辭後南旋回任道出邗江特面諭軍門將該軍南字左哨一營移駐鎮江其前中二營着仍舊駐揚以資防守軍門奉諭之下遵卽札行該營管帶裘遊戎遵照聞遊戎奉飭後已于上月十八日督率弁兵料理行裝一面移請江甘兩縣宰備辦船隻多艘於二十一日開差前赴京口駐紮云

傅相起節　○欽差頭等出使大臣李傅相奉　旨赴俄已紀前報昨接滬電聞於十五日起節並聞有東海關劉觀察　林率所屬各員祖餞伯行少帥亦率闔家人等送行沿途經過地方莫不跪接天使威儀之盛誠亘古所未有也

旁觀淸議　○西報言自日本據有臺灣而後土民不服起義抗拒數見不鮮推原其故厥有四端一因日本在臺兵力未足二因邊守兵弁隨處劫掠三因日兵與運夫人等刻薄土人四因散勇散而無歸相率爲盜而臺地遂無甯宇矣西人所言如此諒亦有所見而云然也

異鄉年景　○叻埠穢拉油人向崇回敎其年例每逢臘月則日間概不舉火一切食物屏而弗御卽茶烟之類亦不沾唇名曰減年至上燈後則具膳而餐如是者

一月而止至來月初旬則登高望月若見一灣月色卽爲度歲彼此相與賀年若逢陰雨或値濃雲掩其月光則又俟諸來夜向皆如是玆悉穆拉油入本月初二晚卽入餓年之節然則二月初二三夜若能見月卽是新年矣嘗稽彼族之歷向無步算每月以三十日爲率旣無中歷之閏月亦無西歷之閏日然則每年祇得三百六十日然於餓年望月等事常有耽延數日者以此算之洽可扣至三百旬有六日之數然與華歷或先或後則又有所不同因據熟於彼族歲歷者言之據謂回歷每閱三十五年則與華歷同時度歲溯自同治三年甲子彼族元旦與中國同以此而推計至光緒二十五年丁亥則彼族新年卽在華歷正月之初二三日是與中國歲歷又恰相値矣是說也多有未得而聞者爰誌之

光緒二十二年二月十二日京報照錄

宮門抄　上諭恭錄前報○二月十二日內務府　國子監　正黃旗値日　無引見　鹿學良謝授廣東瓊州府知府　恩　潤公大額駙各續假十日　阿克東阿續假五日　召見軍機　鹿學良　皇上明日辦事後由　頤和園還宮

○○翰林院侍講山東學政臣華金壽　奏爲恭謝　天恩仰祈　聖鑒事竊臣前蒙　聖恩簡授翰林院侍講於光緒二十一年十二月二十三日恭摺叩謝　天恩奉　硃批知道了欽此又於二十二年正月二十六日奉到吏部文稱正月初八日奉　旨仍留學政之任欽此臣謹恭設香案望　闕叩頭謝　恩訖竊臣一介庸愚優蒙　簡擢旣膺清秩仍畀文衡聞　命自　天增慚無地臣惟有益矢靖共勉加策勵孔顏澤遠冀得躬行實踐之儒海岱風雄期登落英多之彥蟻忱悚切鱉戴彌殷所有微臣感激下忱謹繕摺恭謝　天恩伏乞　皇上聖鑒謹　奏奉　硃批知道了欽此

○○張之洞片　再湖北記名總兵兪厚安湖北候補知府朱滋澤湖廣補用副將吳友貴湖北儘先都司張彪均於上年冬間本年春間經臣　奏明調來江南差委茲查江南防務事竣該員等並無經手未完事件自應飭回湖北本標本省當差除咨明兵部吏部外理合附片　奏陳伏乞　聖鑒謹　奏奉　硃批該部知道欽此

○○張之洞片　再江蘇省留防水師各營修造船隻動用經費業經截至光緒十八年十二月底止彙入江蘇留防報銷第二十二案內　奏銷在案茲據船廠委員將光緒十九年分修整留防水師勇營船隻等項用過工料銀數分別開報由江蘇防營支應報銷處核明造冊歸入江蘇留防第二十三案內專案詳請附　奏請銷前來臣覆加查核共請銷銀二萬二千五百七十五兩有奇均係按照長江水師船工准銷成案核實支給並無浮冒除將清冊分咨戶部核銷外謹會同江蘇巡撫臣趙舒翹附片陳明伏乞　聖鑒飭部查照謹　奏奉　硃批該部知道欽此

○○譚繼洵片　再署　陽州知州何葆修調省差委所遺該州印務應卽委員往署以重職守查有本任武昌縣知縣兪成慶穩愼安詳辦公奮勉堪以署理據布政使王之春署按察使朱其煊會詳前來除檄飭遵照外理合附片具陳伏乞　聖鑒再湖廣總督係臣兼護毋庸列銜合併陳明謹　奏奉　硃批吏部知道欽此

養性園公司現定於本月十七日午後五點鐘在戈登堂會議查核近數年帳目並擬將養性園地土房產等業出售與跑馬會公司務請各股東屆時惠臨戈登堂聚會勿誤此訂　養性園公司告白

啓者小號樓上第十一座寬大潔淨可容數十位客人向蒙　貴官商照顧凡有公請祝壽宴樂者常在該座現因樓上演戲恐該處請客不便茲特聲明該處雖係演戲並非久局且與請客無碍如蒙　貴官商賜顧者仍請　駕臨預先示知小號不致有悞專此奉聞
紫竹林大街裕泰飯店謹白

麥加利銀行
天津
告白

啓者本行資本英金八十萬磅備用股本英金八十萬磅公積英金三十二萬五千磅總行開設倫敦分行在孟買加拉吉打冷宮哪哈亞伯古隆北新埠太平咪登哈來蘭播新嘉坡香港福州上海漢口暹邏濱角包帶維亞沙來伯鴉神戶橫濱等處起首至今三十九年倘有存欵勿論仕商照期起息請來敝行面議敝行茲于正月三十日開張恐未週知特登報章佈告

啟者本行專買一切飛禽走獸
及隕石等類各處入客君子如
有其物不拘大小死活即祈送
至本行從優議價或路途遙遠
碍難速運者祈先致信本行同
去觀看物對面商價必從豐決
不負言特此佈告
本行現暫設在天津紫竹林英
租界東豐號日本剃頭舖內
曾我行告白

天津 順昌永保險車船局

本局專寫輪船客票包
運遠近水旱車船貨物
行李扯卸各項貨物機
器木料銅鉛米麥等物
代報華洋關稅墊辦應
用諸款定期不悞格外
克己貴　官商無論遲
早到塢皆有妥人照料
一切非他行可比　賜
顧者詳認天津紫竹林
鐵路公司傍本局門首
招牌便是
本局主人謹白

德陞齋靴鞋鋪

本齋專做滿漢朝
靴新樣京式名鞋
及鑲花坤鞋一應
俱全價廉物美
賜顧者請認明本
店招牌庶不致悞
本舖開設在天津
府北門外鍋店街
集義棧對過便是

告白

敬啟者京城售報
處改在前門外琉
璃廠小沙土園路
西寶興木廠又楊
梅竹斜街中間路
南聚興隆小器作
內兩處分售此白
售報人陳午清謹
啟寓前門內刑部
後身草帽胡同北
頭大院內

比商 貝濟洋行

本行開設紫竹林街專辦各國
著名大廠五金雜貨布疋等物
及經理比國考克利軍械炮廠
又羊毛機器廠各國著名軍械
機器各廠貨眞價廉格外公道
仕商賜顧者　請至本行面議
可也

寄賣

眞正河南西土
每兩九七六津
錢四百六十文
至少賣五兩如
買整包格外價
廉　古樓東大
街聚豐成錢舖
謹啟

烏利文洋行

啓者本行開設香港上海三十餘年四方
馳名專售各式金銀鐘錶鑽石戒指八音
琴千里鏡眼鏡等物並修理鐘表價錢比
別家格外公道今本行東家米士得巴克
由上海來津開設在紫竹林裕泰飯店旁
請　諸君降臨光顧是幸特此佈
聞　丙申年二月十五日禮拜六

浙杭 元吉永號

本莊自置紗羅綢緞新
樣洋辮花素洋布川廣
夏貨團摺雅扇南貨頭
油俱全祇為近時錢市
漲落不同故而各貨減
價開設估衣街中間路
北凡　仕商賜顧者無
悞特此佈達

英商 新福商義洋行

本行經辦新
式各種槍礮
子彈一切軍
械機器等件
仕宦賜顧請
至小行面議

江南 桂蘭齋茶食店

本齋精製拾錦
南糖眞素供果
嘉湖糕點紹興
薄脆八寶京糕
異味糕點各種
茶食外帶行匣
新添拾錦元宵
蜜層糕江米糕
南北點心無有
不精製細做
開設天津天后
宮南坐西向東
便是

二月十五日銀洋行情
天津九七六錢
銀盤二千五百四十七文
洋元一千八百一十五文
紫竹林九六錢
銀盤二千五百八十七文
洋元一千八百四十五文

二月十六日出口輪船禮拜日
海晏　輪船往上海　招商局
盛京　輪船往上海　太古行
二月十七日出口輪船禮拜一
豐順　輪船往上海　招商局
和生　輪船往上海　怡和行

直報

光緒二十二年二月十七日　第三百六十三號
西歷一千八百九十六年三月三十日　禮拜一

上諭恭錄

上諭長蘆鹽運使員缺着李興鋭補授欽此　上諭吳廷芬奏遴保人才各摺片江蘇候補道錢志澄黃承乙湖北候補知府汪洪霆安徽候補知縣何恩煌安徽在籍候選知府曹英着江蘇安徽湖北各巡撫給咨送部引見欽此　上諭國子監司業瑞洵奏各衙門保送滿洲御史請倣照漢御史一體考試一摺着吏部議奏欽此　上諭山東登萊青道員缺着錫桐補授欽此

與直報館書

樂亭趙式如來稿

不佞涉世三十五年矣亦嘗撮讀四千年之書縱攬九萬里之局私以螻　竊觀國政而知及今之猶可爲也夫有天下者勢也治天下者時也擅其勢矣顧乃猥執謙讓則大權旁落外患緣隙以生弱其時矣若猶相忍因循則正朔空存舟中盡堪爲敵鄉嘗有所論略積久成編每欲上之台司冀裨萬一無如高官貴人多爲身圖除籤書期會而外更無所謂幹當公事也以是不佞有作懷之十年不敢以示人友人或覽之亟勸予郵付報館者應之曰外洋之有報館各國不下數千百所上自君侯下洎庸卒靡弗閱報將摘其言之善者輔翼政治所謂賤者有言貴者詳焉中國有報京邸鈔傳大率循例之章疏自申滬津門諸報流行海內有志之士輒借以式廓見聞然佩玉服黻者法熟視之若無睹也偶一寓目以其持論多激或過尙新奇以爲戲盆何足以觀天故中國有報之名無報之益秖爲玩具耳令予借此以傳反似世俗求名者之所爲亦可以已矣友曰今某總戎阻和條論豫省某道劾某首輔一疏均爲報館刊布予曰報館例　巽聞圖快衆目吾獨以謂中日搆釁之初予方僑寓京師輒聞朝官師吏下隷庸保走卒言及邊事動嗚咽感激諫院陳牒求通者率數十百人然偵其持論多腐或過激未必可行不揣瀆冒因草疏三千餘字呈之台垣無如鄉官怯罔肯加結奮格於成例不得上時甲午八月也嗣出都門警報愈亟及今二月則東邊糜亂雖欲再理前事已作失晨之雞頃聞　上印行公車上書記亦爲未上之稿因思中日約和割地遼東俄法諸國仗義局外卒賴改盟雖非予說得行然足徵理勢不外此也公車上書記十七行省之人之言也今此予一人之言也時地攸殊夫各有謂用特郵呈　貴館惟希照登抑予聞之　上古香閣主人曰將葺前後諸同志已上未上之書稿彙集一編以存一朝未有之公案倘藉　貴館俾附驥尾尤不佞所禱祀求之者也專此佈乞伏惟澄察

孝思錫類

○自　皇太后駐蹕　頤和園　皇上議定五日一朝風雨無間仰見我　皇上至孝性成躬親頤養覺以孝治天下之心二月十二日又値五日之期　皇上於寅正至　文昌帝君廟行禮還宮辦事後卽至　頤和園　皇太后前請安駐蹕茲聞　皇上於辰刻啓蹕前往十三日由　頤和園還宮已見邸抄當經步軍統領衙門劄下中營張協戎飭汛派兵早將蹕路修墊平穩所有蹕路兩旁應行蹕道站道及防守巡查各項差事仍遵照向章票示各汛官傳集弁兵等於前一日點名分派地段伺候充當毋違並劄諭南北左三營官遵照新定章程各將協濟當差弁兵于前一日如數派妥赴阜城門外住宿一宵至次晨各按地段伺候以

昭愼重云

耆舊推恩 ○鎭國將軍津公於日前呈遞遺摺欽奉上諭不入八分輔國公銜二等鎭國將軍載津持躬謹飭當差勤愼前經賞給委散秩大臣並在乾淸門行走俱能恪恭將事嗣因患病請假調理方冀日就痊愈恩眷長承遽聞溘逝悼惜實深着加恩賞給陀羅經被賞銀一千兩治喪由廣儲司給發以示優眷其飾終典禮着該衙門查例具奏欽此已見邸報茲聞二月十二等日爲齋醮之期延請隆福寺旃檀寺雍和宮喇嘛番僧萬善殿賢良寺飛檀寺西域寺飛僧諷經禮懺追薦府第門前攏設鼓樂夫役十二名終朝合樂齊吹以備諸親公奠並聞擇於三月十九日發引其槓夫儀仗如何預備俟訪明再錄

城憲盡瘁 ○巡視北城院憲林侍御自接篆以來遇有一切案件無不秉公訊斷督飭司坊各官練勇局哨弁竭力巡查以儆盜風而靖閭閻並聞侍御常便衣徒步往各巷烟館私行查訪不辭勞瘁若侍御者眞不愧冷面寒鐵之目矣

御膳嘗新 ○光祿寺每年於淸明節前照例呈進各色菜蔬今經飭傳解菜佃戶於二月二十日由右安門外豐台村將各花廠洞內所產黃瓜冬瓜茄子等一切應用蔬菜用蒲包裝盛四十餘件並加蓋龍黃布罩妥速送進令蘇拉由光祿寺署內抬入東安門赴內務府照例呈交以便轉交御膳房謹備御用現經內務府堂官驗明照收矣

舊地重來 ○本津運憲李亦靑都轉希蓮升任貴州臬司邸鈔已登報遺缺聞已簡登萊靑道李勉林方伯興銳升補所遺登萊靑道日內亦當補放有人矣

直藩牌示 ○定州吏目蔡廷栻病故遺缺詳委現署景州吏目本任容城縣典史孫淸枉調署准補景州吏目祝鋒飭赴新任新城縣典史陸樹蘭病故遺缺詳委候補主簿陳宗幹署理署祁州學正張銘丁憂遺缺詳委試用訓導楊天培署理高陽縣教諭周世芳飭回本任

科房開賭 ○查科房爲衙署辦公重地須嚴密關防非局外人所得出入留連者茲某大署書辦某姓者貪利好賭專引誘鄉下富家子弟入局誠以鄉下人莫不願交公門中人爲其可以赫詐鄉愚也有海下某富戶在該科房作葉子戲一晝夜輸去數百竿以現銀易錢如數歸還否則狗臉飛霜不許遲延片刻似此身承書差深曉律例竟知法犯法至於斯極况科房存貯公牘案卷尤當時加愼重乃徹夜聚賭燈燭輝煌倘有疏失盡成灰燼所關不綦重乎該管者亟宜嚴行查禁也

惡黨划囚 ○前自爵督部李傅相駐節津門所有隨員文武多係皖人每得優缺優差故同鄉親友聞風而至者踵相接趾相錯也然由是人浮於事在此賦閒者亦復不少語云禮義出於富足廉恥喪於飢寒困頓之餘何事不可或架娼招賭或冒官詐騙或開設烟館其甚者又或出入衙門包攬詞訟私刻假印售賣功牌藐法作奸譸張爲幻眞書不勝書也近有安徽某姓人與本地某合夥在侯家後開設生理未及數月而血本已侵食無餘當經控官押追而一身之外別無長物無可如何備文遞回本籍乃其同黨復糾多人在中途划回是眞視王法如兒戲矣若不嚴加查辦他日滋生事端將有不堪問者矣

以身試法 ○道憲李觀察檄委候補典史何國賢查辦南運河事件該典史擅將靳官屯官樹伐賣侵入私囊刻經上憲查知立予詳革一面牌示將何國賢奉公徇私請革等情錄知以爲屬下差委不謹者戒

老眼將穿 ○昨晚東街有一婦人年四十許衣服頗不藍縷嗚嗚咽咽涕淚交流隨行一男子年未及冠鳴鑼高叫據稱失去小孩一名年方八歲住西門外某姓某名並言此婦膝下只此一子如經送回當有厚謝決不食言云云噫但不知骨肉果能團聚否

毋爲已甚 ○工程局歷於每月十六日收納東洋車捐現改爲十五日收捐給照而車戶大概不知者多於十六日有百餘輛洋車擁於局門之外央求上捐並傳聞如此次不蒙收捐給照此車卽不能賃拉下月再來換照卽作爲漏報每車當三倍其罰按拉車者多係外鄉飢民藉此苟延殘喘倘如此苛求不太甚乎想亦告者之過耳

妖異彙志 ○江省石頭街某公館主人素有烟霞癖頻年聽鼓宦空虛於今正元宵正在一榻橫陳領略紫霞風味忽聞榻外悉率有聲始疑爲鼠子姑不之怪及炊許不絕乃燃燈視之見有古衣冠者男女五六人長約三寸許聯袂接踵循榻下而走主人異之呼家人集視倏忽間俱就墻隙而滅噫異哉○田家巷伍姓家亦聞有妖異之事伍固賣菜傭也性嗜酒大有但有杯中物已足了一生之概平時除饔飧外剩有餘貲悉作買醉之費一日獨酌忽見床下一縷白氣俄而團結成球左右旋轉漸發漸大幾如五斗瓠倏然裂帛一聲瓜分爲四互相閙繞伍不覺驚異俯而捉之空空無從着手左右鄰居聞聲越視莫不羣呼咄咄久之仍相繼歸床下而滅○松柏巷熊姓家某日晚飯甫畢殘羹剩炙已撤歸廚下而箸碗之屬尙在廚間忽有大小鼠十餘頭如魚貫然沿椅而上作人立狀前爪執箸互相跳擲進退步伐皆有層次較之傀儡場同一可觀僕婦見而詫異遂匿身暗處屏息靜觀因閱時既久廚下催呼不覺猛聲接應鼠卽擲箸分頭而逸後卽以所見告於主人特不知主何朕兆耳

上洞仙踪 ○廣東地屬楚𨑳楚入呼之曰廣東蓋廣東者楚時未闢之東境也相傳古時有五仙八騎五羊至粵省仙去而五羊成石故五羊城又名羊石今城內坡山渡頭建五仙觀訪古者每憑弔流連以□仙踪焉樓高數仞中懸大鐘是前代法器 國初耿尚兩王帶兵入粵曾修葺立碑此觀遂為八旗香火瀕者久閱星霜丹楹剝圯後殿一樓據玉山之勝者尤頹廢不堪茲聞駐防滿州官紳集議重修大約携柑酒聽黃 時可以大興土木矣

光緒二十二年二月十三十四兩日京報照錄

宮門抄 上諭恭錄前報○二月十三日理藩院 鑾儀衛 光祿寺 正白旗值日 無引見 榮祿續假五日 正白漢奏派致祭明陵 派出裕興 召見軍機○十四日吏部 翰林院 正紅旗值日 吏部引 見三十名 兵部十八名 都察院三名 正白蒙二名 鑲白漢十四名 正藍滿四名 兩翼十八名 火器營十四名 瑞洵銘公各假滿請 安 盛京刑部侍郎英煦假滿請安並請 訓 慶王明桂各續假五日 八額駙續假十日 裕興請假十五日 內務府奏派拴婚之大臣派出恩榮 召見軍機 熙敬 英煦 皇上明日卯初二刻升 中和殿看版

○○太子少保頭品頂戴兩廣總督臣譚鍾麟跪 奏為彙案請襲世職仰祈 聖鑒事前准兵部咨襲職發標人員三月彙奏一次遵辦在案茲光緒二十一年冬季分據茂名潮陽新會番禺各縣詳送承襲雲騎尉劉興全吳國樑恩騎尉張炳森陳文森請襲職發標前來查例載承襲世職令嫡長子孫承襲如無嫡長子孫許令弟姪應承繼者承襲又承襲雲騎尉恩騎尉年已及歲免其送部令該督撫驗看具題俟題准後就近發標學習支食全奉各等語今請襲雲騎尉劉興全吳國樑恩騎尉張炳森陳文森年均及歲請襲職發標核與定例相符經臣逐一驗明發標學習相應彙繕清單恭呈 御覽除將該員親供宗圖履歷冊結咨送部科外謹繕摺具陳伏乞 皇上聖鑒飭部核覆施行謹 奏奉 硃批兵部議奏單併發欽此

○○譚鍾麟片 再瓊州府知府胡勝病故所遺瓊州府知府篆務查有試用知府張文翰才具優長辦事穩練堪以署理據藩臬兩司會詳前來除檄飭遵照外謹附片具陳伏乞 聖鑒謹 奏奉 硃批吏部知道欽此

四班書籍繡像繪圖增補圖記於左 時務要覽 算學啓蒙 金磅先零算法價值表 青樓寶鑑 第三奇書玉鴛鴦 繪眞記 第五奇書 銀瓶梅 三才子玉美緣 花田金玉緣 牡丹亭還魂記 節義廉明 盛世危言 徐霞客遊記 西海記弁天外歸槎共兩大本 西事類編 二度梅 燕喜奇觀 孩兒笑話 京調校正本 花間楹聯 說鬼話 金鞭記 五代殘唐 皇朝古學類編洋務十三篇 大商賈尺牘 口岸章程 三續夜雨秋燈錄 造仙緣 萬花樓 增補玉蟫龍全傳 大紅袍 大雙蝴蝶傳 昇仙傳 醒夢錄全傳 玉燕姻緣傳 羅通掃北 巾幗英雄傳 公車上書 無師自通東語 海上花烈傳 連十本青樓夢 電報總編 八星之一總論 醫門法律八本裝套 藥性賦解 醫醇賸義 劉帥地營法西法操練 成大將軍東征實紀 彭剛直公奏稿 中日戰守始末記 點石齋畫報至四百四十一號 台灣福州廈門輿地全圖 攷正玉堂字彙 平定粵匪功臣戰蹟圖 台灣小圖 劉帥小圖 仙狐竊寶 上海滬報 新聞報 代送申報 本津直報 代寄各種書籍 主顧購取每日午後直至申後敝堂靜候價值存廉餘時無暇均部無多先取為快遲者再候來班

天津府署西三聖菴西紫氣堂梁子亨啟

天津
麥加利銀行告白

啓者本行資本英金八十萬磅備用股本英金八十萬磅公積英金三十二萬五千磅總行開設倫敦分行在孟買加拉吉打冷宮哪哈亞伯古隆北新埠太平咪登哈來蘭播新嘉坡香港福州上海漢口暹邏濱角包帶維亞沙來伯鴉神戶橫濱等處起首至今三十九年倘有存欵勿論仕商照期起息請來敝行面議敝行茲于正月三十日開張恐未週知特登報章佈告

浙紹名醫朱鈍翁先生術高望重寓彌勒菴

昨見家太史仲艮因獲科名追敘 元韓農先生堪輿神術適與福事同情同也巳丑春先生為福 祖卜遷葬云以地推之辛卯科當驗惜去葬期近猶未也至甲午則庶幾矣福果中辛卯謄錄甲午正榜奇哉

劉福田啓

啟者本行專買一切飛禽走獸及隕石等類各處人客君子如有其物不拘大小死活即祈送至本行從優議價或路途遙遠得難速運者祈先致信本行同去觀看物對而商價必從豐決不負言特此佈告

本行現暫設在天津紫竹林英租界東豐號日本剃頭舖內

晉我行告白

天津 順昌永保險車船局

本局專寫輪船客票包運遠近水旱車船貨物行李起卸各項貨物機器木料銅鉛米麥等物代報華洋關稅墊辦應用諸款定期不悞外克己費 官商無論遲早到埠皆有妥人照料一切非他行可比 賜顧者詳認天津紫竹林鐵路公司傍本局門首招牌便是

本局主人謹白

金陵 仁記南味坊

自製本機元淺京緞蜜綢紗縐絨線糟貨食物金腿海味南貨俱全近因錢市漲落不同分別減價抑因無恥之徒假冒南味者甚多雖云謀利誠恐亂真欲辦葉請用煩楮墨

寄售雨前龍井每斤津錢一千二百文八百文福建條絲格外公道 開設宮北大獅胡同內

比商 良濟洋行

本行開設紫竹林街專辦各國著名大廠五金雜貨布疋等物及經理比國考克利軍械炮廠又羊毛機器廠各國著名軍械機器各廠貨眞價廉格外公道仕商賜顧者 請至本行面議可也

寄賣

眞正河南西土每兩九七六津錢四百六十文至少賣五兩如買整包格外價廉 古樓東大街聚豐成錢舖謹啟

烏利文洋行

啓者本行開設香港上海三十餘年四方馳名專售各式金銀鐘錶鑽石戒指八音琴千里鏡眼鏡等物並修理鐘表價錢比別家格外公道今本行東家米士得巴克由上海來津開設在紫竹林裕泰飯店旁 請 諸君降臨光顧是幸特此佈聞

丙申年二月十七日禮拜一

浙杭 元吉永號

本莊自置紗羅綢緞新樣洋辦花素洋布川廣夏貨團招雅扇南貨頭油俱全祗為近時錢市漲落不同故而各貨減價開設估衣街中間路北凡 仕商賜顧者無悞特此佈達

英商 新福商義洋行

本行經辦新式各種槍礮子彈一切軍械機器等件仕宦賜顧請至小行面議

江南 桂蘭齋茶食店

本齋精製拾錦南糖眞素供果嘉湖糕點紹興薄脆八寶京糕異味糕點各種茶食外帶行匣新添拾錦元宵蜜糕江米糕南北點心無有不精製細做 開設天津天后宮南坐西向東便是

二月十七日銀洋行情

天津九七六錢

銀盤二千五百六十五文

洋元一千八百一十五文

紫竹林九六錢

銀盤二千六百五十五文

洋元一千八百四十五文

二月十八日進口輪船禮拜二

新裕　輪船由上海　招商局

二月十九日出口輪船禮拜三

豐順　輪船往上海　招商局

和生　輪船往上海　怡和行

直報

光緒二十二年二月十八日 第三百六十四號
西歷一千八百九十六年三月三十一日 禮拜二

上諭恭錄

硃筆陳其璋着協理京畿道事務欽此　硃筆恩明稽察左翼前鋒統領護軍統領事務欽此　硃筆德陰稽察右翼前鋒統領護軍統領事務欽此　太常寺題三月初四日祭　先農壇奉　旨朕親詣行禮欽此　旨長順奏三姓副都統富魁病尚未痊懇請開缺一摺富魁着准其開缺所遺三姓副都統着慶祺補授欽此　上諭巡視中城給事中桂年等奏道保拿獲持械搶刦盜犯出力之官紳員弁懇恩獎勵開單呈覽一摺着該部議奏單二件併發欽此　旨巡視南城事務着㚰維安去欽此　旨浙江道監察御史員缺着彭述補授分發江蘇試用直隸州知州杜向棨湖北知州吳福綏廣西知州胡成立山西通判鹿勞理湖南通判胡元善直隸補用知縣高聯翰四川知縣李堯瑞山西試用知縣高逢源河南知縣武光昌浙江知縣陳明倫江西知縣邱應華慶豐程津土劉昌言湖北知縣任本喜湖南知縣趙從嘉四川知縣顧思禮廣東知縣郭傳昌雲南知縣李承芳俱照例發往擬補兩浙鮑郎場鹽大使孫俱豫雲南阿陋井鹽大使王瑞璋俱照例用明保安徽候補知府陳光慶著以知府仍發安徽儘先卽補並交軍機處存記吏部文選司員外郎員缺着陳應禧補授所遺驗封司主事員缺着雷天杜補授　定東陵禮部員外郎員缺著連慧補授工部主事員缺着奎韵補授欽此　旨都察院滿洲經歷員缺着雙祿補授欽此

甲午八月上書稿

樂亭趙式如

爲戰守宜籌全局上策在伐敵謀謹披瀝愚誠籲懇據　奏事竊攬朝鮮洋面距運檢關水程千三百里　國家龍興之初貝勒大臣承詔徂明　太宗文皇帝獨以朝鮮未附審重至再其後崇德二年李宗納欵識者逆知天命有在是海外一隅實中原興替之樞轄根本必爭之形勢也洎惟開埠通商邊釁不容輕挑國既不可不復控中外大勢我卽能滅日誠無所利其土地日卽出死力亦斷不能覆我惟是三韓屏蔽東陲寢假委棄於日俄艦必沂圖們江以上駛陽以踏翻對馬陰以蹂躪遼東日得全韓不能保有如此則又且由安島進窺金山英人不堪其逼由是　粵閩浙盡爲戰伐之場此其爲可大慮者也綜目今戰局我之失機在一緩字日之假手在一急字救緩字之病在用變鋤急字之害在用間撮其大畧厥有五焉敢爲　朝廷陳之一曰簡重臣以一戰守也伏查光緒八年日本駐韓公使煽誘朝鮮新黨焚宮倡亂幸北洋兵輪迅抵仁川賴以弭難距日疊前之失緩今乃預以全力併注于韓據其衝塞我師無險可恃致由黃州退平壤由平壤退義州在日人祇爭一著之先我兵遂苦應接不暇綜各路大隊沿江列柵無慮十萬統領大員皆提鎮名位相侔直督李鴻章遠距天津調度弗及宋慶有名將之才未必能堪大將之任且宋慶所長在戰不在謀大將貴謀而賤戰如前明神宗朝援韓擊日專任總兵李如松一事可爲寒心大鳥圭介以梟桀之資久歷中國隱然以平秀吉自視竊謂宜別簡勛望衆著老成知兵之重臣爲東邊經畧駐節鴨綠江口相機調度北以㦸窺伺之萌南以聲征討之勢山東撫臣李秉衡老謀知兵現駐煙臺該處暨衛海旅順凡北洋水陸各軍應就近全歸節制以一事權如日繞由膠州闖犯天津由撫臣李秉衡抽調三處精兵截其首尾如敵搶築鴨江運濟由營口來援錦州應援奉天懊濡由鎮遠北下以撫其背旅順一軍狗隆援山海關口岸營

廓防堵爲難且鐵路所在敵所必爭急宜建築砲台或壘爲據營擇要設伏嚴內守門以擁護營縣之洋河爲最要灤州樂亭河口稍狹防不勝防豐潤縣屬黑沿子通北塘後路宜防寇鈔蘆臺港汊紛歧不利行師且非進窺天津之路非敵所爭蓋設防不可過多多則兵力弗厚檄鈴貴有所東東則呼應始靈有經畧以籌全局有東撫以固東南有直隸督臣專顧後路以戰則克以守則堅日雖死寇如之何哉　此稿未完

犯官解部　○日前南城坊濫禁曹周氏身死一案經五城會驗咨送刑部澈底根究等情已列前報茲聞此案經刑部堂憲飭擊湖廣司審辦旋將糧店主人王某由獄提出當堂供稱係因曹周氏之子所欠銀兩未經償還旋卽出京係屬有意傾騙等情卽經同官再三併詰世間只有父債子討豈有子債母還者所欠銀兩究竟作何用項復據王某供認前因薩宅控告曹某在提督衙門涉訟係我作保託情借銀二百六十兩下餘銀兩皆係米糧欠帳屢要不償是以赴東城坊控告又據問官追問旣係賄託之欵事已難憑卽薩宅討欵難以支吾亦可俟薩宅將爾一併控告再作計較何以擅行涉訟王某無言可答卽喝令重責皮開肉綻兩臀鮮血淋漓並調查糧店帳簿所欠銀數均不相符顯係揑詞誆詐復經嚴刑追究汝在東城坊涉訟時係何人預先賄託否則但此錢債細故何至擅押婦女旋因王某堅不吐實又經刑責祇得供認係託唐某與東城坊主關說今蒙訊問只求施恩情願認誆詐威逼罪名當將王某收禁一面行文東城南城兩察院速將坊官楊昌壽陳錫康二員解送到部以憑質訊聞於二月十四日己將楊陳解送到部均經收禁諒貪贓枉法擅行責押婦女均干厲禁恐問官斷難爲若輩寬恕也

暴卒生疑　○德勝門內小醬房胡同某旗人之女名換　者年逾花信不守閨訓與某甲偷香贈枕非伊朝夕父若母未之知也去秋經冰上人作伐許字某宗室爲繼室於今春正月中迎娶過門未及半月某宗室無疾而卒因無親族旋經該婦延陰陽生來鬥寫殃榜備棺殮埋其隣右某宗室以其迎娶未久忽然暴卒恐有不實不盡致干訟累卽赴該管地面官廳稟報飭差拘傳該婦詳解步軍統領衙門咨送刑部飭擊廣西司審辦一經澈底根究定當水落石出也

官邪宜儆　○州縣爲親民之官地方事務全資料理徵收錢糧緝捕盜賊相驗人命固當矢愼矢勤而尋常案件尤不准拖累多人卽案中要証應令取具妥實舖保隨候傳訊且無故不得擅傳婦女至年逾古稀之人雖經控告到官亦不得濫行收禁稍諳治理者皆當如此也頃聞前門外煤市橋永盛茂洋藥店主魏子衡者年已七十有四前因房東溥部郎因長房租未允是以魏屢付房租不收忽遣抱赴大興　王明府夢齡案下以抗不騰房等情控告王因煤市橋地面在前門大街迤西係宛平所屬未行准理復經溥部郎親往面託以勢挾制王邑尊無可如何祇得票差傳案一經堂訊竟將魏子衡收押候店與盜賊同入縲絏中昨經尹憲訪聞前情派委訪查始將魏子衡放出嗚呼輦轂之下治當嚴肅而枉法營私之事屢見疊出若非從嚴究辦何以明治體而儆官邪也

倉座興修　○倉場衙門咨稱大通繇米與平儲濟等倉廒座多有坍塌滲漏工程應卽時修理昨經工部奏請　派出勘估倉座工程大臣張樵野少司農阿少司寇克丹委派料估所司員督飭廣豐延年恒和興隆聚豐祥茂各木廠前往各倉勘估應如何修理共需工料銀若干詳細估明核實奏報具陳覆　命再派承修云

三載考績　○保廳　保定府陳啓泰才識兼優明體達用永平府福謙老成幹練明果有爲肥鄉縣張丙　通達治體寬嚴得宜大津府海防同知史善詒慈惠廉明興情愛戴吳橋縣勞乃宣學足濟時化能成俗景州玉兆麒才長心細措置裕如河間縣張主敬廉明勤愼治事實心固安縣范思本宅心仁厚處事精詳故城縣沈政初樸誠精細實惠及民清苑縣徐銘勳公名勤愼政舉民懷長垣縣程熙篤士勤能居心民事保定府同獄車瀚安詳隱練儉事克勤後經歷張德森樸實勤謹心地慈祥天津河捕同知馮濟泰　明幹練熟悉修防衡水縣典史耿守恩篤實光明辦事勤敏天津府教授傅楫學梓品端深明治體武邑縣張世麟爲守兼優循聲卓著豐潤縣盧靖操守端嚴勤求民隱濟明場大使鮑鼎恒職事修明商皂悅服　不謹廣昌縣周樹　勒罰濫押民怨沸騰延慶州州判玉鴻翔需索苛擾輿論譁然　年老鉅鹿縣訓導閻得春年力衰邁訓迪多疏有疾布政司經歷孫金鎔步履艱難公事廢弛清豐縣典史王鑾垢久病不愈將大衰頹　不及保定府經劉廣南辦事粗疏難期稱職　浮躁廣昌縣敎諭何榮光性非安靜有玷官箴慶雲縣典史陳楨不安本分聲明平常

河工緊要　○衛河迤西又有黑龍港及下西兩河其上游則毗連武邑交河大城青縣各交界每逢伏秋大汛河水盛漲各村莊遍傳丁夫守堤保險人多勢重往往滋生事端釀成命案去歲因堵築堤埝又起訟端王制軍以民利宜興民害宜除卽具摺奏聞奉　上諭准各岸修堤以疏水道聞昨己派委赴各處勘估工程以工代撫想經此番整頓二十餘年之水患其遂息乎不禁拭目望之矣

官樣文章　○津海關道李觀察天津道高觀察均擇於十八日晨刻接印任事各局所司道暨合城文武皆衣裳楚楚恭賀任喜賀客去後李觀察全副儀仗來督轅稟謝並赴各局所謝步聞高觀察赴督轅稟謝後亦沿城拜客云

賽場盛會　○東門內草場巷每年於二月中旬演戲以答神庥日昨爲菩薩誕期各善士恭設香案齊集大士前拈香叩祝鼓樂喧闐爆竹齊鳴廟祝奉茶勞各善

士諆戲卽赴台閣演矣附近紅男綠女白叟黃童進香者聯絡不絕一時鬢影衣香眞不啻置身山陰道上也

乞食奉母 ○昨見一男子率丫髻幼童手持四絃胡琴沿門賣唱據云上河人也家有老母並無恒產父子藉此爲生每年隨地之豐歉以爲趨避秋冬則沿門討乞春夏則作苦傭工歲可積貲二十金仍復求乞旋里爲老母甘旨之奉嗚呼乞丐下流尙知養母故錄之以爲世之好貨財私妻子不顧父母之養者警

局弁勤能 ○守望總局李太守辦理局務頗能認眞卽擢用呂弁爲總局哨官一節尤爲知人善任昨南門內土棍柴寶蘆三等與 署護院之張占魁等鬭毆護院見土棍人多略難抵敵紛紛逃避惟張占魁未及走脫被衆持刀亂砍正在危急呂弁帶勇赶到遂將柴寶蘆三抓獲李太守訊畢送官懲辦如呂來稍遲張占魁爲 粉矣本 不又添一命案乎

慘毒駭聞 ○新架坡西報載有虐待華工一事殊令人聞而髮指據言去歲底有東虹船三艘每船載有華人二百四五十名由中國駛抵荷屬日裏埠之卑拿寥港緣有販賣人口之工頭三人由日裏遣人回華招致工作奇貨可居及到埠時因與各園莊主人議價未就將諸人禁錮船內防其逃脫忍飢抵渴凄楚堪憐至臘月二十二日有華工百餘名又因候給憑單將此百餘人幽困於窄小之茅屋摩肩擦背傴仄難堪鬱成霍亂吐瀉等症該工頭仍若弗聞弗見幸有荷官到驗見此傷心慘目立將各工人遣散其已死者舁往埋葬病則送入醫院其餘亦給以飲食俾延殘喘並卽查獲招工頭三名解案究辦然自二十二日至此共計死去一百四十三名抱病入醫院者五十八名其慘酷亦概可知矣該東虹船之人於二十七晚乘夜遁去次日又到有此等船二艘荷官不准進口不知駛往何處聞該船所招致之人多係由省澳等處用術拐誘一入圈套卽插翅難飛斯民何辜罹茲浩刦想尊居民上者必不忍恝然置之也

光緒二十二年二月十五日京報照錄

宮門抄 上諭恭錄前報○二月十五日戶部 通政司 詹事府 鑲白旗値日 無引見 車王定公各假滿請 安 雲南巡撫黃槐森到京請 安 錫桐謝授山東登萊靑道 恩 松齡劉桂文抽查漕糧請 訓 海公續假十日 鈕楞額請假五日 宗人府奏改派致祭 景陵 裕陵 派出鄭王怡王 召見軍機 黃槐森 錫桐 松齡 劉桂文 皇上明日寅正至 關帝廟行禮畢還宮辦事召見大臣後至 頤和園 皇太后前請安後駐蹕

○○鹿傳霖片 再廓爾喀貢使臣等欽奉 諭旨准其進京後卽行知噶箕等欽遵照辦並照例預備夫馬遴派文武員弁兵丁沿途護送一面飛咨陝西山西河南直隸各督撫臣先期飭派委員前赴各該省交界處所接替俾無貽誤茲該貢使已定期於光緒二十一年十二月十九日由成都省起程除由臣等飭令護送各員弁沿途妥爲照料外謹會同成都將軍臣恭壽附片具陳伏乞 聖鑒謹 奏奉 硃批知道了欽此

○○太子少保兩廣總督兼署廣東巡撫臣譚鍾麟跪 奏爲揀員請補直隸州知州要缺以資治理恭摺仰祈 聖鑒事竊准部咨羅定直隸州知州關廣槐調補南雄直隸州知州核與調補之例不符應毋庸議關廣槐旣別無可調之缺應歸於迴避留省另補內班照例補用所遺羅定直隸州知州缺應令另行揀選光緒二十一年九月十四日奉 旨應以第五日行文按照限減半計算扣至十月初三日爲開缺日期應歸十一月分截缺係屬要缺毋庸簽掣查羅定直隸州知州係繁疲難題調要缺管轄兩縣民猺雜處政務殷繁非精明幹練之員不足以資治理茲於通省現任州縣內督同藩臬兩司逐加遴選查有在任候補直隸州知州香山縣知縣史繼澤現年三十歲係貴州貴陽府人光緒丙戌科進士奉 旨以知縣卽用簽掣廣東十二年八月三十日到省因全瓊肅清案內保候補缺後以直隸州知州儘先補用該員題補香山縣知縣奉文獲准二十年二月十二日到香山縣任該員年力正强辦事結實以之請補羅定直隸州知州洵堪勝任與例亦符據藩臬兩司會詳前來合無仰懇 天恩俯念員缺緊要准以該員史繼澤補授羅定直隸州知州俾資治理如蒙 兪允俟部覆到日給咨送部引 見謹恭摺具陳伏乞 皇上聖鑒 訓示所遺香山縣知縣係沿海題調要缺例應由外揀調俟准部覆揀員請調合併陳明謹 奏奉 硃批吏部議奏欽此

○○譚鍾麟片 再羅定直隸州知州關廣槐迴避開缺應行委員接署查有番禺縣知縣惠登甲堪以署理遞遺番禺縣知縣缺查有陸豐縣知縣裴景福堪以署理惠登甲番禺縣任內並無盜刦已起四參之案據藩臬兩司會詳前來除分檄飭遵外臣謹附片陳明伏乞 聖鑒謹 奏奉 硃批吏部知道欽此

○○張之洞片 再湖北儘先遊擊蔣聲耀前於光緒二十年冬間經臣 奏調來江差委充護軍中營營官該員訓練籌防深資得力茲護軍中營已經裁撤該員並無經手未完事件自應飭回湖北本省聽候差委除咨明兵部外理合附片奏明伏乞 聖鑒謹 奏奉 硃批兵部知道欽此

啟者本行專買一切飛禽走獸及隕石等類各處人客君子如有其物不拘大小死活即祈送至本行從優議價或路途遙遠時難速運者祈先致信本行同去觀看物對面商價必從豐決不負言特此佈告
本行現暫設在天津紫竹林英租界東豐號日本剃頭舖內
曾我行告白

天津 順昌永保險車船局

本局專寫輪船客票包運遠近水旱車船貨物行李起卸各項貨物機器木料銅鉛米麥等物代辦華洋關稅墊辦應用諸欵定期不悞格外克己貴 官商無論遲早到埠皆有妥人照料一切非他行可比 賜顧者詳認天津紫竹林鐵路公司傍本局門首招牌便是
本局主人謹白

啟者報館之有採訪猶古之採風採詩上以考政治之得失下以考風氣之純剝載諸報端宣之中外取其善懲其惡故言者無罪聞者足戒充是任者品必公正心必仁廉公則明正則直仁則不爲己甚之事廉則不貪非分之財用能識大體近人情善善惡惡柔不茹剛不吐凡有關於 國計民生者自大至細悉採毋遺辭取達意而止不以富麗爲工發供衆覽於以通上下難言之苦達遠近不聞之聲庶使豫先事之綢繆善後事之補救斯無負泰西設館之本旨焉否則遇事射利飛短流長實爲此間所大忌者矣現在本館採訪招人有樂就者祈先以所採新聞投交海大道老菜市本報館門房轉遞是幸如可登錄取有切實公正保人則端人之取友必端本報館不惜重聘定當延致其有冀循情面援本館友人互爲請託者一概不收毋怪言之不豫也此啟
本館主人啟

比商 良濟洋行

本行開設紫竹林街專辦各國著名大廠五金雜貨布疋等物及經理比國考克利軍械炮廠又羊毛機器廠各國著名軍械機器各廠貨眞價廉格外公道仕商賜顧者 請至本行面議可也

寄賣

眞正河南西土每兩九七六津錢四百六十文至少賣五兩如買整包格外價廉 古樓東大街聚豐成錢舖謹啟

烏利文洋行

啓者本行開設香港上海三十餘年四方馳名專售各式金銀鐘錶鑽石戒指八音琴千里鏡眼鏡等物並修理鐘表價錢比別家格外公道今本行東家米士得巴克由上海來津開設在紫竹林裕泰飯店旁 請
諸君降臨光顧是幸特此佈聞
丙申年二月十八日禮拜二

浙杭 元吉永號

本莊自置紗羅綢緞新樣洋蘚花素洋布川廣夏貨團摺雅扇南貨頭油俱全祇爲近時錢市漲落不同故而各貨減價開設估衣街中間路北凡 仕商賜顧者無悞特此佈達

英商 新福義洋行

本行經辦新式各種槍礮子彈一切軍械機器等件仕宦賜顧請至小行面議

江南 桂蘭齋茶食店

本齋精製拾錦南糖眞素供果嘉湖糕點紹興薄脆八寶京糕異味糕點各種茶食外帶行匣新添拾錦元宵蜜層糕江米糕南北點心無有不精製細做開設天津天后宮南坐西向東便是

二月十八日銀洋行情
天津九七六錢
銀盤二千五百六十文
洋元一千八百一十文
紫竹林九六錢
銀盤二千六百文
洋元一千八百四十文

二月十九日出口輪船禮拜三
新裕　輪船往上海　招商局
二月十九日出口輪船禮拜三
豐順　輪船往上海　招商局
和生　輪船往上海　怡和行

光緒二十二年二月十八日
直報
第四版
一四八二

直報

光緒二十二年二月十九日　第三百六十五號

西歷一千八百九十六年四月初一日　禮拜三

上諭恭錄

上諭張汝梅奏特參庸劣不職各員等語陝西署鎮安縣知縣齊澤晉庸嗜利罔知政體前署鎮安縣知縣候補知縣陳斯丙居心貪狡辦事荒唐均著即行革職朝邑縣知縣李廣綬庸懦糊塗難膺民社惟文理尚優著以教職歸部銓選餘著照所議辦理該部知道欽此　禘筆王汝濟補授太常寺少卿欽此

甲午八月上書稿　續前稿

樂亭趙式如

二曰製日兵以規進取也日本歷古爲患中國自元范文虎之師覆歿海外有明一代懲羹吹齏專務　靡訖嘉靖間入寇益亟一時名將戚繼光輩但能扼之於內海不能勦之於外洋委因爾時風氣未開樓船泛海沙綫不精懸軍深入後援難繼亦時會之有所限也按師船表日本海軍鐵船三巡船五光緒十年以後續有添置鋼甲快船牙山之役實已傾巢應敵本國港島守備皆空今北洋舊置有鋼鐵衛船共八號根鉢兵輪數十號若潛撥五號鐵甲配帶雷艇兵船別選水師學生出身之勇畧將領放洋南襲徑搗日本長崎橫濱諸港責成江浙督臣籌備應援該國驟出不意必將有瓦解之勢兵法攻當攻瑕昔七國之時魏伐趙趙請救於齊齊以田忌爲將孫賓爲師忌欲引兵之趙孫子曰批亢搗虛形格勢禁則自爲解耳今梁趙相攻輕兵銳卒必竭於外老弱罷於內君不若引兵疾走大梁據其要害衝其方虛彼必釋趙而回救是我一舉解趙之圍而收敝於魏也田忌從之魏果去邯　與齊戰於桂陵大破梁軍蓋兵不厭譎從古如斯由前之計俟彼南路搖動敵勢周張經畧宜將威海守口甲艦趣規仁川另調松花江水師南下圖們由東艮出吉州繞由端川直薄咸興經畧仍宜躬統陸隊取道安定諸州會師平壤三路出兵敵必驚相擾亂朝鮮舊黨夙懷效順將必因利反正我兵於此奪踞要隘然後攻日深入之師以戰爲退敵知我不憚大舉彼將亟圖自守又何暇爭朝鮮更何敢犯遼瀋哉至此而許以行成可保百年無事夫古者用兵有決勝一方之師有掃蕩全國之師故漢擊匈奴五道並進晉滅建業水陸齊驅以今日敵氣方張非決策出奇邊患當有已乎三曰破錮習以籌急餉也日患之來朝士多言宜戰然戰而無餉士卒將能枵腹長征乎謀國者或曰借洋款或曰開新例或曰行國債或曰行鈔法不知此數者行之平時未必無濟倚爲饟源必見其匱何者向借洋債須以關票抵押今江海關節年認還洋債夙負未清再借巨款重息盤剝架屋疊牀何時翻轉若開新例亦或踴躍一時究之所得無幾徒濫名器且花樣新舊纂四朝三無以示信於天下且不免爲島國所竊笑也國債之法創於外洋既久而習慣驟爲仿辦民且疑爲算緡勢難成於集腋鈔法救急善矣然觀元明造鈔其弊至錢鈔十貫不易一金即以近事徵之咸豐間嘗行鈔矣卒至商賈折閱物價居奇司農深悉其弊故不久即罷若令天下銀號報明貲本儘數將現銀提存戶部暨各省藩庫由部頒鈔自少至多如銀號憑票雖加倍酬之許以供賦稅充軍餉等用民必驚疑不信謂我以實銀而易空鈔市井折耗漸化子虛有相率歇業者矣必不得已其惟勸捐紳富乎今請飭下內自三四品京堂外自州縣以上均各量力報効銀兩此外密飭各直省將軍督撫通行所屬州縣查照轄境豪富有無資逾萬金毋誣毋徇具實摺報由督撫[illegible]道

府大員督同牧令釐集指戶諭以大義獎以作忠事在必行事竣按所指銀數仍由各該州縣長官嚴考指生有無才具分別出具保結奏請獎敘或給實官或但給虛階及建坊字樣既以籌備餉糈藉可甄錄俊才勝似流品混淆轉相販賣其洋滬漢口等名埠大賈鱗萃所司另行勸辦損豪富有餘之資紓公家東邊之急稍有天良當知激奮不過兩月三千萬兩之欵可指顧集也或疑楬可告　爲西京之敝法唐稅間架滋河北之訛言不知間架除陌在括及寒微告　手實今不及中戶食毛踐土義有同仇楚弓楚得何傷政體際今籌餉舍此無上策也

此稿未完

學生傳館　○欽命總理各國事務衙門爲傳補事本衙門記名學生凌福增李樹蕃二名現應傳補到館學習合行開單示傳該生凌福增等知悉務於五日內携帶同京官印結到本衙門呈驗以憑分館學習如無印結一概不收務宜凜遵勿得自悞特示　計開　凌福增番禺縣人監生年十七歲　李樹蕃直隸任邱縣人文童年十八歲

聖主頒珍　○鐘鳴鼎食羣瓷晶盤凡貴官大賈皆可辦焉至於　天廚編饌玉食嘉珍或堯蔥與舜韭或禹粮與湯羹竟能分一臠於　天顏咫尺之間斯亦未易幸邀者矣日昨　皇太后　皇上駕幸昆明湖因內務府伺候　聖駕之王大臣若慶邸若恩保庭都護駿奔虎拜倍著賢勞　天顏豫悅當將天廚供奉珍饈頒下數筵加恩賞賜以示寵異維時慶邸暨恩都護叩頭謝恩朶頤有幸或效東方割肉歸遺細君或如考叔嘗羹榮及慈母蓋明良一時之契合實臣子百倍之恩榮也已

奇貨可居　○小說家載牛五足豕雙頭怪狀奇形不一而足每以爲子虛烏有好奇者藉爲談柄也詎知人之駢脇重瞳騈乳枝指既見於經傳則物類之稟賦異相又何足怪頃友人談及撥駟達書信館現蓄一犬六腿二陰身長尺許前後四腿與常犬同獨尾閭間多出一柱如兩腿絞成一處者下共十爪雖不能分而爲二而腿之非一則無疑且是腿之旁各具一陰便溺淋漓彼此相同聞有西人購以五十金尙不肯售據稱非百金不可果爾異之西國賽奇會中是眞奇貨可居已

・冬烘坊主　○宣武門外粉房琉璃街巡夜更夫張大於二月十二日夜間被賊將更棚中被褥衣物竊去當卽報案適有潘家河沿某宅同夜被賊撥門入室竊去鐘表皮衣首飾金銀等物計贓三百數十金經家人聞知喊捕該賊携贓逃遁杳無踪影次晨赴西珠營汛北城坊署稟報派令捕頭勘驗被竊情形詎料勘驗時由事主房頂拾得更夫張大收取各戶更錢數目摺一具當卽呈堂坊官以爲賊卽張大派役鎖拿解坊責押逼令將夥賊供明交出贓物張大雖供稱是夜被竊情事坊官置之不理依然逐日拷訊現已皮開肉綻狼藉不堪矣忽練勇局勇丁在裘家街地方獲得賊犯李二一名供認曾竊潘家河沿某宅並粉房琉璃街更棚衣物當經起獲原贓一併歸案審辦前此李代桃僵沉冤始白噫倘非賊贓俱獲張大縱百口何以自明然則該坊官眞不愧冬烘之目也

逞忿車夫　○戶部某部郎門下車夫張二前因悞公經部郎辭退另覓楊姓充當輿夫日前張二心懷不忿竟暗藏利刃入署向楊拚命自將頭顱砍傷血流如注當經司務廳皂役將楊升鎖挐回明堂官先行枷號一個月在戶部署前示衆爲衙署重地逞兇滋事者戒諒某部郎亦難免失察之咎云

直藩牌示　○永平府知府福謙業經詳請調補承德府知府飭卽前往先行署理所遺永平府員缺卽委承德府知府重煥署理署磁州知州朱幹臣病故遺缺委候補直隸州趙執詒署理准補祁州知州胡恩溥卽赴新任署交河縣知縣張錦　署事期滿遺缺以平鄉縣知縣程恩溥調署所遺平鄉縣知縣委候補知縣春熙署理咨補天津縣典史勞康臣奉部覆准飭赴新任晉州知州玉化光病故遺缺委題補鑫縣李應培署理永定河三角　通判茅光耀病故遺缺委河工先盡班先補用通判吳鳴臯題補　南宮縣典史吳守創署事期滿遺缺以博野縣典史王化先調署所遺博野縣典史員缺委試用未入流吳光第署理署清苑縣典史任尙具病故遺缺以贊　縣典史陳榮桂調署所遺贊皇縣典史以委署滄州風化店巡檢吳夢齡調署其滄州風化店巡檢員缺委試用從九品汪肇起署理本司經歷李煊病故遺缺詳委候補布經歷王俊元署理　天津縣管河縣丞費繼武開缺以知縣用遺缺詳委河工試用縣丞葉白陽署理　咨補正定府經歷臺昌熙奉部覆准飭赴新任　東鹿縣縣丞季光熙丁憂遺缺詳委補用縣丞王兆煌署理　獻縣典史黃德春丁母憂遺缺以輪補到班之新海防遇缺先典史王育仁輪補　通州通流閘閘官王恩陰病故遺缺輪補到班之河工試用儘先未入流陳桂馨輪補

薄情棄舊　○某甲新城人年將不惑開設米店生理貲本無多並非闊碓賃舂者比惟由新城販運米石至店發售藉覓蠅頭家有腴田數畝其妻鄉居力耕而食歲中所入頗足自給數年前甲在省復娶一再醮婦爲妻並迎養其母在店後居住蓋誑言前妻已經物故也奈生理本微又奉承後妻恣其所欲因之入不敷出遂至虧折去歲回鄉將田變價爲店充本與新娶之婦曳綺羅飫粱肉不記室有糟糠人矣其妻衣食無著姬姜憔悴未免斯飢不得已於二月初十日由鄉來店見有少婦在室始知甲之棄舊憐新後婦亦恍然於甲之停妻再娶也二女同居兩不相下因之此作鶯嗔彼爲燕詈娘子軍遂各張旗鼓蠻觸交爭其妻玉腕適爲後娶所傷卽赴官廳控告該管廳以房帷瑣事未可外揚因飭甲帶妻回家善爲調處而已

妙手偷香　○昨草廠菴演劇已錄前報茲悉以清淨土作熱鬧場其中大有不成事體者婦女燒香看戲已屬非宜更有狂且蕩子攜帶娼妓嬉游廟外致衣香鬢影與浪蝶游蜂兩相錯雜一任旁觀者品頭題足目逆而送之曰某者美而艷某者麗而嬌以深閨淑媛甘受惡少詼諧不已甚乎乃正擬擠間西南隅婦女羣中聲言此處有賊竟被拔去首飾噫所拔者果首飾耶恐特借首飾爲掩醜計耳爲家長者可任婦女無故輕出哉

浮生若夢　○南門外土窰林立故治遊子弟如蠅逐臭如蟻趨羶　異事新聞時所恒有幾乎筆難盡載也昨晚有二人年皆二十許攜手同行嬉笑詼諧語刺刺不休行距李五店不遠其一忽然倒地旁觀者疑其素有羊角瘋症向前扶掖而撫其口鼻竟氣絕矣經同行人奔告其家即令人抬回但不知至家後揚州夢尙能一覺否聞係牛品三之姪得諸傳聞未爲確據

賭何難戒　○賭之爲禍烈矣有傾家破產者有殞命捐軀者傷風敗俗莫此爲甚故上憲出示嚴禁司汛委役訪查無如禁者自禁而違者仍違也近閩龍王廟西紅橋旁有夏某張某開設小店二座日引無賴數十鬧場聚賭日以繼夜適河間景州劉某赴山海關探親道出津門寓該店內一肩行李騾無白銀數金向晚店主勸令作葉子戲通宵輸錢數笊致誤火車未能啓行午後又爲鬧場劉竟至一敗塗地刻下欲赴關則無資欲還家則無顏不能退不能遂不啻紙羊觸藩也客途中人可不爲前車之鑒哉

善不易爲　○津郡留養恤嫠及各粥廠每屆秋令後收養無業貧民報名領籤坐食米粥二次藉此存活者不下萬人至春初遣散復酌給錢米眞不愧樂善好施之目東城根士寶齋傍某善士每逢三八日施粥不拘人數昨因乞人過多先至者得食後至者失望不免嘖有煩言經董事撫以溫言每人補施青錢數翼並許下期多備粥來始行散去云

不辨自明　○十七日報登以身試法一則據採訪人來單本館殊深詫異緣何君前署天津典史時潔已奉公政聲卓著豈一經交替即改易前轍耶因來人堅稱無謊是以照有聞之例不必爲賢者諱以覘厥後當另易訪事詳查此則是否屬實頃據復稱何君國賢奉委覆查樹株確有其事惟所稱官樹伐賣侵吞入已蒙道憲詳革云云則毫無影響之談蓋經管樹株者係王兆寬張得清二人道憲因恐王張舞弊是以於本月初五日委派何少尉劉守戎二人覆查已於十一日查明銷差十九日復奉憲委另有公幹縱使何君貪財樹非經手何從售賣且有劉君同差此理之易明不必深辨者也採訪之謊一至於此可恨可恨

大星誌異　○邇來叻地每夜至三點餘鐘時輒見有大星一顆麗於四方亘逾恒星光作金紅爛然燭照較諸他星倍明至五點餘鐘時星始冉冉向西而沒翌夜屆時則又依然如故據此星自初九夜即已見之今尙未斂此等異星不知何名主何朕兆爰錄之以質諸善識天文者

珠光誌異　○漢陽有小參湖者西距郡治一百餘里周圍萬頃一水澄鮮素饒魚草之利業主歲獲頗豐附湖而居者多恃網罟以爲生計前當上元之夜細雨濛濛蟾輝盡掩詎意半夜後湖中忽現光芒居人驚而起視湖心隱有一物如月初昇閃爍中流近水遙山纖毫畢見逾時漸漸淪沒冥不瞬咄咄稱怪是豈老蚌孕有明珠耶昨有鄉人自該處赴郡者言之鑿鑿姑誌之以質諸博物者

光緒二十二年二月十六日京報照錄

宮門抄　上諭恭錄前報○二月十六日禮部　宗人府　欽天監　鑲紅旗值日　無引見　欘貝子遜公各假滿請　安　熙敬因伊子以主事用謝　恩　安徽補用知府陳兆慶謝　恩　鍾公請假十日　椿壽請假五日　麟中堂續假五日　光公續假二十日　召見軍機　陳兆慶　皇上明日辦事後由　頤和園還宮

○○張之洞片　再皖南鎮標右營都司鄒玉祥病故遺缺接准部咨係陸路題補第一輪第五缺應用儘先人員行令照章揀補等因伏查該營都司駐紮甯國府管轄甯國旌德太平三縣地方界連浙省山叢林密土客雜處彈壓巡防均關緊要必須精明强幹熟悉地方情形之員方能勝任臣與撫臣往返咨商遴選查有副將銜遇缺儘先補用遊擊吳光華年五十二歲安徽懷甯縣人由武童於咸豐十年投効軍營隨剿賊匪迭著戰功歷保花翎補用遊擊光緒元年回籍奏經飭回安慶營候補嗣因省續獲首要會匪及滋事遊勇案內在事出力經本任督臣劉坤一等會保仍以遊擊遇缺儘先補用並請　賞加副將銜經部議覆於光緒十八年四月二十一日奉　旨允准轉行欽遵各在案旋經委署撫標右營中軍守備於查閱營伍案內經前撫臣沈秉成考驗得弓馬純熟給獎二十一年經撫臣福潤檄委代理撫標右營遊擊該員精明幹練營務講求於　南營務地方情形極爲熟悉以之借補是缺都司洵堪勝任核與借補定章亦屬相符合無仰懇　天恩俯准以吳光華借補安徽　南鎮標右營都司員缺於營伍地方實有裨益如蒙　俞允俟部覆至日再行給咨送部引　見除飭取該員履歷及前在他省並無參革隣保印結送部查核外理合會同安徽撫臣福潤附片具陳伏乞　聖鑒謹　奏奉　硃批兵部議奏欽此

○○朱慶片　再防營更換管帶例應隨時奏報茲查管帶新毅前軍前營副將銜補用叅將拔勇巴圖魯方勛生在營積勞病故所遺該營當即札委拔補把總賈文祥接充除咨兵部查照外理合附片具陳伏乞聖鑒謹奏奉硃批兵部知道欽此

○○譚鍾麟片　再上年順直各屬地方被水災民待賑甚殷現據鶴山縣入附生李栁翅監生李翔光稟稱遵故父同知銜候選直隸州州同李紹華故母五品命婦李呂氏遺命捐助棉衣褲一千套照章折價銀一千兩據督辦順直賑捐局司道具詳前來臣查定例捐銀千兩以上者准其建坊給予樂善好施字樣合無仰懇天恩俯准故同知銜候選直隸州州同李紹華五品命婦李呂氏給予樂善好施字樣准其在籍自行合建一坊以示旌奬謹會同直隸督臣王文韶附片具奏伏乞聖鑒訓示謹奏奉硃批着照所請禮部知道欽此

元韓農先生精地理實北省中第一名師先曾為僕等修理先塋後果捷南宮領鄉薦效驗捷於影響爰登報端為富貴中人作先路之導焉現寓河北義昌祥洋布舖

靜海劉汝驥劉福田周士選謹啓

浙紹名醫朱鈍翁先生術高望重寓彌勒菴

比商　良濟洋行

本行開設紫竹林街專辦各國著名大廠五金雜貨布疋等物及經理比國考克利軍械炮廠又羊毛機器廠各國著名軍械機器各廠貨眞價廉格外公道仕商賜顧者　請至本行面議可也

寄賣

眞正河南西土每兩九七六津錢四百六十文至少賣五兩如買整包格外價廉　古樓東大街聚豐成錢舖謹啟

烏利文洋行

啓者本行開設香港上海三十餘年四方馳名專售各式金銀鐘錶鑽石戒指八音琴千里鏡眼鏡等物並修理鐘表價錢比別家格外公道今本行東家米士得巴克由上海來津開設在紫竹林裕泰飯店旁請　諸君降臨光顧是幸特此佈聞

丙申年二月十九日禮拜三

浙杭　元吉永號

本莊自置紗羅綢緞新樣洋辮花素洋布川廣夏貨團摺雅扇南貨頭油俱全祗為近時錢市漲落不同故而各貨減價開設估衣街中間路北凡　仕商賜顧者無悮特此佈達

天津　順昌永保險車船局

本局專寫輪船客票包運遠近水旱車船貨物行李起卸各項貨物機器木料銅鉛米麥等物代報華洋關稅墊辦應用諸款定期不悞格外克己貴　官商無論遲早到埠皆有妥人照料一切非他行可比　賜顧者詳認天津紫竹林鐵路公司傍本局門首招牌便是

本局主人謹白

江南　桂蘭齋茶食店

本齋精製拾錦南糖眞素供果嘉湖糕點紹興薄脆八寶京糕異味糕點各種茶食外帶行匣新添拾錦元宵蜜層糕江米糕南北點心無有不精製細做開設天津天后宮南坐西向東便是

二月十九日銀洋行情

天津九七六錢

銀盤二千五百六十文

洋元一千八百一十文

紫竹林九六錢

銀盤二千六百文

洋元一千八百四十文

二月二十日出口輪船禮拜四

武昌　輪船往上海　太古行

景星　輪船往上海　怡和行

直報

光緒二十二年二月二十日
西歷一千八百九十六年四月初二日
第三百六十六號
禮拜四

本館告白

上諭恭錄

上諭御史楊崇伊奏詞臣不孚衆望請立予罷斥一摺據稱翰林院侍讀學士文廷式遇事生風常于松筠庵廣集同類互相標榜議論時政聯名執奏並有與太監文姓結為兄弟情事等語文廷式與內監往來雖無實據事出有因且該員於每次召見時語多狂妄其平日不知謹慎已可概見文廷式著即革職永不敘用並驅逐回籍不准在京逗遛此係從輕辦理在廷臣工務當共知儆戒毋得自蹈衍尤欽此

甲午八月上書稿　續前稿　樂亭趙式如

四曰資遊説以褫敵氣也公法有局外之例凡同盟之國遇有戰事非歸其國保護暨半主稟命之國不得私以糧餉子藥往來接濟日不能賂英以謀我我又焉能賂俄使撻日然陳平蕩四萬金食其下七十城要工於用間也今宜令駐英公使相見彼國議院官紳謂日自效法歐米日啓戎心往者琉球之役中國過事包容得隴望□覬覦三韓苟令得志即不縱橫緬越必將畧地南洋貴島如新金山能無首受其禍乎如曰英能制日然俄必爭韓韓折入俄西畧南伐歐洲之全勢且動豈惟英倫將德法與美亦與有不利焉昔俄土之役東土耳其幾爲俄滅以其界處形便泰西諸國因大會柏靈以重兵戍君士但丁峽刑牲而盟置黑海爲諸國公地俄師船不得駛出地中海土耳其竟賴以立國舐糠及米禍患侵尋夫春秋之鄭何與大國然服楚則楚强依晉則晉伯藉英利害熟權昔可以存土者今獨不可保韓乎其駐俄公使當令相見彼國外部謂日人無禮襲我東藩異日兵出　春將以恢復庫頁爲名藉端發難如曰俄不患日然英必爭韓如此則害必延於東悉伯利矣俄本脣齒夙忌日强儻以鐵路雄師進據日本長琦港口彼將俛首受盟且屢閱譯報俄之水師勁旅屯聚海參威欲將何爲不急於此時謀爲解散萬一二患迭乘大局何堪設想五曰因朝鮮變通國政也按國該國跨有三韓高句　之舊壤東丹王之遺墟舉其封也七國之時嘗屬燕秦滅燕屬遼東外徼漢興以其遠難守也復修遼東故塞至貝水爲界屬燕燕王盧綰叛入匈奴國人衛滿亡命踞其地渡貝水都王險傳世至孫右渠漢武帝元封三年因楊僕荀彘擊降朝鮮斬右渠定其國爲四郡其後歷唐叛服不常薛定方討平之始服屬中國奇渥温世日强於南明中葉後俄崛於北兩大介居危同巢幕明時日患尤亟中國耗餉折兵以鉅萬計天心厭亂平秀吉既伏冥誅日兵船又殲於台颶朝鮮之不亡得此亦云幸矣今論朝鮮事者或曰戰此不利宜視緬越聽日保護咸鏡以北平壤以東劃疆立約山距梟南漢不利其質子河沿大渡宋因書其界流蠻觸之爭任自爲之或曰日本本意立朝鮮爲自主之國或曰必收朝鮮郡縣其地比於新疆臺灣此三者皆未盡也委韓於日無智愚知其不可積弱如朝鮮亦斷不能自立郡縣其地是已無如朝鮮立國殆三千年苟縣其地必遷國王立館京師一如乾隆間安置準噶爾達瓦齊圖爾瑞阿奇木伯克霍集斯故事令朝鮮境臣民薙髮比於內地萬一國人狃於故俗轉相恐動不將藉寇兵而快敵心乎竊謂宜畧仿外夷保護之例置三韓總督一員治王京代綜國政仍須國王畫諾施行其八道各置巡道兼總兵一員節制文武設外部侍郎一員主商務暨一應交涉事宜其京朝及理民各官位號仍依前事用該本國之人由其道不變其俗惟總督巡道侍郎簡用總之中國仿古命卿監國之制先由內地抽撥勇

營分道鈐東扼要營屯如此則固若圍然必籌一不竭餉源統計各省額兵五十三萬歲需餉八百餘萬咸同以來鉅款徒糜不堪整頓比年戶部議奏官吏條陳亟請汰兵改練無如相忍因循成規墨守應請 宸衷獨斷無論何省卽將綠營額兵暫汰一半歸併汎營撙節餉銀可四百萬以濟海外之軍一俟和議約定卽以彼國之稅賦籌彼國之戰守兵士則棄朝鮮參用化儒爲强悍後懲前無逾此矣且夫中國非小弱也譬諸富室規宏久遠錢帛田園徧布州郡數傳而後枝息偶微始而奴隸盜竊繼且強宗刻削久之而鄉里盜賊羣起而生心矣有賢子孫者出焉不動聲色整頓綱維咸曉然於物各有主向之耽耽思逞者至此始皆帖伏無異夫主中國亦猶是耳是以在天務剛其氣大君務强其政天不剛則三光不明君不强則四裔縱橫伏惟 皇上受籙膺期神謀獨運勿狃於貴近之言勿問於囂張之論勿以小勝而驕士氣勿以小挫而沮 廟謨兵機變化在於須臾閫外賞罰昭其大信以上五事謹參稽時勢驗合古今芻蕘之愚嗚嗚不能自已昔有東郭祖朝者上書於晉獻公曰願請聞國家之計公使告之曰肉食者已謀之矣藿食者尚何預焉祖朝曰肉食者一旦失計於廟堂之上若臣等藿食甯得無肝膽塗地於中原之野其禍亦及臣之身安得無預國家之計乎故古有脫輻定關中之都建策擊太學之鼓皆以布衣宏此遠畧卽援我 朝近事嚴如煜以孝廉方正抗疏軍情黎庶昌以博士弟子條陳戰守得邀 列聖俊容獲免罪戾用敢冒死上書伏乞代奏 聖鑒

監督運瓦 ○工部琉璃窰監督奉文燒造新年殿應需琉璃瓦片業已造成二萬五千塊昨由京西三家店運進京城赴工部交納備用云

禮寺支銀 ○太常寺咨行戶部所有本司應支光緒二十年春季辦公經費銀四百兩請貴部卽行發支備領以資辦公等因當由陝西司呈堂核稿移付銀庫照數支給矣

私典查封 ○京都向設典押各號向由大宛兩縣請領官帖謂之官典官押除官典官押外又有所謂小押者前經地方官出示嚴禁而前門外草市一帶私開者仍密若繁星多不勝指果能公平交易亦何妨與長生庫並行不悖無如作此項生意者軍徒罪犯居其半無業游民居其半而相與交易非狗偷鼠竊卽不肖子弟私竊家中衣服器皿質錢揮霍又限以定期或半月或十日過期不贖則轉賣轉當以牟厚利昨有宣武門外棉花三條胡同徐某之子由家中竊得時辰表鼻烟壺各一潛赴草市德興永小押暫質京錢二十餘千效劉盤龍一擲閑由徐某查悉備價走贖詎該押舖松某以早經期滿不准回贖因此口角相爭兩不相下徐忿莫由伸卽日投城控告當蒙傳案訊責枷號示衆並將所有小押一律禁封人心爲之一快焉

偷香被獲 ○鄰章人某甲者爲前門外某雜貨店司出納年未而立經理諸事井井有條該東深爲器重去臘旋里愛賦摽梅未匝月卽回店中料理一切女以三星既賦方欣鴻案齊眉詎料一葦遠航頓使鴛幃獨宿未免犀心抱恨 舌言愁隣有劉嫗者時至其家小坐女亦樂與攀談藉慰寂寥嫗雖老邁龍鍾而談詞藻藉放誕風流日相親狎視爲心腹故嫗無日不至女家而女亦無嫗不樂也有某乙者係登徒子一流慕女丰姿癡心專注奈桃花源裏漁父無由問津嗣知劉爲女閨中密友賄求設計嫗遂力任其艱囑乙於某日至家靜待嫗故意數日不赴女家女不耐寂寥姍姍而來入房中而乙早坐待矣女欲迴避嫗前曳之曰此吾姪也何必客氣女強留然坐談之下眉情目語漸相款洽而嫗室遂作陽台矣朝雲暮雨頓成膠漆之投倚翠偎紅飽享溫柔之福久之甲族微有所聞遂將女接至家中居住免招物議其時乙因事他往未之知也數日後再到天台則桃花依舊人面全非踰至嫗處詢悉其住址門戶以爲前緣未斷後約可尋于二月十一日晚二更後在門際潛窺適甲自外歸以爲鼠竊狗偷扭其髮辮拳足交揮後經魯仲連輩出爲排解始行放手然已狼狽不堪矣

採辦軍械 ○西夏回匪倡亂竄擾各州縣當經董軍門率隊剿除業已蕩平伊犁軍帥以境界毗連不免未雨綢繆前因軍裝不濟派委候選布理問曹維周來津採辦昨已抵埠親赴督轅呈繳公文等候批飭各局以便採辦俟購募齊備卽速回銷差云

誤詐局工 ○慈航院後有楊甲張乙在南局充洋槍匠歷有年矣前以津郡大兵雲集需槍孔亟當募匠人製造抬槍若干以濟要需不過一時權宜之計各局憲恐滋生弊端嚴禁偷賣並派委明查暗訪昨有某署護院兵丁會同馬號夫役數人執楊甲張乙以爲私製洋槍售賣當送官究辦否則須捐規費津錢二百吊以戒將來據楊張答云我係南局官匠日赴工作昏暮始行歸家卽云私售洋槍以何爲証該役無從置喙但云此次姑行寬恕以觀厥後噫倘非楊張有識鮮不被其魚肉矣

尹憲牌示 ○大城縣知縣李燕昌因案撤任改委現署文安縣知縣韓景儒兼署已於本月十八日履新矣

是何戾氣 ○河東白影壁胡同內王姓子不知爲何如人也忽於十九日將曙時陡然瘋顛執刀將妻與生母並姊妹等五人均行砍傷旋又自刎其頸幸無死者聞五人中惟其母傷較重恐有性命憂當經該管地方報案而其父係小本營生恐致拖累頗以地方爲多事噫父誠慈矣刀傷生母情理何容至將來果否經官抑或私自了結并起衅緣由與有無曖昧難言之隱緒俟訪明再佈

哀此窮民　○日昨二更時有一李姓男子在院署東大胡同內插標賣子好事者詢之據稱係正定府城縣東李家庄人因連年荒歉米貴如珠草根樹皮搜羅淨盡不得已攜家北上未至析津囊已告匱沿途乞食鮮獲一飽兩子一妻恐難俱生前與妻荆議願將二豎售賣其一長幼任人擇取倘得津錢數竿彼既逃生我等亦可稍延殘喘且訴且泣語不成聲聞者莫不酸鼻嗚呼黔首何辜流離至此安得旋乾轉坤手俾之出水火而登衽席也哉

作孽殺身　○挾彈逐飛有礙好生之德覆巢取卵大傷造物之和如鳥之飛鳴飲啄各適其性各任其天固與人無爭也無故戕害之逼逐之仁者存心當不如是小秦庄胡保和有子年十三四養而不教日令嬉游每於隄邊大樹攀緣而上掏其卵取其雛以恣口腹雖曰童子無知亦可見其性之忍矣詎日昨正在攀升失手墜地頓成粉胡乃不自引咎猶以鄰子誘引爲詞具呈指控噫似此砌詞捏控恐琴堂未能准理也

斯文護法　○冥資楮帛事本荒唐而習俗相沿不過本孝子追遠之心以爲事死如生事亡如存而已本埠風氣每遇清明中元等節必焚化冥楮富貴家尤多多益善禮從俗事從宜聽之可也乃近來市儈牟利踵事增華更於封筒上刊祖宗字樣或刻作金剛經是以梵經文字焚化作灰任人踐踏不敬孰大於是現有某茂才從紙張舖中取有刊刻封筒憑証擬卽請官嚴禁非果能行未必非斯文一大護法也茂才勉乎哉

爲鴈請命　○讀戒旦之詩而知弋鳧與鴈古人所不禁也然弋之則可用火器聚而殲旃則未免傷大地之和造無窮之孽大不可也天津地居海濱沙灘水港錯雜於隴畝之間每當春秋二時鴻鴈之南來北去者雲飛水宿皆於是集於物無競於人無傷旣不食稻粱復不啄樹木應候飛鳴天機自暢初不虞人之將置於鼎俎也乃遠至東西兩甸近則宜興埠及本城南窪一帶有所謂槍船者每船架八尺長大擡槍二杆計船五六十艘共架槍百餘杆於人定後潛伺鴈羣宿定扳機開放一聲振動擊死者千餘個數百個不等近日此聲不絕於耳次晨售賣充衢塞巷更有受傷未死者兩目啓閉似乞援救尤覺可憐哀哉義禽何罪而罹此酷虐也查民間不准私藏火器例禁綦嚴倘指線槍鳥槍而言今之擊鴈所用皆行軍之擡槍擊遠可及六七里每排開放至少有百數十杆似此利器容留民間禍何堪設想聞此項槍船因咸豐年間會助官軍擊退粵匪是以至今弛禁但彼時天下大亂使民間有此可以防家不禁猶可說也今四海通商各國之游中土者紛紛藉藉近歲各處肇釁未必非因藉有槍械動與西人爲仇致貽國家賠費甚鉅況津門距京咫尺而乃縱容民間存留兇器一處百數十杆若處處皆有萬一雄傑生心地連畿輔誰執厥咎茲因爲鴈請命敢獻芻蕘想仁民愛物之君子必不河漢斯言

光緒二十二年二月十七日京報照錄

宮門抄　上諭恭錄前報○二月十七日兵部　太常寺　太僕寺　正藍旗值日　無引見　阿克東阿假滿請　安　召見軍機　皇上明日辦事後申初由　頤和園還宮

○○譚鍾麟片　再案准吏部咨歸班文進士繙譯進士俟本班截取赴部投供後准其隨時呈請分發籤掣各省並准捐指一省試用一年照例甄別留省按照到省先後各月日到省按照科分甲第名次補用又准部咨嗣後無論何項出身凡係補缺應行具題者試用期滿由該督撫詳加甄別專摺具奏各等因歷經遵辦在案茲查截取知縣係祖華浙江會稽縣舉人中式光緒癸未科進士以知縣歸部銓選分發貴州尚未抵省旋遵新海防例改捐廣東試用光緒二十年三月十八日到省試用已滿一年例應甄別據藩臬兩司詳加察看會詳請　奏前來臣覆加察核該員係祖華人尚穩慎堪膺民社臣謹附片具陳伏乞　聖鑒謹　奏奉　硃批吏部知道欽此

○○譚繼洵片　再湖北布政使王之春奉　旨飭令回任署布政使惲祖翼應卽飭赴按察使新任又署鹽法武昌道趙濱彥另有差委所遺篆務查有本任安襄荆道朱其煊才識明練處事精詳堪以署理除分檄飭遵外理合附片具陳伏乞　聖鑒再湖廣總督係臣兼護毋庸列銜合併陳明謹　奏奉　硃批吏部知道欽此

金陵仁記南味坊

自製本機元淺京緞甯綢紗綯絨線糟貨食物金腿海味南貨俱全近因錢市漲落不同分別減價抑因無恥之徒假冒南味者甚多雖云謀利誠恐亂真欲辨薰蕕用煩楮墨

寄售兩前龍井每斤津錢一千二百文八百文福建條絲格外公道　開設宮北大獅胡同內

告白

啟者報館之有採訪猶古之採風採詩上以考政治之得失下以考風氣之純剝載諸報端宣之中外取其善懲其惡故言者無罪聞者足戒充是任者品必公正心必仁廉公則明正則直仁則不爲己甚之事廉則不貪非分之財用能識大體近人情善善惡惡柔不茹剛不吐凡有關於　國計民生者自大至細悉採毋遺辭取達意而止不以富麗爲工登供衆覽於以通上下難言之苦達遠近不聞之聲庶使豫先事之綢繆善後事之補救斯無負泰西設館之本旨焉否則過事射利飛短流長實爲此間所大忌者矣現在本館採訪招人有樂就者祈先以所採新聞投交海大道老菜市本報館門房轉遞是幸如可登錄取有切實公正保人則端人之取友必端本報館不惜重聘定當延致其有冀循情面援本館友人互爲請託者一概不收毋怪言之不豫也此啟

本館主人啟

比商　良濟洋行

本行開設紫竹林街專辦各國著名大廠五金雜貨布疋等物及經理比國考克利軍械炮廠又羊毛機器廠各國著名軍械機器各廠貨真價廉格外公道仕商賜顧者　請至本行面議可也

寄賣

真正河南西土每兩九七六津錢四百六十文至少賣五兩如買整包格外價廉　古樓東大街聚豐成錢舖謹啟

烏利文洋行

啓者本行開設香港上海三十餘年四方馳名專售各式金銀鐘錶鑽石戒指八音琴千里鏡眼鏡等物並修理鐘表價錢比別家格外公道今本行東家米士得巴克由上海來津開設在紫竹林裕泰飯店旁請　諸君降臨光顧是幸特此佈聞

丙申年二月二十日禮拜四

浙杭元吉永號

本莊自置紗羅綢緞新樣洋縐花素洋布川廣夏貨團摺雅扇南貨頭油俱全祇爲近時錢市漲落不同故而各貨減價開設估衣街中間路北凡　仕商賜顧者無悞特此佈達

天津順昌永保險車船局

本局專寫輪船客票包運遠近水旱車船貨物行李起卸各項貨物機器木料銅鉛米麥等物代報華洋關稅墊辦應用諸欵定期不悞格外克己貴　官商無論遲早到埠皆有妥人照料一切非他行可比　賜顧者詳認天津紫竹林鐵路公司傍本局門首招牌便是

本局主人謹白

江南桂蘭齋茶食店

本齋精製拾錦南糖真素供果嘉湖糕點紹興薄脆八寶京糕異味糕點各種茶食外帶行匣新添拾錦元宵蜜層糕江米糕南北點心無有不精製細做開設天津天后宮南坐西向東便是

二月二十日銀洋行情

天津九七六錢

銀盤二千五百六十五文

洋元一千八百一十文

紫竹林九六錢

銀盤二千六百零五文

洋元一千八百四十文

二月二十一日進口輪船禮拜五

新濟　輪船由上海　招商局

重慶　輪船由上海　太古行

怡生　輪船由上海　怡和行

二月二十日出口輪船禮拜四

武昌　輪船往上海　太古行

景星　輪船往上海　怡和行

直報

光緒二十二年二月二十一日　第三百六十七號
西歷一千八百九十六年四月初三日　禮拜五

上諭恭錄

上諭前據御史溥松奏匪徒滋事一案當經諭令步軍統領等衙門嚴拿送部究辦嗣據給事中端良奏該御史所參各犯均係商人並無不法情事復交刑部秉公研訊茲據該部奏稱審明張春祥等確係商人並非匪類溥松所參各節毫無寔據端良於奉旨交查之件未經明發何以先代商人剖辦且與該商等供詞如出一轍溥松挾私糾參端良受人囑託請旨予以處分等語言官糾參事件豈可挾私受託妄行陳奏此案溥松憑空參奏明係挾私端良於未奉定奪之先遽爲剖析亦顯有受託情事實屬有玷台班端良溥松均着即行革職以示懲儆欽此

跋趙君式如擬上書稿後

世謂古今人不相及非篤論也傳介子班超諸人一介書生立功異域其志其才固超越尋常已他如賈誼以博士上治安策諸葛布衣躬耕猶知天下三分類皆遭逢明主上下同心故能瀝胆披肝如石投水其言既以人重其人遂以言傳此外豈乏抱異懷奇之士決大疑定大計者往往屈於名位埋沒終身未獲一吐胸臆是豈一身之顯晦攸關實國家之氣運有以限之耳今讀趙君未上書不禁掩卷長太息也條陳諸事惟籌餉一節竊有未安其餘則非深通古今事變熟諳中外情形胸有成竹者莫贊一詞京外各官量力報效似乎可行然毀家紓難曾有幾人即派道府大員督同州縣勸捐豪富與各埠大賈猶是奉行舊例數見不鮮緩之則捐欵無幾急之則易至擾民未見其可若簡勛舊重臣爲東邊經畧相機調度山東撫臣節制水陸各軍以一事權實爲萬全上策蓋前敵諸軍皆督臣舊部惟命是從該督遠距天津豈能隨機應變宋帥雖有幫辦之名而位[illegible]與諸將等夷呼應未必能靈當日失律喪師職是故耳放船當襲[illegible]搗長崎橫濱所謂出其不意攻其不備急雷不及掩耳者也倘日兵回救反客爲主以逸待勞破之必矣否則進無所據退無所歸士崩瓦解不降則潰耳藉英以制日說俄以存韓猶是合縱連橫之遺意七國固嘗行之目今合五大部洲一戰國也因時制宜莫善於此朝鮮爲東省藩籬保朝鮮即以保東省保東省即以保京師委而棄之失計甚矣倘未雨綢繆早爲布置設立大員嚴加保護如該書所云日雖垂涎未必遽敢發難何至脣亡齒寒如車失輔哉統觀前後奇正相生虛實互用雖孫吳復生何以易此乃格於成例未獲上聞微特趙君自惜即旁觀莫不爲趙君惜也雖然吾獨爲趙君幸爲趙君惜者意謂苟能上達宸聰幡然改圖命將出師一一照行必能反敗爲勝威震東陲非惟日人就撫不復敢鴟即泰西諸國亦謂中國有人講信修睦各戢戎心一勞永逸可保百年無事趙君之功不將與河山並壽乎然而言々則易行之實難溯自中興而後迄今三十餘年當日雄師勁旅其名猶是人則全非即統領諸名將非年就衰頹即養成驕逸據厚貲擁美妾誰復肯摧鋒陷陣奮不顧身者海軍雖有輪船雷艇諸利器而司船司礮司槍之水師學生盡屬少年血氣未定胆力未堅一經臨敵難保不倉皇失措如旅順船塢之失威海兵輪之擄可爲寒心假令君說得行措置既當未必將領得人將領得人未必士卒用命如中風然痲木不仁耳目手足不能從心所欲將奈之何一有差跌議論紛起反歸咎於謀之不臧百口何以自解固不若姑存是說一俟世之曉暢兵機者讀其書以思其人即其人以惜其遇功雖未立而名則不朽也

狂謬妄誕未諳事理貿之趨者不知而須其言否

聿觀新政　○新簡巡視南城察院裴侍御維　定於二月十八日午刻上任示仰閤屬司坊各官練勇局哨官暨書皂總甲捕頭捕役官房牙戲園班頭人等至期一體謁見毋違特示○又新簡太常寺卿王少行人汝濟定於二月二十五日巳刻上任示仰闔署廳員筆帖式暨各廟壇官讀祝官贊禮郎司樂書皂人等至期一體謁見毋違特示

共頌循聲　○大宛兩縣固屬首善之區而五方雜處訟獄孔多蒞斯任者須延請精明强幹之員辦理案牘故委廉中如蔣子岩諸公慈惠廉明口碑載道無庸贅述現有新任宛平縣范春棠明府思本聰斷明決折獄如神且能刑不妄施每斷一案堂上堂下無不同聲悅服蓋亦邑令中之錚錚者也

諫垣賣奏　○恭讀同治四年二月十四日欽奉　上諭前因御史譚鍾麟奏請申明保送御史定例一摺當經諭令吏部議奏旋據該部奏稱向來御史保送後有貪汚劣蹟原保堂官向無作何處分明文惟保送時各衙門皆遴員咨送實與京察體例無殊自應比例定擬以專責成等語御史爲朝廷耳目之官職司彈劾較之保送京察人員更須認眞遴選著各部院衙門嗣後保送御史毋得但計資俸務須認眞考覈選擇得人如保送後有犯貪汚劣蹟者卽將原保之堂官比照京察保送不實例由該部奏明議處如能自行訪出揭參者免議並著該部纂入則例通行知照欽此國法森嚴該御史等當如何矢愼矢勤奉公守法乃去歲巳革御史鍾德祥因貪受贓欵賄賣摺奏經人告發解交刑部歸案審訊供認實犯贓私經刑部奏請革職戍遣其失察之原保堂官作何議處則無聞焉又某侍御因奏參薛寶珍卽薛八王全卽王德山唐六龍卽唐六三音布王石堂卽王瑞慶張雲集卽春祥常英卽常四杜四卽杜榮桂又名杜雅亭等八名巳奉　廷寄交拿經步軍統領衙門按名拏獲奏送刑部嚴行審訊按律懲辦迨經承審司員審明薛寶珍等皆因挾嫌被西河沿元亨金店李新之等賄買摺奏妄行指糾經薛雲階大司寇深悉誣害各情速將薛寶珍等一併開釋並派差前往西河沿嚴拏李新之詎料聞風遠颺而賣奏之御史作何處分又無聞焉近日賄買摺奏之事屢有所聞固屬風憲之羞亦水懦民玩有以啓之也昨欽奉　上諭國子監司業瑞洵奏各衙門保送滿洲御史請倣照漢御史一體考試著吏部議奏欽此已見邸抄諒經覆奏以後定當嚴加考覈澄敘官方不似從前玩忽也

搖會傾錢　○三姑六婆實淫盜之媒朱伯廬先生家訓曾言及之誠以若輩能穿房入戶於大家婦女閨閣嬌娃能投其所好誘以甘言鮮有不入其彀中者吁可慨已京師西便門內老營房某姓婦口若懸河心如轆轤向以存錢會爲生存錢會者聚衆人之錢逐月搖會點多者先得或二百千或三百千按月向各家知會被其惑者實繁有徒積有年餘巳得千餘竿之譜忽於日昨如鴻飛冥冥毫無蹤影各存戶聞風俱赴琴堂控訴追償然恐高舉遠颺一時未能弋獲也

福星聯曜　○籌賑局憲札諭委員赴天津被災各村查辦春撫所委係左高蘇孫何五員想該員關心民瘼仰體局憲盛意定作一路福星也

花雨漫空　○海光寺歷年二月十九日賽會之期香烟最盛一時紅男綠女白叟黃童進香者絡繹於道歡喜地亦熱鬧場也本年適有遊方僧百餘在寺傳戒於前幾日特貼告白一切老幼婦女不准入廟降香倘有心願須還者俟至四月傳戒已畢再爲補行云

博學於文　○日昨爲博文書院二等學生甄別之期該學生預爲報名至期投考先已出示曉諭自十五歲以下十三歲以上方准收考其餘概不收錄屆期齊集唱名領卷督辦於領卷時見年貌不符者或加圈或加點復有慢名不到數十另爲補點點訖分座試論一章題爲博學於文十點鐘時設飯傳餐限午後繳卷聞有作半篇者作一段者並有僅塗鴉數行以塞責者收卷後督辦諭令二三日在院懸榜再候覆試云

好行其德　○河東于家廠福善掩骨會定於本月十五日開辦此會專向荒烟蔓草間尋取無主屍骨至僻靜處掩埋按初一十五每月兩次不捐資不斂錢誠善舉也更可異者凡在會同人均係肩担背負賣力之人情願助工噫窮人如此富貴者更當何如也

陷夫於逆　○河東白影壁王姓子刀傷母妻姊妹已登前報茲悉起事情由不憚詳述用釋疑團緣該犯素稱恂謹小有瘋病緣妻某氏未出嫁時卽與抱養之義兄親暱迨歸王姓後時來看視積日既久漸露破綻然猶遲疑未發也日昨義兄復來匆匆數語卽偕氏出門該犯跟踪出尋不知去向許久始歸詰以出門何事係往誰家轉出言頂撞不顧廉恥該犯怒火中燒勢類顚狂卽順取菜刀向砍該氏被傷呼救其母聞聲趨視該犯神氣迷惘不辨誰何遂將其母砍傷氏乘間跑出隣後追赶適遇兩妹與同院隣人均各受傷一時四隣畢集爭向奪刀該犯復自行刎頸血流如注氣管已斷其半噫此事除傷姊妹鄰人輕罪不計外刃傷親母例應梟示而起事之由則因妻與義兄之故陷夫大逆然則氏當凌遲處死而抱養之義兄亦罪在不赦矣

視弟如仇　○施巴者回民也有同胞弟施二在外糊口將近二十年現由外歸里欲依兄爲棲身計施巴以多年闊別頗相友愛奈日久生厭又兼室人浸潤多端而手足變作仇讎矣突於日昨揚爲親厚勸之以酒施二不知是計開懷暢飲不覺酩酊大醉待至更深人靜夫婦撥門入室先將四支束縛復以敗絮塞口然後合家動手

盡力痛毆又恐傷愈復仇其妻令將兩眼挖出斯時施二一息僅存矣正欲抬出付之東流以滅蹟適有同院居住之馬姓聞聲出視見此情形恐干訟累遂約會四鄰聯名赴鄉甲局報案由局移縣經大令堂訊將施巴板責三百血肉交飛並訊出妻女幫毆實情一併拘案究辦現時施二死生尚未可定案情亦料難速結也統俟訪明再登

好善獲報　○湖州菱湖沈某好行其德生平拯人之危濟人之急每汲汲如不及去冬忽有一　踵門求乞沈見其背發巨疽僵卧可憐因留在家中以空屋半間居之室中疊草爲牀加以被褥囑家人小心看待並爲斂錢數千延醫診視乃　日夜呼號鄰人生厭交口詈罵而沈處之安然也後瘡漸收功可以走路沈恐其受風不令出門行乞忽於前月二十日晨起失其所在前後門仍扃閉如常嗣於臥處得黃金十餘笏並鮮桃一枚闔鎮哄傳遂以爲沈某遇仙特誌之以見好善之必有獲報者

搶醮宜懲　○嘉定屬邑南翔鎮揚秦氏昨日投縣喊稱伊女壽姐嫁出多年不幸前年女婿身亡壽姐情願守節苦度終身不料本鎮蟻棍朱宏欺其孤苦時到壽姐家花言巧語引誘再醮壽姐不從峻詞力却後以朱纏擾不休中情叵測恐終不免乃避禍至姑母家相依度日詎朱宏偵知忽萌惡意於前數日帶令無賴十餘人踵跡而至乘人不備於更深人靜時蓦將壽姊搶去家中什物亦被搶刧一空姑母亟聲喊救苦在獨居無人救援待至天明即往訴明地保同到翔鎮稟官究辦適朱亦在鎮中暫見乃往立投分廳處控告未奉判斷且目下壽姐曾無下落不知搶醮於何處大令訊明立命將朱宏管押飭差提集衆人質訊查明究辦想該蟻棍搶孀逼醮顯犯王章大令必盡法懲治也俟有續聞再錄

來信照登　○余與何少尹國寶初不識面其署天津典史時知其不受陋規認眞緝捕頗服其無佐雜官習氣嗣於友人家會晤聯其言論雖其職守爲朝廷不甚愛惜之官而潔清自矢勤政愛民每流露於語言之表核其所行頗不相悖洵近時雜職中之錚錚者也前見貴報以身試法一則殊爲駭怪昨讀不辨自明一則疑抱釋然吾知何君必不出此固無庸辨然貴報之失於檢點妄聽訪事之言此風斷不可長即以此事而論前云道憲牌示云云不但污何君且以揑牌示何以取信於宮常耶僕因貴館勇於改過謹布區區倘希慎擇採訪勿涉虛誣幸甚幸甚

進思齋主人謹白

光緒二十二年二月十八日京報照錄

宮門抄　上諭恭錄前報○二月十八日刑部　都察院　大理寺　鑲藍旗值日　無引見　吉恒請假五日　召見軍機

○○頭品頂戴浙江巡撫臣廖壽豐跪　奏爲浙江省光緒二十一年起運二十年分白粮銷算各欵未完一分以上員名開單奏報恭摺仰祈　聖鑒事竊案准部咨條奏籌備餉需摺內嚴核各項奏銷一條錢粮奏銷各依定限令各督撫一面具題一面先將未完一分以上員名開單專摺奏報由部核定處分先行覆奏漕項報銷一律照此辦理又續准部咨議覆安徽省光緒十一年分增津銀兩未完職名摺內聲明嗣後奏報未完分數務須開單註明各該員已未完分數及實徵已未完各銀數以憑考核各等因歷經遵辦在案茲據督粮道都嵩麟將光緒二十一年起運二十年分各屬經徵白粮銀欵未完一分以上職名開單詳請　奏咨並聲明遵奉部飭改照江蘇之式剔除綫徵以現在實徵銀數計算十分考成等情前來臣覆核無異除將清單咨部查核外理合繕具清單恭摺具　奏伏乞　皇上聖鑒　勅部核覆施行謹　奏奉　硃批戶部議奏單併發欽此

爲鴈請命

○讀戒旦之詩而知弋鳧與鴈古人所不禁也然弋之則可用火器聚而殲旃則未免傷天地之和造無窮之孽大不可也天津地居海濱沙灘水港錯雜於隴畝之間每當春秋二時鴻鴈之南來北去者雲飛水宿皆於是集於物無競於人無傷既不食稻粱復不啄樹木應候飛鳴天機自暢初不虞人之將置於鼎俎也乃遠至東西兩甸近則宜興埠及本城南窪一帶有所謂槍船者每船架八尺長大擡槍二杆計船五六十艘共架槍百餘杆於人定後潛伺鴈羣宿定扳機開放一聲振動擊死者千餘個數百個不等近日此聲不絕於耳次晨售賣充街塞巷更有受傷未死者兩目啓閉似乞援救尤覺可憐哀哉義禽何罪而罹此酷虐也查民間不准私藏火器例禁綦嚴尚指線槍烏槍而言今之擊鴈所用皆行軍之擡槍擊遠可及六七里每排開放至少有百數十杆似此利器容留民間種禍何堪設想聞此項槍船因咸豐

年間會助官軍擊退捻匪是以至今弛禁但彼時天下大亂使民間有此可以防家不禁猶可說也今四海通商各國之游中土者紛紛藉藉近歲各處肇釁未必非因蓄有槍械動與西人為仇致貽國家賠費甚鉅況津門距京咫尺而乃縱容民間存留兇器一處百數十杆若處處皆有萬一雄傑生心地連畿輔誰執厥咎茲因為鳫請命敢獻芻蕘想仁民愛物之君子必不河漢斯言

元韓農先生精地理實业省中第一名師先曾為僕等修理　先塋後果捷南宮領鄉荐效驗捷於影響爰登報端為富貴中人作先路之導焉現寓河北義昌祥洋布舖

靜海劉汝驥劉福田周士選謹啓

浙紹名醫朱鈍翁先生術高望重寓彌勒巷

比商 貝濟洋行

本行開設紫竹林街專辦各國著名大廠五金雜貨布疋等物及經理比國考克利軍械炮廠又羊毛機器廠各國著名軍械機器各廠貨真價廉格外公道仕商賜顧者　請至本行面議可也

寄賣

真正河南西土每兩九七六津錢四百六十文至少賣五兩如買整包格外價廉

古樓東大街聚豐成錢舖謹啟

烏利文洋行

啓者本行開設香港上海三十餘年四方馳名專售各式金銀鐘錶鑽石戒指八音琴千里鏡眼鏡等物並修理鐘表價錢比別家格外公道今本行東家米士得巳克由上海來津開設在紫竹林裕泰飯店旁請　諸君降臨光顧是幸特此佈聞

丙申年二月二十一日禮拜五

浙杭 元吉永莊

本莊自置紗羅綢緞新樣洋辮花素洋布川廣夏貨團摺雅扇南貨頭油俱全祇為近時錢市漲落不同故而各貨減價開設估衣街中間路北凡　仕商賜顧者無悞特此佈達

天津 順昌永保險車船局

本局專寫輪船客票包運遠近水旱車船貨物行李起釘各項貨物機器木料銅鉛米麥等物代報華洋關稅墊辦應用諸款定期不悞格外克己貴　官商無論遲早到埠皆有妥人照料一切非他行可比　賜顧者詳認天津紫竹林鐵路公司傍本局門首招牌便是

本局主人謹白

江南 桂蘭齋茶食店

本齋精製拾錦南糖真素供果嘉湖糕點紹興薄脆八寶京糕異味糕點各種茶食外帶行匣新添拾錦元宵蜜㾗糕江米糕南北點心無有不精製細做開設天津天后宮南坐西向東便是

二月二十一日銀洋行情

天津九七六錢　銀盤二千五百六十五文　洋元一千八百一十文

紫竹林九六錢　銀盤二千六百零五文　洋元一千八百四十文

二月二十二日進口輪船禮拜六

新濟　輪船由上海　招商局

重慶　輪船由上海　太古行

怡生　輪船由上海　怡和行

二月二十一日出口輪船禮拜五

武昌　輪船往上海　太古行

景星　輪船往上海　怡和行

直報

光緒二十二年二月二十二日　第三百六十八號
西歷一千八百九十六年四月初四日　禮拜六

上諭恭錄

上諭步軍統領衙門奏拏獲迭次結夥持械搶刦盜犯請交刑部審辦各一摺所有拏獲之奚進鎔即奚柱兒楊大即楊撒兒張永蘭即張四刁兒張士明即張東兒楊二王升兒等六名馮七即振起賈羣兒任五兒存秀即趙六三饅首劉即小劉等五名均著交刑部並會同宗人府審明辦理未獲之賈洪兒奚永更張狗勝李囮兒張囮兒暨劉小辮兒等犯仍飭嚴緝務獲送部究辦原拏此案之出力員弁均著俟刑部定案時聲明請旨另片奏拏獲偷竊園庭木植賊犯等語所有拏獲之張六四兒徐山兒二名著一併送交刑部審明究辦餘依議欽此　硃筆薩廉補授通政使司通政使欽此　上諭昨日道旁叩閽之甘肅文童王琳著交刑部嚴行審訊欽此　上諭孫家鼐等奏請以東安縣知縣劉仲咸升補東路同知一摺着吏部議奏欽此　上諭步軍統領衙門奏拏獲械鬥各犯請交部審辦等語所有拏獲之劉三李四等二名著交刑部審明辦理未獲各犯仍飭嚴緝務獲歸案審辦欽此

宜廣開報館論

日報之設仿自泰西開辦之始爲數無多既而人皆以爲有益閱者僉衆報館亦愈推愈廣大國以千數百計小國亦百數十計雖筆墨生涯贏餘無幾然有加無已日異月新此日報之盛行於泰西者其明徵也自海禁大開中國亦有報館之設如香港之循環華字維新等報開其先繼起者爲上海申滬新聞益聞各日報後設者爲穗垣之廣報新加坡之叻報星報天津之直報類皆不脛而走手執一編不啻家弦戶誦而報資所入亦足敷經費焉惟是報紙僅行於通商口岸內地諸省尚未能一律推行而中國之人每汲汲皇皇惟於新聞是聽日報是徵以及樞垣之施措士吏之黍探莫不視日報爲急務然既視爲急務矣曷不於京師及各省會設報館各以其地名名之尤爲多多益善乎今將宜設日報館之利縷陳如左大率報館立意所以通上下之情寓勸懲〻用上者聞善言而嘉許下者畏淸議而知懲猶古昔木鐸之巡軒車之采也竊謂於官民尤爲有益者莫如登錄告示一端凡官府爲民間除一弊爲地方興一利上而督撫司道下而府廳州縣必先張告示數通使民周知而此數通之告示或黏於牆壁或糊於木板一經風雨剝蝕飄蕩無存且告示僅止數通而欲使紳商士庶莫不盡知誠有萬難徧及者假令錄登報紙則數張不啻數千萬張禁令愈見森嚴黎庶易於曉諭其利一也罪大惡極之犯捕緝未獲者將年貌賞格詳細錄登使通國皆知則若輩置身無地知犯法決難漏網從此歛迹不敢爲非可收政簡刑淸之效其利二也日報於各處風土人情歷歷備載以及土地何產種植何宜何處尚有荒地可以開墾何處尚有利源可以疏通他若收成之豐歉貿易之盈虧皆宜詳明登報俾民隱無不上達政府得以周知其利三也中國每苦人浮於事近日尤甚謀事者非得當道函託難覓一枝之借甚有登告白以拒絕曹邱者謀事之難於此可見使報館既設各省不下數十處合二十一行省計之不下千餘處主筆以下各席可於正途需次人員中考較錄取司帳以下各席可於異途需次人員中酌量委用而各處訪事之人即責成佐雜等官每報新聞加以鈐記如是則信而有徵可免數萬人向隅之嘆其利四也西字各報責成洋務局員隨時繙譯藉此可以練習洋務蓋外洋製造日尚新奇宜隨時倣摹登不使

積歷致有明日黃花之誚俾閱報者涉獵之餘循序漸進於外國情形洞若觀火苟能隨時留意融會貫通即為當今第一要務其利五也近日聰穎子弟每於執課之暇喜閱日報雖於正課無益而於物理人情可資閱歷諺云久看新聞紙不通也會通他日出而應世可免拘墟之弊至庸夫俗子與臺婦女畧能識字者亦無不閱報皆可化其粗疎進於儒雅其利六也種種利益指不勝屈亦何憚而不為哉至於報館如何擇地機器如何購辦章程如何核定宜酌中西通例期於妥當周詳則盡善矣鑫澗管窺不無一得當局諸公倘加採擇焉以裨益國計民生天下幸甚

步軍清訟　○京師為首善之區而詞訟繁興甲于他處推原其故半由訟棍架唆藉飽私囊故一波未平一波又起也甚或訐人之短揭人之私顛倒是非揑造黑白一經批准被告則動輒破產干証亦未免耗財況經年累月案結無期書吏誅求差役勒索縱使沉冤昭雪已成溝中瘠矣故良懦畏事輒賄和而若輩復多方恐嚇務飽其欲而後止藉彼魚肉供我刀匕良可慨已提憲深悉訟棍為害閭閻已飭房辦稿按名緝拏務獲究辦綏靖地方似此雷厲風行諒有筆如刀者早當斂迹也

仙術活人　○鴉片流毒中國歷有年矣耗財廢事比比皆然而近來每以口角微嫌吞服洋烟釀成命案尤堪痛恨都門諸善士有鑒於此集出解救良方照錄如左人中黃六兩梔子四兩炒紅花四兩土茯苓六兩生甘草六兩以上五位共研細末大紅棗二百個去核巴豆四百個去皮去油如油不淨再煮以油淨為度共搗如泥加密為丸每丸三錢凡吞洋烟者不可用鴨血桐油等物灌服急取此藥一丸用醬一酒杯無論生熟甜醬皆可同藥用開水沖化攪勻服下片刻即行上吐下瀉倘不吐瀉取鷄毛一根在喉中攪掃即吐務使吐淨不吐再掃愈掃愈吐俟吐淨後用水沖紅砂糖二斤晾温徐飲解其餘毒此方係深縣朱孝廉得異僧傳授活人無數惟願仁人君子照方炮製利物濟人功德無量矣

尼庵被累　○東城已革捕役某姓家住東埧於上月杪見有男婦二人同行不類鄉居因於晚間約仝戚友數人假扮官長衙役於黎明候於村外尼姑菴前待男婦二人行至立即拏住究問從何處誘拐而來即假尼姑庵內設立公案審訊詎該男婦實係夫婦其婦在某大員宅為傭男則在某侍御家為僕者也從實訴明某等不信喝令同黨將該男婦大衣剝下逐出該男婦即赴緊進城稟明家主具呈在東城司控告刻聞已將庵內尼姑拏到不知能究出假扮官役諸人否

書局重開　○去歲經某侍御奏請將强學書局封禁等因奉 旨允准已列前報今春復有重開之信刻聞孫大司空已擇地在虎坊橋路北前余晉珊給諫所住之宅院落極其寬闊屋宇亦甚潔淨實為盡善盡美並聞開局後仍須按期出報惟不知仍名為中外紀聞否也

遵化閱考　○遵化州考試文童於二月初一齊集初四開棚先考遵玉文童　遵化題　君臣臣父　玉田題　臣父父子　一題　晏子之功可復至管仲　詩題　二月垂楊未挂絲得絲字初六考試豐潤文童題　且貴至雅言詩　二題　請輕之至請損之　詩題　歲豐仍節儉得豐字初八日覆試遵玉遵化題　一也至或學而知之　玉田題　一也至或利而行之　二題　春日遲　初十覆試豐潤題　鳶飛戾天至言其上　二題　人之好示我我周行十三日開棚再覆遵化題　吾豈若使是君為堯舜之君哉　玉田題　吾豈若使是民為堯舜之民哉　豐潤題　吾豈若於吾身親見之哉　詩題　此邦宜著玉堂仙十五日三邑三處通題　得天下英才　詩題　重與細論文得重字

祀典虛懸　○馬蘭 園陵春秋大祭諸祭品皆係莊頭供給歷經遵辦在案刻莊頭楊某性好揮霍以致家業凋凌所起租項不能到家即被債主分扣一空每臨祭期油戶面戶索討欠帳者門限幾為之穿而尋常自奉極欲窮奢仍不知撙節適值清明時祭大典攸關該莊頭窘乏異常倘或悞事所關非小乃 皇上仁孝性成 陵園重典豈肯聽其廢弛一經發覺誰執其咎

姦夫生妬　○本埠王鳳點之妻盧氏者性似楊花隨風飄蕩曾與鄰人王樹田通姦旋厭故喜新又與張姓私相往來張將盧氏携至邢家店僑寓避王樹田也王果醋海生波淫心不死日與氏夫交歡冀洩私憤一日相與共飲半酣之際慫恿捉姦意在將張嚇退仍尋舊約氏夫首肯而慮其無助王遂代邀素識之劉玉亭潘仲德作為幇手於夜半踰垣入店竟將姦夫姦婦一併殺死四人計議只得弄假成真隨將兩首割下令氏夫持赴縣署報案經大令察看情形知有不實不盡爰加刑求氏夫一一吐實遂將劉玉亭等三人一併拘案王樹田劉玉亭供認前情不諱惟潘仲德堅不承招日昨晚堂屢經嚴訊供仍狡展故罪名尚未擬定也俟訪明再登

大令能仁　○縣署刑具不一大杖小板而外又有所謂手板者似戒尺而實非戒尺臨用時須將被刑之手縛於木墩墩高二尺許頂尖底平無論責多責少無不破皮露骨皆墩之尖頂所致也另有平頂一墩非皂役飽其貪囊不能施用昨經江大令訊案時看破情形謂皂役曰何以打彼人用尖墩打此人用平墩皂役不能置詞江大令亦不深究但首肯冷笑而已退堂後告知邑尊即蒙傳諭嗣後無論何墩一律裁革改用平面本櫈聞者無不頌江公之仁明焉

義園濫祭　○杏花村下有浙省義園一區凡該省官商在本埠物故者率寄埋於此每屆清明中元知會各同鄉前往致祭敦鄉誼也一切支用皆係同鄉協助共

成義舉日昨有送冥資紙錠者該董事按名登簿以備稽查定于二十二日製備祭品同鄉畢集往義園致奠事畢復開筵宴各把酒言歡以盡桑梓之情云

堨河興工　○堨河　堤埝屢年堵築每逢盛漲仍有泛溢之虞經水利局憲札委南岸同知張愷康司馬前往查辦昨已呈請　督憲歷指險要工段亟須脩築閘已派候補同知徐洽仁周家樑兩司馬招工購料指日開脩想經此番整頓定當河流順軌永慶安瀾庶中澤嗷鴻頓歸安宅莫不仰戴恩施也司馬勉旃拭目望之

杭郡風傳　○杭州駐防營滿人某甲素好狎邪游且兇悍性成一言不合動輒鬥毆數年前其髮妻因不堪其虐曾服洋烟自盡去年憑某乙執柯娶乍浦滿營某丙之女為繼室於客臘某日完姻但甲與漢人某姓婦素諳魚水出入無忌逐月所領糧餉悉供該婦之用甲雖得新終不願棄舊自完姻後常令牀頭人獨抱錦衾無異失羣之雁且時將新婦衣飾攫自攜去質諸長生庫中浪行費用婦念良人者所仰望而終身也今旣若此夫復何望時作吁歎聲月前二十八日甲自外歸來又欲向婦取衣典質婦曰妾不幸作女子身又復遇汝不淑有何生人樂趣現在箱篋中所剩者惟有布衣數件妾平日須替換者郎豈定欲搜括一空耶甲心硬如鐵定要篋中衣服盡行取出婦堅不允甲卽取馬刀一柄對婦喉際直刺旋卽殞命隣里聞之羣起不服卽將甲拘住報知將軍吉軍憲由軍憲札知錢塘縣東季符大令臨塲相驗一面由鄰人報知母家到來初三日下午東大令帶同刑仵官媒人等到塲相驗經仵作及官媒報稱確係因刀傷斃命大令親視一週無訛卽命棺殮當塲將甲提至案前略訊數語喝令笞責一千板後復命帶回署研訊定擬遂呵殿排導回衙如何定讞容後再詳

光緒二十二年二月十九日京報照錄

宮門抄　上諭恭錄前報○二月十九日工部　鴻臚寺　八旗兩翼值日　兩翼引　見二十一名　慶王榮祿各假滿請　安　慶王等前往　東陵請　訓　延侯由白龍潭回京請　安　立山謝管圓明園　恩　松蕃前往口外賜奠請　訓　王汝濟謝授太常寺少卿　恩　澤公請假五日　濟貝勒明桂各續假五日　恩公成公各續假十日　方汝紹請假十五日　提督衙門奏拿獲盜犯奚進鎔等五名又拿獲盜犯馮七等六名又拿獲偷木植賊犯張六四兒二名又拿獲匪犯劉三等二名均請交刑部會同宗人府　召見軍機　慶王　榮祿　松蕃

○○董福祥片　再奴才於正月二十一日欽奉　電旨河狄難民着董福祥派員安插撫輯所需經費着該提督先行籌墊等因欽此伏思安插難民本地方官之責委員者所以分任其勞然必與地方官聯爲一氣此其鼓舞之機又在督撫河狄善後前經督臣楊昌濬　奏派知府劉兆梅辦理並籌有專款飭由委員隨時具領措置已各周密惟漢回雜處之地難民初回鄉里非有防營駐紮其地不敢上莊此則身任行間者所不能膜視奴才欽奉　諭旨不敢固辭所有河狄安插撫輯事務當派營務處二品頂戴按察使銜分省遇缺儘先題奏道袁鴻祜辦理仍會同劉兆梅及地方官隨時商辦至此項經費奴才亦正在力籌期於多備一佚辦有頭緒仍交由善後局及地方官專辦以專責成理合附片覆陳伏乞　聖鑒謹　奏奉　硃批戶部知道欽此

○○趙舒翹片　再准湖北撫臣譚繼洵電稱去年湖北水旱並災工賑兼辦嗷鴻徧野待賑孔殷請卽倡募勸捐按濟等因臣查蘇省辦理賑捐久成弩末且恐緩難濟急卽經行司籌撥協濟去後茲據蘇州藩司鄧華熙於司庫存儲賑餘款內動撥銀五千兩發交號商百川通匯解湖北撫臣兌收撥用該藩司詳請具　奏前來臣覆查無異除咨戶部暨湖北撫臣查照外理合附片陳明伏乞　聖鑒謹　奏奉　硃批戶部知道欽此

風聞有小鄭莊人王錫三者自父母歿後淫蕩不檢係舉人王賡雲胞姪久與伊姻嫂孀婦李馬氏私通醜聲藉藉而伊胞叔明知不禁已乖縉紳家法旣李馬氏生父馬實覺臉面無光煩伊長壻劉倉作媒嫁與葛沽人劉崇山為妻主婚者有父作媒者係親就禮法而論不爲不正不料王賡雲胞姪王錫三戀姦情熱不知央何人書策揑劉倉勾串劉崇山將伊妻王馬氏霸占爲詞在縣堂呈控夫王錫三係娶四里沽曾氏於去臘病故而王錫三堂供云已娶李馬氏七年竊料王錫三雖係舉人胞姪實無停妻再娶之理至問伊主婚何人作媒何人皆答曰無惟二人當面自講而已及問劉崇山則曰據伊父之命問劉倉則曰曾倩媒媼之言當時並問及姦夫淫婦之年未則曰二十有八婦則曰三十有九固明明非匹偶而委廉王不知是何　高見不據禮原情按律決獄惟淫婦所欲是從遂將劉崇山正娶之妻一旦在縣堂被姦夫公然領去並將娶妻者枷作媒者責勒令具結夫飲食男女人之大欲存焉飲食不知節則將奪他人之食以爲食婚姻而不閑之以禮直如禽獸從欲以配雖父子聚麀亦可縱欲而爲之矣噫人形也而以獸行成之可乎伏讀我　朝律書細載私自配合及先有姦情後復婚配者仍照律各擬絞決伏繹　定律之意所以杜苟合者至謹嚴也孀婦李馬氏實鬧茶館固非節婦所爲而王錫三敢揑霸占伊妻爲詞明係通姦無疑卽後復婚配猶干例禁况因揑控而公奪劉崇山之妻繩之以法又該何如今而委廉王從欲斷案是使王錫三只知有舉人之勢不知有我　朝之法任意而爲勢將踰東家墻而摟他人之處子以爲妻亦可得妻矣且王錫三爲舉人胞姪固非鄉愚無知竟胆敢姦孀胆敢揑控並胆敢公奪他人之妻實舉人之勢階之厲也似此蔑法亂紀世人尤而效之人心壞風俗偷倫理乖哀哉吁正娶者輸私通者贏曲直不得平何地鳴冤情恨無力分訴燕京

同人公啓

天津　麥加利銀行告白

啓者本行資本英金八十萬磅備用股本英金八十萬磅公積英金三十二萬五千磅總行開設倫敦分行在孟買加拉吉打冷宮哪哈亞伯古隆北新埠太平咪登哈來蘭播新嘉坡香港福州上海漢口暹邏濱角包帶維亞沙來伯鴉神戶橫濱等處起首至今三十九年倘有存欵勿論仕商照期起息請來做行面議做行玆于正月三十日開張恐未週知特登報章佈告

德隆齋靴鞋鋪

本齋專做滿漢朝靴新樣京式名鞋及鑲花坤鞋一應俱全價廉物美賜顧者請認明本店招牌庶不致悞本鋪開設在天津府北門外鍋店街集義棧對過便是

告白

敬啟者京城售報處改在前門外琉璃廠小沙土園路西寶興木廠又楊梅竹斜街中間路南聚興隆小器作內兩處分售此白
售報人陳午清謹啟寓前門內刑部後身草帽胡同北頭大院內

比商　良濟洋行

本行開設紫竹林街專辦各國著名大廠五金雜貨布疋等物及經理比國考克利軍械炮廠又羊毛機器廠各國著名軍械機器各廠貨眞價廉格外公道仕商賜顧者　請至本行面議可也

寄賣

眞正河南西土每兩九七六津錢四百六十文至少賣五兩如買整包格外價廉　古樓東大街聚豐成錢鋪謹啟

烏利文洋行

啓者本行開設香港上海三十餘年四方馳名專售各式金銀鐘錶鑽石戒指八音琴千里鏡眼鏡等物並修理鐘表價錢比別家格外公道今本行東家米士得巴克由上海來津開設在紫竹林裕泰飯店旁請　諸君降臨光顧是幸特此佈聞　丙申年二月二十二日禮拜六

浙杭　元吉永號

本莊自置紗羅綢緞新樣洋辮花素洋布川廣夏貨團招雅扇南貨頭油俱全祇爲近時錢市漲落不同故而各貨減價開設估衣街中間路北凡　仕商賜顧者無悞特此佈達

天津　順昌永保險車船局

本局專寫輪船客票包運遠近水旱車船貨物行李起釘各項貨物機器木料銅鉛米麥等物代報華洋關稅墊辦應用諸欵定期不悞格外克己貴　官商無論遲早到埠皆有妥人照料一切非他行可比　賜顧者詳認天津紫竹林鐵路公司傍本局門首招牌便是
本局主人謹白

江南　桂蘭齋茶食店

本齋精製拾錦南糖眞素供果嘉湖糕點紹興薄脆八寶京糕異味糕點各種茶食外帶行匣新添拾錦元宵蜜餞糕江米糕南北點心無有不精製細做開設天津天后宮南坐西向東便是

二月二十二日銀洋行情
天津九七六錢
銀盤二千五百九十二文
洋元一千八百二十五文
紫竹林九六錢
銀盤二千六百三十二文
洋元一千八百五十五文

二月二十三日出口輪船禮拜日
新濟　輪船往上海　招商局
重慶　輪船往上海　太古行
怡生　輪船往上海　怡和行

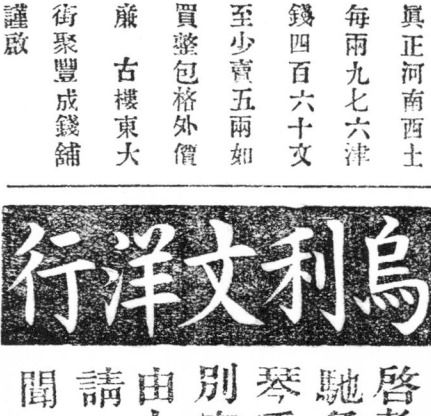

二月二十二日進口輪船禮拜六
通州　輪船由上海　太古行

直報

光緒二十二年二月二十四日　第三百六十九號
西歷一千八百九十六年四月初六日　禮拜一

上諭恭錄

旨江南織造仍着常山接管欽此　上諭步軍統領着敬信署理欽此　上諭邊寶泉奏查明武員互揭一案請旨懲儆等語浙江嘉興協副將張金榜任用私人玩視營務候補府司獄張逢時即張斌在張金榜署內經手軍裝款項遷延不報迨經傳訊始據呈繳均着即行革職嘉興協中軍都司楊文舉尚無劣跡惟偏袒兵丁任性使氣著以守備降補餘着照所議辦理該部知道欽此

變通捐納以重名器論

天下事容有利多弊少而可以暫行者未有弊多利少而猶可長行者也但有知其利未知其弊而不肯不行者斷未有知其利復知其弊且知其弊之遠浮於利而不能不行者也有之則莫如捐納一事捐納之弊士庶人知之卿大夫知之君若相莫不皆知之而終不能裁而去之何也曰庫款支絀故耳御史條陳大臣會議終以邊疆多故宜省偏災賑濟餉需拮据萬分不能不爲權宜之計捐納之不能遽停者此也雖然縱不能停獨不可變通乎傳曰惟名與器不可假人夫人而知之矣今無論庸夫俗子厮養走卒皆可報捐一經上兌居然官長道府則表率屬員州縣亦作民父母名器之濫莫甚於斯是不可不權衡於輕重緩急之間稍加限制也竊謂道府大員承上行下名位綦尊非進士出身不准報捐州縣等官撫字催科責任甚重非舉人五貢不准報捐其餘生監以下止許報捐佐貳或三四品虛銜所有上兌銀兩一律改加十成不准折扣如此則正途可漸疏通吏治可期整頓使天下曉然於名器之尊不敢視爲兒戲焉不亦可乎或謂斯言是矣其如捐輸之不能踴躍何查捐例初開皆係十成實銀本無所謂折扣一自軍興傍午度支告匱計臣束手於是各省開捐廣事招來猶有入不敷出之慮故近年以來如鄭工如海防如新海防無不配搭鈔票減成收納以冀源源而來今乃限以等級加以實銀倘捐生裹足進款大絀將奈之何雖然是有說焉蓋陽撿其報捐之途必陰策以不得不報捐之勢究與進款何傷今天下衣冠服飾紊亂極矣非特尊卑莫辨亦良賤無分優伶娼妓類皆曳綺羅被錦繡至與王公大人相比附是不可不嚴定章程通行天下倣照子產治鄭上下有服之意勿許稍有參差查禮部則例除翰詹科道非四品不准服貂此外服飾未及詳焉嗣後宜重定科條秩然不紊四品以上服貂六品以上服狐七品以下止服灰鼠紫毛生監羊裘平民布衣而已進士舉人視七八品婦人視夫與子以其例得誥封也若子女若兄弟均不得與焉然婦人首飾亦分差等三品以上用珠翠五品以上用黃金六品以下用白銀庶人用銅請飭下禮部刊刻成書頒行州縣違者許鄰里首告從重科罰此令一行微特富商大賈世家强宗素尚豪華窮奢極欲不肯任其褫奪下同寒素無以表異於鄉鄰即閭閻殷實之家當節序往來吉凶弔慶但以白衣從事亦覺無顏故不待減成不煩勸諭而報名上兌者自接踵來也進款何患不多名器何患不重一轉移間而效可兼收焉是在當道者斟酌行之耳

光緒二十二年二月分缺單　○郎中吏部稽勳司王嘉善故　小京官翰林院孔目萬徵修改敎　同知安徽鳳潁分防許之珊浮躁　知州廣西賓州朱　不及

雲南鄧川劉書堂年老石屏王宏章有疾　知縣江蘇如皋黃秉厚革江蘇泰興王肇嵩革山西絳氏馬徵芝丁甘肅鎮原王朋齡故秉山東　城陳其奎近直隸廣昌周樹不謹安徽婺源彭燦垣不謹江蘇六合裘宗圻河南輝縣蔡如錚葉縣趙鼎五四川新津粟秉浙江西安葉承丙俱不及浙江宣平賀充　浮躁湖北長樂彭祖春浮躁貴州仁懷林湘浮躁廣西來賓張師厚罷軟廣東長甯章毓桂有疾閩建黃思堯革　布經直隸孫金鎔有疾　直州判河南許州衛萬康浮躁　州判直隸延慶王鴻翔不謹府經山東兗州張激翔不謹直隸保定劉廣南不及　縣丞江西吉水蔡維熊不謹　溪鄧紹先迴避　吏目雲南阿迷朱肇文浮躁廣東羅定魏應辰不謹　巡檢順天大興孫鎬廷革湖南瀏陽王文棟丁廣西懷集劉忠瀚丁江蘇海州陳儒璜震澤俞龍盤吳江劉金鐸歸安吳文榮湖北房縣湛福同安徽涇縣劉樹春廣東徐聞宋球俱不謹廣東瓊山稽如圻罷軟歸善張文瑞不謹江西南康錢榮凱浮躁陝西潼關孫學康罷軟廣西馬平袁藩不及　典史山東濟陽葉文垣福山姚鶴齡浙江黃巖張兆麒江山羅坤廣東歸善胡均四川鄧連魏鎮坤俱不謹河南盧氏冀超瀛江西餘千潘藻芬廣西羅城謝均直隸慶雲陳楨廣東茂名陳才猷封川錢福田俱浮躁廣東始興陳朝榮直隸清豐王肇垢俱有疾廣東增城張繼伯不及浙江樂清余耀宗罷軟同知照磨四川石　縣劉肇坦捐升

親臣扈蹕　○皇太后現在駐蹕　頤和園所有各衙門恭備事宜迭列前報今聞　派出隨　扈蒙滿王公大臣計親王等廿餘名員所經御路由阜城門西直門高亮橋蟈子湖黃影壁馬廠西門等處一律修平外並由署順天府府尹陳六舟李小川兩大京兆暨步軍統領榮振華大金吾西城齊侍御蔚北城林侍御督飭大興宛平兩縣西北兩城司坊官會同中營副將北營參將等官於二月十五日爲始聽候辦差並嘗川彈壓以昭愼重所有園外值班朱車由神機營八旗槍營技勇營遴派員弁兵丁四百二十員名分作六班輪流值宿傳籌支更管理園班公所諭飭各值班營總章京隊官仿照紫禁城朱車章程辦理無論何項官兵夜間籌支傳到卽送勿遲每朱車派出送籌四人執燈引路口傳西虎口號連聲傳遞遇有抽查則以如比傳號無分畛域俾得聲勢聯絡至白晝抽查則以播勤和口號傳遞該官兵仍穿衣冠出外排立呈遞本朱車值班花名清冊用備稽查至　萬壽山　圓明園　頤和園　靜明園一帶街巷堆撥官廳二十所向派漢軍兵丁五十名滿洲三十五名輪流值日今擬漢軍改派八十名滿洲五十名蒙古四十名以期周密而免懈公云

巷伯陳書　○前朝內侍半皆識字通文故能內掌京營外膺雄鎭而恃寵怙恩擅作威福實基於此我　朝有鑒前車凡若輩無取文理僅長但供趨走使令而已昨聞有內奏事處太監寇連才繕遞條陳實所罕聞按寇連才順天昌平州人年二十七歲眉目秀燒文質彬彬十年前曾經入泮不知因何事故投師自宮隋入　內廷學習當差因文理精通書法端楷選入　內奏事處行走謹愼安詳屢蒙　皇上眷注忽於二月十四日欲學徐土真故事繕就條陳十道均關　朝政觸犯　天威當將寇連才交　內務府愼刑司嚴行審訊屢經諸首領太監顲懇　天恩未邀俞允恭奉　諭旨寇連才著卽行處决欽此當經愼刑司於十六日淸晨備文飛咨刑部由山西司一面札飭五城司坊預備監斬棚座公案囚車一面票仰南營鮑參戎速飭菜市西河各汎營弁撥兵赴署承值沿途護解至午刻愼刑司司員將寇連才釘加[illegible]鎖解交刑部點名綁入囚車押赴市曹行刑以昭炯戒並聞寇連才解部時秋曹諸部郞親往儀門看視莫不額手稱爲宦寺第一云

是誠怪事　○前門外煤市街地方於二月十六日淸晨忽來一車上載女屍一具該車夫鞭馬疾馳手忙脚亂若恐旁人覘見者經中城官役聞知迅速追赶當將車夫王二拿獲解送中城司究辦一面帶領吏仵前往相驗驗得該屍係服洋烟毒發身死訊據車夫供稱係由小馬神廟許姓雇載賄囑拋棄云云隨卽飭差前往該處將許某一併拿獲分別管押詳城咨送刑部澈底根究其中定有別情仿明再錄

不愧丈人　○稗官野史載悔婚事每起於婦翁之愛富嫌貧故閱者無不廢書長嘆大罵老奴之無良反是則人皆樂道焉都門某甲者本碩腹賈後裔自勝衣就傳頗能勵志青雲朝夕研讀無如文章憎命時數限人弱冠未博一衿而父母相繼物故家業凋凌致聘妻某商之女摽梅爽約合　無期甲叔某見其貧窶堪憐一再籌商擬令婦翁慨予百金將婚書退還爲兩全之計詎事聞於某商大爲不然慨贈朱提爲膏火之費並赶緊諏吉訂於今春賦天桃焉噫某商固非守錢虜可比而爲之壻者當如何憤勉以對此賢丈人耶

帝心簡在　○舊歲牙山失事希軍帥以東省宗廟陵寢所在恐至震驚當委左翼長帶隊是夜援剿並於津關要隘節節設防及陷平壤棄三韓左翼長果能身臨前敵殉難死綏軍帥知人善任已可概見和議旣成　欽奉　諭旨調授福州將軍客歲來京陛見荷恩優渥京電於二十日上船南下王制軍於日昨派水師砲船三隻輪船一艇恭往迎迓於下午三點鐘抵埠制軍卽於三岔河口西岸跪請　聖安攀談許久乘輿回署軍帥當卽往拜聞暫寓佛照樓小駐不日搭輪蒞新云

制軍牌示　○指分北河試用州判朱　分發北河試用縣丞嚴翼劉朝植定於二十二三兩日自帶白摺三扣來轅聽候試寫履歷毋違切切特示

情殷餞別　◉頭品頂戴二等第一寶星津海關稅務司德璀琳君兩任津關共十餘載整頓商務日異月新一切以和平公正爲懷無論中外商民莫不歌功頌德

當其二次來津適法越有事佐理傳相籌辦條約曾蒙 特旨嘉獎旋有昧於交涉者從中阻撓致馬尾鎮南關不免戰事終歸和好仍不出德君所擬範圍功亦偉矣去歲東韓事起德君首謀撤兵靜觀東之動作當道若果如所議何至兵連禍結遭此敗 及至兵事不堪復冒險徂東探東意向又從中設策俾遂東復還豐功偉績罄竹難書現以傳相出使五國必須忠誠幹練之員相助爲理奉 旨特派德君爲隨使德國頭等參贊行有日矣各西國官紳以德君功著中西於今日晚七點鐘在戈登堂肆筵設席公同餞別洵盛事也頌詞及在座人位容明日再登

告示照登 ○欽命督練新建陸軍袁 爲出示曉諭事照得本督辦恭承 簡命創練陸軍懍遵 諭旨務期帑不虛糜人皆得力凡所用員弁均逐一認眞考查必兢必愼決不使濫竽冒進之輩僥倖托足於其間且本軍人數均有定額薪資亦各有限制其應設各員弁早經調選補足則入己敷用卽額己無餘又何能有額外餉精可以爲安置閒人之處乃近見各處投効員弁紛至 來每日多至五六起値此時事多艱庫帑支絀本督辦斷不敢以萬難籌措之餉移作市恩沽譽之資至本督辦有限之薪公不但不能兼收並蓄養爾衆多之閑員卽分送川資亦實力有未逮況當創辦伊始簡閱考核異常忙碌幾至寢食不遑亦不暇一一周旋概予接見爲此諭爾投効各員弁知悉仰卽迅速他往另謀差事免至流落異鄉其有尚未到營者望卽中止愼毋徒勞往返本督辦諄諄苦口實出於一片至誠爾各員弁倘共諒焉毋違毋忽切切特諭

當頭棒喝 ○海光寺有遊僧百餘傳戒已紀前報茲聞釋家條規與士子科場無異日昨開壇傳戒時在 幡寶蓋下大呼恩仇相報呼畢適有僧人其語喃喃狀類中瘋卽在人前自述先在俗家因妻犯淫於姦所獲姦將婦殺死未暇呈報官府卽行逃去剃度爲僧遺累其父質訟數年饑困自盡述畢卽自批其頰昏不知人噫果爾則冥司果報爲不誣矣何異當頭棒喝

力挽狂瀾 ○子牙河堤工險要之處逐段修築業經開辦日昨有大城縣文武生員數十人在督轅具稟據稱東岸蘇莊一帶數十里屢被水患今雖修補較諸原存基址仍形單薄設遇伏秋盛漲恐不免漫溢之虞生等籲懇督憲垂念民瘼將該處加高培厚俾臻穩固生等一方生靈愛恩無涯矣

光緒二十二年二月二十二十一兩日京報照錄

宮門抄 上諭恭錄前報○二月二十日內務府 國子監 侍衛處值日 無引見 隆廉謝授通政使恩 恩䘵請假十日 鈕楞額續假五日 徐 崇光各續假十日 掌儀司奏二十六日祭 奉先殿派貝勒行禮 召見軍機 良培 皇上明日辦事後至 頤和園 皇太后前請安畢還宮○二十一日理藩院 鑾儀衛 光祿寺 鑲黃旗值日 無引見 麟中堂瀾公各假滿請 安 敬信謝署步軍統領 恩 高賡恩謝授右贊善 恩 克恭請假十五日 椿壽續假十日 召見軍機 皇上明日卯正二刻至 奉先殿 壽皇殿行禮

○○長順片 再查總辦吉林機器製造局記名海關道宋春鰲現已奏奉 諭旨飭辦三姓礦務所遺之差自應遴員接充以專責成查代理該局總辦副都統銜軍機處存記黑龍江鑲紅旗滿洲花翎協領達桂智識過人前年派充該局會辦旋卽代理總辦籌備軍火接濟奉天前敵並吉江兩省操防絕無貽誤晝夜辛勤不遺餘力其勞勤足多其才亦堪勝任所有該局總辦應卽派達桂接充除檄飭遵照外謹附片陳明伏乞 聖鑒謹 奏奉 硃批知道了欽此

天津 麥加利銀行告白

啓者本行資本英金八十萬磅備用股本英金八十萬磅公積英金三十二萬五千磅總行開設倫敦分行在孟買加拉吉打冷宮哪哈亞伯古隆北新埠太平咪登哈來蘭播新嘉坡香港福州上海漢口暹邏濱角包帶維亞沙來伯鴉神戶橫濱等處起首至今三十九年倘有存欵勿論仕商照期起息請來敝行面議敝行兹于正月三十日開張恐未週知特登報章佈告

烏利文洋行

啓者本行開設香港上海三十餘年四方馳名專售各式金銀鐘錶鑽石戒指八音琴千里鏡眼鏡等物並修理鐘表價錢比別家格外公道今本行東家米士得巴克由上海來津開設在紫竹林裕泰飯店旁請　諸君降臨光顧是幸特此佈聞　丙申年二月二十四日禮拜一

比商 艮濟洋行

本行開設紫竹林街專辦各國著名大廠五金雜貨布疋等物及經理比國考克利軍械炮廠又羊毛機器廠各國著名軍械機器各廠貨眞價廉格外公道仕商賜顧者　請至本行面議可也

寄賣

眞正河南西土每兩九七六津錢四百六十文至少賣五兩如買整包格外價廉　古樓東大街聚豐成錢舖謹啟

金陵 仁記南味坊

自製本機元淺京緞甯綢紗縐絨線糟貨食物金腿海味南貨俱全近因錢市漲落不同分別減價抑因無耻之徒假冒南味者甚多雖云謀利誠恐亂眞欲辦薰䐶用煩楮墨寄售雨前龍井每斤津錢一千二百文八百文福建條絲格外公道　開設宮北大獅胡同內

浙杭 元吉永號

本莊自置紗羅綢緞新樣洋辮花素洋布川廣夏貨團摺雅扇南貨頭油俱全祇爲近時錢市漲落不同故而各貨減價開設估衣街中間路北凡　仕商賜顧者無悞特此佈達

天津 順昌永保險車船局

本局專寫輪船客票包運遠近水旱車船貨物行李起飼各項貨物機器木料銅鉛米麥等物代報華洋關稅墊辦應用諸欵定期不悞格外克己貴　官商無論遲早到埠皆有妥人照料一切非他行可比　賜顧者詳認天津紫竹林鐵路公司傍本局門首招牌便是

本局主人謹白

江南 桂蘭齋茶食店

本齋精製拾錦南糖眞素供果嘉湖糕點紹興薄脆八寶京糕異味糕點各種茶食外帶行匣新添拾錦元宵蜜層糕江米糕南北點心無有不精製細做開設天津天后宮南坐西向東便是

二月二十四日銀洋行情

天津九七六錢

銀盤二千六百文

洋元一千八百三十文

紫竹林九六錢

銀盤二千六百四十文

洋元一千八百六十文

二月二十五日進口輪船禮拜二

海晏　輪船由上海　招商局

廣生　輪船由上海　怡和行

二月二十五日出口輪船禮拜二

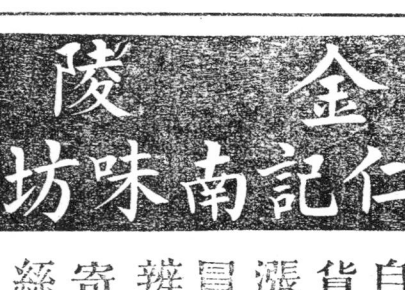

通州　輪船往上海　太古行

直報

光緒二十二年二月二十五日
西歷一千八百九十六年四月初七日
第三百七十號
禮拜二

上諭恭錄

上諭溥齡等奏　普陀　萬年吉地　東西配殿等處應修各工請飭查勘開單呈覽一摺着端郡王載漪禮部尙書李鴻藻恭詣　普陀　敬謹查勘另片奏請派建修理値班房間等語着載漪等一併查勘奏明辦理單片併發欽此　旨永隆現在出差所管廂黃旗漢軍副都統着色楞額署理欽此

清明誌

華歷丙申之二月下浣爲西歷四月初吉於華歷爲清明節氣實當屬三月唐詩云三月三日天氣新又云况是清明好天氣節號清明天氣卽以清明應之令之正天之和也因憶去歲是時陰雨連綿百五韶光鮮占晴旭迨夏初風雪交作海嘯爲災沿海居民迄無寧宇竝兵戎卒罹禍尤酷人事之頓倒天象之愁慘令人不堪回想天人相感理或然歟今者和議旣成復與海上諸邦重修和好人心和於下天心和於上從此息戰爭安耕鑿日之升月之恒其兵氣銷爲日月光乎顧吾思之自來體天出治道貴及時詩所云迨天之未陰雨者其義也蓋天雖無言初不欲乘人之無備故予以猝不及防更不能因人之玩忽竟任其渴不加意特於將雨未雨示其機復需以時以待斯人之自爲地若有意若無意不可謂非天心之仁愛也而善乘天者則當念前車之覆爲後車之鑒君臣一德內外交修旰食宵衣臥薪嘗膽際此閒暇明政刑以蹐富強不當推諉因循以曠廢時日更不當營私撈囊互相擠排啓內患以招外侮也議者每以自强宜效西法悉改舊章開礦務税土藥植茶桑與水利折南漕築鐵路爲急務質之個中當事者則又謂興利宜先除害當此創深痛鉅之下餉項支絀動多掣肘開礦則恐費力而無得土藥税重則恐中土漏卮羣趨於洋利權反爲彼得而我失植茶桑與水利則恐需欵甚鉅無從籌措歷舉往事爲殷鑑折南漕築鐵路則又恐不便於漕倉之局員人役車船旅店之稅易操之過急意外可虞發言盈廷莫聽其咎未嘗不嘆行政難用人更難也齊人有言每以乘勢待時爲立政之要今則時勢可爲而政或不立者毋乃所失在彼而不在此乎竊嘗論之用人難得用人之人則爲難之又難舜舉於畎禹舉於罪人之擧下此如管夷吾孫叔敖百里奚諸人或擧於士或擧於海或擧於市類皆有相士之人心地清明獨具卓識故能求珠於淵取璧於山揀金於沙知之眞信之確毅然推轂銳然自任其責成用以相得益彰較之　國家設科名嚴甄拔一試再試者反能取有用之眞才收得人之實效自古開創大有爲之世何莫不然所謂方以類聚物以羣分也然而知人則哲唯帝其難降至叔季志氣清明如兩漢之諸葛武鄉侯猶失於馬　宋之歐陽公猶失於王介甫則此外更何論也雖然賢者之過如日月之食過則皆見更則皆仰天下後世無不共諒其無他以爲如浮雲蔽空雖有少翳而其清明之體昭昭自在非若爲利之徒貪緣標榜附勢趨炎羣相煽惑陰闇迷天無益於國有害於民也爲名之徒又或以別戶分門各持意見偶有不合則相爭如虎並無暇計及於公事之有濟與否漢之黨人明之清流國敝身亡實堪痛恨是則君子之過實與小人相去無多然或時際清明閒暇無事猶不至傾覆立見也惟取人以財不以才則當日以財進身異日必以財僨事其大較也春秋傳曰國家之敗由官邪也官之失德寵賂彰也昔道光初相國□節兩粵以受賄六萬金賣法見笑於洋商洋商□乃大言曰吾以爲中國宰相總管如天帝如尊神不知若何威重豈料總治得六萬金耳

由是洋商遂易視華人而無所不恣其意矣道光至今爲歲不遠成案俱在父老猶存悉其事者稍能歷歷追述令人聞之胆寒毛竦大抵自來興利除弊之事一敗於貪再敗於巧能令清明之志氣一變爲彼昏而不知可歎也昨讀新聞報載日人大興臺灣之利計全台礦務與所收正雜各欵稅每歲約可得四千萬金夫台灣固我　國家割與東瀛而台民實以餉糈不守者也宜所產不足相贍矣胡爲一入東瀛手頓變爲銅山金穴耶因思席豐履厚之子承沃產累千金服御之奢罕有其匹及人事多物力耗計所出以量所入毫髮無餘甚或大有所浮猥以恒產可恃漫不爲意迨值荒歉用有不敷其於生息之計莫展一籌而僕婢冗人飲食之饕竊之彼且以爲體面所關難減毫末遂不得不割棄血產還若弁髦敝屣焉而艱難辛苦發迹者獲其尺寸之餘以爲憑藉則勃然興矣其事雖小可以喻大不然台之地入東瀛瞬息事耳非必有十年生聚也其鐵路礦務諸舉亦屬中國所夙講而未獲厚利者則其先之畏難苟安因循推諉夫何待言耶雖然台之利自昔著名商固知之官亦無不目爲優缺涖斯士者饕橐亦無不充牣胡爲肥於家而瘠於國廢於昔而獨興於今耶人力之施與不施人心之盡與未盡其職司之貪與不貪趨避之巧與不巧無庸過問亦不必過問而曠時廢日有負清明能不爲之痛惜哉

雖死猶榮　○日前由　內務府愼刑司解交刑部出斬太監寇連才一名已列前報茲聞該內侍有胞弟寇某在前門外琉璃廠松竹齋南紙店司事據友人傳云前數日寇連才告假省親卽在家靜坐握管搆思撰作條陳數道議論時政得失旋經伊父詢悉再三勸解謂太監自有分內差使何必越職言事自蹈危機寇連才聽伊父訓戒雖默默無言而揆其情形大有百折不回之勢迨由里返都赴　內廷銷假伊父尾隨其後寓居客棧暗聽消息詎寇連才果將所擬條陳呈遞　天顏震怒立命處決迨行刑後伊父認領屍身備棺成殮抬回故里安葬聞近日風憲諸公知伊弟在松竹齋爭向該鋪中索取原擬底稿大半軼失矣約記數條　第一條謂　皇上不應赴昆明湖盤遊逸樂　第二條謂修築鐵路糜欵妨民　第三條謂言官受賄妄指評害其餘尤多切直觸犯之語嗚呼國家養士二百餘年而犯顏直諫竟出自寺人彼唯阿取容者不當愧死耶

善作疑陣　○西便門外東馬廠土地廟內舊有古槐四株粗可數十圍日前忽來匪人十餘名手持鋸斧彝入廟內肆行砍伐其勢頗兇住持突出不意正在四顧張皇乘間闖入禪房搶劫一空分投逃逸當赴西城坊報案飭差緝獲匪棍陳二一名解案訊究諒餘黨不難指獲也按匪黨意在肆刧而紛紛伐樹何爲蓋賊智最　前此故作疑陣使人不防故得負篋擔囊飽欲而去也

唐突臥龍　○步軍統領衙門會同五城察院嚴拏綽號土匪以靖地方業經列報茲於二月十七日宣武門內龍泰軒茶社有賽諸葛龐五坐地軍師張二青皮張三活閻王傅六等呼朋嘯侶在該社敲詐茶客聲勢洶洶主人恐釀事端向前排解詎活閻王傅六等謂吹縐一池春水底事干卿喝令黨羽燃放洋槍茶博士汪某被擊傷勢甚重報經該管官廳拏獲賽諸葛龐五等三名解交步軍統領衙門轉送刑部按律懲辦惟活閻王傅六在逃聞已劄飭五城營汛一體緝拿務獲懲辦矣

葛藤悉斷　○月之中旬京都兵部窪地方有婦女兩人招搖過市比至化石橋喝令停車中有瓜字初分垂髫少女匆匆下車投某宅中而去車夫伺候既久竟不復出詢問該宅亦云未見當卽回稟主人蓋奔月嫦娥實宗室某之康成詩婢也某遂索償於該宅住戶某甲之妻並報官廳看管詎該婢入某宅後復行越墻逃遁踽踽獨行至崇文門內經官廳盤詰知係背主潛逃當被扣留知照失主具領而某甲之妻遂獲釋放否則纏擾葛藤竟成疑案矣

直藩牌示　○雞澤縣知縣錢錫　調補東明縣知縣遺缺擬以新海防遇缺先補用知縣張道源請補　新授易州理事通判文琦頒憑來省飭赴新任　調署靜海縣管河主簿張炳炎因銀錢所經手事件暫緩赴任遺缺詳委河工試用巡檢閻壯圖署理　承德府知府崇祥丁憂遺缺詳請以永平府知府福謙調補　升補東路同知王言昌奉部議駁另　以東安縣知縣劉仲　升補　順天府漢學教授石常宗保升國子監博士遺缺詳請以保定府教授于宗瀚調補滄州管河州判李樹才升署北岸四工上汛涿州州同遺缺詳請以清河縣管河縣丞胡國楨升署

一筆千秋　○前署理海關道黃花農觀察報丁內艱已紀前報今卜於三月初二日發引預於月之二十九日恭請制憲王夔石大帥點主　太夫人徽音淑德久洽三津又經制憲大筆鴻題俎豆馨香千秋生色

未免輕生　○大口李寶之子昨日服毒身死報官詣驗提訊屍伯李六供稱因無嗣曾繼近支姪爲子已死者係屬無服遠支時來爭繼兄弟二人於十五日口角相爭經人理處自覺羞愧因行短見云云當將李六押候覆訊如何結案訪明再登

激濁揚清　○郡城附近居民每將穢物傾入城濠以致壅塞不通諸多未便查向例每屆春融由縣署發價招工挑濬以備夏秋宣洩雨水嗣設立工程局凡地面工程由局經理於是挑溝一節委員查勘責令巡兵監視未免草草了事經前督憲念及津地人烟稠密城內並無多井而距河較遠設遇火災緩不濟急因飭由茶店口設

立機器將河水引入城濠旣可以濟不時之需而激濁揚清居民不受穢氣免患疾病誠爲盡善盡美詎近年挑濬不深溝底亦未展寬雖引入河水所受無多何勿入經淤淺現當挑濬之際可否派委妥員詳細查勘一律疏通則公私兩便矣

瞎眼偷兒　○三道金溝地方有楊大來者小本營生家無長物固不足當梁上君子青眼也乃於二十四日夜半正酣睡間竟有無眼偷兒撥門入室屋中物件檢點一空復將夫妻同蓋之被掀捲而逸大來驚醒赤體不能追趕惟聲喊有城鄰人起視已無踪影大來夫妻亦條條不能出門惟大罵偷兒瞎眼而已

監守自盜　○江蘇海運局某委員之僕偷銀一千餘兩三八爪分腰纏十萬作騎鶴上揚州之想因就近在侯家後尋花問柳該委員當卽報案緝捕未獲後被他人看破知會捕役隨卽抓獲二名送縣懲辦不知如何定案探明再報

更正報字　○昨登情殷餞別一則內今晚之今字係明字之誤蓋二十五日午後七點鐘也

一噴一醒　○金陵訪事人函云金陵城北鼓樓一帶人烟稀少前日有二童子在路旁毆鬥一已十四五歲一齒尙穉約在十歲光景不知因何事故穉者指手辱罵以致稍長者大怒順手捽其髮辮抑仆於地略鬆手穉者卽趁勢躍起取地上瓦礫反擲之恰中頭顱腦破血流當卽氣絕而倒穉者懼而狂奔經街鄰攔住查問正在喧譁之際來一老頭陀上前閱視遽謂無妨可從老僧取藥來卽向香蠟店索淸水一杯漱口半晌扶起傷童噴激其面上該童立覺凉沁心脾不復痛楚頭上血已止而口且合矣於是衆方嘖嘖稱異釋稱竟使去欲代謝老頭陀則已大踏步直行不顧人急尾之一轉瞬杳無蹤跡究不知其從何處來從何處去也

無謂烟景　○藉湖市面向來徽浴兩產爲多今則以廣商爲最蕪地自新關開設以後輪船往來廣商惠然肯來絡繹不絕卽以廣商計之則以潮州人爲夥或作竹布染坊或開烟館幾于鱗次櫛比高懸廣商字樣如陡門巷之合成游三合等烟室則皆飛閣流丹層樓煥采陳設旣精生涯亦廣凡有烟霞之癖者莫不麕集於斯登斯樓也吞雲吐霧一榻橫陳凡屬商民均以是爲識貨之所烟寮之設因此盛矣乃廣商人民旣衆聲勢益張凡登樓吸烟者卽如本地之流氓亦不能短少分文而遽爲債台之下是以本地之烟館亦藉廣商之勢爲榜樣不知藉勢凌人殊爲可笑彼有芙蓉癮者誠自貽伊戚哉

或有憑焉　○湖州孝豐縣塘埠地方有客民草棚數座所養耕牛均繫於路旁前日有一甲背負父袋得得而來內有一牛迎前將角亂撞甲逃避不及腰間撞穿一孔血流如注傾倒於地旋經客民瞥見上前趕救已不知人事啟視父袋內盛牛肉數十斤將往別處變賣於以知牛之所以撞彼者因嗅其腥而然也急令人舁至其家醫治未識有無性命之憂否說者皆以爲宰牛之報然乎否乎

光緒二十二年二月二十二日京報照錄

宮門抄　上諭恭錄前報○二月二十二日吏部　翰林院　正黃旗值日　無引見　大綸騎續假五日　召見軍機

○○長順片　再時局艱難人才爲重上年曾奉　諭旨飭令中外臣工保薦奴才不敢蹈徇私之咎亦不貽蔽賢之譏謹就平日所歷試而後知者再四細察查有准補長春府知府現任賓州廳同知謝汝欽器識閎深體用兼備尤能勤政愛人光緒十四年該守以知縣揀發到省派辦蠣蜓河賑務將餘欵修濬溝渠永除水患歷署五常伊通伯都訥各廳州暨署吉林府任內捐廉課士並賑饑黎淸釐積案練團捕盜所至士民愛戴曾當飭任臥輸攀轅奴才因其獲盜有功於十九年彙獎出力員弁案內請俟補知府後以道員在任候補現在賓州本班尤以安輯流民爲事上年該廳致匪乘間竊發輕車馳往擒獲首要解散脅從數百隱彌禍患衆民頌之又有候補知府楊同桂才識傑出通達經權博覽羣書留心時事光緒十六年該守以同知投効吉林奴才曾以人才保奏奉　特旨留吉補用上年委署長春府知府正値軍興舉辦團練修城築圍訛言四起而地方安堵如故且辦事明敏在任年餘百廢俱舉捐廉募勇獲盜七十餘名去任時士民遮道泣送循聲爲之大著以上二員似皆可任重致遠者可否由奴才給咨送部引　見恭候　量材擢用之處出自　聖主鴻裁謹附片陳明伏乞　聖鑒　訓示謹　奏奉　硃批謝汝欽楊同桂均着交吏部帶領引見欽此

○○楊昌濬片　再陝西甘肅等省展設電線於光緒十六年由九江商電局飭調領班候選縣丞王楷赴甘泒司電報學堂正教習成測量生多名按報生三十餘名派現甘涼等局領班及新疆南北兩路局房値報各生均能勝任頗著成效嗣於十八年五月病故差次查甘省官電創辦伊始風氣未開該縣丞來甘兩載有餘教授學徒不辭勞瘁以致積勞身故情殊可憫合無仰懇　天恩俯准飭部照積勞病故例從優議卹以慰幽魂而昭激勸出自　逾格鴻慈謹附片具陳伏乞　聖鑒訓示謹　奏奉　硃批吏部議奏欽此

拍賣告白

啟者本月二十七八兩日卽禮拜四五下午兩點鐘在德國領事官內拍賣桌椅床褥各樣磁器料器花瓶地氈銀器玩物各色洋酒洋鏡外國家俱等件於二十六日午後二點鐘先早來細看祈是日面拍可也

集盛洋行謹啓

養性園公司於本月十八日在戈登堂會議會登告白布告是日公同議定將養性園產業售與跑馬會所有在股各東請自四月十三日起持票至高林洋行向總理人莫林處收取股銀可也　養性園公司謹啓

玆因去冬十月二十後輪舟止行至今正月驚蟄節輪舟進口各物南北交往通行暢旺敝處所寄　字林滬報　新聞報一年四季永不隔斷冬季由旱道來報寄費太重多出脚力若干亦未能向閱報　主多取餘利念日常之道惟有京報附張均尙存積上海當日言明春後必補現今新滬兩報附張并臘月初一日新聞報附送鐵道圖一律補寄不失當日之信　諸君遍攬敝處經手各樣報紙別無遺漏風雨照常購閱何樣報紙賜函分送不悞代寄各種書籍　各種畫報　西字層報　新聞報代送申報　本津直報　各有可取逐意　台覽

天津府署西三聖菴西直報分處梁子亨敬施送刀瘡藥　敬惜字紙

元韓農先生精地理實业省中第一名師先曾爲僕等修理　先塋後果捷南宮領鄉荐效驗捷於影響爰登報端爲富貴中人作先路之導焉現寓河北義昌祥洋布舖

靜海劉汝驥劉福田周士選謹啓

比商 亘濟洋行

本行開設紫竹林街專辦各國著名大廠五金雜貨布疋等物及經理比國考克利軍械炮廠又羊毛機器廠各國著名軍械機器各廠貨眞價廉格外公道仕商賜顧者　請至本行面議可也

寄賣

眞正河南西土每兩九七六津錢四百六十文至少賣五兩如買整包格外價廉　古樓東大街聚豐成錢舖謹啟

烏利文洋行

啓者本行開設香港上海三十餘年四方馳名專售各式金銀鐘錶鑽石戒指八音琴千里鏡眼鏡等物並修理鐘表價錢比別家格外公道今本行東家米士得巴克由上海來津開設在紫竹林裕泰飯店旁請　諸君降臨光顧是幸特此佈聞　丙申年二月二十五日禮拜二

浙杭 元吉永號

本莊自置紗羅綢緞新樣洋辮花素洋布川廣夏貨團摺雅扇南貨頭油俱全祇爲近時錢市漲落不同故而各貨減價開設估衣街中間路北凡　仕商賜顧者無悞特此佈達

天津 順昌永保險車船局

本局專寫輪船客票包運遠近水旱車船貨物行李起卸各項貨物機器木料銅鉛米麥等物代報華洋關稅墊辦應用諸欵定期不悞格外克己貴　官商無論遲早到埠皆有妥人照料一切非他行可比　賜顧者詳認天津紫竹林鐵路公司傍本局門首招牌便是

本局主人謹白

江南 桂蘭齋茶食店

本齋精製拾錦南糖眞素供果嘉湖糕點紹興蓮脆八寶京糕巽味糕點各種茶食外帶行匣新添拾錦元宵蜜麻糕江米糕南北點心無有不精製細做開設天津天后宮南坐西向東便是

二月二十五日銀洋行情
天津九七六錢
銀盤二千六百文
洋元一千八百三十文
紫竹林九六錢
銀盤二千六百四十文
洋元一千八百六十文

二月二十六日出口輪船禮拜三
海晏　輪船往上海　招商局
廣生　輪船往上海　怡和行
西安　輪船往上海　太古行

二月二十六日進口輪船禮拜三
盛京　輪船由上海　太古行

直報

光緒二十二年二月二十六日
西歷一千八百九十六年四月初八日
第三百七十一號
禮拜三

折漕議

事緣義起本無成例之可拘誠以理有固然勢有必至也然而非其時則弗成故曰聖人之功時爲之庸時哉時哉天乎人乎而感時事者嘵嘵置辯當時事者一若罔聞非無聞也聞之而無奈例何也例何例初則依乎理繼則成於勢理一定而不移勢積重而難返害不極則利不興知其不可而爲之事之當任於人者也爲之不可而姑待之時之當聽於天者也如　國家議折南漕一事政之急務理之衆著者其利害孰不洞明何待縷陳乃縷縷陳之而猶不可行者積勢使然非理之有所不可也查南漕抵通每米一石須耗銀二十餘兩上以漏卮過鉅擬改折南漕並擬裁撤漕運等官下其事於各直省督撫將軍限兩個月妥議具奏已奉　上諭而議者以京師米貴爲慮竊以爲米穀之價官買則其價必愈買愈貴商買則其價雖貴仍必終賤何也商買則東買而西賣官買則一買而不出也且當其買也選工若干潑撒若干舟車偷漏之餘採糶使水比及兌倉米已變色變味再加以倉中雀鼠之消耗鬱蒸之糜爛其不成米形者則棄如泥沙其存米形者已多非正味在京師食慣者猶資以供饔飧其不慣食此及窮有餘資者則以所領之米轉售米舖闆每石或僅易銀兩許向年京師內外倉所存漕米紅朽者第存其數於庫籍所堪支發者新米而已且久居京師在官者往往預向舂米碓房中任意支取錢文以供揮霍比及領米則以應得俸米甲米之票給舖作抵米之好歹價之高低但憑該碓房一言在官者名爲食米實有未曾見米者不過費國家二十餘兩爲易在官之兩許銀耳何益於　國何益於官各省有　州縣其收　也百弊層出賄賂公行無非　民膏　國帑以邀獎敘而已其中之弊舉國通知無能禁者積習然也從來有一例即有一弊不生於法中則生於法外法中者易見法外者難稽也收　之弊上所禁者浮收耳不能禁其擇米也其米應否篩揚米不能自言交米者不敢力爭也上所察者斛面耳不能察其後先之抑勒也而差役與劣紳計遂行乎其間民不畏有形之浮收而畏無形之勒索則不得不以情晌從事矣故州縣每一鬪　須受荐條若干謂之　館否則地方無不鬧　館者何劣紳干荐條於上意以食州縣之乾俸者也其自上上下下同視　爲利藪以收　者爲利徒固大張明較著者也州縣則以所收之　規奉什一於上餘則飽其私橐焉其起運也凡　艘南北聯一停泊處賭廠戲局妓館烟林茶樓酒肆無籍不號銷金所銷者何　國家之米而已一旦改折則在官者無所得自無所用試觀　艘所不及與過而不留之處則生意蕭條其驗也故一議改折則若輩譁然或舉勝國末造裁撤驛站致驛卒導賊爲鑑事固當慮但果行之有道正未可以概論也一視行之者何如耳大抵法制更變之初每萬難於創立之始創立則利害未形但能持必爲之志一意孤行則所往莫禦若夫更變之際則人人狃於故智成見未融百口莫喻持政柄者必秉性公忠才敏學純識老能察幾能致決當乎其時不避嫌怨不動聲色若虞之機若秤之錘一撥立發一比立準人不及覺局已定事已成法已變矣否則欲更向例動輒驛騷困若泥中之鬥獸奚益也嘗考　法之變自昔已然事皆因時安所謂例三代以前任土作貢無　也自秦穆輸粟於晉自雍及絳吳伐齊開溝于刋自江達淮始皇攻胸奴使天下輓粟飛芻轉輸河北漢蕭何轉山東之粟以給中都　之運實始于此光武中興省官節用因罷護　都尉官唐都長安地所產穀不足以給因仰東南之運設水陸發運使其後　倉之制日增宋有四河以通　運元都幽去江南極遠其轉運則用海道雖時有漂溺然

視河運則費省而利多矣明成祖遷都北平以海運多覆溺陸路復重爲民困因疏會通河以通運乃罷海運爲支運兌運長運綜明之世始而海運繼而海陸並運繼而支運兌運乃終爲由河長運迄凡數變夫各有所當也我　朝初因明制道光間以黃河屢決運道維艱疆臣乃議吏海運及咸豐初粵匪事起議者或罪及海運殊屬附會然兵燹後運艘盡廢有不改爲海運不能者惜其時無力持海運之說者並　運中冗員大加裁汰焉然較之往年則不裁自裁者多矣時爲之也自是而河之民船與海之沙船並行各省及津通運局倉場之委員司事凡有與援者近水樓台爭先得月縱稍遜於昔之河運然較他項人員猶爲優差何優乎爾多得錢也其爲私謀則善其爲公謀之善不善何須過問哉自往年有改折之議西報便云此事如果屬實則中國每歲可省銀六百餘萬兩某諫官於是有裁缺之奏議誠善矣而諸臣之以米貴爲詞者或默默中別有權衡將相時而動勿使受累者造言生事姑於改折之議口非而心是之乎不然若徒以米貴爲慮則輪船載米較之沙船既多且速商輪載米較之官輪既妥且省豈當事者未計及耶局外閒談固不敢以蠡測直撓　國是也

懲一儆百　○日前欽奉　密旨交拿人犯薛寶珍卽薛八張雲集卽張春祥趙永第卽趙曉亭等業經步軍統領衙門按名拿獲解送刑部飭製湖廣司審辦旋經該雲附大司寇派秋審處詳細鞫訊實係被人妄糾取保開釋嗣經訪聞有西河沿元亨金店李新之等賄買摺奏妄行指糾業經票仰北城司坊嚴拿李新之聞風遠颺各情疊列前報昨經刑部覆奏恭奉　上諭前據御史蒲松奏匪徒滋事一案當經步軍統領等衙門嚴拿送部究辦嗣據給事中端良奏該御史所參各犯均係商人並無不法情事復交刑部秉公嚴訊茲據該部奏稱審明張春祥等確係商人並非匪類蒲松所參各節毫無實據端良於奏旨交查之件未經明發何以先代商人剖辨且與該商等供詞如出一轍蒲松挾私糾參端良受人囑託均請予以處分等語言官糾參事件豈可挾私受託妄行陳奏此案蒲松憑空參奏明係挾私端良於未經定案之先遽爲剖辨亦顯有受託情事實屬有玷台班端良蒲松均着卽行革職以示懲儆欽此已見邸抄嗣經訪聞蒲松端良雖聽居風憲平日結交匪類常在前門外烟花隊裏作樂流連匪徒以蒲松端良爲護身符而蒲端卽以匪徒爲錢樹子當蒲松具奏之先經李新之黃八張老西邀在前門外元興堂飯莊飲酒會商賄買摺奏指糾者共計十五人約定賄欵四百金卽於次夕在東四牌樓東口同和樓飯館如數交淸次晨果有　密旨嚴拿似此誣害平人眞可謂通神術矣端良亦素與著名匪徒粗頭王三往來交結聲名狼籍鄉人所共知故總憲遇有要差不敢派充此次代商人剖辨且係密旨未經明發之案顯係受人囑託洩露機密一經發覺後悔何追本館所刊皆係據事直書言者無罪聞者足戒惟望風憲諸公礪廉隅戒情賄如黃河清如顧獨坐斯可矣至在逃之黃八張老西經刑部票仰五城嚴拿未識能否弋獲俟訪明再錄

異名同質　○强學書院前經封閉疊列前報茲聞某太史暨諸京官聯名呈請重整舊業改名官書局業經總理各國事務衙門奏請欽奉　上諭總理各國事務衙門奏新設官書局請派大員管理一摺着派孫家鼐管理欽此已見邸抄茲聞擇於三月初間照舊開辦矣

直藩牌示　○署張家口同知吳崇偉署事期滿遺缺以保定府同知謝慶揚調署所遺保定府同知委飭任山海關通判夏詒垣署理　遵化理事通判雙印發升員外郎遺缺委候補理事同知通判松溥署理　平谷縣知縣鍾德輔告病遺缺以大挑試用知縣燕調綍請補　無極縣余金　病故遺缺以新海防分缺補用知縣王開運請補　大城縣管河縣丞宋愼懷革職遺缺以河工大挑知縣林際平借補　臨榆縣石門寨巡檢周之瀛病故遺缺委試用典史趙念邦署理　東鹿縣縣丞李光熙丁憂遺缺詳請以常捐候補儘先縣丞黃路堂咨補　順德府訓導王楫稚升獲鹿縣教諭遺缺委試用訓導李駿署理　河間府經歷王纘彬捐升離任以知府用遺缺詳委試用縣丞成緒署理　定州吏目蔡廷栻病故遺缺詳請以鄭工試用州吏目李毓琦咨補

源源而來　○江浙海運　粮每屆仲春起運來津制軍於月之上旬派委司道數人監督其事日昨有呈報制軍淸單江蘇已到白米七千石　米六萬三千石浙江已到白米七千五百石　米一萬八千石不日抵通交兌將見太倉之粟陳陳相因祿米軍粮源源接濟矣

地不愛寶　○茲據官場傳述山東省有人在某山採有鉛礦曾經李大中丞核計礦雖實有衰旺尙未可知一經開辦除局員薪水工人口粮而外爲利亦屬無多當卽據實奏明曾奉　旨由部議覆仍行試辦李中丞再四籌思恐將來被累不堪擬奏請告假回籍此係傳聞未知確否照有聞必錄之例姑行照登

狡兎三窟　○張喜山者向在軍營辦事出外日久音信毫無妻梁氏疑爲物故且乏養贍遂改嫁於某營弁嗣營弁奉差南省押解軍火病於半途梁因逾期不歸往詢該弁之同行者告以病重梁氏自揣定係病斃伊等不肯實告耳又煩某甲作媒嫁與某局弁爲妻過門月餘而前夫張喜山返里洞悉前情赴縣將營弁指告初不知其又嫁局弁也比及票出適患病之營弁來津隨票到堂訴明實情當卽改票添傳越三日局弁及梁一併遞案堂訊時兩弁均係五品頂戴問官微笑謂君等固翎頂翹然者竟娶有夫之婦律有明條知耶否耶二弁叩頭據稱實不知情係爲媒媼所誑大令加恩免究因飭前夫張喜山將妻具領仍舊安度張固不願再收覆水卽梁亦未肯破鏡重圓矣遂判將該氏發交官媒估價變賣應候賣後領價二弁取保所有聘禮卽傳媒人追還云

見縫少挫 ○本埠腳行恃衆逞兇屢釀事端昨雜糧店街中口與下口腳行因爭鈕西集發來麥石起衅狐羣狗黨各集三四十人不等甫經出隊尚未接仗經該管汛弁探知即率勇目抄拿己紛紛作鳥獸散但各拏獲七八人聞己送縣請究矣

瘋僧遁辱 ○凡事之不近人情者鮮不為大奸慝通邑大都尤所不免昨城西南隅有赤足披髮瘋僧自命神仙以符水治病口中喃喃譫語莫辨無知者指為羅漢化身能避刀兵水火並有缺唇男子代為背負行囊手持銅鑼募化香資正在高喧佛號時有五六童子見此頗狂模樣戲謔交加該僧應以惡語童子大怒擲瓦飛磚勢如雨落適中頭顱大聲呼痛迨經傍觀排解而該僧己委頓不堪矣似此情形神仙之說然乎否乎有識者幸勿為所惑也

殃及傍人 ○西頭北閣前施爸夫婦將胞弟施二雙睛挖去己紀前報旋聞訪事友云施姓正挖眼時鄰右爭來探視有張爸者年五十餘突見施二血流被面兩目無珠狀如奇鬼大吽一聲猝然倒地昏不知人衆人急抬回家巳氣絕矣又有某姓人亦在場觀看但覺毛骨森然汗流浹背回家後寒顫大作一閉眼便見施二直立面前至今猶未愈云

合浦珠還 ○湖郡南門外蔡罪鎮某甲盜買一女為妾巳紀前報嗣經歸安縣丞英靜堂二尹得悉情由於前月十五日飭差拘訊甲供出洋一百十六元向江北人買來面該處地保稟稱甲是販賣巳售得洋一百六十五元因女不願大聲呼冤事始敗露二尹准稟飭提該女對核女供年十九歲巳聘未嫁家住無錫北門外胞哥在蘇州某衙門充當差役女於前日由蘇州回家雇得江北船以為熟識無礙當付洋一元囑其趕赴無錫不料受其拐騙載至蔡罪鎮轉賣該甲不問情由出洋一百十六元買來作販女因早巳受聘不願更嫁求鹽二尹得供當即稟明歸安縣陳大令於二十四日立提某甲訊認不諱隨飭押候究辦女令官媒看管俟其家屬來領至二十六日女之胞兄果投縣認領而去至甲之販賣與江北船之拐騙如何辦法俟有續聞再登

好善樂施 ○天津工程總局代收山東義賑所有諸大善士樂助銀錢洋元當經陸續登報茲又有第二十二起馬隊營夏海門助湘平銀六兩蔣維珍助銀四兩牛卓如辛佐廷潘亮臣鄭道齋尹廉臣無名氏各助銀三兩紀秀山聶寶堂鄭博齋各助銀二兩但該區被災甚廣尤望樂善諸君大發慈悲慨然解囊大聲疾呼廣行勸募則本局心香一瓣謹代災民九頓首而祝之焉

光緒二十二年二月二十三日京報照錄

宮門抄 上諭恭錄前報○二月二十三日戶部 通政司 詹事府 正白旗值日 理藩院引 見十四名 鑲黃滿八名 廂白漢十五名 鑲藍滿十一名 洪貝勒由 東陵回京請 安 吉恒假滿請 安 色楞額謝署鑲黃漢副都統 恩 潤貝勒請假五日 召見軍機 張蔭桓 皇上明日辦事後至 頤和園 皇太后前請安後駐蹕

○○張汝梅片 再准戶部咨具奏裁減勇數一摺奉 旨依議欽此鈔錄原奏咨陝欽遵辦理臣遵查陝省幅員遼闊東南界連川楚西北壤接回蒙匪徒出沒地廣人稀彈壓巡防全資勇力所有從前酌留之防練各軍屢經前撫臣等整頓裁併在營本屬不多各籍更無虛數平時扼要駐紮巳覺周布為難上年甘回不靖陝省警防益不敷分布遂定以剿為防之議將北上遣回之永興永定兩軍及何建威所帶撫標防軍兩營先後遵調赴甘助剿因回氛不戢鳳翔後路空虛不得巳奏請添募豫勇五營來陝駐紮當奉 諭旨允准是陝省勇力不足久在 聖明洞鑒之中今奉 飭裁減營勇就陝省情形而論目前甘肅軍務未竣防範宜嚴前敵各營軍裝餉糈絡繹於途散勇游兵往來無定固須節節護送在在巡防即將來軍務完竣而各路軍營撤回本省莫不取道陝西仍須隨處彈壓均屬有需勇力所以陝省營勇不特現在遽難裁減即甘回甫平亦不能立行議裁必俟各路軍營一律遣回之後方可酌量辦理臣與善後局司道再四熟籌委屬即時未能遵辦用敢據實陳明仰懇 天恩俯將陝省裁減營勇之處容俟甘回平定陝軍凱旋各路軍營一律遣撤後由臣嚴加簡閱汰弱留強酌量裁減再行奏明辦理總之但可裁減即當遵行斷不敢稍涉因循致糜餉項所有陝省營勇請緩裁減緣由謹附片具陳伏乞 聖鑒 訓示謹 奏奉 硃批着照所請該部知道欽此

○○直隸布政使司布政使臣王廉跪 奏為恭報微臣到任日期叩謝 天恩仰祈 聖鑒事竊臣在安徽布政使任內蒙 恩調補直隸布政使奉飭後東裝北上於月十五日行抵天津正擬遵 旨入都 陛見嗣接直隸總督臣王文韶行知以 奏奉 諭旨飭令先行赴任暫緩 陛見臣遵即馳抵保定省城於二月初三日准兼署直隸布政使臣季邦楨派員將直隸布政使司印信文卷移交前來臣當即恭設香案望 闕叩頭謝 恩祗領任事伏念臣一介庸材早承 寵遇十年詞館外擢分巡陳臬事於三湖忝權疆寄綰藩條於入皖移任 邦畿溯 歷之有年沐 恩施之逾格查直隸地居首要藩司職在宣承風俗視吏治為轉移教養宜呈實效牧令以長官為表率鑒別貴有真知以及察餉之稽覈尤在權衡乎出納如臣檮昧懼弗克勝惟有益矢靖共力圖報稱勤求治理期物阜而民康整飭官常俾小廉而大法舉凡利興

除弊用人理財隨時隨事稟商督臣認眞經理撫艱難之時事勉竭菲才苟 高厚之鴻恩冀酬寸效所有微臣到任日期並感激下忱理合恭摺叩謝 天恩伏乞 皇上聖鑒謹 奏奉 硃批知道了欽此

浙紹名醫朱鈍翁先生術高望重寓彌勒菴

失物告白

敬啓者本月念六日早六點至六點半鐘敝行洋東步行往跑馬場在路上失去金表一個金鍊一條金錢一個倘有拾得此物送回者必當厚謝決不食言 世昌洋行謹啟

養性園公司於本月十八日在戈登堂會議會發告白布告是日公同議定將養性園產業售與跑馬會所有在股各東請自四月十三日起持票至高林洋行向總理人莫林處收取股銀可也 養性園公司謹啓

拍賣告白

啟者本月二十七八兩日卽禮拜四五上午十點鐘在德國領事官署內拍賣桌椅床褥各樣磁器料器花瓶地氈銀器玩物各色洋酒洋鐙外國家俱等件於二十六日午後二點鐘先早來細看𣂷是日面拍可也 集盛洋行謹啓

比商 亘濟洋行

本行開設紫竹林街專辦各國著名大廠五金雜貨布疋等物及經理比國考克利軍械炮廠又羊毛機器廠各國著名軍械機器各廠貨眞價廉格外公道仕商賜顧者 請至本行面議可也

寄賣

眞正河南西土每兩九七六津錢四百六十文至少賣五兩如買整包格外價廉 古樓東大街聚豐成錢舖謹啟

烏利文洋行

啓者本行開設香港上海三十餘年四方馳名專售各式金銀鐘錶鑽石戒指八音琴千里鏡眼鏡等物並修理鐘表價錢比別家格外公道今本行東家米士得巳克由上海來津開設在紫竹林裕泰飯店旁 請 諸君降臨光顧是幸特此佈聞 丙申年二月二十六日禮拜三

浙杭 元吉永號

本莊自置紗羅綢緞新樣洋辦花素洋布川廣夏貨園招雅扇南貨頭油俱全祗為近時錢市漲落不同故而各貨減價開設估衣街中間路北凡 仕商賜顧者無悞特此佈達

天津 順昌永保險車船局

本局專寫輪船客票包運遠近水旱車船貨物行李起卸各項貨物機器木料銅鉛米麥等物代報華洋關稅墊辦應用諸欵定期不悞格外克己貴 官商無論遲早到埠皆有妥人照料一切非他行可比 賜顧者詳認天津紫竹林鐵路公司傍本局門首招牌便是 本局主人謹白

江南 桂蘭齋茶食店

本齋精製拾錦南糖眞素供果嘉湖糕點紹興薄脆八寶京糕異味糕點各種茶食外帶行匣新添拾錦元宵蜜㸃糕江米糕南北點心無有不精製細做 開設天津天后宮南坐西向東便是

二月二十六日銀洋行情

天津九七六錢
銀盤二千五百九十七文
洋元一千八百二十五文
紫竹林九六錢
銀盤二千六百三十七文
洋元一千八百五十五文

二月二十七日出口輪船禮拜四
海晏 輪船往上海 招商局
廣生 輪船往上海 怡和行
西安 輪船往上海 太古行

二月二十七日進口輪船禮拜四
盛京 輪船由上海 太古行

直報

光緒二十二年二月二十七日　第三百七十二號
西歷一千八百九十六年四月初九日　禮拜四

上諭恭錄　變通鹽法論　咨呈戶部　戶部大火
罪應加等　情極難堪　疏濬支河　幸獲拯救
估航水匠　洋務風聞　勒贖棄屍　抄賭結局
人不與聞　貞烈可風　客何爲者　紙鳶飛去
京報照錄　各行告白

啓者本館售報需人如有情願承辦者至本館帳房面議可也

本館告白

上諭恭錄

上諭敬信等奏戶部衙門內顏料庫科房不戒於火延燒大堂等處請將吏役人等送交刑部審辦並請將堂司官分別議處一摺本月二十二日亥刻顏料庫科房失火延及戶部大堂南北檔房等處至二十三日寅刻撲救止熄共計延燒房屋八十餘間當月筆帖式桂斌學習主事蕭樹昇司務廳住班筆帖式錫元未能小心防範桂斌竟未在署住宿着交部分別議處戶部尚書敬信翁同龢侍郎張蔭桓剛毅陳學棻着一併交部議處餘著照所議辦理欽此　硃筆　硃筆戴恩溥補授工科掌印給事中欽此　硃筆着洪良品署理山西道事務欽此

變通鹽法論

古之時定一例行一事志在便民而已不求利國也而實則便民卽所以利國自言利之臣出持籌握算析及秋毫一錙一銖搜羅淨盡公利也而私據之百姓之便與不便則一切置之度外焉然雖曰損下猶可以益上也雖曰瘠民猶可以肥國也朝廷喜其生財取其足用踵而行之可已倘損下並不能益上瘠民並不能肥國則未有不思變計者而終不能變計何也如今行鹽之法大有不可解者我　朝設立鹽場諸官及一切章程節目大半沿有明之舊而加詳焉悉載鹽法誌中姑勿深考試卽其大槪言之天下產鹽之地多矣要莫盛於沿海諸省產鹽之地謂之灘灘有灶戶以時晒鹽售之商人運赴引地接濟民食作法之初未始不便於民也然旣取便民何弗令民自便乃居是縣者必食是縣之鹽市之他縣則曰私居是鄉者必食是鄉之鹽市之他鄉亦曰私犯者送官視所犯多寡爲罪重輕往往傾家破產其不便於民者一也十六兩爲一斤天下通行也乃該店私定法碼每斤多則十五兩少或十四兩除接和泥水外不過僅得十三兩一較低昂惡聲相向鄉愚忍氣吞聲敢怒而不敢言其不便於民者二也偶値邊疆肇釁直省偏灾　朝廷因庫欵支絀飭諭衆商捐納暫濟要需必酌量所捐數目增長鹽價一二文限定日期作爲抵欵及欵已償完而所增之價遂不能再減是捐者有限而償者無窮其不便於民者三也然不便於民果有利於國乎鹽包大小各省不同卽長蘆而論定制不過五百六十餘斤乃往往賄託鹽場大使私做大包暗加一二百斤不等納課甚少獲利甚多其不利於國者一也鹽一包爲一引每引課銀不過七八錢鹽店買鹽價値雖有參差大槪計之每包可値十兩有餘除國課滙費而外約可賸銀五六兩其利可謂厚矣而每屆上課挪舊換新不無拖欠其不利於國者二也總計各省鹽課爲數固屬不少而官司之俸養去其半吏役之工食去其半種種開銷所餘有幾是鹽務一途　國家獲虛名而商人居實惠其不利於國者三也更有甚者利之所在衆所必爭梟匪私販聚夥成羣人命重案屢見迭出藉非調營彈壓必至釀成巨禍細思其故無非爲區區課稅而生轇轕耳倘將鹽課一項不取之商而取之民則於民有益於國無傷一切葛藤悉化烟雲矣查州縣徵收錢糧名曰地丁是納丁於地也地旣可以納丁獨不可以納鹽課乎計各州縣鹽引不足當錢糧十分之一十分加一民力不難籌辦然鹽課雖按地畝加入而實不照地畝同科偶遇荒歉錢糧停免鹽課不准停免以人之不能一日廢鹽也各灘所產鹽斤與糧石一律商賈自行販運價値則隨時低昂關卡則酌加課稅所有鹽務中吏悉行裁撤如此則庫欵分毫無

損而俸養工食可省數十百萬錢糧雖畧加增而食鹽價減其益頗足相當況鹽價漸平無利可爭梟匪亦化爲良民矣此其大畧也至於細微曲折則尤在當事者之臨時斟酌耳

咨呈戶部 ○順天府爲咨請事案准東城察院咨送六吉紙行張子方即張銀塘控星記等四家紙行藉口埸差私行抽用等情一案前經本衙門將人犯飭發前任祭治中審辦旋據祭治中以移查糧驗案據並無紙行自運之貨應否仍交行用及紙行如何取用定章詳請咨查示覆當經咨明請示嗣准　貴部覆稱查本部現行則例並無官設紙行之外仍准商人自運自賣而不交行用及仍交行用暨紙行如何取用專條此案應如何核定之處仍由順天府辦理等因並准東城察院以復據張銀塘稟控此案過府四月星記等把握有權治憲祭一味袒護要案久懸等情將原呈移送到府復經劄飭現署林治中秉公研訊比例核斷詳覆去後茲據該廳以星記等舖抗違不遵核定比例斷結詳請咨部請示前來相應抄詳咨呈　貴部請煩查核林治中訊斷情形是否允協希即核示過府以資折服而息刁訟望速施行須至呈者

戶部大火 ○都門友人來函云二月二十二日夜時交三鼓街前看街兵聒嚷紅籌忽而荒纙肆起披衣起視祇見東北方火光熊熊燄氣上冲探得戶部署內失慎由儀門內迤北顏料匣科房起火毗連承發科督催所鑲藍旗正黃旗正紅旗鑲紅旗科房現審處司堂南擋房暨大堂稿匣北擋房大堂司農坐落公所監印處司務廳陝西司承平科飯銀處銀匣匣柵皆被焚燬當經前門內南御河橋崇正水會東安門東安水會西安門西安水會中城前門外大柵欄義善水會煤市橋同義水會王府福斜街同善水會東月墻治平水會鮮魚口善平水會東城崇文門外花兒市崇善水會南城新開路普善水會三里河廣仁水會西城彰儀門大街同仁水會北城琉璃廠安平公所騾馬市與善水會虎坊橋成善水會諸善紳前往竭力撲救比時敬子齋翁叔平大司農暨副金吾前往彈壓至天曙時回祿君始行收燄返駕共計燒燬房屋三百數十椽較與咸豐九年間農曹所遭回祿形勢稍輕所幸堂司印信鐵箱一隻內貯各國和約條欵及借洋欵合同均行搶出並聞銀庫幸經各水會暨總稅務司赫德携帶洋水龍二具保護始獲無虞惟廣仁水會水夫某甲因軋激機桶手忙脚亂致將頭顱軋碎當即斃命所有當月司員司務廳住班司員均干例議並聞敬子齋翁叔平大司農等已據情奏報　上聞自請議處矣至堂官辦公之所業遭魚池之殃查照咸豐九年成案暫以廣東司堂作爲堂官坐落之所至失慎之值宿書吏應如何懲辦之處俟訪明再錄來函所稱若此今日邸抄已明降諭旨遭焚者八十餘間與此所述數目不符想傳聞之誤耳

罪應加等 ○日前南城官媒管押曹周氏身死業經五城會驗究出坊官有受賄託情弊疊列前報嗣經續問東城吏目楊昌壽與原告王某係屬結盟經刑部在訊王某己將前情和盤托出迨部行東城察院飭傳楊昌壽到案詎該員自知罪無可逭欲棄官逃走幸城憲火速查拿未被走脫已解交刑部供認不諱即將楊昌壽收禁專摺奏請革職歸案聽刑審訊矣似此官商朋比爲奸起意嚇詐實屬有意威逼致釀命案諒法律森嚴定當從重治罪也

情極難堪 ○行役爲人生至苦之境無論爲名爲利背鄉井別親屬僕僕道途風餐露宿情况已莫能堪若途中再遇刁惡棍徒假公濟私貼車貼船欲行不得欲住無貲即九幽十八獄亦無異此寃苦也昨有友人金某來京云由德州乘船至津路過南皮交河兩縣之轄境名曰泊頭鎮有船行焉係商民所設凡經過船隻無不勒索錢文口稱縣署有票貼船當差給錢多者放行不給將船扣住友人恐悞行程勉與兩貫錢得以挂帆下駛當時見有貨船兩隻竟不與錢該船行竟將所有貨物拋擲河濱坐客之行李亦爲泥污與之理論詈罵罔聞噫無怪該處諺云甯過閻羅殿莫過南交二縣也行役之苦可勝嘆哉

疏濬支河 ○東局地近引河河身因淤日窄現在桃汎奔騰而至漲溢衝途途爲梗現由局憲據情稟明制軍已飭親兵副營撥三成隊前往疏濬於二十四日動工矣

幸獲拯救 ○昨晚宮前渡口一人失足落水聞係某營投遞文報者幸遇該處停泊小船猛救未占滅頂然文件包裹已浸潤中濕矣

估航水阨 ○閘河伊始水勢驟漲多不及防昨閘下有船二隻同時沉沒一係汴省南運引鹽一係紅白糖及口　聞鹽船係由鹽船局代雇不知已否認賠已肇訟端浮家泛宅者尚其慎諸

洋務風聞 ○中國與日本議和後所有中國碼頭指明通商處所並准開展租界茲由官場傳述天津議及日本租界地方係由紫竹林迤北至馬家口一帶爲東洋租界未知確否姑照有聞必錄之例以覘其後再聞洋行友人傳云上海各洋行多有議及將行移在天津者未知是何意見合併錄之

勒斃棄屍 ○西頭教場東道溝有一無名男子不知被何人勒斃棄屍該處曾列報端茲訪悉勘驗情形合再錄登此案係由該管地方岳得勝報經有司勘驗該溝係屬乾溝寬數尺深二尺該屍仰臥傍有腰帶一根該地方稱此腰帶在頸上纏繞結有死扣是小的解下望其鬆縛氣轉之意遂量其藍布腰帶長一丈有餘其髮係用青絲辮線亦繞於項上並未結扣該屍年約三旬以外身穿深藍布小棉　深藍布棉褲月白布　帶帶上串有紅面青邊兜肚口袋一個內有　火半盒兩腿繫有藍細布

帶白襪青布鞋詳細勘驗並無傷痕委係被人勒死後棄屍該處驗畢填格飭該地方殮埋迄已日久尚未緝獲正兇究未悉致死緣由也

抄賭結局　○張某在三甲地方開張水舖招集無賴聚賭爲該管汛兵偵知據實上稟於二十四日午後汛弁率勇抄拿同賭某某並張共六名犯起獲賭具私汛旋經和事老爲之緩頰免究云

人不與聞　○河東白影壁迤南西局胡同內王姓子刀傷姊妹等五名口經地方報案及起事情由均經列報茲該犯之父投呈據稱身子素有瘋疾乞勿追究是以該犯迄未到案現於二十六日午前該犯因傷殞命其母姊妹刀傷竟尙無恙該處地方段永慶於瘋犯死後據實稟報官驗與否俟訪續錄

貞烈可風　○蘆庄細民丁二者以苦力爲生家有一母一弟娶妻某氏極賢淑善針黹去冬二以推車誤軋人死至今繫諸囹圄詎其弟覬㛐美私商其母欲學傚象故事毋溺愛不明竟聽其言再三向該氏勸駕氏立志不從於望間某夜率其次子將氏痛毆氏已有七月身被毆墮落因而受風一日數次昏迷經氏母告知其壻於次日乞歸省視適氏昏去喚醒歷述所遭復又氣閉二痛哭而去如氏之貞烈可以風矣

客何爲者　○有外客張琴軒自都城來津至紅橋下雇手車兩乘一拉物一拉人行至北浮橋因鬧關擁擠拉物之車乘便拐逃張遂下車追趕徧尋不得詎車夫素慣偷竊其情形破捕　破扭住根究車夫語塞捕擬扭以送案張客適至將物一一指認檢點相符捕將同客赴縣稟辦張客以有急務赶程南下不願送縣情願厚謝捕役更代車夫乞情見者咸謂客爲仁厚車夫爲不幸之幸客何爲者有何急務耶

紙鳶飛去　○清明節前後兒童爭放紙鳶亦不知不識時一樂事也相傳此事肇於梁武帝在台城被侯景所圍特造此以通外援者後人遂效爲之以乎明時多羊角風可以扶搖而上故兒童相率迎風施放仰望空際恍惚如天半朱霞雲中白鶴者皆是也不意往往肇禍昨據杭垣訪事人函云城內柵橋地方有土山一座高約三四丈俗名狗兒山本月十四日天氣晴和有頑童四人携紙紮美人一具在彼爭試高下是日東風大作線盡而風力愈狂一時不能收下一吳姓童年最長約十六七歲兩手持線忽爲封姊截斷吳猝不及防遂致傾跌頭觸於石血流滿面他童急告諸其家隨命人舁之而歸聞所傷甚重未識能保全性命否耶

光緒二十二年二月二十四日京報照錄

宮門抄　上諭恭錄前報○二月二十四日禮部　宗人府　欽天監　正紅旗值日　無引見　濟貝勒八額駙各假滿請　安　桂公等前往南苑請　安　澤公明桂各續假五日　碩照續假十日　吏部奏派驗看月官　派出徐中堂長萃陳學棻坤岫榮惠裕德楊頤薩廉洪良品富亮龐鴻書李念兹胡燏棻恩普蔣式芬阿錦　禮部奏派行耕　禮之三王九卿　派出睿王莊王怡王長萃立山陳學棻坤岫榮惠李端棻鳳鳴許應　吉昌　遜來祁敬信　又奏派磨勘試卷　派出松、剛毅清銳松安

召見軍機　皇上明日辦事後由　頤和園還宮

○○鹿傳霖片　再江北廳同州吳震人尙誠實惟於該廳人地不甚相宜石柱廳同知劉廷恕老練明達堪以調署江北廳篆務所遺石柱廳缺卽以吳震對調署理尙堪勝任據藩臬兩司會詳前來除檄飭委分別遵照外理合附片具陳伏乞　聖鑒再該員劉廷恕吳震各任內均無經手未完展參及承緝盜刦已起四參案件合併聲明謹奏奉　硃批吏部知道欽此

○○魁福片　再查科布多粮餉章京候選主事奎烜於光緒十六年十二月初二日到科任事之日起連閏扣至十九年十一月初二日期滿因經手事件未完會經奏留一年並請以主事卽用照例歸部銓選等因奉　旨允准在案旋屆留駐一年期滿該員辦理經手事件尙未就緒復經奏留一年今據該章京稟稱自留駐之日起連閏扣至光緒二十一年十月初二日止又屆期滿所有經手事件辦理完竣稟請奏換前來查該員奎烜旣屆期滿經手事件辦理完竣自應准加所請惟所遺粮餉章京一缺職司粮餉責任匪輕相應請　旨飭下該部照例揀選通曉滿漢文義之員令其來科布多接辦現擬派妥員先行署理卽便給咨該員回京歸部候選理合附片具陳伏乞　聖鑒謹　奏奉　硃批該部知道欽此

金陵 仁記南味坊

自製本機元綫京緞甯綢紗縐絨線糟
貨食物金腿海味南貨俱全近因錢市
漲落不同分別減價抑因無恥之徒假
冒南味者甚多雖云謀利誠恐亂眞欲
辦薰蕕用煩楮墨
寄售兩前龍井每斤津錢一千二百文八百文福建條
絲格外公道 開設宮北大獅胡同內

失物告白

敬啓者本月念六日
早六點至六點半鐘
敝行洋東步行往跑
馬場在路上失去金
表一個金鍊一條金
錢一個倘有拾得此
物者送回必當厚謝
決不食言
世昌洋行謹啟

元皡農先生精地理實北省中第一
名師先曾爲僕等修理 先塋後果
捷南宮領鄉薦效驗捷於影響爰登
報端爲富貴中人作先路之導焉現
寓河北義昌祥洋布舖
靜海劉汝驥劉福田周士選謹啓

比商 良濟洋行

本行開設紫竹林街專辦各國
著名大廠五金雜貨布疋等物
及經理比國考克利軍械炮廠
又羊毛機器廠各國著名軍械
機器各廠貨眞價廉格外公道
仕商賜顧者 請至本行面議
可也

德商元亨洋行

本行專辦
進出各口
貨物今開
設在法界
鐵路公司
西首特此
告白

烏利文洋行

啓者本行開設香港上海三十餘年四方
馳名專售各式金銀鐘錶鑽石戒指八音
琴千里鏡眼鏡等物並修理鐘表價錢比
別家格外公道今本行東家米士得巴克
由上海來津開設在紫竹林裕泰飯店旁
請 諸君降臨光顧是幸特此佈
聞 丙申年二月二十七日禮拜四

浙杭 元吉永號

本莊自置紗羅綢緞新
樣洋辮花素洋布川廣
夏貨團摺雅扇南貨頭
油俱全祇爲近時錢市
漲落不同故而各貨減
價開設估衣街中間路
北凡 仕商賜顧者無
悞特此佈達

天津 順昌永保險車船局

本局專寫輪船客票包
運遠近水旱車船貨物
行李起卸各項貨物機
器木料銅鉛米麥等物
代報華洋關稅墊辦應
用諸欵定期不悞格外
克己貴 官商無論遲
早到埠皆有妥人照料
一切非他行可比 賜
顧者詳認天津紫竹林
鐵路公司傍本局門首
招牌便是
本局主人謹白

江南 桂蘭齋茶食店

本齋精製拾錦
南糖眞素供果
嘉湖糕點紹興
滷脆八寶京糕
異味糕點各種
茶食外帶行匣
新添拾錦元宵
蜜糕江米糕
南北點心無有
不精製細做
開設天津天后
宮南坐西向東
便是

二月二十七日銀洋行情
天津九七六錢
銀盤二千五百九十七文
洋元一千八百二十五文
紫竹林九六錢
銀盤二千六百三十七文
洋元一千八百五十五文

二月二十八日進口輪船禮拜五
新裕 輪船由上海 招商局
盛京 輪船由上海 太古行
和生 輪船由上海 怡和行

直報

光緒二十二年二月二十八日
西歷一千八百九十六年四月初十日
第三百七十三號
禮拜五

上諭恭錄　答客論致富　火由性起　狗盜復聞
稍贖前愆　咎由自取　鐵路開工　市猶有虎
津埠市情　窮寇勿追　夜夜須防　訪新遇舊
險入污泥　各收利權　開局鑄錢　米珠薪桂
厦市蕭條　西電彙登　京報照錄　各行告白

上諭恭錄

旨芬車現駐南苑所管鑾儀衛鑾儀使着奕功署理欽此　旨色楞額現駐南苑正紅旗護軍統領着阿克丹署理欽此　旨桂祥現駐南苑所管廂白旗漢軍都統着裕德署理扎拉豐阿所管正藍旗蒙古都統着懷塔布署理欽此　旨芬車現駐南苑所管右翼前鋒統領着彭壽署理欽此　旨色楞額現駐南苑所管鑲黃旗漢軍副都統着蘇魯岱暫行署理欽此

答客論致富

客有問於愚曰致富以勤乎以儉乎愚曰勤儉並重儉尤重客曰以某觀之爲政之道致富在勤不勤則財無所生皮之不存毛將安附儉何能爲昔熊繹啓疆荆楚箴之曰民生在勤勤則不匱是民生之匱不匱亦惟視乎勤不勤儉與不儉無與焉且唐俗儉嗇禍急風人刺之山樞葛屨諸詩可考也愚曰讀古人書當先置身其地子輿氏曰是以論其世也是尚友也又曰說詩者不以文害辭不以辭害志以意逆志是爲得之嘗取春秋傳綜核民生在勤之文其上爲篳路藍縷云云不言儉儉固已在至山樞葛屨諸詩非刺其儉特刺其儉不中禮耳蓋儉爲美德聖王化民成俗務本崇實之要義昔衛公子荆善居室孔子稱之其善何在善在苟而已矣苟者儉也君子無所苟獨於居家則以無所不苟爲美美其儉也客曰君所言者持家之瑣務某所詢者經邦之大猷當此時局艱難餉項支絀北有俄南有法東有日本西有英德無不爭收利權眈眈內視其自強之道無非興鐵路開礦務理商政其富也其勤也台灣自入日人之手其操練工作專事認眞開築鐵路由新竹而彰化直抵大甲溪皆雙路工人數萬分隊程工每隊千人日築若干里不少怠其舟車往來交易之稅合正雜各欵每歲約得四千萬金其間金煤礦及樟腦各項利更靡涯台固猶是昔台也昔之遲日而利不興今則不日而與者非勤與不勤之明證乎愚曰僕非謂富得於惰也特以徒勤而不佐以儉則張皇幕倣步繁則趨而蹶漏卮益多勤且恐不如惰矣昔衛懿好鶴鶴乘軒有位祿奢靡過度爲狄滅文公徙居於楚邱大布之衣大帛之冠務材訓農通商惠工敬敎勸學元年僅三十乘季年乃三百乘以勤致富實以儉致富國猶家也今猶古也何莫不然邇來萍梗偶滯雲津居近紫竹林下杏花邨一帶爲環地球五洲瀛海客估帆商輪所集百貨雲駢利所在人蠹趨攘往熙來無少寧處乃嘆天覆地載中自開闢以至今日天下國家之局爲通工易市中一大會場今之津埠則日中市也就市中人而叩其所業業各殊察其所志志無二惟一求食而已矣其人之仕商傭工者無論貧富無不勤勤則獲食即河堧扛舁之夫與行棧揀鬃擇毛之人以及拉洋車拽地扒者計工受值無不日得津錢數百或千餘兩三千文不等其得錢多寡率以勤惰爲差勤則得錢日多宜以日富乃有終歲勤動比至霜雪既零堅冰在地身無完裳室無旨蓄腹轆轆未嘗一飽猶復東馳西突摩頂放踵終日奔波曾不敢少安一息者何其愈勤而愈貧愈貧而愈勤耶及詳察之乃知諸無袴公皆有劉盤龍之癖盡日以身爲牛爲馬夜則據墻隅簷下席地購火而聚賭日之資夜一擲而捐之或不足則貸轉子錢爲抵轉子錢者其利極重每日一轉一收錢凡數轉則本利相均併本利亦均收拾去貧漢一負此債雖有賭勝之候償清貸欵斷難望囊橐之充其前債未償後債復續者比比也故其

人雖勤而終貧　此稿未完

火由性起　○火柴創自歐亞而後流及中華較之擊石生光鑽木取火詢有霄壤之別性急而火烈雖適於用亦未甞無害於事也昨聞二月十七日夜間阜城門內宮門口地方某姓婦以與家人因端詬誶手取自來火一匣向窗隙擲之意在稍示閫威不料天氣旱乾火從匣中突出竟爾炎炎烈燄燃着窗紙上透茅檐登時卽有燎之方揚不可嚮邇之勢家人等乃異常惶急立持銅盆報警始經附近水會頃刻撲滅免羅焚如實不幸之大幸也

狗盜復聞　○書紀旅　曾作珍奇之貢易占小畜允符家室之亨犬之爲物其用亦彰彰矣故世人愛惜之豢養之而匪徒必欲殺之何哉日來前門外香廠一帶有不識姓之甲乙丙三人僞爲肩擔背負之儔往來通衢隘巷間用藥餧犬經好事者見其日凡數過查出破綻相約尾隨覘之卒至雙廟街人烟萃集之區率衆圍拿當場搜出死犬七隻毒藥數包抓送練局求員懲辦惟聞半途乙丙二人竟乘間脫逃僅餘一匪未經遠颺其是否惟利是嗜抑係與梟客爲伍恐驚寵吠故必置之死地耶一經研詰或不難得確情也京師地面從前此等事大半以王三湯錨爲逋逃淵藪今此事安知不又爲王之醜類耶冀有司盍雷厲風行以除之

稍贖前愆　○二月二十一日刑部安徽司由獄提出斬梟盜犯賈四孟玉卽小孟王四賈八張永山等五名又福建司由獄提出斬梟賊犯劉順卽周元一名均於點名後綁入囚車撥派五營弁兵沿途護解至宣武門大街瑞露居酒館門首盡量同飲賈四指要好酒一斤盃一吸而盡且行且唱迨行至市曹仍唁唁不絕行刑後將首級六顆裝入木籠懸杆示衆蒙犯官葉軍門志超購棺木六具將屍盛殮抬往彰儀門外掩埋以免暴露噫軍門此舉澤及枯骨前此失律喪師之咎其可稍贖一二與

咎由自取　○凡省會之地街道必須寬展車馳馬驟乃足以壯觀瞻而便行旅居戶店鋪斷不容其得尺則尺得寸則寸況都門重地何得稍有侵佔也昨聞崇文門外地藏寺街某藤花鋪因門面所擺桌案有佔官街經巡視街道察院將鋪主張某重責四十板交東城坊管押聽候訊辦咎由自取夫復誰尤錄之以爲貪佔官地者戒

鐵路開工　○胡大京兆奉　命創修津蘆鐵路二百餘里其工甚巨鳩工購料丈地募夫均已齊備開於二十五日業經開工先修大橋四座小橋數座水溝十餘道工竣卽平治道途添車二輛經之營之自必不日成之也

市猶有虎　○採訪人云昨有一少婦隨一男子由塘山乘火車來津至河東西方菴後土棍某某等疑係拐來婦女卽將少婦搶至鍋夥內該男子與衆土棍理論云我送婦來此地毋家歸寧汝等不信我找保人來此可以放我等走乎衆棍云你出保人亦須給我等銀錢方准你走云云後不知少婦走否俟訪再報

津埠市情　○本埠爲水陸通衢互市以來商賈雲集貿易興盛雖連年荒歉而生意尙爲興旺茲聞本年自新正迄今又新開舊廠三家錢鋪十七家尙有議定未曾開市者六七家又新設米鋪十家並且上年洋行凡辦毛貨者俱獲厚利聞禪臣洋行以毛貨得利五六萬金是以刻下錢行中多有合股開設洋行亦以毛貨爲最惟草帽辮子現在價賤利微新泰興行上年賠銀約在萬金然綜本埠生意而統計之則視昔頗加興盛云

窮寇勿追　○河東于家廠某米鋪棧房屯積糧米夜則有人巡守晝則鎖其棧門昨忽有二人扭鎖進屋將糧米偷出二三石未及走脫被一鋪夥來棧撞見大呼賊卽逃走該鋪夥尙欲追趕衆鄰云旣未破財卽屬大好運氣窮寇可勿追也

夜夜須防　○侯家後萬聚魁洋貨磁氣鋪昨不知開罪何人見其棧門首拋信一封拆視云你等留神我不下幾日用火藥十斤給你放火別無可云該鋪從此夜夜遣人於其各棧房內巡更以防不測云云年年防賊夜夜防賊信哉

訪新遇舊　○王玉堂者長安道中人也於前年隨某官遠遊迄今方歸行至院中見房已易主甚爲詫異問同院內人現移何處據稱已爲伊母滑氏接去及赶赴馬房莊探視並無踪影不得已反津徐行查訪多日無耗不料昨同友人作狹斜遊在某堂中隔簾見一麗者花嬌柳媚對客笑語細視蓋其妻也王且忿且慙抽身而去當卽赴縣投呈未知作何辦理訪明再登

險入汚泥　○昨有洋車拉一幼女年約十餘歲在小道子東頭行走如飛該處有好事者趙某見形迹可疑將車攔住究詰車夫適從何來將欲何往據稱前行者卽雇車人一問便知趙高聲呼住其人並不回頭鼠竄而去始知此女被拐及問居趾姓氏噤不能言當卽將女留住放車使行隨倩人在街市敲鑼聲言有失幼女者可向某處認領噫倘非趙某好義一朶青蓮花不將陷入汚泥耶

各收利權　○重慶友人來函云渝城擬創設棉紗公司由招商局葉三保向前任關道黎新任關道張兩觀察稟請撥動官本銀十萬兩委天順祥執事人李耀廷招商局執事人童芹和集股復由巴縣賓大令邀請紳商會議制軍鹿復出示曉諭約以願添鉅本者二十五年內他人只許入股不許分開云○漢口友人來函云月前廣司馬在善後局領得銀票三萬紙鄂銀三萬圓於二月初三日會同官商聚議每票一紙鄂銀一圓永遠准換錢一千鷹銀不在其例錢盤與鄂從同遂將鄂銀及票交付鈞

大昌等錢莊承領分爲百股每家分票二百紙銀三百元旋於初九日照常開市兌換○杭州友人來函云防軍局開爐鑄錢經藩憲委候補縣朱大令赴滬買銅茲已運解到杭矣○江西友人來函云署江藩翁方伯創立蠶桑局係因瑞州府江太守倡辦蠶桑著有成效特仿行之並調取瑞產桑秧數千株飭丁栽植云

開局鑄錢　○金陵銀洋價值日見跌落省垣各大憲以錢價日低由於制錢缺少之故思有以補救之督憲劉　帥札令江甯藩司趕緊籌集鉅欵鼓鑄制錢藩憲瑞苐侯方伯現已遵諭籌撥九八銀二十萬兩以爲鼓鑄之資卽委幹員赴　購辦鑄錢機器以及銅鉛等料一俟辦運來甯卽行開鑄按機器鑄錢每日能出制錢入十餘千粵東著有成效金陵不日開鑄錢源轉瞬卽可流通又聞瑞方伯以設局鑄錢縻費必多擬附於南門外製造局內開造云

米珠薪桂　○金陵自入春以來米價日貴已紀本報茲接白門來信知該處米價之昂有加無已上熟米每担漲至英洋五元五角有零次熟亦需五元左右推原其故由於河水淺涸鄉米轉運維艱兼之江安糧道不日將解京米是以米價日增至柴船亦因水淺難行價值亦較前爲鉅數米而食數柴而炊者何以堪此

厦市蕭條　○去年茶商因台灣初割均以奇貨可居雖有微利不肯卽售至今春無人過問各商爭先脫貨每担照往年價跌十餘元統計厦門茶商共虧本銀二十餘萬之多在牛莊生理載黃豆進口銷售者亦失本銀十萬有奇故厦島華商去年無不吃虧加以瑞祥錢店倒閉不肯遵章結算償還雖有地方官究追而屢次延限商情可怕如此刻下涤水茶商尙不知倭人章程均不敢湊本辦貨想必別有一番整頓矣

西電彙登　○拊佗得公司已請英政府在於角省發援兵五百往剿布路衞由矣茲聞英政府將發五千人速往角省以備不測○通布路衞由之電綫已被割斷○支邦政府新借之五厘洋欵已在倫敦柘靈兩處廣爲籌措矣○埃及辯駁之事經法議院感慨論定後政府以爲是者計有九十六人○耐爾河戰事需築秀發京至嚴巴克一小段鐵路之工料已於烏爾未渠備辦矣○太晤士報謂總理屬國事務大臣乾伯類恩寫一極嚴正之公文與檀總統克魯格迫其敕由提滿得司之寃且論不列顛有抗阻之權紮乙見復云云○德日兩國通商置領事之約業經批准矣○義國在開塞之守兵被困甚急以分响之助忽得衛出戰勝敵兵得非穴司五千人得兵傷夷頗重義兵則所失無幾也○得非穴司現已前進距亞加塢不逾二十英里矣

光緒二十二年二月二十五日京報照錄

宮門抄　上諭恭錄前報○二月二十五日兵部　太常寺　太僕寺　鑲白旗值日　無引見　睿王肅王等由　東陵　西陵回京請　安　端王李鴻藻前往　東陵請　訓　譚貝子恩濤各請假五日　鈕楞額續假五日　卓公請假十日　巴克坦布續假二十日　兵部奏派驗放水師砲位　派出恩澤訥欽泰　又奏派考驗軍政之大臣　派出麟中堂熙敬阿克丹涵貝彭壽希朗阿英信春齡　召見軍機　端王　李鴻藻

○○總管內務府謹　奏爲奏　聞請　旨事恭照道光十年八月奉　旨嗣後織造等每屆一年期滿着內務府大臣具奏欽此又於咸豐四年十一月經臣衙門奏准嗣後三處織造奉　旨簡放之日起予限六十日卽令到任自到任之日起扣足在任一年由臣衙門先期奏　聞請　旨等因在案查江南織造常山由愼刑司員外郎於光緒二十一年正月二十六日奉　旨補放江南織造該員於光緒二十一年四月二十日到任按到任之日起扣至光緒二十二年四月十九日係屬一年期滿理合先期具奏可否更換之處伏候　諭示遵行爲此謹　奏請　旨奉　旨已錄

○○頭品頂戴兼護湖廣總督湖北巡撫臣譚繼洵跪　奏爲恭報微臣交卸兼護督篆日期仰祈　聖鑒事竊臣前准部咨光緒二十年九月初十日內閣奉　上諭張之洞着來京陛見湖廣總督着譚繼洵暫行兼護欽此嗣本任督臣張之洞欽奉　諭旨署理兩江總督臣接湖廣督篆將兼護日期恭摺　奏報在案前准咨部光緒二十年十一月十八日奉　上諭劉坤一回兩江總督本任張之洞着回湖廣總督本任欽此現張之洞業已交卸回鄂臣卽於正月二十八日謹將　欽頒咸字十五號湖廣總督銀關防一顆並　王命旗牌十面杆副暨文卷等項飭委武昌府知府李方豫督標中軍副將熊朝鑑齎送本任督臣張之洞接收臣卽於是日卸事除循例恭疏　題報外所有微臣交卸兼護督篆日期理合繕摺具　奏伏乞　皇上聖鑒謹　奏奉　硃批知道了欽此

○○邊寶泉片　再臣承准軍機大臣字寄光緒二十一年十月十八日奉　上諭戶部片奏光緒二十二年內務府經費擬撥銀兩請飭依限完解等語着該將軍等於來年開印後陸續交納仍限六月前解到一半十二月初間掃數解清不准稍有蒂欠等因欽此並准戶部單開閩海關常稅銀十萬兩此款全數徑解內務府應用咨行遵照前來伏查閩海關常稅奉提內務府光緒二十二年分經費銀兩業於常稅　題銷案內聲明照數提出另行發商批解茲謹將前欵先行提出五萬兩備具文批給交號商源豐潤新泰厚承領定於正月二十八日由省起程解赴內務府投納除分咨查照外謹附片具陳伏乞　聖鑒謹　奏奉　硃批該衙門知道欽此

○○長順片　再查上年十月間奴才因伊通州知州書端辦案草率將其調省察看遺缺遴員前往接署業經附片具奏在案嗣奴才派員訪查書端辦結之原番情形尙無錯謬時値封篆未及奏明茲將該牧派在發審局審辦重案一時未能回任應請先行銷去察看字樣謹附片陳明伏乞　聖鑒謹　奏奉　硃批知道了欽此

告白

養性園公司於本月十八日在戈登堂會議會登告白布告是日公同議定將養性園產業售與跑馬會所有在股各東請自四月十三日起持票至高林洋行向總理人莫林處收取股銀可也

養性園公司謹啓

失物告白

敬啓者本月念六日早六點至六點半鐘敝行洋東步行往跑馬塲在路上失去金表一個金鍊一條金錢一個倘有拾得此物者送回必當厚謝決不食言

世昌洋行謹啟

元暐農先生精地理實北省中第一名師先曾爲僕等修理　先塋後果捷南宮領鄉薦效驗捷於影響爰登報端爲富貴中人作先路之導焉現寓河北義昌祥洋布舖

靜海劉汝驥劉福田周士選謹啓

比商 亘濟洋行

本行開設紫竹林街專辦各國著名大廠五金雜貨布疋等物及經理比國考克利軍械炮廠又羊毛機器廠各國著名軍械機器各廠貨眞價廉格外公道仕商賜顧者　請至本行面議可也

德商元亨洋行

本行專辦進出各口貨物今開設在法界鐵路公司西首特此告白

烏利文洋行

啓者本行開設香港上海三十餘年四方馳名專售各式金銀鐘錶鑽石戒指八音琴千里鏡眼鏡等物並修理鐘表價錢比別家格外公道今本行東家米士得巴克由上海來津開設在紫竹林裕泰飯店旁請　諸君降臨光顧是幸特此佈聞

丙申年二月二十八日禮拜五

浙杭 元吉永號

本莊自置紗羅綢緞新樣洋𦂳花素洋布川廣夏貨團招雅扇南貨頭油俱全秪爲近時錢市漲落不同故而各貨減價開設估衣街中間路北凡　仕商賜顧者無悞特此佈達

天津 順昌永保險車船局

本局專寫輪船客票包運遠近水旱車船貨物行李起釘各項貨物機器木料銅鉛米麥等物代報華洋關稅墊辦應用諸款定期不悞格外克己貴　官商無論遲早到埠皆有妥人照料一切非他行可比　賜顧者詳認天津紫竹林鐵路公司傍本局門首招牌便是

本局主人謹白

江南 桂蘭齋茶食店

本齋精製拾錦南糖眞素供果嘉湖糕點紹興薄脆八寶京糕異味糕點各種茶食外帶行匣新添拾錦元宵蜜層糕江米糕南北點心無有不精製細做開設天津天后宮南坐西向東便是

二月二十八日銀洋行情

天津九七六錢

銀盤二千五百九十七文

洋元一千八百二十五文

紫竹林九六錢

銀盤二千六百三十七文

洋元一千八百五十五文

二月二十八日進口輪船禮拜五

新裕　輪船由上海　招商局

圖南　輪船由上海　太古行

和生　輪船由上海　怡和行

直報

光緒二十二年二月二十九日　第三百七十四號
西歷一千八百九十六年四月十一日　禮拜六

上諭恭錄

硃筆張百熙補授國子監祭酒欽此　上諭步軍統領衙門奏續獲交拿人犯請交部歸案審辦一摺所有正陽門外觀音寺地方棍徒糾衆械鬥案內續獲之毛興李三李全益張二楊六韓盛永王馨山張儀全禿兒張文田等八名著交刑部嚴行審訊照律懲辦未獲各犯仍飭該衙門嚴緝務獲毋任漏網該衙門知道欽此

答客論致富　續前稿

知貧之病中不儉則救貧之方固得矣客曰君言愈瑣此區區者微乎其微何必掛齒君不見夫卜榜花之闈姓乎每科歲試暨春秋兩闈每卷或賭以十元二十元中則償以數百元千餘元不能詳稽其全數也聞此賭名爲充總商第卽充商之費言之每開局以六年爲率先繳餉銀四百四十萬元其年中常年經費七十三萬三千三百三十三元加以各署規費紳士乾脩等項每年統計數逾百萬其費如此商之利何須問賭之勝負其數尚堪算耶此外如官商場中之搖攤推牌動輙盈千累萬其入但勤於籌運勝負莫計從無妨於宦階之升轉生意之興降例以轉子賭局曾不足語於九牛之一毛滄海之一粟儉不儉又奚有於是愚曰子勿以其小而忽之也數有多寡理無歧異因此識彼卽小見大固未可一二爲鹵莽言也凡事日計不足月計有餘按日長算優絀立見大學言日新論語曰日知其所亡其義爲勤月無忘其所能其義類儉致富之道猶是也闈姓者非考期不一賭卽考期亦非人人盡賭更非一人日日長賭也其以轉子錢賭者一年之內一人之身除災病飢餓不能出門斤日日出則日日賭其勤以日計其不儉亦以日計其奢儉之致若以豪宦巨賈事業衡之貧漢一文錢重等仕商千萬皆胡可不揣本而齊其末耶且其賭也勝則以爲錢係飛來非出自已負則以爲錢可輸得曷弗用得恣意揮霍如棄仇人之物勸以儉則弗聞聞且迂笑之縱非日甚一日卽日復一日豈堪計算乎昔有女子致富者夫家迎娶將眷興矣父以奩薄慰其女女曰無傷也請以錢賜女可乎父曰奩之薄爲乏錢也安得餘錢爲贈女曰只索一文父曰一文何爲女曰且有請也此一文兒不携去仍存父處爲生息日以一文息一文計年終再以本利賜兒可也父哂應之及年終請司會計者核之則累百萬矣此以知日之不可長算也儉之義例以日計恒准諸此愚又嘗思華民患貧之故其不儉又不僅一賭也仍以津俗起例言之德乃潤身富乃潤屋津之俗從不計其室之有無餘資也屋則必取其華衣則必取其麗而且食不厭精膾不厭細一喪葬也羽葆旛杖若干事輿馬冥具若干事大樂鑪鼎而外萵黃黨雜搭以從賓朋之濟濟酒炙之薰騰就其外耀觀之當必家累千金良沃千頃矣實則葬地未卜何所也其紙紮則付之一炬儀從則散而四出操算者種種開除抄產不足以相抵不得不以挪欠爲常法究其情於死者何益於生者何益若是其糜誠不如寧慼之愈也一喜慶也瓶鏡箱奩之雅好朱　綸纜之華美屏帳衣冠之靡都鼓吹闐殷亦或於鐃磬笙竽間參以法器法服口喃喃而誦無生俗名謂之喜事佛浪擲金錢可怪也然此不儉之風猶惟富爲然貧者無暇也其甚者則爲鬪會進香及期不論貧富衣服飲食之費盡力鋪張曠時廢事男女若狂敬神乎滋事乎鬧窮乎此等妄費實爲中華之正士所憂外洋之真賈所鄙而中土習焉不察幾無人可挽頽風此實愚貧之一大漏卮矣倘反其道而行之豈非致富之無上妙術哉尚書曰無作無益害有益無貴異物賤用物准此以推家國上下

間其當從儉者甚多略舉數端以爲例如南漕改爲折色鹽課派入地丁綠營捕盜差費成捕役一切冗員贓贓概行裁撤歲可省銀數千萬兩前裁南河總督一缺歲省國帑千餘萬曾文正胡文忠皆大快之以爲時下極善之大政山西太原直隸之南皮鹽課歸入地丁上便於國下便於民著有成效人人稱慕胡弗推廣仿行之否則縱雲南之銅礦漠河江西之金礦可採開平河南楚北之煤礦可開南北洋之鐵路可築不時時種種認眞查核實事求是裁盡浮費則興一例即生一弊求利未得而害先中之以之求富竊恐富未必即得於勸也客憮然爲間曰敬聞命矣願筆諸簡以與海內有心人共證之

光緒二十二年二月分選單　○郎中吏部稽勳司李光宇山西甲　小京官翰林院孔目王肇鼎江蘇拔　同知安徽鳳潁分防聯誠正黃人　知州貴州麻哈寶巽正白舉雲南賓川馮熙年順天監雲南鄧川程鼎元湖北廩石屛李炳麒四川監　知縣江蘇六合嚴義豫浙江監山東城馬丙炎河南監浙江宣平劉肇甲安徽附江蘇如皋單儒紳山西舉河南葉縣余鉞安徽監貴州仁懷林賡堯浙江附江蘇泰興韓　陝西舉四川新津蕭翃廩湖北舉甘肅鎭原汪宗瀚湖北甲湖北長樂劉錦榮奉天甲廣西來賓恩順正黃舉浙江西安吳德瀟四川舉直隸廣昌鍾樹森安徽監山西猗氏王寶賢雲南舉廣東開建王會同浙江監安徽婺源方永　湖南舉河南輝縣黃祖徽江西廬陵廣東長甯呂道象江西甲四川灌縣方連鼎河南舉布經直隸柳姓春江蘇廩　直州判河南許州陳鳳恩湖北舉　州判直隸延慶張家翔浙江監　府經直隸保定王桐郎山西山東兖州金書元直隸俱監　縣丞江西吉水徐懷鑑四川江西　溪楊崇昆貴州俱監同照磨四川石　廳徐燃業浙江監　吏目雲南阿迷陳相清四川廣東羅定陸德　浙江俱監　巡檢湖北房縣汪世榮四川江蘇如皋樊恭億浙江湖南麻陽蔣志楨浙江俱監陝西淳關　招俊順天江蘇震澤王啟順天俱供事廣東徐聞張雲樵四川順天大興蔣冀台四川廣西馬平趙繼德直隸廣東歸善楊和均四川俱監浙江歸安王紹文四川監江蘇海州陳發春四川監廣東瓊山孫錦裳順天江蘇吳江余培恩山東俱監廣西懷集王鶴鳴山東供事江西南康王德敬山東供事安徽涇縣陳昱四川監　典史浙江江山陸耀先河南河南盧氏程耀爵江蘇廣東封川尉繚陝西廣東始興周伯能江蘇廣東茂名唐㭔林河南江西餘千徐錫麟順天直隸清豐許湘四川山東福山婁綿祖四川廣東增城馬登瀛河南浙江黃巖徐應辰四川山東濟陽劉鉦江西四川鄧連馬席珍順天俱監廣西羅城崔世亭甘肅文篴浙江樂清張廷漢安徽監廣東歸善李慶　山東供事直隸慶雲匡汝諧江西供事

武功照獎　○武功繪圖創辦三年從事各員不無微勞足錄稟由慶邸擬附神機營一律請獎經列前報茲由慶邸查核委員書手委係始終奮勉擬照方略館成案分別異常尋常勞績奏保以示鼓勵計有耀㒸壽延在爾謝化南毓彬文輝等六人勤勞倍著擬異常勞績保予升階其餘均照尋常以虛銜間保至書工人等祇給外獎以重名器而辨等差云

孝治之符　○古有採風使者專司訪查民間風俗及孝友節烈等事舉凡可以風世者無不上達天聽立予旌表雖歷朝旌典不同然嘉善良勵風俗則一也我朝定鼎以來各省督撫以孝友節烈請　旌者每歲不知凡幾即以京都而言庚寅春訖乙未冬採訪總局報請彙題　旌表者已多至七百三名口　聖朝多節孝風俗之厚可以爲諸行省冠矣

堂會重開　○紫陌紅塵之地風尙奢華由來久矣而今日爲尤甚縉紳鼎族逢場作戲偶一爲之亦無不可不料閭閻中人踵事增華未有甚於入廟燒香入園看戲者乃市儈奸商善投時好每假寺觀淸幽處所延訂名班開場演劇徧請各巨室夫人小姐每座需銀二兩有餘而富貴者遂轉相邀約聯袂爭趨日昨南城藥王廟及永定門外之觀音菴連日遍開堂會分演梨園一時繡馬香車花團錦簇較之少陵麗人行有過之無不及也

癡賊堪憫　○語曰畫地爲牢議不入刻木爲吏期不對蓋謂懷刑而不敢犯法非犯法而欲逃刑也昨聞某甲行竊某宦宅被巡夜勇丁拏獲鎖以鐵鍊酌錄案由擬送地方官發落詎正在備文之際某甲即帶鍊狂奔由崇文門外高家營直達永定門外護城河　水逃遁會審官差以及捕役追至水濱甲已氣盡力絕泛泛中流勢難游泳捕差勇丁齊力兜捕以鉤竿鉤住鐵鍊然後登岸有袖手旁觀者謂前則如鹿之走險今且如魚之銜鉤矣將犯獲回勇局後勇丁因亡羊而思補牢於是鎖之廳柱並加腳鐐手銬以待送案按此事其細已甚然倘中流力竭或死於水又當若何哉之蚩蚩罪固難原情殊堪憫也

一索得三　○滄州西門內有王姓者家不中貲小本營生二月上旬其妻臨蓐至子刻誕生一子而腹仍膨然不見消減收生婆曰覘此情形必係孿生矣旋於丑刻卯刻連生二子一索得三實出意外闔家歡慶鳴之於官聞該州某刺史賞以小米十石青錢十竿雞子二百花紅數事以誌貞祥云

勢不兩立　○古者男子犯淫則割勢謂之宮刑今無是也昨滄州北門外甲乙二人皆農家傭工者因口角起衅屢次尋仇糾纏不解甲持刀向乙拚命經旁人攔阻然無所洩遂自閹割渾身血污倒地氣絕乙恐甲死罪將抵償亦即拾刀作依樣葫蘆旋各舁回其家敷藥醫治幸得無恙時有作壁上觀者啞然笑曰此眞所謂勢不兩立歟

練軍挑河　○統領天津練軍何幸爲軍門平素留心民瘼修補橋梁平治道路皆飭各營勇丁工作既可習勞亦能省費所謂一舉兩得也現查機器東局一帶河隄經水衝刷場坍殘缺恐盛夏霪雨連綿漫溢可虞面稟督憲自捐廉俸修補各營亦仰體軍門盛意鼓舞相從業經督憲照准日昨辭赴工次想經此番修築自必工堅料實經歷久遠矣

捐廉輸公　○國家募兵養士所以衛國亦以衛民也惟招勇一端自聞招至遣散無論得力與否糜費國帑已不可以億萬計近聞農部深念時艱奏請上自提鎮下至都守令捐廉俸三成以充要需當蒙照准日昨奉到京電咨會各省督撫凡提鎮都守均由藩庫按三成捐廉自正月起至年終彙報云

柴薪似桂　○陳家溝立有船捐局以金鐘河出入客載防有偷漏而已該邑東鄉地本荒域僅生蘆葦故該鄉人每用漕船運載來津售買以薪換米藉資餬口向例每船一年納捐十竿該局役以此項船隻納捐較輕每有公務必令當差不願者捐貲買放以飽私囊致有用十獲百之目現因局勇勒索不堪致使柴草船隻裹足不前本埠柴薪價日翔貴故數薪而爨之家無不扼腕也

逆子當誅　○河東柴家大坟李大者昨與親母口角其妻不但不行勸阻竟助桀爲虐將母攢毆嗣經李大之父聞知赴縣送逆本縣派差立將李大同妻一並抓獲到案訊出實情各責手板一百將李大鎖押其妻送娘家看管如何結案俟訪明再登

捕務勤能　○天津朝鮮會館張二者本津人日前不知往何處辦事乘火車回津至昨晚下車時忽將鋪蓋一捲失去當即報經該管汛官立即飭兵查緝旋將該賊並原贓俱獲當即訊問該賊姓劉行二除將原贓交失主認領外即將該賊送縣懲辦似此旋失旋獲可謂緝捕勤能者矣

西電譯錄　○太晤士報云白人之被瑪塔必爾人屠戮者爲數二百○美國理事署已允各董事稟報按准議院之意認古巴不遵律法之亂黨爲仇敵矣○總統柯里非蘭得意欲以古巴亂黨爲仇敵甚非所料事爲西班牙所聞殊深忿恨○關塞拉守兵攻敵一事本月三號將提由克拉之非穴砲台攻陷提督鮑爾的色拉下令深開塞拉退守亞高代提

光緒二十二年二月二十六日京報照錄

宮門抄　上諭恭錄前報○二月二十六日刑部　都察院　大理寺　鑲紅旗值日　吏部引　見三十九名　禮部一名　刑部二十一名　工部二名　翰林院十六名　正紅滿三名　正藍漢一名　廂藍蒙二名　松桂等磨勘試卷覆　命　懷塔布等各謝署缺　恩　慶福常明由　東西陵回京請　安　印啓服滿請安並請假十日　溥侗請假十日　召見軍機　啓秀

○○直隸總督北洋大臣王文韶跪　奏爲天津武備學堂兩屆期滿請將在事出力員弁及歷考優等學生照章擇尤給獎繕單具陳仰祈　聖鑒事竊前北洋大臣李鴻章於光緒十一年正月在天津創設陸軍武備學堂挑選各營精健聰穎略通文藝弁兵入堂學習西洋兵法奏准將總辦教習繙譯各員及屢考優等學生援照總理衙門同文館成案二年奏保一次以示鼓勵嗣於十三十五十七等年三屆期滿將在事出力各員奏請獎敘均奉　硃批着照所請該部知道欽此欽遵在案計至十七年十月起至十九年十月止兩年期滿因旋值軍務未經請獎茲自十九年十月起至二十一年十月止又屆兩年期滿該總辦暨教習繙譯等會督洋員朝夕訓導始終不懈肄業各生於天文地輿格致測繪算化諸學及砲臺營壘新法行軍接仗設伏防守機宜認眞講求洞悉竅要操練馬步砲各隊均能一律嫺熟日入醰粹提督聶士成一軍專任學生得以始終保全尤爲明效大驗自十八年請獎以後現已四年兩次期滿自應照章擇尤酌保以示鼓勵查上屆奏獎文武二十二員咨獎三十八名茲經臣督同該堂總辦暨加考核將未滿年限各員生及雖滿年限而業已離堂者概行刪除擇其始終出力員弁及屢考優等學生酌保十六員謹繕清單恭呈　御覽合無仰懇　天恩俯准照擬給獎以照激勸至定章准保二十二員此次核寔辦理是以當缺毋濫倘將來人數加增應仍歸復足額合併陳明除擬保千把以下武弁四十七名咨部註冊並飭取各員履歷送部外謹恭摺具單伏乞　皇上聖鑒　訓示謹　奏奏　硃批着照所請該部知道單併發欽此

○○王文韶片　再新授大順廣道萬培因現已到津應即飭赴新任以重職守除檄飭遵照外理合附片具陳伏乞　聖鑒謹　奏奏　硃批知道了欽此

天津 麥加利銀行告白

啓者本行資本英金八十萬磅備用股本英金八十萬磅公積英金三十二萬五千磅總行開設倫敦分行在孟買加拉吉打冷宮哪哈亞伯古隆北新埠太平咪登哈來蘭播新嘉坡香港福州上海漢口暹邏濱角包帶維亞沙來伯鴉神戶橫濱等處起首至今三十九年倘有存款勿論仕商照期起息請來敝行面議敝行茲于正月三十日開張恐未週知特登報章佈告

德陞齋靴鞋舖

本齋專做滿漢朝靴新樣京式名鞋及鑲花坤鞋一應俱全價廉物美賜顧者請認明本店招牌庶不致悞本舖開設在天津府北門外鍋店街集義棧對過便是

拍賣告白

啟者三月初一日卽禮拜一下午兩點鐘在美國府前坐西大樓內拍賣桌椅皮子寫字檯洗臉桌馬車所用物件花絨各樣洋燈玩物外國家俱等件祈請早來細看面拍可也

集盛洋行謹啓

比商 良濟洋行

本行開設紫竹林街專辦各國著名大廠五金雜貨布疋等物及經理比國考克利軍械炮廠又羊毛機器廠各國著名軍械機器各廠貨眞價廉格外公道仕商賜顧者　請至本行面議可也

德商元亨洋行

本行專辦進出各口貨物今開設在法界鐵路公司西首特此告白

烏利文洋行

啓者本行開設香港上海三十餘年四方馳名專售各式金銀鐘錶鑽石戒指八音琴千里鏡眼鏡等物並修理鐘表價錢比別家格外公道今本行東家米士得巳克由上海來津開設在紫竹林裕泰飯店旁請　諸君降臨光顧是幸特此佈聞　丙申年二月二十九日禮拜六

浙杭 元吉永號

本莊自置紗羅綢緞新樣洋辮花素洋布川廣夏貨團摺雅扇南貨頭油俱全祇為近時錢市漲落不同故而各貨減價開設估衣街中間路北凡　仕商賜顧者無悞特此佈達

天津 順昌永保險車船局

本局專寫輪船客票包運遠近水旱車船貨物行李起卸各項貨物機器木料銅鉛米麥等物代報華洋關稅墊辦應用諸欵定期不悞格外克己貴　官商無論遲早到埠皆有妥人照料一切非他行可比　賜顧者詳認天津紫竹林鐵路公司傍本局門首招牌便是

本局主人謹白

江南 桂蘭齋茶食店

本齋精製拾錦南糖眞素供果嘉湖糕點紹興薄脆八寶京糕異味糕點各種茶食外帶行匣新添拾錦元宵蜜層糕江米糕南北點心無有不精製細做開設天津天后宮南坐西向東便是

二月二十九日銀洋行情

天津九七六錢
銀盤二千五百二十文
洋元一千八百二十文
紫竹林九六錢
銀盤二千六百一十文
洋元一千八百五十文

二月三十日進口輪船禮拜日

新裕　輪船由上海　招商局
圖南　輪船由上海　太古行
和生　輪船由上海　怡和行